वायुपुत्रों की शपथ

आई.आई.एम. (कोलकाता) से प्रशिक्षित, 1974 में पैदा हुए **अमीश** एक बैंकर से सफल लेखक तक का सफर तय कर चुके हैं। अपने पहले उपन्यास *मेलूहा के मृत्युंजय,* (शिव रचना त्रय की प्रथम पुस्तक) की सफलता से प्रोत्साहित होकर उन्होंने फाइनेंशियल सर्विस का करियर छोड़कर लेखन पर ध्यान केंद्रित किया। एक लेखक होने के साथ ही, अमीश भारत-सरकार के राजनयिक, टीवी डॉक्यूमेंट्री के होस्ट और फिल्म-प्रोडूसर भी हैं।

इतिहास, पुराण और दर्शन में उनकी विशेष रुचि है और दुनिया के प्रत्येक धर्म की सार्थकता और ख़ूबसूरती को सराहते हैं। उनकी किताबों की 60 लाख से अधिक प्रतियां बिक चुकी हैं और उनका 20 से अधिक भाषाओं में अनुवाद हुआ है। भारतीय प्रकाशन इतिहास में अमीश की 'शिव त्रयी' सबसे तेजी से बिकने वाली सीरीज है और 'रामचंद्र सीरीज' का स्थान दूसरे नंबर पर है। अमीश से संपर्क करने के लिए:

www.authoramish.com
www.facebook.com/authoramish
www.instagram.com/authoramish
www.twitter.com/authoramish

Celebrating
30 Years of Publishing
in India

अमीश की अन्य किताबें

शिव रचना त्रयी

भारतीय प्रकाशन क्षेत्र के इतिहास में सबसे तेज़ी से बिकने वाली पुस्तक श्रृंखला

मेलूहा के मृत्युंजय (शिव रचना त्रयी की पहली किताब)

नागाओं का रहस्य (शिव रचना त्रयी की दूसरी किताब)

राम चंद्र श्रृंखला

भारतीय प्रकाशन क्षेत्र के इतिहास में दूसरी सबसे तेज़ी से बिकने वाली पुस्तक श्रृंखला

राम – इक्ष्वाकु के वंशज (श्रृंखला की पहली किताब)

सीता – मिथिला की योद्धा (श्रृंखला की दूसरी किताब)

रावण – आर्यवर्त का क्षत्रु (श्रृंखला की तीसरी किताब)

लंका का युद्ध (श्रृंखला की चौथी किताब)

भारत गाथा

भारत का रक्षक महाराजा सुहेलदेव

कथेतर

अमर भारत : युवा देश, कालातीत सभ्यता

धर्म: सार्थक जीवन के लिए महाकाव्यों की मीमांसा

www.authoramish.com

'{अमीश के} लेखन ने भारत के समृद्ध अतीत और संस्कृति के विषय में गहन जागरूकता उत्पन्न की है।'

—**नरेन्द्र मोदी** (भारत के माननीय प्रधानमंत्री)

'{अमीश के} लेखन ने युवाओं की जिज्ञासा को शांत करते हुए, उनका परिचय प्राचीन मूल्यों से करवाया है...'

—**श्री श्री रवि शंकर**

(आध्यात्मिक गुरु व संस्थापक, आर्ट ऑफ़ लिविंग फाउंडेशन)

'{अमीश का लेखन} दिलचस्प, सम्मोहक और शिक्षाप्रद है।'

—**अमिताभ बच्चन** (अभिनेता एवं सदी के महानायक)

'भारत के महान कहानीकार अमीश इतनी रचनात्मकता से अपनी कहानी बुनते हैं कि आप पन्ना पलटने को मजबूर हो जाते हैं।'

—**लॉर्ड जेफ्री आर्चर** (दुनिया के सबसे कामयाब लेखक)

'{अमीश के लेखन में} इतिहास और पुराण का बेमिसाल मिश्रण है... ये पाठक को सम्मोहित कर लेता है।'

—**बीबीसी**

'विचारोत्तेजक और गहन, अमीश, किसी भी अन्य लेखक की तुलना में नए भारत के सच्चे प्रतिनिधि हैं।'

—**वीर सांघवी** (वरिष्ठ पत्रकार एवं स्तम्भकार)

'अमीश की मिथकीय कल्पना अतीत को खंगालकर, भविष्य की संभावनाओं को तलाश लेती है। उनकी किताबें हमारी सामूहिक चेतना की

www.authoramish.com

गहनतम परतों को प्रकट करती हैं।'

—**दीपक चोपड़ा**
(दुनिया के जाने-माने आध्यात्मिक गुरु और कामयाब लेखक)

'{अमीश} अपनी पीढ़ी के सबसे ज़्यादा मौलिक चिन्तक हैं।'

—**अर्नब गोस्वामी** (वरिष्ठ पत्रकार व एमडी, रिपब्लिक टीवी)

'अमीश के पास बारीकियों के लिए पैनी नज़र और बाँध देने वाली कथात्मक शैली है।'

—**डॉ. शशि थरूर** (सांसद एवं लेखक)

'{अमीश के पास} अतीत को देखने का एक नायाब, असाधारण और आकर्षक नज़रिया है।'

—**शेखर गुप्ता** (वरिष्ठ पत्रकार एवं स्तम्भकार)

'नये भारत को समझने के लिए आपको अमीश को पढ़ना होगा।'

—**स्वप्न दासगुप्ता** (सांसद एवं वरिष्ठ पत्रकार)

'अमीश की सारी किताबों में उदारवादी प्रगतिशील विचारधारा प्रवाहित होती है: लिंग, जाति, किसी भी क़िस्म के भेदभाव को लेकर... वे एकमात्र भारतीय बैस्टसेलिंग लेखक हैं जिनकी वास्तविक दर्शनशास्त्र में पैठ है—उनकी किताबों में गहरी रिसर्च और गहन वैचारिकता होती है।'

—**संदीपन देब** (वरिष्ठ पत्रकार एवं सम्पादकीय निदेशक, स्वराज्य)

'अमीश का असर उनकी किताबों से परे है, उनकी किताबें साहित्य से परे हैं, उनके साहित्य में दर्शन रचा-बसा है, जो भक्ति में पैठा हुआ है जिससे भारत के प्रति उनके प्रेम को शक्ति प्राप्त होती है।'

—**गौतम चिकरमने** (वरिष्ठ पत्रकार एवं लेखक)

'अमीश एक साहित्यिक करिश्मा हैं।'

—**अनिल धाड़कर** (वरिष्ठ पत्रकार एवं लेखक)

www.authoramish.com

वायुपुत्रों की शपथ

शिव रचना त्रयी की तीसरी पुस्तक

अमीश

अनुवाद

शुचिता मीतल

www.authoramish.com

प्रथम प्रकाशन 2013
हार्पर हिन्दी
(हार्परकॉलिंस पब्लिशर्स इंडिया) द्वारा प्रकाशित 2023
बिल्डिंग नं. 10, टावर A, 4th फ्लोर,
डीएलएफ साइबर सिटी, फेज II, गुरुग्राम 122002, भारत
www.harpercollins.co.in

P-ISBN: 9789356296411
E-ISBN: 9789356296428

कवर डिजाइन © : रश्मि पुसलकर
टाइपसेटिंग : निओ साफ्टवेयर कन्सलटैंट्स, प्रयागराज (इलाहाबाद)
मुद्रक : थॉम्सन प्रेस (इंडिया) लि.

HarperCollinsIn

www.authoramish.com

मेरे ससुर स्वर्गीय डॉ० मनोज व्यास
को समर्पित

महान पुरुष कभी मरते नहीं हैं
वे अपने अनुयायियों के हृदयों में वास करते हैं

www.authoramish.com

हर हर महादेव
हम सभी महादेव हैं, हम सभी ईश्वर हैं
क्योंकि उसके सबसे भव्य मंदिर, सबसे खूबसूरत मस्जिदें
और सबसे उत्कृष्ट चर्च हमारी आत्माओं
के भीतर विद्यमान हैं

www.authoramish.com

अनुक्रम

शिव रचना त्रय

शिव! महादेव। देवों के देव। बुराई के विनाशक। उत्कट प्रेमी। भीषण योद्धा। सर्वांगसंपूर्ण नर्तक। सम्मोहनकारी अधिनायक। सर्वशक्तिमान, मगर सच्चरित्र। कुशाग्रबुद्धि—और उतने ही क्रोधी।

भारतवर्ष में आने वाले किसी भी विदेशी—चाहे वह विजेता, व्यापारी, विद्वान, शासक या यात्री रहा हो—को यह विश्वास नहीं होता था कि हकीकत में ऐसे किसी व्यक्ति का कभी अस्तित्व रहा हो सकता है। वे मानते थे कि वे कोई मिथकीय देवता, मानव कल्पनाशीलता के द्वारा रची एक कल्पना मात्र रहे होंगे। और, दुर्भाग्य से, समय के साथ यह विश्वास हमारा प्रचलित ज्ञान बन गया।

किंतु अगर हम गलत हों तो? अगर भगवान शिव महज उत्कृष्ट कल्पना का अंश नहीं, बल्कि आपकी और मेरी तरह साक्षात मनुष्य रहे हों? ऐसा व्यक्ति जो अपने कर्म के फलस्वरूप देवत्व तक पहुंचा हो। यही शिव रचना त्रय का आधार है जो प्राचीन भारतवर्ष की समृद्ध पौराणिक धरोहर को कल्पना और ऐतिहासिक तथ्यों के साथ मिलाकर प्रस्तुत करने का प्रयास करती है।

मेलूहा के मृत्युंजय इस त्रय की प्रथम पुस्तक थी, जो इस विलक्षण नायक की जीवनयात्रा को कालबद्ध करती है। यह कथा दूसरी पुस्तक, नागाओं का रहस्य, में भी जारी रही। और इसकी समाप्ति होगी इस पुस्तक में जो आपके हाथों में है: *वायुपुत्रों की शपथ*।

यह एक काल्पनिक श्रृंखला है जो अपने ईश्वर के प्रति मेरी श्रद्धांजलि है! नास्तिकता के भंवर में अनेक वर्ष भटकते रहने के बाद मैंने उनको पाया। मुझे आशा है कि आप भी अपने ईश्वर को पा सकेंगे। इससे फर्क नहीं पड़ता कि किस रूप में हम उसे पाते हैं, जब तक कि अंत में हम उसे पा लें। वह हमारे पास शिव के रूप में आए, या विष्णु, या शक्ति मां, या अल्लाह, या जीजस, या बुद्ध या अपनी असंख्य रूपों में से अन्य किसी में, वह बस हमारी सहायता करना चाहता है। हमें उसे ऐसा करने देना चाहिए।

यद्यत्कर्म करोमि तत्तदखिलमम् शम्भो तवाराधनम्

हे प्रभु शम्भु, हे प्रभु शिव, मेरा प्रत्येक कार्य आपकी आराधना में है।

कृतज्ञता

ये आभार 2013 में तब लिखा गया था, जब यह किताब प्रकाशित हुई थी। मैं *वायुपुत्रों की शपथ* का ये संस्करण छापने वाली टीम का आभार व्यक्त करना चाहता हूँ। हार्पर कॉलिंस की टीम: स्वाति, शबनम, आकृति, गोकुल, विकास, राहुल, पॉलोमी और उदयन के साथ उनका नेतृत्व करने वाले प्रतिभाशाली अनंत। इन सभी के साथ शुरू हुए इस सफर के प्रति मैं बहुत उत्साहित हूँ।

मैंने कल्पना भी नहीं की थी कि मैं कभी लेखक बनूंगा। अब जो जीवन मैं जी रहा हूं, ऐसा जीवन जो लेखन, प्रार्थना, पठन, वादविवादों और यात्राओं जैसे लक्ष्यों में बीत रहा है, वह कभी-कभी मायावी प्रतीत होता है। अनेक लोग ऐसे हैं जिन्होंने इस स्वप्न को संभव बनाया है और मैं उन्हें धन्यवाद देना चाहूंगा।

मेरे प्रभु भगवान शिव, जो आध्यात्मिक जीवन में मुझे वापस लाए। यह सबसे बड़ी उच्च संभावना है।

नवजीवन का संचार करने वाले अमृत के समान मेरा बेटा नील जो, जब मैं इस पुस्तक को लिखने में रत था, तो नियमित रूप से मेरे पास आता और पूछता, “डैड आपका हो गया क्या?”

www.authoramish.com

मेरी पत्नी प्रीति! मेरी बहन भावना! मेरे बहनोई हिमांशु! मेरे भाई अनीश और आशीष! मेरी भाभी डोनेटा। इन सबने मेरे साथ इतना एकजुट होकर काम किया है कि कई बार मुझे लगता है कि यह मात्र मेरी पुस्तक नहीं है, बल्कि एक संयुक्त परियोजना है, जिस पर बस मेरा नाम आ गया है।

मेरा शेष परिवार: उषा, विनय, मीता, शरनाज, स्मिता, अनुज एवं रूटा। हमेशा मेरा साथ देने के लिए मैं इनका आभारी हूं।

मेरी संपादक शर्वाणी पंडित। बिना किसी सहानुभूति की चाह किए वे अनेक स्वास्थ्य समस्याओं से जूझती रहीं। और अपने मुश्किल समय के बावजूद उन्होंने अपना कर्म पूरा करने में मेरी सहायता की है। उनका साथ पाना मेरे लिए सौभाग्य की बात है।

रश्मि पुसल्कर, इस पुस्तक के आवरण की डिजाइनर। पहली किताब से ही वे साथ रही हैं। मेरा विनम्र मत है कि वे भारतीय प्रकाशन क्षेत्र के सर्वश्रेष्ठ पुस्तक आवरण डिजाइनरों में से एक हैं।

गौतम पद्मनाभन, सतीश सुंदरम, अनुश्री बनर्जी, पॉल विनय कुमार, विपिन विजय, रेणुका चटर्जी, दीप्ति तलवार, कृष्ण कुमार नायर और मेरे प्रकाशक वैस्टलैंड की शानदार टीम। उन्होंने जिस प्रकार की लगन और तालमेल दिखाया है, वह अपने लेखकों के प्रति कम ही प्रकाशक दिखा पाते हैं।

मेरे एजेंट अनुज बाहरी, जो दरियादिल और गर्मजोशी भरे टिपिकल पंजाबी हैं। ऐसे व्यक्ति जिसे किस्मत ने मेरे सपनों को पूरा करने में मेरी मदद करने के लिए मुझसे मिलवाया था।

सरगम सूर्वे, शालिनी अय्यर और इस पुस्तक की एडवर्टाइजिंग एवं डिजिटल मार्केटिंग एजेंसी थिंक व्हाई नॉट की टीम। अपने कैरियर में मैंने कुछ सबसे बड़ी बहुराष्ट्रीय एजेंसियों सहित अनेक एडवर्टाइजिंग एजेंसियों के साथ काम किया है। थिंक व्हाई नॉट का स्थान भी उनमें ही है, सर्वश्रेष्ठों के बीच में।

चंदन काउली, आवरण के फोटोग्राफर। हमेशा की तरह उन्होंने उत्कृष्ट काम किया है। साथ ही, धनुष-बाण को बनाने वाले अतुल पड़गांवकर! मेकअप के लिए विनय सालुंके! मॉडल केतन करांडे, पृष्ठभूमि की अवधारणात्मक कला के लिए जाफेथ बॉटिस्टा! 3डी तत्वों

और दृश्य के सैट अप में सहायता के लिए लिटिल रैड जॉम्बीज टीम एवं शिंग लेइ चुआ! छवियों पर उत्तर प्रक्रियागत काम के लिए सागर पुसल्कर एवं टीम! प्रोडक्शन के संयोजन के लिए जूलियन डुबोइ। मुझे आशा है कि इनके द्वारा निर्मित इस आवरण को आप पसंद करेंगे। मैंने तो किया है!

इस पुस्तक में प्रकाशित मेरे फोटोग्राफ के लिए ओमेंदु प्रकाश, बीजू गोपाल और स्वप्निल पाटिल। उनकी रचना तो असाधारण थी! मॉडल ने ही, दुर्भाग्य से, अनेक कमियां छोड़ दीं!

बनारस की चंद्रमौली उपाध्याय, शकुंतला उपाध्याय और वेदश्री उपाध्याय! सिंगापुर के शांतनु घोषरॉय एवं श्वेता बसु घोषरॉय। इस पुस्तक को लिखने के दौरान उनके आतिथ्य के लिए आभारी हूं।

मेरे मित्र मोहन विजयन, मीडिया संबंधी मामलों पर जिनके परामर्श को मैं हमेशा सहेजकर रखूंगा।

राजेश ललवानी और ब्लॉगवर्क्स की टीम, वह डिजिटल एजेंसी जो मेरे प्रकाशकों के साथ काम करती है, के एक ऐसे क्षेत्र में सहयोग के लिए आभारी हूं जिसे मैं बहुत अच्छी तरह नहीं जानता।

अनुजा चौधरी और मेरे प्रकाशक की जनसंपर्क एजेंसी विज्स्पीक टीम द्वारा किए गए प्रभावशाली प्रचार का।

पारसी धर्म के फलसफे को समझने में मदद करने के लिए डॉ. रमियार करंजिया की अतिशय मदद के लिए।

और अंत में, मगर निश्चय ही अत्यंत महत्वपूर्ण रूप से, आप पाठकों का। शिव रचना त्रय की पहली दो पुस्तकों के लिए आपके द्वारा दिए गए सहयोग के लिए मैं तहेदिल से शुक्रगुजार हूं। मुझे आशा है इस अंतिम पुस्तक के साथ मैं आपको पूर्णता का भाव प्रदान कर सकूंगा।

वायुपुत्रों की शपथ

चरित्र सूची

आनंदमयी: अयोध्या की राजकुमारी, सम्राट दिलीप की पुत्री, अधिनायक पर्वतेश्वर की पत्नी।

अथिथिग्व: काशी नरेश।

आयुर्वती: मेलूहा की चिकित्सा अधिकारी।

बप्पीराज: ब्रंगा का प्रधानमंत्री।

भद्र, या वीरभद्र: शिव का बालसखा और विश्वस्त; कृत्तिका का पति।

भगीरथ: अयोध्या के राजकुमार, सम्राट दिलीप के पुत्र।

भरत: चंद्रवंशी राजवंश के प्राचीन सम्राट जिनका विवाह एक सूर्यवंशी राजकुमारी से हुआ।

भूमिदेवी: सम्मानीय गैर-नागा स्त्री, जिन्होंने बहुत समय पहले नागाओं की वर्तमान जीवनशैली की स्थापना की।

भृगु: सप्तऋषि उत्तराधिकारी, मेलूहा के राजगुरु।

बृहस्पतिः मेलूहा के प्रमुख वैज्ञानिक; ब्राह्मणों के राजहंस कबीले से।

ब्रह्मनायकः दक्ष के पिता, मेलूहा के भूतपूर्व सम्राट।

चंद्रकेतुः ब्रंगा के राजा।

चेनर्ध्वजः मयका और लोथल के राज्यपाल; कश्मीर के भूतपूर्व राज्यपाल।

दक्षः मेलूहा के सूर्यवंशी साम्राज्य के सम्राट, वीरिनी के पति और सती के पिता।

दिलीपः स्वद्वीप के सम्राट, अयोध्या के राजा और चंद्रवशियों के प्रमुख; भगीरथ और आनंदमयी के पिता।

दिवोदासः काशी में रहने वाला ब्रंगा का अधिनायक।

गणेशः सती की प्रथम संतान, नागाओं का अधिनायक।

गोपालः वासुदेव प्रमुख।

कालीः सती की जुड़वां बहन और नागाओं की रानी।

कनखलाः मेलूहा की प्रधानमंत्री, वह प्रशासन, राजस्व और शिष्टाचार संबंधी मामलों की प्रभारी हैं।

कारकोटकः नागाओं के प्रधानमंत्री।

कार्तिकः शिव और सती का पुत्र, जिसका नाम सती की करीबी मित्र व सहायक के नाम पर रखा गया।

कृत्तिकाः सती की करीबी मित्र व सहायक; वीरभद्र की पत्नी।

मनोभूः शिव के काका और गुरु।

मनुः वैदिक जीवन शैली के संस्थापक; जिनका जन्म शताब्दियों पूर्व संगमतमिल में हुआ था।

मित्राः वायुपुत्र प्रमुख।

मोहिनीः प्रभु रुद्र की सहायक; कुछ लोग उन्हें विष्णु के रूप में भी सम्मान देते हैं।

नंदी: मेलूहाई सेना के मेजर।

परशुराम: ब्रंगा में एक दस्यु; उनका नाम छठे विष्णु के नाम पर पड़ा।

पर्वतेश्वर: मेलूहा के सेनानायक; सेना, जलसेना, विशेष बल और पुलिस के प्रभारी; राजकुमारी आनदंमयी के पति।

राम: सातवें विष्णु, जिन्होंने सदियों पहले राज किया था। उन्होंने मेलूहा साम्राज्य की स्थापना की थी।

रुद्र: पूर्व महादेव, बुराई के संहारक, जो सदियों पहले अस्तित्व में थे।

सती: महाराज दक्ष और महारानी वीरिनी की पुत्री, मेलूहा की राजकुमारी। शिव की पत्नी और कार्तिक व गणेश की मां।

सत्यध्वज: पर्वतेश्वर के परदादा।

शिव: गुण कबीले का सरदार। तिब्बतवासी, जिसे बाद में नीलकंठ, धरती का संरक्षक पुकारा गया। सती के पति और कार्तिक व गणेश के पिता।

सियामंतक: स्वद्वीप का प्रधानमंत्री।

सुर्पदमन: मगध राजकुमार।

स्वथ: मिस्त्र के हत्यारों के कबीले का प्रमुख।

तारा: भृगु की अनुयायी।

वासुदेव पंडित: शिव के सलाहकार; पिछले विष्णु, प्रभु राम की छोड़ी हुई प्रजाति।

वीरिनी: मेलूहा की महारानी, दक्ष की पत्नी और सती व काली की मां।

विद्युन्माली: मेलूहा सेना के मुखिया।

विश्वद्युम्न: गणेश का करीबी सहायक।

अध्याय 1

एक मित्र की वापसी

प्रारंभ से पूर्व

रक्त जल में टपक रहा था, जिससे जल में अलसाई सी लहरें उत्पन्न हो रही थीं, जो धीरे-धीरे सरोवर के किनारों तक जा रही थीं। जल में उठती लहरों से बिगड़ते अपने प्रतिबिंब को देखते हुए शिव जलाशय पर झुका। उसने अपने हाथ जल में डुबोए और अपने चेहरे पर पानी के छपाके मारकर रक्त और चिथड़ों को धो दिया। हाल ही में गुण कबीले का प्रमुख नियुक्त किए जाने के बाद, वह मानसरोवर झील की सुख-सुविधाओं से बहुत दूर एक पहाड़ी गांव में था। तीव्र गति से चलने के बावजूद उसके कबीले को वहां पहुंचने में तीन सप्ताह लग गए थे। ठंड हड्डियों को जमा देने वाली थी, किंतु शिव को इसका आभास तक नहीं था। उस ताप के कारण नहीं, जो पक्रति कबीले की झोपड़ियों से उठ रहा था जिन्हें विशाल लपटें धू-धू करके जला रही थीं, बल्कि उस आग के कारण जो उसके भीतर सुलग रही थी।

शिव ने अपनी आंखों को पोंछा और जल में अपना प्रतिबिंब देखा। प्रचंड क्रोध ने उसे अपनी चपेट में ले लिया था। पक्रति मुखिया यख्य बच निकला था। शिव ने अपनी सांसों को नियंत्रित किया, वह अभी भी युद्ध की थकावट से उबर रहा था।

उसे लगा जैसे जल में उसने अपने काका मनोभू के रक्तरंजित शव को देखा हो। शिव ने अपना हाथ जल की सतह के नीचे बढ़ाया। "काका!"

मरीचिका लुप्त हो गई थी। शिव ने कसकर अपनी आंखें बंद कर लीं। उसके मस्तिष्क में वह भयानक पल कौंध गया, जब उसे अपने काका

का शव मिला था। मनोभू यख्य के साथ शांति संधि पर वार्ता करने गए थे, इस आशा से कि पक्रति और गुण अपने निरंतर जारी युद्धों को बंद कर देंगे। जब नियत समय तक वे वापस नहीं आए, तो शिव ने एक खोजी दल भेजा। पक्रति गांव के रास्ते पर बकरियों की पगडंडी के समीप मनोभू और साथ ही उनके अंगरक्षकों के क्षत-विक्षत शव प्राप्त हुए।

जहां मनोभू ने अपनी अंतिम श्वास ली थी, उसके समीप ही एक चट्टान पर रक्त से संदेश लिखा हुआ था।

"शिव। उन्हें क्षमा कर दो। उन्हें भूल जाओ। तुम्हारा एकमात्र शत्रु बुराई है।"

उसके काका तो बस शांति चाहते थे और उन्होंने इसका ये प्रतिकार दिया था।

"यख्य कहां है?" भद्र की दहाड़ ने शिव की विचारश्रृंखला को भंग किया।

शिव पलटा। सारा पक्रति गांव लपटों में घिरा था। अपने भूतपूर्व प्रमुख की मृत्यु का बदला लेने पर आमादा क्रुद्ध गुण कबीले द्वारा नृशंसतापूर्वक मारे गए लोगों की लगभग तीस लाशें मैदान में बिखरी पड़ी थीं। पक्रति कबीले के पांच पुरुष धरती पर बैठे थे, एक साथ बंधे हुए, एक ही रस्सी से उनके हाथ-पांव बंधे हुए थे। रस्सी के दोनों सिरों को धरती में गाड़ा हुआ था। रक्तरंजित तलवार हाथ में लिए भयानक भद्र बीस गुणा सैनिकों का नेतृत्व कर रहा था। पक्रति वालों के लिए भाग पाना असंभव था।

कुछ दूर पर, गुण सैनिकों का एक अन्य दल बंधनों में जकड़ी पक्रति की स्त्रियों और बालकों की निगरानी कर रहा था। गुण वाले कभी भी स्त्रियों और बालकों को मारते या आहत नहीं करते थे। कभी नहीं।

"यख्य कहां हैं?" भद्र ने अपनी तलवार नृशंसता से एक पक्रति वाले पर तानते हुए कहा।

"हमें नहीं पता," पक्रति वाले ने उत्तर दिया। "मैं शपथ खाता हूं हम नहीं जानते।"

भद्र ने उस पुरुष के वक्ष में अपनी तलवार चुभो दी, रक्त चू आया। "बता दो तो तुम पर दया की जा सकती है। हमें बस यख्य चाहिए। उसे मनोभू की हत्या का मोल चुकाना होगा।"

"मनोभू को हमने नहीं मारा। मैं सभी पर्वतीय देवताओं की शपथ खाता

हूं, हमने उन्हें नहीं मारा।"

भद्र ने जोर से उसे ठोकर मारी, "मुझसे झूठ मत बोल, अधम जीव!"

शिव ने पीठ फेर ली और उसकी आंखें मैदान के पार स्थित वनों को भेदने लगीं। उसने अपनी आंखें बंद कर लीं। अभी भी वह अपने कानों में अपने काका मनोभू के शब्दों को गूंजते सुन सकता था। "क्रोध तुम्हारा शत्रु है। इसे नियंत्रित करो! इसे नियंत्रित करो!"

अपने तीव्र गति से धड़कते हृदय की गति को धीमा करने के प्रयास में शिव ने गहरी सांसें लीं।

"अगर तुम हमें मार दोगे, तो यख्य वापस आएगा और तुम सबको मार डालेगा," रस्सी के छोर पर बंधा एक पक्रति वाला चिल्लाया। "तुम्हें कभी शांति नहीं मिलेगी! अंतिम बदला हमारा होगा!"

"चुप रहो, कायना," एक अन्य पक्रति वाला चिल्लाया, फिर वो भद्र की ओर मुड़ा। "हमें छोड़ दीजिए। इससे हमारा कोई लेना-देना नहीं है।"

लेकिन उस पक्रति वाले की तो जैसे जिह्वा मुखर हो गई थी। "शिव!" कायना चीखा।

शिव पलटा।

"मनोभू को अपना काका कहते हुए तुझे लज्जा आनी चाहिए," कायना गरजा।

"चुप रहो, कायना!" अन्य सभी पक्रति वाले चिल्लाए।

लेकिन कायना को परवाह नहीं रही थी। गुण वालों के लिए उसकी गहन घृणा ने आत्म-संरक्षण की सहजवृत्ति को विस्मृत कर दिया था। "वह कापुरुष!" उसने थूका। "जब हमने मनोभू की आंतें निकालकर उसकी शांति संधि को उसके गले में ठूंसा था, तो वह मेमने की तरह मिमिया रहा था!"

शिव के नेत्र फैल गए, सतह के नीचे बलबलाता क्रोध फूट पड़ा। अपने फेफड़ों की पूरी ताकत से चिल्लाते हुए उसने अपना खड्ग खींचा और टूट पड़ा। एक पग भी रोके बिना वह प्रचंडता से घूमते हुए पक्रति वालों के समीप आया और एक शक्तिशाली वार से कायना का सिर अलग कर दिया। कटा हुआ सिर उसके पास बैठे पक्रति वाले से टकराया और फिर लुढ़कता हुआ दूर चला गया।

"शिव!" भद्र चिल्लाया।

अगर यख्य को ढूंढ़ना था, तो उन्हें पक्रति वालों को जीवित रखना था।

लेकिन भद्र इतना अनुशासित कबायली था कि वह इतनी स्पष्ट बात को खुलकर नहीं कहता। इसके अतिरिक्त, इस पल शिव को कोई परवाह नहीं थी। वह दक्षता से घूमा और बारी-बारी से अपने खड्ग को लहराते हुए उसने अगले और फिर अगले पक्रति वाले का सिर धड़ से अलग कर दिया। कुछ ही पलों में उन पांचों की सिर कटी लाशें मिट्टी में पड़ी थीं, उनके हृदय अभी भी उनकी खुली ग्रीवाओं से रक्त का प्रवाह कर रहे थे, जिससे उनकी लाशों के आसपास रक्त जमा हो गया, ऐसा लग रहा था मानो वो रक्त की झील में पड़े हों।

शिव की सांसें भारी हो रही थीं, मृतकों को घूरते हुए उसके कानों में अपने काका के शब्द जोर-जोर से गूंज रहे थे।

"क्रोध तुम्हारा शत्रु है। इसे नियंत्रित करो! इसे नियंत्रित करो!"

"मैं आपकी ही प्रतीक्षा कर रहा था, मेरे मित्र," बृहस्पति ने कहा। वह मुस्कुरा रहा था, उसके नेत्र नम थे। "मैंने आपसे कहा था कि मैं आपके लिए कहीं भी चला जाऊंगा। यहां तक कि, यदि आपके लिए सहायक होगा तो, पाताल लोक में भी।"

अपने सामने खड़े इस व्यक्ति द्वारा कहे गए इन शब्दों को शिव ने कितनी बार अपने मन में दोहराया था। लेकिन असुरों की भूमि का पूरा संदर्भ वे कभी नहीं समझ पाए थे। अब सबकुछ समझ आ रहा था।

दाढ़ी साफ कर दी गई थी, उसके स्थान पर पतली मूंछें रख ली गई थीं। चौड़े कंधे और सपाट वक्ष भलीभांति स्पष्ट थे। यह व्यक्ति नियमित व्यायाम करता रहा होगा। जनेऊ शिथिल भाव से नई-नई विकसित मांसपेशियों पर पड़ा हुआ था। सिर केशरहित ही था, लेकिन शिखा अधिक लंबी और सुव्यवस्थित प्रतीत हो रही थी। गहरी आंखों में वही गांभीर्य था जिसने पूर्व में शिव को आकर्षित किया था। यह उसका बहुत समय से बिछुड़ा मित्र था। उसका सखा। उसका भाई।

"बृहस्पति!"

"आपको मुझे ढूंढ़ने में बहुत समय लग गया।" बृहस्पति ने समीप आकर शिव को आलिंगनबद्ध किया। "मैं आपकी प्रतीक्षा कर रहा था।"

गर्मजोशी से बृहस्पति को आलिंगन करने से पहले, अपनी भावनाओं को

हावी होने देने से पहले शिव क्षण भर को झिझका। किंतु अपने मानसिक संतुलन को वापस पाते ही संदेह उसके मस्तिष्क में उभरने लगे।

बृहस्पति ने अपनी मृत्यु का भ्रम रचा था। वह नागाओं से मिल गया था। उसने अपने जीवन के उद्देश्य, महान मंदार पर्वत को नष्ट कर दिया था। वह सूर्यवंशी द्रोही था!

मेरे भाई ने मुझसे झूठ बोला!

शिव चुपचाप पीछे हट गया। उसने, मूक संवेदना में सती के हाथ को अपने कंधे पर महसूस किया।

बृहस्पति अपने छात्रों की ओर मुड़ा। "बालकों, कृपया हमें एकांत दें।"

छात्र तुरंत उठे और चले गए। कक्षा में अब बस शिव, बृहस्पति, सती, गणेश और काली ही रह गए थे।

प्रश्न पूछे जाने की प्रतीक्षा करते हुए बृहस्पति अपने मित्र को देखने लगा। वह शिव की आंखों में पीड़ा और क्रोध को देख सकता था।

"क्यों?" उसने पूछा।

"मेरा विचार था कि मैं आपको उस भयंकर वैयक्तिक नियति से बचा सकूंगा जो महादेवों की विरासत है। मैंने आपका कार्य करना चाहा था। यह संभव नहीं है कि कोई बुराई से लड़े और इसके पंजों से अपनी आत्मा को लहूलुहान होने से भी बचा ले। मैं आपकी रक्षा करना चाहता था।"

शिव की आंखें सिकुड़ गईं। "क्या आप अकेले ही बुराई से लड़ रहे थे? पांच वर्ष से भी अधिक समय से?"

"बुराई कभी शीघ्रता में नहीं होती," बृहस्पति ने तर्क दिया। "यह धीरे-धीरे फैलती है। यह छिपती नहीं है, बल्कि दिन-दहाड़े आपको ललकारती है। यह दसियों साल, कभी-कभी सैकड़ों साल तक चेतावनियां देती है। जब आप बुराई से लड़ते हैं तो समय कभी समस्या नहीं होता। समस्या तो इससे लड़ने की इच्छा होती है।"

"आप कहते हैं कि आप मेरी प्रतीक्षा कर रहे थे। और फिर भी आपने अपने सभी चिह्न छिपा दिए थे। क्यों?"

"मैंने आप पर सदैव विश्वास किया था, शिव," बृहस्पति ने कहा, "किंतु मैं उन सब लोगों पर विश्वास नहीं कर सकता था, जो आपके आसपास थे। वे मुझे मेरा लक्ष्य प्राप्त करने से रोक देते। अगर उन्हें मेरी योजनाओं के बारे

में पता लग जाता तो शायद मेरी हत्या तक की जा सकती थी। मैं स्वीकार करता हूं कि आपके प्रति मेरे प्रेम पर मेरा लक्ष्य विजयी हो गया था। जब आपने उनसे अपना मार्ग अलग किया, केवल तभी मैं सुरक्षित रूप से आपसे मिल सकता था।"

"यह असत्य है। आप मुझसे इसलिए मिलना चाहते थे कि अपने लक्ष्य की सफलता के लिए आपको मेरी आवश्यकता है। क्योंकि अब आप जानते हैं कि आप स्वयं इसे प्राप्त नहीं कर सकते।"

बृहस्पति के होंठों पर क्षीण मुस्कुराहट आई। "इसे मेरा लक्ष्य तो होना ही नहीं था, महान नीलकंठ। यह सदैव आपका ही लक्ष्य था।"

शिव ने भावहीनता से बृहस्पति को देखा।

"आप आंशिक रूप से सही हैं," बृहस्पति ने कहा। "मैं आपसे मिलना चाहता था... नहीं, मेरे लिए आपसे मिलना आवश्यक था क्योंकि मैं असफल हो चुका हूं। अच्छाई और बुराई पक्ष बदल रहे हैं और भारतवर्ष को नीलकंठ की आवश्यकता है। इसे आपकी आवश्यकता है शिव। अन्यथा, बुराई हमारी इस सुंदर धरती को नष्ट कर देगी।"

बृहस्पति को अवचनबद्धता से देखते हुए शिव ने पूछा, "सिक्का पहलू बदल रहा है, आप यह कह रहे हैं?"

बृहस्पति ने हामी भरी।

शिव ने भगवान मनु के शब्दों को याद किया। *अच्छाई और बुराई एक ही सिक्के के दो पहलू हैं।*

नीलकंठ की आंखें फैल गईं। मुख्य सवाल यह नहीं है कि "बुराई क्या है?" मुख्य सवाल यह है: "अच्छाई कब बुराई बन जाती है? कब सिक्का पहलू बदल लेता है?"

बृहस्पति उत्सुकता से शिव को देखता रहा। भगवान मनु के नियम स्पष्ट थे! वे कुछ नहीं सुझा सकते थे। महादेव को स्वयं ही खोजना और निर्णय करना था।

शिव ने एक गहरी सांस ली और अपने नीले कंठ पर हाथ फेरा। वह अभी भी अविश्वसनीय रूप से ठंडा महसूस हुआ। ऐसा लगता था मानो यात्रा जहां से आरंभ हुई थी वहीं समाप्त होनी थी।

सबसे बड़ी अच्छाई क्या है! वह अच्छाई जिसने इस युग को रचा था?

उत्तर स्पष्ट था। और इसलिए, जब उसने संतुलन को अव्यवस्थित करना आरंभ किया तो सबसे बड़ी बुराई भी वही वस्तु हो गई थी।

शिव ने बृहस्पति को देखा। "मुझे बताइए क्यों..."

बृहस्पति मौन रहे, प्रतीक्षारत... प्रश्न को अधिक स्पष्ट होना था।

"मुझे यह बताइए कि आपको ऐसा क्यों लगता है कि सोमरस सबसे बड़ी अच्छाई से सबसे बड़ी बुराई में बदल गया है।"

— ⸻ —

सैनिक कर्तव्यपरायण भाव से मलबे के छोटे-बड़े अवशेष एकत्र करके लाए थे ताकि कुछ दूर बैठे पर्वतेश्वर और भगीरथ उसकी जांच कर सकें। शिव ने मेलूहा के सेनापति और अयोध्या के राजकुमार से मलबे की जांच करने को कहा था। उन्हें उन लोगों का पता लगाने का कार्य सौंपा गया था, जिन्होंने पंचवटी की ओर जा रहे उनके काफिले पर आक्रमण किया था। पर्वतेश्वर और भगीरथ सौ सैनिकों के साथ पीछे रह गए थे, जबकि शिव के काफिले के अन्य लोग पंचवटी की ओर बढ़ गए थे।

पर्वतेश्वर ने भगीरथ को देखा और फिर वापस लकड़ी के तख्तों को देखने लगा। धीरे-धीरे मगर निश्चय ही, उसका निकृष्टतम भय सच होने लगा था।

वह उन सौ सूर्यवंशी सैनिकों पर दृष्टि डालने के लिए पलटा, जो एक सम्मानजनक दूरी पर खड़े हुए थे, जैसा कि उन्हें निर्देश दिया गया था। उसे राहत मिली। यही अच्छा था कि वे लोग वह सब न देखें जो सामने आया था। तख्तों के कीलक स्पष्ट रूप से मेलूहा के थे।

"आशा करता हूं प्रभु राम आपकी आत्मा पर कृपा करेंगे, सम्राट दक्ष," उसने अपना सिर हिलाते हुए गहरी सांस ली।

भगीरथ क्रुद्ध भाव से पर्वतेश्वर की ओर पलटा। "क्या हुआ?"

पर्वतेश्वर ने भगीरथ को देखा, उसका मुख क्रोध से तमतमा रहा था। "मेलूहा को निराश किया गया है। इसकी निर्मल छवि को सदैव के लिए कलंकित कर दिया गया है! स्वयं उसके द्वारा कलंकित किया गया है जिसने इसकी रक्षा करने की शपथ ली थी।"

भगीरथ शांत रहा।

"इन पोतों को सम्राट दक्ष ने भेजा था," पर्वतेश्वर ने धीमे स्वर में कहा।

भगीरथ समीप आ गया, उसकी आंखों में अविश्वास दिख रहा था। "क्या? आप ऐसा क्यों कह रहे हैं?"

"ये कीलक स्पष्ट रूप से मेलूहा के हैं। ये पोत मेरे देश में निर्मित हुए थे।"

भगीरथ ने अपनी आंखें सिकोड़ लीं। उसने बिल्कुल ही भिन्न कोई बात देखी थी और वह सेनापति के कथन से अचंभित था। "पर्वतेश्वर, लकड़ी को देखें। किनारों के पास के चौखटे को देखें।"

पर्वतेश्वर की भृकुटियां तन गईं। वो चौखटे को पहचान नहीं पाया था।

"ये जोड़ों की जल-प्रतिरोधता को सुधारता है," भगीरथ ने कहा।

पर्वतेश्वर ने उत्सुकता से अपने साले को देखा।

"यह तकनीक अयोध्या की है।"

"हे राम, दया करना!"

"हां! ऐसा लगता है कि सम्राट दक्ष और मेरे निर्बल पिता ने नीलकंठ के विरुद्ध एक गठबंधन बना लिया है।"

— ⅄ⓞ⋃↑⊛ —

भृगु, दक्ष एवं दिलीप देवगिरि में मेलूहा के सम्राट के निजी कक्ष में थे। दिलीप और भृगु विगत दिन पहुंचे थे।

"आपको लगता है कि वे अपने उद्देश्य में सफल रहे होंगे, प्रभु?" दिलीप ने पूछा।

दक्ष असंबद्ध और उदासीन प्रतीत हो रहे थे। उन्हें अपनी प्रिय पुत्री सती से बिछुड़ने का गहन संताप था। एक वर्ष से भी पहले काशी में घटी भयानक घटना उन्हें अभी भी त्रस्त करती थी। उन्होंने अपनी संतान खो दी थी और साथ ही वह सब प्रेम भी जो कभी उनके हृदय ने अनुभव किया था।

कुछ माह पहले, भृगु ने पंचवटी के मार्ग में नीलकंठ की उनके सारे दल-बल के साथ हत्या करने की योजना बनाई थी। उन्होंने गोदावरी नदी में पांच पोत भेजे थे, जिन्हें पहले शिव के काफिले पर आक्रमण करना था और फिर पंचवटी को भी तहस-नहस कर देना था। किसी को जीवित नहीं बचना था, जो इस बात का साक्षी बन सके कि वास्तव में वहां क्या हुआ था। किसी असावधान सेना पर आक्रमण करना अनैतिक नहीं था। एक झटके में उनके

सभी शत्रु नष्ट हो जाने थे। किंतु यह तभी संभव था जबकि दक्ष और दिलीप हाथ मिला लेते, क्योंकि एक साथ मिलकर ही उनके पास पर्याप्त साधन और तकनीक हो सकते थे।

भारत के लोगों को बताया जाता कि दुष्ट नागाओं ने सीधे-सरल और विश्वासी नीलकंठ को बहला-फुसलाकर अपने नगर में बुलाया और उनकी हत्या कर दी। इस प्रचार में सरलता के महत्व को जानते हुए भृगु ने शिव के लिए एक नया नाम खोजा थाः भोलेनाथ, जिन्हें आसानी से भरमाया जा सकता है। नागाओं के विश्वासघात और नीलकंठ की सरलता पर दोष मढ़ने का अर्थ होता कि दक्ष और दिलीप निंदा से बच जाते। और नागाओं के लिए घृणा कई गुणा गहरा जाती।

भृगु ने उड़ती सी दृष्टि दक्ष पर डाली और फिर दिलीप की ओर अपना ध्यान केंद्रित कर दिया। सप्तर्षि उत्तराधिकारी अब मेलूहा सम्राट से अधिक दिलीप पर भरोसा करते प्रतीत होते थे। “उन्हें सफल रहा होना चाहिए। शीघ्र ही हमें दलपति से समाचार प्राप्त हो जाएगा।”

दिलीप के मुख पर ऐंठन हुई। अपनी तंत्रिकाओं को शांत करने के लिए उन्होंने एक गहरी सांस ली। “आशा करूंगा कि यह बात कभी उजागर नहीं होगी कि यह हमने किया था। मेरी प्रजा का क्रोध भयंकर होगा। इस छल से नीलकंठ को मारना...”

भृगु ने दिलीप को टोका, उनका स्वर शांत था। “वह नीलकंठ नहीं था। वह धूर्त था। उसे वायुपुत्रों की सभा ने नहीं बनाया था। उसने तो उसे मान्यता भी नहीं दी थी।”

दिलीप की भृकुटियां तन गईं। उन्होंने अफवाहें तो सदैव से सुनी थीं लेकिन निश्चित रूप से कभी यह नहीं जान सके थे कि पूर्व महादेव भगवान रुद्र द्वारा पीछे छोड़ी गई महान जनजाति वायुपुत्र का वास्तव में कोई अस्तित्व था या नहीं।

“फिर उनका कंठ नीला कैसे हो गया?” दिलीप ने पूछा।

भृगु ने दक्ष को देखा और हताश भाव से सिर हिलाया। “मैं नहीं जानता। यह एक रहस्य है। मैं यह जानता था वायुपुत्र सभा ने प्रत्यक्ष रूप से किसी नीलकंठ का निर्माण नहीं किया है, क्योंकि वे अभी भी इसी वाद-विवाद में रत हैं कि बुराई ने सिर उठाया है या नहीं। इसीलिए, मेलूहा के सम्राट द्वारा नीलकंठ

की खोज के आग्रह पर मैंने कोई आपत्ति नहीं की थी। मैं जानता था कि वास्तव में नीलकंठ के खोज लिए जाने की कोई संभावना नहीं है।"

दिलीप अचंभित प्रतीत हुए।

"उस समय मेरे आश्चर्य की कल्पना करें," भृगु कह रहे थे, "जब यह प्रयास उन्हें वास्तव में एक प्रत्यक्ष नीलकंठ तक ले गया। लेकिन नीला कंठ होने का ही यह अर्थ नहीं है कि वह रक्षक होने में सक्षम है। उसका प्रशिक्षण नहीं हुआ था। इस कार्य के लिए उसे शिक्षित नहीं किया गया था। इसके लिए वायुपुत्र सभा ने उसे नियुक्त नहीं किया था। किंतु सम्राट दक्ष को प्रतीत हुआ कि वे तिब्बत के इस सीधे-सादे आदिवासी को नियंत्रित कर, मेलूहा के लिए अपनी महत्वाकांक्षाओं को पूरा कर सकेंगे। मैंने महाराज पर विश्वास करने की भूल की।"

दिलीप ने दक्ष को देखा जिन्होंने इस दंश पर प्रतिक्रिया नहीं दी थी। स्वद्वीप के सम्राट फिर से महर्षि की ओर मुड़ गए। "जो भी हो, नागाओं के नाश के साथ ही बुराई का भी नाश हो जाएगा।"

भृगु ने भौंहें उठाईं। "किसने कहा कि नागा बुरे हैं?"

दिलीप ने अचंभे से भृगु को देखा। "तो, आप क्या कह रहे हैं, प्रभु? कि नागा हमारे मित्र हो सकते हैं?"

भृगु मुस्कुराए। "बुराई और अच्छाई के बीच का अंतराल बहुत व्यापक है जिसमें अनेक लोग दोनों में से कुछ भी हुए बिना रह सकते हैं, महाराज।"

दिलीप ने विनम्रता से सिर हिलाया यद्यपि भृगु की बौद्धिक बातें उसे समझ नहीं आई थीं। किंतु बुद्धिमानीपूर्वक वह मौन रहे।

"लेकिन नागा गलत पक्ष में हैं," भृगु कहते रहे। "आप जानते हैं क्यों?"

पूरी तरह से उलझे हुए दिलीप ने सिर हिलाया।

"क्योंकि वे महान अच्छाई के विरुद्ध हैं। वे भगवान ब्रह्मा के उत्कृष्ट आविष्कार के विरुद्ध हैं! उस आविष्कार के विरुद्ध हैं जो हमारे राष्ट्र की महानता का स्रोत है। इस आविष्कार की हर मूल्य पर रक्षा की जानी चाहिए।"

दिलीप ने सहमति में सिर हिलाया। एक बार फिर, वे भृगु के शब्दों को समझ नहीं पाए थे। लेकिन वे यह भली प्रकार जानते थे कि दुर्जेय महर्षि से उलझना श्रेयस्कर नहीं है। उन्हें उन औषधियों की आवश्यकता थी जो भृगु उपलब्ध करवाते थे। वे उन्हें स्वस्थ और जीवित रखती थीं।

"हम भारतवर्ष के लिए लड़ना जारी रखेंगे," भृगु ने कहा। "मैं किसी को उस अच्छाई को नष्ट नहीं करने दूंगा जो हमारे राष्ट्र की महानता के केंद्र में स्थित है।"

अध्याय 2

बुराई क्या है?

"सोमरस हमारे युग की महानतम अच्छाई रहा है, यह पूर्णतया स्पष्ट है," बृहस्पति ने कहा। "इसने हमारे युग को आकार दिया था। इसलिए यह भी समान रूप से स्पष्ट है कि एक दिन यह महानतम बुराई बन जाएगा। महत्वपूर्ण प्रश्न यह है कि यह रूपांतरण कब होगा।"

शिव, सती, काली और गणेश अभी भी पंचवटी में बृहस्पति की कक्षा में थे। बृहस्पति ने शेष दिन के लिए अवकाश घोषित कर दिया था जिससे कि उनका वार्तालाप बिना किसी बाधा के जारी रहे। सुविख्यात 'पांच वट वृक्ष' जिन पर पंचवटी का नाम पड़ा था, कक्षा की खिड़की से स्पष्ट दिख रहे थे।

"जहां तक मेरा मानना है, सोमरस उसी पल से बुरा है जब इसे खोजा गया था!" काली ने विषवमन किया।

शिव ने अप्रसन्नता से काली को देखा और बृहस्पति की ओर घूम गया। "आप कहते रहें..."

"किसी भी महान आविष्कार के सकारात्मक और नकारात्मक दोनों पक्ष होते हैं। जब तक सकारात्मक नकारात्मक पर भारी रहता है, आप सुरक्षित रूप से इसका प्रयोग जारी रख सकते हैं। सोमरस ने हमारी जीवनशैली का निर्माण किया और हमें स्वस्थ शरीरों में अधिक लंबे समय तक जीने का अवसर दिया है। इसने महान लोगों को समाज के कल्याण में योगदान देते रहने में सक्षम किया, उससे कहीं अधिक लंबी अवधि तक जितना कि अतीत में कभी संभव था। पहले तो, सोमरस का प्रयोग केवल ब्राह्मणों तक ही सीमित था, जिनसे समाज के व्यापक कल्याण के लिए अधिक लंबे एवं स्वस्थ जीवन का--लगभग दूसरे जीवन का--उपयोग करने की अपेक्षा की जाती थी।"

शिव ने हामी भरी। उसने अनेक वर्ष पहले दक्ष से यह कहानी सुनी थी।

"बाद में भगवान राम ने आदेश दिया कि सोमरस के लाभ सबके लिए उपलब्ध होने चाहिए। ब्राह्मणों को ही विशेषाधिकार क्यों हो? इसके बाद, सोमरस सर्वसाधारण को दिया जाने लगा, जिसके परिणामस्वरूप समाज ने समग्र रूप से बहुत उन्नति की।"

"यह सब मुझे पता है," शिव ने कहा। "लेकिन नकारात्मक प्रभाव कब सामने आना शुरू हुए?"

"पहला चिह्न तो नागा थे," बृहस्पति ने कहा। "भारत में नागा सदा से ही रहे हैं। मगर वे सामान्यतया ब्राह्मण होते थे। उदाहरण के लिए, भगवान राम का सबसे बड़ा शत्रु रावण नागा भी था और ब्राह्मण भी।"

"रावण ब्राह्मण था?!" स्तब्ध सती ने पूछा।

"हां, वे ब्राह्मण थे," काली ने उत्तर दिया, क्योंकि प्रत्येक नागा को उसकी कहानी ज्ञात थी। "महान ऋषि विश्रव के पुत्र रावण दयालु शासक, महाविद्वान, भयंकर योद्धा एवं भगवान रुद्र के घोर भक्त थे। निस्संदेह, उनमें कुछ दोष थे, किंतु वे दुष्टता का साक्षात रूप नहीं थे, जैसा कि सप्तसिंधु के लोग हमें विश्वास दिलाते हैं।"

"ऐसी स्थिति में, क्या तुम लोग भगवान राम को कम मानते हो?" सती ने पूछा।

"बेशक नहीं। भगवान राम इतिहास के महानतम सम्राटों में से एक थे। हम सातवें विष्णु के रूप में उनकी पूजा करते हैं। उनके विचार, उनकी अवधारणाएं और नियम नागा जीवनशैली की बुनियाद हैं। उनके रामराज्य को सदैव पूरे भारतवर्ष में शासन की संपूर्ण शैली के रूप में माना जाएगा। किंतु आपको यह भी जानना चाहिए कि कुछ लोगों का यह विश्वास है कि भगवान राम भी उन्हें पूर्णतया दुष्ट नहीं मानते थे। वे अपने शत्रु का आदर करते थे। कभी-कभी युद्ध के दोनों पक्षों में अच्छे लोग हो सकते हैं।"

शिव ने उन्हें चुप करने के लिए अपना हाथ उठाया और उसने अपना ध्यान फिर से मेलूहा के प्रमुख वैज्ञानिक पर केंद्रित कर दिया। "बृहस्पति.."

"तो नागा, यद्यपि आरंभ में वे संख्या में कम थे, सामान्यतया ब्राह्मण ही होते थे," बृहस्पति ने कहना जारी रखा। "पर फिर, सोमरस का प्रयोग तब तक केवल ब्राह्मण ही किया करते थे। आज यह सूत्र स्पष्ट दिखता है, लेकिन उस

समय ऐसा नहीं था।"

"सोमरस ने नागाओं का निर्माण किया?" शिव ने पूछा।

"हां। नागाओं ने कुछ सदी पहले ही इस रहस्य को खोजा था। मैंने यह उनसे ही जाना है।"

"यह हमने नहीं खोजा था," काली ने कहा। "वायुपुत्र सभा ने हमें बताया था।"

"वायुपुत्र सभा ने?" शिव ने पूछा।

"हां," काली ने कहना जारी रखा। "पिछले महादेव, भगवान रुद्र, अपने पीछे वायुपुत्र नाम की एक जनजाति को छोड़ गए थे। वे पश्चिमी सीमाओं के पार रहते हैं, परिहा, अर्थात परियों की धरती नाम के देश में।"

"यह मैं जानता हूं," शिव ने एक वासुदेव पंडित के साथ हुए अपने वार्तालाप को याद करते हुए कहा। "किंतु सभा के बारे में मैंने नहीं सुना है।"

"किसी को तो उस जनजाति का प्रबंधन करना होता है। और वायुपुत्रों पर उनकी सभा शासन करती है जिसकी अध्यक्षता उनका प्रमुख करता है, जिसका देवता की भांति सम्मान किया जाता है। उसे मित्रा कहा जाता है। उसे छह बुद्धिमान लोगों की सभा परामर्श देती है जिसे सामूहिक रूप से अमर्त्य ष्पंड कहा जाता है। सभा वायुपुत्रों के दोहरे उद्देश्य पर नियंत्रण रखती है। पहला, जब भी अगले विष्णु अवतरित हों, उनकी सहायता करना। और दूसरा, एक वायुपुत्र को प्रशिक्षित करना और समय आने पर अगला महादेव बनने के लिए उसे तैयार करना।"

शिव ने अपनी भौंहें उठाईं।

"आपने प्रत्यक्षतः वह नियम तोड़ा था, शिव," काली ने कहा। "मुझे विश्वास है कि जब आप अचानक सामने आ गए, तो वायुपुत्रों की सभा को बहुत अचंभा हुआ होगा। क्योंकि, यह स्पष्ट है कि उन्होंने आपको नहीं बनाया था।"

"तुम्हारा तात्पर्य है कि यह एक नियंत्रित प्रक्रिया है?"

"मैं नहीं जानती," काली ने कहा। "किंतु आपके मित्र बहुत कुछ जानते होंगे।"

"वासुदेव?"

"हां।"

शिव की त्योरियां चढ़ीं, उन्होंने सती का हाथ थामा और फिर काली से पूछा, "तो तुम्हें कैसे पता चला कि सोमरस नागाओं को बना रहा है? क्या वायुपुत्र तुम्हारे पास आए थे या तुमने उन्हें खोजा था?"

"मैंने उन्हें नहीं खोजा था। कुछ शताब्दी पहले वे नागा राजा वासुकि के पास आए थे। वे अकस्मात ही आ गए थे, स्वर्ण के विशाल भंडार लेकर और उन्होंने हमें वार्षिक क्षतिपूर्ति देने का प्रस्ताव रखा था। राजा वासुकि ने, उचित ही, बिना किसी स्पष्टीकरण के क्षतिपूर्ति स्वीकार करने से मना कर दिया।"

"फिर?"

"फिर उन्हें बताया गया कि सोमरस के परिणामस्वरूप ही नागा विकृतियों के साथ पैदा होते हैं। अगर माता-पिता बहुत लंबी अवधि तक सोमरस का सेवन करते रहे हों, तो यह अनियोजित ढंग से कुछ गर्भस्थ शिशुओं पर ऐसा प्रभाव डालता है।"

"सारे शिशुओं पर नहीं?"

"नहीं। शिशुओं की बहुसंख्या बिना किसी विकृति के जन्म लेती है। लेकिन कुछ अभागे शिशु, मेरे जैसे, नागा के रूप में जन्मते हैं।"

"क्यों?"

"मैं इसे दुर्भाग्य कहती हूं," काली ने कहा। "किंतु राजा वासुकि का विश्वास था कि सोमरस द्वारा उत्पन्न विकृतियां परमात्मा का उन आत्माओं को दंडित करने का तरीका था जिन्होंने अपने पूर्वजन्मों में पाप किए थे। इसलिए, उन्होंने वायुपुत्र सभा द्वारा दिए निकृष्ट स्पष्टीकरण को उनकी क्षतिपूति सहित स्वीकार कर लिया।"

"मौसी ने सिंहासनारूढ़ होने के साथ ही इस अनुबंध की शर्तों को अस्वीकार कर दिया," गणेश ने कहा।

"क्यों? मुझे विश्वास है कि स्वर्ण तुम्हारी प्रजा द्वारा सदुपयोग में लाया जा सकता था," शिव ने कहा।

काली सर्द हंसी हंस दी। "वह स्वर्ण तो केवल पीड़ाहारी था। हमारे लिए नहीं, बल्कि वायुपुत्रों के लिए। इसका एकमात्र उद्देश्य उस 'महान आविष्कार' द्वारा, जिसकी वे रक्षा करते थे, हमारे साथ किए जा रहे अत्याचार के लिए उन्हें कम अपराधी अनुभव करवाना था।"

उसके क्रोध को समझते हुए शिव ने हामी भरी। वह बृहस्पति की ओर

घूमा। "लेकिन वास्तव में सोमरस इसके लिए कैसे उत्तरदायी है?"

बृहस्पति ने स्पष्ट किया, "हमारा विश्वास था कि सोमरस शरीर से विषाक्त उपचायकों को दूर करके मानव को लंबी आयु प्रदान करता है। किंतु यह केवल इसी तरह से काम नहीं करता है।"

शिव और सती और आगे झुक गए।

"यह एक अधिक मूलभूत स्तर पर भी कार्य करता है। हमारा शरीर लाखों सूक्ष्म जीवित इकाइयों से मिलकर बना है जिन्हें कोशिका कहते हैं। ये जीवन के निर्माणक घटक हैं।"

"हां, मैंने यह मेलूहा में आपके एक वैज्ञानिक से सुना है," शिव ने कहा।

"तब तो आप जानते होंगे कि ये कोशिकाएं सूक्ष्मतम जैविक रूप हैं। ये संयुक्त होकर अंग-अवयव और, वास्तव में, संपूर्ण शरीर बनाती हैं।"

"सही है।"

"इन कोशिकाओं में विभाजित होने और बढ़ने की क्षमता होती है। और प्रत्येक विभाजन एक नए जन्म की तरह होता है! पुरानी अस्वस्थ कोशिका चमत्कारिक रूप से दो नई स्वस्थ कोशिकाओं में रूपांतरित हो जाती है। जब तक वे विभाजित होती रहती हैं, स्वस्थ रहती हैं। तो मां के गर्भ में आपकी यात्रा एक एकल कोशिका के रूप में आरंभ होती है। वह कोशिका विभाजित होती और बढ़ती रहती है जब तक कि अंततः आपका संपूर्ण शरीर नहीं बन जाता।"

"हां," सती ने कहा, जिसने यह सब मेलूहा के गुरुकुल में जाना था।

"प्रत्यक्षतः," बृहस्पति ने कहा, "इस विभाजन और वृद्धि को किसी समय पर थम जाना होता है। वरना मानव का शरीर निरंतर बढ़ता रहेगा जिसके बहुत विनाशकारी परिणाम होंगे। इसलिए परमात्मा ने कोशिकाओं के विभाजित हो सकने की संख्या की एक सीमा निर्धारित की है। इसके बाद, कोशिका बस आगे विभाजित होना बंद कर देती है और इस प्रकार, प्रभावी रूप में, वृद्ध और अस्वस्थ हो जाती है।"

"और क्या ये वृद्ध कोशिकाएं मानव शरीर को वृद्ध और फिर अंततः मृत कर देती हैं?" शिव ने पूछा।

"हां, प्रत्येक कोशिका किसी न किसी बिंदु पर विभाजनों की संख्या की अपनी सीमा पर पहुंच जाती है। जब शरीर की अधिकाधिक कोशिकाएं उस सीमा पर पहुंच जाती हैं तो मनुष्य वृद्ध हो जाता है और अंत में मृत्यु को प्राप्त

होता है।"

"क्या सोमरस विभाजनों की इस सीमा को हटा देता है?"

"हां। इसीलिए, आपकी कोशिकाएं विभाजित होती रहती हैं और स्वस्थ भी रहती हैं। अधिकांश लोगों में, यह निरंतर जारी विभाजन नियमित होता है। किंतु बहुत थोड़े से लोगों में कुछ कोशिकाएं अपनी विभाजन प्रक्रिया पर नियंत्रण खो देती हैं और असामान्य गति से बढ़ती रहती हैं।"

"यही कर्करोग है, है न?" सती ने पूछा।

"हां," बृहस्पति ने कहा। "यह कर्करोग कभी-कभी कष्टकर मृत्यु की ओर ले जाता है। किंतु ऐसे भी अवसर होते हैं जब ये कोशिकाएं बढ़ती रहती हैं और विकृतियों के रूप में सामने आती हैं--जैसे अतिरिक्त बांहें या बहुत लंबी नाक।"

"कितना विनम्र और वैज्ञानिक स्पष्टीकरण है!" क्रुद्ध काली ने कहा। "किंतु कोई उस शारीरिक पीड़ा और यातना की कल्पना करना तक प्रारंभ नहीं कर सकता जिससे हम बचपन में गुजरते हैं जब ये 'अपवृद्धियां' होती हैं।"

सती ने हाथ बढ़ाकर अपनी बहन का हाथ थाम लिया।

"नागा छोटी-छोटी अपवृद्धियों के साथ पैदा होते हैं, जो शुरू में बहुत अधिक प्रतीत नहीं होती हैं, लेकिन वास्तव में वे वर्षों की यातना का पूर्वलक्षण होती हैं," काली ने कहना जारी रखा। "यह लगभग ऐसा लगता है मानो किसी राक्षस ने आपके शरीर को अपने वश में ले लिया हो। और वह, अनेक वर्ष की अवधि में, भीतर से फूट रहा हो, आत्मा को कुचल डालने वाली पीड़ा देते हुए जो आपकी सतत साथी बन जाती है। हमारे शरीर इतने विकृत हो जाते हैं कि पहचाने नहीं जा सकते। इस प्रकार किशोरावस्था तक जब आगे विकास अंततः थम जाता है तो हम उसके साथ फंसकर रह जाते हैं जिसे बृहस्पति विनम्रता से 'विकृतियां' कहते हैं। मैं इसे उन पापों का मानदेय कहती हूं जो हमने किए भी नहीं थे। अन्य लोगों ने सोमरस का पान करके जो पाप किए थे, उनका फल हम भुगत रहे हैं।"

शिव ने उदास मुस्कुराहट के साथ नागा रानी को देखा। काली का क्रोध न्यायसंगत था।

"और नागा सदियों से यह पीड़ा भोग रहे हैं?" शिव ने पूछा।

"हां," बृहस्पति ने कहा। "जैसे-जैसे सोमरस पीने वाले लोगों की संख्या

बढ़ी, वैसे-वैसे नागाओं की संख्या भी बढ़ी। आप पाएंगे कि अधिकांश नागा मेलूहा के हैं। क्योंकि वहीं सोमरस सबसे अधिक व्यापक स्तर पर प्रयोग किया जाता है।"

"और इस पर वायुपुत्र सभा का क्या दृष्टिकोण है?"

"निश्चित नहीं कह सकता। किंतु जो थोड़ा-बहुत मैं जानता हूं, उसके आधार पर वायुपुत्र सभा प्रत्यक्ष रूप से मानती है कि उन अधिकांश क्षेत्रों में जहां सोमरस का प्रयोग किया जाता है, यह अभी भी कल्याणकारी है। नागाओं का कष्ट आनुषंगिक क्षति है और व्यापक कल्याण के लिए इसे सहन करना होगा।"

"बकवास!" काली फुफकारी।

शिव काली के क्रोध को समझ सकता था किंतु वह अनेक सहस्त्राब्दियों से चले आ रहे सोमरस के व्यापक लाभों से भी अनजान नहीं था। *संतुलन में, क्या यह अभी भी कल्याणकारी था?*

वह बृहस्पति की तरफ मुड़ा। "क्या यह मानने के और कारण भी हैं कि सोमरस बुराई है?"

"इस पर विचार करें: हम मेलूहावासी यह मानना चाहते हैं कि सरस्वती चंद्रवंशियों के किसी कपटपूर्ण षड्यंत्र के कारण सूख रही है। यह सच नहीं है। वास्तव में हम स्वयं ही नदी माता को मार रहे हैं। सोमरस बनाने के लिए हम भारी मात्रा में सरस्वती का जल लेते हैं। प्रक्रिया के दौरान मिश्रण को स्थिर करने में यह सहायता करता है। यह संजीवनी वृक्ष की कुचली हुई शाखाओं को मथने में भी प्रयुक्त होता है। मैंने स्वयं यह देखने के लिए अनेक प्रयोग किए हैं कि किसी अन्य स्रोत के जल का इस्तेमाल किया जा सकता है या नहीं। किंतु बात नहीं बनी।"

"क्या इसके लिए सच में इतना अधिक जल आवश्यक होता है?"

"हां, शिव। जब केवल कुछ सहस्र लोगों के लिए सोमरस बनाया जा रहा था, तो प्रयोग में आने वाले सरस्वती के जल की मात्रा अर्थहीन थी। लेकिन जब हमने अस्सी लाख लोगों के लिए सोमरस का व्यापक उत्पादन शुरू किया तो आंकड़े बदल गए। मंदार पर्वत पर स्थित विशाल उत्पादक संयत्र के उपयोग द्वारा जल धीरे-धीरे कम होने लगा। पश्चिमी समुद्र तक सरस्वती का पहुंचना बंद हो भी चुका है। अब यह अपनी यात्रा राजस्थान के दक्षिण में एक

अंतरस्थलीय नदी-मुख पर छोड़ देती है। इस नदी-मुख के दक्षिण की भूमि का रेगिस्तानीकरण अब पूरा हो चुका है। कुछ ही समय की बात है फिर यह संपूर्ण नदी पूरी तरह से नष्ट हो जाएगी। क्या आप मेलूहा पर इसके प्रभाव की कल्पना कर सकते हैं? या भारतवर्ष पर?"

"सरस्वती तो हमारी सारी सप्तसिंधु सभ्यता की माता है," सती ने कहा।

"हां। हमारा उत्कृष्ट धर्मग्रंथ ऋग्वेद भी सरस्वती की महिमा का गुणगान करता है। यह हमारी सभ्यता का पालना ही नहीं, उसका जीवनरक्त भी है। इस महान नदी के बिना हमारी भावी पीढ़ियों का क्या होगा? स्वयं वैदिक जीवन संकट में है। हम अपनी भावी संतानों का जीवनरक्त छीन रहे हैं ताकि हमारी वर्तमान पीढ़ी दो सौ या और अधिक वर्ष जीने की विलासिता का उपभोग कर सके। इसके बजाय अगर हम बस सौ वर्ष जिएं तो क्या यह बहुत बुरा होगा?"

शिव ने हामी भरी। वह सोमरस के भयंकर दुष्परिणामों और पर्यावरणीय विनाश को देख सकता था। किंतु अभी भी वह उसे बुराई के रूप में नहीं देख पा रहा था। ऐसी बुराई जो केवल एक ही विकल्प छोड़ती हो: उसके विनाश के लिए धर्मयुद्ध।

"और कुछ?" शिव ने पूछा।

"सोमरस के एक अन्य कहीं अधिक घातक प्रभाव की तुलना में सरस्वती का नष्ट होना तो बहुत छोटा मूल्य प्रतीत होता है।"

"वह क्या है?"

"ब्रंगा का महारोग।"

"ब्रंगा का महारोग?" अचंभित शिव ने पूछा। "इसका सोमरस से क्या संबंध है?"

ब्रंगा कई वर्षों से लगातार महामारी से पीड़ित था, जिसने असंख्य लोगों की जानें ले ली थीं, विशेषकर बच्चों की। अब तक प्रमुख राहत बस नागाओं से प्राप्त होने वाली औषधि थी। अथवा पवित्र मोरों को मारकर प्राप्त की गई बहुमूल्य औषधि, जिसके कारण काशी जैसे शांतिप्रिय नगरों में भी ब्रंगाओं को बहिष्कृत कर दिया जाता था।

"सब कुछ!" बृहस्पति ने कहा। "सोमरस का न केवल उत्पादन कठिन है, बल्कि यह भारी मात्रा में विषाक्त अपशिष्ट भी उत्पन्न करता है। एक ऐसी समस्या जिसे हमने वास्तव में कभी नहीं सुलझाया। इसे धरती पर नहीं फेंका

जा सकता क्योंकि भूमिगत जल में संक्रमण के माध्यम से यह सभी नगरों को विषाक्त कर सकता है। इसे समुद्र में नहीं फेंका जा सकता। सोमरस के अपशिष्ट खारे पानी से प्रतिक्रिया करके भयानक रूप से तीव्र गति और विस्फोटक ढंग से विघटित होते हैं।"

एक विचार शिव के मस्तिष्क में कौंधा। *क्या बृहस्पति समुद्री जल लेने के लिए ही पहली बार मेरे साथ करचप गए थे? क्या मंदार पर्वत को नष्ट करने के लिए इसका प्रयोग किया गया था?*

बृहस्पति कहता रहा। "नदी का मीठा जल कारगर होता प्रतीत होता था। जब मीठे जल को सोमरस अपशिष्ट धोने के लिए प्रयोग किया गया तो अनेक वर्ष में विषाक्तता की मात्रा कम हो गई प्रतीत हुई। मंदार पर्वत पर कुछ प्रयोगों से यह सिद्ध हो गया था। यह शीतल जल में अधिक कारगर प्रतीत होता था। हिम और भी उत्तम था। प्रत्यक्षतः, भारी मात्रा में सोमरस अपशिष्ट को धोने के लिए हम भारत की नदियों का प्रयोग नहीं कर सकते थे। इसके परिणामस्वरूप हम अपने ही लोगों को विष दे देते। इसलिए अनेक दशाब्दी पूर्व, तिब्बत में ऊंचे पहाड़ों की नदियों का प्रयोग करने की योजना बनाई गई। वे निर्जन भूमि में बहती है और उनका पानी हिम के समान शीतल होता है। अतएव सोमरस के अपशिष्ट को स्वच्छ करने के लिए वे एकदम सटीक कार्य करतीं। हिमालय में बहुत ऊंचाई पर एक नदी है, जिसका नाम त्सांगपो है, जहां मेलूहा ने एक विशाल अपशिष्ट संशोधन संयत्र स्थापित करने का निर्णय लिया।"

"आप मुझे बता रहे हैं कि मेलूहावासी मेरे देश में पहले ही आ चुके हैं?"

"हां। गुपचुप ढंग से।"

"मगर इतनी बड़ी खेपों को छिपाया कैसे जा सकता है?"

"आपने एक पूरे नगर के लिए वर्ष भर के लिए पर्याप्त सोमरस चूर्ण की मात्रा तो देखी है। इसके लिए कुल मिलाकर दस छोटे थैले पर्याप्त होते हैं। पूरे मेलूहा में कुछ निर्धारित मंदिरों में जल एवं अन्य सामग्रियों के साथ मिलाकर इसे सोमरस पेय में रूपांतरित किया जाता है।"

"मतलब अपशिष्ट की मात्रा भी बहुत अधिक नहीं होती?"

"नहीं, यह अधिक नहीं होती। यह बहुत अल्प मात्रा होती है जिसे सरलता से पहुंचाया जा सकता है। किंतु वह छोटी सी मात्रा भी विष की विशाल मात्रा से भरी होती है।"

"हम्म... तो ये अपशिष्ट संयत्र तिब्बत में लगाया गया था?"

"हां, इसे त्सांगपो के पास एक पूरी तरह से निर्जन क्षेत्र में स्थापित किया गया था। नदी पूर्व में बहती थी, इसलिए वो भारत के अपेक्षाकृत अनावासित भागों में जाती थी। इसलिए हमारे देश को सोमरस के हानिकारक प्रभावों का भागी नहीं बनना पड़ता।"

शिव की भृकुटियां टेढ़ी हुईं। "किंतु और आगे स्थित उन देशों का क्या जहां त्सांगपो बहकर जाती है? वे पूर्वी देश जो स्वद्वीप के आगे स्थित हैं? स्वयं त्सांगपो के निकटवर्ती तिब्बती भूमि का क्या? विषाक्त अपशिष्ट के कारण क्या वे कष्ट नहीं पाएंगे?"

"पा सकते हैं," बृहस्पति ने कहा। "किंतु उसे स्वीकार्य आनुषंगिक क्षति माना जाता था। मेलूहावासियों ने त्सांगपो के पास रहने वाले लोगों की जानकारी रखी। वहां न कोई रोग फैला, न ही कोई विकृति अकस्मात सामने आई। विषाक्तताओं को निष्क्रिय रखने में हिमशीतल जल कारगर रहा प्रतीत होता था। ये जानकारियां वायुपुत्रों की सभा को भेजी जाती थीं। प्रत्यक्षतः, सभा ने भी स्वद्वीप के पूर्व में स्थित बर्मा के अल्प आवासित क्षेत्रों में वैज्ञानिकों को भेजा था। ऐसा विश्वास था कि त्सांगपो इन क्षेत्रों में बहती है और बर्मा की मुख्य नदी इरावदी बन जाती है। एक बार फिर, रोगों में अचानक वृद्धि होने का कोई प्रमाण नहीं मिला। इसलिए निष्कर्ष निकाला गया कि हमने किसी को हानि पहुंचाए बिना सोमरस के अपशिष्ट से छुटकारा पाने का मार्ग निकाल लिया है। जब यह पता लगा कि स्थानीय तिब्बती भाषा में त्सांगपो का अर्थ 'शोधक' है, तो इसे एक चिह्न, एक दैवीय संकेत समझा गया। एक हल निकाल लिया गया था। मंदार पर्वत के वैज्ञानिकों के लिए यह प्राप्य ज्ञान की तरह भी था।"

"ब्रंगाओं से इसका क्या संबंध है?"

"देखिए, ब्रह्मपुत्र के ऊपरी क्षेत्रों का कभी ठीक से भौगोलिक मानचित्र बनाया ही नहीं गया है। साधारण रूप से बस यह मान लिया गया था कि यह नद पूर्व से आता है! क्योंकि यह पश्चिम में ब्रंगा की ओर बहता है। परशुराम की सहायता से नागाओं ने अंततः ब्रह्मपुत्र के ऊपरी मार्ग का भौगोलिक मानचित्र बनाया। यह हिमालय की विशाल ऊंचाइयों से लगभग प्रलंयकर गति से ऐसे खड्डों से ब्रंगा के मैदानों में गिरता है जो लगभग दो सहस्त्र हाथ की दीवारों जैसे हैं।"

"दो सहस्त्र हाथ!" शिव स्तब्ध रह गया।

"आप भलीभांति कल्पना कर सकते हैं कि ब्रह्मपुत्र जैसे नद के मार्ग पर जाना लगभग असंभव है। किंतु परशुराम इसमें सफल रहे थे और वे नागाओं को उस मार्ग पर ले गए। निस्संदेह, परशुराम ने नद के मार्ग की खोज के महत्व को नहीं समझा था। किंतु रानी काली और प्रभु गणेश ने समझ लिया था।"

"क्या आप भी ब्रह्मपुत्र के ऊपरी भाग में गए थे?" शिव ने पूछा। "यह नद कहां से आता है? क्या यह किसी भी प्रकार से त्सांगपो से जुड़ा है?"

बृहस्पति दुखद भाव से मुस्कुराया। "यह त्सांगपो ही है।"

"क्या?"

"त्सांगपो बस तिब्बत के अपने मार्ग पर पूर्व की ओर बहती है। हिमालय के पूर्वी छोरों पर यह लगभग अपने बहाव को वापस मोड़ते हुए एक तीव्र मोड़ लेती है। यह फिर दक्षिण-पश्चिम की ओर बढ़ना शुरू करती है और ब्रंगा के पास ब्रह्मपुत्र के रूप में सामने आने से पहले विशाल खड्डों से गिरती है।"

"पवित्र झील की सौगंध," शिव ने कहा। "ब्रंगाओं को सोमरस अपशिष्ट का विष दिया जा रहा है।"

"बिल्कुल सही। त्सांगपो का शीतल जल एक सीमा तक विषाक्त प्रभाव को हल्का कर देता है। मगर, जब नदी ब्रह्मपुत्र के रूप में भारत में प्रवेश करती है तो बढ़ता तापमान जल के सुप्त विष को पुनः सक्रिय कर देता है। यद्यपि ब्रंगा बालक भी नागा बालकों के समान ही शरीर को तोड़ डालने वाली पीड़ा को भोगते हैं, किंतु वे विकृतियों से मुक्त रहते हैं। दुख की बात है, ब्रंगाओं में भी कर्करोग की उच्च दर पाई गई है। अत्यंत गहन रूप से आवासित होने के कारण मृत्यु संख्या सहज ही अस्वीकार्य है।"

शिव बिंदुओं को जोड़ने लगे। "दिवोदास ने मुझे बताया था कि ब्रंगा महामारी हर वर्ष ग्रीष्मकाल में अपने चरम पर होती है। यही वह समय है जब हिमालय में हिम तेजी से पिघलता है, जिसके कारण विष भारी मात्राओं में बहकर आ जाता होगा।"

"हां," बृहस्पति ने कहा। "बिल्कुल ऐसा ही होता है।"

"स्पष्ट है, चूंकि नागा और ब्रंगा दोनों समान प्रदूषण से विषाक्त हो रहे हैं, इसलिए हमारी औषधि ब्रंगाओं पर भी कारगर रहती है," काली ने कहा। "इसलिए हम उन्हें अपनी औषधि भेजते हैं ताकि उनकी पीड़ा कुछ कम हो

सके। यद्यपि हमने राजा चंद्रकेतु को बताया था कि उनके राज्य को किस तरह विषाक्त किया जा रहा है, तथापि कुछ ब्रंगाओं ने यह मानना पसंद किया कि हर वर्ष महामारी के आने का कारण वह शाप है जो नागाओं ने उन्हें दिया है। काश हम इतने शक्तिशाली होते! लेकिन ऐसा प्रतीत होता है कि राजा चंद्रकेतु हम पर विश्वास करते हैं। इसीलिए वे हमें नियमित रूप से सैनिक और स्वर्ण भेजते हैं ताकि हम चोरी-छिपे सोमरस उत्पादक संयंत्रों पर आक्रमण कर सकें, जो हमारी समस्याओं का मूल है।"

"बुराई से कभी भी छल से नहीं लड़ना चाहिए, काली," शिव ने कहा। "इस पर खुलेआम आक्रमण करना चाहिए।"

काली प्रतिवाद करने वाली थी किंतु शिव वापस बृहस्पति की ओर पलट चुका था।

"आपने कुछ कहा क्यों नहीं? इस समस्या को मेलूहा में या वायुपुत्रों के सामने उठाते?"

"मैंने उठाया था," बृहस्पति ने कहा। "मैंने यह बात सम्राट दक्ष के सामने रखी थी। किंतु वे वास्तव में वैज्ञानिक बातें समझते नहीं हैं या तकनीकी विवरणों में स्वयं को लिप्त नहीं करते। उन्होंने उस बुद्धिजीवी का सहारा लिया जिस पर वे सबसे अधिक भरोसा करते हैं, श्रद्धेय राजगुरु भृगु। महर्षि भृगु समुचित रूप से उत्सुक प्रतीत हुए और मुझे वायुपुत्र सभा में ले गए ताकि मैं उनके समक्ष अपना पक्ष रख सकूं, किंतु वे लेशमात्र भी सहयोगात्मक नहीं थे। कोई भी ब्रह्मपुत्र के स्रोत के विषय में मेरी बात पर विश्वास करने का इच्छुक नहीं था। जब उन्होंने सुना कि मैं प्रकट रूप से नागाओं की बात सुन रहा हूं तो उन्होंने उपहास भी किया। उनके अनुसार, नागाओं पर अब एक चरमवादी राक्षसी राज कर रही है, जिसकी अपने कर्मों को लेकर उपजी हताशा अन्य सभी को उसके क्रोध का भागी बना रही है।"

"मैं इसे प्रशंसा के रूप में लूंगी!" काली ने कहा।

बृहस्पति की ओर वापस मुड़ने से पहले शिव काली को देखकर मुस्कुराए।

"किंतु ब्रंगा में जो कुछ हो रहा था, उसे वायुपुत्रों ने किस प्रकार तर्कसम्मत ठहराया?"

"उनके अनुसार," बृहस्पति ने कहा, "ब्रंगा समृद्ध मगर असंस्कृत लोग थे, जिनकी खानपान की विचित्र आदतें और घृणास्पद परंपराएं थीं। अतः

महामारी का कारण सोमरस नहीं बल्कि उनके दूषित आचार-विचार और कर्म थे, वायुपुत्रों में ब्रंगाओं के लिए न के बराबर सहानुभूति थी क्योंकि यह सबको ज्ञात है कि वे मोरों का रक्त पीते हैं, मोर वह पक्षी है जिसे भगवान रुद्र का प्रत्येक अनुयायी पवित्र मानता है।"

"और आपने हार मान ली?" शिव ने प्रतिवाद किया। "क्या आपको अड़े नहीं रहना चाहिए था? सम्राट दक्ष शक्तिहीन हैं और उन्हें सरलता से प्रभावित किया जा सकता है। वे मेलूहा में परिवर्तन ला सकते थे। वायुपुत्रों की सभा आपके देश पर तो शासन नहीं करती है।"

"मेरे द्वारा इस विवाद को तूल न देने का समुचित कारण था।"

"कैसा कारण?"

"तारा, वह स्त्री जिससे मैं विवाह करना चाहता था, अचानक लापता हो गई," बृहस्पति कह रहे थे। "अंतिम बार जब मैंने उसे देखा था तब वो परिहा में थी। मेलूहा लौटने पर मुझे उसका पत्र प्राप्त हुआ जिसमें लिखा था कि सोमरस के विरुद्ध मेरे संभाषण से वह बहुत निराश हुई है। मैंने महर्षि भृगु से कहा कि वे परिहा में अपने मित्रों से जानकारी प्राप्त करें। मुझे बताया गया कि वह लापता हो गई है।"

शिव क्षुब्ध हो गए।

"मैं जानता हूं कि यह निर्बल प्रतीत होता है," बृहस्पति ने कहा। "किंतु मन में कहीं गहरे मुझे यह विश्वास था कि तारा को बंधक बना लिया गया है। यह मेरे लिए एक संदेश था। मौन रहो अथवा..."

"और आपने हार मान ली?" शिव ने दोहराया। "अगर आपको विश्वास था कि आप सही हैं तो आपने ऐसा क्यों किया?"

"मैंने हार नहीं मानी," बृहस्पति ने रक्षात्मक भाव से कहना जारी रखा। "किंतु तब तक मैं अन्य क्षेत्रों के वरिष्ठ वैज्ञानिकों के बीच विश्वसनीयता खोने लगा था। अगर मैंने मेलूहा में इस मुद्दे को और उछाला होता तो सूर्यवंशियों में मेरी जो थोड़ी-बहुत प्रतिष्ठा थी, वह भी खो बैठता। मैं कुछ भी करने की क्षमता खो बैठता। यद्यपि मैं जानता था कि मुझे कुछ करना होगा, किंतु मैं यह भी समझ रहा था कि खुली पक्षधारिता या वादविवाद उलटे साबित हो गए थे। सोमरस से बहुत अधिक निहित स्वार्थ जुड़े थे। केवल वायुपुत्रों की सभा में ही, नीलकंठ के माध्यम से, इसे खुले तौर पर रोकने का नैतिक साहस हो सकता

था। लेकिन उन्होंने यह मानने से ही इंकार कर दिया था कि सोमरस दूषित हो गया है।"

"उसके बाद क्या हुआ?" शिव ने पूछा।

"मैंने चुप रहने का विकल्प चुना," बृहस्पति ने कहा। "कम से कम सतही तौर पर। किंतु मुझे कुछ करना तो था। महर्षि भृगु आश्वस्त थे कि सोमरस अपशिष्ट से भयभीत होने की कोई बात नहीं है। इसलिए सोमरस का उत्पादन उसी तीव्र गति से चलता रहा। सरस्वती का उसी वृहद स्तर पर उपभोग किया जाता रहा। भारी मात्रा में सोमरस अपशिष्ट उत्पन्न हो रहा था। चूंकि अब साम्राज्य का मानना था कि शीतल, मीठा पानी विषाक्त अपशिष्ट को नष्ट करने में कारगर रहा था, इसलिए अन्य नदियों का प्रयोग करने की नई योजनाएं बनाई जा रही थीं। इस बार विचार सिंधु या गंगा के ऊपरी भागों को प्रयोग करने का था।"

"प्रभु राम दया करें," शिव बुदबुदाए।

"लाखों जीवन जोखिम में पड़ जाते। हम ठीक भारत के हृदय में विषाक्त अपशिष्ट छोड़ देने वाले थे। लगभग परमात्मा से मिले संदेश की तरह ही ठीक इसी समय माननीय गणेश मेरे पास आए। उन्होंने एक योजना बनाई थी, और मुझे स्वीकार करना होगा कि उनकी बात सार्थक थी। केवल एक ही हल संभव हो सकता था। मंदार पर्वत का विनाश। मंदार पर्वत के बिना सोमरस होता ही नहीं। और सोमरस के जाने के साथ ही ये सारी समस्याएं भी लुप्त हो जातीं।"

शिव ने सती पर एक नजर डाली।

"मेरे मन में जो थोड़े-बहुत संशय थे," बृहस्पति ने कहा, "वे तब लुप्त हो गए जब मेरा सामना एक नए परिदृश्य से हुआ। जब यह हुआ, तो अपने हृदय में मैं जान गया था कि अब बुराई के विनाश का समय आ गया है।"

"कैसा नया परिदृश्य?" शिव ने पूछा।

"परिदृश्य में आपका आविर्भाव हुआ," बृहस्पति ने कहा। "वायुपुत्र सभा की अनुमति के बिना भी, संभवतः उनकी जानकारी के भी बिना... नीलकंठ प्रकट हुए थे। यह मेरे लिए अंतिम संकेत थाः बुराई के विनाश का समय हमारे सामने था।"

विश्वद्युम्न ने शीघ्रता से अपने ब्रंगा सैनिकों को हाथ के संकेत दिए। शिकारी दल अपने घुटनों पर झुक गया।

कार्तिक की आंखें चमक उठीं, जोकि विश्वद्युम्न के ठीक पीछे था, उसने हौले से सीटी बजाई। "अदभुत!"

विश्वद्युम्न कार्तिक की ओर मुड़ा। शिव का अधिकांश काफिला पंचवटी के बाहर अतिथियों के शिविर में विश्राम कर रहा था, मगर कुछ शिकारी दलों को विशाल काफिले के लिए मांस जुटाने भेजा गया था। पंचवटी के पूरे मार्ग में स्वयं को मंजा हुआ शिकारी सिद्ध करने के बाद कार्तिक एक दल का स्वाभाविक प्रमुख बन चुका था। विश्वद्युम्न नीलकंठ के पुत्र के साथ था। कार्तिक की भयंकर युद्धकला का वह घोर प्रशंसक था।

"गैंडा है, स्वामी," विश्वद्युम्न ने हौले से कहा।

गैंडा भीमकाय पशु था, लगभग चार मीटर लंबा। उसकी ऊबड़-खाबड़ भूरी त्वचा थी, जो अनेक परतों में उसके शरीर पर लटककर मोटे कवच का आभास देती थीं। इसका सबसे अधिक विशिष्ट गुण था इसकी नाक का सींग, जो किसी भयंकर घातक अस्त्र की तरह, लगभग पचास सेंटीमीटर की ऊंचाई पर बाहर निकला हुआ था।

"जानता हूं," कार्तिक फुसफुसाया। "ये काशी के आसपास भी रहते हैं। ये लगभग किसी छोटे हाथी के बराबर बड़े होते हैं। इन बर्बर पशुओं की दृष्टि बहुत क्षीण होती हैं, लेकिन इनके सूंघने और सुनने की शक्ति बहुत तीव्र होती है।"

प्रभावित विश्वद्युम्न ने कार्तिक को देखकर हामी भरी। "आपका क्या प्रस्ताव है, स्वामी?"

शिकार करने के लिए गैंडा मुश्किल पशु था। वे शांत पशु होते हैं जो सामान्यतया अपने तक सीमित रहते हैं, लेकिन संकट महसूस होने पर वे भयंकर ढंग से आक्रमण कर सकते हैं। उनके भीमकाय शरीर और भयंकर सींग के सीधे वार से बहुत कम ही लोग बच पाते हैं।

कार्तिक ने अपने कंधे के ऊपर हाथ ले जाकर पीठ पर बंधी दोनों तलवारों को निकाल लिया। उसके बाएं हाथ में एक छोटी दुधारी थी जैसी उसके बड़े भाई गणेश को पसंद थी। दाएं हाथ में घुमावदार फल वाली एक भारी तलवार थी जो निश्चय ही आक्रमण करने के लिए उपयुक्त नहीं थी। यह अस्त्र घुमाने

और काटने के लिए सटीक थी--युद्ध की वह शैली जिसमें कार्तिक माहिर था।

कार्तिक ने धीरे से कहा, “इसकी पीठ पर बाण मारें। अधिक से अधिक शोर मचाएं। मैं चाहता हूं कि आप इसे आगे भेजें।”

विश्वद्युम्न की आंखें भय से भर गईं। “यह बुद्धिमानी नहीं होगी, स्वामी।”

“यह पशु विशाल है। बहुत अधिक सैनिकों का आक्रमण हमें भीड़ बना देगा। इसे बस अपना शक्तिशाली सींग घुमाना भर होगा और यह अनेक को हताहत कर डालेगा।”

“लेकिन हम दूर से बाण मारकर भी तो इसे मार सकते हैं।”

कार्तिक ने अपनी भौंहें उठाईं। “विश्वद्युम्न, आपको तो पता होना चाहिए। क्या आप सच में मानते हैं कि हमारे तीर वास्तव में इतने गहरे घुस सकते हैं कि कोई भारी क्षति पहुंचा सकें? तीर नहीं, बल्कि जो आप शोर मचाएंगे, वह इसे आक्रमण करने के लिए उकसाएगा।”

विश्वद्युम्न अभी भी अनिश्चित भाव से तकता रहा।

“साथ ही, यह हवा के रुख से खड़ा है और आपका इसके पीछे मोर्चा लेना एकदम ठीक रहेगा। शोर के साथ ही आपके सैनिकों की बदबू भी इस पशु को आगे धकेलेगी। यह अच्छी बात है कि वे दो दिन से नहाए नहीं हैं,” अपने विनोद पर हंसी का तनिक भी संकेत दिए बिना कार्तिक ने कहा।

सभी योद्धाओं की तरह, विश्वद्युम्न भी संकट के सामने हास्य-विनोद को पसंद करता था। किंतु यह तय न कर पाकर कि कार्तिक विनोद कर रहा है या नहीं, उसने अपनी मुस्कुराहट को दबा दिया। “आप क्या करेंगे, स्वामी?”

कार्तिक फुसफुसाया, “मैं इस पशु को मार डालूंगा।”

यह कहकर, कार्तिक धीरे से आगे बढ़ा। ठीक उस मार्ग पर जिस पर विश्वद्युम्न के सैनिकों द्वारा आक्रमण किए जाने के बाद वह पशु धावा बोलता। इस बीच सैनिक गैंडे के पीछे हवा की दिशा में आगे बढ़े। अपने मोर्चे पर पहुंचकर कार्तिक ने धीरे से सीटी बजाई।

“अब!” विश्वद्युम्न चिल्लाया।

सैनिकों के जोर-जोर से चिल्लाना शुरू करने के साथ ही तीरों की एक बौछार ने पशु पर आक्रमण कर दिया। गैंडे ने अपना सिर उठाया, उसके कान फड़फड़ाए, जबकि तीर उसकी त्वचा से टकराकर बिना कोई क्षति पहुंचाए गिर गए। जब सैनिक थोड़ा निकट आए, तो कुछेक तीर इतना गहरे घुस पाने में

समर्थ हो सके कि उस पशु को उद्वेलित कर सकें। अपनी छोटी-छोटी काली आंखों से शोले बरसाते और अपने बल एवं शक्ति का प्रदर्शन करते हुए वह पशु शक्तिशाली ढंग से फुफकारा और उसने मिट्टी में पांव मारे। उसने अपना सिर झुकाया और हमला कर दिया, उसके पैरों तले धरती कंपायमान हो उठी।

कार्तिक मोर्चा संभाले हुए था। गैंडा केवल किनारों पर देख सकता था, वह अपने सामने नहीं देख सकता था। इसलिए इसमें कोई आश्चर्य की बात नहीं थी कि वह अपने रास्ते में ऊपर से लटक रही एक शाखा से टकरा गया जिसने उसकी दिशा में थोड़ा सा परिवर्तन ला दिया था। इसी समय, उसने अपने दाहिनी ओर खड़े कार्तिक को देखा। भयंकर गैंडा जोरों से दहाड़ा, अपनी दिशा बदलकर वह अपने मूल मार्ग पर आया और शिव के छोटे पुत्र की ओर दौड़ पड़ा।

पशु पर अपनी आंखें टिकाए हुए कार्तिक स्थिर और शांत खड़ा था। उसका श्वास नियमित और गहरा था। वह जानता था कि गैंडा उसे नहीं देख पाएगा क्योंकि वह ठीक सामने खड़ा था। गैंडे ने अंतिम बार जहां कार्तिक को खड़े देखा था, अपनी याददाश्त के अनुसार वह उसी ओर दौड़ रहा था।

विश्वद्युम्न ने गैंडे को धीमा करने की आशा से तीव्रता से उस पर तीर छोड़े। लेकिन उसकी मोटी खाल ने यह सुनिश्चित कर दिया था कि बाण कोई विशेष अंतर न डाल पाएंगे। वह सीधे कार्तिक की ओर दौड़ता जा रहा था। फिर भी न तो कार्तिक हिला न ही बचा। विश्वद्युम्न देख रहा था कि बाल योद्धा अपनी तलवारों को हल्के हाथ से पकड़े हुए है। घोंपने की क्रिया के लिए यह एकदम गलत था, जिसमें तलवार को कसकर पकड़ने की आवश्यकता होती है। जैसे ही वह आगे आक्रमण करता, अस्त्र उसके हाथ से गिर जाते।

ठीक तभी जब ऐसा लग रहा था कि कार्तिक पैरों तले कुचला जाने वाला है, वह नीचे झुका और बिजली की सी तेजी से बाईं तरफ लुढ़क गया। गैंडे ने दौड़ना जारी रखा, कार्तिक ने वार किया, पहले अपनी बाईं तलवार से, और घूमते हुए उसने मूठ पर लगा सब्बल दबा दिया। दोहरे फलों में से एक ने दूसरे से विस्तार पाया, और मांसपेशियों और धमनियों को काटते हुए गैंडे की सामने की जंघा को अलग कर डाला। रक्त की धार फूट पड़ी और पशु की आहत टांग उसके नीचे गिर गई, चकराया हुआ सा गैंडा अपने भार को पिछले हिस्से पर संभालते हुए गुर्राया, अब वो व्यर्थ ही अपने पेट के सहारे लड़खड़ा रहा था।

प्रशंसात्मक रूप से वह अभी भी आक्रमण कर रहा था, जब वह पलटकर अपने हमलावर का सामना करने का संघर्ष कर रहा था तो उसकी ठीकठाक तीनों टांगें उसके भार के तले डगमगा रही थीं। गैंडे की हरकत को देखते हुए कार्तिक आगे दौड़ा, अब घेरा बनाते हुए जानवर के पीछे से आया। उसने अपने दाहिने हाथ से निर्ममता से वार किया जिसमें उसकी घातक घुमावदार तलवार थी। तलवार ने अपनी गहरी घुमावदार धातु से हड्डी से काटते हुए उसकी पीछे की टांग को काट डाला। दाहिनी ओर की दोनों टांगें कट जाने से गैंडा धराशायी हो गया, पीड़ा से तड़पता, अपनी बचीखुची टांगों पर खड़े होने की कोशिश करते हुए वह पार्श्व में लुढ़क गया। उसके रक्त ने मिट्टी में मिलकर गहरी लाल-भूरी कीचड़ बना दी थी, और जब वह भय से हांफता धरती पर तड़प रहा था तो वह उसके शरीर पर लिपटती जा रही थी।

कार्तिक कुछ दूरी पर मौन खड़ा पशु को अपनी अंतिम सांसें लेते देख रहा था।

विश्वद्युम्न पीछे से देख रहा था, उसका मुंह खुला रह गया था। उसने कभी किसी पशु को इतने कौशल और गति से गिराए जाते नहीं देखा था।

कार्तिक शांत भाव से गैंडे की ओर बढ़ा। निश्चेष्ट होते हुए भी उस पशु ने ऊंचे स्वर में चिल्लाकर गुर्राते-कराहते हुए नृशंसता से अपना सिर उसकी ओर घुमाया। अन्य सैनिक शीघ्रता से दौड़ते हुए जब तक उनके समीप नहीं आए, कार्तिक ने एक सुरक्षित दूरी बनाए रखी।

नीलकंठ के पुत्र ने पशु को नमन किया। "मुझे क्षमा करो, हे अदभुत पशु। मैं केवल अपना कर्तव्य कर रहा हूं। मैं शीघ्र ही इसे समाप्त कर दूंगा।"

अचानक कार्तिक आगे बढ़ा और उसने तीव्रता से वार किया, गैंडे की त्वचा की परतों को भेदते हुए सीधे उसके हृदय में गहरे घुसते हुए, उसके शरीर में होने वाली थरथराहट को महसूस करते हुए, जब तक कि वह शांत नहीं हो गया।

— ⅄ⓄᕫϮ⊛ —

"महाराज, अभी-अभी एक पंछी संदेशवाहक, केवल आपके देखने के लिए एक संदेश लेकर आया है," मेलूहा की प्रधानमंत्री कनखला ने कहा। "इसीलिए मैं स्वयं इसे लेकर आई हूं।"

दक्ष अपने निजी कक्ष में थे, चिंतित वीरिनी उनके पास ही बैठी थीं। उन्होंने कनखला से पत्र लिया और उसे भेज दिया।

सम्राट और साम्राज्ञी को विनम्रता से नमस्ते करके कनखला जाने के लिए मुड़ गई। पीछे दृष्टि डालने पर उसने उनके बीच आत्मीयता का एक दुर्लभ पल देखा, जब उन्होंने एक-दूसरे का हाथ थाम रखा था। पिछले कुछ माह में मेलूहा में हो रही विचित्र गतिविधियों के प्रति उसे कठोर बना दिया था। सती की पहली गर्भावस्था के दौरान दक्ष के पूर्व विश्वासघात ने उसे बुरी तरह आहत किया था। अपने सम्राट के प्रति कनखला के मन में सम्मान का भाव लुप्त हो गया था। मेलूहा के प्रति अपनी निष्ठा के कारण ही वह अपने पद पर बनी हुई थी। उसने अपने राजा के विचित्र आदेशों पर प्रश्न उठाना भी बंद कर दिया था! जैसे कि वह आदेश, जो उन्होंने गत दिवस भृगु और दिलीप के मंदार पर्वत के भग्नावशेष पर जाने का प्रबंध करने के लिए दिया था। वहां जाने में महर्षि भृगु की रुचि को वह समझ सकती थी। किंतु स्वद्वीप के सम्राट के भी वहां जाने का क्या उचित कारण हो सकता था? अपने पीछे चुपचाप द्वार बंद करते हुए कनखला ने दक्ष को वीरिनी का हाथ छोड़ते और पत्र की मोहर खोलते देखा।

दक्ष रोने लगे। वीरिनी ने तुरंत हाथ बढ़ाकर उनसे वह पत्र छीन लिया।

वीरिनी ने शीघ्रता से पत्र को पढ़ डाला, उसने राहत की गहरी सांस छोड़ी और उनकी आंखों से आंसू ढुलक गए। "वह सुरक्षित है। वे सब सुरक्षित हैं..."

सतही तौर पर, नीलकंठ की हत्या का षड्यंत्र तीनों प्रमुख षड्यंत्रकारियों, महर्षि भृगु, सम्राट दक्ष और सम्राट दिलीप के निहित स्वार्थ को पूरा करता। भृगु के लिए सबसे बड़ा लाभ यह होता कि सोमरस को नीलकंठ द्वारा लक्ष्य नहीं बनाया जाता। नीलकंठ की किवदंती में लोगों की आस्था दृढ़ थी। अगर नीलकंठ घोषणा कर देते कि सोमरस बुराई है और वे नागाओं की लीक पर चलने का निर्णय करते तो उनके अनुयायी भी ऐसा ही करते। दिलीप के लिए इसका अर्थ एक तीर से दो शिकार करना था। न केवल उन्हें भृगु से जीवनदायी औषधि मिलती रहती, बल्कि वे अपने उत्तराधिकारी और सबसे बड़े संकट भगीरथ से भी छुटकारा पा लेते। दक्ष उपद्रवी नीलकंठ से मुक्त हो जाते और इसका सारा दोषारोपण एक बार फिर नागाओं पर कर पाते। योजना परिपूर्ण थी। सिवा इसके कि दक्ष अपनी पुत्री की हत्या के लिए तैयार नहीं थे। सती

की सुरक्षा सुनिश्चित करने के लिए वे सबकुछ दावं पर लगा सकते थे। भृगु और दिलीप को आशा थी कि दक्ष और उनकी पुत्री के संबंधों में दरार आने के बाद मेलूहा के सम्राट पूरे मन से इस मुहिम में सहयोग देंगे। वे गलत थे। सती के लिए दक्ष का प्रेम शिव के लिए उनकी घृणा से कहीं अधिक गहरा था।

वीरिनी के परामर्श पर, दक्ष ने अरिष्टनेमी दलपति मायाश्रेणिक को एक गुप्त कार्य पर भेजा था, जो मेलूहा के प्रति अपनी अंधभक्ति और नीलकंठ के प्रति अपने गहरे समर्पण के लिए जाना जाता था। मायाश्रेणिक को उन पांच पोतों के साथ जाना था, जिन्हें नीलकंठ के काफिले पर आक्रमण करने के लिए भेजा गया था। वीरिनी संघर्ष के इतने वर्षों में गुप्त रूप से अपनी पुत्री काली के संपर्क में रही थी और उसने दक्ष को नागाओं की नदी की चेतावनी और सुरक्षा प्रणाली की जानकारी दे दी थी। बस इस जानकारी को सही समय पर इस्तेमाल करना था। मायाश्रेणिक का कार्य यह सुनिश्चित करना था कि जानकारी ठीक समय पर दी जाए। उसके बाद उसे बच निकलना और वापस मेलूहा लौट आना था। अरिष्टनेमी दलपति और मेलूहा सेना के कार्यवाहक सेनापति ने अपने साथ पालतू कबूतर रखे थे ताकि वह दक्ष को बाद में होने वाले युद्ध की सूचना दे सके। मेलूहा के सम्राट के लिए सुखद संदेश यह था कि वे संतानें जिनकी दक्ष को चिंता थी--सती और कार्तिक--जीवित और सुरक्षित थे।

वीरिनी ने अपने पति को देखा। "काश आपने मेरी और अधिक बातें सुनी होतीं।"

दक्ष ने गहरी सांस ली। "अगर कभी महर्षि भृगु को पता चल गया..."

"क्या आप यह चाहते कि आपकी संतानें मृत्यु को प्राप्त हो जातीं?"

दक्ष ने ठंडी सांस ली। सती की सुरक्षा को सुनिश्चित करने के लिए वे कुछ भी कर सकते थे। उन्होंने अपना सिर हिलाया। "नहीं!"

"तो परमात्मा को धन्यवाद दें कि हमारी योजना कारगर रही। और कभी किसी के सामने एक शब्द भी नहीं कहिएगा। कभी नहीं!"

दक्ष ने सिर हिलाया। उन्होंने वीरिनी के हाथ से पत्र ले लिया और उसे जला दिया, जितनी देर संभव हुआ उसे किनारे से पकड़े रहे ताकि उसका प्रत्येक भाग इस तरह जल जाए कि पहचाना न जा सके।

अध्याय 3

राजाओं का चुनाव

“तुम्हें बृहस्पति पर विश्वास है?” शिव ने पूछा।

मुख्य नगर के ठीक बाहर स्थित पंचवटी के अतिथि खंड पर रात उतर चुकी थी। शिव के काफिले के घायल और थके हुए लोग सुसम्मत विश्राम के लिए अपने आवासों में जा चुके थे।

नगर से अभी-अभी लौटकर आए सती और शिव अपने कक्ष में थे। पंचवटी के गुरुकुल में उन्होंने जो कुछ भी जाना था, उसके विषय में उन्होंने किसी से कुछ नहीं कहा था। उन्होंने सूर्यवंशियों तक को नहीं बताया था कि उनके प्रिय प्रमुख वैज्ञानिक बृहस्पति अभी भी जीवित हैं। अगले दिन उन्हें फिर उससे मिलना था।

“मुझे नहीं लगता कि बृहस्पतिजी असत्य कह रहे हैं,” सती ने कहा। “मुझे स्मरण है कि दो दशक से अधिक पहले महर्षि भृगु ने कई माह देवगिरि में बिताए थे जोकि राजगुरु के लिए अत्यंत अस्वाभाविक था। मेलूहा में उनका दर्शन दुर्लभ ही होता है क्योंकि वे सामान्यतया अपना समय हिमालय की अपनी गुफा में साधना करते हुए बिताते हैं।”

“क्या राजगुरुओं को राजसी महल में रहना और राजा का दिशा-निर्देशन नहीं करना होता?”

“महर्षि भृगु जैसे राजगुरु को नहीं। उन्होंने सम्राट बनने के लिए मेरे पिता के चुने जाने में सहायता की थी क्योंकि उनका विश्वास था कि मेरे पिता मेलूहा के लिए उत्तम रहेंगे। इसके अतिरिक्त महर्षि भृगु को मेलूहा के दिन-प्रतिदिन के शासन में कोई रुचि नहीं रही है। वे एक सीधे-सरल मनुष्य हैं, जिन्हें संभवतः ही कभी तथाकथित शक्तिशाली खेमों में देखा जाता है।”

"तो उन्होंने देवगिरि में बहुत समय बिताया था। यह अस्वाभाविक हो सकता है, किंतु वे अन्य बातें जो बृहस्पति ने बताई थीं?"

"महर्षि भृगु, मेरे पिता और बृहस्पतिजी वस्तुतः कई महीने बाहर रहे थे। इसके विषय में किसी महत्वपूर्ण व्यापारिक यात्रा पर जाने की घोषणा की गई थी! मगर मैं महर्षि भृगु या बृहस्पतिजी के किसी व्यापार में रुचि लेने की कल्पना भी नहीं कर सकती। संभवतः वे उस समय परिहा में थे। और हां, प्रतिभाशाली और सुंदर ताराजी, जो मंदार पर्वत पर कार्य करती थीं और जिन्हें किसी परियोजना पर परिहा भेजा गया था, अचानक नदारद हो गई थीं। यह घोषणा की गई थी कि उन्होंने संन्यास ले लिया है। मेलूहा में सार्वजनिक जीवन का परित्याग करना बहुत सामान्य है। किंतु बृहस्पतिजी ने आज एक बिल्कुल ही अलग बात उजागर की है।"

"तो तुम्हें विश्वास है कि बृहस्पति सत्य बोल रहे हैं?"

"मैं बस यह कह रही हूं कि बृहस्पतिजी यह विश्वास कर सकते हैं कि यह सत्य है। किंतु क्या वास्तव में ऐसा ही है या उनसे कोई चूक हुई है? आपका यह निर्णय इतिहास के मार्ग को परिवर्तित कर सकता है। अब आप जो करेंगे उसके आने वाली पीढ़ियों के लिए दूरगामी परिणाम होंगे। यह एक अत्यंत महत्वपूर्ण अवसर है, एक महायुद्ध है। आपको पूरी तरह निश्चित होना होगा।"

"मुझे वासुदेवों से बात करनी चाहिए।"

"हां, निस्संदेह करनी चाहिए।"

"किंतु तुम मुझसे केवल इतना ही नहीं कहना चाहती हो, है न?"

"मेरा मानना है कि एक अन्य पक्ष पर भी विचार करना चाहिए। किस कारण ने बृहस्पतिजी को पांच से भी अधिक वर्ष तक लापता रहने पर विवश किया? इतने काल से वे पंचवटी में क्या कर रहे थे? मुझे लगता है यह एक बहुत ही महत्वपूर्ण प्रश्न है! संभवतः सोमरस के उस सहायक संयंत्र से जुड़ा जिसके विषय में पिताजी ने मुझे बताया था।"

"हां, तब तो मैंने इसे बहुत महत्व नहीं दिया था। किंतु अगर सोमरस एक बुराई है तो वह संयंत्र कुंजी है।"

"वास्तव में, कुंजी तो सरस्वती है। एक उत्पादन संयंत्र तो कभी भी फिर से निर्मित किया जा सकता है। लेकिन जहां कभी भी यह बनाया जाएगा, उस

स्थान को सदैव सरस्वती के जल की आवश्यकता होगी। काली ने इच्छावड़ में मुझे बताया था कि उसके सैनिक मेलूहा के मंदिरों और ब्राह्मणों पर तभी आक्रमण करते थे, जब वे नागाओं को प्रत्यक्ष रूप से हानि पहुंचा रहे होते थे। संभवतः वे मंदिर उत्पादन केंद्र रहे थे जो स्थानीय लोगों के लिए सोमरस पेय बनाने के लिए मंदार पर्वत से प्राप्त चूर्ण का प्रयोग करते थे। उसने यह भी बताया था कि सरस्वती से ही एक अंतिम हल निकलेगा। कि नागा लोग इस दिशा में कार्य कर रहे हैं। मैं नहीं जानती कि इस गूढ़ कथन का क्या तात्पर्य था। हमें पता लगाना होगा।"

"तुमने काली से अपनी बातचीत के विषय में मुझे नहीं बताया।"

"शिव, काशी में मेरे पुत्र से आपके मिलने के बाद से हम पहली बार काली और गणेश के विषय में सरलहृदय से बात कर रहे हैं।"

शिव मौन हो गए।

"मैं आपको दोष नहीं दे रही हूं," सती ने आगे कहा। "मैं आपके क्रोध को समझती हूं। आपको लगता था कि गणेश ने बृहस्पतिजी को मारा था। अब सत्य सामने आ गया है, तो आप सुनने के लिए इच्छुक हैं।"

शिव ने मुस्कुराकर सती को आलिंगनबद्ध कर लिया।

— ⅄ⓄᏌᛰ⊛ —

"आपको विश्वास है?" शिव ने पूछा।

अगली सुबह बहुत दिन चढ़ चुका था, दूसरे प्रहर में चार घंटे थे। शिव अपने निजी कक्ष में सती के साथ बैठे थे। पर्वतेश्वर और भगीरथ एक काष्ठफलक लिए सामने खड़े थे। मेलूहा के सेनापति और अयोध्या के राजकुमार नष्ट किए गए शत्रु युद्धपोतों का निरीक्षण करके अभी लौटे थे।

"हां, प्रभु। साक्ष्य अकाट्य हैं," भगीरथ ने कहा।

"मुझे दिखाएं।"

भगीरथ आगे बढ़ा। "इन काष्ठफलकों के कीलक स्पष्ट रूप से मेलूहा के हैं। माननीय पर्वतेश्वर ने इन्हें पहचान लिया है।"

पर्वतेश्वर ने सहमति में सिर हिलाया।

"और जोड़," भगीरथ ने आगे कहा, "जो जलरोधक क्षमता को सुधारते हैं, वे स्पष्ट रूप से अयोध्या के हैं।"

“आप यह कहना चाह रहे हैं कि सम्राट दक्ष और सम्राट दिलीप ने हमारे विरुद्ध गठजोड़ कर लिया है?” शिव ने मृदुभाव से पूछा।

“उन्होंने हमारे दोनों देशों में उपलब्ध सर्वश्रेष्ठ तकनीक का प्रयोग किया है। इन पर चिपके जीवों को देखते हुए लगता है कि इन पोतों ने समुद्री जल में बहुत लंबी यात्रा की है। उन्हें इस यात्रा को शीघ्रता से पूरा करने के लिए सर्वश्रेष्ठ पोतों की आवश्यकता थी।”

विचारों में गुम शिव ने गहरी सांस भरी।

“प्रभु,” भगीरथ ने कहा। “अपने पिता के सारे दोषों के बावजूद, मैं यह कल्पना भी नहीं कर सकता कि वे इस प्रकार के किसी षड्यंत्र का नेतृत्व करने में सक्षम हैं। उनमें ऐसी योग्यता है ही नहीं। इस षड्यंत्र में बस वे अनुगामी हैं। निस्संदेह आपको उन्हें लक्ष्य बनाना होगा। लेकिन यह मानने की चूक न करिएगा कि वे मुख्य षड्यंत्रकारी होंगे। वे नहीं हैं।”

सती शिव की ओर झुकी। “आपको लगता है कि मेरे पिता ऐसा कर सकते हैं?”

शिव ने सिर हिलाया। “नहीं। सम्राट दक्ष भी इस षड्यंत्र का नेतृत्व करने में अक्षम हैं।”

अपने साम्राज्य पर लगे इस कलंक से अभी तक लज्जित पर्वतेश्वर ने शांत भाव से कहा, “मेलूहा की संहिता हमें नियमों का पालन करने की आज्ञा देती है, प्रभु। हमारे नियम हमें अपने राजा के आदेशों का पालन करने की आज्ञा देते हैं। एक निर्बल राजा के हाथ में यह संहिता घोर अतिचार की ओर ले जा सकती है।”

“सम्राट दक्ष ने आदेश दिए हो सकते हैं, पर्वतेश्वर,” शिव ने कहा। “किंतु उन्होंने उनकी परिकल्पना नहीं की थी। यह तो कोई अन्य सिद्धहस्त है जो मेलूहा और स्वद्वीप के शासकों को एक साथ लाया है। कोई ऐसा जो भयंकर दैवी अस्त्रों को प्राप्त करने में भी समर्थ रहा है। ईश्वर ही जानता है कि उसके पास और दैवी अस्त्र भी हैं या नहीं। यह एक उत्कृष्ट योजना थी। प्रभु राम की कृपा से, हम बस बाल-बाल बचे थे। यह सम्राट दक्ष या सम्राट दिलीप नहीं हो सकते। यह कहीं अधिक महत्वपूर्ण, बुद्धिमान और संसाधनों वाला कोई अन्य व्यक्ति ही है। और, इतना चतुर व्यक्ति भी जो अपनी पहचान छिपाने में समर्थ रहा है।”

— ⅄◎ᏌᏐ⊛ —

"मेलूहा लौट जाएं?!" वीरभद्र ने पूछा।

वीरभद्र और कृत्तिका शिव के निजी कक्ष में थे। काली और सती भी उपस्थित थीं।

"हां, भद्र," शिव ने कहा। "वे मेलूहा और अयोध्या के लोग थे जिन्होंने मिलकर हम पर आक्रमण किया था।"

"आपको विश्वास है कि मेलूहा भी सम्मिलित है?" वीरभद्र ने पूछा।

"पर्वतेश्वर ने स्वयं इसकी पुष्टि की है।"

"और अब आपको हमारे लोगों की चिंता है।"

"हां," शिव ने कहा। "मुझे चिंता है कि गुण वालों को बंदी बना लिया जाएगा और हम पर हावी होने के लिए बंधकों की तरह उनका प्रयोग किया जाएगा। वे ऐसा करें, इससे पहले मैं चाहता हूं कि तुम चुपचाप मेलूहा पहुंचो और हमारे लोगों को काशी ले जाओ। मैं तुमसे वहीं मिलूंगा।"

"मेरे टोही एक गुप्त मार्ग से तुम्हें और कृत्तिका को ले जाएंगे," काली ने कहा। "हमारे तीव्रतम अश्वों और सबसे तीव्र गति की नौकाओं के माध्यम से मेरे लोग तुम्हें दो सप्ताह में मयका के समीप तक पहुंचा सकते हैं। उसके पश्चात, तुम्हें स्वयं देखना होगा।"

"मेलूहा यात्रा करने के लिए सुरक्षित देश है," कृत्तिका ने कहा। "हम सरस्वती के मुहाने तक पहुंचने के लिए अश्व किराए पर ले सकते हैं। उसके पश्चात हम नदी पर नौकाओं से यात्रा कर सकते हैं। यह सुगम रास्ता है। भाग्य ने साथ दिया तो हम अगले दो सप्ताह में देवगिरि पहुंच जाएंगे। गुण एक छोटे से ग्राम में हैं जो वहां से बहुत दूर नहीं है।"

"उत्तम," शिव ने कहा। "समय ही सार है। अब जाओ।"

"हां, शिव," वीरभद्र ने कहा और अपनी पत्नी के साथ जाने के लिए पलट गया।

"और भद्र..." शिव ने कहा।

वीरभद्र और कृत्तिका घूम गए।

"साहसी बनने का प्रयास मत करना," शिव ने कहा। "अगर गुण वालों को बंदी बनाया जा चुका हो, तो शीघ्रता से मेलूहा को छोड़ देना और काशी

में मेरी प्रतीक्षा करना।"

वीरभद्र की मां गुण वालों के साथ थीं। शिव जानते थे कि वीरभद्र इतनी सरलता से उन्हें भाग्य के सहारे नहीं छोड़ेगा।

"शिव..." वीरभद्र धीरे से बोला।

शिव उठे और उन्होंने वीरभद्र के कंधे पर हाथ रखा। "भद्र, मुझे वचन दो।"

वीरभद्र मौन रहा।

"अगर तुम स्वयं उन्हें छुड़ाने का प्रयास करोगे तो मारे जाओगे। अगर तुम मारे गए तो अपनी मां के लिए किसी उपयोग के नहीं रहोगे, भद्र।"

वीरभद्र मौन ही रहा।

"मैं तुम्हें वचन देता हूं, गुण वालों को कुछ नहीं होगा। अगर तुम उन्हें नहीं ले जा सके तो मैं लाऊंगा। किंतु कोई दुस्साहस मत करना। मुझे वचन दो।"

वीरभद्र ने शिव के कंधे पर हाथ रखा। "कोई बात है जो आप मुझे बता नहीं रहे हैं। आपने यहां क्या जाना है? आप अचानक इतने भयभीत क्यों हो गए हैं? क्या कोई युद्ध होने वाला है? क्या मेलूहा हमारा शत्रु बनने वाला है?"

"मैं निश्चित नहीं जानता हूं, भद्र। अभी तक मैं तय नहीं कर पाया हूं।"

"तो आप जो जानते हैं, वह मुझे बताएं।"

अब मौन रहने की बारी शिव की थी।

"मैं वापस मेलूहा जा रहा हूं, शिव। अगर आपने एक माह पहले मुझसे कहा होता तो मैं कहता कि यह संभवतः सबसे सुरक्षित यात्रा होगी। तबसे बहुत कुछ बदल चुका है। आपको मुझे सत्य बताना होगा। मैं इसके योग्य हूं।"

शिव ने उसे बिठाया और वह सबकुछ बता दिया जो पिछले कुछ दिन के अंतराल में उन्होंने जाना था।

— ⁂ —

"और तुमने अकेले ही गैंडे को मार दिया?" प्रभावित आनंदमयी ने पूछा, उसका मुख एक बड़ी सी मुस्कान से जगमगा रहा था।

"जी, माननीया," सदैव की भांति उदासीन और भावहीन कार्तिक ने कहा।

आनंदमयी, आयुर्वती और कार्तिक भोजनकक्ष में नर्म गद्दियों पर आराम

से बैठे हुए थे। अपनी वाणी और कर्म से क्षत्रिय आनंदमयी और कार्तिक गैंडे का स्वादिष्ट मांस खा रहे थे। ब्राह्मण आयुर्वती ने स्वयं को रोटी, दाल और सब्जियों तक सीमित रखा था।

"क्या तुमने बिल्कुल न मुस्कुराने का निर्णय ले लिया है?" आनंदमयी ने पूछा। "अथवा यह मात्र अस्थायी है?"

कार्तिक ने आनंदमयी की ओर देखा, उसके चेहरे पर मुस्कुराहट का संकेत भर था। "मुस्कुराने में जितना प्रयास लगता है, उतने के योग्य वह नहीं है, राजकुमारी जी।"

आयुर्वती ने अपना सिर हिलाया। "तुम बस एक बालक हो, कार्तिक। स्वयं को इतना अधिक परेशान मत करो। तुम्हें अपने बचपन का आनंद लेना चाहिए।"

कार्तिक मेलूहा की प्रमुख चिकित्सक की ओर मुड़ा। "मेरे भाई गणेश एक महान पुरुष हैं, आयुर्वतीजी। उन्हें समाज के, देश के लिए बहुत अधिक योगदान देना है। और फिर भी उन्हें उन जड़बुद्धि पशुओं ने लगभग जीवित ही खा लिया था क्योंकि वे मेरी रक्षा करने का प्रयास कर रहे थे।"

आयुर्वती ने हाथ बढ़ाकर कार्तिक को थपथपाया।

"मैं फिर कभी इतना असहाय नहीं रहूंगा," कार्तिक ने शपथ ली। "मैं कभी अपने परिवार के कष्ट का कारण नहीं बनूंगा।"

द्वारा एक झटके से खुल गया। पर्वतेश्वर और भगीरथ अंदर आए।

उन पर दृष्टि डालने के साथ ही आनंदमयी जान गई थी कि उन्होंने वही खोजा है जिसका उसे भय था। "क्या वह मेलूहा था?"

आयुर्वती अचकचा गई। वह कल्पना भी नहीं कर सकती थी कि पंचवटी की सीमा पर नीलकंठ के काफिले पर हुए हमले के जघन्य षड्यंत्र में उसके महान देश का नाम घसीटा जाएगा। मगर फिर भी, मयका में सती की प्रथम गर्भावस्था के काल में सम्राट दक्ष के विश्वासघात के विषय में जानने के बाद, अगर मेलूहा के पोतों ने यह घृणित कार्य किया हो, तो उसे हैरानी नहीं होगी।

"बात और भी बुरी है," भगीरथ ने बैठते हुए कहा।

पर्वतेश्वर आनंदमयी के समीप बैठ गया और उसका हाथ पकड़ लिया। उसने आयुर्वती को देखा, उसका पीड़ित भाव उसके भीषण कष्ट का साक्ष्य था। पर्वतेश्वर अपने देश का, अपने मेलूहा का भगवान राम की अंतिम धरोहर के

रूप में सम्मान करता था। इस महान देश का सम्राट कैसे इस प्रकार के भयंकर कार्य कर सकता था?

"और भी बुरी?" आनंदमयी ने दोहराया।

"हां। ऐसा प्रतीत होता है कि स्वद्वीप भी इस षड्यंत्र में सम्मिलित है।"

आनंदमयी सन्न रह गई। "क्या?!"

"यह या तो केवल अयोध्या है या सारा स्वद्वीप। मैं निश्चय से नहीं कह सकता कि स्वद्वीप के अन्य राज्य भी अयोध्या का अनुगमन कर रहे हैं या नहीं। लेकिन अयोध्या निश्चय ही सम्मिलित है।"

आनंदमयी ने पर्वतेश्वर को देखा। उसने भगीरथ के शब्दों की पुष्टि करते हुए हामी भरी।

"भगवान रुद्र कृपा करें," आनंदमयी ने कहा। "पिताजी को हुआ क्या है?"

"जहां तक मेरी बात है, तो मुझे कोई आश्चर्य नहीं है," अपनी घृणा को बहुत कठिनाई से छिपाते हुए भगीरथ ने कहा। "वे निर्बल हैं और सरलता से फुसलाए जा सकते हैं। उन्हें वशीभूत होने में बहुत समय नहीं लगता।"

पहली बार अपने पिता की हेठी करने के लिए आनंदमयी ने अपने भाई को नहीं लताड़ा। उसने पर्वतेश्वर को देखा। वह गुम सा और अनिश्चित सा लगा। अपरिवर्तनीय नियमों और घोर प्रत्याशितता के आदी सूर्यवंशियों के लिए, पुरुषत्व वाले लोगों के लिए परिवर्तन भयंकर था। आनंदमयी ने अपने पति के मुख को अपनी ओर घुमाया, और उसे हौले से, आश्वस्त करते हुए चूम लिया। वह गर्मजोशी से मुस्कुराई। पर्वतेश्वर अनमना सा मुस्कुराया।

कार्तिक ने शांति से अपनी थाली रखी, हाथ धोए और कक्ष से चला गया।

— ⁂ —

दूसरा प्रहर अभी लगा ही था जब कार्तिक और गणेश के पग उन्हें उन पांच वट वृक्षों के पास ले गए जिनके अस्तित्व पर पंचवटी का नाम पड़ा था। गैर नागाओं को भीतरी नगर में जाने की अनुमति नहीं थी। वास्तव में, उनमें से अधिकांश तो, ब्रंगाओं समेत, इस गहरे जमे अंधविश्वास के कारण कि उसमें जाने वालों पर दुर्भाग्य टूट पड़ेगा, वहां प्रवेश करने से ही इंकार कर देते थे। किंतु नीलकंठ का परिवार इसमें विश्वास नहीं करता था। और, वैसे भी, कोई

भी यह नहीं चाहता था कि उसके प्रवेश करने पर प्रतिबंध लग जाए।

"इन वृक्षों पर केवल भगवान राम की ही मूर्तियां क्यों दर्शाई गई हैं, दादा?" कार्तिक ने अपने बड़े भाई से पूछा।

"तुम्हारा मतलब है कि उनकी पत्नी सीता माता, और उनके भाई श्रद्धेय लक्ष्मण को क्यों नहीं दिखाया गया है?"

"वही नहीं, उनके महान भक्त श्रद्धेय हनुमान भी नदारद हैं।"

गणेश और कार्तिक पांचों वटवृक्षों के मुख्य तने में उकेरी हुई भगवान राम की सुरम्य प्रतिमाओं को सराह रहे थे। पांचों वृक्षों की प्रतिमाएं सातवें विष्णु के रूप पूज्य प्राचीन राजा को उनके जीवन की सर्वज्ञात पांच विभिन्न भूमिकाओं में दर्शा रही थीं: पुत्र, पति, भ्राता, पिता एवं एक देवरूप राजा। प्रत्येक वटवृक्ष उन्हें विभिन्न रूपों में दर्शा रहा था। प्रत्येक रूप में, इस शैली में जो स्वाभाविक सी प्रतीत होती थी, शिल्पकार ने मूर्तियों को चौक के एक कोने में बने भगवान रुद्र और मोहिनी देवी के मंदिर की ओर देखते हुए बनाया था। दूसरी ओर, अधिकांश मंदिरों की तरह पीछे के भाग में प्रतिष्ठित किए जाने के स्थान पर उनकी मूर्तियां मंदिर के सामने के खंड में रखी गई थीं, फलस्वरूप वे दोनों दिव्य रूप भी वृक्ष की इन पांचों मूर्तियों को देखते प्रतीत होते थे। ऐसा प्रतीत होता था मानो शिल्पकार महान महादेव और महामना सातवें विष्णु को एक-दूसरे के प्रति सम्मानपूर्ण दर्शाना चाहते हों।

"ये भूमिदेवी के निर्देशों के अनुसार है," गणेश ने उत्तर दिया। "मैं जानता हूं कि सप्तसिंधु में उनका पारंपरिक चित्रण सदैव संसार में उनके तीन सर्वप्रिय लोगों, सीता माता, श्रद्धेय लक्ष्मण एवं श्रद्धेय हनुमान के साथ ही होता है। किंतु हमारी संस्थापक देवी भूमिदेवी का आदेश था कि पंचवटी में भगवान राम को सदैव अकेले ही दिखाया जाएगा। विशेषकर पांचों वटवृक्ष में।"

"क्यों?"

"मैं नहीं जानता। संभवतः वे चाहती थीं कि हम हमेशा यह याद रखें कि विष्णु और महादेवों के सदृश महान अधिनायकों के पीछे लाखों अनुयायी हो सकते हैं। लेकिन अंत में, अपने ध्येय का दायित्व उन्हें अकेले ही वहन करना होता है।"

"बाबा की तरह?" कार्तिक ने पूछा।

"हां, बाबा की तरह। वही बुराई और भारतवर्ष के बीच खड़े हैं। अगर

वे असफल रहते हैं तो बुराई उपमहाद्वीप में जीवन को नष्ट कर देगी।"

"बाबा असफल नहीं होंगे।"

कार्तिक के प्रत्युत्तर पर गणेश मुस्कुरा दिया।

"आप जानते हैं क्यों?" कार्तिक ने पूछा।

गणेश ने सिर हिला दिया। "नहीं। क्यों?"

कार्तिक ने गणेश के दाएं हाथ को पकड़ा और उसे अपने वक्ष पर लगाया, जैसे प्राचीन काल के भ्राता-योद्धा करते थे। "क्योंकि वे अकेले नहीं हैं।"

गणेश मुस्कुराया और उसने कार्तिक को वक्ष से लगा लिया। उन्होंने मौन धरकर वटवृक्षों के चारों ओर घूमकर भगवान राम की मूर्तियों की परिक्रमा की।

"हो क्या रहा है, दादा?" परिक्रमा लगाते हुए कार्तिक ने पूछा।

गणेश की भृकुटियां तन गईं।

"दोनों सम्राट बाबा के विरुद्ध एकजुट क्यों हो गए हैं?"

गणेश ने गहरी सांस ली। उसने कार्तिक से कभी असत्य नहीं बोला था। वह अपने भाई को वयस्क मानता था और उसी प्रकार उससे व्यवहार करता था। "क्योंकि बाबा उनके लिए संकटसूचक हैं, कार्तिक। वे उच्चवर्गीय हैं। वे उन लाभों के अभ्यस्त हो चुके हैं जो उन्हें बुराई से प्राप्त होते हैं। बाबा का ध्येय दमितों के लिए संघर्ष करना है, मूकों के लिए वाणी बनना है। यह स्पष्ट ही है कि उच्चवर्ग उन्हें रोकना चाहेगा।"

"वह बुराई क्या है जिसके विरुद्ध बाबा संघर्ष कर रहे हैं? उसने अपने पंजे इतने गहरे कैसे जमा लिए?"

गणेश ने कार्तिक का हाथ थामा और उसे एक वटवृक्ष के नीचे बिठाया। "यह केवल तुम्हारे लिए है, कार्तिक। तुम किसी अन्य को नहीं बताओगे। क्योंकि यह बाबा का अधिकार है कि कब और कैसे अन्य लोगों को सूचित किया जाए।"

कार्तिक ने प्रत्युत्तर में हामी भरी।

गणेश कार्तिक के पास बैठा और उसे बताया कि गत दिवस बृहस्पति और शिव के बीच क्या चर्चा हुई थी।

— ⁂ —

"इन विगत पांच वर्षों से आप क्या करते रहे हैं, बृहस्पति?" शिव ने पूछा।

सती और शिव नागा रानी के कक्ष में प्रमुख वैज्ञानिक के पास बैठे हुए थे। बृहस्पति को आभास हुआ मानो उससे पूछताछ की जा रही हो। किंतु शिव की इस मसले की तह तक जाने की आवश्यकता को वे समझ सकते थे।

"मैं सोमरस की समस्या के स्थायी हल को खोजने का प्रयास कर रहा था," बृहस्पति ने उत्तर दिया।

"स्थायी हल?"

"मंदार पर्वत को नष्ट करना अस्थायी हल है। हम जानते हैं कि इसे पुनः बना लिया जाएगा। नागाओं ने मुझे बताया है कि पुनर्निर्माण आश्चर्यजनक रूप से धीमी गति से हो रहा है। इसमें पांच वर्ष नहीं लगने चाहिए थे। मेलूहाई कौशल के साथ तो बिल्कुल नहीं। किंतु इसका पुनर्निर्माण कुछ ही समय की बात है।"

शिव ने सती को देखा, किंतु उसने कुछ नहीं कहा।

"एक बार मंदार ने पूर्ण उत्पादक क्षमता को प्राप्त कर लिया, तो सरस्वती का विनाश और विषाक्त अपशिष्ट का उत्पादन एक बार पुनः बड़ी मात्रा में आरंभ हो जाएगा। इसलिए हमें एक स्थायी हल खोजना होगा। ऐसा करने का सर्वश्रेष्ठ मार्ग सोमरस की सामग्री की जांच करना है। अगर हम किसी प्रकार से इसे नियंत्रित कर सके तो सोमरस अपशिष्ट के विषैले प्रभाव को नियंत्रित कर सकते हैं। बहुत सी सामग्री को सरलता से बदला जा सकता है। लेकिन दो को नहीं बदला जा सकता। पहली है संजीवनी वृक्ष की छाल और शाखाएं, और दूसरी है सरस्वती का जल। हम संजीवनी वृक्ष की उपलब्धता को नियंत्रित नहीं कर सकते। मेलूहा के उत्तरी भागों में इसके बहुत से उपवन हैं। कितने उपवनों को नष्ट किया जा सकता है? इसके अतिरिक्त, वृक्षों को फिर से उगाया जा सकता है। तो अब बात आती है सरस्वती पर। क्या हम किसी प्रकार इसके जल को नियंत्रित कर सकते हैं?"

शिव को पहली बार देवगिरि आने पर दक्ष से हुई अपनी बातचीत के अंश याद आए। "सम्राट दक्ष ने मुझे बताया था कि सौ वर्ष से भी पहले चंद्रवंशियों ने सरस्वती को नष्ट करने का प्रयास किया था। इसकी मुख्य सहायक नदी यमुना को इससे दूर ले जाकर और उसके प्रवाह को गंगा की ओर मोड़कर। मुझे यह बात बहुत तर्कसम्मत नहीं लगी थी किंतु मेलूहावासी इस पर विश्वास करते प्रतीत होते हैं।"

बृहस्पति ने उपहास किया। "चंद्रवंशी शासक वर्ग अपने साम्राज्य में सड़कें तक तो बनवा नहीं सकता। कोई भी यह कैसे सोच सकता है कि उनमें किसी नदी का मार्ग बदलने की क्षमता होगी? सौ वर्ष पहले हुआ यह था कि एक भूकंप ने यमुना का मार्ग बदल दिया था। तदंतर मेलूहा ने चंद्रवंशियों को पराजित कर दिया था और परिणामस्वरूप हुई संधि ने यह सुनिश्चित किया कि यमुना का पूर्ववर्ती मार्ग राज्यविहीन भूमि होगा। और मेलूहावासियों के पास नदियों का मार्ग बदलने की तकनीक है। उन्होंने यमुना के मार्ग को रोकने और उसे परिवर्तित करने के लिए विशाल तटबंध बनाए ताकि उसके प्रवाह को वापस सरस्वती की ओर ले जा सकें।"

"तो आपकी योजना क्या है? यमुना के तटबंधों को नष्ट करना?"

"नहीं। मैंने इस पर विचार किया था, किंतु यह भी असंभव है। उनके पास अनेक असफलता-रक्षित विकल्प हैं। इन तटबंधों को नष्ट करने में समर्थ होने के लिए पांच सैन्य दल चाहिए होंगे और महीनों तक खुलेआम कार्य करना होगा। प्रत्यक्षतः हमें छोटी सी संख्या के साथ गुप्त रूप से कार्य करना होगा।"

"तो आपकी योजना क्या थी?"

"एक विकल्प। हम सरस्वती को दूर नहीं ले जा सकते। किंतु क्या हम सरस्वती के जल को सोमरस के उत्पादन के लिए कम शक्तिशाली बना सकते हैं? क्या यह संभव है कि यमुना के जल में, उसके स्रोत से ही, कुछ मिला दिया जाए, जोकि बाद में सरस्वती में मिलेगी और इस तरह अपशिष्ट के उत्पादन की मात्रा को नियंत्रित कर सकें? मेरा विचार था कि हमें ऐसी एक वस्तु मिल गई है।"

"क्या?"

"एक जीवाणु जो संजीवनी वृक्ष से प्रतिक्रिया करता है और इसे लगभग तुरंत ही सड़ा देता है।"

"मेरा मानना था कि संजीवनी वृक्ष पहले ही क्षयवान होता है और शीघ्र ही सड़ने लगता है। आयुर्वती ने मुझे बताया था कि नागा औषधि को संजीवनी की छाल में एक अन्य वृक्ष की शाखाओं के चूर्ण को मिश्रित करके बनाया जाता है ताकि वह टिकाऊ हो सके। अगर संजीवनी पहले से क्षयवान है तो उसके सड़ने में सहायता के लिए जीवाणु की आवश्यकता क्यों है? क्या यह वैसे ही नहीं सड़ जाएगा?"

"संजीवनी की शाखा से छाल को छील लिया जाए तो वह क्षयवान हो जाती है। अगर सारी शाखा का प्रयोग किया जाए तो वह क्षयवान नहीं होती। छोटे स्तर के उत्पादन के लिए छाल सरल है, किंतु बड़ी मात्राओं में सोमरस के उत्पादन के लिए हमें शाखाओं के चूर्णन का प्रयोग करना होता है। मंदार पर्वत पर हम यही किया करते थे। किंतु यह विधि केवल मेरे वैज्ञानिकों को ही ज्ञात है।"

"तो आप यह चाहते हैं कि संजीवनी की शाखाओं को ही क्षयवान बना दें।"

"हां। और मैंने पाया कि इस जीवाणु से ऐसा कर पाना संभव है। किंतु यह केवल मेसोपोटामिया में ही उपलब्ध है।"

"मेलूहा की मेरी प्रारंभिक यात्राओं में जब आप मेरे साथ गए थे तो करचप से आप यही लेने गए थे? आपने कहा था कि आप मेसोपोटामिया से किसी माल के आने की अपेक्षा कर रहे हैं।"

"हां," बृहस्पति ने कहा। "और यह पूर्ण रूप से कार्य भी करता। सोमरस को संजीवनी वृक्ष और सरस्वती के जल के बिना नहीं बनाया जा सकता। सरस्वती के जल में जीवाणु की उपस्थिति प्रक्रिया के प्रारंभ में ही संजीवनी वृक्ष को अनुपयोगी सिद्ध कर देती। और किसी भी स्थिति में, सरस्वती के जल के बिना सोमरस को नहीं बनाया जा सकता है। संजीवनी की शक्ति के बिना सोमरस उतना शक्तिशाली नहीं रहता। यह किसी की जीवन-अवधि को तिगुणा या चौगुणा नहीं बढ़ा सकेगा, बस बीस-तीस वर्ष ही बढ़ा सकेगा। मगर, इसका यह भी तात्पर्य होता कि सोमरस अपशिष्ट का व्यावहारिक रूप से कोई उत्पादन नहीं होगा। सोमरस की कुछ शक्तियों का बलिदान करके हम सोमरस अपशिष्ट के संपूर्ण विष को दूर कर देंगे। इसके साथ ही, ये जीवाणु जल में मिल जाते हैं और फिर बहुत व्यापक स्तर पर बढ़ते हैं। हमें बस करना यह था कि इसे यमुना में छोड़ देते और शेष अपने आप होता।"

"एकदम परिपूर्ण लगता है। आपने ऐसा किया क्यों नहीं?"

"कोई भी वस्तु मूल्यरहित नहीं होती," बृहस्पति ने कहा। "जीवाणु की भी अपनी समस्याएं हैं। यह स्वयं में हल्का विष है। अगर हम इसे बड़ी मात्रा में मिलाते हैं, जितनी कि सरस्वती के लिए आवश्यक होती, तो हम न केवल सरस्वती पर बल्कि यमुना पर भी निर्भर प्राणियों के लिए नए रोगों का द्वार खोल

देते। हम बस एक समस्या को दूसरी समस्या से बदल देते।"

"तो आप यह देखना चाह रहे थे कि संजीवनी वृक्ष को नष्ट करने की जीवाणु की क्षमता को छेड़े बिना उसके विषाक्त प्रभाव को कम किया या मिटाया जा सकता है?"

"हां। गोपनीयता आवश्यक थी। अगर वे लोग जो सोमरस का समर्थन करते थे, इन जीवाणुओं के विषय में जान लेते तो वे उसे उसके स्रोत पर ही नष्ट करने की कोशिश करते। अगर उन्हें पता होता कि मैं ऐसे किसी प्रयोग पर कार्य कर रहा हूं, तो वे मेरी हत्या करवा देते।"

"क्या आपको अब अपनी मृत्यु का भय नहीं है?" शिव ने पूछा। "अनेक मेलूहावासी जब यह जानेंगे कि आप पीड़ित नहीं थे, अपितु मंदार पर्वत पर आक्रमण के दोषी थे तो वे आपसे क्रुद्ध हो जाएंगे।"

बृहस्पति ने गहरी सांस ली। "पूर्व में, मेरे लिए जीवित रहना महत्वपूर्ण था क्योंकि अकेला मैं ही यह शोध कर सकता था। किंतु मैं असफल हो गया हूं। और अब सोमरस की समस्या का समाधान मेरे हाथ में नहीं रहा है। यह आपके हाथ में है। अब इससे कोई अंतर नहीं पड़ता कि मैं जीवित रहता हूं या नहीं। मंदार पर्वत का पुनर्निर्माण हो जाएगा। यह बस कुछ ही समय की बात है। और सोमरस का उत्पादन फिर से आरंभ हो जाएगा। आपको इसे रोकना होगा, शिव। भारतवर्ष के निमित्त, आपको सोमरस को रोकना होगा।"

"पुनर्निर्माण एक मुखौटा है, बृहस्पतिजी," सती ने कहा। "यह शत्रुओं को गुमराह करके ऐसा सोचने देना है कि सोमरस के उत्पादन को वापस मार्ग पर लाने में समय लगेगा। उन्हें यह सोचने देना कि मेलूहा सोमरस की कम मात्रा में काम चला रहा होगा।"

"क्या? क्या कोई और संयंत्र है?" काली पर एक त्वरित दृष्टि डालते हुए बृहस्पति ने पूछा। "किंतु यह सत्य नहीं हो सकता।"

"हां, है," सती ने उत्तर दिया। "मुझे स्वयं पिताजी ने बताया था। प्रत्यक्षतः इसे वर्षों पहले बनाया गया था। मंदार पर्वत के सह-संयंत्र के रूप में, सावधानी के रूप में..."

"कहां?" काली ने पूछा।

"यह मुझे नहीं पता," सती ने उत्तर दिया।

"अह!" काली ने भृकुटियां चढ़ाकर बृहस्पति की ओर मुड़ते हुए कहा।

"आपने कहा था कि यह संभव नहीं है। मंथन यंत्रिकाओं के लिए मिस्र से सामग्री मंगानी होती है। भारतीय सामग्री से वे नहीं बनाई जा सकतीं। हमारे सहयोगी निरंतर मिस्र की खदानों पर निगाह रखे हुए हैं। कोई भी सामग्री मेलूहा नहीं गई है!"

जब इसके निहितार्थ बृहस्पति की समझ में आए तो उनका चेहरा श्वेत हो गया। उन्होंने अपना सिर पकड़ा और धीरे से बोले, "प्रभु राम, कृपा करना... वे इस सीमा तक कैसे जा सकते हैं?"

"किस सीमा तक?" शिव ने पूछा।

"एक और विधि है जिससे सरस्वती के जल को संजीवनी शाखाओं के विचूर्णन के साथ मिश्रित किया जा सकता है। किंतु इसे हानिकारक और घृणास्पद माना जाता है।"

"क्यों?"

"पहली बात तो, यह सरस्वती के जल की कहीं अधिक मात्रा का उपयोग करता है। दूसरे, इसके लिए पशु या मानव त्वचा की कोशिकाओं की आवश्यकता होती है।"

"क्या!" शिव और सती कह उठे।

"इसका यह तात्पर्य नहीं है कि जीवित पशु या मानव की त्वचा उतारी जाती है," बृहस्पति ने कहा, मानो उन्हें आश्वस्त कर रहे हों। "इसके लिए तो उस पुरानी और मृत त्वचा की कोशिकाएं चाहिए होती हैं जिसे हम जीवित अवस्था में हर पल उतारते रहते हैं। संजीवनी शाखाओं को आणविक स्तर पर पीसने में कोशिकाएं सरस्वती के जल की सहायता करती हैं। त्वचा की मृत कोशिकाओं से मिश्रित जल को एक कक्ष में रखी हुई कुचली हुई शाखाओं पर डाला जाता है। इस प्रक्रिया में मंथन की आवश्यकता नहीं होती। किंतु जैसा कि आप कल्पना कर सकते हैं, यह बहुत अधिक जल का अपव्यय करती है। दूसरे, ऐसे पशु और मनुष्य कैसे मिलेंगे जो सुदूर संयंत्रों में आकर ऐसे कक्ष के ऊपर बने जलाशय में जाएं जिसमें संजीवनी की कुचली हुई शाखाएं रखी हों? यह जोखिम भरा है।"

"क्यों?"

"मनुष्यों या पशुओं की मृत त्वचा की कोशिकाएं स्नान के समय सबसे अधिक उतरती हैं। एक मनुष्य वर्ष भर में दो से तीन किलोग्राम मृत त्वचा

उतारता है। स्नान करने से इस प्रक्रिया में तेजी आती है।"

"किंतु यह जोखिम भरा क्यों है?"

"क्योंकि सोमरस उत्पादन स्वभाविक रूप से अस्थिर होता है! त्वचा की कोशिकाओं का मार्ग इससे भी ज्यादा अस्थिर होता है। कोई नहीं चाहता कि सोमरस संयंत्र के आसपास भी कहीं बड़ी आबादियां हों। अगर कुछ गड़बड़ होती है तो परिणामस्वरूप होने वाला विस्फोट सहस्त्रों जानें ले सकता है। सामान्य, कम जोखिम भरी मंथन प्रक्रियाओं में भी हम नगरों के निकट सोमरस उत्पादन केंद्र नहीं बनाते हैं। क्या आप कल्पना कर सकते हैं कि तब क्या होगा जब अधिक जोखिम भरी त्वचा कोशिका प्रक्रिया को ऐसे नगर के समीप संचालित किया जा रहा हो जहां सोमरस उत्पादन केंद्र के ऊपर एक बड़ी संख्या में मनुष्य विधिपूर्वक नहाते हों?"

अचानक शिव का चेहरा फीका पड़ गया। "मेलूहा के नगरों के सार्वजनिक स्नानगृह..." वे धीरे से बोले।

"बिल्कुल सही," बृहस्पति ने कहा। "किसी नगर के भीतर, सार्वजनिक स्नानगृह के नीचे संयंत्र बनाएं। आपको जितनी मृत त्वचा की कोशिकाएं चाहिएं, मिल जाएंगी।"

"और अगर कुछ गड़बड़ हो जाए... अगर कोई विस्फोट हो जाए..."

"दैवी अस्त्रों या नागाओं को दोष दें। अगर आप चाहें तो चंद्रवंशियों को दोष दें," बृहस्पति भभके। "इतनी सारी दुष्टात्माएं बनाने के बाद आप जिसे चाहें चुन सकते हैं!"

— ⁂ —

"कुछ गड़बड़ है," भृगु ने कहा।

वे दिलीप के साथ मंदार पर्वत पर नष्ट हुए अवशेषों का निरीक्षण कर रहे थे। सोमरस निर्माण संयंत्र दूर-दूर तक पूरा होने के करीब नहीं दिखता था हालांकि पुनर्निर्माण का काम चल रहा था।

दिलीप ऋषि की ओर मुड़े। "मैं सहमत हूं, मुनिवर। नागाओं द्वारा मंदार को नष्ट किए हुए पांच वर्ष से अधिक बीत गए हैं। यह हास्यास्पद है कि संयंत्र अभी भी पुनर्निमित नहीं हुआ है।"

भृगु दिलीप की ओर मुड़े और अस्वीकृति के रूप में अपना हाथ हिलाया। "मंदार पर्वत अब महत्वपूर्ण नहीं रहा है। यह केवल एक प्रतीक है। मैं तो पंचवटी पर आक्रमण की बात कर रहा हूं।"

दिलीप ने विस्फारित आंखों से ऋषि को देखा। *मंदार पर्वत महत्वपूर्ण नहीं है? इसका अर्थ है अफवाहें सच हैं। सोमरस निर्माण का एक और संयंत्र मौजूद है।*

"मैंने आक्रमणकारियों को पालतू कबूतरों की एक पूरी खेप दी थी," दिलीप की अविश्वास भरी दृष्टि की चिंता किए बिना भृगु कहते रहे। "उन सबको इस स्थल पर लौटने के लिए प्रशिक्षित किया गया था। अंतिम कबूतर दो सप्ताह पहले वापस आया था।"

दिलीप ने अप्रसन्नता दर्शाई। "आप मेरे आदमी पर भरोसा कर सकते हैं, मुनिवर। वह असफल नहीं होगा।"

भृगु ने दिलीप की सेना के एक अधिकारी को पंचवटी में शिव के काफिले पर आक्रमण का नेतृत्व करने के लिए नियुक्त किया था। उन्हें दक्ष की क्षमता पर विश्वास नहीं था कि वे अपनी बेटी के प्रेम से स्वयं को मुक्त कर सकेंगे। "इसका तो मुझे विश्वास है। उसने हर सप्ताह संदेश भेजने के मेरे निर्देश का कठोरता से पालन करके स्वयं को भरोसेमंद साबित किया है। नवीन जानकारी आना अचानक रुक गई है, इसका अर्थ है कि वह या तो पकड़ा गया है या मारा गया है।"

"मुझे यकीन है कि संदेश रास्ते में होगा। हमें चिंता करने की आवश्यकता नहीं है।"

भृगु तेजी से दिलीप की तरफ मुड़े। "क्या इसी तरह आप अपने साम्राज्य पर शासन करते हैं, महान राजा? तो क्या आश्चर्य है कि सिंहासन पर आपके पुत्र का दावा वैध मालूम देता है?"

दिलीप का मौन मुखर था।

भृगु ने ठंडी सांस ली। "जब आप युद्ध की तैयारी करते हैं, तो आपको हमेशा सर्वश्रेष्ठ की आशा करनी चाहिए, लेकिन बुरे के लिए भी तैयार रहना चाहिए। पिछले संदेश ने स्पष्ट कहा था कि वे पंचवटी से बस छह दिन की दूरी पर हैं। कोई संदेश न प्राप्त होने पर मैं बुरा घटित होने को मानने के लिए विवश हूं। आक्रमण असफल रहा होगा। साथ ही, मैं यह भी मानता हूं कि शिव

को आक्रमणकारियों की पहचान मालूम हो गई होगी।"

दिलीप ने कुछ नहीं कहा, बस भृगु को तकते रहे। उन्हें लग रहा था भृगु आवश्यकता से अधिक प्रतिक्रिया कर रहे हैं।

"मैं आवश्यकता से अधिक प्रतिक्रिया नहीं कर रहा हूं, महाराज," भृगु ने कहा।

दिलीप भौंचक्के रह गए। उन्होंने तो एक शब्द भी नहीं कहा था।

"समस्या को कम मत समझिए," भृगु ने कहा। "यह आपकी या मेरी बात नहीं है। यह भारत के भविष्य का प्रश्न है। यह सबसे बड़ी अच्छाई की रक्षा करने का प्रश्न है। हम असफलता को वहन नहीं कर सकते! यह भगवान ब्रह्मा के प्रति हमारा कर्तव्य है! हमारी इस महान भूमि के प्रति हमारा कर्तव्य है।"

दिलीप मौन रहे। हालांकि एक विचार उनके मन में गूंजता रहा। *मैं इसमें बहुत बुरी तरह फंस गया हूं। मैंने स्वयं को ऐसी शक्तियों में उलझा लिया है जो साम्राज्यों से परे हैं।*

अध्याय 4

मेंढक नीति

सारा परिवार शाम के भोजन के लिए शिव के कक्ष में एकत्र हुआ, तो अभी-अभी बने भोजन की महक सब ओर फैल गई। परिवार के रूप में एक प्रकार से उनके पहली बार एकसाथ भोजन करने के अवसर पर सती की पाककला और प्रयास स्पष्ट थे। शिव, गणेश और कार्तिक ने भोजन शुरू करने से पहले उसके बैठने की प्रतीक्षा की।

परंपरा के अनुरूप, महादेव के परिवार ने अपने पात्रों से थोड़ा सा पानी लेकर उसे प्रतीकात्मक रूप से भोजन और पोषण के रूप में प्राप्त अन्नपूर्णा देवी के आशीर्वाद के लिए कृतज्ञता व्यक्त करते हुए अपनी थाली के चारों ओर छिड़का। इसके बाद, उन्होंने भोजन का पहला ग्रास देवताओं को अर्पित किया। यद्यपि सदियों पुरानी परंपरा को तोड़कर शिव पहला ग्रास सदैव अपनी पत्नी को खिलाता था। उसके लिए वह दिव्य थी। सती ने भी पहला ग्रास शिव को खिलाकर इस भेंट का प्रत्युत्तर दिया।

और इस प्रकार भोजन शुरू हुआ।

"आज गणेश तुम्हारे लिए कुछ आम लाया है," सती ने कार्तिक को स्नेह से देखते हुए कहा।

कार्तिक मुस्कुराया। "वाह! धन्यवाद, दादा!"

गणेश मुस्कुराया और उसने कार्तिक की पीठ थपथपाई।

"तुम्हें थोड़ा अधिक मुस्कुराना चाहिए, कार्तिक," शिव ने कहा। "जीवन इतना निर्दय नहीं है।"

कार्तिक अपने पिता को देखकर मुस्कुराया। "कोशिश करूंगा, बाबा।"

अपनी दूसरी संतान को देखकर शिव ने तीव्र सांस ली। "गणेश?"

"जी... बाबा," गणेश ने कहा, शिव को बाबा कहने पर वह उनकी प्रतिक्रिया को लेकर अनिश्चित था।

"मेरे पुत्र," शिव धीरे से बोला। "मैंने तुम्हें समझने में भूल की थी।"

गणेश की आंखें भीग गईं।

"मुझे क्षमा कर दो," शिव ने कहा।

"नहीं, बाबा," गणेश ने अचकचाकर कहा। "आप मुझसे क्षमा कैसे मांग सकते हैं? आप मेरे पिता हैं।"

बृहस्पति ने शिव को बता दिया था कि उसने गणेश को गोपनीयता की शपथ दी थी, यह बात किसी को पता नहीं लगनी थी कि मेलूहा के भूतपूर्व प्रमुख वैज्ञानिक जीवित थे। बृहस्पति को किसी पर विश्वास नहीं था और मेसोपोटामिया के जीवाणु के अपने प्रयोगों को वे गुप्त रखना चाहता था। अपनी प्रिय मां को लगभग खो देने और शिव के साथ अपने संबंध को बुरी तरह क्षति पहुंचाने के मूल्य पर भी गणेश अपने वचन पर टिका रहा था।

"तुम वचन के पक्के हो," शिव ने कहा। "बृहस्पति को दिए अपने वचन का तुमने मान रखा, एक बार भी यह सोचे बिना कि इसके लिए तुम्हें क्या मोल चुकाना होगा।"

गणेश मौन रहा।

"मुझे तुम पर गर्व है, पुत्र," शिव ने कहा।

गणेश मुस्कुरा दिया।

सती ने शिव, कार्तिक और फिर गणेश को देखा। उसका संसार पूर्ण हो चुका था। जीवन उतना ही संपूर्ण था जितना कि हो सकता था। उसे और कुछ नहीं चाहिए था। अपने जीवन के अंतिम दिनों तक वह पंचवटी में जीवनयापन कर सकती थी। किंतु वह जानती थी कि ऐसा नहीं होना है। युद्ध होने वाला था! ऐसा संग्राम जिसमें बहुत बड़े बलिदान देने होंगे। वह जानती थी कि जब तक यह समय है, उसे इसका रसास्वादन करना है।

"अब क्या करना है, बाबा?" कार्तिक ने गंभीरता से पूछा।

"हम भोजन कर रहे हैं!" शिव हंसा। "और फिर, आशा है, हम सोने जाएंगे।"

"नहीं, नहीं," कार्तिक मुस्कुराया। "आप जानते हैं मेरा क्या मतलब है। क्या हम सोमरस को निकृष्टतम बुराई के रूप में घोषित करेंगे? क्या हम उन

लोगों के विरुद्ध युद्ध की घोषणा करेंगे जो सोमरस का प्रयोग या उसकी रक्षा करना जारी रखेंगे?"

शिव ने विचारपूर्वक कार्तिक को देखा। "पहले ही बहुत लड़ाइयां हो चुकी हैं, कार्तिक। हम जल्दबाजी में कुछ नहीं करेंगे।" शिव गणेश की ओर मुड़ा। "मुझे क्षमा करना, पुत्र, किंतु मुझे अभी और अधिक जानना है। मुझे अधिक जानना होगा।"

"मैं समझता हूं, बाबा। केवल दो ही जनजातियों के लोग हैं जो वह सब कुछ जानते हैं जो इस विषय में जानना चाहिए।"

"वासुदेव और वायुपुत्र?"

"हां।"

"मैं निश्चित नहीं हूं कि वायुपुत्र सभा मेरी सहायता करेगी। किंतु मैं जानता हूं कि वासुदेव अवश्य करेंगे।"

"मैं आपको उज्जैन ले जाऊंगा, बाबा। आप उनके प्रमुख से स्वयं बात कर सकते हैं।"

"उज्जैन कहां है?"

"यह उत्तर में है, नर्मदा के आगे।"

शिव ने कुछ देर इस पर सोचा। "वह स्वद्वीप और मेलूहा के छोटे मार्ग पर स्थित होगा, है न?"

पंचवटी की सुरक्षा को मस्तिष्क में सबसे ऊपर रखते हुए काली शिव और उनके दल को एक लंबे मार्ग से काशी से पंचवटी लेकर आई थी, जिसे पार करने में एक वर्ष लग गया था। दल पहले स्वद्वीप से होकर पूर्व की ओर बढ़ा था, फिर ब्रंगा से पश्चिम की ओर। फिर वो भयानक दंडक वनों से गुजरते हुए कलिंग से पश्चिम की ओर बढ़े थे और गोदावरी के मुहाने पर पहुंचे थे, जहां पंचवटी स्थित थी। शिव को आभास था कि मेलूहा और स्वद्वीप के लिए एक छोटा रास्ता भी होगा, जिसे बीच में पड़ने वाले अगम्य वनों के कारण किसी नागा मार्गदर्शक के बिना पार करना असंभव होगा।

"हां, बाबा। यद्यपि मौसी इस मार्ग को लेकर बहुत गोपनीयता बरतती हैं, किंतु मुझे पता है कि आप तीनों को उसके बारे में बताकर उन्हें प्रसन्नता होगी।"

"मैं समझती हूं," सती ने कहा। "नागाओं के अनेक शक्तिशाली

दुश्मन हैं।"

"हां, मां," शिव की ओर पलटने से पहले गणेश ने कहा। "लेकिन यही एकमात्र कारण नहीं है। हम स्पष्ट बात करते हैं। यद्यपि युद्ध अभी शुरू नहीं हुआ है किंतु हम जानते हैं कि देश के सबसे अधिक शक्तिशाली सम्राट हमारे विरुद्ध हैं। कौन क्या पक्ष चुनता है, उन लोगों समेत जो पंचवटी के अतिथि आवास में प्रतीक्षा कर रहे हैं, यह अगले कुछ महीनों में ही स्पष्ट होगा। पंचवटी एक सुरक्षित स्थान है। अभी इसके रहस्य को खोलना बुद्धिमानी नहीं होगी।"

शिव ने हामी भरी। "मुझे तय करने दो कि अपने दल के साथ मुझे क्या करना चाहिए। सप्तसिंधु में ऐसे बहुत से राजा नहीं हैं जिन पर इस समय मैं एकदम से भरोसा कर सकता हूं। एक बार मैं अपना मन बना लूं, फिर हम उज्जैन के लिए निकलने की योजना बना सकते हैं।"

कार्तिक गणेश की ओर मुड़ा। "दादा, एक बात है जो मैं समझ नहीं पा रहा हूं। वायुपुत्र वह जनजाति है जिसे भगवान रुद्र अपने पीछे छोड़कर गए थे। उन्होंने सातवें विष्णु भगवान राम की अपना ध्येय पूरा करने में सहायता की थी। तो ऐसा कैसे है कि ये भले लोग उस बुराई को नहीं देख पा रहे हैं जो सोमरस आज बन चुका है?"

गणेश मुस्कुराया। "मेरा एक सिद्धांत है।"

शिव और सती ने भोजन करते-करते सिर उठाकर गणेश को देखा।

"तुमने मेंढक को तो देखा है न?" गणेश ने पूछा।

"हां," कार्तिक ने कहा। "दिलचस्प प्राणी होते हैं! विशेषकर उनकी जीभें!"

गणेश मुस्कुराया। "प्रत्यक्षतः एक अज्ञात ब्राह्मण वैज्ञानिक ने बहुत समय पहले मेंढकों पर कुछ प्रयोग किए थे। उसने एक मेंढक को उबलते पानी के बर्तन में डाला। मेंढक तुरंत ही कूदकर बाहर आ गया। फिर उसने ठंडे पानी से भरे एक बर्तन में मेंढक को डाला! मेंढक आराम से उसमें जम गया। ब्राह्मण ने फिर कई घंटों तक धीरे-धीरे पानी के तापमान को बढ़ाया। मेंढक गुनगुने और फिर गर्म पानी के अनुसार स्वयं को अनुकूल बनाता रहा, और अंत में बचकर भागने की कोशिश किए बिना मर गया।"

शिव, सती और कार्तिक ध्यान से सुनते रहे।

"नागा छात्र यह कहानी जीवन-पाठ की तरह सीखते हैं," गणेश ने कहा।

"अक्सर अचानक आई किसी विपदा के प्रति हमारी तुरंत प्रतिक्रिया हमें स्वयं को बचाने में सहायता करती है। दूसरी ओर, ऐसे धीमे संकटों के प्रति जो धीरे-धीरे बढ़ते हैं, हमारी प्रतिक्रिया इतनी अनुकूलन वाली होती है जो अंततः हमें स्वविनाश की ओर ले जा सकती है।"

"आप कहना चाह रहे हैं कि वायुपुत्र सोमरस के बढ़ते दुष्प्रभावों के प्रति अनुकूल होते रहे हैं?" कार्तिक ने पूछा। "कि बुरा समाचार पर्याप्त तेजी से सामने नहीं आ रहा है।"

"संभवतः," गणेश ने कहा। "क्योंकि मैं यह मानने को तैयार नहीं हूं कि भगवान रुद्र के लोग वायुपुत्र जानबूझकर बुराई को जीवित रहने देने का चयन करेंगे। एकमात्र स्पष्टीकरण यह है कि वे वास्तव में यह मानते हैं कि सोमरस बुरी वस्तु नहीं है।"

"दिलचस्प है," शिव ने कहा। "और संभवतः तुम सही भी हो।"

लगभग माहौल को हल्का करने के प्रयास में सती ने एक मुस्कुराहट के साथ चुटकी ली। "लेकिन क्या तुम सच में मेंढक के प्रयोग में विश्वास करते हो?"

गणेश मुस्कुराया। "यहां यह कहानी इतनी प्रचलित है कि बचपन में मैंने वास्तव में इसे करके देखा था।"

"क्या तुमने सच में किसी मेंढक को उसके मरने तक धीरे-धीरे उबाला था? और इस पूरे दौरान वह शांत बैठा रहा?"

गणेश हंस पड़ा। "मां! मेंढक शांत नहीं बैठते हैं, भले ही आप कुछ कर लें! उबलता पानी हो, ठंडा पानी हो या गुनगुना पानी हो, मेंढक हमेशा उछलकर बाहर आ जाता है!"

महादेव का परिवार खुलकर हंस पड़ा।

— ⁂ —

शिव और सती नागा कुलीन वर्ग से मिलने के बाद पंचवटी की राज्य सभा से निकल रहे थे। अनेक कुलीन रानी काली से सहमत थे, जो तुरंत मेलूहा पर आक्रमण करना और सोमरस जैसी बुराई को नष्ट कर देना चाहती थी। किंतु वासुकि और आस्तिक जैसे कुछ लोग युद्ध से बचना चाहते थे।

"वासुकि और आस्तिक सच में शांति चाहते हैं। किंतु गलत कारणों से,"

शिव ने सिर हिलाते हुए कहा। "वे भले ही नागा कुलीन वर्ग के हों, किंतु वे मानते हैं कि उनके लोग अपनी क्रूर नियति के अधिकारी हैं क्योंकि उन्हें उनके पूर्वजन्म के पापों के लिए दंडित किया जा रहा है। यह बकवास है!"

सती, जो अनेक जन्मों तक फैले कर्म की धारणा में विश्वास रखती थी, आपत्ति किए बिना नहीं रह सकी। "केवल इसलिए कि हम किसी बात को समझते नहीं हैं, इसका अर्थ यह नहीं है कि वह बकवास है, शिव।"

"छोड़ो भी, सती। केवल यही एक जीवन है! यही पल है। यही एकमात्र वस्तु है जिसके लिए हम निश्चित हो सकते हैं। शेष सब बस सिद्धांत है।"

"तो नागाओं ने ही क्यों विकृत जन्म लिया? मैं इतने समय तक विकर्म के रूप में क्यों जीती रही? निश्चय ही ऐसा इसलिए हुआ होगा कि किसी रूप में हम इसके अधिकारी थे। हम अपने पूर्वजन्म के पापों को भोग रहे थे।"

"यह हास्यास्पद है! पूर्वजन्म के पापों के बारे में कोई भी निश्चित कैसे हो सकता है? उन सारी पद्धतियों की तरह जो मनुष्य जीवन पर शासन करती हैं, विकर्म पद्धति भी हमारे द्वारा ही बनाई गई थी। तुमने विकर्म पद्धति से संघर्ष किया और स्वयं को स्वतंत्र किया।"

"किंतु मैंने स्वयं को स्वतंत्र नहीं किया था, शिव। आपने किया था। यह आपकी शक्ति थी। और मुझ समेत सभी विकर्मों को स्वतंत्र किया गया था, क्योंकि यह आपका कर्म था।"

"मतलब यह कैसे काम करता है?" शिव ने अविश्वासपूर्वक पूछा। "कि जब मैंने इस नियम को समाप्त किया तो सभी विकर्मों द्वारा अपने वैयक्तिक पूर्वजन्मों में किए गए पापों का कुल योग पलक झपकते दूर हो गया? उस मंगलकारी दिन, एक पल में, प्रत्येक विकर्म आत्मा को दूषित करने वाले अनेक जन्मों के पाप धुल गए थे? दैवीय क्षमा का दिन, वाह!"

"शिव, आप मेरा उपहास कर रहे हैं?"

"क्या मैं कभी ऐसा कर सकता हूं, प्रिये?" शिव ने कहा, किंतु उसकी मुस्कुराहट उसे झुठला रही थी। "क्या तुम नहीं देख सकतीं कि यह सारी धारणा ही कितनी अतार्किक है? कोई यह विश्वास कैसे कर सकता है कि एक मासूम बालक पापों के साथ जन्मा है? यह तो दिन के प्रकाश की तरह स्पष्ट हैः एक नवजात शिशु ने कोई गलती नहीं की है। न ही उसने कुछ सही किया है। वह तो बस अभी-अभी जन्मा है। उसने कुछ नहीं किया हो सकता!"

"संभवतः इस जीवन में नहीं, शिव। किंतु यह संभव है कि बालक ने किसी पूर्वजन्म में कोई पाप किया हो। संभवतः बालक के पूर्वजों ने पाप किए हों जिनके लिए बालक को उत्तरदायी ठहराया गया हो।"

शिव आश्वस्त नहीं था। "तुम यह समझ नहीं पा रहीं? यह लोगों को नियंत्रित करने के लिए बनाई गई प्रणाली है। वे लोग जो पीड़ित हैं या दमित हैं, उनके कष्टों के लिए यह प्रणाली उन्हें ही दोषी ठहराती है। क्योंकि आप मानते हैं कि आप या तो अपने पूर्वजन्मों में या अपने पूर्वजों, या अपने समुदाय के द्वारा भी किए पापों का फल भोग रहे हैं। संभवतः आदि पुरुष द्वारा किए पापों का भी! इस तरह यह प्रणाली कष्ट को एक प्रकार के पश्चाताप के रूप में प्रचारित करती है और साथ ही किसी को अपने साथ किए गए अन्यायों के विरुद्ध प्रश्न करने की अनुमति भी नहीं देती।"

"तो फिर कुछ लोग ही क्यों कष्ट पाते हैं? कुछ लोग उससे बहुत कम क्यों पाते हैं जिसके कि वे अधिकारी होते हैं?"

"उसी कारण से कि कुछ ऐसे लोग क्यों हैं जो उससे बहुत अधिक पाते हैं जिसके कि वे अधिकारी होते हैं। यह पूरी तरह से आकस्मिक है।"

अपने घोड़े पर सवार होने में सती की सहायता करने के लिए शिव सौजन्यतापूर्वक आगे बढ़ा, किंतु उसने इंकार कर दिया और सुघड़ता से घोड़े पर सवार हो गई। उसका पति मुस्कुरा दिया। आत्मनिर्भरता और गर्व के उसके गहन भाव से अधिक प्रिय उसे कुछ नहीं था। शिव उछलकर अपने घोड़े पर बैठ, शीघ्रता से एड़ लगाकर सती के बराबर आ गया।

"सच में, शिव," सती ने उसकी ओर देखते हुए कहा। "क्या आप मानते हैं कि परमात्मा संसार के साथ द्यूतक्रीड़ा करता है? कि हम सबको बिना सोचे-विचारे हमारी नियतियां थमा दी गई हैं?"

सड़क पर चल रहे नागा शिव को पहचान रहे थे और श्रद्धा से नमन कर रहे थे। उन्हें नीलकंठ की कथा में विश्वास नहीं था, लेकिन स्पष्ट रूप से, उनकी रानी महादेव का सम्मान करती थीं। और इस बात ने अधिकांश नागाओं को भी शिव में विश्वास करने के लिए विवश कर दिया था। बिना मुड़े सती को जवाब देते हुए उसने विनम्रता से प्रत्येक को प्रत्युत्तर दिया। "मुझे लगता है कि परमात्मा हमारे जीवन में बाधा नहीं डालता। उसने नियम निर्धारित कर दिए हैं जिनसे संसार का अस्तित्व है। इसके बाद, वह कुछ बहुत ही कठिन

काम करता है।"

"क्या?"

"वह हमें अकेला छोड़ देता है। वह स्वाभाविक तौर पर सब कुछ होने देता है। वह अपनी रचनाओं को अपने जीवन के विषय में निर्णय लेने देता है। जब किसी के पास शासन करने की शक्ति हो तो बस साक्ष्य भर बन जाना सरल नहीं है। ऐसा करने में परमेश्वर ही सक्षम हो सकता है। वह जानता है कि यह संसार हमारी कर्मभूमि है," शिव ने अपने हाथ को चारों ओर घुमाते हुए कहा मानो अपने कर्मों की भूमि को इंगित कर रहा हो।

"आपको नहीं लगता कि इसे स्वीकार करना कठिन है? अगर लोग यह मान लें कि उनकी नियति पूरी तरह से आकस्मिक है तो यह उन्हें समझ, ध्येय या प्रयोजन के भाव से रिक्त कर देगा। या इससे कि वे क्यों हैं, क्या हैं।"

"इसके विपरीत, यह एक शक्तिदायक विचार है। जब आप जानते हैं कि आपकी नियति पूरी तरह आकस्मिक है, तो आपके सामने ऐसे किसी भी सिद्धांत के प्रति प्रतिबद्ध होने की स्वतंत्रता होती है जो आपको सशक्त कर सके। अगर आप अच्छी नियति के कृपापात्र बने हैं तो आप यह विश्वास करना चुन सकते हैं कि यह ईश्वर की उदारता और अंतर्निष्ठ विनम्रता है। लेकिन अगर आप पर दुर्भाग्य का कोप है तो आपको यह जानना होगा कि कोई महाशक्ति आपको दंड नहीं दे रही है। वास्तव में आपकी स्थिति पूरी तरह आकस्मिक परिस्थितियों का एक परिणाम है, संसार का अव्यवस्थित फेर है। इसलिए अगर आप अपनी नियति को चुनौती देने का निर्णय लेते हैं, तो आपका प्रतिपक्षी कोई निर्णायक सर्वशक्तिमान ईश्वर नहीं होगा जो आपको दंडित करना चाहता है! आपका प्रतिपक्षी केवल आपके अपने मन की सीमाएं होंगी। यह आपको अपनी नियति से संघर्ष करने की शक्ति देगा।"

सती ने सिर हिलाया। "कभी-कभी आप बहुत अधिक क्रांतिकारी हो जाते हैं।"

शिव की आंखें सिकुड़ीं। "संभवतः यह स्वयं मेरे पूर्वजीवन के पापों का परिणाम है!"

एक साथ हंसते हुए वे नगर के द्वार से बाहर निकल गए।

दूर स्थित पंचवटी के अतिथि आवास को देखते हुए शिव गंभीरता से बुदबुदाया, "किंतु एक व्यक्ति को इस जीवन में अपने कर्म के लिए अपने

मित्रों को उत्तर देना होगा।"

"बृहस्पतिजी को?"

शिव ने हामी भरी।

"आपके मन में क्या है?"

"मैंने बृहस्पति से पूछा था कि क्या वे पर्वतेश्वर और आयुर्वती से मिलना, उन्हें बताना चाहेंगे कि वे अभी तक जीवित कैसे हैं।"

"और?"

"वे तुरंत तैयार हो गए।"

"मैं उनसे इसके विपरीत अपेक्षा भी नहीं करती।"

— ⅄⦶Ʊ⇞⊛ —

"आप ठीक हैं?" आनंदमयी ने पूछा।

पर्वतेश्वर और आनंदमयी पंचवटी के अतिथि आवास के अपने निजी कक्ष में थे।

"मैं बुरी तरह से चकरा गया हूं," पर्वतेश्वर ने कहा। "मेलूहा के शासक को हमारे जीवन में जो सर्वश्रेष्ठ है--सत्य, कर्तव्य और सम्मान--उसका प्रतिनिधित्व करना चाहिए। अगर हमारे सम्राट ही इस तरह के स्वभावतः नियमतोड़ू हैं तो इससे हमारे विषय में क्या राय बनेगी? जब सती के शिशु का जन्म हुआ तो उन्होंने नियम तोड़ा था।"

"मैं जानती हूं कि सम्राट दक्ष ने जो किया, वह पूरी तरह से अनुचित था। लेकिन यह कहा जा सकता है कि वह मात्र एक पिता हैं जो अपनी संतान की रक्षा करना चाह रहे थे, भले ही अपने मूर्खतापूर्ण ढंग से।"

"यह सच ही पर्याप्त है कि उन्होंने वह किया जो अनुचित था, आनंदमयी। उन्होंने नियम तोड़ा था। और अब, उन्होंने दैवी अस्त्रों का प्रयोग करके भगवान रुद्र के नियम को तोड़ा है। संसार के सर्वश्रेष्ठ देश, मेलूहा में उनके जैसा सम्राट कैसे हो सकता है? क्या कहीं कुछ अनुचित नहीं है?"

आनंदमयी ने अपने पति का हाथ पकड़ा। "आपके सम्राट कभी अच्छे नहीं रहे। यह मैं आपको अनेक वर्ष पहले बता सकती थी। किंतु उनके अनुचित कामों के लिए आप सारे मेलूहा को दोष नहीं दे सकते।"

"यह इस तरह कार्य नहीं करता है। एक अधिनायक मात्र ऐसा व्यक्ति

नहीं होता है जो आदेश देता है। वह ऐसा व्यक्ति होता है जो उस समाज का प्रतीक बनता है जिसका वह नेतृत्व करता है। अगर अधिनायक भ्रष्ट है तो समाज भी भ्रष्ट होगा।"

"आपके मस्तिष्क में यह बकवास कौन भरता है, प्रिय? एक अधिनायक मात्र एक मनुष्य होता है, अन्य सभी की तरह। वह किसी बात का प्रतीक नहीं होता।"

पर्वतेश्वर ने सिर हिलाया। "कुछ सत्य ऐसे होते हैं जिन्हें चुनौती नहीं दी जा सकती। एक अधिनायक के कर्म उसके सारे देश पर प्रभाव डालते हैं। उसे अपनी प्रजा का आदर्श होना चाहिए। यह एक सार्वभौम सत्य है।"

आनंदमयी आंखों में एक कोमल टिमटिमाहट लिए उनकी ओर झुकी। "पर्वतेश्वर, एक आपका सत्य है और एक मेरा सत्य है। जहां तक शाश्वत सत्य की बात है? उसका अस्तित्व नहीं है।"

उसके चेहरे पर झूल आई एक आवारा लट को हटाते हुए पर्वतेश्वर मुस्कुराया। "तुम चंद्रवंशी शब्दों में बहुत माहिर हो।"

"शब्द उतने ही अच्छे या बुरे होते हैं जितना कि वे विचार जिन्हें वे व्यक्त करते हैं।"

पर्वतेश्वर की मुस्कुराहट गहरी हो गई। "तो तुम्हारा क्या विचार है कि मुझे क्या करना चाहिए? मेरे सम्राट के कार्यों ने मुझे ऐसी स्थिति में डाल दिया है जहां मेरे ईश्वर नीलकंठ मेरे देश के विरुद्ध युद्ध की घोषणा कर सकते हैं। तब मुझे क्या करना चाहिए? मैं कैसे जानूं कि कौन सा पक्ष चुनूं?"

"आपको अपने ईश्वर के साथ रहना चाहिए," आनंदमयी ने अपने स्वर में हिचकिचाहट का संकेत दिए बिना कहा। "किंतु यह सैद्धांतिक प्रश्न है। इसलिए इस विषय में बहुत अधिक चिंता न करें।"

— —

"प्रभु, आपने बुलाया था," आयुर्वती ने कहा।

जब पर्वतेश्वर और उसे शिव के कक्ष में बुलाया गया तो वह भी उतनी ही अचंभित थी जितना कि पर्वतेश्वर। पंचवटी में आने के बाद से शिव ने अपना अधिकांश समय नागाओं के साथ ही बिताया था। आयुर्वती आश्वस्त थी कि शिव के काफिले पर हुए आक्रमण में नागा किसी न किसी प्रकार लिप्त

थे। उसे यह भी विश्वास था कि नीलकंठ संभवतः पंचवटी के नागा द्रोह के मूल तक पहुंचने में लगे हैं।

"पर्वतेश्वर, आयुर्वती, स्वागत है," शिव ने कहा। "मैंने आपको यहां इसलिए बुलाया है क्योंकि अब समय आ गया है कि आप नागाओं के रहस्य को जानें।"

पर्वतेश्वर ने आश्चर्य से ऊपर देखा। "लेकिन हम दो ही क्यों, प्रभु?"

"क्योंकि आप दोनों ही मेलूहावासी हैं। मेरे पास यह संदेह करने के कारण हैं कि गोदावरी पर हम पर हुआ आक्रमण कई बातों से जुड़ा हैः ब्रंगा की महामारी, नागाओं की पीड़ा और सरस्वती का सूखना।"

पर्वतेश्वर और आयुर्वती घबरा गए।

"किंतु एक बात के बारे में मैं निश्चित हूं," शिव ने कहा। "यह आक्रमण मंदार पर्वत के विनाश से संबंधित है।"

"क्या?! कैसे?"

"केवल एक ही व्यक्ति यह बता सकता है। वह व्यक्ति जिसे आप मृत मानते हैं।"

आयुर्वती और पर्वतेश्वर ने जब द्वार खुलने की आवाज सुनी तो वे घूम गए।

बृहस्पति खामोशी से अंदर आए।

— ⅄ⓄՄ↑⊛ —

"सोमरस एक बुराई है?" आनंदमयी ने अविश्वास से पूछा। "क्या प्रभु नीलकंठ ऐसा सोचते हैं?"

पर्वतेश्वर और आनंदमयी पंचवटी के अतिथि आवास क्षेत्र में अपने कक्ष में बैठे हुए थे। भगीरथ उसी समय वहां आया था।

"मैं निश्चित नहीं कह सकता कि वे क्या सोचते हैं," पर्वतेश्वर ने कहा। "किंतु बृहस्पति ऐसा मानते प्रतीत होते हैं।"

"किंतु बुराई तो सभी लोगों के लिए बुराई होनी चाहिए," भगीरथ ने कहा। "एक सूर्यवंशी मतद्रोही क्यों यह तय करे कि बुराई क्या है? हम उसकी बात क्यों सुनें? नीलकंठ उसकी बात क्यों सुनें?"

"भगीरथ, क्या तुम मुझसे यह अपेक्षा करते हो कि मैं बृहस्पति का बचाव

करूंगा, उस व्यक्ति का जिसने हमारे साम्राज्य की आत्मा को नष्ट कर दिया?" पर्वतेश्वर ने पूछा।

"तनिक ठहरें," आनंदमयी ने अपना हाथ उठाते हुए कहा। "इस पर विचार करें... अगर ब्रंगा की महामारी सोमरस से जुड़ी है, अगर सरस्वती नदी का धीमे-धीमे सूखना सोमरस से जुड़ा है, अगर नागाओं का जन्म सोमरस से जुड़ा है, तो क्या यह सोचना न्यायसंगत नहीं है कि संभवतः यह बुराई ही है।"

"तो नीलकंठ क्या करने की योजना बना रहे हैं? क्या वे सोमरस पर प्रतिबंध लगा देना चाहते हैं?" भगीरथ ने पूछा।

"मुझे नहीं पता, भगीरथ!" खीझे हुए पर्वतेश्वर ने तमककर कहा, दक्ष और अब बृहस्पति के कारण उसका संसार छिन्न-भिन्न हो गया था। "तुम मुझसे ऐसे प्रश्न करते रहते हो, जिनके उत्तर मैं नहीं जानता हूं!"

आनंदमयी ने पर्वतेश्वर के कंधे पर हाथ रखा। "संभवतः नीलकंठ भी उतने ही अचंभित हैं जितने कि हम हैं। उन्हें परिस्थितियों पर विचार करने के लिए समय चाहिए। वे हड़बड़ी में निर्णय नहीं ले सकते।"

"वे एक निर्णय तो ले चुके हैं," पर्वतेश्वर ने कहा।

भगीरथ और आनंदमयी ने उत्सुकता से पर्वतेश्वर को देखा।

"जैसे ही सारे घायल लोग ठीक हो जाएंगे, हमें स्वद्वीप जाना होगा। प्रभु ने कहा है कि हम काशी में तब तक उनकी प्रतीक्षा करें, जब तक वे अपने अगले चरण का निर्णय न ले लें। उनका विश्वास है कि गोदावरी पर हमारी हत्या के षड्यंत्र में राजा अथिथिग्व अयोध्या के साथ नहीं मिले होंगे।"

"लेकिन अगर हम काशी जाएंगे तो मेरे पिता जान जाएंगे कि हम जीवित हैं," भगीरथ ने कहा। "वे जान जाएंगे कि आक्रमण नाकाम रहा है।"

"हमें इस बारे में मौन रहना होगा। हमें ऐसा दिखाना होगा जैसे कुछ हुआ ही नहीं है कि हमारे ऊपर आक्रमण हुआ ही नहीं था। कि हम बिना किसी घटना के पंचवटी तक गए और वापस आ गए।"

"क्या वे अपने पोतों के बारे में हैरान नहीं होंगे?"

"प्रभु कहते हैं कि यह कोई बात नहीं है। समुद्र और नदी की लंबी यात्राओं में बहुत कुछ हो सकता है। वे विश्वास कर सकते हैं कि हम पर आक्रमण कर पाने से पहले ही उनके पोत किसी दुर्घटना का शिकार हो गए होंगे।"

भगीरथ ने भौंहें तिरछी कीं। "मेरे पिता इतने मूर्ख हो सकते हैं कि इस कहानी पर विश्वास कर लें। किंतु वे अधिनायक नहीं हैं। जिस किसी ने भी इस पैमाने का षड्यंत्र रचा है, वह जांच करेगा कि गड़बड़ कहां हुई थी।"

"किंतु जांच में समय लगेगा, जिससे नीलकंठ को वह सब जानने का अवसर मिल जाएगा जो उन्हें जानना है।

"प्रभु हमारे साथ नहीं चल रहे हैं?" आश्चर्यचकित आनंदमयी ने पूछा।

पर्वतेश्वर ने अपना सिर हिलाया। "नहीं। और प्रभु ने कहा है कि हम सबको बता दें कि न तो उनका परिवार और न ही वे स्वयं हमारे साथ काशी में हैं। इस बात का प्रचार किया जाए कि वे पंचवटी में ही रुक गए हैं। प्रभु का विश्वास है कि इससे हम सुरक्षित रहेंगे क्योंकि आक्रमण उन पर लक्षित था।"

"इसका तो केवल एक ही अर्थ हो सकता है," भगीरथ ने कहा। "वे बृहस्पति को सतही तौर पर ले रहे हैं, किंतु अपना मन बनाने से पहले वे कुछ और चीजों के विषय में सुनिश्चित होना चाहते हैं।"

आनंदमयी ने चिंतित दृष्टि से अपने पति को देखा। वह जानती थी कि युद्ध अवश्यंभावी है। संभवतः भारतवर्ष के इतिहास का सबसे बड़ा युद्ध। और पूरी संभावना है कि मेलूहा शिव विरोधी पक्षों में होगा। उसके पति कौन सा पक्ष चुनेंगे?

"जो भी हो," आनंदमयी ने पर्वतेश्वर के चेहरे को थामते हुए कहा, "हमें नीलकंठ में आस्था रखनी होगी।"

पर्वतेश्वर ने मौन भाव से सिर हिलाया।

— ★ —

शिव, परशुराम और नंदी गोदावरी के तट पर बैठे हुए थे। विचारों में गुम, नदी की ओर देखते हुए शिव ने चिलम से एक गहरा कश खींचा। उन्होंने सांस छोड़ी और अपने मित्रों की ओर मुड़े। "तुम्हें यकीन है, परशुराम?"

"जी, प्रभु," परशुराम ने उत्तर दिया। "मैं तो आपको प्रचंड ब्रह्मपुत्र के सबसे ऊंचे बिंदु तक भी ले जा सकता हूं, जहां वह त्सांगपो होती है। लेकिन मैं इसकी राय नहीं दूंगा क्योंकि उस भयावह मार्ग पर घातक दुर्घटनाएं बहुत अधिक होती हैं।"

शिव के मौन ने परशुराम को और खोजबीन करने के लिए उकसाया, "उस नद के विषय में ऐसा क्या है, प्रभु?" ब्रह्मपुत्र के मार्ग में नागाओं द्वारा दिखाई गई अस्वाभाविक रुचि को लेकर भी वे आश्चर्यचकित था। "पहले नागा, अब आप! हर कोई इसमें इतनी रुचि क्यों ले रहा है?"

"यह बुराई का संवाहक हो सकता है, परशुराम।"

नंदी ने हैरानी से ऊपर देखा। "त्सांगपो तो तिब्बत में आपके अपने गृह के समीप से निकलती है न, प्रभु?"

"हां, नंदी," शिव ने कहा। "ऐसा प्रतीत होता है कि बुराई उससे अधिक निकट है जितना कि आरंभ में प्रतीत होती थी।"

नंदी मौन रहा। वह उन कुछ लोगों में से था जो जानते थे कि शिव के काफिले पर आक्रमण करने वाले पोत मेलूहा के थे। वह जानता था कि उसे क्या करना है। अगर बात शिव और अपने देश में किसी एक को चुनने की आती, तो वह शिव को चुनता। लेकिन फिर भी इससे उसे गहरी पीड़ा होती। वह जानता था कि उसे एक ऐसी सेना का अंग बनना पड़ सकता है जो उसकी प्रिय मातृभूमि मेलूहा पर आक्रमण करेगी। स्वयं को ऐसी स्थिति में डालने के लिए वह अपनी नियति से क्रुद्ध था।

— ⁂ —

"मुझे लगता है कि मैं जानता हूं कि मुख्य षड्यंत्रकारी का पता कैसे लगाया जाए, प्रभु," भगीरथ ने कहा।

पर्वतेश्वर के कक्ष से बाहर निकलने के तुरंत बाद ही उसने शिव से भेंट करने का अवसर मांगा था। वह जानता था कि उसके पिता ने नीलकंठ का विरोध करने का निर्णय लिया है। इसलिए यह उचित ही था कि भगीरथ तुरंत शिव के प्रति अपनी निष्ठा सिद्ध करे। उसे शिव के हारने की उम्मीद नहीं थी। राजाओं की राय कुछ भी हो, लोग नीलकंठ के साथ ही होंगे।

"कैसे?" शिव ने पूछा।

"आप सहमत होंगे कि मेरे पिता के पास इतनी विस्तृत योजना बना पाने के संसाधन होना मुश्किल ही है। मैं तो कहूंगा कि उनकी स्वार्थपूर्ण आवश्यकताओं ने उन्हें किसी दूसरे की दुष्ट योजनाओं में सम्मिलित होने पर विवश किया होगा।"

आश्चर्यचकित होकर शिव आगे आ गए। "आपको लगता है कि उन्हें रिश्वत दी गई है? आपके पिता को धन की तो कोई आवश्यकता नहीं है।"

"जीवन से बेहतर रिश्वत क्या हो सकती है, प्रभु? अगर आपने कुछ वर्ष पूर्व मेरे पिता को देखा होता, तो आपको लगा होता कि वे चिता पर पहुंचने से बस पग भर दूर हैं। दुराचार और मद्य से भरे जीवन ने उनके शरीर में विनाश ला दिया था। लेकिन आज, वे इतने युवा दिखते हैं जितना मैंने उन्हें कभी नहीं देखा है।"

"सोमरस से?"

"मुझे ऐसा नहीं लगता। मुझे पता है कि अतीत में वे सोमरस लेकर देख चुके हैं। वह कारगर नहीं रहा था। कोई उन्हें उच्चतर औषधियां प्रदान कर रहा है। कोई ऐसी वस्तु जो एक राजा तक के लिए भी अनुपलब्ध है।"

शिव की आंखें फैल गईं। *एक राजा से भी अधिक शक्तिशाली, अधिक ज्ञानी कौन हो सकता है?*

"आपको लगता है कोई महर्षि उनकी सहायता कर रहे हैं?"

भगीरथ ने सिर हिलाया। "नहीं, प्रभु। मुझे लगता है कोई महर्षि उनका संचालन कर रहे हैं।"

"लेकिन वह महर्षि कौन हो सकते हैं?"

"मैं नहीं जानता। लेकिन जब मैं अयोध्या वापस जाऊंगा..."

"अयोध्या?"

"अगर हमें यह दर्शाना है कि गोदावरी पर किसी पोत ने हम पर आक्रमण नहीं किया तो, प्रभु, मेरे अयोध्या वापस न जाने का क्या कारण हो सकता है। इससे संदेह ही उत्पन्न होगा। इससे भी महत्वपूर्ण यह है कि जब मैं अयोध्या में होऊंगा तो षड्यंत्रकारी की वास्तविक पहचान को उजागर कर सकता हूं। मेरे पिता की सारी कोशिशों के बावजूद उस अभेद्य नगर में अभी भी मेरे आंख-कान मौजूद हैं।"

शिव ने पल भर इस पर विचार किया। वे इस विचारक्रम से सहमत थे। इसके अतिरिक्त, अब जबकि दिलीप ने शिव के विरुद्ध स्वयं को गठबंधित करने का चयन किया था, तो भगीरथ उनके प्रति अपनी निष्ठा सिद्ध करने कों और अधिक उत्सुक होगा।

शिव ने हामी भरी। "ठीक है, अयोध्या जाएं।"

"किंतु, प्रभु, जब समय आएगा, तो मैं आशा करूंगा कि अयोध्या और स्वद्वीप पर थोड़ी सी उदारता दिखाई जाएगी।"

"उदारता?"

"हमने सोमरस का अतिशय उपयोग नहीं किया है, प्रभु। केवल चंद चंद्रवंशी कुलीन ही इसका उपयोग करते हैं, और वह भी अल्प मात्रा में। ये तो मेलूहावासी हैं जिन्होंने इसका दुरुपयोग किया है। इसी ने बुराई को जन्म दिया है। इसलिए यह उचित ही होगा कि जब सोमरस पर प्रतिबंध लगाया जाए तो यह केवल मेलूहा पर ही हो। स्वद्वीप देवताओं के इस पेय से लाभान्वित नहीं हुआ है। मुझे आशा है कि हमें इसका उपयोग करने की अनुमति रहेगी।"

"आपने सोमरस का अल्प उपयोग करने का चयन नहीं किया था, भगीरथ," शिव ने कहा। "आपको ऐसा करने का अवसर ही नहीं मिला। अगर मिला होता, तो स्थिति बहुत भिन्न रही होती। इतना तो आप भी जानते हैं और मैं भी जानता हूं।"

"किंतु मेलूहा..."

"हां, मेलूहा ने अधिक प्रयोग किया है। इसलिए, स्वाभाविक रूप से, वे अधिक कष्ट पाएंगे। किंतु मैं एक बात स्पष्ट कर दूं। अगर मैं यह निर्णय करूंगा कि सोमरस बुराई है तो कोई भी इसका प्रयोग नहीं करेगा। कोई नहीं।"

भगीरथ मौन रहा।

"यह स्पष्ट है?" शिव ने पूछा।

"बिल्कुल, प्रभु।"

अध्याय 5

छोटा मार्ग

पांच सौ लोगों का काफिला पंचवटी के उत्तरी मार्ग पर वासुदेवों की नगरी उज्जैन की ओर बढ़ा जा रहा था। शिव और उनका परिवार केंद्र में था, और नागा और ब्रंगा सैनिकों की मिली-जुली आधी पलटन मानक रक्षात्मक रचनाओं में उन्हें घेरे हुए थी। काली नहीं चाहती थी कि इस मार्ग का पता शिव के मूल काफिले के किसी व्यक्ति को लगे, इसलिए उनमें से किसी को भी शामिल नहीं किया गया था। नंदी और परशुराम ही एकमात्र अपवाद थे। बृहस्पति को इसलिए शामिल किया गया था कि सोमरस के विषय में वासुदेव जो कहते, उसे समझने में शिव को उनके परामर्श की आवश्यकता हो सकती थी।

यद्यपि शिव बृहस्पति से अपनी जानकारी पाते और प्रश्न करते रहे थे, किंतु उनके बीच पहले वाला भाइयों का सा स्नेह कहीं खो गया था।

पर्वतेश्वर, आयुर्वती, आनंदमयी और भगीरथ मूल काफिले के साथ पंचवटी में ही रुके रहे। कुछ सप्ताह बाद उन्हें काशी के लिए निकलना था, उनका मार्ग दंडक वन से होते हुए आगे ब्रंगा होकर जाता था। ब्रंगा तक विश्वद्युम्न को उनके साथ मार्गदर्शक के रूप में जाना था।

“गणेश, क्या उज्जैन पंचवटी से मेलूहा के रास्ते में पड़ता है या हम घूमकर जाएंगे?” जंगल के बीच बनी पगडंडी पर अपने घोड़े को एड़ लगाते हुए शिव ने पूछा। पगडंडी दो सुरक्षात्मक बाड़ों से सुरक्षित थी। अंदरूनी परत पर हानिरहित नागवल्ली लताएं थी, जबकि बाहरी ओर जंगली पशुओं को आने से रोकने के लिए विषैली बेलें लगी हुई थीं।

“असल में, बाबा, उज्जैन स्वद्वीप के रास्ते में हैं। यह उत्तर-पूर्व में है। मेलूहा उत्तर-पश्चिम में पड़ता है।”

सरस्वती के सूखे स्रोत पर सती ने मेलूहा और मयका के संदर्भ में अपनी स्थिति समझने की कोशिश की। नर्मदा के स्रोत से मेलूहा की प्रसव-नगरी बहुत दूर नहीं थी। "क्या नर्मदा तुम्हारे लिए जलमार्ग का काम करती है? नौका द्वारा मेलूहा के लिए पश्चिम और उज्जैन एवं स्वद्वीप के लिए पूर्व में जाया जा सकता है।"

"हां, मां," गणेश ने उत्तर दिया।

शिव अपने पुत्र की ओर मुड़ा। "क्या तुम कभी मयका गए हो? परित्यक्त नागा शिशुओं को गोद किस प्रकार लिया जाता है?"

"मयका ही एकमात्र ऐसा स्थान है जहां नागाओं के लिए कोई पूर्वाग्रह नहीं है, बाबा। संभवतः शरीरों से कर्करोगीय ग्रंथियों के फूटने पर पीड़ा से चिल्लाते असहाय नागा शिशुओं का दृश्य अधिकारियों के हृदयों को पिघला देता है। मयका के प्रांतपाल नागा शिशुओं के जन्म के बाद के दुस्साध्य पहले महीने में अधिकाधिक शिशुओं को बचाने के प्रयास में निजी रुचि लेते हैं। हर महीने नर्मदा से एक नागा पोत चलता है, जो देर रात गए मयका में लंगर डालता है और उस महीने में जन्मे शिशुओं को मयका का लेखापाल हमें सौंप देता है। कुछ गैर-नागा माता-पिता साथ रहने का निर्णय लेते हैं और अपने शिशुओं की खातिर पंचवटी आ जाते हैं।"

"क्या मयका के अधिकारी उन्हें रोकते नहीं हैं?"

"वास्तव में, मेलूहा के विधान में है कि नागा शिशुओं के साथ उनके माता-पिता भी पंचवटी जाएं। ऐसा करके तो वे अपने विधान का पालन ही करते हैं। लेकिन अन्य ऐसा करने से इंकार कर देते हैं। वे अपने शिशुओं को त्याग देते हैं और मेलूहा में अपने सुविधापूर्ण जीवन में लौट जाते हैं। ऐसे मामलों में केवल शिशु को ही हमें सौंपा जाता है। मयका प्रांतपाल विधि के इस उल्लंघन को न देखने का दिखावा करता है।"

सती ने अपना सिर हिलाया। वह सौ वर्ष से अधिक समय तक मेलूहा में रही थी, जिनमें से कुछ शिशु के रूप में मयका में बीते थे। उसने यह सब कभी नहीं जाना था। यह तो ऐसे ही था जैसे वह अपने नीतिवान प्रतीत होने वाले राष्ट्र को नए सिरे से जान रही हो। विधान का उल्लंघन करने वाले उसके पिता अकेले नहीं थे। ऐसा लगता था मानो बहुत से मेलूहावासियों ने अपने शिशुओं के प्रति अपने कर्तव्यों या भगवान राम के विधानों का पालन करने

से अधिक मूल्य अपने देश की सुविधाओं को दिया था।

शिव ने आगे एक विस्तृत खाड़ी में लंगर डाले एक बड़े से पोत को देखा। सुदूर छोर पर एक गहन कुंज ने जल को रोक दिया था। ब्रंगा में तैरते सुंदरी वृक्षों के कुंज को देखने के बाद शिव ने अनुमान लगाया कि इन वृक्षों की भी मुक्त तैरती जड़ें होंगी। सामने स्थित मार्ग बहुत स्पष्ट प्रतीत हुआ। "मेरा अनुमान है कि हम तुम्हारी गुप्त खाड़ी पर पहुंच गए हैं। मैं समझता हूं कि नर्मदा उस कुंज के पार होगी।"

"उस कुंज के पार एक विशाल नदी है, बाबा," गणेश ने कहा। "लेकिन वह नर्मदा नहीं है। वह तापी है। हमें इसे पार करके दूसरे किनारे पर जाना होगा। उसके बाद नर्मदा तक कुछ और दिन की यात्रा है।"

शिव मुस्कुराया। "परमेश्वर ने इस धरती को बहुत अधिक नदियों से समृद्ध किया है। भारतवर्ष में जल की कमी कभी नहीं हो सकती!"

"अगर हम उसी तरह अपनी नदियों को दूषित न करें जिस तरह अभी सरस्वती को कर रहे हैं।"

शिव ने मौन रहकर गणेश से सहमत होते हुए हामी भरी।

— ✻ —

भृगु ने फाड़कर पत्र खोला। यह बिल्कुल वैसा ही था जैसी कि उन्हें अपेक्षा थी। वायुपुत्रों ने उन्हें बहिष्कृत कर दिया था।

श्रद्धेय भृगु,

हमारा ध्यान इस ओर आकर्षित किया गया है कि करचप में जलपोतों के एक बेड़े में दैवी अस्त्र लादे गए थे। खोजबीन से यह दुखद निष्कर्ष निकला है कि आपने उस सामग्री का प्रयोग करके उनका निर्माण किया था, जो आपको विशुद्ध रूप से शोधकार्य के लिए दी गई थी। यद्यपि हम समझते हैं कि आप कभी भी उन अस्त्रों का दुरुपयोग नहीं करेंगे जिन्हें हमारे ईश्वर प्रभु रुद्र ने स्पष्ट रूप से प्रतिबंधित किया है, फिर भी हम इन अस्त्रों के अनधिकृत परिवहन को दंड का भागी बने बिना नहीं छोड़ सकते। इसलिए परिहा में आपके कभी भी प्रवेश करने या फिर किसी वायुपुत्र से संपर्क करने को निषिद्ध किया जाता है। हमें आशा है कि आप उस महान वचन का सम्मान करेंगे जो वायुपुत्रों का प्रत्येक मित्र भगवान रुद्र को देता है: दैवी अस्त्रों का कभी उपयोग न करने का।

सभा को अपेक्षा है कि आप अपने अस्त्र तुरंत वायुपुत्र सुरक्षा को सौंप देंगे।

भृगु को आश्चर्य इस बात पर हुआ कि पत्र पर सभा के अधिनायक मित्रा के हस्ताक्षर थे। आदेशों पर मित्रा का व्यक्तिगत रूप से हस्ताक्षर करना अस्वाभाविक था। आमतौर पर, सभा के छह सदस्यों की अमर्त्य ष्पंड के किसी सदस्य द्वारा हस्ताक्षर किए जाते थे। स्पष्ट रूप से वायुपुत्र इसे बहुत गंभीरता से ले रहे थे।

किंतु भृगु का विश्वास था कि उन्होंने विधान को नहीं तोड़ा है। वे पहले ही वायुपुत्रों को लिख चुके थे कि वे इस स्वयंभू बहरूपिए के विरुद्ध कार्रवाई न करके नीलकंठ की पदवी का उपहास कर रहे हैं। किंतु दुख है, वायुपुत्रों ने कुछ नहीं किया था। मगर, वे देख सकते थे कि वे क्योंकर यह सोचते होंगे कि उन्होंने उनकी दी शोध-सामग्री का दुरुपयोग किया था। विडंबना तो यह है उन्होंने ऐसा नहीं किया था। भले ही उस सामग्री को प्रयोग करने के खेद से वे उबर चुके थे, मगर भृगु जानते थे कि वह उस परिमाण के दैवी अस्त्रों को बनाने के लिए पर्याप्त नहीं थी जिनकी कि आवश्यकता थी। उस सामग्री के प्रयोग से ऐसे अस्त्रों का उन्होंने अपना एक भंडार बना लिया था, जिसे उन्होंने वर्षों में जमा किया था। संभवतः यही कारण था कि उनमें वायुपुत्र सागग्री वाली विनाशक शक्ति नहीं थी। उनके पास पूरी प्रयोगशालाएं थीं, जबकि भृगु अकेले काम करते थे।

भृगु ने गहरी सांस ली। उन्होंने उन सारे अस्त्रों का उपयोग कर लिया था जिनका उन्होंने निर्माण किया था। एकमात्र रहस्य यह था कि उन्होंने अपना ध्येय प्राप्त किया या नहीं! नीलकंठ की हत्या हुई या नहीं। दक्ष से बात करना व्यर्थ ही था। अपनी पुत्री से अपने संबंध टूटने के बाद से वे सदमे की स्थिति में ही प्रतीत होते थे। मामले की जांच करने के लिए भृगु ने एक और पोत गोदावरी के स्रोत की ओर भेजा था, जिस पर दिलीप की सेना से लिए सैनिक थे। लेकिन यह जानने में महीनों लग जाएंगे कि वहां क्या हुआ था।

"और कुछ, प्रभु?" सेविका ने पूछा।

भृगु ने बेध्यानी में हाथ हिलाकर उसे जाने को कहा। संभवतः काम पूरा हो गया था। संभवतः नीलकंठ अब जीवित नहीं था। किंतु यह भी संभव था कि भृगु के पोत असफल रहे हों। इससे भी बुरा यह कि नीलकंठ को नागाओं ने फुसला लिया हो और अब वे लोगों को सोमरस के विरुद्ध करने का षड्यंत्र

रच रहे हों। जब तक उन्हें उन पांचों पोतों का कोई समाचार नहीं मिल जाता जो उन्होंने शिव के काफिले पर आक्रमण करने के लिए भेजे थे, कुछ भी निश्चित नहीं कहा जा सकता था। अभी तो, भले ही देवगिरि में रहना उन्हें कितना ही अरुचिकर हो, उनके सामने प्रतीक्षा करने के अतिरिक्त कोई चारा नहीं था। उन्हें विश्वास था कि भारतवर्ष का भविष्य दावं पर लगा है।

भृगु ने गहरी सांस ली और वापस समाधि में चले गए।

तापी को पार करने के बाद शीघ्र ही शिव के काफिले ने भूमि प्रदेश को पार कर लिया था और अब एक और गुप्त खाड़ी के किनारे प्रतीक्षा कर रहा था, जबकि नागा नौका-यात्रा की तैयारी कर रहे थे। इस खाड़ी की रक्षा करते तैरते कुंज के पार प्रचंड नर्मदा बहती थी जिसे श्रद्धेय मनु ने सप्तसिंधु की दक्षिणी सीमा का नाम दिया था।

"और कितनी दूर है, दादा?"

"बहुत अधिक नहीं, कार्तिक। बस कुछ सप्ताह और," गणेश ने उत्तर दिया। "कुछ दिन हम नर्मदा के पूर्व में नाव से जाएंगे, फिर चंबल नदी पर पहुंचने तक महान विंध्य पर्वतों के दर्रों से पैदल गुजरेंगे। फिर उज्जैन पहुंचने के लिए हमें बस कुछ दिन चंबल में नौका-यात्रा करनी होगी।"

सती पोत पर लदान की तैयारी करते नाविकों को अस्थायी घाट की ओर पोत का काष्ठमार्ग खींचते देख रही थी।

कृत्तिका अपने घोड़े को आगे लाई ताकि सती के घोड़े के साथ चल सके। "काश रानी काली भी हमारे साथ आई होतीं, देवी।"

सती कृत्तिका की ओर मुड़ी। "जानती हूं। लेकिन वे रानी हैं। पंचवटी में उनके बहुत से दायित्व हैं।"

पोत के काष्ठमार्ग के एक जोरदार आवाज के साथ घाट पर लगने से उनकी बातचीत में बाधा पड़ गई।

पर्वतेश्वर, आनंदमयी, भगीरथ और आयुर्वती देर दोपहर गए एक साथ भोजन कर रहे थे। अभी-अभी पंचवटी से वे दंडकारण्य मार्ग पर पांच खुले स्थानों

में पहले पर पहुंचे थे। यह मार्ग ब्रंगा में मधुमती पर एक गुप्त खाड़ी तक जाता था। सोलह सौ सैनिकों के काफिले के साथ जो वर्ष भर से भी पहले शिव के साथ निकला था, वे शिव की वापसी की प्रतीक्षा करने के लिए वापस काशी जा रहे थे।

भगीरथ ने आश्चर्य से पांचों मार्गों को देखा। इनमें से केवल एक ही सही था जबकि अन्य प्रलोभन थे जो अनधिकृत प्रवेश करने वालों को उनके अंत की ओर ले जाते। "ये नागा तो सुरक्षा को लेकर जुनूनी हैं।"

आनंदमयी ने ऊपर देखा। "क्या हम उन्हें दोष दे सकते हैं? यह मत भूलो कि जब गोदावरी पर उन पोतों ने हम पर आक्रमण किया था तो उनके इसी व्यवहार ने हमारी जीवनरक्षा की थी।"

"सच है," भगीरथ ने कहा। "निस्संदेह नागा अच्छे मित्र साबित होंगे। नीलकंठ के प्रति उनकी निष्ठा पर संदेह नहीं है, यद्यपि कारणों पर हो सकता है। जब सत्य का पल हमारे सामने खड़ा होगा, तो सबको एक साधारण से प्रश्न का उत्तर देना होगाः क्या वे नीलकंठ के लिए संसार से युद्ध करेंगे? मैं जानता हूं कि मैं तो करूंगा।"

आनंदमयी ने पर्वतेश्वर को देखा और फिर वापस भगीरथ को, भगीरथ को झिड़कते हुए उसकी आंखें भभक उठी थीं। "भोजन करो, छोटे भाई।"

पर्वतेश्वर ने पीड़ित भाव से आनंदमयी को देखा। "मुझे नहीं लगता परमात्मा मेरे साथ इतने कठोर होंगे। वह ऐसा नहीं कर सकता कि अपने जीवित प्रभु को पाने के लिए वह मुझे एक शताब्दी से अधिक तक प्रतीक्षा करवाए, और फिर मुझे उनके और अपने देश के बीच किसी एक को चुनने के लिए विवश करे। मुझे विश्वास है कि परमेश्वर कोई न कोई रास्ता निकालकर यह सुनिश्चित कर देंगे कि मेलूहा और प्रभु नीलकंठ विरोधी पक्षों में न रहें।"

पर्वतेश्वर की उदास मुस्कुराहट ने आनंदमयी को बता दिया था कि वे स्वयं भी इस पर विश्वास नहीं करते हैं। उसने मृदुता से अपने पति के कंधे को छुआ।

भगीरथ बेध्यानी में रोटी से खिलवाड़ करता रहा। उसे विश्वास होने लगा था कि वे पर्वतेश्वर पर भरोसा नहीं कर सकता। नीलकंठ की सेना के लिए यह एक भारी क्षति होगी। पर्वतेश्वर की युद्ध नीति संबंधी क्षमताओं में किसी भी युद्ध का रुख बदलने की योग्यता थी।

आयुर्वती ने सहानुभूति से पर्वतेश्वर को देखा। वह उसके अंदरूनी संघर्ष को समझ सकती थी। यद्यपि उसके मामले में निर्णय हो चुका था जो उसके हृदय में शांतभाव से स्थिर हो गया था। उसके सम्राट ने घृणास्पद कार्य किए थे जिन्होंने मेलूहा को कलंकित किया था। अब यह वह देश नहीं रहा था जिसे उसने जीवन पर्यन्त चाहा और सराहा था। अपने हृदय में वह जानती थी कि भगवान राम उस अनैतिकता को कभी क्षमा नहीं करेंगे जिसमें दक्ष के नेतृत्व में मेलूहा गिर चुका था। उसका मार्ग स्पष्ट थाः मेलूहा और शिव के बीच संघर्ष में वह नीलकंठ को चुनेगी। क्योंकि वही मेलूहा में भी सबकुछ ठीक करेंगे।

— ⅄ⓞ Ʊ ϕ ⊗ —

नागा पोत ने चंबल के तट के समीप लंगर डाल दिया। शिव, सती, गणेश और कार्तिक रस्सी की सीढ़ियों से उस विशाल नौका में उतरे जिसे पोत के लंगर की रस्सी से बांध दिया गया था। बृहस्पति, नंदी और परशुराम भी दस नागा सैनिकों के साथ उनके पीछे-पीछे उतरे।

जब सब लोग उतरकर आ गए, तो वे तट पर जाने के लिए नाव खेने लगे। वासुदेव नागाओं से भी अधिक रहस्यपूर्ण थे, इसलिए शिव ने नदी के समीप आबादी के किसी संकेत को पाने की अपेक्षा नहीं की थी।

नदी के तट को लगभग छूते हुए, घनी वनस्पति की एक दीवार ने आगे के परिदृश्य को छिपा रखा था। चंबल के शांत जल में घासफूस उग आई थी, जिसने नाव खेने को दुष्कर बना दिया था। गणेश नाव को दो विशाल ताड़ के वृक्षों के बीच एक छोटे से खुले स्थान पर ले गया। इस खुले स्थान के बारे में शिव कुछ असामान्य सा महसूस कर रहा था, लेकिन उसे पकड़ नहीं पा रहा था। वे कार्तिक की ओर मुड़े, वह भी उस स्थान को ही देख रहा था।

"बाबा, इस खुले स्थान के पीछे वाले वृक्षों को देखें," कार्तिक ने कहा। "आपको मेरी लंबाई तक झुकना होगा।"

जब शिव नीचे झुका तो छवि स्पष्ट हो गई। चारों ओर की घनी, अनियंत्रित वनस्पति को देखते हुए खुले स्थान के पीछे स्थित वृक्ष असामान्य रूप से व्यवस्थित थे। दूर तक दृष्टि डालने पर, समान दूरी पर लगे हुए वे वृक्ष ऊंचाई में बढ़ते प्रतीत होते थे। इसका कारण यह था कि स्वयं धरती समान चढ़ाई में ऊपर को जा रही थी। स्पष्ट रूप से यह प्राकृतिक पहाड़ी नहीं थी। मैदान के

पीछे अधिकांश वृक्ष गुलमोहर के थे, उनके सुलगते नारंगी फूल अग्नि का आभास दे रहे थे। शिव ने पलकें झपकाकर फिर से उसे देखा जो उसे दृष्टिभ्रम सा लगा था। वह अचानक खड़ा हो गया, नाव को डगमगाते हुए, सती और गणेश ने हाथ बढ़ाकर उसे संभाला। गुलमोहर के वृक्ष एक विशिष्ट क्रम में लगाए गए थे जो एक निश्चित दूरी से तब दिखाई देता था जब कोई उन ताड़ के वृक्षों के बीच स्थित उस छोटे से मैदान के ठीक सामने खड़ा होता था। यह ज्वाला के आकार में था! एक विशिष्ट चिह्न जिसे शिव ने पहचान लिया था।

"फ्रवाशी," शिव हौले से बोला।

अचंभित हो गणेश ने पूछा, "आपको यह शब्द कैसे पता है, बाबा?"

शिव ने गणेश को और फिर वापस गुलमोहर वृक्षों को देखा। वह चिह्न लुप्त हो चुका था। शिव बैठ गया और गणेश की ओर घूमा। "तुम्हें यह शब्द कैसे पता है?"

"यह वायुपुत्रों का शब्द है। यह भगवान रुद्र के स्त्री स्वरूप का प्रतिनिधित्व करता है, जिसमें वह कार्य करने में हमारी सहायता करने की शक्ति है जो उचित है। हम इसे स्वीकार भी कर सकते हैं और अस्वीकार भी। किंतु यह स्वरूप सहायता करने से कभी इंकार नहीं करता। कभी नहीं।"

शिव को जब अपनी प्राचीन स्मृतियां समझ में आने लगीं तो वह मुस्कुरा दिया।

"आपको फ्रवाशी के विषय में किसने बताया, बाबा?" गणेश ने फिर से पूछा।

"मेरे काका मनोभू ने," शिव ने कहा। "यह उन अनेक धारणाओं और प्रतीकचिह्नों में था जो उन्होंने मुझे सिखाए थे। वे कहते थे कि जब समय आएगा तो यह मेरी सहायता करेगा।"

"वे कौन थे?"

"मुझे लगता था कि मैं जानता हूं," शिव ने कहा। "किंतु अब मैं हैरान होने लगा हूं कि क्या मैं उन्हें पर्याप्त अच्छी तरह जानता भी था।"

नाव तट से टकराई तो बातचीत पर विराम लग गया। दो नागा सैनिक कूदकर बाहर निकले और उन्होंने नाव को और ऊपर सूखी धरती पर खींच लिया। रस्सी को कसकर खींचते हुए उन्होंने नाव को एक सुविधाजनक रूप से लगे पेड़ के तने पर बांध दिया। सारा दल शीघ्रता से नाव से उतर गया।

कार्तिक ने ताड़ वृक्षों का निरीक्षण किया जो मैदान को चिह्नित करते थे। वह गणेश की ओर मुड़ा, जो मैदान के बीच में खड़ा था।

"क्या सब लोग मेरे पीछे खड़े हो जाएंगे," गणेश ने निवेदन किया। "मैं नहीं चाहता कि मेरे और ताड़ वृक्षों के बीच कोई हो।"

अन्य लोग दूर हट गए जबकि गणेश ने अपने आसपास के भटकाव से निकलने और एकाग्रता हासिल करने के लिए अपनी आंखें बंद कर लीं।

गणेश ने गहरी सांसें लीं और अनियमित ताल में बार-बार जोरों से तालियां बजाईं। तालियां वासुदेव गूढ़ार्थ में बजी थीं और उज्जैन के द्वारपाल को भेजी जा रही थीं। *मैं नागा लोकाधीश गणेश हूं, अपने दल के साथ आपके महान नगर में प्रवेश करने की अनुमति चाहता हूं।*

शिव ने तालियों की वापस गूंजती मृदु ध्वनि सुनी। उज्जैन के द्वारपाल ने उत्तर दिया था। *स्वागत है, माननीय गणेश। यह अनपेक्षित सम्मान है। क्या आप स्वद्वीप जा रहे हैं?*

नहीं, हम वासुदेवों के महान प्रमुख माननीय गोपाल से भेंट करने आए हैं।

क्या आपको किसी विशिष्ट विषय पर चर्चा करनी थी, माननीय गणेश?

स्पष्ट था, वासुदेव अभी भी नागाओं के साथ सहज नहीं थे, बावजूद इस सच के कि कार्तिक के जन्म में सहायता करने के लिए नागा औषधियां लेने के लिए उन्होंने गणेश से संपर्क किया था। उज्जैन का द्वारपाल गणेश का अपमान किए बिना उसके निवेदन को टालने का प्रयास कर रहा था।

गणेश ने लयात्मक ढंग से ताली बजाना जारी रखा। *श्रद्धेय गोपाल से मैं नहीं मिलना चाह रहा हूं, माननीय द्वारपाल। प्रभु नीलकंठ मिलना चाहते हैं।*

कुछ पल मौन रहा। फिर अविलंब अनुक्रम में तालियों की आवाज सुनाई दी। *क्या ताड़ क्षेत्र में प्रभु नीलकंठ भी आपके साथ हैं?*

वे मेरे साथ खड़े हैं। वे आपको सुन सकते हैं।

द्वारपाल के प्रत्युत्तर देने से पहले, एक बार फिर मौन छा गया। *माननीय गणेश, माननीय गोपाल स्वयं वहां आ रहे हैं। आपके काफिले का आतिथ्य करना हमारा सौभाग्य होगा। हमें वहां पहुंचने में एक दिन लगेगा! कृपया तब तक प्रतीक्षा करें।*

धन्यवाद।

गणेश ने अपनी हथेलियों को मला और शिव को देखा। "उन्हें यहां पहुंचने में एक दिन लग जाएगा, बाबा। उनके आने तक हम पोत में प्रतीक्षा कर सकते हैं।"

"तुम कभी उज्जैन गए हो?" शिव ने पूछा।

"नहीं। बस एक बार इसी मैदान में मैं वासुदेवों से मिला हूं।"

"ठीक है, हम अपने पोत पर वापस चलते हैं।"

— ✱✱✱✱✱ —

"तुम मुझे बता रहे हो कि महर्षि भृगु गत वर्ष आठ बार अयोध्या गए थे?" आश्चर्यचकित सुर्पदमन ने पूछा।

मगध के युवराज का अपना निजी गुप्तचर जाल था, जोकि मगध की कुख्यात रूप से अक्षम राजसी गुप्तचर सेवा से स्वतंत्र था। उसके गुप्तचर ने अभी-अभी उसे अयोध्या के राजसी परिवार में चल रही गतिविधियों की जानकारी दी थी।

"जी, राजकुमार," गुप्तचर ने कहा। "इसके अतिरिक्त, सम्राट दिलीप स्वयं उसी अवधि में दो बार मेलूहा गए हैं।"

"इसकी तो मुझे जानकारी है," सुर्पदमन ने कहा। "किंतु जो समाचार तुम लाए हो, वह इस पर नया प्रकाश डालता है। संभवतः दिलीप उस मूर्ख दक्ष से मिलने जा ही नहीं रहे थे। संभवतः वे महर्षि भृगु से मिलने जा रहे थे। लेकिन वे महान ऋषि दिलीप में क्यों रुचि लेंगे?"

"यह तो मैं नहीं जानता, राजकुमार। किंतु मुझे विश्वास है आपने सम्राट दिलीप को नए-नए प्राप्त युवा स्वरूप के बारे में अवश्य सुना होगा। संभवतः महर्षि भृगु उन्हें सोमरस देते रहे हैं।"

सुर्पदमन ने नकारते हुए अपना हाथ हिलाया। "सोमरस तो स्वद्वीप के राजसी परिवार को सुगमता से प्राप्त है। दिलीप को इसके लिए किसी महर्षि से याचना करने की आवश्यकता नहीं है। मैं जानता हूं दिलीप वर्षों से सोमरस ले रहे हैं। किंतु जब कोई अपने शरीर का इतना दुरुपयोग कर चुका हो जितना कि उन्होंने किया है तो सोमरस के लिए भी उनकी आयुवृद्धि को टालना कठिन होगा। मुझे संदेह है कि महर्षि भृगु उन्हें ऐसी औषधियां दे रहे हैं जो सोमरस से भी अधिक शक्तिशाली हैं।"

"लेकिन महर्षि भृगु ऐसा क्यों करेंगे?"

"यही तो रहस्य है। इसका पता लगाने का प्रयास करो। नीलकंठ का कोई समाचार?"

"नहीं, राजकुमार। वे नागा राज्य में ही हैं।"

सुर्पदमन ने अपनी ठोड़ी मली और गंगा किनारे बने महल के अपने कक्ष की खिड़की से बाहर देखा। उसकी दृष्टि मानो नदी के पार जंगलों तक चली गई थी जो दक्षिण तक फैले हुए थे! वही जंगल जहां नागाओं ने उसके भाई उग्रसेन को मार डाला था। उसने मन ही मन उग्रसेन को कोसा। उसे अपने भाई की हत्या का सच पता था। सांड़ों की दौड़ का व्यसनी उग्रसेन लगातार बढ़ रहे धृष्ट द्यूत में लिप्त हो चुका था। अपने सांड़ों के लिए बाल सवार प्राप्त करने के लिए व्याकुल वह जनजातीय वनों को खंगाला करता था और अपनी मनमर्जी से बच्चों का अपहरण कर लाता था। ऐसी ही एक मुहिम पर उसे एक नागा ने मार डाला था, जो एक असहाय मां और उसके छोटे से पुत्र को बचाने की कोशिश कर रहा था। मगर वह यह नहीं समझ पाया था कि एक वन्य मां और उसके बच्चे को बचाने के लिए एक नागा ने अपने जीवन को जोखिम में क्यों डाला।

लेकिन इस मृत्यु ने सुर्पदमन के विकल्प कम कर दिए थे। नीलकंठ जिसे भी बुराई मानेंगे, उसके विरुद्ध अपने अनुयायियों का नेतृत्व करेंगे। युद्ध अवश्यंभावी था। ऐसे भी लोग होंगे जो उनका विरोध करेंगे। बुराई के विरुद्ध इस युद्ध की सुर्पदमन बहुत परवाह नहीं करता था। वह तो बस यह सुनिश्चित करना चाहता था कि मगध अयोध्या के विरोधी पक्ष में युद्ध करे। युद्धकालीन अस्तव्यस्तता का उपयोग वह मगध को स्वद्वीप का स्वामी और स्वयं को उसका सम्राट स्थापित करने के लिए करना चाहता था। लेकिन उग्रसेन की हत्या ने उसके पिता राजा महेंद्र के नागाओं के प्रति अविश्वास को गहराकर उसे विशुद्ध घृणा में बदल दिया था। सुर्पदमन जानता था कि महेंद्र उसे उस पक्ष के विरुद्ध लड़ने के लिए विवश करेंगे जिससे नागा जुड़े हों। उसकी एकमात्र आशा यह थी कि नागा और अयोध्या के सम्राट एक ही पक्ष में रहें।

— ✻ —

कनखला धीरज से दक्ष के महल में महर्षि भृगु के कक्ष के बाहर प्रतीक्षा कर

रही थी। महर्षि गहन समाधि में थे। यद्यपि उनका कक्ष एक महल में था किंतु वह उतना ही साधारण और कठोर था जितना कि हिमालय की कंदरा का उनका असली आवास था। भृगु कक्ष में मौजूद एकमात्र सज्जा पत्थर के पलंग पर बैठे थे। इसलिए कनखला के पास खड़े रहने के अतिरिक्त और कोई उपाय नहीं था। फर्श और दीवारों पर बर्फीला पानी छिड़का गया था। परिणामस्वरूप हुई ठंड और चिपचिपी नमी ने उसे हल्के से सिहरा दिया था। उसने कमरे के सुदूर कोने में एक छोटी सी तिपाई पर रखे फलों के बर्तन को देखा। महर्षि ने विगत तीन दिनों में बस एक ही फल खाया प्रतीत होता था। कनखला ने मन में तय किया कि ताजे फल रखने का आदेश देगी। दीवार में बने एक आले में भगवान ब्रह्मा की एक मूर्ति स्थापित की गई थी। भृगु के मृदु मंत्रोच्चार को दोहराते हुए कनखला एकटक मूर्ति को देखती रही।

ओम ब्रह्माय नमः। ओम ब्रह्माय नमः।

भृगु ने नेत्र खोले और कुछ बोलने से पहले वे विचारपूर्वक कनखला को देखते रहे। "कहो, पुत्री?"

"प्रभु, पक्षी संदेशवाहक द्वारा आपके लिए एक मोहरबंद पत्र लाया गया है। इस पर अत्यंत गोपनीय चिह्नित है। इसलिए, मैंने स्वयं ही इसे आपके पास लाना उचित समझा।"

भृगु ने नम्रता से सिर हिलाया और बिना कुछ कहे कनखला से पत्र ले लिया।

"निर्देश के अनुसार, हमने कबूतर को भी अपने ही पास रखा है। यह वहां वापस जा सकता है जहां से आया था। हां, अगर पोत आगे बढ़ गया होगा तो यह संभव नहीं होगा। अगर आप कबूतर के साथ वापस संदेश भेजना चाहें तो कृपया मुझे बता दें।"

"हम्म्म्म..."

"क्या इतना पर्याप्त है, प्रभु?" कनखला ने पूछा।

"हां। धन्यवाद।"

कनखला ने अपने पीछे द्वार बंद किया तो भृगु ने मोहर तोड़कर पत्र खोला। उसकी सामग्री निराशाजनक थी।

हे प्रभु, गोदावरी के मुहाने पर हमें अपने पोतों के कुछ अवशेष प्राप्त हुए हैं। वे स्पष्ट रूप से विस्फोट में उड़े हैं। यह निर्णय लेना कठिन है कि वे

तोड़फोड़ की कार्रवाई के परिणामस्वरूप नष्ट हुए या उस सामान के कारण जो वे ले जा रहे थे। यह कहना भी कठिन है कि सारे पोत नष्ट हो गए या कुछ बचे हैं। अगले निर्देशों की प्रतीक्षा है।

इन शब्दों ने भृगु को स्थिति की उनकी समझ को बढ़ाए बिना जानकारी दी थी। उन पांचों पोतों में से जो उन्होंने नीलकंठ की हत्या करने और पंचवटी को नष्ट करने के लिए भेजे थे, एक भी नहीं बचा था, न किसी ने कोई संदेश भेजा था। कम से कम कुछ पोतों के अवशेष मिले थे जो गोदावरी में बह आए थे। दोनों ही संभावित निष्कर्ष अशांति भरे थेः या तो पोत नष्ट कर दिए गए थे या उनमें से कुछ को बंदी बना लिया गया था। और गहराई से पता लगाने के लिए भृगु एक और पोत को गोदावरी में भेजना वहन नहीं कर सकते थे। वे अंतिम युद्ध से ठीक पहले एक और सुनिर्मित युद्धपोत दुश्मन को भेंट कर देते। बेशक, यह संभावना भी थी कि पोत अपने अभियान में सफल रहे हों और अंततः नष्ट कर दिए गए हों। लेकिन भृगु निश्चित नहीं हो सके।

भृगु को प्रतीक्षा करनी होगी। हो सकता है दंडकवन से क्रुद्ध नीलकंठ बाहर आ जाए। वह अपने अनुयायियों को प्रेरित कर सकता है और उन पर आक्रमण कर सकता है जो उसके विरुद्ध एकजुट हुए हों। अगर ऐसा नहीं हुआ तो ऋषि मान लेंगे कि नीलकंठ का संकट बीत गया है।

भृगु ने बाहर मौजूद रक्षक को बुलाने के लिए घंटी बजाई। वे गोदावरी के मुहाने पर मौजूद पोत को लौटने के लिए संदेश भेजेंगे। वे मेलूहा और अयोध्या को भी युद्ध के लिए अपनी सेनाएं तैयार करने का आदेश देंगे। संभावित स्थिति के लिए।

अध्याय 6

नगर जो गर्व को जीतता है

पूर्णमासी की रात थी। शिव लंगर पड़े पोत के जंगले पर खड़े थे और चंबल के तट पर वन के अंधकारपूर्ण विस्तार को देख रहे थे। दूर कहीं एकदम काले पत्थर की बनी एक विशाल पहाड़ी सी प्रतीत होती थी। शिव सारी शाम उस पहाड़ी को देखते रहे थे। वह इतनी चिकनी थी कि प्राकृतिक नहीं हो सकती थी। और भी अस्वाभाविक यह था कि उसके शिखर पर एक उल्टे कटोरे जैसी संरचना थी, जो स्पष्ट रूप से एक गुंबद था। शेष पहाड़ी की तुलना में, जिसका निश्चय ही यह हिस्सा नहीं था, उसे अधिक गहरे काले रंग में रंगा गया था।

"यह मानव-निर्मित है, बाबा," कार्तिक ने कहा।

शिव, गणेश और बृहस्पति कार्तिक की ओर मुड़े, जो पेट के बल लेटा हुआ कम ऊंचाई से नदी के तट की ओर देख रहा था। शिव भी कार्तिक के स्तर तक झुका। उसने ताड़ वृक्षों के मैदान के पीछे के क्षेत्र को देखा! वह प्राचीन वायुपुत्र छवि फ्रवाशी के आकार को स्पष्ट देख सकता था। जब उसकी आंखों ने चढ़ाई के मार्ग को टटोला तो उसे समझ में आया कि अगर चढ़ाई जारी रहती तो वह सुदूर स्थित काली पहाड़ी के शिखर पर, गुंबद पर जाकर समाप्त होती।

बृहस्पति बोला। "पेड़ों वाली चढ़ाई संभवतः उस बहुत लंबे मार्ग का अवशेष होगी जिसका प्रयोग उस पत्थर के गुंबद को पहाड़ी के शिखर तक ले जाने के लिए किया गया होगा।"

वासुदेवों के सटीक अभियांत्रिकी कौशल को देखकर शिव मुस्कुरा दिया। वह वर्षों से अपने रहस्यमय परामर्शदाताओं से परिचित था। अंततः वह उनके प्रमुख से मिलने के लिए आतुर था।

— ⚹ —

दक्ष ने सरस्वती के झिलमिलाते जल में पूर्ण चंद्र का प्रतिबिंब देखा। अपने निजी महल के कक्ष में वे एक बड़ी सी खिड़की के सामने खड़े थे। पिछले कुछ महीनों में वे लगातार स्वयं को अलग-थलग करते रहे थे, जहां तक संभव होता, लोगों से मिलने से बचते। वे विशेषकर महर्षि भृगु से मिलने से डरते थे, उन्हें पूरा विश्वास था कि महर्षि उनके मस्तिष्क को पढ़ लेंगे और जान लेंगे कि वह दक्ष ही थे जिसने अपनी प्रिय पुत्री को बचाने के प्रयास में पंचवटी पर हुए आक्रमण को निष्फल कर दिया था।

लेकिन अलगाव की यह अवधि दक्ष और वीरिणी के संबंधों के लिए आश्चर्यजनक रही थी। वे अपने विवाह के प्रारंभिक कुछ वर्षों की तरह ही एक-दूसरे से बातें करते थे, यहां तक कि एक बार फिर अपने रहस्य बांटने लगे थे। दक्ष द्वारा मेलूहा का शासक बनने की महत्वाकांक्षा विकसित करने से पहले की तरह।

वीरिनी अपने पति के पास आईं और उन्होंने उनके कंधे पर अपना हाथ रखा। “आप क्या सोच रहे हैं?”

दक्ष अपनी पत्नी से दूर हट गए। वीरिनी की भृकुटियां तन गईं। फिर उसने दक्ष के हाथों को देखा। वे एक प्रतीक चिह्न पकड़े हुए थे जो उनकी चयनित जनजाति को दर्शाता था, जाति के वरिष्ठता क्रम में स्वघोषित श्रेणी जिसे युवक और युवतियां अपनाते हैं। यह एक महत्वहीन श्रेणी थी, निम्नतर बकरा। बहुत से क्षत्रिय मानते थे कि बकरा चयनित-जनजाति इतनी निम्न होती है कि यह अपने सदस्यों को पूर्ण क्षत्रिय माने जाने का दावेदार नहीं बनाती। दक्ष के मामले में उनके पिता ब्रह्मनायक ने उनकी चयनित-जनजाति चुनी थी, जो स्पष्ट रूप से अपने पुत्र के प्रति उनकी घृणा को दर्शाता था।

“क्या बात है, दक्ष?”

“वह ऐसा क्यों सोचती है कि मैं राक्षस हूं? मैंने उसकी भलाई के लिए ही उसके पुत्र से छुटकारा पाया था। और हमने गणेश को त्यागा तो नहीं था। पंचवटी में उसकी अच्छी देखरेख की गई थी। और वह यह कल्पना भी कैसे कर सकती है कि मैं उसके पति को मरवाने के बारे में सोच भी सकता था? वह मैं नहीं था।”

वीरिनी मौन रहीं। यह सच को लेकर अपने पति से वादविवाद करने का समय नहीं था। अगर वे चाहते तो सती के पहले पति चंदनध्वज को बचा

सकते थे। दक्ष ने भले ही आदेश देकर हत्या न करवाई हो, मगर वे अनाचरण के द्वारा सहपराधी अवश्य थे। मगर कमजोर लोग कभी यह स्वीकार नहीं करते कि अपनी स्थिति के लिए वे स्वयं उत्तरदायी हैं। वे हमेशा परिस्थितियों को या दूसरे लोगों को दोष देते हैं।

"मैं फिर से कह रही हूं, दक्ष, हम सबकुछ भूल जाते हैं," वीरिनी ने कहा। "आपने वह सब हासिल कर लिया है जो आप चाहते थे। आप भारत के सम्राट हैं। हम अब पंचवटी में तो रह नहीं सकते। वह अवसर हम बहुत पहले ही गंवा चुके हैं। काली और गणेश हमसे घृणा करते हैं। और इसके लिए मैं उन्हें दोष भी नहीं देती। हम संन्यास ले लेते हैं, हिमालय चले जाते हैं और अपना शेष जीवन शांति से और ध्यान करते हुए बिताएंगे। अपने होंठों पर प्रभु का नाम लिए हम मृत्यु को प्राप्त होंगे।"

"मैं भागूंगा नहीं!"

"दक्ष..."

"अब सबकुछ मेरे सामने स्पष्ट है। मुझे स्वद्वीप को जीतने के लिए नीलकंठ की आवश्यकता थी। अब उसने अपना ध्येय पूरा कर दिया है। वह चला जाए तो सती वापस आ जाएगी और हम एक बार फिर प्रसन्नतापूर्वक रहेंगे।"

भयभीत वीरिनी ने अपने पति को घूरा। "दक्ष, भगवान राम कृपा करें, आप क्या सोच रहे हैं?"

"मैं सबकुछ ठीक कर दूंगा..."

"विश्वास कीजिए, सबसे अच्छा तो यह होगा कि इस सबको छोड़ दें। आपको तो कभी सम्राट बनने का ही प्रयास नहीं करना चाहिए था। आप अभी भी प्रसन्न रह सकते हैं अगर..."

"कभी सम्राट बनने का प्रयास भी नहीं करता? कैसी मूर्खता है! मैं सम्राट हूं। न केवल मेलूहा का बल्कि भारत का। तुम सोचती हो नीले कंठ वाला कोई असभ्य मुझे पराजित कर सकता है? कि वह चिलम पीने वाला, गंवार कृतघ्न मेरे परिवार को मुझसे दूर ले जाएगा?"

वीरिनी ने हताशा से अपना सिर थाम लिया।

"मैंने उसे बनाया था," दक्ष ने कहा। "और मैं ही उसे समाप्त करूंगा।"

— ⚹ —

"प्रभु," परशुराम उत्तेजना से बोला। "देखिए।"

शिव ताड़ वृक्षों के मैदान के पार घने वनों की ओर देखने के लिए पलटा।

सुदूर, उसने अचानक चिड़ियों के एक झुंड को आकाश में उड़ते देखा, स्पष्ट रूप से वे किसी बड़ी गतिविधि से विचलित हो गई थीं। निकट आता दल वन में आगे बढ़ते हुए बिना किसी प्रयास के पेड़ों को एक ओर धकेलता जा रहा था।

"वे आ रहे हैं," नंदी ने कहा।

शिव पलटा और उसने उच्च स्वर में कहा। "गणेश, नावें नीचे उतारो।"

— ⚹ —

अधिसंख्य सैनिकों को पोत पर ही छोड़कर शिव और दो सौ लोगों का उनका दल मैदान में पहुंच भी चुका था, जब भीमकाय हाथी वन से बाहर निकले। वे महीन उत्कीर्णन वाले सोने के आनुष्ठानिक शिरस्त्राण पहने हुए थे। महावत पशुओं के सिर के ठीक पीछे बैठे थे और रस्सियों से अपनी जगह पर सुरक्षित जमे हुए थे। वे सिर से पांव तक बेंत के कवच से ढके हुए थे, जो उन्हें शाखाओं की मार से बचाता था जिन्हें हाथी बिना किसी प्रयास के अलग धकेलते चलते थे। अपने पैरों और साथ ही अंकुशों से नर्मी से कोंचते हुए महावत निपुणता से हाथियों को मैदान में ले आए थे। हाथियों की पीठों पर मजबूती से बंधे लकड़ी के सुदृढ़ हौदे थे जो पशुओं के दोनों ओर क्षैतिजीय रूप से बढ़ सकते थे। चारों ओर से पूरी तरह से ढके हुए हौदे अंदर बैठे लोगों को सुरक्षा प्रदान करते थे। तिरछे पटल हवा आने देते थे और हौदों के एक ओर बना द्वार प्रवेश को सुगम बनाता था।

शिव की आंखें पंक्ति के पहले हाथी पर जड़ी थीं। जैसे ही वह रुका, उसका बगली द्वार खुला और एक रस्सी की सीढ़ी नीचे लटका दी गई। केसरिया धोती और अंगवस्त्र पहने एक लंबे और पतले-दुबले पंडित नीचे उतरे। पंडित के पांव जैसे ही धरती पर पड़े, वह तुरंत सम्मानपूर्ण मुद्रा में हाथ जोड़े हुए शिव की ओर मुड़ा। उसकी लहराती सफेद दाढ़ी और लंबे रुपहले बाल थे। उसका बुद्धिमत्तापूर्ण चेहरा, शांत आंखें और भली सी मुस्कुराहट वास्तविक बुद्धिमानी की गहरी समझ दर्शाती थी। सत-चित-आनंद की बुद्धि, सत्य में आलिप्त चेतना और मन होने का अवर्णनीय आनंद।

"नमस्ते, पंडितजी," शिव ने कहा। "प्रमुख वासुदेव से अंततः भेंट होना मेरा सौभाग्य है।"

"नमस्ते, महा महादेव," गोपाल ने विनम्रता से कहा। "विश्वास करें, सौभाग्य तो मेरा है। मैं इसी पल के लिए जीता रहा हूं।"

शिव आगे बढ़ा और उसने गोपाल को आलिंगन में भर लिया। चकित वासुदेव प्रमुख ने पहले तो हिचकते हुए प्रत्युत्तर दिया और फिर स्वयं आलिंगन किया, नीलकंठ की सरलचित्तता पर वे मुस्कुरा दिया था।

शिव पीछे हटा और उसने धैर्य से प्रतीक्षा करते आदमियों और हाथियों की भारी तादाद को देखा। "यहां थोड़ी भीड़ हो गई है, है न?"

गोपाल मुस्कुराया। "यह एक छोटा सा मैदान है, महा महादेव। हम असल में बहुत लोगों से नहीं मिलते हैं।"

"ठीक है, तो हम आपके हाथियों पर सवार होते हैं और उज्जैन के लिए प्रस्थान करते हैं।"

"अवश्य," अपने आदमियों को संकेत करते हुए गोपाल ने कहा।

— ⁂ —

हौदे आश्चर्यजनक रूप से बड़े थे और आराम से आठ लोगों को बिठा सकते थे। जिस हौदे में गोपाल और शिव थे, उसी में सती, गणेश, कार्तिक, बृहस्पति, नंदी और परशुराम भी थे।

"आशा है आपकी यात्रा सुखद रही होगी," गोपाल ने कहा।

"हां, निश्चय ही अच्छी थी," शिव ने गणेश की ओर संकेत करने से पहले कहा। "मेरे पुत्र ने हमारा अच्छा मार्गनिर्देशन किया।"

"लोकाधीश एक बुद्धिमान व्यक्ति के रूप में ख्यातिप्राप्त हैं," गोपाल सहमत थे। "और आपके दूसरे सुपुत्र कार्तिक के पराक्रम की कहानियां हमारे कानों तक पहुंच चुकी हैं।"

कार्तिक ने हल्के से सिर हिलाकर प्रशंसा को स्वीकार किया और नमस्ते में सम्मानपूर्वक हाथ जोड़ दिए।

"पंडितजी, क्या दूरी के कारण हमें उज्जैन पहुंचने में एक दिन लगेगा, या वन के सघन होने के कारण?" शिव ने पूछा।

"दोनों ही बातें हैं, महा-नीलकंठ। चंबल पर रिक्त क्षेत्र से उज्जैन नगर

तक हमने कोई सड़क नहीं बनाई है। हम वास्तव में बहुत लोगों से नहीं मिलते हैं। किंतु जब हमें यात्रा करने की आवश्यकता होती है, तो हमारे पास सुप्रशिक्षित हाथी हैं जो इसे हमारे लिए संभव बना देते हैं।"

* * *

हौदों में बैठे लोग वनस्पतियों के कुचलने और बंद सवारियों के बाहर रगड़ खाने की आवाजों के आदी हो गए थे। यह एक लंबी और सीधी यात्रा थी, जिसके कारण इन आवाजों के बंद होते ही उनका ध्यान इस ओर गया।

उनमें से कोई भी प्रश्न करता, इससे पहले ही गोपाल बोल उठा। "हम पहुंच गए।"

यह कहते ही गोपाल ने अपने बाईं तरफ एक सब्बल को दबाया। द्रवचालित क्रिया ने हौदे के, बाएं, दाएं और पीछे के, तीन पक्षों को बाहर की ओर गिरा दिया। सहारा देने वाले बगली खंभे मजबूत रहे और हौदे की छत को ऊपर थामे रहे। धातु के क्षैतिजीय जंगले ने सुनिश्चित किया कि कोई यात्री बाहर न गिरे। लेकिन हौदों के पीछे शामिल अभियांत्रिकी की ओर कोई ध्यान नहीं दे रहा था। वे सब तो उज्जैन को, गर्व को जीतने वाले नगर को देखकर सम्मोहित थे।

पूरी तरह से गोलाकार नगर घने जंगल के विशाल, वर्गाकार मैदान के भीतर बनाया गया था। पत्थरों का लगभग दस फुट गहरा और तीस फुट ऊंचा सुदृढ़ घेरा नगर के चारों ओर बना था, जो एक मजबूत और प्रभावशाली दुर्ग की दीवार था। चंबल की एक सहायक नदी शिप्रा से, जो उज्जैन के साथ-साथ बहती है, नहर निकालकर दीवार के किनारे खाई में पानी छोड़ दिया गया था। खाई जंगल के खाली स्थान के परिमाण के अनुरूप थी। इस तरह गोलाकार नगर वर्गाकार खाई से घिरा था। खाई घड़ियालों से भरी थी। हाथी धीरे-धीरे खाई की ओर बढ़ रहे थे, जहां सबको हैरान करते हुए, कोई पुल दिखाई नहीं देता था।

शिव ने भारत भर में बहुत से दुर्ग देखे थे जिनकी खाइयों पर वापस खींच लिए जाने वाले पुल होते थे। ये खाइयां घेराबंदी के उन उपकरणों के विरुद्ध प्रभावी सुरक्षा प्रदान करती थीं जिन्हें शत्रु नगर के दुर्ग की दीवारों पर आक्रमण करने के लिए प्रयोग करता था। उन्हें अपेक्षा थी कि हाथी रुक जाएंगे और पुल

के नीचा किए जाने की प्रतीक्षा करेंगे। लेकिन न तो हाथी रुके न ही किसी पुल को नीचा किए जाने का कोई चिह्न नजर आया। इसके बजाय, वहां बीस सशस्त्र सैनिक थे जो खाई के साथ-साथ बने उठे हुए तटबंधों पर खड़े थे। हाथी समीप पहुंचे तो दो सैनिक पीछे हटे और उन्होंने पत्थरों से जड़ी प्रतीत होती भूमि को जोर से खिसकाया। एक हल्की सी सरसराहट के साथ पत्थर के टुकड़े के आकार का एक बटन तटबंध में दबा। इसने बदले में तटबंध के ठीक पहले भूमि के एक हिस्से को एक ओर खिसकने को प्रेरित किया और धरती में गहरे उतरती चौड़ी, सुरुचिपूर्ण सीढ़ियां उजागर हो गईं। सीढ़ियां एक सुप्रकाशित सुरंग में ले जाती थीं जिसमें हाथियों ने प्रवेश किया। नीलकंठ के प्रति सम्मान व्यक्त करने के लिए वासुदेव रक्षक घुटनों के बल झुक गए।

कार्तिक ने मुस्कुराते हुए गणेश को देखा। "कितना अदभुत विचार है, दादा!"

"हां। खाई पर पुल बनाने के बजाय इन्होंने उसके नीचे सुरंग बनाई है। और सुरंग का द्वार पत्थरों से जड़ी भूमि में पूरी तरह विलीन हो जाता है, इस तरह वह प्रभावी रूप से छिप जाता है।"

"खाई के आसपास की सारी भूमि ही पत्थरों से बनी है। इससे सुरंग के प्रवेशद्वार के आसपास पशुओं के पदचिह्न भी नहीं बनेंगे।"

"जब तक किसी शत्रु को ठीक-ठीक पता ही न हो कि प्रवेशद्वार कहां है, वह कभी भी खाई को पार करने और नगर में घुसने का मार्ग नहीं पा सकता।"

नंदी ने गोपाल को देखा। "आपकी जनजाति उत्कृष्ट है, पंडितजी।"

गोपाल विनम्रता से मुस्कुराया।

जब हाथी नगर के द्वार की ओर बढ़े तो यात्रियों ने दीवारों के साथ-साथ बड़े-बड़े ज्यामितीय आकार देखे। वे एकल पूर्ण वर्ग के भीतर बने संकेंद्रीय वृत्तों की एक श्रृंखला थे, जो बाहरी वृत्त को घेरे हुए था। यह उज्जैन के आकाशीय विन्यास का प्रतीक प्रतीत होता था। नगर के गोलाकार दुर्ग की दीवार संयोगवश नहीं बल्कि वह परिणाम थी जिसे वासुदेव एक पूर्ण ज्यामितीय रचना मानते थे।

"हमने सारे नगर को एक मंडल के आकार में बनाया है," गोपाल ने कहा।

"मंडल क्या होता है, पंडितजी," शिव ने पूछा।

"यह आध्यात्मिकता की ओर बढ़ने का एक प्रतीकात्मक प्रतिनिधित्व है।"

"वह कैसे?"

"खाई की वर्गाकार सीमा पृथ्वी का प्रतीक है, जिस पर हम रहते हैं। इसका प्रतिनिधित्व एक वर्ग करता है जो चारों ओर से घिरा है, ठीक उसी तरह जैसे हमारी धरती चार दिशाओं से घिरी है। वर्ग के अंदर का स्थान प्रकृति का प्रतिनिधित्व करता है, जिस प्रकार से वह भूमि जिस पर हम रहते हैं, अपरिष्कृत और प्रचंड वन है। इसके भीतर, चेतना का मार्ग परमात्मा का मार्ग है जिसका प्रतिनिधित्व वृत्त करता है।"

"वृत्त ही क्यों?"

"परमात्मा सर्वोच्च है। वह अनंत है। और अगर आप किसी ज्यामितीय आकार द्वारा अनंत का प्रतिनिधित्व करना चाहते हैं, तो वृत्त से उत्तम और कुछ नहीं होगा। इसका न कोई आदि है, न कोई अंत है। आप इसमें कोई और भुजा नहीं जोड़ सकते। इससे कोई भुजा हटा नहीं सकते। यह पूर्ण है। यह अनंतता है।"

शिव मुस्कुराया।

उज्जैन को ऊपर से देखने पर पता लगेगा कि दुर्ग की वृत्ताकार दीवार के भीतर वृक्षों की पंक्तियों से युक्त पांच गोलाकार मार्ग थे जो संकेंद्रीय वृत्तों में बनाए गए थे। सबसे बाहरी मार्ग दुर्ग की दीवारों के किनारे-किनारे था। शेष चार को घटते व्यास में संकेंद्रीय वृत्तों में व्यवस्थित किया गया था। सबसे छोटा गोलाकार मार्ग नगर के केंद्र में स्थित विशाल विष्णु मंदिर को घेरे हुए था। सबसे बाहरी गोलाकार मार्ग से सबसे भीतरी मार्ग तक सीधी रेखाओं में बीस पक्के त्रिज्यीय मार्ग जा रहे थे।

इन सड़कों ने उज्जैन को प्रभावी रूप से पांच अंचलों में बांट दिया था। चौथे और पांचवें मार्ग के बीच सबसे बाहरी अंचल में गाय और घोड़ों जैसे विभिन्न घरेलू पशुओं के लिए लकड़ी के विशाल अस्तबल थे। सबसे महत्वपूर्ण स्थान सहस्त्रों सुप्रशिक्षित हाथियों के अधिकार में था। तीसरे और चौथे मार्ग के बीच, अगले अंचल में नौसिखियों और प्रशिक्षुओं के आवास थे। यहां पर उनके विद्यालय, बाजार और मनोरंजन के क्षेत्र भी थे। दूसरे और तीसरे गोलाकार

मार्ग के बीच के अंचल में वासुदेवों के क्षत्रिय, वैश्य और शूद्र रहते थे। पहले और दूसरे मार्ग के बीच के अंचल में ब्राह्मण रहते थे, वह समुदाय जो वासुदेव जनजाति का प्रशासन चलाता था। और पहले गोलाकार मार्ग के भीतर, नगर के केंद्र में, उज्जैन का सबसे पवित्र स्थान उनका केंद्रीय मंदिर था।

मंदिर काली ईंटों से बना था और यह वही था जो चंबल से शिव को एक 'पहाड़ी' के समान प्रतीत हुआ था। पूरी तरह से मानव-निर्मित यह मंदिर एक पूर्ण, भीतर को झुके शंकु के आकार में था, जिसका आधार एक वृत्त में था जिसे इसकी परिधि में बने एक सहस्त्र खंभों ने सहारा दिया हुआ था। शंक्वाकार मंदिर अंदर से पूरी तरह खोखला था और निरंतर छोटे होते गए घेरों में दो सौ हाथ की जबरदस्त ऊंचाई के शिखर तक गया था। छत के भारी बोझ को वहन करने के लिए मंदिर के भीतर कठोर स्फटिक का एक केंद्रीय खंभा बनाया गया था। काले चूना-पत्थर का बना एक विशाल गुंबद मंदिर के शिखर पर लगाया गया था। लगभग चालीस टन वजन के गुंबद को बीस किलोमीटर लंबी चढ़ाई पर हाथियों द्वारा खिंचवाकर मंदिर के शिखर पर ले जाया गया था। इसी चढ़ाई के अवशेष शिव ने चंबल से देखे थे।

बेशक, शिव और उसके दल को अभी इस भव्यता को देखना शेष था। जब हाथी सुरंग से दुर्ग की भीतरी दीवार के साथ बने बाहरी गोलाकार मार्ग पर निकले तो सारी आंखें उस दृश्य पर टिक गईं जिसे उज्जैन के किसी भी भाग से चूकना असंभव थाः केंद्र में स्थित विष्णु मंदिर। सारा दल आश्चर्य से उस भय उत्पन्न करने वाले दृश्य को देखता रहा। अन्य लोग तो मन ही मन अनुभव कर रहे थे किंतु बृहस्पति ने अपनी भावनाओं को स्वर दिया।

"अदभुत!"

अध्याय 7

अनंत सहभागिता

शिव के दल को केंद्रीय विष्णु मंदिर से सटे उज्जैन के ब्राह्मण अंचल में ठहराया गया था। रात भर आरामदायक रूप से विश्राम करने के बाद शिव ने अपने परिवार के साथ कलेवा खत्म ही किया था, जब एक वासुदेव पंडित उसे अपने साथ विष्णु मंदिर ले जाने के लिए आया। प्रातःकाल में शिव की गोपाल के साथ भेंट होनी थी।

जब शिव विशाल विष्णु मंदिर की ओर बढ़ा तो उसकी साधारण भव्यता और भी मुखर हो गई थी। यह एक वृत्ताकार चबूतरे पर, चमकदार ग्रेनाइट पत्थर से बना था, जिन्हें धातु के प्रयोग से जोड़ा गया था। पत्थरों में सन्निहित छेद और नालियां खोदी गई थीं और फिर उनमें पिघली हुई धातु उड़ेल दी गई थी! जब धातु ठोस हुई तो उसने पत्थरों को अटूट बंधन में जोड़ दिया था। यद्यपि यह तकनीक महंगी थी, किंतु यह गारे से जोड़े जाने वाले पत्थरों की तुलना में अधिक सुदृढ़ता सुनिश्चित करती थी। इसकी सादगी के अनुरूप ही चबूतरे पर किसी तरह का उत्कीर्णन नहीं था। वास्तव में, स्वयं भवन अभियांत्रिकी का इतना अद्भुत नमूना था कि मूर्तियां और उत्कीर्णन अनावश्यक भटकाव ही होते। वृत्ताकार चबूतरे के चारों ओर सीढ़ियां तराशी गई थीं, जिससे भक्त सभी दिशाओं से सातवें विष्णु भगवान राम तक पहुंच सकें।

चबूतरे के ऊपर ग्रेनाइट के बने एक सहस्त्र बेलनाकार खंभे थे, उनके आधार बहुत गहरे दबे थे। हाथियों द्वारा चालित खराद मशीनों ने खंभों को पूर्ण समतलता और एकसार ठोसपन प्रदान किया था, जिससे वे ऊपर स्थित शंक्वाकार शिखर के भार को सुघड़ता से वहन कर सकते थे। काले पत्थर का बिना विशाल शिखर पास से भी उतना ही सुचिक्कण लग रहा था जितना कि

दूर से प्रतीत हो रहा था। प्रत्येक शिलाखंड समान आकार का था, सटीक ढंग से जड़ा और चिकना किया गया था। काले चूना पत्थर का बना विशाल गुंबद शिखर पर रखा गया था। आश्चर्यचकित शिव को मंदिर की सीढ़ियों पर चढ़ता देख वासुदेव पंडित मौन ही रहा।

मुख्य मंदिर में प्रवेश करने पर उन्होंने देखा कि शिखर अंदर से पूरी तरह खोखला है, जो विशाल शंक्वाकार छत को एक अद्‌भुत दृश्य प्रदान कर रहा था, जिसने एक गुफानुमा कक्ष को आवृत्त कर रखा था। अन्य मंदिरों के विपरीत जिन्हें शिव ने भारत में देखा था, इस मंदिर में अलग से कोई गर्भगृह नहीं था। मंदिर के भीतर एक खुला, सामुदायिक पूजा का स्थान था। छत भगवान राम के जीवन के दृश्यों को दर्शानिवाले चमकीले रंगों से बने चित्रों से दीप्तिमान थीः उनका जन्म, उनकी शिक्षा, उनका वनवास और अंततः विजयी होकर वापस आना। एक प्रमुख दीवार पर विशाल भित्तिचित्र प्रभु के अयोध्या के सिंहासन पर बैठने के बाद के जीवन को समर्पित था! उनके वास्तविक शत्रु, उनके विरुद्ध लड़े उनके युद्ध, अपनी प्रेरणादायी पत्नी सीता माता के साथ उनके प्रगाढ़ संबंध और उनके द्वारा मेलूहा की स्थापना।

कक्ष के बीचोबीच श्वेत स्फटिक का बना एक विशाल खंभा स्थित था। यह लगभग दो सौ हाथ ऊंचा था और शंक्वाकार शिखर तक जा रहा था। शिव जानते थे कि स्फटिक मानवजाति को ज्ञात पत्थरों में सबसे अधिक कठोर है और उस पर उत्कीर्णन करना अत्यंत दुष्कर है! इसीलिए खंभे के विस्तृत उत्कीर्णन को देखकर उन्हें विस्मय हुआ। वे भगवान राम और सीता माता की भव्य छवियां थीं। साधारण वस्त्रों में, राजसी आभूषणों या मुकुट के बिना, वे हाथ के बुने सादे सूती वस्त्र पहने थे जो निर्धनों से भी निर्धन लोग पहनते थे। अपने चौदह वर्ष के वनवास में जिनमें से अधिकांश सघन वनों में बीता था, इस दिव्य दंपती ने यही वस्त्र पहने थे। इससे भी अधिक उल्लेखनीय लक्ष्मण और हनुमान की अनुपस्थिति थी, जो सामान्यतया सातवें विष्णु के प्रत्येक चित्र में सम्मिलित होते हैं। सीता माता ने प्रभु का हाथ नीचे से पकड़ा हुआ था, मानो समर्थन में।

“इस चित्रण में उनके जीवन के सबसे बुरे चरण को क्यों चुना गया है?” शिव ने पूछा। “यह तब का है जब उन्हें अयोध्या से निष्कासित कर दिया गया था, जब बाद में राक्षसराज रावण ने सीता माता का अपहरण कर लिया था और भगवान राम को उन्हें बचाने के लिए भयानक युद्ध लड़ना पड़ा था।”

वासुदेव पंडित मुस्कुराया। "भगवान राम ने कहा था कि भले ही उनके सारे जीवन को भुला दिया जाए, किंतु यह काल जो उन्होंने अपनी पत्नी, भ्राता और अपने अनुयायी हनुमान के साथ वनवास में बिताया था, सब सदैव स्मरण करें। क्योंकि उनका विश्वास था कि यही वह काल था जिसने उन्हें वह बनाया जोकि वह थे।"

गोपाल केंद्रीय खंभे के आधार के समीप खड़ा था। उसके पास ही दो औपचारिक आसन थे, एक सीता माता की प्रतिमा के नीचे और दूसरा भगवान प्रभु के चरणों में। दोनों आसनों के बीच में आनुष्ठानिक अग्नि प्रज्वलित थी। शुद्धिकारक अग्नि देव की उपस्थिति प्रकट करती थी कि उसके दोनों ओर बैठे लोगों के बीच असत्य भाषण नहीं हो सकता। गोपाल के पीछे अनेक वासुदेव पंडित धैर्यपूर्वक खड़े थे।

गोपाल ने शिव को नमन किया और सादर नमस्ते में अपने हाथ जोड़े। "एक वासुदेव केवल दो उद्देश्यों की पूर्ति के लिए ही जीवित रहता है। अगले विष्णु हमारे बीच से सामने आएं और जब कभी भी महादेव अवतरित होने का निर्णय लें तो हम उनकी सेवा करें।"

शिव ने प्रत्युत्तर में गोपाल के समक्ष सिर झुकाया।

"यहां उपस्थित हममें से प्रत्येक व्यक्ति गौरवान्वित है," गोपाल ने आगे कहा, "कि हमारे जीवनकाल में हमारा एक उद्देश्य पूरा हो जाएगा। हम आपके आदेश के अधीन हैं, प्रभु नीलकंठ।"

"आप मेरे अनुयायी नहीं हैं, माननीय गोपाल," शिव ने कहा। "आप मेरे मित्र हैं। मैं यहां आपका परामर्श पाने आया हूं, क्योंकि मैं निर्णय पर पहुंचने में असमर्थ हो रहा हूं।"

गोपाल ने मुस्कुराकर आसनों की ओर संकेत किया।

शिव और गोपाल अपने-अपने आसनों पर बैठ गए जबकि अन्य वासुदेव पंडित उनके चारों ओर भूमि पर सुघड़ पंक्तियों में बैठ गए।

— ⁂ —

गणेश, कार्तिक और बृहस्पति एक वासुदेव क्षत्रिय के साथ उज्जैन के लघु भ्रमण पर निकल पड़े। गणेश की सबसे अधिक रुचि सबसे बाहरी अंचल के पशु बाड़ों में थी। विशेषकर, हाथियों के अस्तबल में।

अपने अश्व को गणेश के अश्व के पास लाकर वासुदेव क्षत्रिय ने पूछा, “हाथियों में आपको इतनी रुचि क्यों है, स्वामी?”

“भावी युद्ध के लिए वे महत्वपूर्ण हैं। अगर वे उतनी ही अच्छी तरह प्रशिक्षित हैं जितनी कि मुझे आशा है तो वे एक बड़ी भूमिका निभाएंगे।”

वासुदेव मुस्कुराया और अस्तबलों के मार्ग की अगुआई करने के लिए अपने अश्व को आगे ले गया। नीलकंठ के पुत्र को अपने युद्ध-हाथियों में रुचि लेते देखकर वह प्रसन्न था। वासुदेव क्षत्रियों ने शासक वासुदेव पंडितों के परामर्श के विरुद्ध जाकर हाथियों को प्रशिक्षित करने की कला को फिर से जीवित किया था। ये अदभुत पशु कभी भारतीय सेना का एक प्रबल अंग हुआ करते थे। मगर, हाल के समय प्रतिरोधी युक्तियां विकसित कर ली गई थीं जिन्होंने इनकी भयंकर शक्ति को लड़खड़ा दिया था! जिनमें से सबसे प्रमुख थी विशिष्ट नगाड़ों का प्रयोग जो हाथियों को उत्तेजित कर देता था और वे अंधाधुंध दौड़ने लगते थे जिससे उनकी अपनी ही सेना में लोग हताहत हो जाते थे। अधिकांश सेनाओं ने उनका प्रयोग बंद कर दिया था। लेकिन इससे इंकार नहीं किया जा सकता था कि सुप्रशिक्षित हाथी युद्धक्षेत्र में विनाशकारी हो सकते थे। गणेश ने वासुदेव सेना में कौशलपूर्वक प्रशिक्षित हाथियों के बारे में सुन रखा था। किंतु उनके विख्यात वाक्संयम ने यह विश्वास करना कठिन बना दिया था कि यह सत्य है या वास्तव में बस अफवाहें हैं। कार्तिक अपने भाई के निकट झुका। “किंतु, दादा, चंबल से हाथियों पर सवार होकर यहां आते समय तो हमने इनके हाथियों को देख ही लिया है। वे असाधारण रूप से सुप्रशिक्षित और अनुशासित हैं।”

“हां, वे हैं, कार्तिक,” गणेश ने उत्तर दिया। “किंतु वे हथिनियां थीं जिनका युद्ध में प्रयोग नहीं किया जाता है। वे घरेलू कामों के लिए प्रयोग में लाई जाती हैं, जैसे लोगों या सामान को लाना-ले जाना। युद्ध काल में तो नर हाथियों की आवश्यकता होती है।”

“क्या इसलिए कि वे अधिक आक्रामक होते हैं?”

“अपने शांत स्वभाव के बावजूद हाथियों को अधिक आक्रामक होने के लिए भड़काया जा सकता है, यहां तक कि प्रशिक्षित भी किया जा सकता है। मगर हथिनी को अधिक आक्रामक होने के लिए प्रशिक्षित करना कठिन है क्योंकि वह उचित कारण होने पर ही जान लेती है, मसलन जैसे उसकी संतान

संकट में हो। मगर नर हाथी को कहीं अधिक सरलता से लड़ाका होने के लिए प्रशिक्षित किया जा सकता है।"

"ऐसा क्यों है?" कार्तिक ने पूछा। "क्या वे तुलनात्मक रूप से कम बुद्धिमान होते हैं?"

"मैंने सुना है कि औसतन मादाएं अधिक तेज होती हैं। लेकिन ये थोड़ा अधिक जटिल है। हाथियों के झुंड मातृसत्तात्मक होते हैं और सामान्यतया सबसे बड़ी आयु की मादा ही वन में सारे निर्णय लेती हैः कब वे आगे बढ़ेंगे, कहां भोजन करेंगे, कौन झुंड में रहेगा और किसे निकाल बाहर करना है।"

"निकाल बाहर?"

"हां, नर हाथियों को वयस्क होने के बाद झुंड को छोड़ना होता है। वे या तो स्वयं की रक्षा करना सीखते हैं या बंजारा नर हाथियों के झुंड में शामिल हो जाते हैं।"

"यह तो अनुचित है।"

"प्रकृति औचित्य की परवाह नहीं करती, कार्तिक। उसकी रुचि तो केवल दक्षता में होती है। नर हाथी झुंड में किसी विशेष उपयोग का नहीं होता। मादाएं अपनी रक्षा करने और एक-दूसरे की संतान का ध्यान रखने में पर्याप्त सक्षम होती हैं। नर की आवश्यकता तो केवल तब पड़ती है जब मादा संतान चाहती है।"

"तो वे कैसे..."

"सहवास की ऋतु में, मादा झुंड कुछ बंजारा हाथियों को कुछ समय के लिए स्वीकार कर लेता है ताकि मादाएं गर्भधारण कर सकें। इसके बाद नरों को फिर से त्याग दिया जाता है।"

कार्तिक ने सिर हिलाया। "यह तो बहुत क्रूरता है।"

"बस यह ऐसा ही है। जंगली हथिनियों का सुपरिभाषित सामाजिक व्यवहार और समूह संतुलन होता है, जिसे मातृसत्ता लागू करती है। दूसरी ओर, नर हाथी बंजारा होता है जिसका अपने वर्ग में किसी से कोई संबंध नहीं होता। चूंकि सामान्यतया वह एकाकी होता है, इसलिए जीवित रहने के लिए उसे कहीं अधिक आक्रामक होना होता है। इसीलिए उसे तोड़ पाना अधिक कठिन होता है, और उसे कमउम्र में ही पकड़ना होता है। लेकिन एक बार उसे तोड़ लिया तो उसे साधना बहुत सरल होता है और वह अपने महावत के प्रति निष्ठावान

रहता है। इससे भी अधिक महत्वपूर्ण यह है कि हथिनी के विपरीत, वह बिना किसी पर्याप्त कारण के जान ले लेगा, केवल इसलिए कि महावत उसे ऐसा करने का आदेश देता है।"

"स्वामी," क्षत्रिय वासुदेव ने आगे की ओर संकेत करते हुए उनकी बातचीत में बाधा डाली, "हाथियों का अस्तबल।"

— ⅄ⓄᏤ↑⊛ —

"मेरा अनुमान है कि आप पहले से जानते हैं कि मुझे किस वस्तु के बुराई होने का संदेह है," शिव ने छोटी सी आनुष्ठानिक अग्नि के पार बैठे गोपाल को देखते हुए कहा।

"अगर न जानता होता तो मैं अच्छा मस्तिष्क-पाठक न रहा होता," गोपाल मुस्कुराया। "किंतु मुझे लगता है कि आपकी यह जानने में अधिक रुचि है कि मैं सहमत हूं या नहीं।"

"हां। और अगर आप सहमत हैं तो आपके क्या कारण हैं?"

"पहली बात पहले। बेशक हम आपसे सहमत हैं। प्रत्येक वासुदेव आपसे सहमत है।"

"क्यों?"

"हम महादेव की संस्था के निष्ठावान अनुयायी हैं। एक बार आपको सही उत्तर मिल जाए तो हमें आपसे सहमत होना ही होगा।"

शिव ने कोई बात पकड़ ली। "एक बार मुझे सही उत्तर मिल जाए?"

"हां। अनेक चुनौतियों के बावजूद, आप प्रत्येक महादेव के सामने रखे गए प्रश्न के सही उत्तर पर पहुंच गए हैंः बुराई क्या है?"

"क्या इसका मतलब यह है कि आप पहले से ही सही उत्तर जानते थे?"

"निश्चय ही। जो मैं नहीं जानता था, वह मेरे सामने रखे गए प्रश्नों के उत्तर थे। विष्णु संस्था के प्रश्न बहुत भिन्न होते हैं। महादेव का प्रमुख प्रश्न हैः बुराई क्या है? विष्णु के लिए, दो प्रमुख प्रश्न हैंः अगली महान अच्छाई क्या है? और कब अच्छाई बुराई बन जाती है?"

"कब?"

"हां। महादेव बाहरी व्यक्ति होते हैं, किंतु विष्णु को अंदरूनी व्यक्ति होना होता है। उनका काम एक नई जीवनशैली रचने के लिए एक महान

अच्छाई का प्रयोग करना और फिर मानव को उस मार्ग पर ले जाना है। महान अच्छाई कुछ भी हो सकती है: दैवी अस्त्रों जैसी कोई नई तकनीक या सोमरस जैसी रचना! यह कोई नया दर्शन भी हो सकता है। अधिकांश अधिनायक बस उसका अनुकरण करते हैं जिसका पिछले विष्णु ने आदेश दिया था। लेकिन कभी-कभार कोई ऐसे विष्णु उभरकर आते हैं जो एक नई जीवनशैली रचने के लिए एक महान अच्छाई का प्रयोग करते हैं। प्रभु राम ने ऐसी ही एक अच्छाई का प्रयोग किया था, जैसे कि यह विचार कि हम अपने स्वयं के समुदाय का चयन कर सकते हैं बजाय इसके कि उसी समुदाय में फंसे रहें जिसमें हमने जन्म लिया है। उन्होंने सोमरस के व्यापक प्रयोग की भी अनुमति दी ताकि न केवल कुलीन बल्कि हर कोई इसकी शक्तियों से लाभ उठा सके। लेकिन स्मरण रहे, महान अच्छाई प्रायः ही महा बुराई की ओर ले जाती है।"

"भगवान मनु की शिक्षाओं से इतना तो मैं समझ गया था। मैं आपके कारण सुनना चाहूंगा कि ऐसा क्यों हैं।"

"हमारे समुदाय में हमारी एक दर्शनशास्त्र की पुस्तक है जो इस प्रश्न का उत्तर बहुत सुंदरता से देती है। उसमें महान दार्शनिकों की शिक्षाएं दी हुई हैं जिनका हम सदियों से बहुत सम्मान करते आए हैं, जैसे श्रद्धेय हरि और श्रद्धेय मोहन। उसमें हमारे संस्थापक श्रद्धेय वासुदेव से आरंभ करके वासुदेव जनजाति के प्रमुखों की शिक्षाएं भी हैं। इस पुस्तक का नाम है "प्रभु के गीत।"

"प्रभु के गीत?"

"हां। पुरानी संस्कृत में इसे भागवद्गीता कहते हैं। गीता में एक सुंदर पंक्ति है जिसमें वह बात निहित है जो मैं कहना चाहता हूं: अति सर्वत्र वर्जयेत। अति से बचना चाहिए! किसी भी वस्तु की अति बुरी होती है। हममें से कुछ लोग अच्छाई की ओर आकर्षित होते हैं। किंतु ब्रह्मांड संतुलन रखने का प्रयास करता है। इसलिए जो कुछ लोगों के लिए अच्छा है, वह अन्यों के लिए बुरा हो सकता है। कृषि हम मनुष्यों के लिए अच्छी है क्योंकि यह हमें भोजन की सुनिश्चित आपूर्ति देती है, किंतु यह पशुओं के लिए बुरी है जो अपने वन और चरागाहों को खो देते हैं। प्राणवायु हमारे लिए अच्छी है क्योंकि यह हमें जीवित रखती है, किंतु अवायुजीवों के लिए जो खरबों वर्ष पहले जीवित थे, यह विषाक्त थी और इसने उन्हें नष्ट कर दिया। इसलिए, अगर ब्रह्मांड संतुलन बनाए रखने का प्रयास कर रहा है तो हमें यह सुनिश्चित करके कि

अच्छाई का अतिशय उपभोग न किया जाए, इसमें सहायता देनी चाहिए। अन्यथा ब्रह्मांड अच्छाई को प्रभावहीन करने के लिए बुराई की रचना करके स्वयं को पुनः संतुलित करेगा। यही बुराई का उद्देश्य हैः यह अच्छाई को संतुलित करता है।"

"ऐसी अच्छाई क्यों नहीं हो सकती जो बुराई का निर्माण न करे? हम ऐसी जीवनशैली स्थपित क्यों नहीं कर सकते जो ब्रह्मांड को असंतुलित न करे?"

"यह असंभव है। हमारा जीवित होना ही असंतुलनों को पैदा करता है। जीवित रहने के लिए हम सांस लेते हैं। जब हम सांस लेते हैं तो प्राणवायु को अंदर खींचते हैं और विषाक्त वायु को बाहर छोड़ते हैं। ऐसा करके क्या हम असंतुलन उत्पन्न नहीं कर रहे हैं? क्या विषाक्त वायु कुछ लोगों के लिए बुरी नहीं है? एकमात्र मार्ग जिससे हम बुराई को जन्म लेने से रोक सकते हैं, यह है कि हम अच्छाई का भी प्रयोग बंद कर दें! हम जीवित रहना पूरी तरह छोड़ दें। किंतु अगर हमारा जन्म हुआ है तो जीवित रहना हमारा कर्तव्य है। इसे हम ब्रह्मांड के दृष्टिकोण से देखते हैं। एकमात्र समय जब ब्रह्मांड पूर्ण संतुलन में था, इसकी सृष्टि का पल था। और उससे पहले का पल वह था जब इसे नष्ट किया गया था! क्योंकि वह वही समय था जब यह पूर्ण असंतुलन में था। सृष्टि और विनाश एक ही पल के दो छोर हैं। सृष्टि और अगले विनाश के बीच सब कुछ जीवन यात्रा है। ब्रह्मांड का धर्म रचे जाना है, जीवन को अपने अपरिहार्य विनाश पर पहुंचने तक पूरा जीना है और फिर दोबारा से रचे जाना है। हम ब्रह्मांड के साधारण संस्करण हैं।"

"ये तो केवल सिद्धांत हैं, पंडितजी।"

"हां, सिद्धांत तो हैं। किंतु ये बहुत सी ऐसी बातों की व्याख्या करते हैं जो अन्यथा गूढ़ प्रतीत होती हैं।"

"अगर मैं आपसे सहमत हो भी जाऊं तो यह हमारे स्तर पर कैसे कार्य करेगा? ब्रह्मांड की तुलना में हम अतिसूक्ष्म हैं।"

"हां, यह सच है, किंतु ब्रह्मांड अपने सूक्ष्म रूप में हमारे भीतर रहता है। अच्छाई और बुराई प्रत्येक जीवित इकाई की जीवनशैली है, हमारे समेत। हमारी रचना और विनाश अच्छाई और बुराई के माध्यम से, संतुलन और असंतुलन के माध्यम से होता है। यह पशुओं, पौधों, ग्रहों, नक्षत्रों, प्रत्येक वस्तु के लिए सच है। हम मनुष्यों को जो बात विशिष्ट बनाती है, वह यह है कि हम चुन

सकते हैं कि अच्छाई और बुराई को किस तरह नियंत्रित करें। अधिकांश प्राणियों को यह अवसर नहीं दिया गया है। लाखों वर्ष पहले पृथ्वी पर विशाल प्राणी रहते थे। जलवायु परिवर्तन ने उन्हें लुप्त कर दिया। हमारे पास यह मानने के पर्याप्त कारण हैं कि इसके लिए वे उत्तरदायी नहीं थे बल्कि वे तो उस 'बुराई' का शिकार थे जिसने अचानक अपना सिर उठाया था। मगर, मनुष्य परमात्मा की सबसे बड़ी देन बुद्धि से समृद्ध है। यह हमें चुनाव करने देती है। हममें सचेतन भाव से अच्छाई को चुनने और अपने जीवन को सुधारने की शक्ति है। बुराई हमें पूरी तरह नष्ट करे, इससे पहले ही हममें उसे रोकने की क्षमता है। अन्य जीवित प्राणियों की तुलना में प्रकृति के साथ हमारा संबंध भिन्न है। अन्यों के ऊपर प्रकृति की स्वेच्छा आरोपित होती है। हमारे पास अक्सर यह विशेषाधिकार होता है कि हम अपनी इच्छा को प्रकृति पर आरोपित कर दें। हम अच्छाई को रचकर और उसके प्रयोग से ऐसा कर सकते हैं, जैसे हमने कृषि को रचा था। मगर, यह भुला दिया गया कि अक्सर जिस अच्छाई को हम रचते हैं, वह हमें उस बुराई की ओर ले जाती है जो हमारा विनाश करेगी।"

"क्या यहीं महादेव आते हैं?"

"हां। अच्छाई भगवान ब्रह्मा जैसे रचनात्मक विचारकों और वैज्ञानिकों से उत्पन्न होती है। किंतु इसके लिए एक विष्णु की आवश्यकता होती है कि वे उस अच्छाई को अधीन करें और मानवता को प्रगति के पथ पर ले जाएं। विरोधाभासी रूप से, समाज में असंतुलन इसी प्रगति में निहित है। अन्य कालों में, एक विष्णु उठता है और समाज को उस बुराई से दूर करने के लिए हस्तक्षेप करता है जिसमें अच्छाई उसे ले जा रही होती है! वह एक वैकल्पिक अच्छाई का निर्माण करता है। सोमरस अपशिष्ट के बल को और इस तरह उसके विषाक्त प्रभावों को कम करके बृहस्पति ऐसे ही हस्तक्षेप का प्रयास कर रहे थे। अगर वे सफल हो जाते तो हम वासुदेव अनिवार्यतः इस ध्येय को पूरा करने में उनकी सहायता करते। एक हानिरहित सोमरस पर आधारित एक नई जीवनशैली स्थापित होती। मगर दुख है, बृहस्पति सफल नहीं हुए और वह मार्ग बंद हो गया। अब बस महादेव का मार्ग बचता है! संघर्ष करने और फिर लोगों को उस अच्छाई से दूर ले जाने का, जो अब बुराई बन चुकी है।"

"अर्थात एक विष्णु एक वैकल्पिक अच्छाई प्रदान करके लोगों को उस अच्छाई से दूर कर सकता है जो बुराई में बदल चुकी है। किंतु एक महादेव

को लोगों से अच्छाई को त्यागने को कहना होगा, बदले में और कुछ प्रदान किए बिना।”

“हां। और यह करना सरल नहीं है। सोमरस अभी भी अनेक लोगों के लिए अच्छा है। यह नाटकीय रूप से उनके जीवनकाल को बढ़ा देता है और उन्हें युवा, रोगमुक्त और फलदायक जीवन व्यतीत करने में सक्षम करता है। किंतु पूरे समाज के लिए यह बुराई है। हम एक बड़े कल्याण के लिए लोगों से उनके स्वार्थी हितों का त्याग करने को कह रहे हैं, किंतु बदले में उन्हें कुछ नहीं दे रहे हैं। इसके लिए एक बाहरी व्यक्ति, एक अधिनायक की आवश्यकता है जिसका लोग अंधानुकरण करें। इसके लिए एक ईश्वर की आवश्यकता है जो उत्कट समर्पण को उत्तेजित करता है। इसके लिए महादेव की आवश्यकता है।”

“तो आप सदैव से जानते थे कि सोमरस बुराई है?”

“हम सदैव जानते थे कि यह अंततः बुराई बन जाएगा। बस हम यह नहीं जानते थे कि कब। याद रहे, अच्छाई को अपना मार्ग पूरा करना होता है। अगर हम अच्छाई को समय से बहुत पहले समाज से हटा देंगे तो सभ्यता के विकास में बाधा डालेंगे। लेकिन अगर बहुत देर से हटाएंगे तो हम समाज के पूरे विनाश का जोखिम खड़ा कर देंगे। इसलिए बुराई के विरुद्ध लड़ाई में, विष्णु की संस्था को महादेव की संस्था की प्रतीक्षा करनी पड़ी कि निर्णय लें कि सही समय आ गया है। हमारे मामले में, एक महादेव सामने आए और उनकी खोज उन्हें इस निष्कर्ष पर ले गई कि सोमरस एक बुराई है। इसलिए, हम जान गए थे कि अब समय आ गया है जब बुराई को हटाना होगा। सोमरस को संतुलन से बाहर करना होगा।”

गणेश, कार्तिक और बृहस्पति हाथियों के अस्तबल के प्रवेशद्वार पर खड़े थे। वहां विशाल शिलाखंडों से बने दस गोलाकार बाड़े थे। हरेक बाड़े में आठ सौ से एक हजार तक हाथी रह सकते थे। पांच बाड़े हथिनियों और उनकी संतानों के लिए थे। शेष पांच नर हाथियों के लिए सुरक्षित थे जिन्हें नियमित रूप से युद्ध के लिए प्रशिक्षित किया जाता था।

हथिनियों के बाड़े के बीचोबीच विशाल जलाशय थे, जो पशुओं को डुबकी

लगाने, मिट्टी में नहाने, और पानी से अठखेलियां करने के अवसर देते थे। जलाशयों के आसपास का क्षेत्र पशुओं के सामाजिक मेलजोल का स्थान भी था। केंद्रीय जलाशय के आसपास पौष्टिक पत्तों के ढेर पशुओं की भरपूर खुराक की मांग को भी पूरा करते थे। ताजा वनस्पति खिलवाने के लिए हथिनियों को छोटे-छोटे समूहों में जंगल भी ले जाया जाता था। इन भ्रमणों में हथिनियां पेड़ों के तनों से अपनी पीठें भी रगड़ा करती थीं जिससे उनकी मृत त्वचा झड़ जाती थी। हथिनियों के बाड़े के विश्राम क्षेत्रों में बंटवारे नहीं थे जिससे वे स्वतंत्रता से आपस में मिलती-जुलती थीं। वे आमतौर पर अपनी विशिष्ट वरिष्ठ हथिनी के नेतृत्व में झुंडों में रहती थीं।

मगर, नर हाथियों के बाड़े एकदम भिन्न थे। सबसे पहले तो, विश्रामशालाओं में प्रत्येक हाथी के लिए अलग खंड बना था। हाथी का निजी महावत उसके बाड़े के ठीक ऊपर रहता था, और एक प्रकार से अपना सारा समय अपने अधीनस्थ हाथी को नियंत्रित करने में बिताता था। यह हाथी के मन में अपने महावत के प्रति लगाव पैदा करता था। हाथियों से किसी तरह का काम करने की अपेक्षा नहीं की जाती थी। मृत त्वचा उतारने के लिए वे अपनी पीठ को पत्थरों या पेड़ों से नहीं रगड़ते थे, महावत रोजाना उन्हें नहलाते थे। वे अपने भोजन के लिए किसी केंद्रीय क्षेत्र में नहीं जाते थे! इसके बजाय ताजे कटे पौधे उन्हें उनके अपने आश्रय के बाहर पहुंचाए जाते थे। नर हाथियों का बस एक ही काम था--युद्ध के लिए प्रशिक्षण पाना।

नर हाथी बाड़ों का केंद्रीय क्षेत्र इस उद्देश्य के लिए समुचित रूप से तैयार किया गया था। केंद्रीय बाड़े में एक जलाशय था, हथिनियों के बाड़े की तरह। किंतु यह जलाशय अधिक गहरा था। यहां हाथियों को अपनी जन्मजात तैराकी की योग्यता को बेहतर ढंग से प्रयोग करना सिखाया जाता था! उन्हें नावों से टकराना और उन्हें डुबो देना सिखाया जाता था। जलाशय के आसपास बहुत बड़े प्रशिक्षण स्थल थे जहां हाथियों को विरोधी दुश्मन की सीमारेखा को कुचल देने जैसे विशिष्ट कामों में प्रशिक्षित किया जाता था। उन्हें युद्ध की गर्मी को सहन करने के लिए भी मजबूत बनाया जाता था। वासुदेव हाल में शुरू हुए धीमी आवाज के नगाड़ों के व्यापक प्रयोग के प्रति भी सजग थे जो हाथियों को परेशान करके उन्हें बौखला देते थे। इसका मुकाबला करने के लिए वासुदेवों ने उनके कानों के लिए एक नई तरह के डाट बनाए थे। इसके अलावा, हाथियों

को प्रतिदिन धीमी आवाज के युद्ध नगाड़े भी सुनवाए जाते थे ताकि वे उन ध्वनियों के आदी हो सकें।

गणेश, कार्तिक और बृहस्पति को नर हाथियों के बाड़े में ले जाया गया। वासुदेव सीधे उन्हें एक ऐसे हाथी की ओर लेकर गया जिस पर उसे व्यक्तिगत रूप से गर्व था। बाड़े के पास पहुंचकर उसने महावत को आवाज दी और निर्देश दिया कि हाथी को आश्रयस्थल से बाहर लेकर आए। हाथी के ऊपर उसके सिर के ठीक पीछे बैठे महावत ने तुरंत ऐसा ही किया। गणेश को आश्चर्य हुआ कि हाथी की आंखें उसके शिरस्त्राण से ढकी हुई थीं। वासुदेव क्षत्रिय ने स्पष्ट किया कि उस आवरण को महावत अपने स्थान से ही सरलता से हटा सकता था। इनका प्रयोग तब किया जाता था जब वे चाहते थे कि हाथी केवल महावत के निर्देशों पर चले, न कि उसके आधार पर जो वह देखता है। एक पीतल की जंजीर से उसकी सूंड में धातु का एक बेलनाकार गोलक बंधा था। वासुदेव ने लकड़ी के एक गोल तख्ते को लक्ष्य के रूप में रखा। यह मानव कपाल से लगभग तीन गुणा बड़ा था।

"आप थोड़ा पीछे हट जाएं," वासुदेव ने जमा लोगों से कहा।

जब अतिथि पीछे हट गए तो वासुदेव ने महावत की ओर देखा और सिर हिलाया। उसने निर्देशों की श्रृंखला के तौर पर धीरे से अपने पांवों को हाथी के कानों के पीछे दबाया। हाथी अलसाए भाव से लकड़ी के लक्ष्य की ओर बढ़ा और आदेशों को समझते हुए उसने अपना सिर हिलाया। फिर अचानक ही, बिजली की सी गति से उसने अपनी शक्तिशाली सूंड झुलाई, धातुई गोलक से लकड़ी के तख्ते पर बीचोबीच प्रहार किया, और लक्ष्य को चूर-चूर कर डाला।

कार्तिक ने प्रशंसा में हल्के से सीटी बजाई।

गणेश ने वासुदेव की ओर देखा। "क्या हम लक्ष्य को थोड़ा और दिलचस्प बना सकते हैं?"

वासुदेव अपने हाथी को लेकर इतना आत्मविश्वासी था कि तुरंत सहमत हो गया। लकड़ी का एक और लक्ष्य लाया गया, किंतु गणेश के निर्देशानुसार उसे नीचे पहिए के तख्ते पर रख दिया गया। उसने लक्ष्य के रूप में लकड़ी के तख्ते पर एक छोटा घेरा बना दिया! यह मानव कपाल के आकार का था। इसके साथ ही, गणेश ने हाथी की सूंड पर बंधे धातुई गोलक को गहरे लाल रंग में रंगने को कहा! ताकि उन्हें पता लग जाए कि गोलक ने लक्ष्य पर ठीक

कहां वार किया था। महावत को यह सुनिश्चित करने का काम दिया गया कि हाथी गोलक से छोटे घेरे पर आघात करे, जबकि दो अन्य सैनिक लंबे रस्सों से तख्ते को इधर-उधर खींच रहे थे। लक्ष्य ऐसे आदमी की प्रतिकृति था जो हाथी के वार से बचने का प्रयास कर रहा हो। अगर व्यापक नरसंहार की अपेक्षा हाथी को किसी विशेष व्यक्ति को मारने के लिए प्रयोग किया जा सके तो विरोधी सेना के नायक को लक्षित करके उसे नेतृत्वविहीन किया जा सकता था।

सब लोग पीछे हट गए। महावत ने अपने पांवों से निर्देश देते हुए और हाथी को धीरे-धीरे लक्ष्य की ओर बढ़ाते हुए अपनी आंखें तख्ते पर गड़ाए रखीं। रस्सियां पकड़े सैनिक बारी-बारी से रस्सियां खींच और छोड़ रहे थे, जिससे लक्ष्य लगातार गतिमान था। अचानक महावत ने अपने दाएं पांव से तीव्रता से कोंचा और हाथी ने अपनी शक्तिशाली सूंड घुमा दी। धातुई गोलक लकड़ी के तख्ते के केंद्र से टकराया। यह घातक आघात था।

गणेश मुस्कुराया और कह उठा, "पशुपतिनाथ की सौगंध, क्या हाथी है!"

अध्याय 8

शिव कौन हैं?

"अगर मैं किसी भिन्न निष्कर्ष पर पहुंचा होता तो?" शिव ने पूछा।

"तो हम जान जाते कि अभी बुराई के उठने का समय नहीं आया है," गोपाल ने प्रत्युत्तर दिया। "कि सोमरस अभी भी अच्छाई का बल है।"

"क्या यह सरलीकृत नहीं है? क्या आपको सच में विश्वास था कि कोई निरुद्देश्य, अपरीक्षित विदेशी इस युग के सबसे महत्वपूर्ण प्रश्न के सही उत्तर तक पहुंच सकेगा? क्या इसी तरह यह प्रणाली कार्य करती है?"

गोपाल मुस्कुराया। "वास्तव में, नहीं। प्रणाली बहुत भिन्न है। अगर मैं गलत नहीं हूं तो एक वासुदेव पंडित ने आपको वायुपुत्रों के विषय में बताया था। जिस तरह हम विगत विष्णु द्वारा पीछे छोड़ा गया समुदाय हैं, उसी प्रकार वायुपुत्र विगत महादेव, भगवान रुद्र द्वारा पीछे छोड़ा गया समुदाय हैं। विष्णु और महादेव की संस्थाएं एक-दूसरे के साथ सामंजस्य में काम करती हैं। वासुदेव वायुपुत्रों के साथ निकट संपर्क में रहते हैं। हम उनसे वह प्रश्न करते हैं जो भगवान मनु ने उनके लिए आरक्षित रखा थाः बुराई क्या है? और वे हमसे वह प्रश्न करते हैं जो हमारे लिए आरक्षित रखा गया हैः अगली महान अच्छाई क्या है? वायुपुत्र नीलकंठ की संस्था को नियंत्रित करते हैं। वे नीलकंठ की भूमिका के लिए संभावित उम्मीदवारों को प्रशिक्षित करते हैं और अगर उन्हें विश्वास हो कि बुराई ने सिर उठा लिया है, तो वे नीलकंठ की पहचान की अनुमति दे देते हैं।"

"काली ने मुझे इस बारे में बताया था। किंतु वायुपुत्र अपने चुने हुए समय पर किसी व्यक्ति के कंठ को नीले रंग में बदल पाने का कार्य कैसे करते होंगे?"

“मैंने सुना है कि जब भावी उम्मीदवार किशोरावस्था में प्रवेश करता है तब वे उस पर किसी औषधि का प्रयोग करते हैं। उसके कंठ में इस औषधि का प्रभाव वर्षों तक निष्क्रिय रहता है, फिर एक विशिष्ट आयु में उसके सोमरस पीने पर यह प्रत्यक्ष होता है। मेरा विश्वास है कि सोमरस व्यक्ति के कंठ में पहले से उपस्थित औषधि के अंशों के साथ प्रतिक्रिया करता है जिससे उसका कंठ नीला पड़ जाता है। अगर इस क्रिया को उस तरह होना होता है जैसा कि सोचा गया था तो इन सभी क्रियाओं को उस व्यक्ति के जीवन के विशिष्ट समयों पर करना होगा। उदाहरण के लिए, अगर कोई व्यक्ति किशोरावस्था के पंद्रह से अधिक वर्षों के बाद सोमरस पीता है, तो उसका कंठ नीला नहीं पड़ेगा भले ही उसे बालपन में वायुपुत्र औषधि दी गई हो।”

शिव की आंखें फैल गईं। “यह तो सच में जटिल है!”

“यह एक साधन है जिसके द्वारा प्रणाली को नियंत्रित किया जा सकता है। जैसा कि आप कल्पना कर सकते हैं, केवल वायुपुत्र ही इस प्रक्रिया को इस प्रकार नियंत्रित कर सकते हैं कि निश्चित समय पर उस व्यक्ति का कंठ नीला हो। इस किवदंती में लोगों का अंधविश्वास सुनिश्चित करेगा कि वे नीलकंठ का अनुगमन करेंगे और बुराई को संतुलन से बाहर किया जा सकेगा। मुझे यह कहना होगा कि कुछ समय से हम भी यह विश्वास करने लगे थे कि सोमरस बुराई में परिवर्तित हो रहा है। किंतु नीलकंठ संस्था को हम नियंत्रित नहीं करते हैं। यह वायुपुत्र करते हैं। और उनका विश्वास था कि सोमरस अभी भी अच्छाई है। इसलिए, उन्होंने अपने नामांकित नीलकंठ को सामने लाने से इंकार कर दिया। यद्यपि हम आश्वस्त थे कि नीलकंठ के सामने आने का समय आ चुका है, किंतु ऐसा नहीं हुआ।”

“क्या आपने अपना पक्ष वायुपुत्रों के सामने रखा?”

“रखा था। किंतु वे सहमत नहीं थे। हमारे सामने केवल एक विकल्प था कि कोई अन्य अच्छाई निर्मित करके हम विष्णु विधि द्वारा हल ढूंढ़ने का प्रयत्न करें। इसी में हम जुटे हुए थे कि एक ऐसी घटना हुई जिसने सबको अचंभित कर दिया, वायुपुत्रों समेत।”

शिव ने अपनी ओर संकेत किया। “अचानक मैं टपक पड़ा।”

“हां। वास्तव में कोई समझ ही नहीं पाया कि यह हुआ क्या। हम जानते थे कि आप वायुपुत्रों द्वारा अधिकृत उम्मीदवार नहीं थे। सच तो यह है कि बहुत

से वायुपुत्र मानते थे कि आप धूर्त हैं जो शीघ्र ही उजागर हो जाएंगे। कुछ तो नीलकंठ संस्था के हित में आपकी हत्या तक करवा देना चाहते थे। किंतु वायुपुत्रों के अधिनायक मित्रा उन पर हावी हुए और उन्होंने निर्णय सुनाया कि आपको आपके कर्मों के अनुसार जीने दिया जाए।"

"मित्रा ऐसा क्यों करेंगे?"

"मैं नहीं जानता। यह एक रहस्य है। हमारे बीच भी बहुत चर्चा हुई थी। हममें से कुछ का विश्वास था कि आपका सामने आना हमें सही सिद्ध करता है और सोमरस को संतुलन से बाहर करने के लिए हमें आपका प्रयोग करना चाहिए। कुछ अन्य ऐसे भी थे जिनका विचार था कि आप एक अज्ञात व्यक्ति हैं जो अव्यवस्था फैलाने के लिए नीलकंठ की किवदंती का प्रयोग कर सकता है! इसलिए हमें आपसे कोई वास्ता नहीं रखना चाहिए। किंतु हमारे बीच कुछ ऐसे व्यक्ति भी थे जिनका विश्वास था कि बुराई की नियति तय करना हमारा कार्य नहीं है। यह पूरी तरह से नीलकंठ का अधिकार है। फिर भी हमारे बीच कुछ अन्यों ने कहा कि आप अंततः, क्षमा चाहूंगा, एक असभ्य पुरुष हैं और पूरी संभावना है कि आप बुराई के विषय में अनुपयुक्त निष्कर्ष पर पहुंचेंगे। लेकिन जो दृष्टिकोण अंततः मान्य हुआ, वह यह था कि अगर परमात्मा ने नीलकंठ बनाने के लिए आपको चुना है तो वही आपको उपयुक्त उत्तर तक भी ले जाएगा। और हमें पूरी विनम्रता के साथ उसे स्वीकार करना चाहिए।"

"और मैं सोमरस पर पहुंचा।"

"क्या यही निर्णय को स्पष्ट नहीं कर देता है? आप इस कार्य के लिए निर्दिष्ट नहीं किए गए थे। किंतु फिर भी किसी प्रकार उपयुक्त आयु पर आपको वायुपुत्र औषधि दी गई। इसके अतिरिक्त, आप उचित समय पर मेलूहा भी पहुंच गए और आपको सोमरस प्रदान किया गया, जिसने आपके कंठ को नीला कर दिया। आपको नीलकंठ की भूमिका के लिए प्रशिक्षित नहीं किया गया था। किसी ने आपको महत्वपूर्ण प्रश्न का उत्तर नहीं बताया था। हमने जानबूझकर ऐसा कुछ भी कहने से मना कर दिया जो आपके मन में पूर्वाग्रह उत्पन्न कर सके। आपके कार्य के संबंध में आपके साथ अपने संवाद में हम बहुत सतर्क थे। और फिर भी, आप सही उत्तर पर पहुंच गए। क्या यह पर्याप्त प्रमाण नहीं है कि आपको परमात्मा ने चुना है और कि आप ही, वास्तव में, महादेव हैं? तो क्या इससे मेरा यह निर्णय सरल नहीं हो जाता है कि आपका

अनुकरण करके हम स्वयं परमात्मा का अनुकरण कर रहे हैं?"

शिव अपने मस्तक को रगड़ते हुए अपने आसन पर पीछे को झुक गया। उसकी भौंह असहज महसूस हो रही थी।

-- ' --

उज्जैन के अपने छोटे से दौरे के बाद बृहस्पति, गणेश और कार्तिक अतिथिगृह में सती, नंदी और परशुराम के पास चले गए।

"नगर कैसा लगा, बृहस्पतिजी?" सती ने पूछा।

"सुंदर और सुव्यवस्थित।" बृहस्पति ने उत्तर दिया। "मेलूहा, और पंचवटी तक की अपेक्षा यह नगर प्रभु राम के आदर्शों का उत्तम प्रतिपादन है।"

सती गणेश और कार्तिक की ओर मुड़ी। "मेरे पुत्रों, तुम्हें नगर पसंद आया?"

गणेश के सामरिक मस्तिष्क ने अपनी राय पर विचार किया। "यद्यपि उज्जैन अच्छा है, किंतु मुझे उनके हाथियों के अस्तबल ने लुभा लिया। हमने युद्ध में इन पशुओं को संभालने वाले महावतों को देखा, उन पांच सहस्त्र में से प्रत्येक एक सहस्त्र पैदल सैनिकों के समकक्ष है। ये देखते हुए कि वासुदेव नीलकंठ का अनुसरण करेंगे मैं कह सकता हूं कि हमारी शक्ति कई गुणा बढ़ गई है। ये हाथी हमारे पक्ष में होंगे तो हम पहले की भांति अनिश्चित स्थिति में नहीं रहेंगे।"

"अनिश्चित स्थिति?" परशुराम ने पूछा। "माननीय गणेश, मुझे असहमत होने के लिए क्षमा करें। किंतु आप ऐसा कैसे कह सकते हैं? हमारे साथ नीलकंठ हैं। इसका अर्थ है कि भारतीयों का एक विशाल बहुमत हमारे साथ होगा। मैं कहूंगा कि संभावनाएं व्यापक रूप से हमारे पक्ष में हैं।"

"परशुराम, मैंने सदैव तुम्हारी बहादुरी और नीलकंठ के प्रति तुम्हारे अटूट समर्पण की प्रशंसा की है। किंतु युद्ध मात्र आशा से ही नहीं जीते जाते हैं। केवल अपनी दुर्बलताओं का ईमानदार मूल्यांकन और उनका निराकरण ही विजय दिला सकता है।"

"हमारी क्या दुर्बलताएं हो सकती हैं? हमारा नेतृत्व नीलकंठ कर रहे हैं। लोग उनका अनुकरण करेंगे।"

"लोग नीलकंठ का अनुकरण करेंगे, लेकिन उनके राजा नहीं। और याद रहे, सेना पर लोग नहीं, राजा नियंत्रण रखते हैं। सम्राट दक्ष पहले ही हमारे

विरुद्ध हैं। और सम्राट दिलीप भी। एक साथ मिलकर उनके पास मेलूहा की तकनीकी दक्षता और स्वद्वीप की अधिसंख्या हो जाती है। यह एक बहुत शक्तिशाली सेना बना देती है।"

"किंतु दादा," कार्तिक ने तर्क दिया, "अगर अक्षम अधिनायक नेतृत्व करे तो सर्वाधिक सक्षम सेना भी अनुपयोगी हो जाती है। क्या आप उनके पक्ष में कोई अच्छा सेनापति देखते हैं? मुझे तो कोई नहीं दिखता।"

गणेश ने अपना सिर हिलाया और कार्तिक की ओर वापस मुड़ने से पहले उसने बृहस्पति और नंदी की ओर देखा। "उनके पास सर्वश्रेष्ठ हैं। उनके पास माननीय पर्वतेश्वर हैं।"

सती क्रोधित हो गई। "गणेश, मैंने तुम्हें चेतावनी दी है कि पितृतुल्य का अपमान मत करना।"

"मैं जानता हूं कि वे आपके पिता सदृश हैं, मां," गणेश ने नम्रता से कहा। "किंतु सच यही है कि माननीय पर्वतेश्वर मेलूहा के पक्ष में लड़ेंगे।"

"नहीं, वे नहीं लड़ेंगे। तुम्हारे पिता को उन पर पूरा भरोसा है। तुम यह विश्वास भी कैसे कर सकते हो कि वे चुपचाप चले जाएंगे और उन लोगों से मिल जाएंगे जिन्होंने नीलकंठ की हत्या करने का प्रयास किया था?"

"मां, पर्वतेश्वरजी इतने आत्मसम्मानी हैं कि चुपचाप नहीं जाएंगे। अपना मंतव्य बाबा के सामने बताने के बाद वे खुलेआम जाएंगे। और विश्वास करें, बाबा उन्हें जाने देंगे। वे उन्हें रोकने का प्रयास भी नहीं करेंगे। क्योंकि वे दोनों ही आत्मसम्मानी व्यक्ति हैं जो अपने सम्मान पर आंच आने देने की अपेक्षा स्वयं को हानि पहुंचाना बेहतर समझेंगे।"

"निश्चय ही, वे आत्मसम्मानी व्यक्ति हैं, गणेश। क्या यह कर्तव्यभाव उन्हें नीलकंठ के मार्ग से नहीं बांधेगा?"

"नहीं। पर्वतेश्वरजी बाबा के साथ इसलिए हैं कि वे उनसे प्रेरित हैं, इसलिए नहीं कि वे उनका अनुकरण करने के लिए मर्यादा से बंधे हैं। वे केवल एक ही मूल्य के प्रति सर्वोच्च रूप से प्रतिबद्ध हैं, जैसा कि वास्तव में सारे मेलूहावासी हैं: मेलूहा की रक्षा। आप यहां उपस्थित किसी भी मेलूहावासी से पूछ सकती हैं।"

सामान्यतया मित्रवत नंदी की आंखें शिव के पुत्र को घूरते हुए क्रोध से चमकने लगी थीं, उसकी आंखें झपक नहीं रही थीं। "माननीय गणेश, मैं अपना

चयन पहले ही कर चुका हूं। मैं नीलकंठ के लिए जीता हूं। और मैं नीलकंठ के लिए ही मरूंगा। अगर इसका अर्थ यह है कि मुझे अपने देश का विरोध करना होगा तो यही सही। अपने देश को धोखा देने के लिए मैं अपने कर्म का सामना करूंगा। किंतु मैं फिर से आपको अपनी निष्ठा पर प्रश्न नहीं उठाने दूंगा।"

गणेश ने तुरंत नंदी को शांत किया। "मैं आपकी निष्ठा पर प्रश्न नहीं उठा रहा था, वीर नंदी। मैं तो यह जानना चाह रहा था कि आपके विचार में सेनापति पर्वतेश्वर क्या प्रतिक्रिया करेंगे।"

"मैं नहीं जानता कि सेनापति क्या सोचते हैं। मैं बस यह जानता हूं कि मैं क्या सोचता हूं," नंदी ने तमककर कहा।

"वैसे, मैं जानता हूं पर्वतेश्वर क्या सोचते हैं," बृहस्पति ने कहा। "मुझे पता है कि आपको इससे आघात पहुंचेगा, सती, किंतु गणेश सही कहते हैं। पर्वतेश्वर मेलूहा को नहीं त्यागेंगे। वस्तुतः वे उन लोगों से युद्ध करेंगे जो मेलूहा को हानि पहुंचाना चाहेंगे। और अगर शिव, जैसी कि मुझे आशा है, निर्णय करते हैं कि सोमरस बुराई है, तो मेलूहा हमारा सबसे प्राथमिक शत्रु होगा। युद्ध रेखा खिंच गई है, मेरी पुत्री।"

निःशब्द, सती ने खिड़की से बाहर विष्णु मंदिर को देखा और गहरी सांस ली।

— ⁂ —

अपने बचपन की स्मृतियों पर विचार करते हुए शिव ने अपनी फड़कती हुई भौंह को रगड़ा।

गोपाल आगे झुका। "क्या बात है, महा-नीलकंठ?"

"यह नियति का हाथ नहीं है, पंडितजी," शिव ने कहा। "न ही यह परमात्मा की महान योजना है कि मैं नीलकंठ के रूप में सामने आया। मुझे संदेह है कि यह मेरे काका का काम है। यद्यपि ये सब उन्होंने कैसे किया, यह मेरे लिए रहस्य है।"

"आपका क्या तात्पर्य है?"

"मुझे याद है कि बचपन में मेरे काका ने मुझे कोई औषधि दी थी। जब मैं बहुत छोटा था तो मेरी भौंहों के बीच बहुत तीव्र जलन हुआ करती थी। काका

की औषधि से जलन शांत होने में सहायता मिली थी। फड़कन आज तक भी है किंतु उतनी भयानक नहीं है जितनी कि पहले थी। मुझे आज भी वे शब्द याद हैं जो वे औषधि तैयार करते हुए कह रहे थेः 'हम आपके आदेश के प्रति सदैव निष्ठावान रहेंगे, भगवान रुद्र, यह एक वायुपुत्र की रक्त-शपथ है।' फिर उन्होंने अपनी तर्जनी काटी और रक्त की बूंद औषधि में टपका दी। यही मिश्रण उन्होंने मुझे दिया था और कहा था कि अपने कंठ के पीछे के भाग में उसका लेप कर लूं।"

गोपाल की आंखें शिव पर लगी हुई थीं, मंत्रमुग्ध सी। उन्होंने क्षणांश को अयोध्या के मंदिर के वासुदेव पंडित को देखा जो पहली पंक्ति में बैठा हुआ था।

अयोध्या का वासुदेव बोला। "महा-नीलकंठ, आपके काका का क्या नाम था?"

"मनोभू," शिव ने कहा।

अचंभित अयोध्या का वासुदेव गोपाल की ओर मुड़ा। "भगवान राम कृपा करें!"

"क्या बात है?" विस्मित होकर शिव ने पूछा।

"श्रद्धेय मनोभू आपके काका थे?" गोपाल ने पूछा।

"श्रद्धेय मनोभू?"

"वे वायुपुत्र श्रद्धेय थे, मित्रा के नेतृत्व में वायुपुत्रों पर शासन करने वाली छह बुद्धिमान स्त्री-पुरुषों की सभा अमर्त्य ष्पंड के एक सदस्य।"

"वे वायुपुत्र श्रद्धेय थे?!!"

"हां, यह सत्य है। बहुत वर्ष पहले, जब हम वायुपुत्रों को यह विश्वास दिलाने के प्रयास में लगे थे कि सोमरस बुराई में परिवर्तित हो गया है, तो अमर्त्य ष्पंड में एकमात्र वही थे जो हमसे सहमत थे। दुर्भाग्यवश, सभा में अन्य सदस्यों से उन्हें कोई समर्थन नहीं मिला। मित्रा ने भी मनोभू को अस्वीकार कर दिया।"

"इसके बाद क्या हुआ?"

"मुझे वह वार्तालाप इस तरह याद है मानो यह कल ही हुआ हो," गोपाल ने कहा। "श्रद्धेय मनोभू और मैंने घंटों सोमरस पर बात की थी। यह स्पष्ट था कि हम सभा को आश्वस्त नहीं कर पाएंगे। उन्होंने वादा किया कि वे यह

सुनिश्चित करेंगे कि एक नीलकंठ सामने आएं। जब मैंने उनसे पूछा कि वे ऐसा कैसे करेंगे, तो उन्होंने कहा कि भगवान रुद्र उनकी सहायता करेंगे। उन्होंने मुझसे वादा लिया कि जब नीलकंठ सामने आएं तो वासुदेव और मैं पूरे हृदय से उनका समर्थन करेंगे। मैंने उन्हें आश्वासन दिया कि यह तो वैसे भी हमारा कर्तव्य है।"

"और फिर क्या हुआ?"

"श्रद्धेय मनोभू लापता हो गए। कोई नहीं जानता था कि उनके साथ क्या हुआ। कुछ का विश्वास था कि वायुपुत्र सभा में अलग-थलग कर दिए जाने के बाद वे अपनी मातृभूमि तिब्बत वापस चले गए थे। कुछ सोचते थे कि वे मार दिए गए हैं। मेरा भी यही विश्वास था क्योंकि उनके समान व्यक्ति को केवल मृत्यु ही अपना वादा पूरा करने से रोक सकती थी। लेकिन वे असफल नहीं हुए थे। उन्होंने आपको बनाया था। अब वे कहां हैं? उन्होंने किस तरह यह युक्ति की कि आपको मेलूहा बुलाया जाए और सोमरस दिया जाए?"

"उन्होंने यह नहीं किया था। वे तो बहुत वर्ष पहले तिब्बत में एक शांति वार्ता के दौरान, हमारे स्थानीय शत्रु पक्रति वालों के हाथों एक कायरतापूर्ण गुप्त आक्रमण में मारे गए थे।"

"फिर उस विशेष अवधि में आपको मेलूहा में कैसे आमंत्रित किया गया? जैसा कि मुझे बताया गया है, आपका कंठ केवल तभी नीला हो सकता था जब आप किशोरावस्था में प्रवेश करने के पंद्रह वर्षों के भीतर सोमरस का पान करते।"

"मैं नहीं जानता," शिव ने उत्तर दिया। "उसी समय आप्रवासियों के लिए पूछते हुए नंदी का मानसरोवर आना हुआ था।"

गोपाल ने मंदिर के केंद्रीय स्तंभ की ओर ऊपर भगवान राम और सीता माता की प्रतिमाओं को देखा। "तब तो यह स्पष्ट है। यह परमात्मा की इच्छा थी कि परिस्थितियां उसी तरह आकार लें जिस तरह उन्होंने लिया।"

शिव ने गोपाल को देखा, इस बात पर उसकी आंखों में संदेह झलक रहा था कि उसका जीवन किसी प्रकार से किसी दिव्य योजना का अंग था।

गोपाल ने दक्षता से विषय बदला। "मेरे मित्र, आपने कहा कि आपकी भौंह बहुत बालपन से फड़कती रही है। क्या ऐसा किसी विशिष्ट घटना के बाद आरंभ हुआ था? क्या आपके काका ने आपको कुछ दिया था जिससे जलन होने

लगी थी?"

शिव की भृकुटियां चढ़ीं। "नहीं, यह तो तब से ही हो रहा है जब से मैं याद कर सकता हूं। मुझे लगता है यह मेरे जन्म से ही है। जब भी मैं तनावग्रस्त होता हूं तो मेरी भौंह फड़कने लगती है।"

"क्या ऐसा तब होता है जब आपकी हृदयगति नाटकीय रूप से तीव्र हो जाती है?"

शिव ने एक क्षण को इस बारे में सोचा। "हां। जब भी मैं क्रोधित या तनावग्रस्त होता हूं, तो मेरा हृदय नाटकीय रूप से धड़कने लगता है। या जब मैं सती के बारे में सोचता हूं, किंतु वह सुखद धड़कन होती है।"

गोपाल मुस्कुराया। "इसका अर्थ है कि आपकी तीसरी आंख आपके जन्म के समय से ही सक्रिय रही है और यह बहुत ही असाधारण है। यह मुझे आश्वस्त करता है कि आपको परमात्मा द्वारा ही चुना गया है।"

"तीसरी आंख?"

"यह भौंहों के बीच का क्षेत्र होता है। माना जाता है कि मानव शरीर में सात चक्र होते हैं जो ऊर्जा का प्रतिग्रहण और प्रसारण करते हैं। छठे चक्र को अज्न चक्र कहते हैं। बेशक, इसे औषधियों के द्वारा भी सक्रिय किया जा सकता है। तीसरी आंख को सक्रिय करने के लिए वायुपुत्र अपने उन बालकों को औषधि देते हैं जो संभावित उम्मीदवार होते हैं। किंतु अपने जीवन के एक सौ चालीस वर्षों में, मैंने अभी तक ऐसे किसी बालक के बारे में नहीं सुना है जो सक्रिय तीसरी आंख के साथ जन्मा हो।"

"तो इसमें इतना विशिष्ट क्या है? यह तो मुझे परेशान ही करता है। इसमें भयानक जलन होती है।"

गोपाल मुस्कुराया। "यह तो बस एक छोटा सा दुष्प्रभाव है। मुझे विश्वास है कि आपकी सक्रिय तीसरी आंख उन कारणों में से एक होगी जिनसे आपके काका ने सोचा होगा कि आप वह चयनित व्यक्ति हो सकते हैं। क्योंकि इसने आपके शरीर को सरलता से वायुपुत्र औषधि को स्वीकार करने के लिए तैयार कर दिया था।"

"वो कैसे?"

"परिहा औषधि पद्धति का मानना है कि शंक्वाकार ग्रंथि ही तीसरी आंख है, जो हमारे मस्तिष्क में बहुत गहरे स्थित होती है। यह एक अनोखी ग्रंथि होती

है। प्रान्तस्था-मस्तिष्क दो समान गोलार्धों में बंटा होता है जिनके भीतर अधिकांश अवयव जोड़ों में होते हैं। मगर एक अकेली शंक्वाकार ग्रंथि दोनों गोलार्धों के बीच उपस्थित होती है। यह कुछ-कुछ आंख के सदृश होती है और प्रकाश द्वारा प्रभावित होती है! अंधकार इसे सक्रिय करता है और प्रकाश निष्क्रिय। अतिसक्रिय शंक्वाकार ग्रंथि पुनर्योजी होती है। संभवतः यही कारण होगा जिसने आपके शरीर को इस प्रकार का बना दिया था कि सोमरस ने न केवल आपके जीवन को लंबा कर दिया, बल्कि आपकी चोटों को भी ठीक कर दिया। इसके साथ ही, शंक्वाकार ग्रंथि रक्त अवरोधक प्रणाली द्वारा नियंत्रित नहीं होती।"

"रक्त अवरोधक प्रणाली?"

"हां। शरीर में रक्त मुक्त भाव से प्रवाह करता है। किंतु जब यह मस्तिष्क की ओर आता है तो एक अवरोधक होता है। संभवतः ऐसा कीटाणुओं और संक्रमणों द्वारा मस्तिष्क को प्रभावित करने से बचाने के लिए है, जो कि आत्मा का आधार है। मगर, शंक्वाकार ग्रंथि, दोनों गोलार्धों के बीच स्थित होने के बावजूद रक्त अवरोधक प्रणाली द्वारा नियंत्रित नहीं होती। इससे स्पष्ट है कि जब आप तनावग्रस्त होते हैं तो आपकी तीसरी आंख क्यों फड़कती है! यह रक्त के तीव्रता से आपकी अतिसक्रिय शंक्वाकार ग्रंथि में प्रवाहित होने का परिणाम है।"

शिव ने धीरे से सिर हिलाया। "क्या ऐसा अन्य लोगों के साथ भी होता है?"

"हां, होता है। किंतु उन्हीं लोगों के साथ जिन्होंने अपनी तीसरी आंख को प्रशिक्षित करने के लिए वर्षों योगसाधना की हो। अथवा यह उन लोगों में सक्रिय होती है जिन्हें इसे उत्तेजित करने के लिए औषधि दी जाती है। आपके मामले में असामान्य बात यह है कि आप एक सक्रिय तीसरी आंख के साथ जन्मे थे। यह अनदेखा है।"

शिव ने असहजता से अपने आसन पर पहलू बदला। "तो एक प्राकृतिक घटना ने मुझे इस भूमिका के लिए निर्धारित कर दिया? मेरे काका ने इस सबको गलत भी तो समझा हो सकता था। मैं फिर भी एक त्रुटिपूर्ण चुनाव हो सकता हूं और संभवतः मैं वह उद्देश्य प्राप्त न कर सकूं जो मेरे लिए नियत किया गया है।"

"किंतु मैं आश्वस्त हूं कि आपके काका ने केवल आपकी सक्रिय तीसरी आंख के कारण आपको औषधि नहीं दी होगी। उन्होंने आपके चरित्र को परखा होगा और आपको सुयोग्य पाया होगा। उन्होंने आपको इसके लिए प्रशिक्षित किया होगा।"

"निस्संदेह उन्होंने मुझे प्रशिक्षण दिया था। उन्होंने मुझे नीतिज्ञान, युद्धकला, मनोविज्ञान और कलाएं सिखाईं। किंतु उन्होंने मुझे मेरे कथित कार्य के बारे में कुछ नहीं बताया था।"

"मगर आपको यह तो मानना पड़ेगा कि उन्होंने उत्कृष्ट कार्य किया। क्योंकि आपने नीलकंठ के रूप में अच्छा काम किया है।"

"भाग्य की बात है," शिव ने रुक्षता से कहा।

"महा-नीलकंठ, एक नास्तिक भी अपनी उपलब्धियों के लिए भाग्य को श्रेय देगा। किंतु परमात्मा में विश्वास करने वाला, मुझ सा, व्यक्ति जान जाएगा कि नीलकंठ ने ये सब प्राप्त किया है क्योंकि परमात्मा की ऐसी इच्छा थी। और इसका अर्थ है कि नीलकंठ अपनी यात्रा पूरी करेंगे और अंततः बुराई को संतुलन से बाहर निकालने में सफल होंगे।"

शिव मुस्कुराया। "कभी-कभी आस्था अति-सरलता की ओर झुक जाती है।"

बदले में गोपाल भी मुस्कुराया। "संभव है अभी दुनिया को सरलता की ही आवश्यकता हो।"

शिव हल्के से हंसा और उसने वासुदेव पंडितों की सभा को देखा जो उन दोनों को तन्मय भाव से सुन रहे थे। "वैसे, मेरे बहुत से संदेह दूर हो गए हैं। सोमरस सबसे बड़ी अच्छाई है और इसलिए, एक दिन, निश्चय ही सबसे बड़ी बुराई के रूप में सामने आएगा। किंतु हम यह कैसे जानें कि वह पल आ गया है? हम निश्चित कैसे हों?"

एक वासुदेव पंडित ने उत्तर दिया। "हम कभी भी पूरी तरह निश्चित नहीं हो सकते, महा-नीलकंठ। किंतु अगर आप मुझे राय व्यक्त करने की अनुमति दें तो, हमारे पास एक अच्छाई है जिसने सहस्त्रों वर्षों की यशस्वी यात्रा की है और मानवता इसकी उदारता से बहुत अधिक लाभान्वित हुई है। मगर, हम यह भी जानते हैं कि यह अब बुराई में परिवर्तित होने के समीप है। यह संभव है कि सोमरस को कुछ पहले संतुलन से बाहर किया जा रहा हो, और संसार इसके

द्वारा किए जाने वाले अतिरिक्त कल्याण के कुछेक सौ वर्ष गंवा देगा। किंतु उस विशाल योगदान की तुलना में यह नगण्य ही होगा जो यह विगत सहस्त्रों वर्षों में कर चुका है। दूसरी ओर, यह संकट है कि सोमरस बुराई के समीप होता जा रहा है और संभव है यह अव्यवस्था और विनाश की ओर ले जाए। पहले ही यह भरपूर परिमाण में ऐसा कर रहा है! मैं मात्र ब्रंगा की महामारी या नागाओं की विरूपताओं का संदर्भ नहीं दे रहा हूं। माना जाता है कि मेलूहावासियों की जन्म-दर में आई तीव्र गिरावट के लिए भी सोमरस उत्तरदायी है।"

"सच?"

"हां," गोपाल ने उत्तर दिया। "संभवतः मृत्यु को अपनाने से इंकार करने में वे अपने ही वंशों को फलते-फूलते न देख पाने का मूल्य चुका रहे हैं।"

शिव ने हल्के से सिर हिलाकर जताया कि वह समझ गया है। भगवान राम और सीता माता की विशाल प्रतिमाएं जो केंद्रीय स्तंभ पर उकेरी गई थीं, उनकी ओर मुस्कुराती प्रतीत हुईं। उनके आशीर्वाद को स्वीकार करते हुए शिव की आंखें और आगे खिंचीं, एक भव्य चित्र की ओर जो रामेश्वरम में भगवान राम को भगवान रुद्र के चरणों में बैठे दर्शा रहा था। जीवन के विशाल चक्र को देखकर शिव मुस्कुराया। आदर में हाथ जोड़कर उन्हें प्रणाम किया, अपनी आंखें बंद कीं और प्रार्थना की। जय मां सीता। जय श्री राम।

शिव ने जब अपनी आंखें खोलकर गोपाल को देखा तो वह निर्णय कर चुका था। "मैंने निर्णय ले लिया है। हम युद्ध और अनावश्यक रक्तपात से बचने का प्रयास करेंगे। किंतु अगर हमारे प्रयास व्यर्थ सिद्ध हुए तो हम अंतिम व्यक्ति के जीवित रहने तक युद्ध करेंगे। हम सोमरस के साम्राज्य को समाप्त कर देंगे।"

अध्याय 9

प्रेम में डूबा असभ्य

"आपके काका वायुपुत्र श्रद्धेय थे?" चकित सती ने पूछा।

सती और शिव अपने निजी कक्ष में बैठे थे। शिव ने अभी-अभी वासुदेवों के साथ हुआ सारा वार्तालाप सुनाया था और वह निर्णय भी जो उसने लिया था।

"कोई साधारण श्रद्धेय नहीं!" शिव मुस्कुराया। "अमर्त्य ष्पंड।"

सती ने अपनी बांहें उठाईं और उन्हें शिव के बलिष्ठ कंधों पर रख दिया, उसकी आंखें शरारत से भरी थीं। "मुझे आरंभ से पता था कि आपमें कुछ विशेष बात है! कि आप कोई साधारण कबायली नहीं हो सकते। और अब मेरे पास प्रमाण है। आपकी एक वंशावली है!"

सती को निकट खींचते हुए शिव जोर से हंसा। "बकवास! जब मैंने पहली बार तुम्हें देखा था तो तुमने सोचा था कि मैं कोई गंवार जंगली हूं!"

सती पंजों के बल उचकी और उसने शिव के होंठों का भरपूर चुंबन लिया। "ओह, आप अभी भी गंवार जंगली हैं..."

शिव ने भौंहें चढ़ाईं।

"लेकिन आप मेरे गंवार जंगली हैं..."

शिव का चेहरा उस शरारती मुस्कुराहट से खिल उठा जो उसने सती के लिए सुरक्षित रखी थी! वह मुस्कुराहट जो सती को क्षीण कर देती थी। शिव ने उसे कसकर आलिंगनबद्ध किया और ऊपर उठा लिया, अपने होंठों के समीप। उसके पांव हवा में झूल रहे थे, उसने अलसाए भाव से चुंबन किया! प्रेमपगा और गहरा।

"तुम मेरा जीवन हो," शिव हौले से बोला।

"आप मेरे सारे जीवनों का योग हैं," सती ने कहा।

शिव उसे वैसे ही हवा में उठाए रहा, कसकर आलिंगन में जकड़े हुए, अपने सिर को उसके कंधों पर टिकाए हुए। सती ने अपनी बांहें अपने पति के गिर्द बांध दीं, उसकी उंगलियां उसके बालों में घूम रही थीं।

"तो, आप कभी मुझे नीचे उतारेंगे?" सती ने पूछा।

शिव ने उत्तर में अपना सिर हिला दिया। उसे कोई शीघ्रता नहीं थी।

सती मुस्कुरा दी और उसने अपना सिर उसके कंधों पर टिका दिया, हवा में अपने पैरों के झूलने, शिव के बालों से खेलने में वह संतुष्ट थी।

— ⅄ⓂƲ⍏⊛ —

"ये लीजिए," सती ने कहा।

शिव ने सती से दूध का पात्र ले लिया। उसे कच्चा दूध पीना पसंद थाः बिना उबाले, ना गुड़-इलायची, न और कुछ, बस सादा दूध। शिव ने बड़े घूंटों में पात्र खाली किया, उसे सती को पकड़ाया और अपने पांवों को पीठिका पर ऊपर रखकर अपने आसन पर आराम से बैठ गया। सती ने गिलास नीचे रखा और उसके पास बैठ गई। शिव ने दीर्घा के पार विष्णु मंदिर की ओर देखा। उसने एक गहरी सांस ली और सती की ओर मुड़ा। "तुम सही कहती हो। गणेश की सामरिक सोच की मैं प्रशंसा करता हूं, किंतु इस बार वह गलत है। पर्वतेश्वर मुझे नहीं छोड़ेंगे।"

सती ने सहमति में जोर से सिर हिलाया। "उनके समान प्रेरणादायी अधिनायक के बिना मेलूहा और स्वद्वीप की सेनाओं के पास अभिप्रेरण के साथ ही उत्कृष्ट युद्ध नीतियों का अभाव होगा।"

"यह सच है। किंतु हमें आशा करनी चाहिए कि स्वयं लोग विद्रोह में उठ खड़े होंगे और युद्ध की आवश्यकता ही नहीं रहेगी।"

"मगर हम यह कैसे सुनिश्चित करेंगे? अगर आप सोमरस पर प्रतिबंध लगाने की उद्घोषणा राजाओं के पास भेजेंगे तो वे यह सुनिश्चित करेंगे कि आम प्रजा यह कभी न जान सके।"

"वासुदेव और मैंने इसी बात पर तो चर्चा की थी। मेरी उद्घोषणा राजाओं के पास नहीं, बल्कि सीधे भारतवर्ष के प्रत्येक नागरिक तक पहुंचनी चाहिए। इसे सुनिश्चित करने का सर्वोत्कृष्ट मार्ग है कि उद्घोषणा को सारे मंदिरों पर

लगाया जाए। सभी भारतीय नियमित रूप से मंदिर जाते हैं, और जब वे वहां जाएंगे तो मेरे आदेश को भी पढ़ेंगे।"

"और मुझे विश्वास है कि लोग आपका साथ देंगे। हमें आशा करनी चाहिए कि राजा अपनी प्रजा की इच्छा का समादर करेंगे।"

"हां, युद्ध से बचने का मैं और कोई रास्ता नहीं देख पा रहा हूं। मैं केवल काशी, पंचवटी और ब्रंगा के राजपरिवारों के बेहिचक समर्थन की अपेक्षा कर रहा हूं। अन्य सभी राजा केवल अपने स्वार्थपूर्ण हितों के आधार पर अपना चुनाव करेंगे।"

सती ने शिव का हाथ पकड़ा और मुस्कुराई। "किंतु राजाओं के राजा, स्वयं परमात्मा हमारे साथ हैं। हम पराजित नहीं होंगे।"

"हम पराजित होना वहन नहीं कर सकते," शिव ने कहा। "राष्ट्र की नियति दावं पर है।"

— ⅄ⓄⅡ↑⊛ —

"तुम्हें विश्वास है कि तुम यह कर सकते हो, कार्तिक?" गणेश ने पूछा।

कार्तिक ने शांत जल जैसी आंखों से अपने भाई को देखा। "बिल्कुल, मैं कर सकता हूं। मैं आपका भाई हूं।"

गणेश मुस्कुराया और हाथी पर चढ़ने के चबूतरे से पीछे हट गया। कार्तिक और एक अन्य छोटा सा वासुदेव सैनिक उज्जैन के अस्तबल के सबसे बड़े हाथियों में से एक के हौदे पर बैठे थे। हौदे को उसके मानक ढांचे से बदला गया था, छत को हटा दिया गया था और पार्श्व की दीवारों को काटकर आधा कर दिया गया था। इसने सवारों की सुरक्षा को तो कम कर दिया था, किंतु आग्नेयास्त्रों की क्षमता को व्यापक रूप से बढ़ा दिया था। कार्तिक को एक नवीन विचार सूझा था जो हाथी का दुश्मन की सीमारेखा को कुचलने के माध्यम से बेहतर प्रयोग करता था! इसके बजाय, इसे एक ऊंचे चबूतरे की तरह प्रयोग किया जाता जिससे सभी दिशाओं में आग्नेयास्त्र छोड़े जा सकते थे।

इस रणनीति में युद्ध हाथियों द्वारा तीव्र आक्रमण किए जाने के स्थान पर उनकी एक सुविचारित और समन्वित गतिविधि की परिकल्पना की गई थी। मगर अस्त्रों के चुनाव का मुद्दा शेष रहा। हाथी की पीठ से छोड़े गए बाण कभी भी इतनी संख्या में नहीं हो सकते थे कि कोई विशेष हानि पहुंचा सकें। वासुदेव

सैन्य अभियंता एक हल के साथ तैयार थे--नवीनतम अग्निवर्षक जिसमें मेसोपोटामिया से आयातित एक तरल काले ईंधन के संशोधित संस्करण का प्रयोग होता था। यह विनाशकारी अस्त्र अग्नि का एक सतत प्रवाह छोड़ता था और अपने मार्ग में आने वाली प्रत्येक वस्तु को जला देता था। ईंधन की टंकियों ने हौदे के एक बड़े भाग को घेर लिया था, जिससे बस ऐसे दो अस्त्रों और सैनिकों के लिए ही स्थान बचा था। अग्निवर्षक भारी ही नहीं थे बल्कि चलाए जाते समय बहुत अधिक गर्मी भी छोड़ते थे। इसलिए, उनके लिए बलिष्ठ संचालक चाहिए थे। मगर हौदे में स्थान की कमी का यह भी तात्पर्य था कि संचालक अनिवार्य रूप से छोटे डीलडौल के हों। ऐसे ही एक सैनिक के साथ कार्तिक इस शक्तिशाली अस्त्र के संचालन के लिए स्वेच्छा से आगे आया था।

गणेश परशुराम, नंदी और बृहस्पति के साथ कुछ दूरी पर खड़ा था। उसने चिल्लाकर अपने भाई से कहा। "तैयार हो, कार्तिक?"

कार्तिक ने भी चिल्लाकर उत्तर दिया, "मैं तो पैदाइशी तैयार था, दादा।"

गणेश मुस्कुराया और वासुदेव नायक की ओर मुड़ा। "शुरू करते हैं, वीर वासुदेव।"

नायक ने हामी भरी और एक लाल झंडा हिलाया।

कार्तिक और वासुदेव सैनिक ने तुरंत ही आग जलाई और अस्त्रों में आग लगा दी। अग्नि की दो दानवाकार लंबी धाराएं फूटीं और हाथी के दोनों ओर लगभग तीस मीटर तक चली गईं। हाथी के दोनों ओर लगे रक्षात्मक आवरण ने यह सुनिश्चित किया था कि हाथी को गर्मी महसूस न हो। कार्तिक और वासुदेव को मिट्टी के तीस बुतों को राख में बदलने का काम सौंपा गया था। मिट्टी के 'शत्रु' सैनिकों को फैला दिया गया था ताकि अस्त्रों की दूरी और सटीकता का परीक्षण किया जा सके। भारी होते हुए भी आग्नेयास्त्रों को चलाना आश्चर्यजनक रूप से सहज था। महावत ने कार्तिक के निर्देशों का पालन करने पर ध्यान केंद्रित किया और क्षण भर में ही मिट्टी के सैनिक राख में बदल गए।

परशुराम गणेश की ओर मुड़ा। "युद्ध में ये विनाशकारी हो सकते हैं, माननीय गणेश। आपका क्या विचार है?"

गणेश ने मुस्कुराते हुए अपने पिता का जुमला चुराया। "अरे, हां!"

— ⅄ⓄⅤ⇞⊛ —

"हमने आपकी उद्‌घोषणा को लिखवा दिया है, प्रभु नीलकंठ," गोपाल ने कहा।

गोपाल और शिव विष्णु मंदिर में केंद्रीय स्तंभ के निकट थे। शिव ने आलेख-पत्र पढ़ा।

उन सभी के लिए जो स्वयं को मनु की संतान और सनातन धर्म का अनुयायी मानते हैं, मेरी, शिव की, आपके नीलकंठ की ओर से यह संदेश है।

मैंने हमारी महान भूमि की, उन सभी राज्यों की गहन यात्रा की है जिनमें हम बंटे हैं, उन सभी जनजातियों से भेंट की जो हमारे निष्पक्ष देश में बसती हैं। ऐसा मैंने उस घोर बुराई की खोज में किया, क्योंकि यही मेरा कार्य है। पिता मनु ने हमसे कहा था कि बुराई कोई सुदूर स्थित दानव नहीं है। यह अपना विनाशकार्य हमारे समीप, हमारे साथ, हमारे भीतर रहकर करती है। उन्होंने सही कहा था। उन्होंने हमसे कहा था कि बुराई कहीं नीचे से आकर हमारा भक्षण नहीं करती है। बल्कि, हम स्वयं अपना जीवन नष्ट करने में बुराई की सहायता करते हैं। उन्होंने सही कहा था। उन्होंने हमसे कहा था कि अच्छाई और बुराई एक ही सिक्के के दो पहलू हैं। कि एक दिन, सबसे बड़ी अच्छाई सबसे बड़ी बुराई में बदल जाएगी। उन्होंने सही कहा था। अच्छाई का अधिकाधिक दोहन करने का हमारा लालच उसे बुराई में बदल देता है। यह ब्रह्मांड का संतुलन स्थापित करने का विधान है। हमारी अतियों को नियंत्रित करने का यह परमात्मा का विधान है।

मैं इस निष्कर्ष पर पहुंचा हूं कि अब सोमरस हमारे युग की सबसे बड़ी बुराई बन गया है। सोमरस से जितनी अच्छाई प्राप्त की जा सकती थी, कर ली गई है। अब समय आ गया है कि इसके प्रयोग को रोक दिया जाए, इससे पहले कि इसकी बुराई हम सबको नष्ट कर दे। पहले ही यह भारी क्षति पहुंचा चुका है, सरस्वती नदी के क्षय से लेकर जन्म विकृतियों और उन रोगों तक जो हमारे कुछ राज्यों को त्रस्त किए हुए हैं। अपनी संततियों के लिए, अपने संसार के लिए हम अब सोमरस का और प्रयोग नहीं कर सकते।

इसलिए, मेरे आदेश से, अब सोमरस के प्रयोग को प्रतिबंधित किया जाता है।

वे सभी लोग जो नीलकंठ की किवदंती में विश्वास करते हैंः मेरा अनुकरण करें। सोमरस का प्रयोग बंद कर दें।

वे सभी लोग जो सोमरस का प्रयोग बंद करने से इंकार करते हैंः यह जान

लें। आप मेरे शत्रु बन जाएंगे। और मैं तब तक नहीं रुकूंगा जब तक कि सोमरस का प्रयोग बंद नहीं हो जाता। यह आपके नीलकंठ की शपथ है।

शिव ने निगाह उठाई और स्वीकृति दी।

"इसे सारे सप्तसिंधु में सभी वासुदेव मंदिरों में सारे पंडितों को वितरित कर दिया जाएगा," गोपाल ने कहा। "हमारे वासुदेव क्षत्रिय देश के अन्य मंदिरों की यात्रा भी करेंगे। वे आपकी उद्घोषणा को शिलाखंडों पर उत्कीर्ण करवाकर ले जाएंगे और उन्हें मंदिरों की दीवारों में लगा देंगे। इन सभी को एक ही रात में लगाया जाएगा, अब से एक वर्ष बाद। राजाओं के पास इन्हें नियंत्रित करने का कोई मार्ग नहीं होगा क्योंकि इन्हें सभी स्थानों पर एक साथ लगाया जाएगा। आपकी बात लोगों तक पहुंच जाएगी।"

शिव यही चाहता था। "बिल्कुल ठीक, पंडितजी। इससे हमें युद्ध की तैयारी करने के लिए एक वर्ष मिल जाएगा। जब यह उद्घोषणा जारी की जाएगी, उस समय मैं काशी में होना चाहूंगा।"

"हां, मित्र। तब तक, हमें युद्ध की तैयारी करनी होगी।"

"मैं इस एक वर्ष का उपयोग अपने वास्तविक शत्रु की पहचान उजागर करने के लिए भी करूंगा।"

गोपाल की भृकुटियां तनीं। "आपका क्या तात्पर्य है, महा-नीलकंठ?"

"मुझे विश्वास नहीं है कि सम्राट दक्ष या सम्राट दिलीप इस स्तर के षड्यंत्र को अंजाम देने में सक्षम हैं। स्पष्ट रूप से उनका नेतृत्व कोई और कर रहा है। वह व्यक्ति ही मेरा वास्तविक शत्रु है। मुझे उसे तलाशना होगा।"

"मेरा विचार था कि आप जानते हैं कि आपका वास्तविक शत्रु कौन है।"

"क्या आप उसे जानते हैं?"

"हां, जानता हूं। और आप सही कहते हैं। वह वास्तव में खतरनाक है।"

"क्या वह इतना सक्षम है, पंडितजी?"

"बहुत से लोग सक्षम होते हैं, नीलकंठ। एक सक्षम व्यक्ति को वास्तव में खतरनाक उसकी धारणा बनाती है। अगर हम विश्वास करते हैं कि हम बुराई के पक्ष में लड़ रहे हैं, तो हमारे मन में नैतिक दुर्बलता होती है। गहराई में कहीं हृदय जानता है कि हम गलत हैं। किंतु अगर हम वास्तव में अपने ध्येय की पवित्रता में विश्वास करें तो? अगर आपका शत्रु सच में विश्वास करता है कि वह अच्छाई के पक्ष में लड़ रहा है और कि आप, नीलकंठ, बुराई के लिए लड़ रहे हैं तो?"

शिव ने अपनी भौंहें उठाईं। "ऐसा व्यक्ति कभी लड़ना बंद नहीं करेगा। ठीक वैसे ही जैसे मैं नहीं करूंगा।"

"बिल्कुल सही।"

"यह व्यक्ति कौन है?"

"वे एक महर्षि हैं, वस्तुतः भारत में बहुत से लोग सप्तर्षि उत्तराधिकारी के रूप में उनका सम्मान करते हैं," गोपाल ने कहा। "उनका विज्ञान का ज्ञान और परमात्मा के प्रति समर्पण आधुनिक युग में अद्वितीय हैं। उनकी गहन आध्यात्मिक शक्ति अपनी उपस्थिति में सम्राटों को भी कंपित कर देती है। वे हिमालय की कंदराओं में एक निस्वार्थ, मितव्ययी जीवन व्यतीत करते हैं। मैदानों में वे तभी आते हैं जब उन्हें लगता है कि भारतवर्ष के हित संकट में हैं। और विगत पूरा वर्ष उन्होंने मेलूहा या अयोध्या में बिताया है।"

"क्या वे वास्तव में विश्वास करते हैं कि सोमरस अच्छाई है?"

"हां। और वे मानते हैं कि आप कपटी हैं। वे जानते हैं कि आपको वायुपुत्रों ने नहीं चुना है। वास्तव में, हमारा तो विश्वास है कि वायुपुत्र भी उनके पक्ष में हैं। अन्यथा और कौन उन्हें वे दैवी अस्त्र प्रदान करता, जो पंचवटी के आक्रमण में प्रयोग किए गए थे?"

"क्या ऐसी कोई संभावना है कि उन्होंने स्वयं दैवी अस्त्रों को बनाया हो? क्योंकि मेरा मानना था कि ऐसा ही हुआ होगा।"

"विश्वास करें, ऐसा संभव नहीं है। केवल वायुपुत्रों को ही दैवी अस्त्र बनाने की विधि मालूम है। और किसी को नहीं! हमें भी नहीं।"

शिव ने अचंभित होकर गोपाल को देखा। "मुझे यह अपेक्षा नहीं थी कि वायुपुत्र मेरा समर्थन करेंगे! मैं उनमें से नहीं हूं। किंतु मेरा विचार था कि वे कम से कम तटस्थ रहेंगे।"

"नहीं, मेरे मित्र। हमें यह मानना होगा कि वायुपुत्र आपके शत्रु के पक्ष में हैं। वे तो सोमरस के अभी भी अच्छा होने को लेकर उनके साथ सहमत भी हो सकते हैं।"

शिव ने गहरी सांस ली। यह व्यक्ति तो भयावह प्रतीत होता था। "कौन हैं वे?"

"महर्षि भृगु।"

मेलूहा के सैनिकों की युद्ध कला के अभ्यास का निरीक्षण करते हुए भृगु की आंखों ने दूर तक देख लिया। उनके पास ही दक्ष अपनी आंखें भूमि में गड़ाए खड़े थे। पर्वतेश्वर की अनुपस्थिति में मेलूहा की सेना का कार्यकारी सेनानायक मायाश्रेणिक कुछ हाथ दूर खड़ा था।

भृगु ने दक्ष की ओर मुड़े बिना धीरे से कहा, "आपके सैनिक असाधारण हैं, महाराज।"

दक्ष ने उत्तर नहीं दिया और भूमि की ओर ही देखते रहे।

भृगु ने अपना सिर हिलाया। "महाराज, मैंने कहा कि आपके सैनिक सुप्रशिक्षित हैं।"

दक्ष ने भृगु की ओर ध्यान दिया। "निस्संदेह, महर्षि। मैंने तो आपको पहले ही यह बताया था। चिंता करने की कोई आवश्यकता नहीं है। पहली बात तो युद्ध होने की संभावना ही नहीं है। किंतु युद्ध की संभावना होने पर भी भयभीत होने की आवश्यकता नहीं है क्योंकि मैंने अयोध्या और मेलूहा की सेनाओं को अपने अधीन संयुक्त कर लिया है जो..."

"हमें भयभीत होने की आवश्यकता है," भृगु ने दक्ष की बात काटते हुए कहा। "आपके सैनिक सुप्रशिक्षित हैं। किंतु वे सुनिर्देशित नहीं हैं।"

"किंतु मायाश्रेणिक..."

"मायाश्रेणिक अधिनायक नहीं है। वह अच्छा कार्यकारी सेनानायक है। वह बिना प्रश्न किए आदेशों का पालन करेगा और उन्हें प्रभावी रूप से लागू भी करेगा। किंतु वह नेतृत्व नहीं कर सकता।"

"किंतु..."

"हमें कोई ऐसा व्यक्ति चाहिए जो सोच सकता हो! कोई जो रणनीति बना सके! कोई जो एक बड़ी अच्छाई के लिए कष्ट उठाने का इच्छुक हो। हमें एक अधिनायक चाहिए।"

"किंतु मैं इनका अधिनायक हूं।"

भृगु ने घृणाभाव से दक्ष को देखा। "आप अधिनायक नहीं हैं, महाराज। पर्वतेश्वर अधिनायक हैं। किंतु आपने उन्हें उस कपटी नीलकंठ के साथ भेज दिया है। मुझे नहीं पता कि वे जीवित भी हैं या नहीं, या इससे भी बुरा कि कहीं वे तिब्बत के उस असभ्य के प्रति तो निष्ठावान नहीं हो गए होंगे।"

दक्ष को भृगु की आलोचना अखर गई। "मेलूहा में पर्वतेश्वर ही अकेले

अच्छे योद्धा नहीं हैं, महर्षि। हम विद्युन्माली का उपयोग कर सकते हैं। वह सक्षम रणनीतिकार है और एक अच्छा सेनापति बनेगा।"

"मुझे विद्युन्माली पर विश्वास नहीं है। और मैं यह कहना चाहूंगा कि महाराज लोगों को परखने में माहिर नहीं हैं।"

दक्ष शीघ्रता से वापस भूमि को तकने में लग गए जिसने कुछ पल पहले उनकी एकाग्रता को बांध रखा था।

भृगु ने गहरी सांस ली। यह चर्चा निरर्थक थी। "महाराज, मैं अयोध्या जा रहा हूं। कृपया प्रबंध करवा दें।"

"जी मुनिवर," दक्ष ने कहा।

— ⅄Ⓞ℧⇑⊛ —

भगीरथ और आनंदमयी दंडक वन के अंतिम खाली क्षेत्र में थे। ब्रंगा, और वहां से काशी पहुंचने में कुछ महीने और लगने थे। किंतु भगीरथ के मस्तिष्क में शेष यात्रा का विचार नहीं घूम रहा था।

"वे लोग इतनी देर से क्या बात कर रहे हैं?" भगीरथ ने पूछा।

आनंदमयी भगीरथ की दृष्टि की दिशा में घूमी। आयुर्वती और पर्वतेश्वर उत्तेजनापूर्वक हाथ घुमाते हुए बात कर रहे थे। किंतु मेलूहा चरित्र के अनुरूप उनके स्वर धीमे और नम्र ही थे। वे किसी गहन वादविवाद में रत प्रतीत होते थे।

आनंदमयी ने सिर हिलाया। "मेरे अंदर पराप्राकृतिक क्षमताएं नहीं हैं। मैं नहीं सुन सकती कि वे क्या कह रहे हैं।"

"किंतु मैं अनुमान लगा सकता हूं," भगीरथ ने कहा। "आशा करूंगा कि आयुर्वती सफल हों।"

आनंदमयी चिढ़ते हुए भगीरथ की ओर मुड़ी।

"आयुर्वती तो पहले ही अपना निर्णय ले चुकी हैं। वे हमारे साथ हैं। वे महादेव के साथ हैं। और अब, मुझे लगता है, वे पर्वतेश्वर को आश्वस्त करने में लगी हैं।"

आनंदमयी जानती थी कि उसका भाई संभवतः सही कह रहा है, किंतु प्रेम उसे आशा करने के लिए विवश कर रहा था। "भगीरथ, पर्वतेश्वर ने अभी तक निर्णय नहीं लिया है। वे महादेव के प्रति समर्पित हैं। यह मत मानो..."

"मेरा विश्वास करो, अगर बात युद्ध तक पहुंची और उन्हें भगवान शिव और अपने प्रिय मेलूहा के बीच चुनाव करना पड़ा तो तुम्हारे पति मेलूहा को ही चुनेंगे।"

"भगीरथ, चुप रहो!"

भगीरथ चिढ़कर आनंदमयी की ओर मुड़ा। "मैं तो बस सच बोल रहा हूं।"

"यह तो अपने मत की बात है।"

"मैं अयोध्या का युवराज हूं। बहुत से लोग कहेंगे कि मेरा मत सत्य है।"

आनंदमयी ने अपने भाई के सिर को थपथपाया। "और युवराज की बड़ी बहन होने के नाते मुझे, जब भी मैं चाहूं, उसे चुप करने का अधिकार है!"

— ⁂ —

"पर्वतेश्वर, आपने इस पर ठीक से विचार नहीं किया है," आयुर्वती ने कहा।

पर्वतेश्वर उदास भाव से मुस्कुराया। "पिछले कुछ महीनों से मैं और कुछ सोच ही नहीं रहा हूं। मुझे वह मार्ग पता है जो मुझे लेना होगा।"

"किंतु आप उस सप्राण देवता के विरुद्ध कार्य कर पाएंगे, जिसकी आप पूजा करते हैं?"

"और कोई विकल्प नहीं है, तो मुझे करना ही होगा।"

"किंतु भगवान राम ने कहा था कि हमें अपनी आस्था की रक्षा करनी चाहिए। महादेव और विष्णु हमारे सप्राण देवता हैं। अगर हम अपने सप्राण देवताओं के साथ मिलकर नहीं लड़ेंगे तो अपने धर्म की रक्षा कैसे करेंगे?"

"तुम आस्था और धर्म में भ्रमित हो रही हो। ये दोनों पूरी तरह से भिन्न दो वस्तुएं हैं।"

"नहीं, ऐसा नहीं है।"

"हां, ऐसा ही है। सनातन धर्म मेरा धर्म है। किंतु यह मेरी आस्था नहीं है। मेरी आस्था मेरा देश है। मेरी आस्था मेलूहा है। केवल मेलूहा।"

आयुर्वती ने गहरी सांस ली और आकाश की ओर देखा। उसने अपना सिर हिलाया और वापस पर्वतेश्वर की ओर मुड़ी। "मैं जानती हूं कि आप नीलकंठ के प्रति कितने समर्पित हैं। क्या आप प्रभु के विरुद्ध युद्ध में उतर सकते हैं! क्या आपमें इतना साहस है कि उन्हें हानि पहुंचा सकें?"

पर्वतेश्वर ने गहरी सांस ली, उसकी आंखें नम थीं। "मैं उन सभी से लड़ूंगा जो मेलूहा को हानि पहुंचाना चाहते हैं। अगर मेलूहा को जीता जाना है तो यह मेरे शव पर होगा।"

"पर्वतेश्वर, क्या आप सच में मानते हैं कि सोमरस बुराई नहीं है? कि इसे प्रतिबंधित नहीं किया जाना चाहिए?"

"नहीं। मैं जानता हूं कि इसे प्रतिबंधित कर दिया जाना चाहिए। मैं पहले ही सोमरस का प्रयोग बंद कर चुका हूं। मैंने उसी दिन से इसका प्रयोग बंद कर दिया था जब बृहस्पति ने हमें उन सारी बुराइयों के बारे में बताया था जिनके लिए यह उत्तरदायी है।"

"तो आप इस हलाहल की रक्षा करने के लिए लड़ने को क्यों इच्छुक हैं?" आयुर्वती ने ब्रह्मांड के सबसे शक्तिशाली विष के संस्कृत नाम का प्रयोग करते हुए पूछा।

"किंतु मैं सोमरस की रक्षा नहीं कर रहा हूं," पर्वतेश्वर ने कहा। "मैं मेलूहा की रक्षा कर रहा हूं।"

"किंतु वे दोनों एक ही पक्ष में हैं," आयुर्वती ने कहा।

"यह मेरा दुर्भाग्य है। किंतु मेलूहा की रक्षा करना मेरे जीवन का ध्येय है! इसी के लिए मैं जन्मा हूं।"

"पर्वतेश्वर, मेलूहा वह नहीं रहा जो कभी हुआ करता था। आप इस सच से भलीभांति परिचित हैं कि सम्राट दक्ष भगवान राम नहीं हैं। आप एक ऐसे आदर्श के लिए लड़ रहे हैं जिसका अब अस्तित्व नहीं रहा है। आप ऐसे देश के लिए लड़ रहे हैं जिसकी महानता केवल स्मृतियों में जीवित है। आप ऐसी आस्था के लिए लड़ रहे हैं जिसे इतना भ्रष्ट किया जा चुका है कि अब उसे सुधारा नहीं जा सकता।"

"ऐसा हो सकता है, आयुर्वती। किंतु यही मेरा ध्येय है! मेलूहा के लिए लड़ना और मरना।"

आयुर्वती ने खीझ में अपना सिर हिलाया, किंतु उसका स्वर पहले की भांति ही विनम्र था। "पर्वतेश्वर, आप गलती कर रहे हैं। आप अपने सप्राण देवता के विरुद्ध स्वयं को खड़ा कर रहे हैं। आप सोमरस की रक्षा कर रहे हैं, जो आप भी मानते हैं कि बुराई में बदल चुका है। और आप यह सब किसी 'ध्येय' की पूर्ति के लिए कर रहे हैं। क्या मेलूहा की रक्षा करने का ध्येय उन

सभी गलतियों को न्यायसंगत ठहराता है जो आप जानते हैं कि आप कर रहे हैं।"

पर्वतेश्वर ने नम्रता से कहा, "श्रेयान् स्वधर्मो विगुणः परधर्मात् स्वानुष्ठितः।"

संस्कृत के इस प्राचीन श्लोक को याद करते हुए आयुर्वती उदास भाव से मुस्कुराई, जिसे श्रद्धेय हरि द्वारा रचित कहा जाता था जिनके नाम पर हरियुप्पा शहर का नामकरण हुआ था। इसका अर्थ था कि उस मार्ग पर संपूर्ण जीवन जीने के बजाय जो आपकी आत्मा के लिए निर्धारित नहीं है, उस मार्ग पर चलते हुए गलतियां करना बेहतर है जिस पर आपकी आत्मा को चलना चाहिए। किसी अन्य के लिए नियत जीवन को जीने का प्रयास न करके अपने धर्म का पालन करो, भले ही वह दोषों से युक्त हो।

आयुर्वती ने अपना सिर हिलाया। "आप इसके प्रति कैसे आश्वस्त हो सकते हैं कि यही आपका कर्तव्य है? क्या आपको उसी भूमिका के प्रति निष्ठावान होना चाहिए जो संसार ने आप पर थोप दी है? समाज आपको जो काम करने के लिए विवश कर रहा है क्या आप उसका अंधभक्ति से पालन नहीं कर रहे हैं?"

"श्रद्धेय हरि ने यह भी कहा था कि जो अन्यों को तय करने देते हैं कि उनके कर्तव्य क्या हैं, वे अपना जीवन नहीं जी रहे हैं। वस्तुतः वे किसी अन्य का जीवन जी रहे हैं।"

"किंतु यही तो आप भी कर रहे हैं। आप दूसरे लोगों को यह तय करने दे रहे हैं कि आपके कर्तव्य क्या हैं। आप मेलूहा को अपनी आत्मा का ध्येय तय करने की अनुमति दे रहे हैं।"

"नहीं, मैं ऐसा नहीं कर रहा हूं।"

"हां, आप कर रहे हैं। आपका हृदय प्रभु शिव के साथ है। क्या आप इससे इंकार कर सकते हैं?"

"नहीं, मैं इंकार नहीं कर सकता। मेरा हृदय नीलकंठ के साथ है।"

"तो आप कैसे जानते हैं कि मेलूहा की रक्षा करना आपका कर्तव्य है?"

"क्योंकि मैं जानता हूं," पर्वतेश्वर ने दृढ़ता से कहा। "मैं बस जानता हूं कि यही मेरा कर्तव्य है। श्रद्धेय हरि ने क्या यही नहीं कहा है? संसार में कोई भी, यहां तक की ईश्वर भी, हमें यह नहीं बता सकता कि हमारा कर्तव्य क्या है। केवल हमारी आत्मा बता सकती है। हमें बस मौन की भाषा के समक्ष

समर्पण करना होगा और अपनी आत्मा की आवाज को सुनना होगा। मेरी आत्मा की आवाज बहुत स्पष्ट है। मेलूहा मेरी आस्था है! अपनी मातृभूमि की रक्षा करना मेरा कर्तव्य है।"

आयुर्वती ने अपने केशरहित कपाल पर हाथ फेरा, अपने ब्राह्मणत्व की प्रतीक चोटी को स्पर्श किया। वह दूर खड़ी आनंदमयी और भगीरथ को देखने के लिए मुड़ी। वह जानती थी कि और कुछ कहने को नहीं बचा है।

"आप हारने वाले पक्ष में होंगे, पर्वतेश्वर," आयुर्वती ने कहा।

"जानता हूं।"

"और आप मारे जाएंगे।"

"जानता हूं। किंतु अगर यही मेरा ध्येय है, तो यही सही।"

आयुर्वती ने अपना सिर हिलाया और सहानुभूति में पर्वतेश्वर के कंधे को छुआ।

पर्वतेश्वर हल्के से मुस्कुराया। "यह उत्तम मृत्यु होगी। मैं नीलकंठ के हाथों मारा जाऊंगा।"

अध्याय 10

उनका नाम ही भय उत्पन्न करता है

एक नीची पीठिका पर अपनी टांगें फैलाए, आरामदेह आसन पर अधलेटे शिव सती के साथ अपने कक्ष की दीर्घा से उज्जैन के मंदिर को निहार रहे थे। गणेश देहरी पर टिका खड़ा था, जबकि कार्तिक दीर्घा के जंगले के सहारे खड़ा था। शिव ने अभी-अभी अपने वास्तविक शत्रु की पहचान समेत, वासुदेवों के साथ हुआ सारा वार्तालाप अपने परिवार को सुनाया था।

नीलकंठ ने सती की ओर मुड़ने से पहले आंखें उठाकर संध्या के आसमान को देखा। "कुछ कहो।"

"मैं क्या कह सकती हूं?" सती ने पूछा। "मुनिवर भृगु... भगवान राम कृपा करें..."

"वे इतने शक्तिशाली तो नहीं हो सकते।"

सती ने शिव को देखा। "वे सप्तर्षि उत्तराधिकारियों में से एक हैं। उनकी आध्यात्मिक और वैज्ञानिक शक्तियां विलक्षण हैं। किंतु यह उनकी शक्तियों का भय नहीं है जिसने मुझे हिला दिया है। वह तो यह सच है कि उनके समान चारित्रिक दृढ़ता वाले व्यक्ति ने हमारा विरोध करने का चुनाव किया है।"

"तुम ऐसा क्यों कहती हो?"

"वे अतुलनीय रूप से निस्वार्थ और अनिंद्य नैतिक समग्रता वाले व्यक्ति हैं।"

"और फिर भी उन्होंने हमें नष्ट करने के लिए पांच पोत भेजे।"

"हां। वे वास्तव में विश्वास करते होंगे कि सोमरस अच्छाई है, और इसके प्रयोग को रोकने का प्रयास करने वाले हम बुरे हैं। अगर वो इसके प्रति आश्वस्त हैं, तो क्या यह संभव है कि हम गलत हों?"

कार्तिक बीच में बोलने वाला था कि शिव ने अपना हाथ उठा दिया।

"नहीं," शिव ने कहा। "मुझे विश्वास है। सोमरस बुराई है और इसे रोकना होगा। पीछे मुड़ने का प्रश्न ही नहीं है।"

"किंतु मुनिवर भृगु..." सती ने कहा।

"सती, इतने अतिशय नैतिक चरित्र वाला कोई व्यक्ति दैवी अस्त्रों का प्रयोग क्यों करेगा, जिन्हें हम सब जानते हैं कि भगवान रुद्र ने स्वयं प्रतिबंधित किया था?"

सती मौन भाव से शिव को देखती रही।

"सोमरस के प्रति महर्षि भृगु के अनुराग ने ही उनसे ऐसा करवाया है," शिव ने कहा। "वे सोचते हैं कि वे एक गुरुतर अच्छाई के लिए ऐसा कर रहे हैं। किंतु, वास्तव में उन्हें सोमरस से अनुराग हो गया है। यह अनुराग ही है जो लोगों को न केवल अपने नैतिक कर्तव्य, बल्कि यह तक भुलवा देता है कि वे असल में कौन हैं।"

कार्तिक अंततः बोल ही पड़ा। "बाबा सही कहते हैं। और अगर महर्षि भृगु के समान प्रतिष्ठा वाले व्यक्ति के साथ सोमरस ऐसा कर सकता है, तो निस्संदेह यह बुराई होगा।"

शिव ने हामी भरी और वापस सती की ओर मुड़ गया। "हम जो कर रहे हैं वह सही है। सोमरस को रोकना होगा।"

सती ने कुछ नहीं कहा।

"हमें भावी युद्ध पर अपने मस्तिष्क को केंद्रित करना होगा," शिव ने कहा। "निस्संदेह उनके पास मेलूहा और अयोध्या की सेनाओं के साथ ही महर्षि भृगु के समान सामर्थ्यवान अधिनायक है। संभावनाएं हमारे विरुद्ध हैं। हम इसका हल कैसे निकालें?"

"उनकी क्षमताओं को विभाजित करके," कार्तिक ने कहा।

"कहते रहो।"

कार्तिक अपने शयनकक्ष में गया और एक मानचित्र लेकर लौटा। "बाबा, क्या आप..."

जब शिव ने अपने पांव पीठिका से हटा लिए तो कार्तिक ने मानचित्र को फैलाया और बोलने से पहले गणेश को देखा। "दादा और मैं सहमत थे कि

उनकी शक्ति मेलूहा की तकनीकी उत्कृष्टता और अयोध्या के सैनिकों की अधिसंख्या के योग में हैं। अगर हम उसे विभाजित कर सकें तो विपरीतताएं कम हो जाएंगी।"

"यह सुनिश्चित करके कि मेलूहा और अयोध्या का मेल हो जाए, और पंचवटी में हमारी हत्या का षड्यंत्र रचकर महर्षि भृगु ने अच्छा दावं खेला था। जब वे जानेंगे कि मैं जीवित हूं तो वे मुझे अपना समान शत्रु मानने के लिए विवश हो जाएंगे और इस तरह एक-दूसरे के मित्र बन जाएंगे। अंततः शत्रु का शत्रु मित्र होता है।"

कार्तिक मुस्कुराया। "मैं उनके गठबंधन को तोड़ने की नहीं, उनकी क्षमताओं को विभाजित करने की बात कर रहा था, बाबा।"

सती, जो इस सारे समय मानचित्र का अध्ययन कर रही थी, स्पष्ट सी बात को देखकर चौंक गई। "मगध!"

"बिल्कुल सही," कार्तिक ने मगध के स्थान को ठकठकाते हुए कहा। "स्वद्वीप के अंदर के मार्ग या तो बहुत बुरे हाल में हैं या हैं ही नहीं। इसीलिए सेनाएं, विशेषकर बड़ी सेनाएं, कहीं जाने के लिए नदियों का प्रयोग करती हैं। अयोध्या की सेना घने वनों को काटते हुए मेलूहा की सहायता के लिए नहीं आएगी। वे नौकाओं से सरयू में यात्रा करेंगे, फिर गंगा से होकर उस नए बने मार्ग से देवगिरि जाएंगे जिसे मेलूहा ने बनाया है।"

शिव ने हामी भरी। "अयोध्या के पोतों को मगध से सरयू और गंगा नदियों के संगम पर होकर जाना होगा। अगर मगध उस नदी पर अवरोध लगा दे, तो पोत आगे नहीं निकल पाएंगे। उनकी विशाल सेना को हम बस मगध की नौसेना के एक छोटे से बल के साथ रोक सकते हैं।"

"बिल्कुल सही," कार्तिक ने कहा।

मुस्कुराते हुए शिव ने कार्तिक के कंधे को थपथपाया, "मैं प्रभावित हूं, पुत्र।"

कार्तिक पिता को देखकर मुस्कुराया।

सती ने शिव को देखा। "हमें सबसे पहले राजकुमार सुर्पदमन को अपने पक्ष में करना होगा। भगीरथ ने मुझे बताया था कि मगध का राजकुमार ही सारे निर्णय लेता है, उसके पिता राजा महेंद्र नहीं।"

शिव ने गणेश की ओर मुड़ने से पहले सहमति जताई।

गणेश मौन रहा। इस नए विकास से वह थोड़ा अस्थिर सा प्रतीत हुआ।

— ⁂ —

"यह अच्छा विचार है," गोपाल ने कहा।

शिव, सती, गणेश और कार्तिक गोपाल के साथ विष्णु मंदिर में थे।

"मगध को अपने पक्ष में लाना अपेक्षाकृत सरल होना चाहिए," गोपाल ने आगे कहा। "राजा महेंद्र बूढ़े और अनिर्णायक हैं किंतु उनका पुत्र सुर्पदमन एक विकराल योद्धा और उत्कृष्ट रणनीतिज्ञ है। और सबसे महत्वपूर्ण, वह कूटनीतिज्ञ और महत्वाकांक्षी व्यक्ति है।"

"उसकी महत्वाकांक्षा को उसे भावी युद्ध में अवसरों का आभास करा देना चाहिए," शिव ने कहा। "वह इसे अपनी स्थिति को सुदृढ़ करने और स्वयं को अयोध्या से स्वतंत्र घोषित करने के लिए प्रयोग कर सकता है।"

"बिल्कुल," सती ने कहा। "हमारा समर्थन करने के चयन के पीछे उसका जो भी कारण रहे, मगर उसके साथ गठबंधन युद्ध जीतने में हमारी सहायता करेगा।"

गोपाल का ध्यान अचानक अनमने से गणेश पर गया। "माननीय गणेश?"

गणेश चौंक गया।

"क्या इस योजना की कोई बात आपको परेशान कर रही है?" गोपाल ने पूछा।

गणेश ने अपना सिर हिला दिया। "ऐसा कुछ नहीं है जिसे इस समय कहे जाने की आवश्यकता हो, पंडितजी।"

गणेश को चिंता थी कि मगध से गठबंधन की किसी भी संभावना को वह अनजाने में बर्बाद कर चुका है, क्योंकि उसने ही मगध के ज्येष्ठ राजकुमार उग्रसेन की हत्या की थी। ऐसा उसने एक निर्दोष मां और उसके पुत्र को उग्रसेन से बचाने के प्रयास में किया था। उसे आशा थी कि सुर्पदमन को उसकी पहचान ज्ञात नहीं होगी।

"दादा और मैं इस पर चर्चा कर चुके हैं," कार्तिक ने कहा। "और हमारा विश्वास है कि हमें यह मानकर नहीं चलना चाहिए कि मगध हमारे पक्ष में आ ही जाएगा। अगर आवश्यकता पड़े तो हमें मगध को जीतने के लिए भी

तैयार रहना चाहिए।"

"वैसे, आशा तो यही है कि वह स्थिति नहीं आएगी," शिव ने गणेश की ओर मुड़ते हुए कहा। "किंतु हां, हमें मगध से युद्ध की संभाव्य योजना भी बना लेनी चाहिए। यह युद्ध में हमारे प्रारंभिक पैंतरों में से एक हो सकता है।"

"तो मैं मगध के लिए हमारे प्रस्थान की योजना बनाना आरंभ करता हूं," गोपाल ने कहा।

"आप भी हमारे साथ आ रहे हैं, पंडितजी?" विस्मित शिव ने पूछा। "यह तो आपकी निष्ठा को सबके सामने उजागर कर देगा।"

"छिपे रहने का एक समय था, मेरे मित्र," गोपाल ने कहा। "किंतु अब हमारे लिए सामने आना आवश्यक है, क्योंकि बुराई के विरुद्ध युद्ध हमारे सामने है। हमें खुले रूप से अपना पक्ष चुनना होगा। धर्मयुद्ध में कोई दर्शक नहीं होता।"

— ⅄ⓂⅡ⍏⊛ —

एक-दूसरे से धीमे-धीमे बातें करते पर्वतेश्वर और आनंदमयी अपने पसंदीदा घोड़ों पर सवार थे। आनंदमयी का हाथ थामे हुए वह थोड़ा सा दाहिनी ओर झुके हुआ था। उसने अभी-अभी उसे बताया था कि अगर युद्ध होता है तो उसके सामने मेलूहा की ओर से लड़ने के सिवा और कोई विकल्प नहीं होगा। बदले में आनंदमयी ने पर्वतेश्वर से कहा था कि उसके सामने मेलूहा का विरोध करने के अतिरिक्त कोई विकल्प नहीं होगा।

"आप मुझसे पूछेंगे भी नहीं कि क्यों?" आनंदमयी ने पूछा।

पर्वतेश्वर ने अपना सिर हिला दिया। "मुझे आवश्यकता नहीं है। मैं जानता हूं तुम किस तरह सोचती हो।"

आनंदमयी ने अपने पति की ओर देखा, उसकी आंखें नम थीं।

"और मेरा अनुमान है तुम भी जानती हो कि मैं किस तरह सोचता हूं," पर्वतेश्वर ने कहा। "क्योंकि तुमने भी मुझसे नहीं पूछा।"

आनंदमयी पर्वतेश्वर को देखकर, उसका हाथ दबाते हुए, दुखी भाव से मुस्कुराई।

"अब हम क्या करें?" पर्वतेश्वर ने पूछा।

आनंदमयी ने गहरी सांस ली। "साथ-साथ चलते रहें।"

पर्वतेश्वर ने अपनी पत्नी को देखा।

"जब तक हमारे मार्ग हमें अनुमति देते हैं..."

— ⅄ⰀⰋⰟⰈ —

शिव चंबल पर आहिस्ता-आहिस्ता तैरते पोत के जंगले के सहारे झुका हुआ था। तटों के पार वह सघन वन देख रहा था। किसी भी दिशा में कोसों दूर तक मानव बस्ती का कोई चिह्न नहीं था। उसने अपने पीछे आ रहे पांच पोतों को देखा, जोकि पचास पोतों के वासुदेव बेड़े का एक छोटा सा अंग थे। प्रस्थान की तैयारी करने में वासुदेवों को मात्र दो महीने लगे थे।

"आप क्या सोच रहे हैं, मित्र?" गोपाल ने पूछा।

शिव वासुदेव प्रमुख की ओर घूमा। "मैं सोच रहा था कि बुराई का प्राथमिक स्रोत मानव का लालच है। यह हमारा लालच ही है जो अच्छाई से अधिकाधिक निचोड़ लेना चाहता है, जो इसे बुराई में बदल देता है। क्या यह उत्तम नहीं होगा कि इसे स्वयं स्रोत पर ही नियंत्रित कर दिया जाए? हममें से कितने लोग दो सौ वर्ष जीने की अपनी इच्छा को नियंत्रित करने के लिए इच्छुक होंगे? सहस्त्रों वर्षों से सोमरस की प्रभुता ने निस्संदेह अच्छा और बुरा दोनों किया है, किंतु शीघ्र ही यह सभी व्यावहारिक उद्देश्यों के लिए नष्ट हो जाएगा। तो क्या यह कहना उचित नहीं होगा कि परिस्थितियों की बृहत्तर योजना में इसने कोई उद्देश्य पूरा नहीं किया है? संभवतः यह अच्छा होता कि सोमरस की खोज ही नहीं की जाती। जब आपको पता हो कि कोई यात्रा आपको वापस वहीं ले जाएगी जहां से आपने शुरू किया था, तो उस यात्रा को आरंभ ही क्यों किया जाए?"

"क्या ऐसी कोई यात्रा है जो आपको वहीं न ले जाती हो जहां से आपने आरंभ किया था?"

शिव की भृकुटियां चढ़ गईं। "निस्संदेह हैं।"

गोपाल ने अपना सिर हिलाया। "अगर आप वापस वहीं नहीं पहुंचे हैं जहां से आपने आरंभ किया था तो इसका तात्पर्य केवल यही है कि यात्रा अभी समाप्त नहीं हुई। संभवतः इसमें पूरा जीवनकाल लग जाएगा। संभवतः अनेक जीवनकाल। किंतु आप अपनी यात्रा वहीं समाप्त करेंगे जहां से आपने उसे आरंभ किया था। यही जीवन की प्रकृति है। ब्रह्मांड भी अपनी यात्रा वहीं समाप्त

करेगा जहां से उसने इसे आरंभ किया था--पूर्ण मृत्यु के अतिसूक्ष्म अंधगह्वर में। और उस मृत्यु के दूसरी ओर, एक विकराल नाद के साथ जीवन एक बार फिर आरंभ होगा। और इस तरह यह कभी समाप्त न होने वाले चक्र में चलता जाएगा।"

"तो इसका तात्पर्य क्या है?"

"किंतु यही सोचना तो सबसे बड़ी मूर्खता है, महा-नीलकंठ कि हम कहीं पहुंचने के लिए इस मार्ग पर हैं।"

"क्या ऐसा नहीं है?"

"नहीं। लक्ष्य गंतव्य नहीं बल्कि स्वयं यात्रा है। केवल वे लोग जो इस सरल सत्य को समझते हैं, वास्तविक आनंद का अनुभव कर सकते हैं।"

"अर्थात आप कह रहे हैं कि गंतव्य, यहां तक कि लक्ष्य भी, मायने नहीं रखता है? कि सोमरस को तो इस सबका अनुभव करना ही था! कि सहस्त्रों वर्षों तक इतनी अच्छाई का निर्माण करे और फिर उसी परिमाण में बुराई का निर्माण करने पर उतर जाए। और फिर कोई नीलकंठ उठे और इस यात्रा का अंत करे। अगर इस पर विश्वास किया जाए तो व्यापक परिप्रेक्ष्य में सोमरस ने कुछ प्राप्त नहीं किया है।"

"मैं इसे एक अन्य प्रकार से कहता हूं। मुझे विश्वास है कि आपको पता होगा कि भारतवर्ष में किस प्रकार वर्षा होती है, है न?"

"निस्संदेह मुझे पता है। आपके एक वैज्ञानिक ने मुझे यह बताया था। मेरा मानना है कि सूरज समुद्र के जल को गर्म करता है, और उसे वाष्प के रूप में ऊपर उठाता है। इस जलीय वाष्प के विशाल पुंज बादलों में संग्रहीत हो जाते हैं जिन्हें तत्पश्चात मानसून की हवाएं धरती पर उड़ा ले जाती हैं। ये बादल जब पहाड़ों से टकराते हैं, तो वर्षा के रूप में बरस जाते हैं।"

"बिल्कुल सही। किंतु आपने अभी आधी यात्रा ही पूरी की है। जल के हमारे ऊपर बरसने के बाद क्या होता है?"

शिव की समझ भरी मुस्कुराहट ने बता दिया कि उसे बात समझ में आ रही है।

गोपाल ने कहना जारी रखा। "जल अपना मार्ग बनाकर धाराओं और फिर नदियों में पहुंच जाता है। और अंततः, नदी बहकर वापस समुद्र में पहुंच जाती है। वर्षा के रूप में बरसने वाला कुछ जल मनुष्यों, पशुओं, वनस्पतियों द्वारा--उस

किसी भी वस्तु के द्वारा जिसे जीवित रहना होता है--प्रयोग कर लिया जाता है। किंतु अंततः, हमारे द्वारा प्रयोग किया गया जल भी नदियों में और फिर वापस समुद्र में पहुंच जाता है। यात्रा हमेशा वहीं समाप्त होती है जहां से वह आरंभ हुई थी। तो, क्या हम कह सकते हैं कि जल की यात्रा कोई उद्देश्य पूर्ण नहीं करती? अगर समुद्र को लगता कि चूंकि यह यात्रा वहीं समाप्त होती है जहां से यह आरंभ होती है इसलिए इसका कोई लाभ नहीं है, तो हमारा क्या होता?"

"हम सब मर जाते।"

"बिल्कुल। तो, कोई यह सोचने के लिए प्रलोभित हो सकता है कि जल की यह यात्रा केवल अच्छाई के लिए है, है न? जबकि सोमरस ने अच्छाई और बुराई दोनों उत्पन्न की हैं।"

"किंतु निस्संदेह," शिव व्यंग्यपूर्वक मुस्कुराया, "आप ऐसी किसी धारणा से मेरा मोहभंग कर देंगे!"

गोपाल की मुस्कुराहट भी रुक्ष थी। "वर्षा द्वारा लाई जाने वाली बाढ़ों का क्या? उन रोगों के फैलने का क्या जो वर्षा के साथ आते हैं? अगर हम उनसे पूछें जो बाढ़ों और रोगों से पीड़ित होते हैं तो वे कहेंगे कि वर्षा बुरी है।"

"अतिशय वर्षा बुराई है," शिव ने सुधार किया।

गोपाल ने मुस्कुराकर सहमति व्यक्त की। "सच कहा। तो जल की समुद्र से और वापस समुद्र में पहुंचने की यात्रा एक उद्देश्य को पूरा करती है क्योंकि यह धरती पर जीवन की यात्रा को संभव बनाती है। इसी प्रकार, सोमरस की यात्रा ने बहुत लोगों के लिए, आपके समेत, एक उद्देश्य को पूरा किया है। क्योंकि आपका उद्देश्य सोमरस को समाप्त करना है। अगर सोमरस का अस्तित्व ही न होता तो आप क्या करते?"

"मैं बहुत सी बातें सोच सकता हूं! उदाहरण के लिए सती के साथ आराम से रहता। या नृत्य-संगीत में डूबकर अपना समय व्यतीत कर देता। वह एक अच्छा जीवन होता..."

गोपाल धीमे से हंसा। "किंतु सच में, क्या सोमरस ने आपके जीवन को उद्देश्य नहीं दिया है?"

शिव मुस्कुराया। "हां, दिया तो है।"

"और आपकी यात्रा ने मेरे जीवन को उद्देश्य दिया है। क्योंकि अगर मैं अगले महादेव की सहायता न कर सकूं तो वासुदेव प्रमुख होने का क्या लाभ

है?"

शिव ने मुस्कुराकर गोपाल की पीठ थपथपाई।

"लक्ष्य की अपेक्षा यह यात्रा है जो हमारे जीवनों को अर्थ प्रदान करती है, महा-नीलकंठ। अपने मार्ग के प्रति निष्ठावान होना हमें परिणामों तक ले जाएगा, अच्छे और बुरे दोनों तक। क्योंकि यही ब्रह्मांड की कार्यशैली है।"

"उदाहरण के लिए, मेरी यात्रा का भारतवर्ष के भविष्य पर सकारात्मक प्रभाव हो सकता है। किंतु उनके लिए यह निश्चय ही नकारात्मक होगा जो सोमरस के व्यसनी हो चुके हैं। संभवतः यही मेरा उद्देश्य है।"

"बिल्कुल। श्रद्धेय वासुदेव का विचार था कि हमें ऐसे किसी भ्रम में नहीं रहना चाहिए कि हमारी अपनी सांसों पर हमारा नियंत्रण है। हमें इस सीधे-सादे सत्य को समझना चाहिए कि हमें 'सांसें दी जा रही हैं'! हमें जीवित रखा जा रहा है क्योंकि हमारा जीवन एक उद्देश्य की पूर्ति करता है। जब हमारा उद्देश्य पूरा हो जाएगा तो हमारी सांसें रुक जाएंगी और ब्रह्मांड हमारे रूप को किसी और में परिवर्तित कर देगा, ताकि हम किसी और उद्देश्य को पूरा कर सकें।"

शिव मुस्कुरा दिया।

अध्याय 11

ब्रंगा मित्रता

पर्वतेश्वर का दल मधुमती में उस बिंदु तक पहुंच चुका था, जहां वह प्रचंड ब्रंगा नदी से अलग होती है। वहां उन्होंने भगीरथ के लौटने की प्रतीक्षा करते हुए लंगर डाल दिए। भगीरथ का पोत पूर्व में मुड़ गया था और ब्रंगा की मुख्य शाखा भीषण पद्मा पर चला गया था। एक सप्ताह बाद उसके पोत ने ब्रंगा राज्य की राजधानी ब्रंगदिराई के बंदरगाह पर लंगर डाला।

राजा चंद्रकेतु को भगीरथ के आगमन की सूचना दे दी गई थी। ब्रंगा के राजा ने सुनिश्चित किया कि अयोध्या के राजकुमार को यथोचित सम्मान के साथ उनके महल में लाया जाए। जब भगीरथ को औपचारिक दरबार के स्थान पर निजी महल में ले जाया गया तो वह समझ गया कि चंद्रकेतु उससे स्वद्वीप के युवराज की तरह नहीं बल्कि एक मित्र की तरह व्यवहार कर रहे हैं।

भगीरथ ने चंद्रकेतु को अपने महल के द्वार पर अपनी पत्नी और पुत्री के साथ अपनी प्रतीक्षा करते पाया। ब्रंगा के राजा ने हाथ जोड़कर प्रणाम किया। "आप कैसे हैं, अयोध्या के वीर राजकुमार?"

भगीरथ मुस्कुराया और उसने भी प्रणाम किया। "मैं ठीक हूं, महाराज।"

चंद्रकेतु ने मीठी सी मुस्कान के साथ अपनी पत्नी को देखा। "राजकुमार भगीरथ, यह हैं मेरी पत्नी रानी स्नेहा।"

भगीरथ ने स्नेहा की ओर सिर झुकाया। "प्रणाम, महारानी।"

फिर सुशिष्ट भगीरथ छह वर्षीय बालिका के समकक्ष होने के लिए, जो चमकती आंखों से उसे ही देख रही थी, एक घुटने पर बैठ गया। "और यह सुंदर देवी कौन हैं भला?"

चंद्रकेतु मुस्कुराए। "ये मेरी पुत्री राजकुमारी नव्या हैं।"

"नमस्ते, देवी," भगीरथ ने कहा।

नव्या अपना चेहरा छिपाते हुए अपनी मां के पीछे हो गई।

भगीरथ मुस्कुराया। "मैं आपके पिता का मित्र हूं, पुत्री। आपको मुझसे भय करने की आवश्यकता नहीं है।"

"आपसे विचित्र गंध आती है..." नव्या ने अपना चेहरा बाहर निकालते हुए धीरे से कहा।

विस्मित भगीरथ जोर से हंस पड़ा।

चंद्रकेतु ने अपने हाथ जोड़ दिए। "क्षमाप्रार्थी हूं, राजकुमार भगीरथ। कभी-कभी ये बहुत वाचाल हो जाती हैं।"

भगीरथ ने अपनी हंसी पर नियंत्रण पाया। "नहीं। नहीं। ये सच ही कह रही हैं।" वह नव्या की ओर मुड़ा। "किंतु, देवी, मुझे तो अनजान लोगों के साथ सदैव नम्र रहने की शिक्षा दी गई थी। आपको नहीं लगता कि यह भी महत्वपूर्ण है।"

"नम्रता का अर्थ झूठ बोलना नहीं होता," नव्या ने कहा। "भगवान राम ने कहा था कि हमें सदैव सच बोलना चाहिए। सदैव।"

आश्चर्य से भगीरथ की भौंहें उठ गईं, वह चंद्रकेतु की ओर मुड़ा। "सुंदर। इस आयु में भगवान राम का उद्धरण? ये मेधावी हैं।"

"हां, ये बहुत बुद्धिमान हैं," स्पष्ट रूप से गर्वित चंद्रकेतु ने कहा।

भगीरथ प्यार से नव्या की ओर मुड़ा। "निस्संदेह आप ठीक कहती हैं, पुत्री। मुझसे एक लंबी और कठिन यात्रा की गंध आ रही है। अगली बार आपसे मिलने से पहले मैं सुनिश्चित करूंगा कि स्नान करके आऊं। अगली बार आपको मेरी गंध बुरी नहीं लगेगी, शर्त लगाता हूं।"

चंद्रकेतु हंस पड़े। "आपको सावधान कर दूं, महान राजकुमार, नन्ही नव्या कभी कोई शर्त नहीं हारी हैं।"

नव्या अपनी मां को देखकर मुस्कुराई। "ये तो इतने बुरे नहीं लगते, मां। मेरा अनुमान है कि अयोध्या के राजपरिवार के सभी लोग बुरे नहीं हैं..."

भगीरथ एक बार फिर हंस पड़ा। "महाराज चंद्रकेतु, मेरा विचार है इससे पहले कि मेरे सम्मान पर और आक्रमण किया जाए, हमें आपके कक्ष में चले जाना चाहिए।"

मुस्कुराते हुए चंद्रकेतु ने अपनी पत्नी की ओर सिर हिलाया और फिर

भगीरथ की ओर मुड़े। "मेरे साथ आएं, राजकुमार भगीरथ।"

— ⅄ⓄՄ✣⊛ —

"बाबा..." गणेश ने धीरे से कहा।

गणेश ने अभी-अभी वासुदेव-नागाओं के संयुक्त बेड़े के केंद्रीय पोत में शिव के कक्ष में प्रवेश किया था।

शिव ने अपनी भोजपत्र की पुस्तक को एक ओर रखते हुए ऊपर देखा। "क्या बात है, पुत्र?"

हिचकिचाते हुए गणेश ने धीरे से कहा, "मुझे आपसे बात करनी है।"

शिव ने अपने पास पड़े आसन की ओर संकेत करते हुए पीठिका पर से अपने पांव हटा लिए।

गणेश ने गहरी सांस ली। "बाबा, मगध के साथ कुछ जटिलताएं आ सकती हैं।"

शिव मुस्कुराया। "मैं सोच ही रहा था कि तुम इस विषय को कब उठाओगे।"

गणेश का मुंह उतर गया। "आप जानते थे?"

"मैं जानता हूं कि उग्रसेन को किसी नागा ने मारा था। मैं समझता हूं कि इससे परिस्थितियां जटिल हो जाती हैं।"

गणेश मौन रहा।

"तो? तुम्हें पता है उसे किसने मारा था? अगर यह आपराधिक कृत्य है तो हमें सुर्पदमन का समर्थन करना चाहिए। न केवल इससे न्याय होगा, अपितु मगध को अपने पक्ष में करने में भी सहायता मिलेगी।"

गणेश ने कुछ नहीं कहा।

शिव की भौंह पर बल पड़े। "गणेश?"

"वह मैं था," गणेश ने स्वीकार किया।

शिव की आंखें फैल गईं। "ओह... इससे तो निश्चय ही परिस्थितियां जटिल हो जाती हैं..."

गणेश मूक रहा।

"क्या तुम्हारे पास उचित कारण था?"

"हां, बाबा।"

"क्या कारण था?"

"चंद्रवंशी संभ्रांत वर्ग ने सांड़ों की दौड़ की परंपरा को सदैव संरक्षण दिया है। हल्के से हल्के सवार की खोज में, इस खेल का इस सीमा तक पतन हो चुका है कि निर्दोष बालकों का अपहरण किया जा रहा है और उन्हें आक्रामक सांड़ों पर सवार होने के लिए विवश किया जा रहा है। इस निर्मम खेल ने असंख्य बालकों को पंगु बना दिया और कुछ तो अत्यंत पीड़ादायी मृत्यु को प्राप्त हो गए हैं।"

शिव ने आतंक से गणेश को देखा। "किस प्रकार के हिंसक पुरुष बालकों के साथ ऐसा कार्य करते होंगे?"

"उग्रसेन जैसे पुरुष। मैंने उसे एक बालक का बलात् अपहरण करते पाया था। बालक की मां उसे छोड़ने को तैयार नहीं थी, तो उग्रसेन और उसके सैनिक उस औरत की जान लेने पर उतारू हो गए। मेरे सामने और कोई विकल्प नहीं था..."

शिव को कुछ याद आया जो काली ने कहा था। "क्या यह वही घटना है जब तुम गंभीर रूप से आहत हो गए थे?"

"जी, बाबा।"

शिव ने गहरी सांस ली। अपने जीवन को संकट में डालकर भी अन्याय से लड़कर गणेश ने एक बार फिर प्रबल चरित्र का परिचय दिया था। शिव को अपने पुत्र पर गर्व हुआ। "तुमने उचित कार्य किया था।"

"मुझे दुख है कि मैंने मामले को जटिल बना दिया है।"

शिव मुस्कुराया और उसने अपना सिर हिलाया।

"क्या हुआ, बाबा?"

"संसार की रीति भी विचित्र है," शिव ने कहा। "तुमने एक निर्दोष बालक और उसकी मां की एक अनैतिक राजकुमार से रक्षा की। मगर, मगधवासी इस असत्य को फैलाने में नहीं हिचकिचाए कि उग्रसेन नागा आतंकवादी आक्रमण से मगध की रक्षा करते हुए मारा गया। और, लोगों ने भी इस असत्य पर विश्वास करना ठीक समझा।"

गणेश ने अपने कंधे उचकाए। "नागाओं के साथ तो सदैव ऐसा ही व्यवहार किया गया है। असत्य कभी थमते ही नहीं हैं।"

शिव ने अपने कक्ष की छत को देखा।

"अब हम क्या करेंगे?" गणेश ने पूछा।

"कुछ भिन्न नहीं। हम योजना पर ही चलेंगे। आशा करेंगे कि सुर्पदमन इतना महत्वाकांक्षी हो कि यह समझ सके कि मगध का हित कहां है।"

गणेश ने हामी भरी।

"और तुम काशी में रुकना," शिव ने आगे कहा। "मेरे साथ मगध मत चलना।"

"जी, बाबा।"

— ⅄Ⓞ⩌⍏⊛ —

मुट्ठियां भींचकर चंद्रकेतु ने अपने भीतर उबल रहे क्रोध को दबाने का भरपूर प्रयास किया। भगीरथ ने अभी-अभी उन्हें बताया था कि सोमरस का अपशिष्ट उस महामारी के लिए उत्तरदायी है जो पीढ़ियों से ब्रंगा को त्रस्त किए हुए है।

"भगवान रुद्र के रौद्र की सौगंध," चंद्रकेतु गरजे, "दशकों से मेरी प्रजा मर रही है, हमारे बालक भयानक रोगों से जूझ रहे हैं और हमारे वृद्धजनों ने भीषण पीड़ा सही है, ये सब इसलिए ताकि विशिष्ट सुविधाप्राप्त मेलूहावासी दो सौ वर्ष जी सकें!"

भगीरथ मौन रहा, उसने चंद्रकेतु को अपना न्यायसंगत क्रोध निकालने दिया।

"प्रभु नीलकंठ क्या कहते हैं? हमें कब आक्रमण करना है?"

"मैं आपको सूचना भेज दूंगा, महाराज," भगीरथ ने कहा। "किंतु यह शीघ्र ही होगा, संभवतः कुछ ही महीनों में। आप अपनी सेनाओं को संगठित कर लें और तैयार रहें।"

"हम न केवल अपनी सेनाओं को, बल्कि हर उस ब्रंगा को संगठित करेंगे, जो लड़ सकता होगा। यह हमारे लिए मात्र युद्ध नहीं है। यह प्रतिशोध है।"

"मेरे नाविक नागाओं और परशुराम की ओर से भेजी गई भेंट को ब्रंगदिराई बंदरगाह पर उतार रहे हैं। जैसा कि नीलकंठ ने वचन दिया था, नागा औषधि बनाने के लिए आवश्यक सारी सामग्री आपको प्रदान की जा रही है। एक नागा वैज्ञानिक भी यहां रहेगा और आपको सिखाएगा कि आप स्वयं औषधि कैसे बना सकते हैं। आपके राज्य में पहले से उपलब्ध जड़ी-बूटियों को मिलाकर यह सामग्री तीन वर्ष तक नागा औषधि की आपूर्ति करेगी।"

चंद्रकेतु हल्के से मुस्कुराए। "प्रभु नीलकंठ ने अपना वचन पूरा किया। वे प्रभु रुद्र के योग्य उत्तराधिकारी हैं।"

"यह तो है।"

"किंतु मुझे नहीं लगता कि हमें इतनी औषधि की आवश्यकता पड़ेगी। अयोध्या और ब्रंगा की संयुक्त शक्ति तीन वर्ष के भीतर ही मेलूहा की पराजय को सुनिश्चित कर देगी। हम सोमरस के उत्पादन को रोक देंगे और हिमालय में उनके अपशिष्ट संयंत्र को नष्ट कर देंगे। उनका अपशिष्ट ब्रह्मपुत्र को विषाक्त करना बंद कर देगा तो न तो महामारी होगी और न ही किसी औषधि की और आवश्यकता।"

हिचकिचाहट में भगीरथ की आंखें सिकुड़ गईं।

"क्या बात है, राजकुमार भगीरथ?"

"महाराज, इस युद्ध में अयोध्या संभवतः हमारे साथ नहीं होगा।"

"क्या? आप यह कह रहे हैं कि अयोध्या मेलूहा का साथ दे सकता है?"

"हां। वस्तुतः, वे पहले ही अपनी नियति मेलूहा के साथ जोड़ चुके हैं।"

"फिर क्यों..."

भगीरथ ने प्रश्न को पूरा किया। "मैं क्यों अपने पिता और राज्य के विरुद्ध कार्य कर रहा हूं?"

"हां। आप ऐसा क्यों कर रहे हैं?"

"मैं अपने प्रभु महा-नीलकंठ का अनुयायी हूं। उनका मार्ग सत्य है। और मैं उसी पर चलूंगा, भले ही इसके लिए मुझे अपने संबंधियों से ही क्यों न लड़ना पड़े।"

चंद्रकेतु उठे और उन्होंने भगीरथ को नमन किया। "न्याय के आदर्श के लिए अपने संबंधियों से लड़ने के लिए विशिष्ट महानता की आवश्यकता होती है। जहां तक मेरा संबंध है, आप ब्रंगा के लिए न्याय के लिए लड़ रहे हैं। मैं इस भाव को याद रखूंगा, राजकुमार भगीरथ।"

भगीरथ मुस्कुराया, जिस प्रकार से बातचीत आगे बढ़ी थी उससे वह प्रसन्न था। उसने वह कार्य पूरा कर दिया था जो शिव ने उसे सौंपा था, किंतु इस प्रकार से कि उसने बंग्रा के अतिशय समृद्ध राजा की निजी मित्रता भी जीत ली थी। जब वह अयोध्या का सिंहासन पाने का प्रयास करेगा तब यह मित्रता उपयोगी सिद्ध होगी। चंद्रकेतु के भावुक स्वभाव के बारे में सुन चुके भगीरथ

ने इस मित्रता को रक्त से प्रगाढ़ कर देने में ही बुद्धिमानी समझी।

उसने अपनी कटार निकाली, अपनी हथेली काटी और उसे राजा की ओर बढ़ा दिया। “काश मेरा रक्त आपकी धमनियों में बहे, मेरे बंधु।”

भीगी आंखों से चंद्रकेतु ने भी तुरंत अपनी कटार से खींची, अपनी हथेली काटी और उसे भगीरथ के रक्तरंजित हाथ से मिला लिया। “और मेरा रक्त आपकी धमनियों में बहे।”

— ⅄ⵔ⅂⍏⊗ —

वासुदेव-नागा बेड़े के अग्रणी पोत के ऊपरी पृष्ठ भाग में बैठे बृहस्पति, नंदी और परशुराम अपने पीछे आ रहे पोत में तलवारबाजी का अभ्यास करते गणेश और कार्तिक की आकृतियों को देख सकते थे। और उनके पीछे, ऊंची छत पर शिव सती के साथ बैठे थे।

बृहस्पति की भावनाओं से गहरा पछतावा छलक रहा था। “मेरे अभियान को अधिनायक तो मिल गया किंतु मैंने एक मित्र खो दिया।”

नंदी बृहस्पति की ओर मुड़ा। “निस्संदेह नहीं, बृहस्पतिजी, प्रभु नीलकंठ अभी भी आपसे स्नेह करते हैं।”

बृहस्पति ने अपनी भौंहें उठाईं और मुस्कुराया। “नंदी, झूठ बोलना तुम्हें शोभा नहीं देता है।”

नंदी हल्के से हंसा। “अगर आपको यह जानकर कुछ अच्छा लगे तो मैं बता सकता हूं कि जब प्रभु शिव को यह विश्वास था कि आप मृत्यु को प्राप्त हो चुके हैं तो उन्हें आपका अभाव बहुत अखरता था। आप हमेशा उनके मन-मस्तिष्क पर छाए रहते थे।”

“मैं इससे कम की अपेक्षा भी नहीं करता,” बृहस्पति ने कहा। “किंतु मुझे नहीं लगता कि वे समझते हैं कि मैंने जो कुछ भी किया, वह क्यों किया।”

“सच कहूं,” नंदी ने कहा, “मैं भी नहीं समझ सकता। आपके लिए मृत्यु का नाटक करना महत्वपूर्ण था, मैं मानता हूं। किंतु संभवतः आपको प्रभु शिव को सच बता देना चाहिए था।”

“मैं नहीं बता सकता था,” बृहस्पति ने कहा। “शिव मेरे प्रमुख शत्रु सम्राट दक्ष के जामाता हैं। अगर दक्ष को पता चल जाता कि मैं जीवित हूं, तो वे मेरे पीछे हत्यारे भेज देते। मैं इतने समय जीवित नहीं रहता कि वे प्रयोग कर पाता

जो मुझे करने थे। और यह जान पाने का मेरे सामने कोई मार्ग नहीं था कि शिव को मुझमें इतना विश्वास है कि वे दक्ष को कुछ नहीं बताएंगे।"

परशुराम ने बृहस्पति को सांत्वना देने का प्रयास किया। "उन्होंने आपको क्षमा कर दिया है। विश्वास कीजिए, उन्होंने कर दिया है।"

"उन्होंने मुझे क्षमा भले ही कर दिया हो किंतु मुझे नहीं लगता कि वे मुझे अभी भी समझ पाए हैं," बृहस्पति ने कहा। "आशा करता हूं कि एक समय आएगा जब मैं अपने मित्र को वापस पा सकूंगा।"

"ऐसा होगा," परशुराम ने कहा। "एक बार सोमरस नष्ट हो जाए, फिर हम सब प्रभु के साथ कैलाश पर्वत चलेंगे और प्रसन्नतापूर्वक शेष जीवन बिताएंगे।"

नंदी मुस्कुराया। "कैलाश पर्वत उतना सुविधाजनक नहीं है जितनी तुम कल्पना करते हो, परशुराम। मुझे पता है क्योंकि मैं वहां जा चुका हूं। वह कोई विलासितापूर्ण स्वर्ग नहीं है।"

"अगर हम प्रभु शिव के चरणों में बैठ सकें तो कोई भी स्थान स्वर्ग होगा।"

— ⅄◎⋃⇡⊛ —

"क्या तुमने आंखों में काजल लगाया है?" विस्मित शिव ने पूछा।

पोत की निजी ऊंची छत पर एक आरामदेह आसन पर अधलेटे शिव स्नेह से अपनी संतानों को देख रहे थे जोकि तैयार तलवारों के साथ आपस में संघर्षरत थे। सती बैठी और क्षणिक रूप से उस पल में खोते हुए उनके निकट हो गई।

शिव ने सती को शायद ही कभी प्रसाधनों का प्रयोग करते देखा था। उनका विश्वास था कि उसका सौंदर्य इतना अप्रतिम है कि उसे किसी अलंकरण की आवश्यकता नहीं है।

सती ने लजीली मुस्कुराहट के साथ शिव को देखा। उसका प्रभावशाली सूर्यवंशी व्यक्तित्व आकर्षक रूप से चंद्रवंशी स्त्रियों, विशेषकर आनंदमयी से प्रभावित हुआ था। वह सौंदर्य के आनंदों को जान रही थी, विशेषकर जब उनका अनुभव उस पुरुष की प्रशंसात्मक दृष्टि के माध्यम से हो जिसे वह प्रेम करती थी। "हां। मुझे लग रहा था कि आपने देखा ही नहीं।"

काजल से सजी सती की बड़ी-बड़ी बादाम के आकार वाली आंखों और उसकी लजीली मुस्कुराहट ने उसके कपोलों के गड्ढों को जीवंत कर दिया था।

सदैव की भांति शिव मंत्रमुग्ध था। "अद्भुत... यह सुंदर लग रहा है..."

सती हौले से हंसी, वह शिव के मुख के समीप खिसकी और आहिस्ता से उसको चूम लिया।

पोत की सामने वाली छत पर गणेश और कार्तिक भीषण युद्ध में रत थे। जैसी कि उनके बीच परंपरा बन गई थी, अब वे लकड़ी की तलवारों के स्थान पर असली शस्त्रों से लड़ते थे। उनका मानना था कि गंभीर वार का संकट उनके मस्तिष्कों को अधिक एकाग्र करेगा और उनके अभ्यास को सुधारेगा। किसी घातक वार से ठीक पहले वे रुक जाते और दूसरे को दिखाते कि वार के लिए एक खुला स्थान मिल गया है।

अपने छोटे आकार को लाभ में बदलते हुए कार्तिक गणेश के समीप आ गया, और उसे अपने स्थान में जकड़ते हुए कार्तिक ने अपने लंबे प्रतिद्वंद्वी के लिए मुक्त भाव से वार करना कठिन बना दिया था। गणेश पीछे हटा और प्रतीती रूप से रक्षात्मक पैंतरे में उसने अपनी ढाल नीचे घुमाई, किंतु कार्तिक के कंधे से कुछ इंच दूर रुक गया।

"कार्तिक, मेरी ढाल में कटार है," गणेश ने कटार निकालने के लिए एक उत्तोलक को दबाते हुए कहा। "यह वार मेरे खाते में है। मैंने तुमसे पहले भी कहा है: दो तलवारों से लड़ना बहुत अधिक आक्रामक है। तुम्हें ढाल का प्रयोग करना चाहिए। तुमने मेरे लिए एक खुला स्थान छोड़ दिया था।"

कार्तिक मुस्कुराया। "नहीं, दादा। वार तो मेरा है। नीचे देखिए।"

गणेश को धातु का हल्का सा स्पर्श महसूस हुआ तो उसकी आंखें अपने सीने की ओर गईं। कार्तिक अपनी बाईं तलवार को घुमाकर पकड़े हुए था, एक छोटा फल मूठ के सिरे से बाहर निकला हुआ था। वह तलवार को घुमाकर लाने, फल खोलने और उसे समीप लाने में सफल रहा था, जबकि इस बीच गणेश को खुले दाहिने पक्ष का भुलावा भी देता रहा था। शिव के ज्येष्ठ पुत्र ने सोचा था कि कार्तिक ने अपनी बाईं तलवार को युद्ध से हटा लिया है।

गणेश अचंभित सा आंखें फाड़े देख रहा था, अपने भाई से वह सच में प्रभावित था। "भूमिदेवी की सौगंध, तुमने ऐसा कैसे किया?"

ऊपरी छत से सारी पैंतरेबाजी देख रहा शिव भी कार्तिक से इतना ही प्रभावित था। उसने सती को परे हटाया और चिल्लाया, "बहुत सुंदर, कार्तिक!"

पीठ में चुभ रही क्रोधित आंखों को महसूस करके शिव तुरंत सती की ओर पलट गया। वह जलते हुए नेत्रों से, क्रोध से अपनी सांस रोके अपने पति को देख रही थी, उसके होंठ अभी तक सिकुड़े हुए थे।

"मुझे बहुत दुख है। मुझे बहुत दुख है," शिव ने सती को निकट खींचते और फिर से चुंबन करने का प्रयास करते हुए कहा।

सती ने बनावटी चिढ़ से शिव के चेहरे को दूर धकेल दिया। "वो क्षण बीत गया..."

"मुझे बहुत दुख है। बात यह है कि कार्तिक ने जो किया वह..."

"निस्संदेह," सती ने अपने सिर को हिलाते और मुस्कुराते हुए कहा।

"ऐसा फिर कभी नहीं होगा..."

"न होना ही अच्छा होगा..."

"मुझे क्षमा कर दो..."

सती ने अपना सिर हिलाया और शिव के सीने पर टिका दिया। शिव ने उसे निकट खींच लिया। "मुझे काजल अच्छा लगा। मैंने सोचा भी नहीं था कि यह संभव है कि तुम और अधिक सुंदर भी लग सकती हो।"

सती ने शिव को देखा और अपनी आंखें घुमाईं। उसने हल्के से उसके सीने पर चपत लगाई। "बहुत कम है और बहुत विलंब से है।"

अध्याय 12

कठिन घड़ी

"कैसा रहा?" आनंदमयी ने पूछा।

भगीरथ पद्मा नदी पर यात्रा करके पर्वतेश्वर के पोत पर पहुंचा था, जो उस स्थान पर लंगर डाले खड़ा था जहां पद्मा नदी ब्रंगा नदी से अलग होती है। पोताध्यक्ष लंगर उठाने और आगे की यात्रा पुनः आरंभ करने की तैयारी कर रहा था। ब्रंगा का समाचार जानने को उत्सुक पर्वतेश्वर, आनंदमयी और आयुर्वती पीछे की छत पर भगीरथ की प्रतीक्षा कर रहे थे।

भगीरथ ने क्षण भर को पर्वतेश्वर और आयुर्वती पर दृष्टि डाली, फिर आनंदमयी की ओर मुड़ा। "तुम्हारा क्या विचार है?"

"क्या आपने उन्हें सबकुछ बता दिया?" आयुर्वती ने पूछा।

"यही प्रभु नीलकंठ ने मुझसे करने को कहा था," भगीरथ ने उत्तर दिया।

पर्वतेश्वर ने गहरी सांस ली और वहां से हट गया।

आनंदमयी ने वापस मुड़ने से पहले अपने पति को देखा। "तो ब्रंगा का क्या कहना है, भगीरथ?"

"राजा चंद्रकेतु क्रुद्ध हैं कि उनकी प्रजा इतनी घातक महामारी की पीड़ा भोगती रही है ताकि मेलूहावासी अतिरिक्त लंबा जीवन जी सकें।"

"किंतु मुझे आशा है कि आपने उन्हें बताया होगा कि अधिकांश मेलूहावासियों को यह ज्ञात नहीं था," आयुर्वती ने कहा। "अगर हमें ज्ञात होता कि सोमरस ब्रंगा में इतनी त्रासदी उत्पन्न कर रहा है तो हम उसका प्रयोग नहीं करते।"

भगीरथ ने अविश्वास से आयुर्वती को देखा और व्यंग्यपूर्वक बोला, "मैंने उनसे कहा था कि अधिकांश मेलूहावासी नहीं जानते कि उनका व्यसन इतना विनाश उत्पन्न कर रहा है। विचित्र रूप से, इससे राजा चंद्रकेतु का क्रोध कम

हुआ प्रतीत नहीं हुआ।"

आयुर्वती मौन रही।

आनंदमयी ने चिढ़कर कहा, "क्या तुम क्षण भर के लिए निर्णायक होना छोड़कर मुझे यह बता सकते हो कि ब्रंगा में अब क्या हो रहा है?"

"अभी तो राजा चंद्रकेतु उन औषधियों के निर्माण पर ध्यान केंद्रित करने वाले हैं जिनकी उनकी प्रजा को आवश्यकता है," भगीरथ ने कहा। "किंतु इसी के साथ उन्होंने युद्ध की तैयारियां भी प्रारंभ कर दी हैं। तीन महीने में वे तैयार हो जाएंगे और प्रभु नीलकंठ के आदेशों की प्रतीक्षा कर रहे होंगे।"

चिंतित भाव से दूर खड़े पर्वतेश्वर को देखते हुए आयुर्वती की आंखें आंसुओं से भर गईं। वह उसके मर्यादापूर्ण हृदय की पीड़ा का अनुभव कर सकती थी। क्योंकि उसका हृदय भी उतना ही भारी था।

— ⅄ⵁ**ሀ**ᛏ⊛ —

"महाराज," अयोध्या के प्रधानमंत्री सियामंतक ने सम्राट दिलीप के कक्ष में प्रवेश करते हुए कहा, "मुझे अभी सूचना मिली है कि महर्षि भृगु आ रहे हैं।"

"मुनिवर भृगु?" विस्मित दिलीप ने पूछा। "यहां?"

"अग्रिम नौका अभी-अभी पहुंची है, महाराज," सियामंतक ने कहा। "मुनिवर भृगु को कल तक यहां पहुंच जाना चाहिए।"

"मुझे पहले सूचित क्यों नहीं किया?"

"मुझे भी ज्ञात नहीं था, महाराज।"

"मेलूहा को ऐसा नहीं करना चाहिए। मुनिवर भृगु को यहां भेजने से पहले उन्हें हमें सूचित कर देना चाहिए था।"

"मेलूहा के विषय में मैं क्या कह सकता हूं, महाराज? वे तो हैं ही अहंकारी।"

विचलित दिलीप ने अपने मुख पर हाथ फेरे। "पोत-निर्माण स्थल से कोई समाचार है? क्या हमारे पोत पूर्ण होने के निकट हैं?"

सियामंतक ने चिंतित भाव से थूक गटका। "नहीं, महाराज। आपने मुझसे कहा था कि सड़क पर रहने वालों के मसले पर ध्यान दूं और..."

"मुझे पता है मैंने आपसे क्या करने को कहा था! मुझे मेरे प्रश्न का उत्तर

साधारण से हां या ना में दीजिए!"

"मुझे क्षमा कीजिए, महाराज। नहीं, पोत अभी पूर्ण होने के निकट भी नहीं हैं।"

"काम कब तक हो जाना चाहिए?"

"अगर हम अन्य सभी काम करना बंद कर दें तो मेरा अनुमान है कि हमें छह से नौ माह में तैयार हो जाना चाहिए।"

दिलीप सरलता से सांस लेते प्रतीत हुए। "यह तो बहुत बुरी स्थिति नहीं है। अगले नौ महीने में कुछ नहीं होने जा रहा।"

"जी, महाराज।"

— ⅄ⵀⵖⴷⵋ —

सम्राट दिलीप अयोध्या के पोत-निर्माण स्थल पर महर्षि भृगु के साथ थे। मेलूहा का दलपति प्रसेनजित कुछ दूरी पर खड़ा था।

अपने उतरने पर प्रतीक्षारत आतिथ्य को स्वीकार करने से इंकार करते हुए भृगु सीधे पोत-निर्माण स्थल की ओर चल दिए थे। घबराए हुए दिलीप विवश से उनके पीछे चले, सभासदों आदि समेत। उन्होंने सियामंतक और अपने सभी सभासदों को दूरी बनाए रखने का संकेत किया। वे जानते थे कि भृगु क्रुद्ध हैं और वे कटुवचन सुनने की अपेक्षा कर रहे थे।

"राजन," भृगु ने धीमे स्वर में, अपने क्रोध को कड़ाई से नियंत्रित करते हुए कहा, "आपने मुझे वचन दिया था कि आपके पोत तैयार हो जाएंगे।"

"जानता हूं, मुनिवर," दिलीप ने मृदु स्वर में कहा। "मगर सच कहूं तो कुछ माह के विलंब से हमें कोई हानि नहीं होने वाली। पंचवटी पर हमारे आक्रमण को अनेक माह हो चुके हैं। नीलकंठ की बिल्कुल कोई सूचना नहीं है। मुझे विश्वास है कि हम सफल हुए हैं। हमें विचलित होने की आवश्यकता नहीं है। मेरा सच में विचार है कि युद्ध की संभावना प्रभावी रूप से कम हो गई है।"

भृगु दिलीप की ओर घूमे। "राजन, क्या मैं आपसे निवेदन कर सकता हूं कि विचार करने का कार्य मुझ पर छोड़ दें?"

दिलीप तुरंत मौन हो गए।

"क्या यह आपका प्रस्ताव नहीं था कि आप अपने व्यापारिक पोतों को

अधिग्रहीत कर लेंगे और उन्हें युद्ध के लिए पुनर्गठित करवाएंगे?"

"हां, था तो, मुनिवर," दिलीप ने कहा।

"मैंने परामर्श दिया था कि हमें संभवतः गंगा पर नौसैन्य युद्ध नहीं करना पड़ेगा। मैंने आपसे कहा था कि हमें बस परिवहन पोतों की आवश्यकता होगी, जिसके लिए आपके व्यापारिक पोत पर्याप्त ठीक थे।"

"हां, आपने कहा था, मुनिवर।"

"फिर भी आपने आग्रह किया था कि नदी पर युद्ध होने की स्थिति में युद्धपोतों का होना सुविचार होगा।"

"हां, मुनिवर।"

"और मैं केवल एक शर्त पर तैयार था कि युद्धपोत छह माह में तैयार हो जाएं। सही है?"

"हां, मुनिवर।"

"अब सात माह हो गए हैं। आपने व्यापारिक पोतों को खुलवा दिया है किंतु अभी तक वे पुनर्गठित नहीं किए गए हैं। तो अब, सात माह बाद, न केवल हमारे पास कोई युद्धपोत नहीं है, अपितु हमारे पास कोई व्यापारिक-परिवहन पोत भी नहीं है।"

"मैं जानता हूं कि स्थिति बहुत बुरी दिखती है, मुनिवर," दिलीप ने उंगलियों से अपनी भौंहों को पोंछते हुए कहा। "किंतु यहां सड़क पर रहने वालों ने अनशन कर दिया था।"

चकराए हुए भृगु ने हताशा में अपने हाथ उठाए। "इसका पोतों से क्या संबंध है?"

"मुनिवर," दिलीप ने धैर्य से कहा, "अपनी उदारता में, मैंने घोषणा की थी कि अयोध्या में कोई बेघर नहीं रहेगा। निस्संदेह, यह भीषण कार्य आंतरिक मामलों की राजसी समिति को सौंपा गया था जो आवास के साथ-साथ राजसी पोत-निर्माण को भी देखती है। समिति विगत तीन वर्ष से इस महायोजना के क्रियान्वयन पर गंभीरता से चर्चा कर रही है। यद्यपि हमारे पिछले वार्तालाप के बाद मैंने यह उचित समझा कि समिति को पोत-निर्माण पर ध्यान केंद्रित करने का निर्देश दूं। फलस्वरूप हुई निशुल्क आवास योजना की उपेक्षा ने सड़क पर रहने वालों को इतना क्रोधित किया कि वे जनांदोलन पर उतर आए। जनादेश सर्वोपरि होने के कारण मैंने समिति को पुनः आवास योजना पर ध्यान देने का निर्देश दिया। यह बताते हुए मुझे प्रसन्नता हो रही ही कि आवासीय अभिलेख

का सातवां संस्करण शीघ्र ही तैयार हो जाएगा, जिसमें विवेकसम्मत रूप से सभी नागरिकों के दृष्टिकोणों पर विचार किया गया है। इसके स्वीकृत होते ही, स्पष्ट रूप से समिति पोत निर्माण के मामले पर अपना एकीकृत ध्यान दे सकती है।"

भृगु भौचक्के से आंखें फाड़े दिलीप को घूर रहे थे।

"तो आपने देखा, मुनिवर," दिलीप ने कहा, "मैं जानता हूं कि स्थिति बहुत अच्छी प्रतीत नहीं हो रही है, किंतु शीघ्र ही सब कुछ ठीक हो जाएगा। वस्तुतः, मुझे आशा है कि आगामी सात दिन के भीतर समिति पोत निर्माण के मामले पर चर्चा शुरू कर देगी।"

भृगु ने धीमे स्वर में कहा, किंतु उनका क्रोध उबाल खा रहा था, "राजन, भारतवर्ष का भविष्य दावं पर है और आपकी समिति चर्चा कर रही है?!"

"किंतु, मुनिवर, चर्चाएं महत्वपूर्ण होती हैं। वे सभी दृष्टिकोणों को सम्मिलित करने में सहायता करती हैं। अन्यथा हम ऐसे निर्णय ले सकते हैं जो..."

"भगवान राम के नाम पर, आप राजा हैं! नियति ने आपको यहां स्थापित किया है ताकि आप अपनी प्रजा के लिए निर्णय ले सकें!"

दिलीप मौन हो गए।

भृगु कुछ पल अपने क्रोध को नियंत्रित करने के प्रयास में मौन रहे, फिर धीमे स्वर में बोले। "राजन, अपने राज्य में आप क्या करते हैं, यह आपकी समस्या है। किंतु मैं चाहता हूं कि इन पोतों को पुनर्गठित करने का कार्य आज से ही आरंभ हो जाए। समझ गए?"

"जी, मुनिवर।"

"पोत कितना शीघ्र तैयार हो सकते हैं?"

"अगर मेरे आदमी प्रतिदिन काम करें तो छह माह में।"

"उन जड़बुद्धियों से दिन-रात काम करवाएं और तीन माह में इन्हें तैयार करवा दें। मेरी बात स्पष्ट है?"

"जी, मुनिवर।"

"साथ ही, कृपया अपने मानचित्रकारों से अयोध्या से ऊपरी गंगा तक के वन मार्ग का मानचित्र भी तैयार करवाएं।"

"हम्म, किंतु क्यों..."

भृगु ने हताशा में गहरी सांस ली। "राजन, मुझे लगता है कि मेलूहा ही वास्तविक युद्धभूमि होगा। आपकी अयोध्या संभवतः संकट में नहीं होगी। आवश्यकता पड़ने पर, ये पोत आपकी सेना को शीघ्रता से मेलूहा पहुंचाने के

लिए चाहिए होंगे। चूंकि ये अभी तैयार होने वाले नहीं हैं, इसलिए, अगर अगले कुछ माह में ही युद्ध की घोषणा हो जाती है तो हमें एक वैकल्पिक योजना चाहिए होगी। मैं चाहता हूं कि आपकी सेना उत्तर-पश्चिमी दिशा में वनों को काटते हुए ऊपरी गंगा पर, धर्मखेत के निकट पहुंचे। उसके आगे, देवगिरि पहुंचने के लिए आप मेलूहावासियों द्वारा बनाए नए मार्ग का प्रयोग कर सकते हैं। स्पष्ट है कि क्योंकि आप वनों को काटते हुए जाएंगे तो यह मार्ग धीमा रहेगा और इसमें अनेक माह लग सकते हैं, किंतु मेलूहा तक कोई बल न पहुंचने से तो यह अच्छा ही होगा। और यह सुनिश्चित करने के लिए कि आपकी सेना वन में खो न जाए, स्पष्ट मानचित्र होना उत्तम रहेगा। मुझे विश्वास है आपके सेनानायक अपने मित्रों की सहायता करने के लिए समय से मेलूहा पहुंचना चाहेंगे।"

दिलीप ने हामी भरी।

"साथ ही, अयोध्या पर सीधे आक्रमण हुआ तो मुझे आश्चर्य होगा।"

"निस्संदेह। कोई अयोध्या पर सीधे आक्रमण क्यों करना चाहेगा?" दिलीप ने पूछा। "हमने तो किसी को हानि नहीं पहुंचाई है।"

सच तो यह था कि भृगु को विश्वास नहीं था कि अयोध्या पर आक्रमण नहीं होगा। किंतु उन्हें परवाह नहीं थी। उनकी एकमात्र चिंता तो सोमरस था। सोमरस की रक्षा करने के लिए मेलूहा की रक्षा करना आवश्यक था। अगर दिलीप को तुरंत अयोध्या की सेना को देवगिरि के लिए रवाना करने का आदेश देने के लिए आश्वस्त कर पाना संभव होता, तो भृगु ऐसा करने में तनिक भी नहीं हिचकिचाते।

"मैं मानचित्रकारों को वन के मार्ग का मानचित्र तैयार करने का आदेश दे दूंगा, मुनिवर," दिलीप ने कहा।

"धन्यवाद, राजन," भृगु मुस्कुराए। "वैसे, मैंने देखा कि आपकी झुर्रियां भी लुप्त हो रही हैं। क्या आपकी खांसी में रक्त कम हुआ?"

"लुप्त हो गया, मुनिवर। आपकी औषधियां तो चमत्कारिक हैं।"

"कोई औषधि रोगी की प्रतिक्रिया के समान ही अच्छी होती है। सारा श्रेय तो आपको ही जाता है, राजन।"

"आप तो अत्यधिक उदार हो रहे हैं। मेरे शरीर के साथ आपने जो किया है, वह चमत्कारिक है। किंतु, मुनिवर, मेरा घुटना अभी भी मुझे परेशान कर रहा

है। इसमें बहुत पीड़ा होती है जब मैं..."

"हम उसको भी ठीक कर लेंगे। चिंता न करें।"

"धन्यवाद।"

भृगु ने अपने पीछे संकेत किया। "और हां, मैं अपने साथ मेलूहा के दलपति प्रसेनजित को लाया हूं। वे आधुनिक युद्ध में आपकी सेना को प्रशिक्षित करेंगे।"

"हम्म, किंतु..."

"कृपया यह सुनिश्चित करें कि आपके सैनिक इनकी बात सुनें, राजन।"

"जी, मुनिवर।"

— ⅄◎∪↑⊛ —

पर्वतेश्वर और उनके दल को ले जा रहे दोनों पोतों ने वैशाली की नदी के घाट पर लंगर डाला था, जो ब्रंगा का निकट पड़ोसी राज्य था। शिव ने पर्वतेश्वर से कहा था कि वे वैशाली के राजा मातलि से बात करें और नीलकंठ के लिए उनका समर्थन हासिल करें। पर्वतेश्वर का मत था कि उनके लिए राजा के पास जाकर बात करना अनैतिक होगा। इसलिए उन्होंने आनंदमयी से निवेदन किया था कि वह इस अभियान का संचालन करे।

भगीरथ, आनंदमयी और आयुर्वती पोत के पिछले भाग पर खड़े थे और पोत के काष्ठफलक को वैशाली के तट पर लगाए जाने की प्रतीक्षा कर रहे थे। वहीं रुकने का निश्चय करके पर्वतेश्वर ने मुख्य पोत पर उत्तंक के साथ तलवारबाजी का अभ्यास करने का निर्णय लिया। प्रतीक्षारत दल मत्स्यावतार को समर्पित भव्य विष्णु मंदिर को देख रहा था जो नदी के घाट के बहुत समीप ही बना था। प्रथम विष्णु भगवान को उन्होंने नमन किया।

"आप लोग मुझे अनुमति दें," भगीरथ ने आनंदमयी की ओर मुड़ते हुए कहा।

"क्या तुम तुरंत ही अयोध्या के लिए प्रस्थान करने की योजना बना रहे हो?" आनंदमयी ने पूछा।

"हां। विलंब क्यों किया जाए? मेरी योजना दूसरा पोत लेकर सरयू से अयोध्या जाने की है। वैशाली के राजा का समर्थन तो तय है। वे नीलकंठ के अंधभक्त हैं। तुम्हारा उनसे भेंट करना मात्र औपचारिकता है। मैं उस दूसरे कार्य

पर ध्यान केंद्रित करना चाहता हूं जो प्रभु नीलकंठ ने मुझे सौंपा है।"

"ठीक है," आनंदमयी ने कहा।

"भगवान राम आपका मार्ग प्रशस्त करें, भगीरथ," आयुर्वती ने कहा।

"आपका भी," भगीरथ ने कहा।

शिव के काफिले के मुख्य पोत जब काशी के अस्सी घाट पर पड़ाव डाल रहे थे तो अन्य पोत समीप ही ब्रह्म घाट पर खड़े थे। राजा अथिथिग्व आनुष्ठानिक स्वागत के लिए तत्पर खड़े थे। जैसे ही शिव ने काष्ठफलक पर पांव रखा, संकेत पाते ही, नगाड़ावादकों ने सुमधुर ताल में नगाड़े बजाने आरंभ कर दिए और शंख गूंज उठे। आनुष्ठानिक आरतियां और स्वागत करते लोगों ने उत्सवी वातावरण बना दिया था। उनके सप्राण देवता वापस आ गए थे।

शिव के अस्सी घाट पर पांव रखते ही राजा अथिथिग्व ने उन्हें प्रणाम किया और चरणस्पर्श किए।

"आयुष्मान भव, राजन," शिव ने राजा अथिथिग्व को आशीर्वाद दिया।

अथिथिग्व मुस्कुराए, उनके हाथ प्रणाम में जुड़े हुए थे। "अगर यहां काशी में हम आपकी उपस्थिति से अनुग्रहीत न हों तो दीर्घायु का विशेष लाभ नहीं है, प्रभु।"

शिव ने, जो हमेशा ऐसी भक्ति से असहज हो जाता था, शीघ्रता से विषय बदल दिया। "और सब कैसा चल रहा है, महाराज?"

"बहुत अच्छा। व्यापार भी अच्छा रहा है। किंतु सुनने में आ रहा है कि नीलकंठ शीघ्र ही कोई बड़ी घोषणा करने वाले हैं। क्या यह सत्य है, प्रभु?"

"आपके महल में पहुंचने तक प्रतीक्षा करते हैं, महाराज।"

"अवश्य," अथिथिग्व ने कहा। "मैं आपको यह भी बता दूं कि मुझे एक तीव्र नौका के माध्यम से सूचना मिली है कि रानी काली काशी पहुंचने वाली हैं। वे आपसे बस कुछ दिन की यात्रा भर पीछे हैं। शीघ्र ही वे यहां होनी चाहिएं।"

भौंहें उठाकर शिव ने सहज भाव से नदी के ऊपर की ओर देखा जहां से काली का पोत अनिवार्यतः आता। "उनका भी यहां होना निस्संदेह अच्छा रहेगा। हमें बहुत सारी योजनाएं बनानी हैं।"

अध्याय 13

गुण वालों का पलायन

प्रसन्न शिव ने वीरभद्र को वक्ष से लगाया, तो सती ने कृत्तिका को आलिंगनबद्ध किया। दोनों ने अभी-अभी काशी महल में शिव के निजी कक्ष में प्रवेश किया था।

वीरभद्र और कृत्तिका की मेलूहा यात्रा बिना किसी घटना के व्यतीत हुई थी। उस गांव में, जहां गुण कबीले को ठहराया गया था, हुए उनके स्वागत ने उन्हें अचंभित कर दिया था। वहां न सैनिक थे, न चेतावनी, न ही और कुछ असाधारण। स्पष्ट रूप से, नीलकंठ के विरुद्ध लाभ पाने के लिए गुण वालों को लक्ष्य नहीं बनाया गया था। प्रणाली-चालित मेलूहावासियों ने वह प्राप्त कर लिया था जिसकी उनकी प्रणाली ने कल्पना की थी--प्रत्येक व्यक्ति से विधि के अनुरूप व्यवहार किया जाता था और किसी व्यक्ति विशेष के लिए कोई भिन्न प्रावधान नहीं थे।

"क्या तुम्हें कोई कठिनाई हुई?" शिव ने पूछा।

"बिल्कुल नहीं," वीरभद्र ने कहा। "कबीला अन्य सबकी तरह ही, सुविधाजनक समतावाद में रह रहा था। हमने शीघ्रता से उन्हें एक काफिले में बांधा और चुपचाप निकल लिए। कुछ माह बाद ही हम काशी पहुंच गए थे।"

"इसका अर्थ है कि उन्हें अभी तक गोदावरी पर मेरे बच जाने की जानकारी नहीं है," शिव ने कहा। "अन्यथा वे गुण वालों को बंदी बना लेते।"

"यह तर्कसम्मत निष्कर्ष है।"

"किंतु इसका अर्थ यह भी है कि अगर कोई मेलूहावासी गांव में कबीले वालों को देखने चला जाता है और उनको लापता पाता है, तो वे मान लेंगे कि मैं जीवित हूं और युद्ध की योजना बना रहा हूं।"

"यह भी तर्कसम्मत निष्कर्ष है। किंतु हम इस विषय में कुछ कर नहीं सकते हैं, है न?"

"नहीं, हम कुछ नहीं कर सकते," शिव सहमत था।

— ⅄ⓄՄՓ⊛ —

"दीदी!" काली अपनी बहन का आलिंगन करते हुए मुस्कुराई।

"तुम कैसी हो, काली?" सती ने पूछा।

"थक गई हूं। आपको पकड़ने के लिए मेरे पोत को चंबल और गंगा में बहुत तीव्र गति से चलना पड़ा था!"

"इतने माह बाद तुमसे मिलकर अच्छा लग रहा है, काली," शिव ने कहा।

"मुझे भी," काली ने कहा। "उज्जैन कैसा लगा?"

"ऐसा शहर जो प्रभु राम के योग्य था," शिव ने कहा।

"क्या यह सत्य है कि कुछ वासुदेव आपके साथ यहां आए हैं?"

"हां, स्वयं वासुदेव प्रमुख माननीय गोपाल समेत।"

काली ने हल्की सी सीटी बजाई। "अभी हाल तक भी मुझे वासुदेव प्रमुख का नाम ज्ञात नहीं था और अब ऐसा लगता है जैसे मैं शीघ्र ही उनसे भेंट करने वाली हूं। परिदृश्य निश्चय ही इतना गंभीर होगा कि उन्हें इस प्रकार अपने एकांतवास से बाहर आना पड़ा।"

"परिवर्तन सरलता से नहीं आता है," शिव ने कहा। "मुझे आशा नहीं है कि सोमरस के समर्थक सूर्यास्त के साथ अस्त हो जाएंगे। वस्तुतः वासुदेवों का विश्वास है कि युद्ध पहले ही आरंभ हो चुका है, चाहे इसकी घोषणा की गई हो या नहीं। वास्तविक शत्रुताओं का फूट पड़ना बस कुछ ही समय की बात है। मैं भी सहमत हूं।"

"क्या इसीलिए मेरे पोत को अस्सी नदी में खींचा गया था?" काली ने पूछा। "मुझे चिंता थी कि यह संभवतः घाट तक भी न पहुंच सके। यह नदी तो इतनी छोटी है कि इसे वास्तव में नल्ला कहना चाहिए!"

"यह पोत की सुरक्षा के लिए है, काली," शिव ने कहा। "यह महाराज अथिथिग्व का विचार था। नगर की भांति ही काशी का घाट भी किसी दीवार से सुरक्षित नहीं है। काशी पर प्रभु रुद्र की आत्मा की उपस्थिति के अपने विश्वास के कारण हमारे शत्रु नगर पर आक्रमण करने में हिचकिचाएंगे। किंतु

गंगा पर बंधा कोई भी पोत समुचित शिकार होगा।"

"इसलिए पोतों को अस्सी में ले जाने का निर्णय लिया गया, जो गंगा में प्रवाहित होती है," सती ने कहा। "नदी के मुख पर धारा संकरी है और इस प्रकार एक बार में शत्रु का एक से अधिक पोत यहां नहीं आ सकता। इस तरह से हमारे पोतों को सरलता से बचाया जा सकता है। साथ ही, अस्सी काशी नगरी से होकर बहती है। अधिकांश चंद्रवंशी इसके भीतर नहीं आना चाहेंगे, यह मानते हुए कि काशी को भूल से भी हानि पहुंचने पर प्रभु रुद्र की आत्मा उन्हें श्राप दे देगी।"

काली की भौंहें उठीं। "शत्रु के अपने अंधविश्वासों का उसी के विरुद्ध प्रयोग? मुझे पसंद आया!"

"कभी-कभी अच्छी रणनीति तलवार की धार की अपेक्षा बेहतर कार्य करती है," शिव मुस्कुराते हुए बोला।

"आह," काली ने भी मुस्कुराते हुए कहा। "आप ऐसा मात्र इसलिए कह रहे हैं क्योंकि आपने मेरी तलवार का सामना नहीं किया है!"

शिव और सती आनंदपूर्वक हंस पड़े।

शिव और उसका आंतरिक समूह भव्य काशी विश्वनाथ मंदिर के मुख्य कक्ष में बैठा था। अथिथिग्व मंदिर के मुख्य पंडित के साथ गर्भगृह में भगवान रुद्र और देवी मोहिनी की प्रतिमाओं को प्रसाद चढ़ाने गए थे। प्रसाद चढ़ाने के बाद वे वापस आए।

"प्रभु रुद्र और देवी मोहिनी हमारे उद्यम पर कृपा करें," अथिथिग्व ने शिव को प्रसाद देते हुए कहा।

शिव ने दोनों हाथों से प्रसाद ग्रहण किया, उसे पूरा कंठ से नीचे उतारा और अपने दाहिने हाथ को सिर के ऊपर फिरा दिया, इस प्रकार उसने प्रभु रुद्र और देवी मोहिनी को उनके आशीर्वाद के लिए धन्यवाद दिया था। इस बीच, मंदिर के पंडित ने अन्य सभी को प्रसाद वितरित किया। आयोजन पूरा हो जाने पर अथिथिग्व आगामी युद्ध की रणनीति पर चर्चा करने के लिए शेष समूह के साथ बैठ गए। काशी के सुरक्षाकर्मी पंडित को मंदिर से बाहर ले गए और प्रवेशद्वार को बंद कर दिया गया। सभा की अवधि में किसी को परिसर में प्रवेश

की अनुमति नहीं थी।

"प्रभु, मेरी प्रजा के लिए आत्मरक्षा के अलावा हिंसा के किसी भी कार्य में लिप्त होना वर्जित है," अथिथिग्व ने कहा। "इसलिए इस अभियान में हम आपके साथ सक्रिय रूप से सम्मिलित नहीं हो सकते। किंतु मेरे राज्य के सभी संसाधन आपके आदेश के अधीन हैं।"

शिव मुस्कुराया। काशी के शांतिप्रिय लोग वैसे भी अच्छे सैनिक नहीं बनते। उन्हें युद्ध में ले जाने का उसका कोई मंतव्य नहीं था। "मैं जानता हूं, महाराज अथिथिग्व। मैं आपकी प्रजा से ऐसा कुछ नहीं मांगूंगा जिसे मना करने के लिए वे मर्यादाबद्ध हों। किंतु अगर आक्रमण हो तो आपको काशी की रक्षा करने में समर्थ होना चाहिए, क्योंकि हम युद्ध के अपने बहुत से संसाधन यहीं रखने की योजना बना रहे हैं।"

"अपनी अंतिम सांस तक हम उनकी रक्षा करेंगे, प्रभु," अथिथिग्व ने कहा।

शिव ने हामी भरी। उसे वास्तव में आशा नहीं थी कि चंद्रवंशी काशी पर आक्रमण करेंगे। वह गोपाल की ओर मुड़ा। "पंडितजी, अनेक बातें हैं जिन पर हमें चर्चा करनी है। सबसे प्रथम तो, मेलूहा में युद्ध के तमाशे से हम चंद्रवंशियों को कैसे दूर रखें?"

"मेरा विचार है कि माननीय गणेश और कार्तिक ने इसके लिए एक उत्कृष्ट विचार सुझाया था," गोपाल ने कहा। "आशा करते हैं कि हम मगध को अपने पक्ष में खींच सकेंगे।"

"करने की अपेक्षा कहना सरल है," काली ने कहा। "सुर्पदमन को उसके पिता अपने मूर्ख भाई उग्रसेन का बदला लेने के लिए विवश करेंगे। और मैं उस कार्य के लिए जो वस्तुतः एक न्यायपूर्ण हत्या थी, गणेश को सौंपने का प्रस्ताव नहीं रखूंगी।"

"तो तुम्हारा क्या सुझाव है, काली?" सती ने पूछा।

"मेरा सुझाव यह है कि या तो हम तुरंत मगध से युद्ध करें या उनसे कह दें कि हम जांच करेंगे और जैसे ही वह नागा अपराधी हमारे हाथ लगेगा, हम उसे सौंप देंगे।"

सती ने अनजाने ही रक्षात्मक भाव से गणेश का हाथ पकड़ लिया।

काली हल्के से हंसी। "दीदी, मैं बस सुझाव दे रही हूं कि हम सुर्पदमन

को सोचने देंगे कि हम इसे उसे सौंपने वाले हैं। इस तरह, हम कुछ समय पा लेंगे और अयोध्या पर हमला कर देंगे।"

"क्या आप कह रही हैं कि हम मगध से झूठ बोलें, रानी?" गोपाल ने पूछा।

काली ने गोपाल की ओर आंखें तरेरीं। "मैं बस यह कह रही हूं कि हम सत्य को लेकर थोड़ी कंजूसी करें, महावासुदेव। भारतवर्ष का भविष्य दावं पर है। बहुत से लोग हम पर विश्वास कर रहे हैं। अगर एक महत्तर अच्छाई के लिए हमें अपनी आत्माओं को कलंकित भी करना पड़े, तो कोई बात नहीं।"

"मैं झूठ नहीं बोलूंगा," शिव ने कहा। "यह बुराई के विरुद्ध युद्ध है। हम अच्छाई के पक्ष में हैं। हमारी लड़ाई से भी यह प्रतिबिंबित होना चाहिए।"

"बाबा," गणेश ने कहा। "आप जानते हैं कि सामान्य परिस्थितियों में मैं आपसे सहमत होता। किंतु क्या आपको लगता है कि दूसरे पक्ष ने उन मापदंडों को बनाए रखा है जिनका आप अनुमोदन करते हैं? क्या पंचवटी में हम पर किया गया आक्रमण विशुद्ध छल और धूर्तता का कृत्य नहीं था?"

"मैं नहीं मानता कि असावधान शत्रु पर आक्रमण करना गलत है। हां, उनके दैवी अस्त्रों के प्रयोग पर प्रश्न उठाया जा सकता है। फिर भी, दो गलत मिलकर एक सही नहीं बना सकते। यह युद्ध जीतने के लिए मैं झूठ नहीं बोलूंगा। हम इसे उचित रीति से जीतेंगे।"

कार्तिक मौन रहा। यद्यपि वह गणेश की बातों की व्यावहारिकता से सहमत था, किंतु शिव की नैतिक पारदर्शिता से प्रेरित भी था।

गोपाल शिव को देखकर मुस्कुराया। "सत्यं वदः। असत्यं मा वदः।"

"क्या?" शिव ने पूछा।

काली बोली। "यह प्राचीन संस्कृत है। सत्य बोलो। कभी असत्य मत बोलो।"

सती मुस्कुराई। "मैं सहमत हूं।"

"मुझे भी थोड़ी संस्कृत आती है," काली ने कहा। "सत्यं ब्रुयात् प्रियं ब्रुयात्, ना ब्रुयात् सत्यं अप्रियं।"

शिव ने निराशा से अपने हाथ उठाए, "क्या हम इस संस्कृत की प्रतिद्वंद्विता को समाप्त कर सकते हैं? मुझे कुछ समझ नहीं आ रहा है कि आप लोग क्या कह रहे हैं।"

गोपाल ने शिव के लिए अनुवाद किया। "रानी काली ने जो कहा, उसका अर्थ है कि 'वह सत्य बोलो जो प्रिय हो, किंतु कभी भी ऐसा सत्य न कहो जो अन्यों के लिए अप्रिय हो।'"

"यह मेरी पंक्ति नहीं है," काली ने शिव की ओर मुड़ते हुए कहा। "मुझे विश्वास है, इसे आपके ही एक ऋषि द्वारा रचा कहा जा सकता है। किंतु मुझे लगता है कि यह सार्थक है। हमें सुर्पदमन के सामने यह रहस्योद्घाटन करने की आवश्यकता नहीं है कि हम जानते हैं कि उसके भाई का हत्यारा कौन है। हमें उसे बस ऐसा करने के लिए प्रेरित करना है कि अपने मित्र और शत्रु का चयन करने से पहले वह तब तक प्रतीक्षा करे जब तक कि हम अयोध्या पर आक्रमण न कर दें। उसकी महत्वाकांक्षा उसे उस दिशा में निर्देशित करेगी जहां हम चाहते हैं।"

"अयोध्या की दीवारें अभेद्य हैं," गोपाल ने एक और तथ्य की ओर ध्यान खींचते हुए चेतावनी दी। "हम उन्हें रोकने में तो समर्थ हो सकते हैं, किंतु नगर को नष्ट नहीं कर सकेंगे।"

"जानता हूं," गणेश ने कहा। "किंतु हमारा लक्ष्य अयोध्या को नष्ट करना नहीं है। अपितु यह सुनिश्चित करना है कि उनकी नौसेना अपने बल को मेलूहा पहुंचाने में असमर्थ हो जाए। हमारा मुख्य युद्ध मेलूहा में होगा।"

"किंतु अयोध्या पर हमारे घेराव डालने के बाद अगर सुर्पदमन ने पीछे से आक्रमण कर दिया तो?" गोपाल ने पूछा। "सामने से अयोध्या और पीछे से सुर्पदमन के बीच फंसकर हमें नष्ट किया जा सकता है।"

"वस्तुतः नहीं," गणेश ने कहा। "सुर्पदमन द्वारा पीछे से हम पर आक्रमण करने से परिस्थितियां हमारे लिए सरल ही हो जाएंगी। जब वह मगध से बाहर निकलेगा तब हम अपना पैंतरा चलेंगे।"

शिव, कार्तिक और सती मुस्कुरा दिए! वे योजना समझ गए थे।

"अति उत्तम," परशुराम ने प्रशंसा की।

अन्य लोग धीमे स्वर में इसका स्पष्टीकरण पाने के लिए परशुराम की ओर मुड़ गए।

"आपको झूठ बोलने की आवश्यकता नहीं है," काली ने शिव से कहा। "बस सुर्पदमन को उन भागों के अलावा संपूर्ण सत्य न बताएं, जो उसे सोचने के लिए विवश कर दें। शेष उसकी महत्वाकांक्षा को करने दें। हम चाहते हैं

कि वह हमारे पोतों को सरयू और गंगा के संगम को पार करके अयोध्या की ओर बढ़ने दे। एक बार ऐसा हो जाएगा तो हम किसी न किसी प्रकार से अपना उद्देश्य प्राप्त कर ही लेंगे! अयोध्या को वहीं रोके रखकर अथवा मागधी सेना को नष्ट करके।"

शिव के धीरे से सिर हिलाने ने उसकी स्वीकृति जता दी। "किंतु मेलूहा का क्या होगा? क्या हम अपनी पूरी शक्ति से सामने से आक्रमण कर दें? अथवा, कूटनीतिपूर्ण युक्तियां अपनाएं जो उनकी सेनाओं का ध्यान भटकाएं, जबकि एक छोटा दल सोमरस के गुप्त संयंत्र को ढूंढ़े और उसे नष्ट कर दे।"

"वासुदेवों और नागाओं की सेनाओं को मेलूहा के अभियान के लिए छोड़कर, हमारी ब्रंगा और वैशाली की सेनाएं मगध और अयोध्या में लड़ेंगी," सती ने कहा। "मेलूहा में हमारे पास बहुत छोटा बल होगा। निस्संदेह, वे असाधारण रूप से सुप्रशिक्षित होंगे और उनके पास अग्निवर्षक हाथी सेना के सदृश उत्कृष्ट तकनीकी कौशल होगा जिसे वासुदेवों ने हाल ही में विकसित किया है। किंतु हमें मेलूहा की सेना का भी सम्मान करना होगा! वे भी समान रूप से सुप्रशिक्षित और तकनीकी रूप से पारंगत हैं।"

"तो तुम्हारा परामर्श है कि हम सीधे आक्रमण से बचें?" शिव ने पूछा।

"हां," सती ने कहा। "हमारा मुख्य ध्येय सोमरस निर्माण संयंत्र को नष्ट करना है। इसके पुनर्निर्माण में उन्हें अनेक वर्ष लग जाएंगे। लोगों के बीच आपकी घोषणा को प्रचलित करने के लिए इतना समय पर्याप्त होगा। औसत मेलूहावासी नीलकंठ की किवदंती के प्रति समर्पित है। सोमरस प्राकृतिक मृत्यु को प्राप्त होगा। किंतु अगर हम सीधे आक्रमण करेंगे तो मेलूहा के साथ युद्ध एक लंबे समय तक खिंचेगा। जितने अधिक समय यह खिंचेगा, उतने ही अधिक निर्दोष लोग मारे जाएंगे। साथ ही, मेलूहावासी युद्ध को सोमरस के विरुद्ध नहीं, अपितु अपने प्रिय देश पर आक्रमण के रूप में देखने लगेंगे। मुझे विश्वास है कि अधिसंख्य मेलूहावासी ऐसे होंगे जो सोमरस के विरुद्ध जाने के लिए इच्छुक होंगे, किंतु अगर हम उनकी देशभक्ति को चुनौती देंगे तो हमारे सामने विजयी होने की संभावना नहीं रहेगी।"

काली मुस्कुरा रही थी।

"क्या हुआ?" सती ने पूछा।

"मैंने देखा कि जब आप मेलूहावासियों का संदर्भ दे रही थीं तो आपने

'हमारे' के स्थान पर 'उनके' कहा," काली ने कहा।

सती उलझी सी प्रतीत हुई। वह अभी भी मानती थी कि मेलूहा उसका अपना देश था। "हम्म, यह महत्वहीन है... वह अभी भी मेरा देश है..."

"बिल्कुल है," काली मुस्कुराई।

गोपाल ने बात काटी। "केवल तर्क के लिए, कल्पना करते हैं कि अगर सीधा युद्ध हो तो क्या होगा।"

"यह एक ऐसी चीज है जिससे हमें बचना होगा," शिव ने कहा। "सती जो कह रही हैं, उसमें मुझे सार्थकता दिख रही है।"

"लेकिन फिर भी, हमें यह सोचना चाहिए कि मुनिवर भृगु और दक्ष क्या सोच रहे होंगे," गोपाल ने कहा। "मैं मानता हूं, यह हमारे हित में है कि सीधा युद्ध न हो। किंतु उनके हित में सीधा और विनाशकारी युद्ध होना ही है। वे चाहेंगे कि तनाव बढ़े ताकि वे लोगों को भ्रमित कर सकें। फिर वे कहेंगे कि नीलकंठ ने मेलूहा के साथ विश्वासघात किया है। जैसा कि देवी सती ने इंगित किया है, मेलूहावासियों की देशभक्ति नीलकंठ में उनकी आस्था पर हावी हो सकती है।"

"मैं सहमत हूं कि महर्षि भृगु स्थिति को बिगाड़ना चाह सकते हैं," शिव ने कहा। "जो बात मैं समझ नहीं पा रहा हूं, वह यह है कि ऐसा होने के बाद वे इसे संभालेंगे कैसे। मैंने मेलूहा की सेना को निकट से देखा है। यह केंद्रीकृत, सु-अनुशासित इकाई है। किंतु इस तरह की सेनाओं के साथ समस्या यह होती है कि वे पूरी तरह से एक अच्छे सेनापति पर निर्भर होती हैं। उनके सेनापति पर्वतेश्वर हमारे साथ हैं। विश्वास करें, उनके पास उन जैसा अन्य कोई व्यक्ति नहीं है। अगर मुनिवर भृगु उतने ही बुद्धिमान हैं जैसा कि आप कहते हैं कि वे हैं, तो वे भी यह जानते होंगे।"

गणेश और कार्तिक ने एक साथ गहरी सांस ली।

शिव ने अपने पुत्रों को घूरा।

"बाबा..." कार्तिक ने कहा।

"बस करो!" शिव गरजा। "तुम उनकी निष्ठा पर संदेह नहीं करोगे! क्या यह स्पष्ट है?"

गणेश और कार्तिक ने अपने सिर झुका लिए, उनके मुंह विद्रोही भाव से बंद थे।

"क्या मेरी बात स्पष्ट है?" शिव ने एक बार फिर पूछा।

काली ने भृकुटि चढ़ाकर शिव को और फिर गणेश और कीर्तिक को देखा, किंतु मौन रही।

शिव गोपाल की ओर वापस घूमा। "हमें उकसावे से बचना होगा। हमारे सैन्य व्यूह को दृढ़तापूर्वक रक्षात्मक होना होगा, ताकि उन्हें खुला संघर्ष छेड़ने से रोक सकें। हमारी सेना का मुख्य काम उन्हें भटकाए रखना होगा ताकि एक छोटा दल सरस्वती किनारे के नगरों में सोमरस निर्माण संयंत्र के चिह्नों को तलाश सके। एक बार हम उस संयंत्र को नष्ट करने में सफल रहे तो युद्ध जीत जाएंगे।"

"नंदी," सती ने मेलूहाई मेजर की ओर मुड़ते हुए कहा।

नंदी ने तुरंत मेलूहा का मानचित्र फैला दिया। सब उसमें देखने लगे।

"देखिए," सती ने कहा। "सरस्वती एक आंतरिक दहाने में समाप्त होती है। मेलूहावासी करचप से सरस्वती में अपना विशाल बेड़ा लाने में समर्थ नहीं हो पाएंगे। उनका रक्षा सिद्धांत मात्र दो संभावित संकटों से सुरक्षा प्रदान करता है--सिंधु मार्ग से नौसैनिक आक्रमण अथवा पूर्व से भूमि-आधारित सेना का आक्रमण। इसीलिए सरस्वती पर उनका कोई विशाल बेड़ा नहीं है।"

सती जो कह रही थी, उसे शिव ने आत्मसात किया। "वे सरस्वती पर नौसैनिक आक्रमण के लिए तैयार नहीं हैं..."

"आपको समझना होगा कि इसका समुचित कारण है। वे मानकर चलते हैं कि शत्रु का कोई भी पोत सरस्वती में प्रवेश नहीं कर सकता। शत्रु के नियंत्रण वाली कोई नदी इसमें प्रवाहित नहीं होती और सरस्वती समुद्र में नहीं मिलती।"

"किंतु क्या यह समस्या नहीं है?" भ्रमित अथिथिग्व ने पूछा। "हम सरस्वती में पोतों को कैसे ले जाएंगे?"

"हम नहीं ले जाएंगे," शिव ने कहा। "इसके स्थान पर हम सरस्वती पर खड़े मेलूहाई पोतों का अधिग्रहण करेंगे।"

काली ने हामी भरी। "उन्हें इस बात की तनिक भी अपेक्षा नहीं होगी, यही कारण है कि यह कार्य करेगा।"

"हां," सती ने कहा। "हमें बस मृत्तिकावटी पर अधिकार करना होगा, जहां पर मेलूहाई नौसेना की अधिकांश सरस्वती टुकड़ी रहती है। जब ये पोत

हमारे अधिकार में आ जाएंगे तो हम सरस्वती पर नियंत्रण कर लेंगे। हम शीघ्र ही बिना किसी चुनौती के नदी के ऊपर की ओर जा सकेंगे, साथ ही सोमरस निर्माण संयंत्र की अपनी खोज भी करते रह सकेंगे।"

"यह सही है," बृहस्पति ने कहा। "निर्माण संयंत्र सरस्वती के तट पर ही कहीं हो सकता है। इसका कहीं और होना असंभाव्य है।"

"यह अच्छी योजना प्रतीत होती है," गोपाल ने कहा। "किंतु हम उनके पोतों पर अधिकार करेंगे कैसे? हम उनके क्षेत्र में प्रवेश कहां से करेंगे? मृत्तिकावटी सीमावर्ती नगर नहीं है। हमें सेना लेकर उसमें प्रवेश करना होगा। और स्पष्ट है कि हमें मार्ग में पड़ने वाले सीमावर्ती नगर, लोथल के प्रतिरोध का सामना करना पड़ेगा।"

"लोथल?" कार्तिक ने पूछा।

"लोथल मयका का बंदरगाह है," गोपाल ने कहा। "वे व्यावहारिक रूप से जुड़वां नगर हैं। मयका वह स्थान है जहां सारे मेलूहाई बच्चे जन्म लेते हैं और पाले जाते हैं, जबकि लोथल सेना का स्थानीय मुख्यालय है।"

"मयका या लोथल की चिंता न करें," काली ने कहा। "वे हमारे पक्ष में होंगे।"

गोपाल, शिव और सती यथार्थ में विस्मित प्रतीत हुए।

"अगर कोई मेलूहावासी ऐसा है जो हमसे सच में सहानुभूति करेगा, तो वे मयका के लोग होंगे," काली ने आगे कहा। "उन्होंने नागा बच्चों को पीड़ा भोगते देखा है। उन्होंने अनेक अवसरों पर हमारी सहायता करने का प्रयास किया है, यहां तक कि इस प्रक्रिया में अपने विधान भी तोड़े हैं। मयका के वर्तमान प्रांतपाल चेनारध्वज लोथल के भी प्रशासक हैं। कुछ वर्ष पूर्व उनका कश्मीर से स्थानांतरण किया गया था। वे नीलकंठ संस्था के प्रति निष्ठावान हैं। इसके अतिरिक्त, मैंने एक बार उनकी जीवनरक्षा भी की है। विश्वास करें, जब युद्ध आरंभ होगा तो मयका और लोथल हमारे पक्ष में होंगे।"

"मुझे चेनारध्वज याद हैं," शिव ने कहा। "ठीक है तो, मृत्तिकावटी को जीतने के लिए हम लोथल के समर्थन का उपयोग करेंगे। फिर सरस्वती के तटीय नगरों में खोज के लिए हम उनके पोतों का प्रयोग करेंगे। किंतु, याद रहे, हमें सीधे संघर्ष से बचने का प्रयास करना है।"

अध्याय 14

मनोदृष्टा

"आपको विश्वास है हम उसे आश्वस्त कर सकेंगे?" शिव ने पूछा

वासुदेव प्रमुख गोपाल ने अभी-अभी शिव के कक्ष में प्रवेश किया था। सती और नीलकंठ उनके साथ मगध के लिए प्रस्थान करने की तैयारी कर रहे थे। गणेश और कार्तिक अपने माता-पिता को विदा करने आए थे।

"अगर हम महर्षि भृगु से मिल रहे होते तो मैं चिंतित होता," गोपाल ने कहा। "किंतु यह तो मात्र सुर्पदमन है।"

"महर्षि भृगु में इतना विशिष्ट क्या है?" शिव ने पूछा। "वे मानव मात्र ही तो हैं। आप सब उनसे इतना भयभीत क्यों हैं?"

"वे महर्षि हैं, शिव," सती ने कहा। "वस्तुतः, जैसा गोपालजी ने कहा, अधिकांश लोग महर्षि भृगु को महर्षियों से भी परे मानते हैं! वे सप्तर्षि उत्तराधिकारी हैं।"

"हमें मनुष्य का सम्मान करना चाहिए, उसके स्थान का नहीं," शिव ने गोपाल की ओर मुड़ने से पहले कहा। "एक बार पुनः मैं पूछता हूं, मेरे मित्र, आप उन्हें लेकर इतने व्याकुल क्यों हैं?"

"सबसे पहली बात तो, वे मन की बात पढ़ सकते हैं," गोपाल ने कहा।

"तो?" शिव ने पूछा। "आप और मैं भी ऐसा कर सकते हैं। वास्तव में, प्रत्येक वासुदेव पंडित कर सकता है।"

"सच है, किंतु हम ऐसा तभी कर सकते हैं जब हम अपने मंदिरों में होते हैं। महर्षि भृगु अपने आसपास उपस्थित किसी भी व्यक्ति का मन पढ़ सकते हैं, चाहे वे कहीं भी हों।"

गणेश सच में विस्मित दिख रहा था। "कैसे?"

गोपाल ने कहा, "जब हम सोचते हैं तो हमारा मस्तिष्क विद्युत चुंबकीय तरंगें प्रसारित करता है। कोई प्रशिक्षित व्यक्ति इन विचारों को पकड़ सकता है, मगर उसे किसी शक्तिशाली प्रसारक की सीमा के भीतर होना चाहिए। किंतु माना जाता है कि महर्षि एक चरण आगे जा सकते हैं। उन्हें इस बात की प्रतीक्षा करने की आवश्यकता नहीं है कि हमारे विचार चुंबकीय तरंगों में बदलें तो वे उन्हें पहचानें। वे हमारे विचारों को उसी समय पढ़ सकते हैं जब हम उन्हें आकार दे ही रहे होते हैं।"

"मगर कैसे?"

"विचार और कुछ नहीं, मात्र हमारे मस्तिष्क के विद्युतीय संवेग हैं," गोपाल ने कहा। "ये संवेग हमारी आंखों की पुतलियों को हल्के से गतिशील कर देते हैं। कोई प्रशिक्षित व्यक्ति, जैसे कि कोई महर्षि, हमारी पुतलियों की इस गतिविधि को समझ और हमारे विचारों को पढ़ सकता है।"

"भगवान राम कृपा करें," अचंभित कार्तिक ने धीरे से कहा।

"मैं अभी तक नहीं समझ पाया कि यह कैसे संभव है," संशयालु शिव ने टिप्पणी की। "क्या आप कह रहे हैं कि हमारे सारे विचार हमारी पुतलियों की गति से उजागर हो जाते हैं? यह संवाद किस भाषा में होता होगा? इसमें कोई सार्थकता नहीं है।"

"मेरे मित्र," गोपाल ने कहा, "आप संवाद की भाषा और मस्तिष्क की आंतरिक भाषा में भ्रमित हो रहे हैं। उदाहरण के लिए, संस्कृत संवाद की भाषा है। आप अन्य लोगों के साथ संवाद करने के लिए इसका प्रयोग करते हैं। आप अपने मस्तिष्क से संवाद करने के लिए भी इसका प्रयोग करते हैं, जिससे आपका चेतन मन आपके आंतरिक विचारों को समझ सकता है। किंतु स्वयं मस्तिष्क अपने कार्य के लिए केवल एक भाषा का प्रयोग करता है। यह सभी ज्ञात प्राणियों के मस्तिष्कों की एक सार्वभौम भाषा है। और इस भाषा की वर्णमाला में बस दो अक्षर, अथवा संकेत हैं।"

"दो संकेत?" सती ने पूछा।

"हां," गोपाल ने कहा, "मात्र दो--विद्युत सक्रिय और विद्युत निष्क्रिय। हमारे मस्तिष्क में एक साथ लाखों विचार और निर्देश दौड़ते रहते हैं। किंतु एक समय में इन विचारों में से कोई एक ही हमारे चेतन मस्तिष्क को पकड़ पाता है। यह विशिष्ट विचार मस्तिष्क की भाषा के माध्यम से हमारी आंखों में

प्रतिबिंबित हो जाता है। एक महर्षि इस चेतन विचार को पढ़ सकता है। इसलिए किसी महर्षि की उपस्थिति में व्यक्ति को बहुत सावधान रहना होता है कि चेतन मस्तिष्क से वह क्या सोचे।"

"अर्थात आंखें सच में हमारी आत्मा का दर्पण होती हैं," गणेश ने कहा।

गोपाल मुस्कुराया। "प्रतीत तो ऐसा ही होता है।"

शिव मुस्कुराया, उसकी भौंहें चढ़ गई थीं। "मैं ध्यान रखूंगा कि जब मैं महर्षि भृगु से मिलूं तो अपनी आंखें बंद रखूं।"

गोपाल और सती हल्के से हंसे।

"जो भी हो, विजयी हम ही होंगे," गोपाल ने कहा।

"हां," गणेश ने कहा। "हम अच्छाई के पक्ष में हैं।"

"यह सच है, निस्संदेह। किंतु कारण यह नहीं है, माननीय गणेश। हम आपके पिता के कारण विजयी होंगे," गोपाल ने कहा।

"नहीं," शिव ने कहा। "केवल मैं ही कारण नहीं हो सकता। हम विजयी होंगे क्योंकि हम सब इसमें एक साथ हैं।"

"यह आप ही हैं जो हमें एक साथ लाए हैं, महा-नीलकंठ," गोपाल ने कहा। "महर्षि भृगु उतने बुद्धिमान हो सकते हैं जितना कि आप हैं, संभव है अधिक हों। किंतु वे आपके समान अधिनायक नहीं हैं। अपने अनुयायियों से डरा-धमकाकर काम करवाने के लिए वे अपनी मेधा का प्रयोग, बल्कि दुरुपयोग करते हैं। वे उनको आदर्श नहीं मानते हैं! उनसे डरते हैं। दूसरी ओर, आप अपने अनुयायियों का उत्कृष्ट भाग बाहर लाने में सक्षम हैं, मेरे मित्र। यह न समझें कि आपने कुछ दिन पहले जो किया था, उसे मैं समझा नहीं था। आप पहले ही अपनी कार्ययोजना निर्धारित कर चुके थे। किंतु इसने आपको चर्चा करने से नहीं रोका और हमें उस निर्णय का भाग बनने दिया। किसी प्रकार, आपने हम सबको वह कहने के लिए निर्देशित किया जो आप सुनना चाहते थे। और फिर भी, आपने हममें से प्रत्येक को ऐसा आभास दिलाया मानो यह हमारा अपना निर्णय हो। यही नेतृत्व है। महर्षि भृगु के पास हमसे बड़ी सेना हो सकती है, किंतु वे अकेले लड़ते हैं। हमारे मामले में, हमारी संपूर्ण सेना एक इकाई के रूप में लड़ेगी। यही, महा-नीलकंठ आपके नेतृत्व का सर्वोच्च गुण है।"

अपनी प्रशंसा किए जाने पर सदैव की भांति झेंपते हुए से शिव ने तुरंत

विषय बदल दिया। "आप बहुत उदारमना हो रहे हैं, गोपालजी। जो भी हो, मेरा विचार है हमें प्रस्थान करना चाहिए। मगध हमारी प्रतीक्षा कर रहा है।"

— ⅄ⵀⵖⵠⵠ —

"भगीरथ यहां है?"

सियामंतक ने अपने भौचक्के सम्राट को देखकर हामी भरी। "जी, महाराज।"

"किंतु वह कैसे..."

"प्रधानमंत्री सियामंतक," भृगु ने दिलीप की बात काटते हुए कहा। "मुझे उनसे भेंट करके प्रसन्नता होगी। क्या राजकुमारी आनंदमयी और उनके पति भी उनके साथ आए हैं?"

"नहीं, मुनिवर," सियामंतक ने कहा। "वे अकेले आए हैं।"

"यह तो अत्यंत दुर्भाग्यपूर्ण है," भृगु ने कहा। "कृपया उन्हें पूरे सम्मान के साथ हमारे सान्निध्य में ले आएं।"

"जैसी आपकी इच्छा, मुनिवर," सियामंतक ने कहा और कक्ष से जाने से पहले उसने भृगु और दिलीप को नमन किया।

जैसे ही वह वहां से गया, भृगु दिलीप की ओर मुड़े। "राजन, आपको स्वयं पर नियंत्रण करना सीखना होगा। गोदावरी पर हुए आक्रमण से सियामंतक अनजान है।"

"मुझे क्षमा करें, मुनिवर," दिलीप ने कहा। "बात बस यह है कि मैं अचंभित हूं।"

"मैं नहीं हूं।"

दिलीप के मस्तक पर बल पड़े। "क्यों, मुनिवर! क्या आपको इसकी अपेक्षा थी?"

"मैं यह तो नहीं कह सकता कि मुझे विशेष रूप से इसकी अपेक्षा थी। किंतु मुझे गहरा संदेह था कि हमारा आक्रमण असफल हो गया है। एकमात्र प्रश्न यह था कि इसकी पुष्टि कैसे हो।"

"मैं समझा नहीं, मुनिवर। हमारे पोत अनेक प्रकार से नष्ट हो गए हो सकते थे।"

"बात केवल हमारे पोतों के नष्ट होने की नहीं है। कुछ और भी है। मैंने कनखला से कहा था कि गुण वालों के स्थान का पता लगाने का प्रयास करे।"

"गुण वाले कौन हैं?"

"वह उस कपटी नीलकंठ की जनजाति है। गुण वाले मेलूहा में आप्रवासी थे। मेलूहा में आप्रवासियों के लिए मानक नीतियां हैं, उनमें से एक है कि उनका लेखा-जोखा अत्यंत गुप्त रखा जाता है। यह प्रणाली सुनिश्चित करती है कि उनको लक्षित या दमित नहीं किया जाएगा और वस्तुतः उनसे अच्छा व्यवहार किया जाएगा। किंतु इसका परिणाम यह था कि राजसी लेखाकार अपनी प्रधानमंत्री तक को यह बताने से इंकार कर रहा था कि गुण वालों को कहां स्थापित किया गया है।"

"लेखाकार ऐसा कैसे कर सकता है? प्रधानमंत्री की बात तो सम्राट का आदेश होगी। और उसका आदेश विधि!"

भृगु मुस्कुराए, "मेलूहा आपके साम्राज्य की भांति नहीं है महाराज दिलीप। उनमें नियमों से चिपके रहने का बुरा स्वभाव है।"

भृगु का व्यंग्य दिलीप की समझ में नहीं आया।

"पहले तो, कनखला पूरी तरह आश्वस्त प्रतीत हुई कि गुण वाले देवगिरि में ही होंगे। जब प्रारंभिक खोज से कोई लाभ नहीं निकला, तो उसके पास सम्राट दक्ष के पास जाने के अतिरिक्त कोई चारा न था। उन्होंने राज्यसभा के माध्यम से आदेश पारित किया जिससे मेलूहा का लेखाकार गुण वालों के स्थान को उजागर करने के लिए विवश हो गया। जब तक हम उनके गांव पहुंचे, वे जा चुके थे।"

"कहां जा चुके थे?"

"मैं नहीं जानता। मुझे बताया गया कि ऐसा अक्सर होता है। बहुत से आप्रवासी मेलूहा के सुसभ्य किंतु अनुशासित जीवन के अनुरूप स्वयं को ढालने में असमर्थ रहते हैं और अपने गृहप्रदेश लौट जाते हैं। इसलिए मुझसे यह विश्वास करने को कहा गया कि गुण वाले हिमालय को वापस लौट गए होंगे।"

"और आपने इस पर विश्वास किया?"

"बिल्कुल नहीं। मुझे संदेह था कि उस कपटी नीलकंठ ने युद्ध घोषित करने से पहले अपनी जनजाति को वहां से हटा दिया होगा। किंतु मैं क्या कर सकता था? मैं नहीं जानता था कि गुण वाले कहां चले गए थे।"

"किंतु भगीरथ यहां क्यों आया है? नीलकंठ अपनी भागीदारी क्यों उजागर करना चाहेंगे?"

"कपटी नीलकंठ, राजन," भृगु ने दिलीप को सुधारते हुए कहा।

"क्षमा चाहूंगा, मुनिवर," दिलीप ने कहा।

भृगु ने ऊपर की ओर देखा। "हां, शिव ने उन्हें यहां क्यों भेजा है?"

"हे ईश्वर!" दिलीप धीमे से बोले। "क्या उन्हें मेरी हत्या करने यहां भेजा गया हो सकता है?"

भृगु ने सिर हिलाया। "यह असंभाव्य है। मुझे नहीं लगता राजन कि आपकी हत्या करने से कोई बड़ा उद्देश्य पूर्ण होगा।"

दिलीप ने कुछ कहने के लिए अपना मुंह खोला किंतु फिर मौन रहना उत्तम समझा।

"हां," भृगु ने अपनी आंखें सिकोड़ते हुए आगे कहा, "हमें यह जानना होगा कि राजकुमार भगीरथ यहां क्यों आए हैं। मैं उनसे भेंट करने के लिए उत्सुक हूं।"

— ⅄⦶ᑌ⇑⊛ —

"पिताजी," भगीरथ ने आत्मविश्वासपूर्वक दिलीप के कक्ष में प्रवेश करते हुए कहा।

दिलीप यथासंभव स्नेह से मुस्कुराए। वे वस्तुतः अपने पुत्र को पसंद नहीं करते थे। "आप कैसे हैं, भगीरथ?"

"मैं बिल्कुल ठीक हूं, पिताजी।"

"पंचवटी की आपकी यात्रा कैसी रही?"

अपने पिता की ओर पलटने से पहले, भगीरथ ने भृगु की ओर दृष्टि डाली, वह हैरान था कि यह वृद्ध ब्राह्मण कौन है। "यात्रा व्यवधानरहित रही, पिताजी। संभवतः नागा उतने बुरे नहीं हैं जितना कि हम सोचते हैं। हममें से कुछ पहले लौट आए हैं। प्रभु नीलकंठ बाद में आएंगे।"

दिलीप व्याकुल हुए, मानो अचंभित हों और भृगु की ओर देखने लगे।

भगीरथ की भौंहें टेढ़ी हो गईं, फिर वह भी प्रणाम करते और शीघ्रता से नमन करते हुए भृगु की ओर मुड़ गया। "मेरी अशिष्टता के लिए मुझे क्षमा करें, ब्राह्मण। अपने पिता को देखकर मैं भावविह्वल हो गया था।"

भृगु ने गहरी दृष्टि से भगीरथ की आंखों में झांका।

भगीरथ यह जानने के लिए व्याकुल हो रहा है कि मैं कौन हूं। अच्छा

होगा अगर मैं उसकी जिज्ञासा शांत कर दूं ताकि उसका चेतन मस्तिष्क अधिक उपयोगी विचारों पर जा सके।

"संभवतः क्षमायाचना तो मुझे करनी चाहिए," भृगु ने कहा। "मैंने अपना परिचय ही नहीं दिया है। मैं एक साधारण साधु हूं जो हिमालय में रहता है और जिसे भृगु के नाम से जाना जाता है।"

भगीरथ आश्चर्य से तन गया। बेशक उसे पता था कि भृगु कौन हैं, यद्यपि वह उनसे मिला नहीं था। भगीरथ आगे बढ़ा और ऋषि के चरणस्पर्श करने झुक गया। "महर्षि भृगु, यह मेरा परम सौभाग्य है कि आपके दर्शन हुए। आपका आशीर्वाद पाने का अवसर पाकर मैं धन्य हुआ।"

"आयुष्मान भव," भृगु ने भगीरथ को दीर्घायु का आशीर्वाद दिया।

तत्पश्चात भृगु ने भगीरथ को कंधों से पकड़कर खड़ा किया और फिर से सीधे उसकी आंखों में देखने लगे।

भगीरथ जान गया है कि इसके निर्बल पिता वास्तविक नायक नहीं हैं। मैं हूं। और यह भयभीत है। अब बस मुझे इसे थोड़ा और सोचने के लिए प्रेरित करना होगा।

"मुझे विश्वास है कि नीलकंठ स्वस्थ होंगे?" भृगु ने पूछा। "मुझे अभी तक उस पुरुष से भेंट करने की प्रसन्नता प्राप्त नहीं हो सकी है जिसे सामान्यजन हमारे युग का मुक्तिदाता मानते हैं।"

"वे स्वस्थ हैं, मुनिवर," भगीरथ ने कहा। "और वे इस पदवी को धारण करने के सर्वथा योग्य हैं। वस्तुतः हममें से कुछ जन ऐसे हैं जिन्हें विश्वास है कि वे तो महादेव की पदवी तक पाने के अधिकारी हैं।"

तो, भगीरथ ने स्वयं वास्तविक नायक की पहचान उजागर करने की पहल कर दी। अति उत्तम। वह तिब्बती उजड्ड मानता है कि यह मूर्ख दिलीप तो नायक नहीं हो सकता। वह उससे अधिक बुद्धिमान है जितना मैंने समझा था।

"उस पुरुष पर आरोपित इस सम्मान और पदवी का निर्णय तो आनेवाली संततियों को करने दें, अयोध्या के प्रिय राजकुमार," भृगु ने कहा। "कर्तव्य को कर्तव्य के लिए किया जाना चाहिए, उस शक्ति और संपत्ति के लिए नहीं जो उसके साथ आ सकती हैं। मुझे विश्वास है कि आपके नीलकंठ भी श्रद्धेय वासुदेव के ज्ञान के इस मोती से परिचित होंगे जिसमें यह विचार व्यक्त किया गया हैः कर्मण्येवाधिकारस्ते मा फलेषु कदाचन।"

"ओह, नीलकंठ तो इस विचार का साकार प्रतिमान हैं, मुनिवर," भगीरथ ने कहा। "वे कभी भी स्वयं को महादेव नहीं कहते। ये तो हम लोग ही हैं जो उन्हें इस प्रकार संबोधित करते हैं।"

भृगु मुस्कुराए। "आपके नीलकंठ सच में बहुत महान होंगे कि इस प्रकार की निष्ठा को उत्प्रेरित करते हैं, वीर राजकुमार। वैसे, पंचवटी कैसी लगी? उस प्रदेश में जाने का सौभाग्य मुझे कभी प्राप्त नहीं हुआ है।"

"यह एक रमणीय नगर है, मुनिवर।"

पंचवटी की सीमा पर उन पर आक्रमण हुआ था... अर्थात हमारे पोत सफल रहे थे। और उनकी गुप्त नौकाओं ने हमें नष्ट कर दिया। चलो, कम से कम पंचवटी के स्थान की हमारी सूचना तो सही है।

"भगवान राम की कृपा रही तो," भृगु बोले, "एक दिन मैं पंचवटी का भ्रमण करूंगा।"

"मुझे विश्वास है कि नागाओं की रानी अनुग्रहीत होंगी, मुनिवर," भगीरथ ने कहा।

भृगु मुस्कुराए। *काली को अगर तनिक भी अवसर मिला तो वह मुझे मार डालेगी। उसका क्रोध तो भगवान रुद्र के प्रख्यात क्रोध से भी भीषण है।*

"किंतु राजकुमार भगीरथ," भृगु ने कहा। "मुझे आप पर उस अन्याय का अभियोग लगाना होगा जो आपने किया है।"

अचंभित भगीरथ ने क्षमायाचना में हाथ जोड़ दिए। "अगर किसी प्रकार मैंने आपको आहत किया है तो मैं हृदय से क्षमाप्रार्थी हूं, मुनिवर। कृपया मुझे बताएं कि मैं किस प्रकार उसे सुधारूं।"

"यह तो बहुत सरल है," भृगु ने कहा। "मैं तो वास्तव में सम्राट की पुत्री और उनके नवीन पति से मिलने के लिए उत्सुक था। किंतु आप राजकुमारी आनंदमयी को साथ ही नहीं लाए हैं।"

"इस अनदेखी के लिए क्षमा चाहता हूं, मुनिवर," भगीरथ ने कहा। "अपने आदरणीय पिता के प्रति, जिनसे मेरी भेंट हुए एक लंबा समय बीत गया था, अपनी श्रद्धा व्यक्त करने की शीघ्रता में मुझसे यह चूक हो गई। और राजकुमारी आनंदमयी कर्तव्यबद्ध होकर अपने पति सेनापति पर्वतेश्वर के साथ काशी चली गई हैं।"

भृगु ने भगीरथ के मनोभाव पढ़े तो यकायक उनकी सांस थम सी गई।

पर्वतेश्वर अलग होना चाहते हैं? वे मेलूहा लौटना चाहते हैं?

"मुझे लगता है जब परमेश्वर की इच्छा होगी तभी मुझे राजकुमारी आनंदमयी और सेनापति पर्वतेश्वर से भेंट करने का सौभाग्य प्राप्त होगा," भृगु ने कहा।

भृगु के मुख की मुस्कुराहट ने भगीरथ को व्याकुल कर दिया था।

"आशा है कि यह बहुत शीघ्र ही होगा, मुनिवर," भगीरथ ने कहा। "अब अगर मुझे अनुमति दें तो मैं कुछ लोगों से भेंट करना चाहूंगा, तत्पश्चात कुछ अपूर्ण रह गए कार्यों के लिए मुझे काशी प्रस्थान करना है।"

दिलीप कुछ कहने वाले थे किंतु भृगु ने अपना हाथ उठाया और भगीरथ के सिर पर रख दिया। "अवश्य, वीर राजकुमार। भगवान राम आपका मार्ग प्रशस्त करें।"

"आपने उसे क्यों जाने दिया, मुनिवर?" भगीरथ के जाते ही दिलीप ने कहा। "हम उसे बंदी बना सकते थे। पूछताछ से अवश्य ही सामने आ जाएगा कि पंचवटी में क्या हुआ था।"

"मैं पहले ही जान गया हूं कि क्या हुआ था," भृगु ने कहा। "हमारे पोत पंचवटी पहुंचे थे और उनके काफिले को बड़ी संख्या को मारने में सफल भी रहे थे। किंतु मुख्य नायकों को नहीं मार पाए। शिव अभी भी जीवित है। और युद्ध में हमारे पोत नष्ट कर दिए गए थे।"

"फिर भी, हमें भगीरथ को जाने की अनुमति नहीं देनी चाहिए। हम उनके मुख्य नायकों में से एक को अनाहत क्यों जाने दे रहे हैं?"

"मैंने उन्हें दीर्घायु का आशीर्वाद दिया है, राजन। मुझे विश्वास है आप मुझे मिथ्याचारी सिद्ध नहीं करना चाहते हैं।"

"बिल्कुल नहीं, मुनिवर।"

भृगु ने दिलीप को देखा और मुस्कुराए। "मैं जानता हूं आप क्या सोच रहे हैं, राजन। विश्वास करें, चतुरंग की भांति ही युद्ध में भी, अनेक चालों के बाद किसी अधिक महत्वपूर्ण गोटी को पकड़ने के सामरिक लाभ के लिए कभी-कभी किसी छोटी गोटी का त्याग कर देना पड़ता है।"

दिलीप के मस्तक पर बल पड़ गए।

"मैं अपनी बात और अधिक स्पष्ट करता हूं, राजन," भृगु ने कहा। "राजकुमार भगीरथ को अयोध्या में कोई क्षति नहीं पहुंचनी चाहिए। मेरा अनुमान है कि वे एक दिन के भीतर आपके शहर से प्रस्थान कर जाएंगे। उन्हें

स्वस्थ और सुरक्षित रहना चाहिए। मैं चाहता हूं कि वे सोचें कि भगीरथ की लघु यात्रा से हमें कुछ पता नहीं लगा है।"

"जी, मुनिवर।"

"एक तीव्र नौका तैयार करवाएं। मुझे तुरंत काशी के लिए प्रस्थान करना होगा।"

"जी, मुनिवर।"

"कृपया मेरे पोत के घोषणापत्र में लिखवाएं कि मैं प्रयाग जा रहा हूं। अयोध्या में अभी भी भगीरथ के मित्र हैं। मैं नहीं चाहता कि उन्हें पता लगे कि मैं काशी प्रस्थान कर रहा हूं। क्या यह स्पष्ट है?"

"अवश्य, मुनिवर। मैं सियामंतक से तुरंत इसका प्रबंध करने को कह दूंगा।"

अध्याय 15

मगध का मामला

शिव, सती और गोपाल को अभी-अभी मगध के बंदरगाह मंत्री अंधक द्वारा सुर्पदमन के राजमहल में ले जाया गया था।

गोपाल ने उसके जाने की प्रतीक्षा की और फिर टिप्पणी की, "यह दिलचस्प है कि हमें राजा महेंद्र के महल में नहीं, सुर्पदमन के निजी आवास में ठहराया जा रहा है।"

"सुर्पदमन हमारे और अपने पिता के बीच सूचना के एकमात्र माध्यम के रूप में कार्य करना चाहता है," सती ने कहा। "एकमात्र मध्यस्थ होने से उसे बातों को अपनी रुचि के आधार पर चुनकर बताने की छूट मिलेगी। वस्तुतः इससे मैं सफलता के प्रति अधिक आशान्वित हो गई हूं।"

"मैं बहुत कम आशान्वित हूं," शिव ने प्रतिवाद किया। "निस्संदेह सुर्पदमन का विधान ही है जो मगध पर शासन करता है। राजकुमार होने के अतिरिक्त, राजा की मोहर भी उसके पास ही रहती है। किंतु राजकुमार उग्रसेन की हत्या को लेकर अपने पिता की प्रतिक्रिया की उसे भी चिंता होगी। संभवतः इसीलिए वह हमसे यहां व्यक्तिगत रूप से बात करना चाहता है।"

"संभवतः," गोपाल ने कहा। "हो सकता है यही कारण रहा हो कि मगध में हमारा स्वागत अंधक ने किया था, राजा महेंद्र के प्रधानमंत्री ने नहीं।"

"हां," शिव ने कहा। "मेरा विश्वास है कि अंधक सुर्पदमन के प्रति निष्ठावान है।"

"हमें सर्वोत्तम की आशा करनी चाहिए," सती ने कहा।

— ⚹ —

जैसे ही शिव, सती और गोपाल ने राजकुमार के दरबार में प्रवेश किया, सुर्पदमन अपने अधिकृत आसन से उठा। वह नीलकंठ के पास आया और घुटनों के बल बैठ गया। सुर्पदमन ने शिव के चरणों में अपना मस्तक रख दिया। "मुझे आशीर्वाद दें, महा-नीलकंठ।"

"सुखिनः भव," शिव ने सुर्पदमन के सिर पर हाथ रखते हुए उसे सुखी रहने का आशीर्वाद दिया।

सुर्पदमन ने शिव को देखा। "आशा करता हूं प्रभु कि यह वार्तालाप समाप्त होने तक आप सुख के साथ-साथ मुझे विजयी होने का आशीर्वाद देने का भी मन बना पाएंगे।"

शिव मुस्कुराया और उसने खड़े होते हुए सुर्पदमन के कंधों पर हाथ रख दिए। "कृपया मुझे अनुमति दें कि मैं अपने साथियों का परिचय करवाऊं, राजकुमार सुर्पदमन। यह मेरी पत्नी हैं, सती।"

सुर्पदमन ने सती को प्रणाम किया। उसने विनम्रतापूर्वक सुर्पदमन के अभिवादन का प्रत्युत्तर दिया।

"और ये मेरे अभिन्न मित्र और वासुदेव प्रमुख गोपाल हैं," शिव ने कहा।

सुर्पदमन के हाथ सम्मानपूर्ण प्रणाम में जुड़ गए जबकि उसकी आंखें आश्चर्य से फैल गई थीं। "प्रभु राम कृपा करें!"

"उनसे प्रार्थना करें," गोपाल ने कहा, "तो वे अवश्य कृपा करेंगे।"

सुर्पदमन मुस्कुराया। "क्षमा चाहूंगा, गोपालजी। मेरे गुप्तचरों ने सदैव मुझे आश्वस्त किया है कि प्रख्यात वासुदेव यथार्थ हैं। किंतु मेरा विश्वास था कि वे तब तक सांसारिक मामलों में हस्तक्षेप नहीं करेंगे जब तक कि हमारे सामने अस्तित्व का संकट न खड़ा हो जाए।"

"ऐसा ही काल आ पहुंचा है, सुर्पदमन," गोपाल ने कहा। "और प्रभु राम के सभी सच्चे आस्थावानों को नीलकंठ से जुड़ना होगा।"

सुर्पदमन मौन रहा।

"चलिए बैठकर बात करते हैं, मगध के वीर राजकुमार," शिव ने कहा।

सुर्पदमन उन्हें दरबार के बीच में ले गया जहां गोलाई में औपचारिक आसन रखे हुए थे। गोपाल ने देखा कि अंधक के सिवा वहां मगध के राजदरबार का अन्य कोई अधिकारी नहीं था। अपुष्ट सूचनाएं संभवतः सच थीं कि अंधक शीघ्र ही मगध सेना का सेनापतित्व ग्रहण करने वाला है। यह भी अनुमान

लगाया जा सकता था कि मगध का शेष दरबार वास्तव में नीलकंठ से मित्रवत नहीं था। अयोध्या से मगध की पारंपरिक शत्रुता को देखते हुए यह कल्पना की जा सकती थी कि वे नीलकंठ से मित्रता कर लेंगे। किंतु उग्रसेन की हत्या ने सफलता की संभावनाएं प्रभावी रूप से क्षीण कर दी प्रतीत होती थीं।

"मैं आपकी क्या सेवा कर सकता हूं, प्रभु?" सुर्पदमन ने पूछा।

"मैं सीधे मुद्दे पर आता हूं, राजकुमार सुर्पदमन," शिव ने कहा। "आपके दक्ष गुप्तचर अधिकारियों ने आपको पहले ही सूचित कर दिया होगा कि युद्ध संभाव्य है।"

सुर्पदमन ने मौन रहकर हामी भरी।

"संभवतः आप यह भी जानते होंगे कि अयोध्या ने बुद्धिमत्तापूर्ण निर्णय नहीं लिया है," गोपाल ने कहा।

"जी, मुझे इसकी जानकारी है," सुर्पदमन ने हल्की सी मुस्कुराहट लाते हुए कहा। "किंतु अनिर्णय और भ्रम के प्रति अयोध्या के लगाव को देखते हुए शायद ही कोई निश्चित हो सकता है कि वे अंततः स्वयं को किस पक्ष में पाएंगे!"

सती मुस्कुराई। "और आपका क्या करने का विचार है, वीर राजकुमार?"

"देवी," सुर्पदमन ने कहा, "मैं नीलकंठ की किवदंती में आस्था रखता हूं। और प्रभु ने दिखा दिया है कि वे महादेव की पदवी के योग्य उत्तराधिकारी हैं।"

शिव ने असहजता से अपने आसन पर पहलू बदला, वह अभी भी महाप्रभु रुद्र से अपनी तुलना किए जाने को लेकर सहज नहीं था।

"इसके अतिरिक्त, अयोध्या भयंकर रूप से संप्रभु है," सुर्पदमन ने आगे कहा। "स्वद्वीप के हित में उसे चुनौती दी जानी चाहिए। और केवल मगध में ही ऐसा करने की क्षमता है।"

"मैं देख सकती हूं कि केवल शक्तिशाली मगध में ही अयोध्या से टक्कर लेने की शक्ति है," सती ने कहा।

"आप सही कहती हैं," सुर्पदमन ने कहा। "मैंने आपको दो कारण बताए हैं जिनके लिए मुझे नीलकंठ की सेना के साथ खड़े होने का चुनाव करना चाहिए।"

शिव, गोपाल और सती मौन रहकर उस अपरिहार्य 'किंतु' की प्रतीक्षा करते रहे।

"किंतु फिर भी," सुर्पदमन ने कहा, "परिस्थितियों ने मेरी स्थिति कुछ जटिल बना दी है।"

शिव की ओर घूमकर सुर्पदमन ने आगे कहा, "हे प्रभु, निश्चय ही आप मेरे धर्मसंकट से परिचित होंगे। मेरे भाई उग्रसेन एक नागा आतंकवादी आक्रमण में मारे गए थे और मेरे पिता बदला लेने पर आमादा हैं।"

इस मसले की संवेदनशीलता को ध्यान में रखते हुए शिव ने मृदु स्वर में कहा, "सुर्पदमन, मेरे विचार में वह घटना..."

"प्रभु," सुर्पदमन ने कहा, "बात काटने के लिए मुझे क्षमा करें, किंतु मैं सत्य से अवगत हूं।"

"मुझे नहीं लगता कि आप अवगत हैं, राजकुमार सुर्पदमन। अन्यथा आपकी प्रतिक्रिया भिन्न होती।"

सुर्पदमन मुस्कुराया, क्षणांश को उसने अंधक को देखा और फिर आगे कहा। "प्रभु, अंधक और मैंने व्यक्तिगत रूप से मामले की छानबीन की थी। हम उस स्थान पर भी गए थे जहां मेरे भाई और उनके सैनिक मारे गए थे। हमें घटना की जानकारी है।"

सती पूछे बिना नहीं रह सकी, "फिर क्यों..."

"मैं क्या कर सकता हूं, देवी?" सुर्पदमन ने पूछा। "मेरे पिता शोकाकुल वृद्ध मनुष्य हैं जिन्होंने स्वयं को विश्वास दिला दिया है कि उनका प्रिय पुत्र एक सज्जन और बहादुर क्षत्रिय था, जो एक कायरतापूर्ण नागा आक्रमण में अपने राज्य की रक्षा करते हुए मारा गया। मैं उन्हें सच कैसे बता सकता हूं? मैं उन्हें कैसे बताऊं कि उग्रसेन वस्तुतः एक दुर्व्यसनी जुआरी था जो एक असहाय बाल-सवार का अपहरण करने का प्रयास कर रहा था ताकि वह धन जीत सके? क्या मैं अपने पिता को बता दूं कि मेरा महान भाई एक मां की हत्या करने का प्रयास कर रहा था, जो अपने पुत्र की रक्षा कर रही थी? कि प्रत्यक्ष रूप से दुष्ट लगने वाले नागा यथार्थ में धीरोदात्त नायक है जिसने उनके अपने राज्य के एक नागरिक की उनके पुत्र की दुष्टता से रक्षा की थी? आपको लगता है कि वे मेरी बात सुनेंगे?"

"सत्य में प्रभुता होती है," सती ने कहा, "भले ही वह आहत करे।"

सुर्पदमन हल्के से हंसा। "यह मेलूहा नहीं है, देवी। 'सत्य' के प्रति मेलूहावासियों के समर्पण को यहां बहुत से लोग मात्र वैचारिक कट्टरपन के रूप

में देखते हैं। चंद्रवंशी अनेक वैकल्पिक सत्यों में से चयन करना पसंद करते हैं जो एक साथ सह-अस्तित्व में रह सकते हैं।"

सती मौन रही।

सुर्पदमन शिव की ओर मुड़ा। "प्रभु, मेरे पिता सोचते हैं कि मैं एक महत्वाकांक्षी युद्धपिपासु हूं, जो सिंहासन पर चढ़ने के लिए अधीर है। वे मेरे बड़े भाई को पसंद करते थे जो उनके दृष्टिकोण के अधिक अनुकूल थे। मुझे लगता है कि उन्हें संदेह है कि अपने लक्ष्यों की पूर्ति के लिए मैंने ही उग्रसेन की हत्या करवाई है।"

"मुझे विश्वास है कि यह सच नहीं है," शिव ने कहा। "आप उनके योग्य सुपुत्र हैं।"

"किसी दूसरे व्यक्ति के गुणों को सराहने वाला बहुत संकल्पशील व्यक्ति ही हो सकता है, प्रभु," सुर्पदमन ने कहा। "भले ही बात अपनी ही संतान की क्यों न हो। विडंबना यह है, नागाओं ने वस्तुतः मेरी सहायता की है, क्योंकि सिंहासन के लिए मेरा मार्ग प्रशस्त हो गया है। अब बस मुझे अपने पिता की मृत्यु होने की प्रतीक्षा करनी है। और ऐसा कुछ भी करने से बचना है कि वे मुझे उत्तराधिकार से वंचित कर दें और किसी संबंधी को सिंहासन सौंप दें। यह देखते हुए, अगर मैं अपने पिता से कहता हूं कि 'दुष्ट' नागाओं द्वारा उनके प्रिय पुत्र की हत्या करना पूर्णतया न्यायसंगत था, तो संभवतः इतिहास में मैं सदैव मूर्खतम राजकुमार के रूप में वर्णित किया जाऊंगा।"

गोपाल हल्के से मुस्कुराया। "ऐसा प्रतीत होता है कि हम एक गतिरोध पर आ गए हैं, राजकुमार सुर्पदमन। क्या किया जाए?"

सुर्पदमन ने अपनी आंखें सिकोड़ीं। "मुझे एक नागा दे दीजिए।"

"मैं नहीं दे सकता," शिव ने कहा।

"मैं आपसे उस नागा को नहीं मांग रहा हूं जिसने वास्तव में उग्रसेन को मारा था, प्रभु," सुर्पदमन ने कहा। "मेरा अनुमान है कि वह कोई महत्वपूर्ण व्यक्ति है। मैं बस किसी भी नागा की मांग कर रहा हूं। अपने पिता के सामने मैं उसे उग्रसेन के हत्यारे के रूप में प्रस्तुत कर दूंगा और हम अविलंब उसे प्राणदंड दे देंगे। मेरे पिता सहर्ष राजसिंहासन त्याग देंगे और मेरे भाई की आत्मा की शांति के लिए प्रार्थना करने को संन्यास ले लेंगे। और मैं, मगध के संपूर्ण संसाधनों के साथ, आपके साथ खड़ा होऊंगा। मैं जानता हूं ब्रंगा आपके साथ

है। अगर मगध और ब्रंगा एक ही पक्ष में हों तो विजय सुनिश्चित है। आप युद्ध जीत जाएंगे प्रभु और बुराई का सर्वनाश हो जाएगा। आपको बस किसी एक नगण्य नागा का बलिदान करना होगा, जो वैसे भी अपने पूर्वजन्मों के पापों का फल भोग रहा होगा। हम तो वस्तुतः उसे सुकर्म अर्जित करने का अवसर देंगे। आप क्या कहते हैं?"

शिव पलभर को भी नहीं झिझका। "मैं ऐसा नहीं कर सकता।"

"प्रभु..."

"मैं ऐसा नहीं करूंगा।"

"किंतु..."

"नहीं।"

सुर्पदमन अपने आसन पर पीछे टिककर बैठ गया। "हम निश्चय ही गतिरोध पर आ गए हैं, महावासुदेव। मेरे पिता मुझे ऐसी सेना में युद्ध करने की अनुमति नहीं देंगे जिसमें नागा भी हों, जब तक कि हम उनकी बदले की प्यास को शांत न कर दें।"

गोपाल कोई प्रत्युत्तर देते, इससे पहले शिव कह उठे। "और अगर आप कोई पक्ष चुनें ही न तो?"

संभ्रमित से सुर्पदमन के मस्तक पर बल पड़े।

"अपने पिता को तटस्थ रहने के लिए सहमत करें," शिव ने आगे कहा। "मेरे पोतों को अयोध्या से युद्ध करने के लिए आगे बढ़ने दें। अगर हम उन्हें पराजित कर सके तो आपका मुख्य शत्रु निर्बल हो जाएगा। अगर उन्होंने हमें पराजित कर दिया तो हमारी सेना, नागाओं सहित, वापस लौटेगी। शेष आपकी कल्पना पूर्ण कर सकती है। दोनो ही तरह से आप विजयी होंगे।"

सुर्पदमन मुस्कुराया। "यह तो आकर्षक मालूम होता है।"

— ⁂ —

हाल ही में काशी नगरी पहुंचने पर, पर्वतेश्वर और आनंदमयी को विशाल काशी महल के एक पृथक भाग में ठहराया गया था। आनंदमयी और आयुर्वती वीरभद्र और गुण वालों से मिलने गई थीं।

मेलूहा का सेनापति अपने कक्ष की दीर्घा में बैठे हुए सुदूर बहती गंगा की ओर देख रहा था।

"स्वामी," द्वारपाल ने पुकारा।

पर्वतेश्वर घूमा। "हां?"

"एक दूत अभी-अभी आपके लिए एक संदेश दे गया है।"

"मुझे दे दो।"

"जी, स्वामी।"

द्वारपाल अंदर आया तो पर्वतेश्वर ने पूछा, "संदेश कौन लाया था?"

"मुख्य महल का द्वाररक्षक, स्वामी।"

पर्वतेश्वर ने अपनी भौंहें ऊंची कीं। "किसी बाहरी व्यक्ति को तो अंदर आने नहीं दिया जाएगा, है न? मैं यह जानना चाहता था कि महल के द्वाररक्षक को यह संदेश किसने दिया था?"

द्वारपाल चकरा गया। "मैं कैसे जान सकता हूं, स्वामी?"

पर्वतेश्वर ने गहरी सांस ली। इन स्वद्वीपियों में प्रणाली और प्रक्रिया का कोई आचार-व्यवहार नहीं है। आश्चर्य ही है कि कोई शत्रु इनके प्रमुख अधिष्ठानों में घुसा चला नहीं आता है। उसने सुघड़ता से मोहरबंद आलेख को द्वारपाल से लिया और उसे भेज दिया। पर्वतेश्वर मोहर पर बने प्रतीक को पहचान नहीं पाया। यह किसी तारे जैसा प्रतीत होता था, जैसे प्राचीन ज्योतिषीय गणनाओं में प्रयोग किए जाते थे। उसने कंधे उचकाए और उसे खोल दिया। लिपि ने उसे चकित कर दिया! यह मेलूहा की मानक गुप्त लिपि थी। विशिष्ट रूप से वरिष्ठ सूर्यवंशी सैन्य अधिकारी ही इसका प्रयोग करते थे। युद्ध के दिनों में इसे अति गोपनीय संदेश के लिए प्रयोग किया जाता था। अन्य लोगों के लिए आलेख में लिखे शब्द पूरी तरह ऊलजलूल होते।

माननीय पर्वतेश्वर, समय आ गया है कि आप मेलूहा के प्रति अपनी निष्ठा को सिद्ध करें। तीसरे प्रहर की समाप्ति पर संकटमोचन मंदिर के पीछे स्थित उपवन में मुझसे मिलें। अकेले आएं।

पर्वतेश्वर की सांस थम गई। सहजबोध से उसने द्वार की ओर देखा। वह अकेला था। उसने आलेख को अपने कमरबंद में बंधी एक थैली में खोंसा।

वह जानता था कि उसे क्या करना है।

— ⁂ —

संकटमोचन मंदिर में दिन-प्रतिदिन घंटियों, ढोलों और प्रार्थना के मंत्रों की ध्वनि

से प्रातः की हवा गुंजायमान रहती थी। इस तरह प्रभु हनुमान को जगाने के बाद उनके स्वामी प्रभु राम को शालीनता से जगाने के लिए भक्तगण भजन गाते थे, जैसे प्रभु हनुमान भी गाते। इस विस्तृत पूजा के अंत में, सातवें महाविष्णु दर्शन देकर दिव्य आनंद प्रदान करते। मगर, गोधूलि की चुप्पी भोर की प्रचुरता को झुठलाती थी। यही वह समय था जब पर्वतेश्वर ने भव्य मंदिर में प्रवेश किया था।

पर्वतेश्वर ने यह सुनिश्चित करने के लिए पीछे देखा कि कोई उसका पीछा तो नहीं कर रहा है। फिर वह चुस्त चाल से मंदिर के पीछे स्थित उपवन की ओर बढ़ गया। वहां शांति थी। पर्वतेश्वर उपवन के सुदूर छोर पर स्थित वृक्ष की ओर बढ़ा और उससे टिककर बैठ गया।

"आप कैसे हैं, सेनापति?" एक मृदु, विनम्र स्वर ने पूछा।

पर्वतेश्वर ने निगाह उठाई। "अगर आपको देख सकूंगा तो बहुत उत्तम महसूस करूंगा।"

"आप अकेले हैं?"

"अगर अकेला नहीं होता तो मैं नहीं आता।"

कुछ पल मौन रहा।

पर्वतेश्वर जाने के लिए उठ गया। "अगर आप सच्चे मेलूहावासी हैं तो आप जानते होंगे कि मेलूहावासी झूठ नहीं बोलते।"

"ठहरिए, सेनापति," भृगु ने अंधेरे से बाहर आते हुए कहा।

पर्वतेश्वर स्तंभित था। वे सप्तर्षि उत्तराधिकारी को पहचान गया था। वह जानता था कि प्रबल प्रभाव रखने के बावजूद उन्होंने कभी भी मेलूहा के कामकाज में हस्तक्षेप नहीं किया था। उसके लिए यह विश्वास करना कठिन था कि भृगु सांसारिक जीवन के निकृष्ट मामलों में स्वयं को लिप्त कर सकते हैं।

"आपसे आमने-सामने भेंट करके मैं बहुत बड़ा संकट मोल ले रहा हूं," भृगु मुस्कुराए। "मुझे सुनिश्चित करना था कि आप अकेले ही हैं।"

"आप यहां क्या कर रहे हैं, मुनिवर?" पर्वतेश्वर ने महर्षि को प्रणाम करते हुए पूछा।

"मैं अपना कर्तव्य कर रहा हूं। जैसे आप अपना कर्तव्य कर रहे हैं।"

"किंतु आपने तो कभी सांसारिक बातों में हस्तक्षेप नहीं किया है।"

"किया है," भृगु ने कहा। "किंतु विशेष अवसरों पर ही। और यह भी ऐसा ही है।"

पर्वतेश्वर मौन रहा। *तो भृगु ही वास्तविक कर्ता-धर्ता हैं। यही हैं जिन्होंने पंचवटी के बाहर प्रभु शिव के काफिले पर छलपूर्वक आक्रमण करने के लिए मेलूहा-अयोध्या का संयुक्त सैन्य दल भेजा था। भृगु के प्रति पर्वतेश्वर का सम्मानभाव कम हो गया। महर्षि भी अंततः मनुष्य ही थे।*

"आप तो जानते ही हैं कि आपको क्या करना है," भृगु ने कहा। "मैं जानता हूं कि अपनी प्रिय मातृभूमि पर आक्रमण करने में आप उस कपटी नीलकंठ का समर्थन नहीं करेंगे।"

पर्वतेश्वर क्रोध से फट पड़ा। "प्रभु शिव कपटी नहीं हैं! प्रभु राम के बाद इस धरती पर आने वाले वे सर्वोत्कृष्ट व्यक्ति हैं!"

भृगु पीछे हट गए, अचंभित। "संभवतः मुझे भ्रांति हुई है। संभवतः आप मेलूहा से उतना प्रेम नहीं करते जितना मैंने समझा था कि आप करते हैं।"

"महर्षि भृगु, मेलूहा के लिए मैं अपने प्राण दे दूंगा," पर्वतेश्वर ने कहा। "क्योंकि ऐसा करना मेरा कर्तव्य है। किंतु यह सोचने की भूल न करें कि मैं प्रभु नीलकंठ से घृणा करता हूं। वे मेरे सप्राण ईश्वर हैं।"

भृगु के मस्तक पर बल पड़े, वे और अधिक अचंभित हो गए थे। उन्होंने पर्वतेश्वर की आंखों में झांका। सामान्यतया नियंत्रित रहने वाले ऋषि का मुख हल्का सा खुल गया। वे जान गए थे कि वे एक ऐसे असाधारण मनुष्य को देख रहे हैं जिसने वही कहा था जो वह सोच रहा था। भृगु का सुर बदल गया और वे सम्मानपूर्ण हो गए। "क्षमा चाहूंगा, महान सेनापति। मैं देख सकता हूं कि आपकी प्रतिष्ठा अकारण नहीं है। मैंने आपको समझने में भूल की थी। कभी-कभी संसार की पाखंडी प्रकृति हमें एक असाधारण कर्तव्यनिष्ठ व्यक्ति के प्रति असंवेदनशील बना देती है।"

पर्वतेश्वर मौन ही रहा।

"क्या आप मेलूहा के पक्ष में युद्ध करेंगे?" भृगु ने पूछा।

"अपनी अंतिम सांस तक," पर्वतेश्वर ने धीमे से कहा। "किंतु मैं भगवान राम के नियमों के अनुसार ही युद्ध करूंगा।"

"अवश्य।"

"हम युद्ध के नियमों को नहीं तोड़ेंगे।"

भृगु ने मौन रहकर हामी भरी।

"मेरा परामर्श है, मुनिवर," पर्वतेश्वर ने कहा, "कि आप मेलूहा लौट जाएं। मैं कुछ सप्ताह बाद आऊंगा।"

"यहां रहना बुद्धिमानी नहीं होगी, सेनापति," भृगु ने कहा। "अगर आपको कुछ हो जाता है तो मेलूहा के लिए परिणाम विनाशकारी होंगे। आपकी सेना को एक अच्छे अधिनायक की आवश्यकता है।"

"मैं अपने प्रभु की अनुमति लिए बिना नहीं जा सकता।"

भृगु को लगा जैसे उन्होंने ठीक से नहीं सुना है। "क्षमा कीजिएगा? क्या आपने कहा कि आप जाने से पहले नीलकंठ की अनुमति लेना चाहते हैं?"

उन्होंने "कपटी नीलकंठ" न कहने की सतर्कता बरती थी।

"हां," पर्वतेश्वर ने उत्तर दिया।

"किंतु वे आपको जाने की अनुमति क्यों देंगे?"

"मैं नहीं जानता कि वे देंगे या नहीं। किंतु मैं यह जानता हूं कि मैं उनकी अनुमति के बिना नहीं जा सकता।"

भृगु ने सावधानी बरतते हुए कहा। "अहह, माननीय पर्वतेश्वर, मुझे नहीं लगता कि आप स्थिति की गंभीरता को समझ रहे हैं। अगर आप नीलकंठ से कहते हैं कि आप उनके शत्रु का नेतृत्व करने जा रहे हैं तो वे आपको मार डालेंगे।"

"नहीं, वे नहीं मारेंगे। किंतु, अगर वे ऐसा करने का निर्णय लेते हैं तो यह मेरी नियति होगी।"

"अशिष्ट प्रतीत होने के लिए क्षमा करें, किंतु यह मूर्खता है।"

"नहीं, ऐसा नहीं है। कोई भक्त अगर अपने प्रभु को छोड़ना चाहता है तो वह यही करता है।"

"किंतु..."

"महर्षि भृगु, आपको यह विचित्र प्रतीत हो सकता है क्योंकि आप प्रभु शिव से नहीं मिले हैं। उनके साथी भय के कारण उनका अनुसरण नहीं करते हैं। वे ऐसा इसलिए करते हैं क्योंकि उनके जीवन में प्रभु शिव सर्वाधिक प्रेरणादायी व्यक्ति होते हैं। मेरी नियति ने मुझे इस स्थिति में डाल दिया है जिसमें मैं उनका विरोध करने के लिए विवश हो रहा हूं। यह मेरे हृदय को चीर रहा है। जो मेरा कर्तव्य है, उसे करने की शक्ति पाने के लिए मुझे उनका

आशीर्वाद और अनुमति चाहिए।"

भृगु के धीमे से सिर हिलाने में द्वेषपूर्ण सम्मान झलक गया। "इस प्रकार की निष्ठा को प्रेरित करने वाले नीलकंठ अवश्य ही कोई विशेष व्यक्ति होंगे।"

"वे मात्र विशेष व्यक्ति नहीं हैं, महर्षि। वे सप्राण ईश्वर हैं।"

अध्याय 16

रहस्योद्‌घाटन

“मेरा विचार है हमने वह प्राप्त कर लिया है जिसके लिए हम यहां आए थे,” सती ने कहा।

गोपाल, सती और शिव सुर्पदमन के महल में अपने कक्षों में चले गए थे। सदाशयता के चिह्नस्वरूप सुर्पदमन ने उन्हें कुछ दिन ठहरने और शिव की सेना के लिए कुछ अस्त्र तैयार करवाने की अनुमति देने के लिए मना लिया था।

“हां, मैं सहमत हूं,” गोपाल ने कहा। “अस्त्र देने का सुर्पदमन का प्रस्ताव, भले ही शकुनस्वरूप सही, हमसे गठबंधन करने का प्रतीक है।”

“मगर मगध दरबार को कोई भी अन्य व्यक्ति हमसे मिलने नहीं आया,” शिव ने कहा। “मैं आशा करूंगा कि राजा महेंद्र सुर्पदमन पर कोई मूर्खता करने का दबाव न डालें।”

“आपको लगता है कि वह हमारे पोतों को अयोध्या जाने से रोक सकता है?” गोपाल ने कहा।

“मैं निश्चित नहीं कह सकता,” शिव ने कहा। “बहुत संभव है कि वह सहयोग करे, किंतु यह इस पर निर्भर करता है कि उसके पिता की प्रतिक्रिया क्या रहती है।”

“आशा करें कि सब अच्छा ही होगा,” सती ने कहा।

“मेरी घोषणा का क्या रहा, पंडितजी?”

“अब से कुछ सप्ताह के भीतर यह तैयार हो जाएगी और वितरित कर दी जाएगी,” गोपाल ने कहा। “जनता के साथ-साथ संभ्रांत वर्ग की प्रतिक्रिया के बारे में देश भर के वासुदेव पंडित हमें निरंतर अद्यतन जानकारी देते रहेंगे।”

"किंतु अगर वासुदेव पंडितों को खोज लिया गया तो?"

"नहीं, उन्हें नहीं खोजा जाएगा। राजसी वर्ग के लोग यह भले ही जानते हों कि वासुदेव समूह नीलकंठ से जुड़ गया है किंतु वे अपने राज्य के वासुदेवों की पहचान को कभी नहीं जान सकेंगे।"

शिव ने एक लंबी सांस छोड़ी। "और इस प्रकार ही ये आरंभ होगा।"

— ⅄◎Ʊ⇡⊛ —

भगीरथ देर संध्या को काशी पहुंचा और सीधे महल की ओर बढ़ गया। वहां पहुंचने पर उसे सूचित किया गया कि शिव सुर्पदमन की मित्रता प्राप्त करने मगध चले गए हैं। इसलिए भगीरथ अपना समाचार बताने के लिए गणेश और कार्तिक से भेंट करने चला गया।

"अयोध्या के पास कोई अन्य सहायक योजना भी प्रतीत होती है," भगीरथ ने कहा। "उन्हें भय है कि मगध गंगा के ऊपर मेलूहा की ओर सैनिकों को ले जा रहे उनके पोतों को रोकेगा। अतएव, उनका विचार वनों को काटकर उत्तर-पश्चिम की ओर अपनी सेना को भेजने का है, धर्मखेत तक। वहां से, वे गंगा पार कर सकते हैं और नए बने मार्ग से मेलूहा तक जा सकते हैं।"

"यह विवेकसम्मत है," गणेश ने कहा। "किंतु यह धीमा रहेगा। सघन वनों को काटते हुए मेलूहा पहुंचने में उन्हें अनेक माह लग जाएंगे। उस समय तक तो युद्ध वास्तव में समाप्त हो गया हो सकता है।"

भगीरथ सहमत था। "सच है।"

गणेश आगे को झुका। "किंतु मैं देख सकता हूं कि अभी कुछ और बात भी है।"

भगीरथ स्वयं को रोक नहीं सका। "मुझे उस व्यक्ति का पता चल गया है जो हमारे शत्रुओं का नेतृत्व कर रहा है।"

"महर्षि भृगु?" कार्तिक ने सुझाया।

भगीरथ चमत्कृत था। "आपको कैसे पता?"

"बाबा के मित्रों, वासुदेवों, ने हमें बताया था," गणेश ने उत्तर दिया।

भगीरथ ने किवदंतियों में वासुदेवों की कहानियां सुन रखी थीं। "क्या वासुदेव वास्तव में होते हैं?"

"हां, वे होते हैं, वीर राजकुमार," कार्तिक ने कहा।

भगीरथ मुस्कुराया, "उनके जैसे मित्रों के होते हुए प्रभु शिव को मेरे जैसे अनुयायियों की आवश्यकता नहीं है!"

गणेश हंसा। "जब उन्होंने आपके सुझाव को माना था तो उन्हें यह ज्ञात नहीं था कि वासुदेव मुख्य अपराधी की पहचान को उजागर करेंगे।"

"अवश्य," भगीरथ ने कहा। "किंतु कम से कम अब हमें अयोध्या के उत्तर-पश्चिम से अभेद्य वनों को होकर जाने की उनकी सहायक योजना के बारे में तो ज्ञात हो गया है।"

"हां, यह उपयोगी सूचना है, भगीरथ," गणेश ने कहा।

कार्तिक अचानक बैठ गया। "राजकुमार भगीरथ, क्या आप स्वयं महर्षि भृगु से मिले थे?"

"हां।"

कार्तिक ने चिंताकुल होकर गणेश को देखा।

"क्या बात है?" भगीरथ ने कहा।

"क्या उन्होंने आपसे बातें करते हुए आपकी आंखों में देखा था, भगीरथ?" गणेश ने पूछा।

"अगर वे मुझसे बात कर रहे थे तो और कहां देखते?"

कार्तिक ने छत की ओर देखा। "प्रभु राम कृपा करना।"

"क्या हुआ?" भ्रमित से भगीरथ ने पूछा।

"हमें बताया गया है कि महर्षि भृगु आंखों में देखकर आपके मन की बात पढ़ सकते हैं," कार्तिक ने कहा।

"क्या? यह असंभव है!"

"वे सप्तर्षि उत्तराधिकारी हैं, भगीरथ," गणेश ने कहा। "उनके लिए बहुत कम बातें असंभव हैं। अगर वे विशेष रूप से आपकी आंखों में देख रहे थे तो पूरी संभावना है कि उन्होंने आपके चेतन विचारों को पढ़ लिया होगा। अब उनके पास हमारी योजनाओं की कुछ बहुत संवेदनशील सूचना हो सकती है।"

"हे ईश्वर!" भगीरथ धीरे से बोला।

"मैं चाहता हूं कि आप सावधानीपूर्वक याद करें कि महर्षि भृगु से बात करते समय आप क्या-क्या सोच रहे थे," गणेश ने कहा।

"मैंने कहा था..."

कार्तिक ने भगीरथ की बात काटी। "यह निरर्थक है कि आपने क्या

कहा। अर्थपूर्ण तो वह है जो आपने सोचा था।"

भगीरथ ने अपनी आंखें बंद कीं और याद करने की कोशिश की। "मैंने सोचा था कि मेरे निर्बल पिता षड्यंत्र के वास्तविक नायक नहीं हो सकते।"

"यह कोई रहस्य नहीं है," गणेश ने कहा। "आपने और क्या सोचा था?"

"जब मुझे यह समझ आया कि महर्षि भृगु ही वास्तविक नायक हैं तो मुझे भयभीत होना याद है।"

"आदर्श स्थिति में मैं उन्हें आपके भयों को जानने नहीं देता," कार्तिक ने कहा। "किंतु इससे भी हमें हानि नहीं पहुंच सकती।"

"मुझे यह सोचना भी याद है कि प्रभु शिव ने मुझे वास्तविक नायक की पहचान खोजने के लिए अयोध्या भेजा है।"

"पुनः," गणेश ने कहा, "किसी शत्रु के जानने के लिए यह भी बहुत हानिकारक सूचना नहीं है।"

भगीरथ ने आगे कहा। "मैंने यह भी सोचा था कि पंचवटी में हम पर मेलूहा-अयोध्या के संयुक्त पोतों ने आक्रमण किया था और कैसे हमने उस आक्रमण को निष्फल कर दिया था।"

गणेश ने मन ही मन कोसा।

भगीरथ ने क्षमा मांगते हुए गणेश को देखा। "अर्थात महर्षि भृगु पंचवटी की सुरक्षा व्यवस्था को जान गए हैं... मुझे बहुत दुख है, गणेश।"

कार्तिक ने आश्वस्त करते हुए भगीरथ की बांह को थपथपाया। "आपका ऐसा करने का मंतव्य नहीं था, राजकुमार भगीरथ। क्या और भी कुछ था?"

"ओह, प्रभु रुद्र!" भगीरथ हौले से बोला।

गणेश की आंखें सिकुड़ गईं। "क्या?"

"मैंने पर्वतेश्वर की मेलूहा का साथ देने की इच्छा के बारे में भी सोचा था," भगीरथ ने कहा।

गणेश की सांसें थम गईं जबकि कार्तिक ने अपना सिर पकड़ लिया। "अब क्या करें, दादा?"

"मौसी को यहां बुलाओ, कार्तिक," गणेश ने अपने भाई से नागाओं की रानी काली को बुलाकर लाने के लिए कहा। "हम जानते हैं कि हमें क्या करना है, किंतु बाबा का क्रोध भयंकर होगा। मौसी ही उनके सामने खड़ी हो सकती हैं। हमें जानना होगा कि वे हमसे सहमत हैं या नहीं।"

कार्तिक तुरंत कक्ष से चला गया।

स्तंभित भगीरथ ने गणेश को देखा। "आशा करता हूं आप वह नहीं सोच रहे हैं जिसका मुझे भय है।"

"क्या हमारे सामने कोई विकल्प है, भगीरथ? महर्षि भृगु पहला अवसर पाते ही पर्वतेश्वर से संपर्क करने और उन्हें ले जाने का प्रयास करेंगे।"

"गणेश, पर्वतेश्वर मेरी बहन के पति हैं। हम उनकी हत्या नहीं कर सकते!"

गणेश ने क्रोध में अपने हाथ उठाए। "उनकी हत्या? आप कह क्या रहे हैं, भगीरथ?"

भगीरथ मौन रहा।

"मैं बस सेनापति पर्वतेश्वर को बंदी बनाना चाहता हूं ताकि वे भाग न सकें।"

भगीरथ कुछ कहने वाला था कि तभी गणेश ने उसे टोक दिया।

"हमारे सामने कोई विकल्प नहीं है। अगर पर्वतेश्वर उनके पक्ष में चले गए तो यह हमारे लिए विनाशकारी होगा। वे उत्कृष्ट रणनीतिकार हैं।"

भगीरथ ने गहरी सांस ली। "मैं आपका विरोध नहीं कर रहा हूं। जो आवश्यक है वह तो करना ही होगा। किंतु हम उनकी हत्या नहीं कर सकते। मैं अपनी बहन को विधवा करने का पाप नहीं लूंगा।"

"पर्वतेश्वर जैसे व्यक्ति को मारने की बात मैं स्वप्न में भी नहीं सोच सकता। किंतु हमें उन्हें बंदी बनाना होगा। क्योंकि हम जानते हैं, संभव है महर्षि भृगु उनसे संपर्क साधने का प्रयास कर भी चुके हों।"

— ⅄◎Ʊ✧⊛ —

रहस्यमय निश्चलता ओढ़े काशी के अस्सी घाट पर चंद्रहीन रात पसरी हुई थी। सामान्य रूप से व्यस्त रहने वाले अस्सी के बंदरगाह पर रात में बहुत कम संख्या में पोत आते थे, किंतु अंधकार ने उन कुछ बहादुर नाविकों को भी दूर रखा था जो रात में लंगर डालने का प्रयास करते थे।

मूक और विचारमग्न पर्वतेश्वर घाट से वापस जा रहा था। उसने अभी-अभी चादर ओढ़े भृगु को एक प्रतीक्षारत नाव पर छोड़ा था जो उन्हें नदी के मध्य में लंगर डाले खड़े पोत पर ले जाने वाली थी। भृगु का विचार कुछ समय प्रयाग

में रुकने और फिर मेलूहा के लिए निकलने का था।

"सेनापति पर्वतेश्वर!"

पर्वतेश्वर ने दृष्टि उठाकर काली को देखा। मशालों के थरथराते प्रकाश ने दर्शा दिया था कि उसके साथ गणेश, कार्तिक और लगभग पचास सैनिक हैं। पर्वतेश्वर मुस्कुराया।

"आप एक आदमी को गिराने के लिए पचास सैनिक लाई हैं?" अपनी तलवार की मूठ पर हाथ रखते हुए पर्वतेश्वर ने पूछा। "मेरे विषय में आपकी बहुत ऊंची धारणा है, रानी काली।"

"क्या आप भागने की योजना बना रहे थे, सेनापति?" काली ने पूछा।

सैनिकों ने शीघ्रता से पर्वतेश्वर को घेरकर उसके बच निकलने को असंभव बना दिया।

पर्वतेश्वर उत्तर देने ही वाला था कि उसने कार्तिक के पास एक परिचित आकृति को देखा।

"भगीरथ?"

"हां," भगीरथ ने उत्तर दिया। "यह मेरे लिए दुखद दिन है।"

"मुझे इसका विश्वास है," पर्वतेश्वर ने व्यंग्य से कहा, फिर काली की ओर मुड़ा। "तो आप क्या करने की योजना बना रही हैं, रानी काली? मुझे अभी मार देंगी या प्रभु नीलकंठ के लौटने की प्रतीक्षा करेंगी?"

"अर्थात आप स्वीकार करते हैं कि आप द्रोही हैं," काली ने कहा।

"मैं तब तक कुछ स्वीकार नहीं करूंगा जब तक कि आप कुछ पूछेंगी नहीं।"

"मैंने आपसे पूछा था कि क्या आप भागने का प्रयास कर रहे थे।"

"अगर ऐसी बात होती, तो मैं अस्सी घाट से दूर नहीं जा रहा होता, महारानी।"

"क्या आपने महर्षि भृगु से भेंट की थी?" गणेश ने पूछा।

पर्वतेश्वर ने कभी असत्य नहीं बोला था। "हां।"

काली ने तीव्र सांस लेते हुए अपनी तलवार की ओर हाथ बढ़ाया।

"मौसी," गणेश ने नागा रानी से अपने क्रोध को नियंत्रण में रखने की याचना करते हुए कहा। "महर्षि कहां हैं, सेनापति?"

"वे नाव पर लौट गए हैं," पर्वतेश्वर ने कहा, "संभवतः मेलूहा के मार्ग

पर हों।"

"आप जानते हैं न आगे क्या होगा?" काली ने पूछा।

"क्या मुझे एक सैनिक की मृत्यु प्राप्त होगी?" पर्वतेश्वर ने पूछा। "क्या आप सब मुझ पर एक-एक करके आक्रमण करेंगे ताकि मैं आपमें से कुछ को मारने की प्रसन्नता प्राप्त कर सकूं? या आप सब कायर लकड़बग्घों के झुंड की तरह एक साथ मुझ पर टूट पड़ेंगे?"

"कोई नहीं मारा जा रहा है, सेनापति," गणेश ने कहा। "हम नागाओं के यहां न्याय प्रणाली है। आपके द्रोह को न्यायालय में सिद्ध किया जाएगा और फिर आपको दंड दिया जाएगा।"

"कोई नागा मेरा निर्णय नहीं करेगा," पर्वतेश्वर ने कहा। "मैं केवल दो न्यायालयों को ही मानता हूं: एक वह जो मेलूहा के विधान द्वारा अधिकृत है और दूसरा प्रभु नीलकंठ का।"

"तो जब नीलकंठ लौटेंगे तभी आपका न्याय करेंगे," काली ने सैनिकों की ओर मुड़ने से पहले कहा। "सेनापति को बंदी बना लो।"

पर्वतेश्वर ने बहस नहीं की। उसने अपने हाथ आगे बढ़ा दिए और हथकड़ी पहनाने वाले व्यक्ति के उतरे हुए चेहरे को देखा। वह नंदी था।

— ⁂ —

शिव, सती और गोपाल मगध में नीलकंठ के कक्ष में भोजन कर रहे थे।

"संध्याकाल में पोत का नौकाध्यक्ष मुझसे मिला था," सती ने कहा। "सारे अस्त्र पोत में रख दिए गए हैं। कल सुबह हम काशी के लिए चल सकते हैं।"

"अच्छा है," शिव ने कहा। "कुछ ही सप्ताह में हम अपना अभियान आरंभ कर सकते हैं।"

गोपाल को इसका पूर्वानुमान था। "मैं पहले ही मगध के नरसिंह मंदिर के पंडित को संदेश भेज चुका हूं। वे उसे राजा चंद्रकेतु के पास पहुंचा देंगे, जो तत्पश्चात वैशाली के बंदरगाह पर नौसेना के बेड़े के साथ अगले निर्देशों की प्रतीक्षा करेंगे।"

"भगीरथ, गणेश और कार्तिक उनके साथ अयोध्या जाएंगे," शिव ने कहा। "गणेश पूर्वी मोर्चे का नेतृत्व करेगा।"

"बुद्धिमत्तापूर्ण चयन है," गोपाल ने कहा।

"पश्चिमी सेना, जिसमें वासुदेव, नागा और वे ब्रंगा सैनिक होंगे जिन्हें नागाओं के नेतृत्व में सौंपा गया है, मेरे साथ मेलूहा पर आक्रमण करेंगे। काशी पहुंचने के एक सप्ताह के भीतर हम काली और पर्वतेश्वर के साथ कूच कर देंगे।"

"मैं पहले ही उज्जैन संदेश भेज चुका हूं," गोपाल ने कहा। "हमारे पोतों के विखंडित किए गए भागों के साथ, जिन्हें नर्मदा पर पुनः संयोजित किया जाएगा, सेना चल चुकी है। हम पश्चिमी समुद्र और फिर आगे तटीय क्षेत्र लोथल तक एक साथ यात्रा करेंगे।"

"आपके युद्ध-हाथियों का क्या होगा, पंडितजी?" सती ने पूछा। "वे मेलूहा कैसे पहुंचेंगे?"

"हमारी हाथी सेना वनों के रास्ते उज्जैन से चलेगी और हमें लोथल में मिलेगी," गोपाल ने उत्तर दिया।

"गोपालजी, क्या नरसिंह मंदिर के पंडित पंचवटी में सुपर्णा को भी एक संदेश भेज सकते हैं?" शिव ने पूछा। "काली ने अपनी अनुपस्थिति में उसे नागा सेना का सेनापति नियुक्त किया है। उन्हें भी नर्मदा नदी पर हमसे मिलना होगा।"

"मैं यह कर दूंगा, नीलकंठ," गोपाल ने कहा।

अध्याय 17

मर्यादा बेड़ियों में

राजमहल के नीचे एक भूमिगत कक्ष को सेनापति पर्वतेश्वर के लिए अस्थायी कारावास में बदल दिया गया था। यद्यपि शांतिप्रिय काशी के सार्वजनिक कारावास मानवीयतापूर्ण थे, किंतु पर्वतेश्वर जैसे व्यक्ति को सामान्य अपराधियों के साथ बंदी बनाकर रखना उसके लिए अपमानजनक होता। बड़ा सा कक्ष, यद्यपि सुख-सुविधाओं से पूर्ण था, खिड़की रहित था। कोई भी जोखिम न लेते हुए पर्वतेश्वर के हाथ-पैरों में बेड़ियां डाल दी गई थीं। कक्ष के एकमात्र द्वार पर नागा सैनिकों की एक पूरी टुकड़ी पहरा दे रही थी, साथ ही दो वरिष्ठ अधिकारी संपूर्ण समय पर्वतेश्वर पर निगरानी कर रहे थे। पहली निगरानी नंदी और परशुराम कर रहे थे।

"मुझे क्षमा करें, सेनापति," परशुराम ने कहा।

पर्वतेश्वर मुस्कुराया। "आपको क्षमायाचना करने की आवश्यकता नहीं है, परशुराम। आप आदेशों को पालन कर रहे हैं। यह आपका कर्तव्य है।"

नंदी पर्वतेश्वर के सामने बैठा था, किंतु उसने अपना चेहरा घुमा रखा था।

"क्या तुम मुझसे क्रुद्ध हो, मेजर नंदी?" पर्वतेश्वर ने पूछा।

"मुझे आपसे क्रुद्ध होने का क्या अधिकार है, सेनापति?"

"अगर मेरे विषय में कोई ऐसी बात है जो तुम्हें व्याकुल कर रही है, तो तुम्हें क्रोधित होने का पूरा अधिकार है। प्रभु राम ने हमसे कहा था कि अपने प्रति हमेशा सत्यनिष्ठ रहना।"

नंदी मौन रहा।

पर्वतेश्वर दुखी भाव से मुस्कुराया और परे देखने लगा।

नंदी ने बोलने का साहस जुटाया। "क्या आप अपने प्रति सत्यनिष्ठ हैं,

सेनापति?"

"हां, मैं हूं।"

"मुझे क्षमा करें, किंतु आप नहीं हैं। आप अपने सप्राण ईश्वर को धोखा दे रहे हैं।"

प्रत्यक्ष प्रयास से पर्वतेश्वर ने अपने क्रोध को नियंत्रित रखा। "वे बहुत दुर्भाग्यशाली होते हैं जिन्हें अपने ईश्वर और स्वधर्म के बीच चुनना पड़ता है।"

"आप कह रहे हैं कि आपका निजी धर्म आपको अच्छाई से दूर ले जा रहा है?"

"मैं ऐसा कुछ नहीं कह रहा हूं, मेजर नंदी। किंतु मेलूहा के प्रति मेरा कर्तव्य मेरे लिए सर्वाधिक महत्वपूर्ण है।"

"अपने ईश्वर से विद्रोह करना द्रोह है।"

"कुछ लोग कह सकते हैं कि अपने देश से विद्रोह करना महाद्रोह है।"

"मैं असहमत हूं। निस्संदेह, मेलूहा मेरे लिए भी महत्वपूर्ण है। मैं इसके लिए प्राण देने को तैयार हूं। किंतु मेलूहा के लिए मैं अपने सप्राण ईश्वर से युद्ध नहीं करूंगा। यह पूर्णतया असंगत होगा।"

"मैं यह नहीं कह रहा हूं कि तुम असंगत हो, मेजर नंदी।"

"तब आप मानते हैं कि आप स्वयं असंगत हैं।"

"मैंने ऐसा भी नहीं कहा।"

"ऐसा कैसे हो सकता है, सेनापति?" नंदी ने पूछा। "हम ध्रुवीय विरोधों की बात कर रहे हैं। हममें से एक को तो असंगत होना ही होगा।"

पर्वतेश्वर मुस्कुराया, "यह अत्यधिक कट्टर सूर्यवंशी विश्वास हैः सत्य का विपरीत असत्य ही होगा।"

नंदी मौन रहा।

"किंतु आनंदमयी ने मुझे एक गूढ़ बात सिखाई है," पर्वतेश्वर ने कहा। "एक तुम्हारा सत्य है और एक मेरा सत्य है। जहां तक सार्वभौम सत्य का प्रश्न है, तो उसका कोई अस्तित्व नहीं है।"

"सार्वभौम सत्य का अस्तित्व है, किंतु मनुष्यों के लिए यह सदैव एक रहस्य है," परशुराम मुस्कुराया। "और यह तब तक रहस्य ही बना रहेगा जब तक कि हम इस नश्वर शरीर से बंधे हैं।"

— ⁂ —

रक्षक को एक ओर धकेलकर आनंदमयी धड़धड़ाती हुई काशी महल में भगीरथ के कक्ष में घुसी।

"यह तुमने किया क्या है?" वह गरजी।

भगीरथ तुरंत ही उठा और अपनी बहन की ओर बढ़ा। "आनंदमयी, हमारे पास और कोई चारा नहीं था..."

"बकवास! वे मेरे पति हैं! तुम्हारा साहस कैसे हुआ?"

"आनंदमयी, यह संभव है कि वे हमारी योजनाएं..."

"क्या तुम पर्वतेश्वर को नहीं जानते? तुम्हें लगता है कि वे कभी कुछ अनैतिक करेंगे? जब भी तुम प्रभु नीलकंठ के निर्देशों के बारे में बात करते थे, तो वे वहां से दूर हट जाया करते थे। उन्हें तुम्हारी किसी भी 'गोपनीय' सैन्य योजना की जानकारी नहीं है!"

"तुम सही कहती हो। मुझे दुख है।"

"तो उन्हें बंदी क्यों बनाया गया है?"

"आनंदमयी, यह मेरा निर्णय नहीं था..."

"यह मिथ्या है! वे कारावास में क्यों हैं?"

"वे भाग सकते थे अगर..."

"तुम्हें लगता है कि अगर वे चाहते तो भाग नहीं सकते थे? वे तो प्रभु नीलकंठ से भेंट करने की प्रतीक्षा कर रहे हैं। केवल तभी वे मेलूहा के लिए प्रस्थान करेंगे।"

"उन्होंने यही कहा था किंतु..."

"किंतु? 'किंतु' से भला तुम्हारा क्या तात्पर्य है? तुम सोचते हो पर्वतेश्वर असत्य बोल सकते हैं? तुम सोचते हो पर्वतेश्वर असत्य बोलने में सक्षम हैं?"

"नहीं।"

"अगर उन्होंने कहा है कि वे प्रभु शिव के लौटने तक नहीं जाएंगे, तो मेरा विश्वास करो कि वे कहीं नहीं जाएंगे!"

भगीरथ मौन रहा।

आनंदमयी अपने भाई की ओर बढ़ी। "क्या तुम उनकी हत्या करने की योजना बना रहे हो?"

"नहीं, आनंदमयी!" स्तंभित भगीरथ चिल्ला पड़ा। "तुम सोच भी कैसे सकती हो कि मैं ऐसा कोई काम करूंगा?"

"मेरे साथ यह आहत होने का नाटक मत खेलो, भगीरथ। अगर मेरे पति के साथ कुछ भी होता है, कोई दुर्घटना भी, तो तुम जानते हो कि प्रभु नीलकंठ का क्रोध भयंकर होगा। तुम और तुम्हारे मित्र मेरी उपेक्षा कर सकते हो, किंतु तुम उनसे डरते हो। कुछ भी मूर्खता करने से पहले उनके क्रोध को याद कर लेना।"

"आनंदमयी, हम कुछ नहीं..."

"प्रभु नीलकंठ एक सप्ताह में आ जाएंगे। तब तक, मैं उस कक्ष के बाहर निरंतर निगरानी करूंगी जहां तुमने उन्हें बंदी बना रखा है। अगर कोई भी उन्हें हानि पहुंचाना चाहता है तो उसे पहले मुझसे संघर्ष करना होगा।"

"आनंदमयी, कोई कुछ नहीं..."

वह मुड़ी और तीव्रता से चली गई, भगीरथ की बात बीच में ही छोड़कर। उसने अपने मार्ग में खड़े काशी के एक छोटे से सैनिक को धकेलकर अलग किया, सैनिक नीचे गिर गया, उसने अपने पीछे जोर से द्वार बंद कर दिया।

— ⚹ —

आयुर्वती ने आनंदमयी के कंधे पर हाथ रखा। अयोध्या की राजकुमारी उस कक्ष के बाहर बैठी थी जहां पर्वतेश्वर को बंदी बनाया गया था। विगत कुछ दिनों से उसने हिलने से भी मना कर दिया था।

"तुम अपने कक्ष में जाकर सो क्यों नहीं जातीं," आयुर्वती ने कहा। "यहां मैं बैठी रहूंगी।"

दृढ़निश्चयी आनंदमयी ने सिर हिला दिया। जंगली घोड़े भी उसे नहीं हटा सकते थे।

"आनंदमयी..."

"वे मुझे उनसे मिलने तक नहीं दे रहे हैं, आयुर्वती," आनंदमयी रोने लगी।

आयुर्वती आनंदमयी के निकट बैठ गई। "मैं जानती हूं..."

आनंदमयी उन नागा सैनिकों की ओर घूमी जो द्वार पर रक्षक थे। "मेरे पति कोई अपराधी नहीं हैं!"

आयुर्वती ने आनंदमयी का हाथ अपने हाथ में लिया। "शांत हो जाओ... ये सैनिक तो बस आदेशों का पालन कर रहे हैं..."

"वे अपराधी नहीं हैं... वे अच्छे मनुष्य हैं..."

"मैं जानती हूं..."

आनंदमयी ने अपना सिर आयुर्वती के कंधे पर रख दिया और रोने लगी।

"शांत हो जाओ," आयुर्वती ने सांत्वना देते हुए कहा।

आनंदमयी ने अपना सिर उठाया और आयुर्वती को देखा। "सारा संसार उनके विरुद्ध हो जाए तो भी मुझे परवाह नहीं है। नीलकंठ उनके विरुद्ध हो जाएं तो भी मुझे परवाह नहीं है। मैं अपने पति का साथ दूंगी। वे अच्छे मनुष्य हैं... अच्छे मनुष्य हैं!"

"नीलकंठ में विश्वास रखो। उनके न्याय में विश्वास रखो। जैसे ही वे काशी पहुंचें, उनसे बात करना।"

— ⅄ⓄⅧ⇡⊗ —

शिव का पोत जब अस्सी घाट पर लंगर डालने की तैयारी कर रहा था तो सूरज ठीक सिर के ऊपर था। शिव, सती और गोपाल पोत के जंगले पर खड़े थे।

"मुझे समझ नहीं आता कि मेरे हर बार यहां आने पर महाराज अथिथिग्व इतने भव्य स्वागत का आयोजन क्यों करते हैं," विशाल मंडप और प्रतीक्षारत लोगों के हुजूम को देखते हुए शिव ने कहा।

गोपाल मुस्कुराया। "मुझे नहीं लगता महाराज अथिथिग्व अपनी प्रजा को एकत्र होने का आदेश देते होंगे, मित्र। लोग अपनी इच्छा से अपने नीलकंठ का स्वागत करने एकत्र होते हैं।"

"हां, किंतु यह कितना अनावश्यक है," शिव ने कहा। "मेरा स्वागत करने के लिए उन्हें अपने काम से अवकाश नहीं लेना चाहिए। अगर वे वास्तव में मेरा सम्मान करना चाहते हैं तो उन्हें अपने कामों में और अधिक परिश्रम करना चाहिए।"

गोपाल हंसा। "लोगों की प्रवृत्ति वह काम करने की होती है जो वे चाहते हैं, न कि वह जो उन्हें करना चाहिए।"

पोत अब इतना निकट पहुंच गया था कि वे घाट पर खड़े लोगों की भावभंगिमा देख सकें, यहां तक कि दूर उच्चतर स्थान पर खड़े संभ्रांत व्यक्तियों की भी।

"कुछ अनुचित है," सती ने कहा।

"हर कोई विचलित सा क्यों दिख रहा है?" गोपाल ने कहा।

शिव ने ध्यान से भीड़ को देखा। "सही कहते हैं। कुछ अनुचित है।"

"राजा अथिथिग्व परेशान दिखते हैं," सती ने कहा।

"काली, गणेश, कार्तिक और भगीरथ तीव्र वादविवाद में लगे हैं," शिव ने कहा। "क्या बात उन्हें इतना विचलित कर रही है?"

सती ने हल्के से शिव को टहोका। "आनंदमयी को देखिए।"

"कहां?" शिव ने पूछा, वे संभ्रांत लोगों के लिए अलग किए क्षेत्र में उसे नहीं देख पाए थे।

"वह भीड़ में है," सती ने अपनी आंखों से संकेत करते हुए कहा। "ठीक वहां जहां पोत का काष्ठफलक लगाया जाएगा।"

"संभवतः वह आपके नीचे पांव रखने के साथ ही आपसे कुछ कहना चाहती है, मित्र," गोपाल ने कहा।

"वह गहन पीड़ा में दिखती है, शिव," सती ने कहा।

शिव ने सारे बंदरगाह क्षेत्र को गहरी दृष्टि से देखा। और धीरे से पूछा, "पर्वतेश्वर कहां हैं?"

— ⅄ⓄƱ⇑⊛ —

नीलकंठ ने जब प्रचंड वेग से अस्थायी बंदीगृह में प्रवेश किया तो रक्षक एक ओर हट गए। सती, गोपाल, आनंदमयी और काली के लिए उनके साथ गति बनाए रखना मुश्किल हो रहा था।

उसने बेड़ियों में बंधे पर्वतेश्वर के साथ वीरभद्र, परशुराम और नंदी को गहन विमर्श में डूबे पाया।

"इस सबका भला क्या अर्थ है?" क्रोधित शिव गरजा।

"प्रभु," पर्वतेश्वर ने कहा, जब वह उठह तो बेड़ियां झनक गईं।

नंदी, वीरभद्र और परशुराम भी उठ गए थे।

"इनकी बेड़ियां खोलो!"

"शिव," काली ने मृदु स्वर में कहा, "मुझे नहीं लगता यह बुद्धिमानी है..."

"तुरंत इनकी बेड़ियां खोलो!"

नंदी और परशुराम तुरंत काम में जुट गए। अति शीघ्रता से बेड़ियां खोल

दी गई थीं। पर्वतेश्वर ने अपनी कलाइयां रगड़ीं, जिससे रक्त के मुक्त प्रवाह में सहायता मिल सके।

"मुझे पर्वतेश्वर के साथ अकेला छोड़ दें।"

"शिव..." वीरभद्र ने कहा।

"क्या मैंने अपनी बात स्पष्ट नहीं कही है, भद्र? सब लोग तुरंत चले जाएं!"

काली ने अरुचि से अपना सिर हिलाया, मगर आज्ञापालन किया। अन्य लोग विरोध का कोई संकेत जताए बिना बाहर चले गए।

शिव पर्वतेश्वर की ओर मुड़ा, उसकी आंखें क्रोध से जल रही थीं।

पहले पर्वतेश्वर बोला। "प्रभु..."

शिव ने अपना हाथ उठाया, उसे शांत रहने का संकेत किया। पर्वतेश्वर ने तुरंत आज्ञापालन किया। कक्ष में ऊपर-नीचे टहलते हुए, गहरी सांसें लेकर स्वयं को शांत करने का प्रयास करते हुए शिव दूसरी ओर देखता रहा। उन्हें अपने काका मनोभू के शब्द याद आ रहे थे।

क्रोध तुम्हारा शत्रु है। इसे नियंत्रित करो। इसे नियंत्रित करो।

शिव जितना प्रयास कर रहा था, उतना ही उसे अपने भीतर क्रोध उमड़ता महसूस हो रहा था जैसे कुंडली मारे बैठा सर्प आक्रमण करने की प्रतीक्षा कर रहा हो। किंतु उसका मस्तिष्क यह भी कह रहा था कि सामने उपस्थित समस्या इतनी अधिक महत्वपूर्ण है कि वे क्रोध से अपने निर्णय को प्रभावित नहीं होने दे सकते।

गहरी सांसें लेकर अपने मनो-मस्तिष्क को कुछ शांत कर चुकने के बाद शिव पर्वतेश्वर की ओर घूमा। "मुझे बताइए कि यह सत्य नहीं है। बस आप कह दीजिए और मैं विश्वास कर लूंगा, भले ही कोई भी कुछ भी कहता रहे।"

"प्रभु, यह सबसे कठिन निर्णय है जो मुझे अपने जीवन में लेना पड़ा है।"

"क्या आप मुझसे युद्ध करने का विचार करते हैं, पर्वतेश्वर?"

"नहीं, प्रभु। किंतु मेलूहा की रक्षा करने के लिए मैं कर्तव्यबद्ध हूं। मैं प्रार्थना करता हूं कि कोई चमत्कार यह सुनिश्चित कर दे कि आप और मेलूहा विरोधी पक्षों में न हों।"

"चमत्कार? चमत्कार? आप क्या बालक हैं, पर्वतेश्वर? क्या आप सोचते हैं कि मेरे लिए यह संभव है कि जहां सोमरस का प्रश्न है वहां मेलूहा से

समझौता कर लूं?"

"नहीं, प्रभु।"

"क्या आप सोचते हैं कि सोमरस बुराई नहीं है?"

"नहीं, प्रभु। सोमरस बुराई है। मैंने उसी पल से इसका उपयोग करना बंद कर दिया है जब आपने कहा था कि यह बुराई है।"

"फिर आप सोमरस की रक्षा करने के लिए युद्ध क्यों करेंगे?"

"मैं बस मेलूहा की रक्षा करने के लिए युद्ध करूंगा।"

"किंतु वे तो एक ही पक्ष में हैं।"

"यह मेरा दुर्भाग्य है, प्रभु।"

"अरे अड़ियल..."

शिव ने समय रहते स्वयं को रोक लिया। पर्वतेश्वर मौन रहा। वह जानता था कि नीलकंठ का क्रोध न्यायोचित है।

"क्या भृगु आप पर ऐसा करने के लिए दबाव डाल रहे हैं? क्या उन्होंने ऐसे किसी व्यक्ति को बंदी बना लिया है जो आपके लिए महत्वपूर्ण है? हम इससे निबट लेंगे। जब तक मैं जीवित हूं आपके किसी भी महत्वपूर्ण व्यक्ति को कोई हानि नहीं होगी।"

"महर्षि भृगु मुझ पर किसी प्रकार से दबाव नहीं डाल रहे हैं, प्रभु।"

"प्रभु रुद्र के नाम पर फिर कौन आप से ऐसा करवा रहा है?"

"मेरी आत्मा। मेरे सामने और कोई मार्ग नहीं है। मुझे यही करना होगा।"

"इस बात में कोई सार समझ नहीं आता, पर्वतेश्वर। क्या आप वास्तव में विश्वास करते हैं कि आपकी आत्मा आपको बुराई के लिए युद्ध करने पर विवश कर रही है?"

"मेरी आत्मा केवल मुझे अपनी मातृभूमि के लिए युद्ध करने को प्रेरित कर रही है, प्रभु। इस पुकार की मैं उपेक्षा नहीं कर सकता। यह मेरा ध्येय है।"

"आपकी आत्मा आपको संकटपूर्ण मार्ग पर ले जा रही है, पर्वतेश्वर।"

"तो ऐसा ही हो। मनुष्य को अपने मार्ग पर चलने से कोई संकट भरमा नहीं सकता।"

"यह क्या मूर्खता है? क्या आप सोचते हैं कि भृगु को आपकी चिंता है? उन्हें चिंता है तो बस सोमरस की। विश्वास करें, जैसे ही उनका उद्देश्य पूरा हो जाएगा, आपकी हत्या कर दी जाएगी।"

"हम सब जब अपना उद्देश्य पूरा कर चुकेंगे तो मृत्यु को प्राप्त हो जाएंगे। यही ब्रह्मांड की प्रक्रिया है।"

घोर हताशा में शिव ने अपने हाथों से अपना चेहरा ढांप लिया।

"जानता हूं आप क्रोधित हैं, प्रभु," पर्वतेश्वर ने कहा। "किंतु आपका उद्देश्य बुराई से युद्ध करना है। और इसे पूरा करने के लिए आपको वह सब करना होगा जो आप कर सकते हैं।"

शिव मौन रहकर पर्वतेश्वर को देखता रहा।

"मैं बस आपसे यह समझने की मांग कर रहा हूं कि जिस तरह आपको अपने उद्देश्य की पूर्ति करनी है, उसी प्रकार मुझे अपना उद्देश्य पूरा करना है। आपकी आत्मा आपको तब तक विश्राम नहीं करने देगी जब तक कि आप बुराई को नष्ट नहीं कर देंगे। मेरी आत्मा मुझे तब तक विश्राम नहीं करने देगी जब तक कि मैं मेलूहा की रक्षा करने के लिए भरपूर प्रयास न कर लूं।"

स्वयं को शांत रखने के भरसक प्रयास में, शिव ने अपने चेहरे पर हाथ फेरे। "आपको लगता है कि मैं असंगत हूं, पर्वतेश्वर?"

"क्षमा करें, प्रभु। मैं ऐसा सोच भी कैसे सकता हूं? आप कभी कुछ ऐसा नहीं करेंगे जो असंगत हो।"

"फिर कृपया करके आप मुझे अपने मस्तिष्क की विचित्र कार्यशैली को समझा सकते हैं? आप मेरे साथ नहीं चलेंगे, यद्यपि आप स्वीकार करते हैं कि मेरा मार्ग सही है। इसके बजाय आप उस मार्ग पर चलने का हठ कर रहे हैं जो आपको आपकी मृत्यु की ओर ले जाता है। प्रभु रुद्र की सौगंध, क्यों?"

"स्वधर्म निधानम् श्रेयाः पराधर्मो भयावहः," पर्वतेश्वर ने कहा। "अपना कर्तव्य करते हुए मृत्यु को प्राप्त होना किसी अन्य के मार्ग पर चलने से श्रेयस्कर है, क्योंकि यह वास्तव में संकटपूर्ण है।"

शिव मानो अनंतकाल तक कड़ी दृष्टि से पर्वतेश्वर को घूरता रहा, फिर मुड़कर गरजा।

"नंदी! भद्र! परशुराम!"

वे दौड़ते हुए अंदर आए।

"सेनापति पर्वतेश्वर हमारे बंदी बने रहेंगे," शिव ने कहा।

"जैसी आपकी आज्ञा, प्रभु," नंदी ने शिव को प्रणाम करते हुए कहा।

"और नंदी, सेनापति को बेड़ियां नहीं डाली जाएंगी।"

अध्याय 18

मर्यादा या विजय?

“मैं कहती हूं कि हमारे सामने और कोई विकल्प नहीं है,” काली ने कहा। “मैं सहमत हूं कि हम उन्हें मार नहीं सकते किंतु युद्ध समाप्त होने तक हमें उन्हें अपना बंदी बनाकर रखना चाहिए।”

गोपाल के साथ, शिव और उसका परिवार काशी महल में नीलकंठ के निजी कक्ष में एकत्र हुए थे।

गणेश ने क्रोध से सुलगती सती पर दृष्टि डाली और अपना मत अपने तक ही रखने का निर्णय लिया।

मगर कार्तिक को ऐसा कोई संकोच नहीं था। “मैं मौसी से सहमत हूं।”

शिव ने कार्तिक को देखा।

“मैं जानता हूं कि यह एक कठिन निर्णय है,” कार्तिक ने आगे कहा। “पर्वतेश्वरजी ने पूर्ण मर्यादा के साथ व्यवहार किया है। वे रणनीति संबंधी हमारी किसी चर्चा में भागीदार नहीं रहे। अनेक अवसरों पर वे निकल भाग सकते थे किंतु वे नहीं गए। वे आपके लौटने की प्रतीक्षा करते रहे ताकि जाने के लिए आपकी अनुमति ले सकें। किंतु आप नीलकंठ हैं, बाबा। आपके कंधों पर भारतवर्ष का दायित्व है। कभी-कभी, व्यापक कल्याण के लिए व्यक्ति को ऐसे कार्य करने पड़ते हैं जो हो सकता है उस समय उचित प्रतीत न हों। संभवतः, एक प्रशंसनीय अंत कुछ विवादास्पद साधनों को न्यायसंगत ठहरा सकता है।”

सती ने अपने छोटे पुत्र को घूरा। “कार्तिक, तुम ऐसा कैसे सोच सकते हो कि एक महान अंत विवादास्पद साधनों को न्यायसंगत ठहरा सकता है?”

“मां, क्या हम ऐसे संसार को स्वीकार कर सकते हैं जहां सोमरस फलता-फूलता रहे?”

"निस्संदेह हम नहीं कर सकते," सती ने कहा। "किंतु क्या तुम सोचते हो कि यह संघर्ष केवल सोमरस के लिए है?"

अंततः गणेश बोला। "अवश्य है, मां।"

"नहीं, ऐसा नहीं है," सती ने कहा। "यह उस धरोहर के लिए भी है जो हम अपने पीछे छोड़ जाएंगे कि शिव को कैसे याद किया जाएगा। संसार भर के लोग उनके जीवन के प्रत्येक पक्ष का विश्लेषण करेंगे और उससे शिक्षा लेंगे। वे उनके जैसा बनने की इच्छा करेंगे। क्या हम सबने पंचवटी के आक्रमण में दैवी अस्त्रों के प्रयोग के लिए महर्षि भृगु की निंदा नहीं की थी? महर्षि ने जो किया, उसे अवश्य ही उसी प्रकार के तर्क देकर न्यायसंगत ठहराया होगा जैसे कि तुम दे रहे हो। अगर हम उसी प्रकार व्यवहार करेंगे तो क्या बात हमें उनसे पृथक करेगी?"

"लोग केवल विजेताओं को याद रखते हैं, दीदी," काली ने कहा। "क्योंकि इतिहास विजेताओं के द्वारा लिखा जाता है। वे जिस प्रकार चाहें उसे लिख सकते हैं। पराजितों को हमेशा उस रूप में याद रखा जाता है जैसे विजेता उन्हें चित्रित करते हैं। अभी हमारे लिए महत्वपूर्ण अपनी विजय को सुनिश्चित करना है।"

"कृपया मुझे असहमत होने की अनुमति दें, रानी," गोपाल ने कहा। "यह सत्य नहीं है कि केवल विजेता ही इतिहास गढ़ते हैं।"

"अवश्य ऐसा ही है," काली ने कहा। "घटनाओं का एक देव रूप है और एक असुर रूप है। हमें कौन सा रूप याद है?"

"अगर आप वर्तमानकालिक भारत की बात करें, तो हां, देव रूप ही याद किया जाता है," गोपाल ने कहा। "किंतु आज भी, भारत के बाहर असुर रूप भलीभांति जाना जाता है।"

"किंतु हम यहां रहते हैं," काली ने कहा। "हम उन विश्वासों की चिंता क्यों करें जो कहीं और प्रचलित हैं?"

"संभवतः मैं अपनी बात स्पष्ट करने में असमर्थ रहा हूं, रानी," गोपाल ने कहा। "बात केवल स्थान की नहीं है, समय की भी है। क्या इतिहास का देव रूप सदैव उसी तरह याद किया जाएगा जैसा कि है अथवा यह संभव है कि इसके भिन्न रूप उभर आएंगे। याद रखें, अगर घटनाओं का एक विजेता का रूप होता है, तो एक आख्यान पीड़ित का भी होता है जो समान रूप से

उत्तरजीवी होता है। जब तक विजेताओं का नियंत्रण रहता है, उनका रूप अटल रहता है। किंतु इतिहास ने अगर हमें कोई बात सिखाई है तो वह यह कि समुदाय श्रेष्ठता में उसी प्रकार उठते और गिरते हैं जिस प्रकार ज्वार चढ़ता और उतरता है। एक समय ऐसा आता है जब विजेता उतना शक्तिशाली नहीं रहता, जब अतीत के पीड़ित वर्तमान का अभिजात्य वर्ग बन जाते हैं। फिर, आप पाते हैं कि आख्यान नाटकीय रूप से बदल गए हैं। यह नया रूप उस काल का लोकप्रिय रूप बन जाता है।"

"मैं असहमत हूं," काली ने बात को दरकिनार किया। "जब तक कि पीड़ित किसी दूसरे देश भाग न जाएं, असुरों की तरह, तब तक वे सदैव शक्तिहीन रहते हैं, उनके अनुभवों को मिथक मानकर छोड़ दिया जाता है।"

"ऐसा नहीं है," गोपाल ने कहा। "मैं ऐसी बात बताता हूं जो आपके हृदय के निकट है। जिस युग में हम जी रहे हैं, उसमें नागाओं से भय किया जाता है और उन्हें दानवी कहकर कोसा जाता है। अनेक सहस्त्र वर्ष पहले उनका सम्मान किया जाता था। यह युद्ध जीतने के बाद, नीलकंठ के निष्ठावान सहयोगियों के रूप में एक बार फिर वे सम्मानित और शक्तिशाली हो जाएंगे। तब इतिहास का आपका अपना रूप एक बार फिर आधार पाने लगेगा, है न?"

अनाशवस्त सी काली ने मौन रहना ठीक समझा।

"नूतन युग में अब तक पीड़ित रहे लोगों का व्यवहार एक दिलचस्प पक्ष रहा है," गोपाल ने कहा। "नवीन सशक्तीकरण से सुसज्जित होकर क्या वे जीवित बचे पुराने अभिजात्य वर्ग से प्रतिशोध लेना चाहेंगे?"

"स्पष्ट है, पीड़ित अपने हृदय में घृणा को पोषित किए होंगे। क्या आप उनसे मानवीय दया के क्षीरसागर से भरा होने की अपेक्षा करते हैं?" काली ने व्यंग्य से कहा।

"आप मेलूहावासियों से घृणा करती हैं, है न?"

"हां, करती हूं।"

"किंतु मेलूहा के संस्थापक पिता, प्रभु राम के विषय में आपको कैसा महसूस होता है?"

काली मौन हो गई। प्रभु राम के प्रति उसके मन में गहरी श्रद्धा थी।

"आप प्रभु राम का इतना सम्मान करती हैं, किंतु उन लोगों को नकार देती हैं जिन्हें वे पीछे छोड़ गए थे?" गोपाल ने पूछा।

सती ने अपनी बहन की ओर से कहा। "ऐसा इसलिए है कि वर्तमान मेलूहावासियों के विपरीत प्रभु राम अपने शत्रुओं के साथ भी सम्मानपूर्ण व्यवहार करते थे।"

शिव ने अत्यंत संतुष्टि के साथ सती को देखा।

"कोई व्यक्ति तभी देवता बनता है जब उसका दृष्टिकोण विजेताओं और पराजितों की सीमा से परे निकल जाता है," सती ने कहा। "शिव का संदेश सदैव जीवित रहेगा। और ऐसा तभी हो सकता है जब विजेता और पराजित दोनों उनमें सत्यापन पाएं। उन्हें विजयी होना होगा, यह तो निश्चित है। किंतु उतना ही महत्वपूर्ण उनका उचित प्रकार से विजयी होना भी है।"

गोपाल ने तुरंत सती का समर्थन किया। "सम्मान ही सम्मान पाता है। यही एकमात्र मार्ग है।"

शिव दीर्घा की ओर गया और पवित्र मार्ग पर स्थित विशाल काशी विश्वनाथ मंदिर को, और उसके पार पवित्र गंगा को देखने लगा।

सब लोग उसके निर्णय की प्रतीक्षा कर रहे थे।

वह पलटा और धीमे से बोला, "मुझे विचार करने के लिए कुछ समय चाहिए। हम कल फिर मिलेंगे।"

— ⅄⊕⊍⍏⊛ —

सती ने नीचे देखा। उसके नीचे झील का निर्मल जल था। मछलियां तीव्रता से, उसके साथ गति बनाते हुए तैर रही थीं जबकि वह पानी के ऊपर सुदूर स्थित किनारों की ओर उड़ रही थी।

उसने ऊपर विशाल काले पर्वत की ओर देखा, जो आसपास के पर्वतों की अपेक्षा भिन्न रंग का था, और उसके शिखर पर हिम-मुकुट था। जब वह निकट पहुंची तो उसकी दृष्टि झील किनारे बैठे एक योगी पर पड़ी। उसने व्याघ्रचर्म की कौपीन पहन रखी थी। उसके लंबे, जटाजूट से बाल सिर पर बंधे हुए थे। उसका बलिष्ठ शरीर युद्ध के असंख्य घावों से भरा हुआ था। एक छोटा सा प्रभामंडल, लगभग सूर्य की भांति, उसके सिर के पीछे दमक रहा था। उसके बालों में एक बालचंद्र सुसज्जित था एवं ग्रीवा में एक सर्प लिपटा हुआ था। उसके पास ही एक विशाल त्रिशूल आधा धरती में गड़ा खड़ा था। किंतु योगी का मुख धुंधला था। और फिर धुंध छंट गई।

"शिव!" सती ने कहा।

शिव उसे देखकर मुस्कुराया।

"क्या यह आपका आवास है? कैलाश?"

उससे एक बार भी दृष्टि हटाए बिना शिव ने हामी भरी।

"एक दिन हम यहां आएंगे, प्रिय। जब यह सब समाप्त हो जाएगा, तो हम आपके रमणीय देश में साथ रहेंगे।"

शिव की मुस्कुराहट फैल गई।

"गणेश और कार्तिक कहां हैं?"

शिव ने उत्तर नहीं दिया।

"शिव, हमारे पुत्र कहां हैं?"

अचानक, शिव वृद्ध होने लगा। उसका सुंदर मुखड़ा शीघ्रता से झुर्रियों से भरने लगा। लगभग तुरंत ही उसके जटाजूट जैसे केश सफेद हो गए। उसके चौड़े कंधे झुकने लगे, उसकी कठोर मांसपेशियां सती की आंखों के सामने ही ढलकने लगी थीं।

सती मुस्कुराई। "क्या हम एक साथ ही वृद्ध होंगे?"

शिव की आंखें फैल गईं। मानो वे किसी ऐसी वस्तु को देख रहे हों जो समझ न आ रही हो।

सती ने नीचे जल में अपने प्रतिबिंब को देखा। आश्चर्य से उसके नेत्र विस्फारित हो गए। उसकी आयु एक दिन भी नहीं बढ़ी थी। वह अभी भी सदैव की भांति युवा दिख रही थी। वह अपने पति की ओर वापस मुड़ी। "किंतु मैंने तो सोमरस का उपयोग बंद कर दिया है। इसका क्या तात्पर्य है?"

शिव आतंकित था। उसके झुर्रियों से भरे गालों पर धाराप्रवाह आंसू बह रहे थे, उसका मुख पीड़ा से भरा हुआ था। उसने जोर से चिल्लाते हुए अपना हाथ फैलाया। "सती!"

सती ने नीचे देखा। उसका शरीर लपटों में था।

"सती!" वह एक बार फिर चिल्लाया, उठा और झील की ओर दौड़ने लगा। "मुझे छोड़कर मत जाओ!"

शिव की ओर मुंह किए हुए ही सती पीछे की ओर उड़ने लगी थी, तीव्र और तीव्र, वायु उसके शरीर पर लपटों को भड़का रही थी। किंतु लपटों के बीच से भी वह अपने पति को बेतहाशा अपनी ओर दौड़ते देख सकती थी।

"सती!"

सती घबराकर उठ गई। काशी महल की सुंदर उत्कीर्णन वाली छत मशालों के थरथराते प्रकाश में अलौकिक प्रतीत हो रही थी। एकमात्र ध्वनि छिद्रपूर्ण दीवारों में गिरते जल की थी जिससे गर्म शुष्क हवाएं ठंडी होती थीं। सती ने अनायास ही अपने बाईं ओर हाथ बढ़ाया। शिव वहां नहीं था।

चिंतित होकर वह एक झटके में उठ बैठी। "शिव?"

उसने दीर्घा से आता उसका स्वर सुना। "मैं यहां हूं, सती।"

वहां पहुंचकर, उसने अंधेरे में शिव की छाया को पहचान लिया जो अपने सुविधाजनक आसन पर पीछे टेक लगाकर, सुदूर विश्वनाथ मंदिर पर दृष्टि जमाए हुए थे। आसन के हत्थे पर आराम से उससे सटकर बैठकर उसने अपना हाथ आगे बढ़ाया और स्नेह से अपने पति की लटों में उंगलियां घुमाने लगी।

पूर्णमासी की रात नहीं थी, किंतु इतना प्रकाश था कि शिव अपनी पत्नी के भावों को स्पष्ट देख सकता था।

"क्या बात है?" शिव ने पूछा।

सती ने सिर हिला दिया। "कुछ नहीं।"

"कुछ तो अनुपयुक्त है। तुम व्याकुल दिख रही हो।"

"मैंने एक विचित्र स्वप्न देखा था।"

"हम्म?"

"मैंने देखा कि हम पृथक हो गए हैं।"

शिव मुस्कुराया और उसने सती को आलिंगन में बांधते हुए अपने निकट खींच लिया। "तुम जितने चाहो स्वप्न देख लो, किंतु मुझसे छुटकारा कभी नहीं पा सकोगी।"

सती हंसी। "मेरी ऐसी योजना भी नहीं है।"

शिव ने अपनी पत्नी को सटाए रखा और अपनी दृष्टि वापस विश्वनाथ मंदिर पर लगा दी।

"आप क्या सोच रहे हैं?" सती ने पूछा।

"मैं बस यह सोच रहा हूं कि तुमसे विवाह करना मेरे जीवन का सर्वश्रेष्ठ कृत्य था।"

सती मुस्कुराई। "मैं इस बात से असहमत नहीं होऊंगी। किंतु इस समय यह बात विशेष रूप से किसलिए निकली?"

शिव ने सती के मुख पर हाथ फेरा। “क्योंकि मैं जानता हूं कि जब तक तुम मेरे साथ हो, तुम हमेशा मुझे सही मार्ग पर केंद्रित रखोगी।”

“अर्थात, आपने निर्णय ले लिया है कि उचित...”

“हां, ले लिया है।”

सती ने संतुष्टि से सिर हिलाया। “हम विजयी होंगे, शिव।”

“हां, हम विजयी होंगे। किंतु यह उचित प्रकार से होना होगा।”

“निस्संदेह,” सती ने कहा और भगवान राम को उद्धृत किया। “उचित कार्य करने का कोई अनुचित मार्ग नहीं हो सकता।”

एक चुनी हुई सभा पर्वतेश्वर के आने की प्रतीक्षा कर रही थी, जिसे दूसरे प्रहर में काशी की सभा में प्रस्तुत किया जाना था। काशी के संभ्रांतों का प्रतिनिधित्व अथिथिग्व अकेले कर रहे थे। शिव भावहीन बैठा था, उसके आसपास अर्धचंद्र में उसके निकटतम परामर्शदाता थेः गोपाल, सती, काली, गणेश और कार्तिक। भगीरथ और आयुर्वती कुछ दूरी पर खड़े थे। आनंदमयी अनुपस्थित थी।

शिव ने अथिथिग्व की ओर संकेत किया।

अथिथिग्व ने उच्च स्वर में पुकारा। “सेनापति को अंदर लाएं।”

परशुराम, वीरभद्र और नंदी पर्वतेश्वर को सभागार में लाए। शिव के स्पष्ट निर्देशों को ध्यान में रखते हुए मेलूहा का सेनापति बेड़ीमुक्त था। शिव को देखने के लिए मुड़ने से पहले उसने पलांश के लिए सती पर दृष्टिपात किया। नीलकंठ का दृढ़ चेहरा अबोधगम्य था। पर्वतेश्वर मृत्युदंड दिए जाने की अपेक्षा कर रहा था। वह जानता था कि शिव ऐसा करना नहीं चाहता होगा, किंतु अन्यों ने उसे विश्वास दिला दिया होगा कि सेनापति से मुक्ति पाना आवश्यक है।

पर्वतेश्वर यह भी जानता था कि उसके साथ भले ही कुछ भी हो, किंतु वह नीलकंठ के साथ वही श्रद्धापूर्ण व्यवहार करेगा जिसके प्रभु योग्य हैं। सेनापति ने अपनी एड़िया जोड़ीं और बंधी हुई दाहिनी मुट्ठी अपने सीने तक ले गया। और फिर, मेलूहा का सैन्य प्रणाम करने के बाद उसने झुककर नीलकंठ को प्रणाम किया। अन्य किसी की उसने परवाह नहीं की।

“पर्वतेश्वर,” शिव ने कहा।

पर्वतेश्वर ने तुरंत ऊपर देखा।

"मैं इस बात को लंबा नहीं खींचना चाहता," शिव ने कहा। "आपके विद्रोह ने मुझे आघात पहुंचाया है। किंतु इसने मेरी इस धारणा को भी पुनर्बल दिया है कि हम बुराई से युद्ध कर रहे हैं और यह हमारे लिए मार्ग को सुगम नहीं बनाएगी। यह हमारे सर्वोत्कृष्ट लोगों को भी भटका सकती है, अगर प्रलोभनों से नहीं, तो कर्तव्य की विवादास्पद पुकार से।"

पर्वतेश्वर शिव को देखता रहा, दंड की प्रतीक्षा करते हुए।

"किंतु जब कोई बुराई के विरुद्ध लड़ता है, तो उसे अच्छाई के साथ लड़ना होता है," शिव ने कहा। "केवल अच्छाई के पक्ष में नहीं, अपितु हृदय में भी अच्छाई लेकर। इसलिए, मैंने आपको जाने की अनुमति देने का निर्णय लिया है।"

पर्वतेश्वर को अपने कानों पर विश्वास नहीं हुआ।

"अब आप जाएं," शिव ने कहा।

पर्वतेश्वर बस आधी बात ही सुन पा रहा था। नीलकंठ के इस विलक्षण व्यवहार ने उसकी आंखों में आंसू ला दिए थे।

"किंतु मैं आपको विश्वास दिला दूं," शिव ने ठंडे स्वर में आगे कहा, "अगली बार जब हमारी भेंट होगी, तो वह युद्धभूमि में होगी। और यही वह दिन होगा जब मैं आपको मार डालूंगा।"

पर्वतेश्वर ने एक बार पुनः नमन किया, उसकी आंखें आंसुओं से धुंधला रही थीं। "वह मेरी मुक्ति का दिन भी होगा, मेरे प्रभु।"

शिव विरक्त रहे।

पर्वतेश्वर ने शिव को देखा। "किंतु जब तक मैं जीवित हूं, प्रभु, मैं मेलूहा की रक्षा करने के लिए लड़ूंगा।"

"चले जाएं!" शिव ने कहा।

पर्वतेश्वर सती को देखकर मुस्कुराया। उसने हाथ जोड़कर विनम्र किंतु भावहीन प्रणाम किया। पर्वतेश्वर ने धीरे से "विजयी भव" कहकर अपनी धर्मपुत्री को विजय का आशीर्वाद दिया।

जब वह जाने के लिए मुड़ा तो उसने द्वार के पास खड़ी आयुर्वती और भगीरथ को देखा। वे उसके पास गए।

"मुझे क्षमा करें, पर्वतेश्वर," भगीरथ ने कहा।

"मैं समझता हूं," पर्वतेश्वर ने भावहीन स्वर में कहा।

पर्वतेश्वर ने आयुर्वती को देखा।

आयुर्वती ने बस अपना सिर हिला दिया। "आप जानते हैं कि आप संसार के अब तक के इतिहास के सर्वोत्कृष्ट व्यक्ति को छोड़कर जा रहे हैं?"

"जानता हूं," पर्वतेश्वर ने कहा। "किंतु मुझे उनके हाथों मारे जाने का सौभाग्य प्राप्त होगा।"

आयुर्वती ने गहरी सांस ली और पर्वतेश्वर के कंधे को थपथपाया। "मैं आपको याद करूंगी, मित्र।"

"मैं भी आपको याद करूंगा।"

पर्वतेश्वर ने शीघ्रता से कक्ष पर दृष्टि डाली। "आनंदमयी कहां है?"

"वह घाट पर आपकी प्रतीक्षा कर रही है," भगीरथ ने कहा, "उस पोत के पास जो आपको ले जाने वाला है।"

पर्वतेश्वर ने सिर हिलाया। उसने एक अंतिम दृष्टि शिव पर डाली और चलते चले गए।

जैसे ही पर्वतेश्वर अस्सी घाट पर पहुंचा, घाट-स्वामी उसके पास पहुंचा। "सेनापति, आपका पोत उस दिशा में खड़ा है।"

वह इंगित की गई दिशा में चलने लगा। एक छोटे पोत के, जो प्रत्यक्षतः एक व्यापारिक पोत था, काष्ठफलक के पास उन्होंने आनंदमयी को खड़े देखा।

"तुम्हें पता था कि मुझे सम्मानपूर्वक मुक्त कर दिया जाएगा?" उसके पास पहुंचते ही मुस्कुराते हुए पर्वतेश्वर ने पूछा।

"आज सुबह जब उन्होंने मुझसे गंगा के ऊपरी ओर जाने के लिए एक नौका का प्रबंध करने को कहा," आनंदमयी ने कहा, "तो मैं निष्कर्ष निकाल सकती थी कि यह आपका शव मेलूहा ले जाने और सूर्यवंशियों के सामने उसका प्रदर्शन करने के लिए नहीं है।"

पर्वतेश्वर हंस पड़ा।

"साथ ही, नीलकंठ में मेरा विश्वास कभी नहीं मिटा था," आनंदमयी ने कहा।

"हां," पर्वतेश्वर ने कहा। "प्रभु राम के बाद वही सर्वोत्कृष्ट मानव हुए हैं।"

आनंदमयी ने पोत पर ऊपर देखा। "मैं मानती हूं कि यह कुछ विशेष नहीं है। यह आरामदेह तो नहीं है किंतु तीव्र है।"

पर्वतेश्वर अचानक आगे बढ़ा और उसने आनंदमयी को बांहों में ले लिया। विस्मित आनंदमयी को प्रत्युत्तर देने में एक पल लग गया। पर्वतेश्वर सार्वजनिक रूप से प्रेम-प्रदर्शन करने वाला व्यक्ति नहीं था। वह जानती थी कि इससे वह बुरी तरह असहज हो जाता है इसलिए उसने कभी भी सार्वजनिक रूप से उसका आलिंगन करने का प्रयास नहीं किया था।

आनंदमयी गर्मजोशी से मुस्कराई और उसने भी अपनी बांहें उसके चारों ओर कस दीं। "अब वह सब बीत चुका है।"

पर्वतेश्वर थोड़ा सा पीछे हटा, किंतु उसकी बांहें अपनी पत्नी को लपेटे रहीं। "मुझे तुम्हारी याद आएगी।"

"मेरी याद आएगी?" आनंदमयी ने कहा।

"तुम मेरे जीवन में होने वाली सर्वश्रेष्ठ घटना रही हो," आंखों में आंसू भरे हुए भावुक पर्वतेश्वर ने कहा।

आनंदमयी ने अपनी भौंहें उठाईं और हंस पड़ी। "और मैं आपके जीवन में घटती ही रहूंगी। आइए, चलें।"

"चलें?"

"हां।"

"कहां?"

"मेलूहा।"

"तुम मेलूहा चल रही हो?"

"हां।"

पर्वतेश्वर पीछे हट गया। "आनंदमयी, आगे का मार्ग जोखिम भरा है। मुझे सत्य ही ऐसा नहीं लगता कि मेलूहा जीत सकता है।"

"तो?"

"मैं तुम्हें अपना जीवन जोखिम में डालने की अनुमति नहीं दे सकता।"

"क्या मैंने आपकी अनुमति मांगी है?"

"आनंदमयी, तुम नहीं..."

पर्वतेश्वर कहते-कहते रुक गया, क्योंकि आनंदमयी ने उसका हाथ पकड़ा, मुड़ी और काष्ठफलक पर चलने लगी। पर्वतेश्वर चेहरे पर मुस्कुराहट और आंखों में आंसू लिए पीछे-पीछे चल दिया।

अध्याय 19

नीलेश्वर की उद्घोषणा

"मेरे पास एक उत्कृष्ट योजना है," दक्ष ने कहा।

दक्ष और वीरिनी देवगिरि के राजमहल में भोजन कर रहे थे। चिंतित वीरिनी ने रोटी और सब्जी का निवाला वापस थाली में रख दिया। उसने शीघ्रता से एक दृष्टि द्वार पर खड़े प्रहरियों पर डाली।

"कैसी योजना?" वीरिनी ने पूछा।

"मेरा विश्वास करो," उत्तेजित दक्ष ने कहा। "अगर हम इसे क्रियान्वित कर सके तो युद्ध आरंभ होने से पहले ही समाप्त हो जाएगा।"

"किंतु महर्षि भृगु..."

"महर्षि भृगु भी प्रभावित होंगे। हम नीलकंठ नाम की समस्या से सदैव के लिए मुक्ति पा लेंगे।"

"क्या कुछ वर्ष पहले नीलकंठ अवसर नहीं थे?" वीरिनी ने व्यंग्य से पूछा।

"तुम समझ नहीं रही हो कि क्या हो रहा है?" दक्ष ने खीझकर पूछा। "क्या अब मुझे प्रत्येक बात तुम्हें समझानी होगी? युद्ध छिड़नेवाला है। हमारे सैनिक अनवरत अभ्यास कर रहे हैं।"

"हां, मुझे इसकी जानकारी है। किंतु मेरा विचार है कि हमें इससे बाहर रहना चाहिए और सारा मामला पूरी तरह से महर्षि भृगु पर छोड़ देना चाहिए।"

"क्यों? महर्षि भृगु भारत के सम्राट नहीं हैं। मैं हूं।"

"क्या आपने महर्षि भृगु को यह बता दिया है?"

"मुझे क्रोध न दिलाओ, वीरिनी। मुझे जो कहना है अगर तुम्हें उसे सुनने में रुचि नहीं है, तो बता दो।"

"मुझे दुख है। किंतु मैं मानती हूं कि निर्णय लेने का सारा कार्य महर्षि

भृगु पर छोड़ देना उत्तम होगा। हमें बस अपने परिवार की चिंता करनी चाहिए।"

"फिर शुरू हो गईं तुम!" दक्ष ने अपना स्वर ऊंचा करते हुए कहा। "परिवार! परिवार! परिवार! तुम्हें यह चिंता नहीं है कि संसार मुझे कैसे देखेगा? इतिहास मुझ पर क्या निर्णय देगा?"

"महानतम पुरुष भी नहीं बता सकते कि भावी संतति उन्हें कैसे आकेंगी?"

दक्ष ने अपनी थाली दूर खिसका दी और चिल्लाए, "तुम ही मेरी सारी समस्याओं का मूल हो! तुम्हारे कारण ही मैं वह सब कुछ प्राप्त नहीं कर पाया हूं जो मैं कर सकता था!"

वीरिनी ने प्रहरियों की ओर देखा और वापस अपने पति की ओर मुड़ी। "अपना स्वर धीमा रखें, दक्ष। हमारे विवाह का उपहास न उड़ाएं।"

"हा! यह विवाह तो आरंभ से ही उपहास रहा है! अगर मेरी पत्नी अधिक सहयोगपूर्ण होती, तो अब तक मैं संसार पर विजय पा चुका होता!"

दक्ष क्रोध से उठे और धड़धड़ाते हुए बाहर चले गए।

— ⁂ —

"यह बहुत भयंकर त्रुटि है," काली ने कहा। "उचित मार्ग के अपने उन्माद में तुम्हारे पिता इस युद्ध को गंवा देंगे।"

गणेश और कार्तिक काशी महल में काली के कक्ष में थे।

"मैं असहमत हूं, मौसी," कार्तिक ने कहा। "मेरा विचार है बाबा ने सही किया है। हमें विजयी होना है, साथ ही हमें उचित मार्ग से विजय पानी होगी।"

"मेरा विचार था कि तुम हमसे सहमत हो," क्रुद्ध काली ने कहा।

"था। किंतु मां की बातों ने मेरा मत बदल दिया।"

"जो भी हो, मौसी," गणेश ने कहा। "ये तो हो चुका है। इस पर कुलबुलाना बेकार है। इसके बजाय हमें युद्ध पर ध्यान देना चाहिए।"

"क्या और कोई विकल्प है?" काली ने पूछा।

"बाबा ने मुझसे कहा था कि मैं अयोध्या में युद्ध के प्रयासों का नेतृत्व करूंगा," गणेश ने कहा। "कार्तिक, तुम मेरे साथ रहोगे।"

"हम उन्हें नष्ट कर देंगे, दादा," कार्तिक ने अपनी दाहिनी मुट्ठी हवा में लहराते हुए कहा।

"वह तो हम करेंगे ही," गणेश ने कहा। "मौसी लोथल और मयका के विषय में आप सुनिश्चित हैं?"

"मैंने सुपर्णा से प्रांतपाल चेनारध्वज के पास दूत भेजने के लिए कह भी दिया है," काली ने कहा। "विश्वास करो, वे मित्र हैं।"

— ⁂ —

कार्तिक ने झुककर अपनी मां के पांव छुए।

"विजयीभव, पुत्र," सती ने कार्तिक के माथे पर सौभाग्य और विजय का सूचक लाल तिलक लगाते हुए कहा।

सती, गणेश और कार्तिक नीलकंठ के कक्ष में थे। गणेश ने, जिसके माथे पर पहले से तिलक लगा हुआ था, गर्व से अपने भाई को देखा। कार्तिक अभी भी बालक ही था, लेकिन सर्वत्र एक भयंकर योद्धा के रूप में उसका सम्मान किया जाने लगा था। शिव के दोनों पुत्र गंगा पर यात्रा करके वैशाली में अपनी मित्र सेनाओं से मिलने के लिए निकलने वाले थे। वहां से, उन्हें वापस पलटना था, सरयू पर यात्रा करके अयोध्या पर आक्रमण करना था। गणेश अपने पिता की ओर पलटा और उनके चरणस्पर्श किए।

शिव मुस्कुराया और उसने गणेश को खींचकर वक्ष से लगा लिया। "मेरा आशीर्वाद तुम्हारी मां के हृदय से निकले आशीर्वाद के समान शक्तिशाली नहीं है। किंतु मैं जानता हूं तुम मेरा सिर ऊंचा करोगे।"

"मैं अपनी पूरी कोशिश करूंगा, बाबा," गणेश ने कहा।

कार्तिक मुड़ा और उसने भी शिव के चरणस्पर्श किए।

शिव ने अपने छोटे पुत्र को भी वक्ष से लगा लिया। "उन्हें नर्क दिखा देना, कार्तिक!"

कार्तिक मुस्कुराया। "अवश्य, बाबा!"

"तुम और अधिक मुस्कुराया करो, कार्तिक," सती ने कहा। "जब तुम मुस्कुराते हो तो अत्यंत सुंदर लगते हो।"

कार्तिक खुलकर मुस्कुराया। "अगली बार जब हम मिलेंगे, तो मैं अवश्य एक कान से दूसरे कान तक मुस्कुरा रहा होऊंगा। क्योंकि तब तक हमारी सेना अयोध्या को परास्त कर चुकी होगी!"

गणेश की ओर मुड़ने से पहले शिव ने कार्तिक की पीठ थपथपाई। "अगर

मेरी उद्घोषणा सार्वजनिक होने के बाद अयोध्या मेलूहा से संबंध विच्छेद करने का इच्छुक हो तो मैं चाहूंगा कि हम उन पर आक्रमण न करें।"

"मैं समझता हूं, बाबा," गणेश ने कहा। "इसीलिए मैं भगीरथ को अपने साथ ले जा रहा हूं। उनके पिता भले ही अयोध्या के राजकुमार से घृणा करते हों, किंतु अभी भी संभ्रांत वर्ग के अनेक सदस्यों तक भगीरथ की पहुंच है। मैं आशा करूंगा कि वे उन्हें विश्वास दिलाने में समर्थ होंगे।"

"उद्घोषणा कब सामने आएगी, बाबा?" कार्तिक ने पूछा।

"अगले सप्ताह," शिव ने उत्तर दिया। "स्वद्वीप के विभिन्न राज्यों की प्रतिक्रियाओं को जानने के लिए वैशाली के वासुदेव पंडित के संपर्क में रहना। तब तुम जान जाओगे कि अयोध्या में भी क्या प्रतिक्रिया मिलनी चाहिए।"

"हां, बाबा," कार्तिक ने कहा।

शिव गणेश की ओर मुड़ा। "मुझे बताया गया है कि तुमने सेना में दिवोदास और ब्रंगा सैनिकों को भी सम्मिलित कर लिया है।"

"जी," गणेश ने कहा। "हम पांच पोतों पर निकलेंगे और वैशाली में ब्रंगा-वैशाली की संयुक्त सेना से मिलेंगे। मुझे बताया गया है उनके पास दो सौ पोत हैं। उनमें से पचास को आपके सैन्य-निर्देशन में पश्चिमी सेना में नियुक्त किया गया है और वे काशी के मार्ग में हैं। शेष डेढ़ सौ पोत मेरे साथ रहेंगे। हम डेढ़ लाख सैनिकों के साथ अयोध्या पर आक्रमण करेंगे।"

"उन पर विजय पाने के लिए तो ये पर्याप्त नहीं होंगे," सती ने कहा। "किंतु संभवतः हम उन्हें रोककर रखने में समर्थ रहेंगे।"

"हां," गणेश ने उत्तर दिया।

"हम उन्हें पीछे रोके रहेंगे, बाबा," कार्तिक ने कहा। "मैं वचन देता हूं।"

शिव मुस्कुराया।

— ⋆ —

"अब वे कैसी हैं?" काली ने पूछा।

काली काशी के राजा अथिथिग्व के पूर्वी महल के नदी वाले द्वार पर थी। महल को गंगा के पूर्वी तट पर बनाया गया था, जिसे किसी स्थायी निर्माण के लिए अशुभ माना जाता था। काशी के राजाओं ने यह सुनिश्चित करने के लिए यह धरती क्रय कर ली थी कि काशी का कोई नागरिक उस ओर न रहे। इसी

महल में अथिथिग्व ने अपनी नागा बहन माया का आवास बनाया था। गणेश और काली की खुली उपस्थिति ने अथिथिग्व को भी अपनी बहन को गुप्तवास से बाहर आने देने का साहस प्रदान किया था।

"आपकी औषधियों ने बहुत सहायता की है, रानी," अथिथिग्व ने कहा। "कम से कम अब वे भयंकर पीड़ा में नहीं हैं। मेरी बहन की मदद करने के लिए परमात्मा ने आपको दूत बनाकर भेजा है।"

काली विषाद भाव से मुस्कुराई। वह जानती थी कि माया, संयुक्त जुड़वां बहनें जो वक्ष से नीचे एक ही धड़ से जुड़ी हुई थीं, को काल का ग्रास बनने में अब अधिक समय नहीं लगेगा। यह एक चमत्कार ही था कि माया इतनी अवधि तक जीवित रही थी! उसकी उपस्थिति के बारे में पता लगने पर काली ने उसकी पीड़ा को कम करने के लिए तुरंत नागा औषधियां प्रदान कर दी थीं। चूंकि उसे अगले ही दिन पश्चिमी सेना के साथ प्रस्थान करना था, इसलिए वह अपनी शेष औषधियां माया के पास छोड़ने आई थी।

"मैं कोई दूत नहीं हूं," काली ने कहा। "अगर परमात्मा को न्याय का कुछ भान होता तो वह माया सदृश किसी निर्दोष व्यक्ति को इतनी पीड़ा नहीं भोगने देता। उसके अन्याय को सही करने के लिए मैं अपना भरसक प्रयास कर रही हूं।"

अथिथिग्व ने निराशा से कंधे उचके, किंतु वे इतने धर्मात्मा थे कि ईश-निंदा नहीं कर सकते थे।

काली की दृष्टि गंगा की ओर गई जहां ब्रंगा की सेना के पचास पोतों ने गत दिवस लंगर डाला था। विशाल बेड़े ने दूसरे किनारे तक फैलकर नदी की चौड़ाई को ढांप दिया था। पूरी काशी पर एक व्यग्र सी उत्तेजना छाई हुई थी। युद्ध की गंध वातावरण में थी।

बेड़े की आरंभिक प्रगति धीमी रहती क्योंकि पहले उन्हें प्रवाह के विपरीत चलना था और फिर चंबल में ऊपर दक्षिण की ओर जाना था। तट पर उतरने के बाद, सैनिक नर्मदा की ओर कूच करते। दूसरी यात्रा उन्हें नर्मदा के मार्ग से पश्चिमी समुद्र में और फिर उत्तर में मेलूहा की ओर ले जाती।

"अंदर चलते हैं," काली ने कहा। "प्रस्थान से पहले मैं माया से मिलना चाहती हूं।"

— ⚹ —

"महाराज!" कनखला ने दौड़ते हुए दक्ष के निजी कक्ष में प्रवेश करके कहा।

दक्ष ने दृष्टि उठाकर अपनी प्रधानमंत्री को देखा, साथ ही उस पत्र को अपनी चौकी की दराज में खिसका दिया जिसे वे पढ़ रहे थे। "कहां आग लग गई, कनखला?"

"महाराज," बौखलाई हुई कनखला ने कहा, स्पष्ट रूप से वह अपने अंगवस्त्र की परतों के बीच कुछ छिपाए हुए थी, "आपको इसे देखना होगा।"

कनखला ने एक पतला सा शिलाखंड अपने सम्राट की चौकी पर रख दिया।

"यह क्या है?" दक्ष ने पूछा।

"आपको इसे पढ़ना होगा, महाराज।"

दक्ष उसे पढ़ने के लिए झुके।

उन सभी के लिए जो स्वयं को मनु की संतान और सनातन धर्म का अनुयायी मानते हैं, मेरी, शिव की, आपके नीलकंठ की ओर से यह संदेश है।

मैंने हमारी महान भूमि की, उन सभी राज्यों की गहन यात्रा की है जिनमें हम बंटे हैं, उन सभी जनजातियों से भेंट की जो हमारे निष्पक्ष देश में बसती हैं। ऐसा मैंने उस घोर बुराई की खोज में किया, क्योंकि यही मेरा कार्य है। पिता मनु ने हमसे कहा था कि बुराई कोई सुदूर स्थित दानव नहीं है। यह अपना विनाशकार्य हमारे समीप, हमारे साथ, हमारे भीतर रहकर करती है। उन्होंने सही कहा था। उन्होंने हमसे कहा था कि बुराई कहीं नीचे से आकर हमारा भक्षण नहीं करती है। बल्कि, हम स्वयं अपना जीवन नष्ट करने में बुराई की सहायता करते हैं। उन्होंने सही कहा था। उन्होंने हमसे कहा था कि अच्छाई और बुराई एक ही सिक्के के दो पहलू हैं। कि एक दिन, सबसे बड़ी अच्छाई सबसे बड़ी बुराई में बदल जाएगी। उन्होंने सही कहा था। अच्छाई का अधिकाधिक दोहन करने का हमारा लालच उसे बुराई में बदल देता है। यह ब्रह्मांड का संतुलन स्थापित करने का विधान है। हमारी अतियों को नियंत्रित करने का यह परमात्मा का विधान है।

मैं इस निष्कर्ष पर पहुंचा हूं कि अब सोमरस हमारे युग की सबसे बड़ी बुराई बन गया है। सोमरस से जितनी अच्छाई प्राप्त की जा सकती थी, कर ली गई है। अब समय आ गया है कि इसके प्रयोग को रोक दिया जाए, इससे पहले कि इसकी बुराई हम सबको नष्ट कर दे। पहले ही यह भारी क्षति पहुंचा

चुका है, सरस्वती नदी के क्षय से लेकर जन्म विकृतियों और उन रोगों तक जो हमारे कुछ राज्यों को त्रस्त किए हुए हैं। अपनी संततियों के लिए, अपने संसार के लिए हम अब सोमरस का और प्रयोग नहीं कर सकते।

इसलिए, मेरे आदेश से, अब सोमरस के प्रयोग को प्रतिबंधित किया जाता है।

वे सभी लोग जो नीलकंठ की किवदंती में विश्वास करते हैं: मेरा अनुकरण करें। सोमरस का प्रयोग बंद कर दें।

वे सभी लोग जो सोमरस का प्रयोग बंद करने से इंकार करते हैं: यह जान लें। आप मेरे शत्रु बन जाएंगे। और मैं तब तक नहीं रुकूंगा जब तक कि सोमरस का प्रयोग बंद नहीं हो जाता। यह आपके नीलकंठ की शपथ है।

दक्ष एकदम स्तंभित दिखाई दिए। "क्या मुसीबत है?!"

"मैं समझ नहीं पाई कि इसका क्या अर्थ है, महाराज," कनखला ने कहा। "क्या हम सोमरस का प्रयोग बंद कर दें?"

"तुम्हें यह कहां प्राप्त हुआ?"

"मुझे प्राप्त नहीं हुआ, महाराज," कनखला ने कहा। "यह सार्वजनिक स्नानगृह के निकट इंद्रदेव के मंदिर की बाहरी दीवार पर लटका हुआ था। आधे नागरिक तो इसे देख भी चुके हैं और इस समय वे अन्य आधों से इसकी चर्चा कर रहे होंगे।"

"महर्षि भृगु कहां हैं?"

"महाराज, सोमरस का क्या करें? क्या मैं..."

"महर्षि भृगु कहां हैं?"

"किंतु अगर नीलकंठ ने यह आदेश पारित किया है तो हमारे पास कोई विकल्प नहीं है..."

"बस करो, कनखला!" दक्ष चिल्ला उठे। "महर्षि भृगु कहां हैं?"

एक पल के लिए कनखला मौन हो गई। सम्राट ने जिस प्रकार उससे बात की थी वह उसे अच्छा नहीं लगा था। "महर्षि भृगु एक माह से अधिक पहले प्रयाग से प्रस्थान कर चुके हैं। यही उनका अंतिम समाचार मुझे ज्ञात है, महाराज। देवगिरि पहुंचने में उन्हें कम से कम दो माह लगेंगे।"

"तो कोई कार्रवाई निर्धारित करने से पहले हम उनकी प्रतीक्षा करेंगे," दक्ष

ने कहा।

"किंतु हम नीलकंठ की उद्घोषणा का विरोध कैसे कर सकते हैं, महाराज?"

"सम्राट कौन है, कनखला?"

"आप हैं, महाराज।"

"और क्या मैंने निर्णय ले लिया है?"

"जी, महाराज।"

"तो मेलूहा का यही निर्णय है।"

"किंतु प्रजा इसे पढ़ चुकी है..."

"मैं चाहता हूं कि तुम ऐसी सूचना जारी करो कि यह उद्घोषणा कपटपूर्ण है। यह सच्चे नीलकंठ द्वारा पारित नहीं हो सकती क्योंकि वे कभी भी भगवान ब्रह्मा के महानतम आविष्कार सोमरस के विरुद्ध नहीं जाएंगे।"

"किंतु क्या यह सत्य है, महाराज?"

दक्ष की आंखें संकुचित हो गईं, उनके क्रोध का पारावार न था। "कनखला, जैसा मैंने करने को कहा, वैसा करो। अन्यथा मैं किसी अन्य को प्रधानमंत्री नियुक्त कर दूंगा।"

कनखला ने औपचारिक मगर ठंडे प्रणाम में हाथ जोड़े और जाने के लिए मुड़ गई। मगर, जाते-जाते वह एक अंतिम तीर छोड़े बिना नहीं रह सकी। "अगर इस प्रकार की अन्य सूचनाएं भी हुईं तो?"

दक्ष ने सिर उठाया। "सारे साम्राज्य में पक्षी दूत भेजो। अगर उन्हें कहीं भी इस प्रकार की सूचना दिखाई दे तो उसे हटा दें और उसके स्थान पर वह लगाएं जो मैंने अभी तुमसे लगाने को कहा है। यह सूचना मिथ्या है, तुम समझ रही हो?"

"हां, महाराज," कनखला ने कहा।

जैसे ही उसने अपने पीछे द्वार बंद किया, दक्ष ने क्रोध से वह शिलाखंड धरती पर दे पटका। "इस सबको रोकने के लिए एकमात्र मेरा उपाय व्यावहारिक है। महर्षि भृगु को मेरी बात सुननी होगी।"

अध्याय 20

अग्नि-गीत

गोपाल जैसे ही पहुंचा उसे शिव के निजी कक्ष में ले जाया गया। वह दीर्घा में शिव और सती के पास गया और उनके पास पड़े एक रिक्त आसन पर विराजमान हो गया।

"आपके पास क्या समाचार है, पंडितजी?" शिव ने पूछा।

शिव की सोमरस पर प्रतिबंध लगाने की सूचना को पूरे मेलूहा और स्वद्वीप में एक साथ पारित किए हुए एक सप्ताह बीत चुका था। वे आशा कर रहे थे कि लोग उनके आदेश का पालन करेंगे।

"देश भर में फैले मेरे पंडितों ने अपने वृतांत भेज दिए हैं।"

"और?"

"स्वद्वीप की अपेक्षा मेलूहा में प्रतिक्रियाएं बहुत भिन्न हैं।"

"मुझे इसकी अपेक्षा थी।"

"ऐसा प्रतीत होता है कि स्वद्वीप की प्रजा ने उद्घोषणा को अंगीकार कर लिया है। इसने मेलूहा के विरुद्ध उनके पूर्वाग्रह को और पुष्ट किया है। इसे मेलूहावासियों द्वारा अन्य सभी से आगे रहने का अनुचित षड्यंत्र करने के एक और उदाहरण के रूप में देखा जा रहा है। और स्मरण रहे, उनमें से कोई भी सोमरस का प्रयोग नहीं करता है। इसलिए वास्तव में उनके लिए यह कोई त्याग नहीं है।"

"किंतु राजाओं ने क्या प्रतिक्रिया की?" सती ने पूछा। "वही लोग हैं जिनका सेनाओं पर नियंत्रण होता है।"

"यह कहना बहुत शीघ्र होगा, सतीजी," गोपाल ने कहा। "किंतु मैं जानता हूं कि इस समय जब हम बात कर रहे हैं, स्वद्वीप के सारे राजा अपने

परामर्शदाताओं से गहन विमर्श कर रहे होंगे।"

"किंतु," शिव ने कहा, "मेलूहावासियों ने मेरी उद्‌घोषणा को नकार दिया है, है न?"

गोपाल ने एक गहरी सांस ली। "यह इतना साधारण नहीं है। मेरे पंडितों ने मुझे बताया है कि प्रारंभ में तो मेलूहा के नागरिक आपकी उद्‌घोषणा से यथार्थ में विचलित प्रतीत हुए। शहर के चौकों में गंभीर चर्चाएं हो रही थीं और अनेक लोगों का विश्वास था कि उन्हें अपने नीलकंठ की बात का अनुकरण करना चाहिए।"

"फिर क्या हो गया?"

"मेलूहा राज्य अत्यंत सक्षम है, मेरे मित्र। सूचनाओं को पहले तीन दिन के भीतर ही हटा दिया गया, कम से कम सभी बड़े नगरों में। उनके स्थान पर मेलूहा का राजसी आदेश लगा दिया गया जिसमें कहा गया है कि उन्हें धूर्त नीलकंठ ने लगाया था।"

"और लोगों ने विश्वास कर लिया?"

"मेलूहावासियों ने पीढ़ियों से अपने प्रशासन पर पूरा विश्वास करना सीखा है शिव," सती ने कहा। "उनका प्रशासन उनसे जो भी कहता है, वे उस पर पूरा विश्वास करते हैं।"

"साथ ही," गोपाल ने कहा, "आप अनेक वर्षों से मेलूहा से नदारद हैं, मित्र। ऐसे भी लोग हैं जो वास्तव में सोचने लगे हैं कि कहीं नीलकंठ मेलूहा को भूल तो नहीं बैठे हैं।"

शिव ने अपना सिर हिलाया। "प्रतीत होता है कि युद्ध अनिवार्य है।"

"दक्ष, और उनसे भी बढ़कर महर्षि भृगु, यह सुनिश्चित करेंगे," गोपाल ने कहा। "किंतु कम से कम हमारा संदेश अधिकांश मेलूहावासियों तक पहुंच तो गया है। आशा है उनमें से कुछ प्रश्न पूछना आरंभ कर देंगे।"

शिव ने गंगा पर लंगर डालकर खड़े ब्रंगाओं, वासुदेवों और नागाओं के पोतों की ओर देखा। "हम दो दिन में कूच करेंगे।"

— ✻ —

"नहीं, नहीं," शिव ने हताशा से अपना सिर हिलाया। "आपने एकदम मिथ्या समझा है!"

अग्नि का प्रकाश और छायाएं बृहस्पति, वीरभद्र, नंदी और परशुराम के उचित प्रकार से अनुशासित किए जा चुके चेहरों पर मचल रही थीं। यह चंद्ररहित रात थी और नदी से शीतल बयार बह रही थी। ब्रंगा बेड़े की मशालों के प्रकाश के प्रतिबिंब से गंगा का पानी झिलमिला रहा था।

प्राचीन परंपरा को बनाए रखते हुए गुण वालों ने बड़े युद्ध अभियानों से पहले पांचों पवित्र तत्वों द्वारा रक्षा करने का आह्वान करते हुए स्तुति-गीत और संकट के सामने पौरुष के चिह्नस्वरूप कीर्तिगीत गाए। महा-गुणा शिव के मित्र इस परंपरा के सम्मान में एकत्र हुए थे। क्योंकि उन्हें अगले दिन पौ फटते ही कूच करना था।

शिव ने परशुराम की ओर चिलम बढ़ाई और अपने मित्रों को गायन की सुमधुर कला सिखाने का निर्णय लिया।

"असल युक्ति तो यहां पर है," शिव ने अपनी पसलियों के बीच के भाग में मध्यपट की ओर संकेत किया।

"मैं सोचता था यह यहां है," वीरभद्र ने चपल भाव से अपने गले की ओर संकेत किया।

शिव ने अपना सिर हिलाया। "भद्र! ध्वनि तंत्र मूल रूप से वायु उपकरण होते हैं। तुम्हारा कौशल अपने श्वास के नियंत्रण पर निर्भर करता है, जिसका अर्थ, अनिवार्यतः फेफड़े हैं। और फेफड़ों को मध्यपट के माध्यम से नियमित किया जा सकता है। यहां से गाने का प्रयास करो और तुम देखोगे कि तुम अपने स्वर को कहीं अधिक सहजता से निकाल सकते हो और ऊपर-नीचे ले जा सकते हो।"

नंदी ने एक सुर गाया और फिर पूछा, "मैं ठीक से गा रहा हूं, प्रभु?"

"हां," शिव ने नंदी के विशाल उदर को देखते हुए कहा। "अगर तुम अपने मध्यपट का दबाव अपने उदर पर महसूस कर सको, तो तुम सही गा रहे हो। दूसरी बात यह जानना है कि सांस कब लेनी है। अगर तुमने यह सही किया तो पंक्ति के अंत में तुम्हें संघर्ष नहीं करना होगा। और अगर तुम संघर्ष नहीं करोगे, तो अंत में अंतिम कुछ सुरों पर शीघ्रता किए बिना तुम अपनी धुन समाप्त कर सकोगे।"

बृहस्पति, परशुराम और नंदी तन्मय होकर सुन रहे थे।

मगर वीरभद्र व्यंग्य से सिर हिला रहा था, उसकी आंखों में चंचलता थी।

सुर में गाने की वह बहुत परवाह नहीं करता था। "शिव, आप इसे अधिक ही गंभीरता से ले रहे हैं! महत्वपूर्ण तो भाव होता है। जब तक मैं अपने हृदय से इसे गाता हूं, मुझे नहीं लगता कि अगर मैं गीत की हत्या भी कर दूं तो किसी को आपत्ति होनी चाहिए!"

परशुराम ने वीरभद्र की ओर हाथ हिलाया, फिर शिव की ओर मुड़ा। "प्रभु, क्यों न आप गाएं और हमें दिखाएं कि यह कैसे किया जाता है?"

प्रत्येक की दृष्टि शिव पर लगी थी और शिव ने आकाश की ओर देखा, अपने हिम सरीखे कंठ को मला और गला साफ किया।

"बहुत नाटक हो चुका," वीरभद्र ने कहा। "अब गाना आरंभ भी करें।"

शिव ने हंसी में वीरभद्र की बांह पर चपत लगा दी।

"ठीक है अब," शिव ने प्रसन्न मुस्कुराहट से कहा। "शांति!"

वीरभद्र ने चंचलता से अपने होंठों पर उंगली रख ली, बृहस्पति ने घूरकर उसे देखा। वीरभद्र ने हाथ बढ़ाया, परशुराम के हाथ से चिलम ली, और गहरा कश खींचा।

शिव ने अपनी आंखें बंद कीं और अपने भीतर चला गया। एक सुमधुर गुनगुनाहट उसकी आत्मा की गहराइयों से निकली और उसने तुरंत ही एक संपूर्ण सुर छेड़ दिया। एक प्रफुल्ल गीत आरंभ हुआ और भावविभोर श्रोता उसके महत्व को समझ गए। यह अग्नि से उसके आशीर्वाद की याचना करते एक योद्धा की प्रार्थना थी। इस उपकार का बदला योद्धा युद्ध में अपने शत्रुओं को चिता की अग्नि की भूखी ज्वालाओं को समर्पित करके चुकाएगा। श्रोता सहज रूप से समझ गए थे कि शिव की प्रकृति अन्य चारों तत्वों, जिनमें से प्रत्येक को समर्पित गुणा-गीत थे, की अपेक्षा अग्नि के सर्वाधिक निकट है।

यह एक छोटा सा गीत था किंतु श्रोता मंत्रमुग्ध थे। शिव ने जोरदार तालियों के साथ अपना गायन समाप्त किया।

"आपमें अभी तक यह है," वीरभद्र मुस्कुराया। "इस हिमशीतल कंठ ने आपके स्वर को नष्ट नहीं किया है।"

शिव मुस्कुराया और वीरभद्र के हाथ से चिलम ले ली। वह कश लेने ही वाला था कि तभी उसने छत के द्वार के पास किसी के हल्के से खंखारने का स्वर सुना। सारे मित्रों ने पलटकर देखा तो सती वहां खड़ी थी।

शिव ने मुस्कुराते हुए चिलम नीचे रख दी। "क्या हमने तुम्हें जगा

दिया?"

शिव के निकट आती हुई सती हंस दी। "आप इतने ऊंचे सुर में गा रहे थे कि सारे नगर को जगा देते! किंतु गाना इतना सुंदर था कि मुझे जगाया जाना बुरा नहीं लगा।"

सब लोगों की हंसी के बीच सती शिव के समीप बैठ गई।

शिव मुस्कुराया। "यह गाना हमारे देश का है। यह युद्ध के लिए योद्धा का हृदय लौह का कर देता है।"

"मुझे लगता है गाने से अधिक गायन सुंदर था," सती ने कहा।

"हां, सही है!" शिव ने कहा।

"आप इसे गाकर क्यों नहीं देखतीं, देवी?" नंदी ने पूछा।

"नहीं, नहीं," सती ने कहा। "बिल्कुल नहीं।"

"क्यों नहीं?" वीरभद्र ने पूछा।

"मैं तुम्हें गाते सुनना पसंद करूंगा, पुत्री," बृहस्पति ने कहा।

"मान भी जाओ," शिव ने मनुहार की।

"ठीक है," मुस्कुराते हुए सती ने कहा। "प्रयास करूंगी।"

शिव ने चिलम उठाई और सती के आगे बढ़ा दी। सती ने सिर हिला दिया।

सती शिव के गाने को बहुत ध्यान से सुन रही थी। गाना, उसकी धुन और बोल उसकी स्मृति में पैठ चुके थे। सती ने आंखें बंद कीं, गहरी सांस खींची और संगीत में स्वयं को डुबो दिया। गाना बहुत धीमे सुर से आरंभ हुआ था। उसने पिछली प्रस्तुति को पूरी संपूर्णता के साथ पुनः प्रस्तुत कर दिया था, जहां आवश्यक होता वहां वह शब्दों को प्रवाह के साथ बहने देती और जहां उन्हें कोमलता से थामे रखना होता वहां उन्हें थामे रहती। अंत की ओर बढ़ते हुए उसकी सांसें तीव्र हो गईं और वह स्वर को ऊंचा और ऊंचा ले गई जहां गाना पूरी भव्यता के साथ समाप्त हुआ। यहां तक कि बीच में जल रही अग्नि भी सती के तात्विक अग्नि गीत की पुकार का प्रत्युत्तर देती प्रतीत हो रही थी।

"अति सुंदर!" गीत की समाप्ति पर शिव ने सती को आलिंगनबद्ध करते हुए कहा। "मुझे नहीं पता था कि तुम इतना सुंदर गा सकती हो।"

सती लजा गई। "क्या यह इतना अच्छा था?"

"देवी!" स्तंभित वीरभद्र ने कहा। "यह अद्भुत था। मुझे सदैव लगता

था कि शिव संसार के सर्वोत्तम गायक हैं। किंतु आप तो इनसे भी श्रेष्ठ हैं।"

"बिल्कुल नहीं," सती ने कहा।

"बिल्कुल हां," शिव ने कहा। "ऐसा प्रतीत हो रहा था मानो तुमने अपने आसपास की सारी अग्नि को अपने भीतर खींच लिया हो।"

"और मैं उसे अपने भीतर ही रखूंगी," सती ने कहा। "हम अपने जीवन का युद्ध लड़ने जा रहे हैं। हमें उस सारी अग्नि की आवश्यकता होगी जो हम प्राप्त कर सकते हैं!"

— ⚲ —

गणेश और कार्तिक को वैशाली के राजा मातलि के निजी भवन में ठहराया गया था। उनके साथ अयोध्या के राजकुमार भगीरथ और ब्रंगा राजा चंद्रकेतु भी थे। उन्हें सूचना थी कि मगध उनके पोतों को अयोध्या की ओर जाने से रोकने की तैयारी नहीं कर रहा है। किंतु मगध सेना को चौकस कर दिया गया था और उनके प्रशिक्षण सत्रों को दोगुना कर दिया गया था। या तो यह सुर्पदमन द्वारा उठाया गया सावधानीपूर्ण कदम था या मगध उन पर तब आक्रमण करने की योजना बना रहे थे जब वे अयोध्या के विरुद्ध युद्ध करके थक चुके हों।

"मगध को पार करते समय हम न तो सैनिक खोना वहन कर सकते हैं और न ही पोत खोना," गणेश ने कहा। "हमें निकृष्टतम के लिए तैयार रहना चाहिए।"

"जैसा मैं देखता हूं," भगीरथ ने चौकी पर फैले नदी के मानचित्र की ओर संकेत करते हुए कहा, "उनके मुख्य पाषाण प्रक्षेपक सरयू के पश्चिमी तट पर मुख्य दुर्ग में होंगे। पूर्वी पक्ष में भी उनका छोटा सा दुर्ग है जहां पर वे पाषाण प्रक्षेपक चढ़ाकर हमारे ऊपर अग्नि के पीपे लुढ़का सकते हैं, किंतु इस दुर्ग के आकार को देखते हुए मुझे नहीं लगता कि उनकी क्षमता बहुत अधिक होगी। इसलिए मेरा सुझाव है कि हम अपने पोतों को सरयू के पूर्वी तट के समीप से ले जाएं।"

"किंतु बहुत समीप से भी नहीं!" चंद्रकेतु ने कहा।

"बिल्कुल," भगीरथ ने कहा। "हम पूर्वी पक्ष से छोटे पाषाण प्रक्षेपकों से भी हताहत नहीं होना चाहते।"

"साथ ही, हम सुनिश्चित कर सकते हैं कि हम अपने मस्तूलों पर ही

न निर्भर रहें, बल्कि अपने नाविकों से पोतों को शीघ्रता से खेने के लिए तैयार रहने को भी कहें," वैशाली के राजा मातलि ने कहा।

"किंतु हम नदी के किसी भी पक्ष में हों और कितनी भी शीघ्रता से पोतों को ले जाएं, अगर उन्होंने आक्रमण करने का निर्णय लिया तो हम अपने सैनिकों को खोएंगे," गणेश ने कहा। "स्मरण रहे, हम पोतों पर होंगे, इसलिए हम प्रत्युत्तर देने के लिए शीघ्रता से अपने सैनिकों को तट पर नहीं उतार सकते।"

"क्यों न हम उनके जोखिमों को बढ़ा दें?" कार्तिक ने पूछा।

"कैसे?" गणेश ने पूछा।

"मगध से पहले प्रत्येक पोत के आधे सैनिकों को किनारे पर उतार दें। हम उन्हें अपने पोतों के साथ-साथ पूर्वी तट पर पैदल आने के लिए कहें। भार कम होने से हमारे पोतों की गति तीव्र होगी। साथ ही पूर्वी तट पर मगध दुर्ग जान जाएगा कि उनके परकोटे के बाहर शत्रु सैनिकों का एक विशाल जत्था है। कोई भी मूर्खता करने से पहले वे दो बार सोचेंगे।"

"ये विचार मुझे पसंद आया," भगीरथ ने कहा।

"मैंने और भी साधारण बात सोची है," चंद्रकेतु ने कहा।

गणेश ने ब्रंगा राजा को देखा।

"स्वद्वीप में मगध राजवंश निर्धनतमों में से है," चंद्रकेतु ने कहा। "यह शक्तिशाली राज्य है किंतु राजा महेंद्र अपने पुत्र उग्रसेन के साथ-साथ अपने भी द्यूत व्यसन के कारण अपने कोश की एक विशाल राशि गंवा चुके हैं।"

"क्या आप उन्हें प्रलोभन देना चाहते हैं?" भगीरथ ने पूछा।

"क्यों नहीं?"

"पहली बात तो हमें महाकोश की आवश्यकता होगी। कुछ सहस्त्र स्वर्ण मुद्राएं यथेष्ट नहीं होंगी। हम किन्हीं सैन्य अधिकारियों से नहीं, स्वयं राजवंश से सौदा कर रहे होंगे।"

"क्या एक लाख स्वर्ण मुद्राएं पर्याप्त होंगी?"

भगीरथ स्तंभित था। "एक लाख?"

"हां।"

"केवल अक्षत पार जाने के लिए?"

"हां।"

"प्रभु रुद्र कल्याण करें। यह तो मगध राजवंश के लिए लगभग छह माह का कर-संग्रह होगा।"

"बिल्कुल। पहले पोत में इसकी आधी राशि के साथ मैं दिवोदास को मगध भेज दूंगा। शेष राशि तब सौंपी जाएगी जब हमारा अंतिम पोत भी सुरक्षित निकल जाएगा।"

"किंतु वे इस धन का प्रयोग अस्त्र क्रय करने के लिए कर सकते हैं," कार्तिक ने कहा।

"वे यह इतना शीघ्र नहीं कर पाएंगे," चंद्रकेतु ने कहा। "और युद्ध के पश्चात वे धन का क्या करते हैं, यह मेरी चिंता का विषय नहीं है।"

"क्या आप वास्तव में इतना स्वर्ण देना वहन कर सकते हैं, महाराज?" गणेश ने पूछा।

चंद्रकेतु मुस्कुराए। "हमारे पास यथेष्ट से कहीं अधिक है, माननीय गणेश। किंतु हमारे लिए इसका अर्थ कुछ नहीं है। सोमरस को रोकने के लिए मैं वह सारा स्वर्ण दे सकता हूं जो हमारे पास है।"

"ठीक है," गणेश ने कहा। "इसके कारगर न रहने का मुझे कोई कारण नहीं दिखता।"

अध्याय 21

अयोध्या का घेराव

प्रमुख पोत के ऊपरी भाग में गोपाल, सती और काली से घिरे बैठे शिव के लिए शीतल उत्तरी बयार एक सुखद अहसास थी। छप्पन पोतों का युद्ध बेड़ा नदी के ऊपर की ओर लगातार बढ़ रहा था, शिव जानते थे कि कुछ ही सप्ताह में वे चंबल के स्रोत तक पहुंच जाएंगे जहां सैनिकों को उतरकर नर्मदा तक पैदल जाना होगा।

"पंडितजी, क्या आपके पोत हमारे साथ चल रहे पचपन सहस्त्र सैनिकों के लिए अतिरिक्त क्षमता के साथ नर्मदा पर हमारी प्रतीक्षा कर रहे होंगे?" काली ने पूछा।

"जी, रानी," गोपाल ने कहा। "चूंकि हम जानते थे कि हम इन पोतों का उपयोग नहीं कर सकेंगे जिन पर वर्तमान में हम चल रहे हैं, इसलिए हमारे पोतों को इस अतिरिक्त भार को वहन करने के लिए विशेष रूप से बनाया गया है।"

"उन मानचित्रों के आधार पर जिन्हें हमने देखा है," सती ने कहा, "हमें तीन महीने में लोथल पहुंच जाना चाहिए, है न, पंडितजी?"

"हां, सतीजी," गोपाल ने कहा। "अगर हवा ने हमारा साथ दिया, तो हम पहले भी पहुंच सकते हैं।"

"क्या तुम्हें लोथल के प्रांतपाल से कोई सूचना मिली, काली?" शिव ने पूछा।

"मेरे राजदूत सूचना के साथ नर्मदा पर हमारी प्रतीक्षा कर रहे होंगे," काली ने उत्तर दिया। "विश्वास करें, लोथल में हमें सहज ही प्रवेश मिल जाएगा। लेकिन हमारी सेना में किसी विशाल वृद्धि की अपेक्षा न करें। लोथल में दो-तीन सहस्त्र से अधिक सैनिक नहीं होते हैं।"

"हमें वास्तव में उनके सैनिक नहीं चाहिए," शिव ने कहा। "हमारे पास हमारी अपनी सेना पर्याप्त है। नर्मदा पर हमारी प्रतीक्षा कर रही वासुदेव सेना, तुम्हारी अपनी नागा सेना और इस ब्रंगा सेना के साथ हमारे पास एक लाख से अधिक सैनिक हैं। यह मेलूहा की सेना के बल के समकक्ष है।"

"हम उन्हें सहज ही परास्त कर देंगे," काली ने कहा।

"मेरी आक्रमण करने की योजना नहीं है," शिव ने कहा।

"मेरे विचार में आपको करना चाहिए।"

"हमें बस सोमरस निर्माणशाला को ध्वस्त करना है, काली।"

"लेकिन आपके साथ नागा हैं। आपको प्रत्यक्ष युद्ध से भय करने की आवश्यकता नहीं है।"

"मैं भय नहीं करता। मुझे बस इसमें कोई सार्थकता नहीं दिखती है। यह हमें हमारे मुख्य उद्देश्य--सोमरस के विनाश--से भटका देगा। हम मेलूहा का विनाश नहीं करना चाहते। यह मत भूलो।"

"मेरा विश्वास है कि जब भी मैं यह भूलूंगी, आप मुझे स्मरण करा देंगे," काली ने कहा।

शिव मुस्कुराया और उसने अपना सिर हिला दिया।

— ⅄ⓄⓊ⇞⊛ —

सरयू तक की यात्रा आश्चर्यजनक रूप से घटनाविहीन रही। मगधों ने गणेश के पोतों पर आक्रमण नहीं किया। विशाल काफिला इतना लंबा था कि मगध प्राचीरों पर खड़े रक्षकों ने पूरा दिन पोतों को जाते देखने में बिता दिया।

एक सप्ताह के थोड़ा बाद, गणेश ने अपने पोतों को लंगर डालने का आदेश दिया। कार्तिक, भगीरथ, चंद्रकेतु और गणेश छोटी नावों में बैठकर किनारे पहुंचे। बहुत दूर तक वन को काटकर साफ कर दिया गया था। काशी में ब्रंगा आप्रवासियों का प्रमुख दिवोदास बीस सैनिकों के साथ वहां प्रतीक्षा कर रहा था।

जैसे ही नाव ने किनारा छुआ, गणेश कूदकर उतर गया और उथले पानी में चलते हुए नदी तट पर पहुंच गया। अन्यों ने उसका अनुसरण किया। तट पर पहुंचकर उसने धरती को मस्तक टेका। उसने वन में अंदर तक देखा और उस समय का स्मरण किया जब बहुत पहले उसने वृक्षों के पीछे छिपकर अपनी

मां को देखा था। "कार्तिक, यह बल-अतिबल कुंड है। यहीं सप्तर्षि विश्वामित्र ने भगवान राम को उत्कृष्ट कौशलों की शिक्षा दी थी।"

कार्तिक के नेत्र विस्मय से फैल गए। वह नीचे झुका और उसने हाथ से धरती को स्पर्श किया और धीरे से बोला, "जय श्री राम।"

उसके आसपास उपस्थित अन्य लोगों ने भी दोहराया। "जय श्री राम।"

"कार्तिक," गणेश ने कहा, "इस धरती को सप्तर्षि विश्वामित्र और भगवान राम ने पवित्र किया था। किंतु अनेक लोगों ने इसकी महत्ता को भुला दिया है। हमें रक्त से इस धरती के सम्मान को पुनः प्राप्त करना होगा।"

कार्तिक को समझने में एक पल लगा। "आपको लगता है सुर्पदमन हमारा पीछा कर सकता है?"

गणेश मुस्कुराया। "वह हमारा पीछा करेगा। विश्वास करो। अयोध्या के घेराव को मैं सुर्पदमन को मगध से बाहर खींचने के लिए चारे के रूप में देखता हूं। एक बार वह बाहर निकला, तो हम उसकी सेना को नष्ट करके उसके नगर पर अधिग्रहण कर लेंगे। गंगा पर मगध के अवरोध के साथ हम अयोध्या के पोतों को सरलता से रोक सकेंगे। और मगध की नियति का निर्धारण करने वाला युद्ध यहीं लड़ा जाएगा। अतएव यही वह स्थान है जहां मैं चाहूंगा कि तुम उस पर आक्रमण करो।"

"मेरा तो विचार था कि सुर्पदमन अपने पिता को मना लेगा।"

"वह चतुर व्यक्ति है, कार्तिक। जितना मैंने समझा है, उसकी सहजवृत्ति हमारा समर्थन करने की थी, किंतु इतने विरोध के समक्ष, वह वही करेगा जो उसके सर्वश्रेष्ठ हित में होगा। और उसके पास पाने को बहुत कुछ है। अपने भाई की मृत्यु का प्रतिशोध लेकर वह अपने पिता और देशवासियों का अनुग्रह जीत लेगा। वह अयोध्या के उद्धारक के रूप में सामने आएगा, यद्यपि थोड़े से विलंब से ताकि अयोध्या निर्बल हो जाए। और कौन जाने, वह नीलकंठ के पुत्रों को भी बंदी बना सकता है...। क्या यह उसे भृगु का सशक्त मित्र नहीं बना देगा?" गणेश ने व्यंग्यात्मक मुस्कुराहट के साथ कहा। "हां, भाई, वह आक्रमण करेगा और जानेगा कि चतुर लोगों को सदैव अपनी सहजबुद्धि को सुनना चाहिए।"

कार्तिक ने गहरी सांस ली और आकाश की ओर देखा और फिर आंखों में कठोर संकल्प लिए वह गणेश की ओर मुड़ा। "हम इस नदी को रक्त से

लाल कर देंगे, दादा।"

भगीरथ ने सम्मोहन और भय के चिर-परिचित भाव से कार्तिक को देखा।

"यही धरती क्यों, माननीय गणेश?" चंद्रकेतु ने पूछा।

"महाराज," गणेश ने उत्तर दिया, "जैसा कि आप देख सकते हैं, यह टुकड़ा लंबा और संकरा है। यह सुर्पदमन को ललचाएगा कि वह तट पर अपने पोतों का भी लंगर डाल दे, इस प्रकार उसकी सेना पतली होकर फैल जाएगी। किनारे से यह वन बहुत दूर नहीं है। जिसका अर्थ है हमारी मुख्य सेना वृक्षों के पीछे छिपी रह सकती है। तट पर हमारा एक छोटा सा दस्ता ही होगा।"

भगीरथ मुस्कुराया। "यह तो अत्यंत रसीला चारा है। सुर्पदमन संभवतः कल्पना करेगा कि यह एक छोटी सी पलटन है जो अयोध्या के घेराव को छोड़ आई है। अपने सैनिकों को विजय का स्वाद चखाने के लिए वह उन सबको मार देना चाहेगा।"

"सही," गणेश ने कहा। "किंतु मुख्य लड़ाई धरती पर नहीं होगी। हमें उसे यहां दबोचना होगा, जिसके लिए, ईमानदारी से, बहुत अधिक साहस चाहिए होगा, क्योंकि उसके पास बहुत बड़ा बल होगा। इसीलिए मैं कार्तिक को यहां चाहता हूं। किंतु सुर्पदमन को नदी में ही परास्त किया जाएगा।"

"कैसे?" चंद्रकेतु ने पूछा।

"मैं अयोध्या से वापस आऊंगा और उसके पोतों को सामने से टक्कर दूंगा," गणेश ने कहा। "मैंने राजा मातलि से भी तीस पोतों के साथ शारदा नदी पर प्रतीक्षा करने को कहा है। शारदा नीचे सरयू से मिलती है। सुर्पदमन के पोतों के निकलने के बाद मगधों को पीछे से घेरकर वैशाली का बेड़ा सरयू में आगे बढ़ेगा। मेरी टुकड़ी उन पर सामने से आक्रमण करेगी जबकि वैशाली की सेना उन्हें पीछे से घेरेगी। कार्तिक को इतनी देर तक सुर्पदमन को रोके रखना होगा कि उसके पोतों के बेड़े को निश्चल किया जा सके।"

"वह राजा मातलि और आपके पोतों के बीच भिंच जाएगा," चंद्रकेतु ने कहा। "उसके लिए कोई संभावना नहीं रहेगी।"

"बिल्कुल।"

"अच्छी योजना प्रतीत होती है," भगीरथ ने कहा।

"युद्ध की सफलता दो बिंदुओं पर टिकी है," गणेश ने कहा। "पहली, कार्तिक को सुर्पदमन को अपने पोतों का लंगर डालने और तट पर हमारे

सैनिकों पर हमला करने के लिए ललचाना होगा। इसकी अनुपस्थिति में वह बढ़ता रहेगा, और उसकी बड़ी नौकाएं मेरे छोटे पोतों को नष्ट कर देंगी और संभवतया युद्ध का रुख उसके पक्ष में कर देंगी। मगध पोत बड़े हैं और उन्हें सुदृढ़ बनाया गया है। अगर कार्तिक सुर्पदमन को तट पर लाने में असफल रहा तो मेरे पक्ष के हमारे बेड़े को भारी क्षति उठानी पड़ेगी। उस संभावना को संभालने के लिए मुझे नेतृत्व में रहना होगा।"

"और दूसरा बिंदु?" भगीरथ ने पूछा।

"राजा मातलि को सुर्पदमन की मगध वापसी को अवरुद्ध करने के लिए मोर्चा संभाले रहना होगा। यह चिमटी जाल को बंद कर देगा।"

चंद्रकेतु को न तो कार्तिक के साहस पर संदेह था, न उसकी सामरिक सोच पर। युवा योद्धा से कहे गए उनके शब्दों में सम्मान प्रतिलक्षित था। "आप अपने दम पर हैं, कार्तिक। अब यह सब आपके ऊपर है।"

कार्तिक ने आंखें सिकोड़ीं, अपना हाथ तलवार की मूठ पर रखा। "मैं उसे खींच लाऊंगा, महाराज चंद्रकेतु। और एक बार मैं उसे ले आया, तो मैं आपको आश्वस्त करता हूं कि उसकी सारी सेना को स्वयं काट डालूंगा। हमारे पोतों को तो युद्ध में सम्मिलित होने की आवश्यकता ही नहीं पड़ेगी।"

गणेश अपने भाई को देखकर मुस्कुराया।

— ⁂ —

गणेश ने चौकी पर रखे एक और पत्र को उठाया और उसे पढ़ने लगा, फिर अपनी थकी हुई आंखों को मलने के लिए रुका। वह अपने निजी कक्ष में बैठा हुआ था और आक्रमण की प्रगति के बारे में अपने गुप्तचरों द्वारा भेजे संदेशों से घिरा हुआ था। अनेक संदेश ऐसे थे जिनमें अयोध्या की प्रजा की मानसिकता से लेकर धनुर्धरों की तीरों की मांग को पूरा करने में अस्त्रशाला की प्रगति के बारे में बताया गया था। युद्ध की तैयारियां आरंभ होने के बाद से वह अनेक सप्ताह से ठीक से सोया नहीं था और उसका शरीर विश्राम के लिए कराह रहा था, किंतु ये संदेश भी प्रतीक्षा नहीं कर सकते थे। ऐसा प्रतीत होता था कि अयोध्या समर्पण के कगार पर थी और अब कोई भी गलत कदम विनाशकारी हो सकता था। कार्तिक और चंद्रकेतु धैर्य से उसके पास बैठे थे और संदेशों के अंतहीन प्रवाह में गणेश की सहायता कर रहे थे। तीनों मौन बैठे भगीरथ

के लौटने की प्रतीक्षा कर रहे थे ताकि उसके अभियान का समाचार सुन सकें।

अयोध्या के घेराव को एक माह से ऊपर हो चुका था। गणेश की नौसेना ने प्राचीन युद्ध निर्देशिकाओं के श्रेष्ठ तरीके से नगर पर आक्रमण किया था। सरयू के पश्चिमी तटों पर बेड़े के एक बड़े भाग को दोहरी पंक्ति में, पूर्वी तट की दुर्ग की दीवारों के पाषाण प्रेषकों की पहुंच से दूर, लंगर डलवा दिया गया था। पंक्तिबद्ध पोत अयोध्या के उत्तर तक फैल गए थे, बस उस चोटी से जरा दूर जहां सरयू एक झरने में उतरती है। गणेश के काफिले में छोटी-छोटी जीवनरक्षक नावों को पोतों के दाहिनी ओर बांध दिया गया था और रक्षक एक-एक पल निगरानी कर रहे थे। यह अयोध्या के छोर से गुप्त नौकाओं द्वारा पोतों में आग लगाने के प्रयास को रोकने के लिए था। सेना का एक अंग पोतों के बाईं ओर स्वयं तट पर शिविर लगा चुका था ताकि अयोध्यावासियों के गुप्त आक्रमणों को रोका जा सके।

और दूर दक्षिण में, गणेश ने अपने पोतों का लंगर डाला था और उन्हें नदी के आर-पार दस की पंक्तियों में एक साथ बांध दिया था। अवरोधक पोतों के पहले स्तर के एकदम पीछे एक और पंक्ति थी। इनके पीछे, पांच तीव्रगामी नावें नदी पर गश्त कर रही थीं ताकि किसी भी अयोध्यावासी के भाग निकलने की कोशिश को असफल कर सकें। इस प्रकार, अयोध्या का कोई भी पोत नदी के अवरोध को तोड़कर भागने का प्रयास करता तो उसे बीस दुश्मन पोतों की एक मोटी पंक्ति और पांच तीव्रगामी नावों से युद्ध करना पड़ता।

रक्षात्मक सेना द्वारा अयोध्या के आसपास के वन को काट दिया गया था ताकि आक्रमण होने की स्थिति में उनका दृष्टि क्षेत्र स्पष्ट रहे। मेलूहा के सेनापति प्रसेनजित ने, जिसे भृगु वहां छोड़ गए थे, अयोध्यावासियों को रिक्त मैदान को और अधिक विस्तृत करने के लिए समझाने का बहुत प्रयास किया, कितु असफल रहा। गणेश ने अपने सैनिकों से मैदान के पार वृक्षों की दूसरी पंक्ति को भी सतर्कतापूर्ण अग्नि बाधा के तौर पर कटवा दिया। जब बाहरी अग्नि बाधा स्थापित हो गई तो गणेश ने आदेश दिया कि दोनों मैदानों के बीच के वृक्षों को जला दिया जाए। इससे उत्पन्न घोर ताप अयोध्या के आसपास बनी सुरंगों को ढहा देता जो नगर में चोरी से भोजन ले जाए जाने के लिए प्रयुक्त हो सकती थीं। आग लगातार चार दिन तक जलती रही और उसने "अभेद्य नगर" के नागरिकों पर हतोत्साही प्रभाव डाला था, जबकि उनके अवरोधकों के

निश्चय को और सुदृढ़ कर दिया था।

अयोध्या के उत्तर में एक सीधी चोटी के जलप्रपात ने प्राकृतिक अवरोधक का कार्य किया था, जिसने पोतों को सरयू के उत्तर में आगे बढ़ने से रोक दिया था। अयोध्यावासियों ने जलप्रपात के निकट ही अपने चारदीवारी युक्त नावों के घाट में एक नहर बना ली थी। एकमात्र संकरी नहर को सुगमता से रक्षणीय बनाया गया था। जबकि द्वारयुक्त दीवार से निकलते हुए यह नहर अयोध्या के नाव-घाट की रक्षा करती थी, साथ ही यह शत्रु को अपने पोतों के निकास मार्ग को अवरुद्ध करने की अनुमति भी देती थी। गणेश ने वन की कटाई से बचे वृक्षों के तनों का प्रयोग इस नहर को रोकने में किया और इस प्रकार नगर के घेराव को प्रभावी रूप से इस नाव-घाट तक बढ़ा दिया। वह बस उन्हें अंदर ही सीमित कर देना चाहता था और नहर को रोकने ने यह सुनिश्चित कर दिया था कि नाव-घाट को अवरुद्ध करने के लिए उसे और अधिक पोतों को नहीं लगाना था।

गणेश जानता था कि मेलूहावासियों ने अयोध्यावासियों के लिए पक्षी-दूत प्रणाली स्थापित कर दी थी। इसे नष्ट करने के लिए उसने एक बहुत ही साधारण सी रणनीति तय की। अयोध्या के बाहर और सरयू के किनारे उसने अनेक वृक्षों के शिखरों पर छह सौ धनुर्धर तैनात कर दिए। ये धनुर्धर दिन में तीन बार पारी बदलते हुए आठ-आठ घंटे काम करते थे, और चौबीसों घंटे निरंतर चौकसी पर रहते थे। आदेश अत्यंत साधारण थेः आकाश में उन्हें जो भी पक्षी दिखाई दें, सबको मार दिया जाए। इनमें से अधिकांश पक्षी टोहियों को प्राप्त हो जाते थे। इस प्रयास में, वे न केवल मेलूहा और अयोध्या के बीच होने वाले संदेशों के आदान-प्रदान को प्राप्त कर लेते थे, साथ ही मृत कबूतर और अन्य पक्षी सैनिकों के लिए ताजे मांस का स्रोत भी बन जाते थे।

अयोध्या ने पेयजल के लिए सरयू से नहरें खींची हुई थीं जो नदी से शहर की दीवारों के भीतर जाती थीं। सरयू के किनारे कौशलपूर्वक निर्मित विशाल जल-चक्रों के माध्यम से नहरों को पानी पहुंचता था। ये चक्र नदी के प्रवाह को घुमाने के लिए प्रयुक्त होते थे। व्यास में अनेक बाल्टियां बंधी हुई थीं जो पानी को भरतीं और ऊपर पहुंचने पर उसे नहर में रिक्त कर देतीं। किसी आक्रमण से रक्षा करने के लिए चक्रों के आसपास लंबी-लंबी दीवारें बनाई गई थीं। मगर, पानी की सतह के ठीक नीचे दीवार में एक मोखल था जहां से

बाल्टियां पानी भरती थीं। खुले स्थान को पीतल की छड़ियों से बंद किया गया था जो इतनी चौड़ी थीं कि पानी उनके बीच से जा सकता था, किंतु वे इतनी बड़ी भी नहीं थीं कि कोई आदमी उनके बीच से तैरकर जा सके। मगर यह गणेश को नहीं रोक सका।

गणेश ने रात में अपने सैनिकों को छोटे-छोटे, तैरते हुए लकड़ी के पात्र लेकर सरयू में तैरने भेजा। इन पात्रों में और भी छोटे तेल से भरे लोहे के पात्र थे। लकड़ी और लोहे के पात्रों के बीच पानी और सन की बनी एक बत्ती इस उपकरण को पूरा करती थी। आग लगाते ही बत्ती तेल को गर्म करती, जिससे पानी उबलने लगता। फलस्वरूप, भाप के बनने से बना दबाव एक विस्फोट कर देता जिसमें स्वयं लोहा और लकड़ी छर्रों का काम करते। कुशल तैराकों का काम इन उपकरणों को योजनाबद्ध रूप से जल-चक्रों की बाल्टियों के बीच में रखना और इस प्रकार उन्हें नष्ट कर देना था। अयोध्या के अस्तित्वमान कुएं उसके असंख्य निवासियों की प्यास कभी नहीं बुझा पाते।

गणेश ने गैर-योद्धा औरतों और पुजारियों की एक छोटी सी संख्या को प्रतिदिन शहर से बाहर आने, व्यक्तिगत प्रयोग के लिए कम मात्राओं में पानी ले जाने की अनुमति दे दी थी। उसने यह भी आदेश दिया कि प्रतिदिन यह संख्या सिलसिलेवार कम होती जाएगी, जब तक कि अयेध्यावासी समर्पण नहीं कर देते। यह एक धीमा दबाव था जिसे इस प्रकार बनाया गया था कि अंततः आमजन अपने अग्रेताओं के विरुद्ध खड़े हो जाएं। गणेश के सैनिकों ने बाहर आने वाले अयोध्यावासियों को नीलकंठ की इच्छाओं के विरुद्ध जाने और मेलूहा का पक्ष लेने के लिए तिरस्कृत करके मनोवैज्ञानिक युद्ध भी छेड़ दिया था। उन्हें बताया गया कि गणेश द्वारा अयोध्या पर आक्रमण न बोलने की एकमात्र वजह उसके निर्दोष लोगों को क्षति न पहुंचाना थी, जिनका अपने सम्राट दिलीप के निर्णयों से कोई लेना-देना नहीं था।

कुछ अयोध्यावासियों द्वारा प्रतिदिन के दोहरे आने-जाने ने एक और महत्वपूर्ण उद्देश्य भी पूरा किया था। इसने रामजन्मभूमि मंदिर के छिपे हुए वासुदेव पंडित को सारे भारत के मंदिरों के वासुदेव पंडितों द्वारा संग्रहीत सूचना लेकर एक संदेशवाहक को गणेश के पास भेजने का अवसर दिया था।

दो सप्ताह बाद, एक आपसी सहमतिपूर्ण समझौते पर पहुंचने के लिए गणेश ने भगीरथ को अपने पिता के राज्य के संभ्रांतों से मिलने के लिए भेजने

का प्रस्ताव रखा। अयोध्यावासियों ने तुरंत इस अवसर को अपना लिया।

गणेश ने अपनी क्लांत मांसपेशियों को फैलाया और कक्ष में अपने साथ बैठे कार्तिक और चंद्रकेतु को देखा। वे भी कठिनाई से ही सोए होंगे, लेकिन अपनी थकान को छिपाकर उन्होंने कागजों को देखना जारी रखा। गणेश स्वयमेव मुस्कुराया। जब यह हो जाएगा, उसने सोचा, हम सब अपने-अपने कक्षों में बंद हो जाएंगे और सप्ताह भर सोते रहेंगे!

पदचाप सुनाई दी और कक्ष का द्वार धकेलकर खोले जाने से पहले हल्की सी दस्तक दी गई। भगीरथ ने गणेश की ओर हल्के से सिर झुकाया, हवा से उसके बाल थोड़े से बिखर गए थे, फिर अंदर आकर वह तीनों व्यक्तियों के साथ बैठ गया।

"क्या समाचार है, भगीरथ?" गणेश ने संदेशों के ढेर को एक ओर धकेलते हुए कहा।

"मुझे दुख है, बहुत सुखद समाचार नहीं है।"

"सच में?" चंद्रकेतु ने कहा। "मैंने सोचा था कि अयोध्या की सेना बुरी तरह से बंट चुकी होगी। मुझे इसका और कोई कारण समझ नहीं आता कि हम इतनी सरलता से शहर पर घेराव कैसे डाल सके। न झड़प, न गुप्त आक्रमण, कुछ नहीं। इसका मतलब तो बस यही हो सकता था कि सेना का लड़ने का विचार ही नहीं है।"

भगीरथ ने सिर हिलाया। "आप अयोध्या को नहीं जानते, महाराज चंद्रकेतु। यह सेना की कायरता नहीं बल्कि उनके संभ्रांतों की अनिर्णयात्मकता थी जिसने हमारे पक्ष में कार्य किया। वे हम पर आक्रमण करने की सर्वश्रेष्ठ विधि पर सहमत नहीं हो पाए हैं। इसके अतिरिक्त, अयोध्या की युद्ध की तैयारियों का निरीक्षण करने के लिए महर्षि भृगु एक मेलूहाई सेनानायक प्रसेनजित को ले आए थे। इसने बस नगर को और विखंडित करने का काम किया। जब तक वे किसी रणनीति पर सहमत हुए, हम नदी पर नियंत्रण कर चुके थे। उसके बाद उनके करने के लिए कुछ विशेष नहीं बचा था।"

"तो?" गणेश ने पूछा। "उनकी परेशानियों ने उनमें से कुछ लोगों की भी आंखें नहीं खोलीं?"

"नहीं," भगीरथ ने कहा। "नगर के भीतर घोर भ्रांतियां हैं। अनेक अयोध्यावासी भगवान शिव के कट्टर भक्त हैं और उन्हें विश्वास है कि नीलकंठ

उन्हें हानि नहीं पहुंचाएंगे। वे यह विश्वास करने को तैयार ही नहीं हैं कि उन्होंने इस आक्रमण का आदेश दिया होगा। यह अंधभक्ति भी हमारे विरुद्ध काम करती प्रतीत हो रही है।"

"तो उनके विचार से इस आक्रमण का आदेश किसने दिया है?" चंद्रकेतु ने पूछा।

"सेना में ब्रंगा सैनिकों की संख्या को देखते हुए वे सोचते हैं कि वे आप हैं," भगीरथ ने कहा।

चंद्रकेतु ने अपने हाथ उठा दिए। "मैं अयोध्या पर आक्रमण क्यों करूंगा?"

"वे मानते हैं कि ब्रंगा स्वद्वीप का अधिपति बनना चाहता है," भगीरथ ने कहा। "भगवान शिव की अनुपस्थिति में हम उन्हें इसके विपरीत विश्वास दिलाने के लिए कुछ नहीं कर सकते। कुछ ऐसे भी हैं जो उस उद्घोषणा में विश्वास रखते हैं जो लगाई गई है, किंतु वे अल्पमत में हैं। उन्हें एक अत्यंत साधारण तर्क से चुप कर दिया जाता है: 'हमने तो कभी सोमरस का प्रयोग नहीं किया, तो नीलकंठ हम पर आक्रमण क्यों करेंगे? उन्हें तो मेलूहा पर आक्रमण करना चाहिए।' निस्संदेह संभ्रांतवर्ग के कुछ सदस्य सोमरस का प्रयोग करते हैं किंतु आमजन ये नहीं जानते हैं।"

"अभी तो संभ्रांतवर्ग की राय ही अधिक महत्वपूर्ण है," कार्तिक ने कहा। "सेना पर आम जनता का नियंत्रण नहीं होता। इसलिए संभ्रांतवर्ग क्या सोचता है?"

"संभ्रांत वर्ग बुरी तरह बंटा हुआ है। उनमें से कुछ तो वास्तव में हमारी सफलता देखना चाहते हैं, जो उन्हें मेलूहा को सहायता भेजने से इंकार करने का संभावित कारण देगा। अन्य मानते हैं कि समर्पण का अर्थ अत्यंत लज्जाजनक होगा। ये लोग चाहते हैं कि सेना बहादुरी से आक्रमण करे और मेलूहा की ओर प्रस्थान कर दे, भले ही इससे शेष स्वद्वीप के सामने यह सिद्ध करना हो कि अयोध्या में शक्ति है कि वह जो चाहे कर सकता है।"

"हम उन लोगों की सहायता कैसे करें जो मेलूहा की सहायता के लिए नहीं जाना चाहते?" गणेश ने पूछा।

"यह कठिन है। पिछले सप्ताह ही मेरे पिता ने एक उत्कृष्ट चाल चली है। उन्होंने उन सबसे जीवनपर्यन्त सोमरस की आपूर्ति का वादा किया है।"

"क्या?"

"हां। उन्होंने उनसे कहा था कि महर्षि भृगु ने अयोध्या को विशाल परिमाण में सोमरस चूर्ण की आपूर्ति का वचन दिया है।"

"किंतु महर्षि भृगु इस प्रकार का वचन कैसे दे सकते हैं?" कार्तिक ने पूछा। "यह कहां से आएगा? क्या निर्माणशाला इतना अधिक उत्पादन करने में सक्षम है?"

"निस्संदेह होगी," भगीरथ ने कहा। "जो भी हो, यह प्रस्ताव केवल संभ्रांत वर्ग के लिए है। इसलिए संख्या कम होगी।"

"आह!" गणेश ने कहा।

"यही मेरा भी विचार है," भगीरथ ने कहा। "यह उन्हें सौ वर्ष और जीवित रहने देगा। कितनी भी मात्रा में स्वर्ण इसका सामना नहीं कर सकता।"

"अब हम क्या करें," चंद्रकेतु ने पूछा।

"युद्ध की तैयारी करते हैं," गणेश ने कहा। "वे इस घेराव को तोड़ने की पूरी कोशिश करेंगे।"

अध्याय 22

मगध की हलचल

नर्मदा के तट पर सती, गोपाल और काली के साथ शिव अपनी विशाल सेना को वासुदेव और नागा पोतों पर सवार होते देख रहे थे। वासुदेवों ने कुछ लट्ठों को बांधकर एक तैरता हुआ चबूतरा बना दिया था ताकि सेना लंगर डाले हुए पोतों तक पहुंच सके। तट के पास एक बरगद के पेड़ पर देखने के लिए एक मचान बनाया गया था। सैनिकों के पोतों में सवार होने के व्यापक परिदृश्य को देखने के लिए पत्तियां भी काट दी गई थीं। जहां तक दृष्टि जाती थी, पोतों की पंक्ति फैली हुई थी। ब्रंगा, वासुदेवों और नागाओं से युक्त एक लाख से अधिक सैनिक अनुशासित ढंग से पोतों पर सवार हो रहे थे। प्रत्येक पोत पर दो सहस्त्र सैनिकों के होने से यात्रा असुविधाजनक तो होती, किंतु सौभाग्य से लोथल तक की यात्रा छोटी थी।

"कल तक हम कूच करने के लिए तैयार हो जाने चाहिएं, शिव," काली ने कहा।

"क्या सुपर्णा सवार हो गई?" शिव ने पूछा।

भयंकर योद्धा सुपर्णा गरुड़ नागाओं की अधिनेता थी।

"अभी नहीं," काली ने कहा।

"क्या मैं उससे मिल सकता हूं? उसके नेतृत्व के अधीन नागाओं के विषय में मैं उससे कुछ बातें करना चाहता हूं।"

काली ने अपनी भौंहें उठाईं। वह युद्ध में स्वयं नागाओं का नेतृत्व करने की अपेक्षा कर रही थी।

"तुम्हें मैं अपने साथ रखना चाहूंगा, काली," शिव ने उसे शांत करते हुए कहा। "मुझे तुम पर विश्वास है। सोमरस निर्माणशाला को खोजने में मैं मेलूहा

के नगरों में खोजी दलों का नेतृत्व करूंगा। हमें शांति से और अज्ञात रहकर काम करना होगा, जबकि नगर से बाहर हमारी सेना मेलूहावासियों को व्यस्त रखेगी।"

"आप बहुत चतुर हैं, शिव।"

शिव ने भौंहें तिरछी कीं।

"आप किसी को यह महसूस करवाए बिना कि उसके महत्व को कम कर दिया गया है, अपनी बात मनवाना जानते हैं," काली ने कहा।

शिव एक बार मुस्कुराया और पुनः मौन हो गया।

"किंतु मैं समझती हूं कि सोमरस निर्माणशाला की खोज महत्वपूर्ण है," काली ने कहा। "इसलिए आपके साथ रहना मेरा सौभाग्य होगा।"

"अत्युत्तम," गोपाल की ओर मुड़ते हुए शिव ने कहा। "वासुदेवों से कोई समाचार, पंडितजी?"

"अयोध्या का घेराव आश्चर्यजनक रूप से सुगम रहा है," गोपाल ने कहा। "अयोध्यावासियों ने युद्ध नहीं किया। गणेश ने नगर की नकेल कस रखी है।"

"किंतु क्या राजा दिलीप ने अपना दृष्टिकोण बदला?"

"अभी तक नहीं। और गणेश, बहुत बुद्धिमानी से, हिंसा का सहारा नहीं ले रहे हैं, क्योंकि इससे नागरिक अपने राजा के साथ खड़े हो सकते हैं। हमें धीरज रखना होगा।"

"जब तक कि अयोध्या की सेना मेलूहा की सहायता के लिए नहीं आती, मैं प्रसन्न हूं। मगध का क्या रहा?"

"उनके पोत तैयार हैं," गोपाल ने कहा। "किंतु सुर्पदमन की सेना ने अभी तक कूच नहीं किया है।"

स्पष्टतया आश्चर्यचकित शिव ने अपनी भौंहें उठाईं। "मैंने यह नहीं सोचा था कि सुर्पदमन इस प्रकार के अवसर को हाथ से जाने देगा। मैं यह भी मानूंगा कि उसके पिता राजा महेंद्र ने उसे हम पर आक्रमण करने के लिए विवश किया होगा।"

"देखते हैं," सती ने कहा। "संभवतः सुर्पदमन चाहता है कि पहले अयोध्या और हमारी सेना लड़े। इसके बाद वह क्षीण पड़ गए शत्रुओं पर आक्रमण करेगा।"

शिव ने हामी भरी। "संभवतः।"

"देखिए, भगीरथ," गणेश ने कहा।

राजकुमार ने अभी-अभी गणेश के कक्ष में प्रवेश किया था। एक सैनिक मेलूहा का एक संदेश छोड़कर गया था, जिसे घायल पक्षी से प्राप्त किया गया था। यह गूढ़ भाषा में था। किंतु भगीरथ मेलूहा-अयोध्या संवाद की गुप्त भाषा जानता था और वह गणेश के सैनिकों को भी सिखा चुका था कि संदेशों के गूढ़ार्थ को कैसे समझें।

भगीरथ ने उच्च स्वर में पढ़ा। "प्रधानमंत्री सियामंतक, क्या महर्षि भृगु अयोध्या लौट गए हैं? उन्हें प्रयाग से चले हुए अनेक माह बीत गए हैं किंतु वे अभी तक मेलूहा नहीं पहुंचे हैं। अगर आपको कोई भी जानकारी है तो हम चाहेंगे कि आप हमें प्रभु शिव और सेनापति पर्वतेश्वर की स्थिति के बारे में भी सूचित करें।"

भगीरथ की प्रतिक्रिया की प्रतीक्षा करते हुए गणेश ने कुछ नहीं कहा।

"इस पर प्रधानमंत्री कनखला के हस्ताक्षर हैं," भगीरथ ने कहा। "रुचिकर।"

"निस्संदेह रुचिकर है," गणेश ने कहा। "किंतु महर्षि भृगु कहां हैं? और मेलूहा की प्रधानमंत्री सेनापति पर्वतेश्वर के बारे में क्यों पूछ रही हैं? क्या वे अभी तक वहां नहीं पहुंचे हैं? क्या उन्हें पता नहीं है कि वे हमारा पक्ष छोड़ चुके हैं।"

"आपके विचार से वे कहां होंगे?" भगीरथ ने पूछा।

"निस्संदेह वे मेलूहा में तो नहीं हैं," गणेश ने कहा। "इससे मेरे पिता के लिए स्थिति सुगम हो जाएगी।"

"आपको लगता है प्रभु शिव अब तक मेलूहा पहुंच गए होंगे?"

"मुझे लगता है वे अभी भी कुछ सप्ताह पीछे होंगे।"

"और अयोध्या की सेना प्रस्थान करने में समर्थ नहीं हो पाई है," भगीरथ ने कहा। "समाचार उत्तम ही होता जा रहा है।"

अचानक कार्तिक तेजी से आया, "दादा!"

"क्या बात है, कार्तिक?"

"मगध कूच कर रहा है।"

"तुम्हें किसने बताया? वासुदेव पंडित ने?" भगीरथ ने पूछा।

"हां," कार्तिक ने गणेश की ओर मुड़ते हुए कहा। "मुझे विश्वास है कि पोतों पर अस्त्र-शस्त्र चढ़ाए जा रहे हैं। सैनिकों से तैयार रहने के लिए कहा गया है।"

गणेश मुस्कुराया, "कितने सैनिक हैं?"

"पिचहत्तर सहस्त्र।"

"पिचहत्तर सहस्त्र?" विस्मित भगीरथ ने पूछा। "क्या सुर्पदमन सब कुछ दावं पर लगा रहा है? मगध अरक्षित हो जाएगा।"

"उनके कब कूच करने की अपेक्षा है?" गणेश ने पूछा।

"संभवतः दो सप्ताह के भीतर," कार्तिक ने कहा। "कम से कम वासुदेव पंडित ने यही निष्कर्ष निकाला है।"

"अगले कुछ दिनों में तुम्हें चले जाना चाहिए," गणेश ने कहा। "अपने साथ एक लाख सैनिकों को ले जाना।"

"इतने क्यों, दादा?" कार्तिक ने पूछा। "यहां आपको और अधिक सैनिकों की आवश्यकता नहीं होगी?"

"मुझे बस इतने सैनिकों की आवश्यकता होगी जो पोतों को चला सकें और अग्निबाण चला सकें," गणेश ने कहा। "अगर तुम बल-अतिबल कुंड पर सुर्पदमन को रोकने में सफल नहीं रहे, तो वह अपने बड़े-बड़े पोत लेकर हम पर टूट पड़ेगा, और हम सबको डुबो देगा। हमारे सैनिक तुम्हारे छोर पर अधिक उपयोगी रहेंगे, मेरे पर नहीं।"

"मैं तुरंत प्रस्थान की तैयारी आरंभ कर दूंगा," कार्तिक ने कहा।

— ⁂ —

मध्याह्न आरंभ होने तक एक लाख सु-अनुशासित सैनिक बल-अतिबल कुंड के निकटस्थ वनों में पहुंच गए थे। कार्तिक के प्रमुख परामर्शदाता के रूप में अयोध्या का राजकुमार सेना के साथ आया था। राजा चंद्रकेतु गणेश के साथ रुके रहे थे ताकि कार्तिक की सेना के ब्रंगा सैनिक पदाधिकार को लेकर उलझन में न पड़ें।

आगमन के तुरंत बाद, कार्तिक ने जलरोधी हरिगोल नौकाओं के निर्माण का आदेश दे दिया था जो मगध बेड़े में आग लगाने के लिए गुप्त नौकाओं के रूप में कार्य करतीं। एक सहस्त्र सैनिकों ने उनका निर्माण किया और फिर

उन्हें कुंड की विपरीत दिशा में पूर्वी तटों पर छिपा दिया। अगर युद्ध कुंड के आसपास के क्षेत्र में भी होता तो वे दूसरे सिरे से दुश्मन के पोतों को नष्ट कर देतीं।

वृक्षों के शिखर पर गुप्त मचान बनाए गए थे ताकि दोनों किनारों के बीच सूचना का आदान-प्रदान किया जा सके। इन सैनिकों के लिए एक सरल सा संचार उपकरण बनाया गया थाः शंखाभ कोयले से, जोकि छोटी, मगर अधिक महत्वपूर्ण रूप से धूएंरहित ज्वाला में जलते हैं, युक्त मिट्टी के पात्रों के ऊपर छोटे-छोटे धातुई पाइप लगा दिए गए थे। इन धातुई पाइपों के ढक्कन सरलता से उठाए और फिर बंद किए जा सकते थे, जिससे नियंत्रित ढंग से प्रकाश निकलता था। छिद्र इतने छोटे थे कि जुगनुओं के इकट्ठा होने का सा संकेत देते थे। किंतु नदी के दोनों किनारों पर कार्तिक के सैनिकों के लिए ये प्रकाश-संकेत गूढ़ संदेश पहुंचाते थे।

कार्तिक चाहता था कि बल-अतिबल कुंड के आसपास का क्षेत्र अछूता छोड़ दिया जाए। सेना को विशुद्ध रूप से वन्य क्षेत्र के भीतर ही रहना था।

"मुझे समझ नहीं आया, कार्तिक। अगर हमें अपने सैनिकों को चारे की तरह प्रयोग करना है तो हमें उन्हें तटीय क्षेत्र पर रखना होगा, है न? कम से कम, गणेश का तो यही विचार था।"

"मैं सुर्पदमन को कम नहीं आंकना चाहूंगा, राजकुमार भगीरथ। और मैं यह भी कहूंगा कि वह भी हमें कम नहीं आंकता होगा। अगर वह हमारे थोड़े से सैनिकों को लापरवाही से ऐसे क्षेत्र में तैनात देखेगा जो नदी से दिखाई देता हो, तो वह षड्यंत्र को सूंघ लेगा। अंततः अगर कोई अपनी सेना को छोड़ रहा हो, तो वह इतना मूर्ख नहीं होगा कि ऐसे स्थान पर शिविर लगाए जहां से देखा जा सकता हो, है न?"

"उचित बात है। तो आपका क्या परामर्श है?"

"हम पश्चिमी तट पर हैं। सरयू के पश्चिमी तट पर ही मगध सुदूर हमारे दक्षिण में है। अगर हम नदी के साथ-साथ आगे बढ़ते हैं, जहां वन सघन नहीं है, तो मगध यहां से दो-तीन सप्ताह से अधिक दूर नहीं होगा।"

भगीरथ मुस्कुराया। "आप चाहते हैं कि सुर्पदमन हमारी वास्तविक रणनीति का अनुमान लगाए कि अयोध्या का घेराव उसे बाहर निकालने के लिए एक छद्म आवरण था। वह यह समझ जाएगा कि स्वयं अयोध्या पर घेरा डालने की

तुलना में मगध को जीतकर हम अयोध्या के पोतों के आवागमन पर कहीं अधिक नियंत्रण रख पाएंगे।"

"बिल्कुल। और अगर वह इतना चतुर हुआ, जैसा कि मुझे विश्वास है वह है, तो वह नदी के आसपास के वनों में टोहियों को भेजेगा। और जब उसे हमारी विशाल सेना की सूचना मिलेगी, तो वह प्रत्यक्ष निष्कर्ष निकालेगाः कि हमने मगध को जीतने के लिए कूच कर दिया है, जबकि वह अयोध्या की ओर बढ़ने में स्वयं को व्यर्थ कर रहा है।"

"अन्य देश को जीतने के लिए अपनी मातृभूमि को रक्षाहीन छोड़ देना और संभव है कि उसके स्थान पर आप स्वयं अपनी मातृभूमि को परास्त पाएं।"

"आपने ठीक समझा," कार्तिक ने कहा। "साथ ही, यह सुर्पदमन की आंखों को विश्वसनीय लगेगा, क्योंकि एक चतुर शत्रु से वह ऐसा करने की ही अपेक्षा करेगा। मुझे नहीं लगता वह हमें हीन समझता होगा।"

"किंतु उसे मुड़कर वापस मगध की ओर लौटने से कौन रोक सकता है?"

"किसी नदी में पोतों के एक विशाल बेड़े को मोड़ देने की बात कहना सरल है, करना नहीं, विशेषकर जब समय का भी अभाव हो। किंतु अगर सुर्पदमन ऐसा करने में सफल भी रहा और नदी में तीव्र गति से चलकर हमसे पहले मगध पहुंच भी गया, तो उसे पता चलेगा कि हमारी सेना ने आगे बढ़ना बंद कर दिया था और वह उसके नगर के द्वार पर दृष्टिगोचर नहीं है। ऐसे में उसके अपने मगधजन मान सकते हैं कि सुर्पदमन मगध के संकट में होने का बहाना करके अयोध्या के युद्ध से भाग खड़ा हुआ है। एक युवराज स्वयं को भीरू समझे जाने का जोखिम नहीं ले सकता। इसलिए उसके सामने यहां हम पर सामने से आक्रमण करने के अतिरिक्त और कोई विकल्प नहीं होगा। आपका क्या विचार है?"

"योजना मुझे पसंद आई," भगीरथ ने कहा। "सुर्पदमन जैसे सेनापति के साथ यह कारगर रहनी चाहिए, क्योंकि वह नदी किनारों पर अपने टोहियों को दौड़ाता रहेगा जो उसे जानकारी देते रहेंगे कि क्या हो रहा है। हमें सुनिश्चित करना होगा कि इन टोहियों पर आक्रमण करें, किंतु कुछ को बच निकलने का अवसर भी देना होगा जो जाकर उसे हमारी सेना के आकार के बारे में सूचित कर सकें। साथ ही, वन में हमारे शिविर दो किलोमीटर तक फैले हुए हैं। जब उनके पोत हमारे मोर्चे से निकलेंगे, तो हम अपने शिविर के आरंभ में सैनिकों

से पेड़ों के शिखर पर बैठे पक्षियों को विचलित करने को कहेंगे। साथ ही, अपने शिविर के अंत की ओर हम कुछ आगों को 'लापरवाही' से जलता छोड़ देंगे। इन दोनों संकेतों के बीच की विशाल दूरी के आधार पर, सुर्पदमन अनुमान लगाएगा कि नदी के किनारे पर दक्षिण की ओर एक विशाल सेना कूच कर रही है। वह आक्रमण करने पर विवश हो जाएगा।"

"बिल्कुल सही।"

"हमें पश्चिमी किनारे पर भी कुछ गुप्त नौकाएं रखनी चाहिएं।"

"किंतु युद्ध तो यहां पश्चिमी किनारे पर ही लड़ा जाएगा," कार्तिक ने भौंहें उठाते हुए कहा। "उनके सैनिक यहां युद्ध में रत होंगे और हमारी हरिगोल नौकाएं स्पष्ट दिखाई देंगी। गुप्त नौकाएं पोतों में तभी आग लगा सकती हैं जब उनमें आश्चर्य का भाव निहित हो। अगर वे दिखाई दे जाएंगी तो उन्हें सरलता से डुबोया जा सकता है। इसीलिए मैंने गुप्त नौकाएं पूर्वी किनारों पर रखवाई हैं।"

"युद्ध हमारी ओर लड़ा जाएगा," भगीरथ ने कहा। "किंतु सुर्पदमन अपने सैनिकों को पश्चिमी किनारे पर और कहीं नहीं, अपितु बल-अतिबल कुंड की रेत पर उतारने के लिए मजबूर होगा। आगे उत्तर की ओर नदी के साथ लगे सघन वन में बड़ी संख्या में सैनिकों को उतारना लगभग नामुमकिन होगा। इसलिए अगर हम अपनी हरिगोल नौकाएं उत्तर में रखें, तो वे दुश्मन की दृष्टि से बची रहेंगी। जैसे ही उसके पोत हमारी स्थिति को समझने के लिए लंगर डालेंगे, हम उसके काफिले पर उत्तरी छोर से आक्रमण कर देंगे।"

"अच्छा बिंदु है। मैं यह आदेश पारित कर दूंगा।"

— ⅄◎ՄՓ⊛ —

कार्तिक की सेना ने जैसे ही सरयू में विशाल नौसेना के पोतों को खेने की ध्वनियां सुनीं, उसने मोर्चा संभाल लिया। समय संचालकों के नगाड़ों की थाप और पानी में चलते चप्पुओं की हल्की ध्वनि के आधार पर यह अनुमान लगाना उचित ही था कि मगध पोत आगामी एक या दो घंटे में बल-अतिबल कुंड पहुंच जाएंगे।

सैनिकों को तुरंत ही युद्ध मोर्चे संभालने का आदेश दे दिया गया। अस्त्रों का परीक्षण किया गया और सुरक्षाओं को जांचा गया।

कार्तिक वन के किनारे तक गया और उसने बल-अतिबल कुंड की रेत और उसके पार फैली नदी के विस्तार का निरीक्षण किया। बालचंद्र भी मध्यरात्रि के अंधकार को दूर कर पाने में असफल था, जोकि उसकी रणनीति के अनुकूल था। हल्का मौसमी कोहरा नदी पर छाने लगा था। अत्युत्तम! अभ्यस्त आंख से उसने देखा कि संचार-पात्र कोहरे में भी दिखाई दे रहे हैं या नहीं और जो कुछ उसने देखा, उससे उसे प्रसन्नता हुई।

कार्तिक भगीरथ की ओर मुड़ा और फिर उसने और आगे दिवोदास एवं ब्रंगा सेना के अन्य सैन्य-प्रमुखों की दिशा में देखा।

"मित्रो," कार्तिक ने कहा। "अपने पिता के विपरीत मैं वाक्कला में पटु नहीं हूं। इसलिए मैं संक्षेप में अपनी बात कहूंगा। मगध केवल विजय और यश के लिए लड़ेंगे। ये निर्बल प्रेरक हैं। आप प्रतिशोध और प्रतिघात के लिए लड़ रहे हैं। अपने परिवारों के लिए और अपने राष्ट्र की आत्मा के लिए। आप उस सोमरस को रोकने के लिए लड़ रहे हैं, जिसने आपके बालकों के प्राण लिए हैं और आपके परिजनों को अपंग बना दिया है। आप इस बुराई के घात को रोकने के लिए लड़ रहे हैं। आपको अंत तक लड़ना है! जब तक कि वे समाप्त नहीं हो जाते। मुझे बंदी नहीं चाहिएं। मैं उन्हें मृत देखना चाहता हूं। अगर कोई बुराई का पक्ष लेता है तो वह जीने का अधिकार खो देता है। याद करिए! अपने बालकों की पीड़ा को याद करिए!"

ब्रंगा सैन्य-प्रमुख एक साथ दहाड़ उठे। "मगधों की मृत्यु!"

"यह भूमि जिस पर हम खड़े हैं," कार्तिक ने आगे कहा, "भगवान राम के चरणों से पवित्र हुई है। आज रक्त से हम उनका मान रखेंगे। जय श्री राम!"

"जय श्री राम!"

"अपने मोर्चे संभालें!" कार्तिक ने आदेश दिया।

ब्रंगा सैन्य-प्रमुख शीघ्रता से चले गए। जैसे ही सारे व्यक्ति सुनने की सीमा से बाहर गए, भगीरथ ने कहा, "कार्तिक, आप उन सबको मृत क्यों देखना चाहते हैं?"

"राजकुमार भगीरथ, अगर अनेक मगध बंदी होंगे तो हमें उनकी निगरानी के लिए बहुत बड़े बल को पीछे छोड़ना पड़ेगा। हमारा अंतिम उद्देश्य अधिकाधिक सैनिकों को मेलूहा लेकर जाना है। अगर मगध सेना नष्ट हो जाती है तो हमें अपने बहुत सैनिकों को मगध में छोड़ने की आवश्यकता नहीं होगी। नगर पर

नियंत्रण रखने के लिए बस कुछ सहस्त्र पर्याप्त होंगे। साथ ही, सारे मगधों को मार डालना अयोध्या को भी संदेश देगा। यह उन्हें मेलूहा के साथ अपने गठबंधन पर पुनर्विचार करने के लिए विवश करेगा।"

भगीरथ कार्तिक की हिंसक मगर प्रभावकारी विचारधारा से सहमत होने के लिए विवश हो गया।

अध्याय 23

बल-अतिबल कुंड का युद्ध

मगध नौसेना का अग्रणी पोत बल-अतिबल कुंड से आगे निकला। मगध पोतों के दिखाई देने से बहुत पहले ही कार्तिक की सेना ने उनके चप्पू खेने और समय-संचालकों के नगाड़ों के थापों की धीमी एकसार ध्वनि सुन ली थी।

कार्तिक ने संकेत छोड़ने के लिए मोर्चा संभाले सैनिकों को हाथ से संकेत करके तब तक संकेत छोड़ने को कहा जब तक कि उसे एक किलोमीटर से अधिक दूर, शिविर के दक्षिणी छोर पर प्राप्त नहीं कर लिया जाता। सैनिकों के एक समूह ने खामोशी से रस्सी को खींचा, जिससे पक्षियों के झुंड पर बंधा जाल मुक्त हो गया। अनपेक्षित स्वतंत्रता से स्तंभित पक्षी यकायक उड़ गए। कार्तिक ने मगध पोतों पर कुछ गतिविधि देखी। स्पष्ट रूप से उन्होंने पक्षियों को सुन लिया था।

कार्तिक ने अपनी आंखों पर बल डाला। मगध सैनिकों की आंखें मुख्य मस्तूलों के शिखर पर लगी हुई थीं।

"आह!" भगीरथ निहितार्थ समझते ही कह उठा।

कार्तिक के चेहरे पर योग्य शत्रु की प्रशंसा में चिंता भरी मुस्कुराहट झलकी। वह दिवोदास की ओर मुड़ा जो उसके ठीक पीछे खड़ा था। "दिवोदास, हमारे वृक्षों के शिखर वाले सैनिकों को संदेश भेज दें कि मगधों ने अपने मस्तूलों के काक-नीड़ पर टोही बिठा रखे हैं। दृष्टि में आने से बचने के लिए हमारे सैनिकों को झुके रहना होगा।"

काक-नीड़ पोत के मुख्य मस्तूल के शिखर पर बनाया जाता है, जहां नाविकों को दूर-दूर तक निगाह रखने के लिए बिठाया जाता है ताकि वे नीचे उपस्थित पोताध्यक्ष को सूचना दे सकें। समुद्री पोतों में यह एक सामान्य प्रथा

थी, किंतु नदी के पोतों में बहुत कम ही प्रयुक्त होती थी। सुर्पदमन स्पष्ट रूप से एक सतर्क व्यक्ति था क्योंकि उसने अपने पोतों पर काक-नीड़ बनवाए थे। दिवोदास शीघ्रता से कार्तिक के आदेशों पर अमल करने चला गया।

"पोत अपने चप्पू खींच रहे हैं," भगीरथ ने सामने की ओर संकेत करते हुए कहा।

चूंकि वे नदी के सामान्य प्रवाह के विपरीत यात्रा कर रहे थे, इसलिए मगध पोत शीघ्र ही धीमे पड़ गए। पोतों को रोकने के लिए मस्तूलों को फिर से ठीक किया गया। उनकी पहले वाली गति ऐसी थी कि सुर्पदमन के बेड़े के थमने तक, जहां कार्तिक खड़ा था वहां से कम से कम दस पोत निकल चुके थे। पोतों पर मौजूद सैनिक पश्चिमी तट पर गहन वन में देखने का कड़ा प्रयास कर रहे थे।

"अब हम प्रतीक्षा करेंगे," कार्तिक ने कहा।

— ⁂ —

भगीरथ कार्तिक की ओर झुका। "उनका टोही हमारे पीछे कुछ ही दूरी पर है, पानी के किनारे के निकट।"

कार्तिक ने अतिरंजित ढंग से अपनी बांहें फैलाईं और फिर इतनी जोर से दिवोदास से बोला कि मगध टोही सुन ले। "देखिए तो उनके पोतों ने आगे बढ़ना आरंभ किया या नहीं।"

दिवोदास नदी की ओर गया, जिससे टोही खामोशी से पीछे हट गया। वह लगभग तुरंत ही लौट आया। "माननीय कार्तिक, उनका टोही तो पोत की ओर तैर रहा है।"

कार्तिक तुरंत खड़ा हुआ और रेंगता हुआ वन के किनारे पर पहुंचा। वह मगध टोही को बेआवाज तैरते हुए देख सकता था।

"मैं शीघ्र ही आक्रमण की अपेक्षा करूंगा," भगीरथ ने कहा। "हमें अपने मोर्चों पर पहुंच जाना चाहिए।"

"कुछ पल और प्रतीक्षा करते हैं," कार्तिक ने कहा। "मैं यह देखना चाहता हूं कि वह किस पोत पर चढ़ता है। इससे हमें पता चल जाएगा कि सुर्पदमन कहां है।"

— ⁂ —

"लगभग आधा घंटा हो चुका है," भगीरथ ने कहा। "वह प्रतीक्षा किस बात की कर रहा है?"

कार्तिक और उसकी सेना वन्य रेखा के पीछे ही रहे थे। वे सुर्पदमन को यह आभास दिलाना चाहते थे कि ब्रंगा युद्ध में लिप्त नहीं होना चाहते। उन्हें आशा थी कि उसे यह विश्वास दिलाया जा सकेगा कि वह एक हैरतअंगेज आक्रमण कर सकता है।

अचानक कार्तिक बोल उठा, "धूर्त कहीं का!"

"माननीय कार्तिक?" दिवोदास ने पूछा।

"अपने टोहियों को संदेश भेजें," कार्तिक ने कहा। "उनसे कहें कि दूसरे किनारे वाले टोहियों से संवाद करें। मैं जानना चाहता हूं कि वहां क्या हो रहा है।"

भगीरथ ने अपने माथे पर हाथ मारा। "हे ईश्वर! हमने अपने टोहियों से नीचे रहने को कह दिया था!"

दिवोदास तेजी से भागा और शीघ्र ही प्रकाश-सकेतों के माध्यम से सरयू के पार संदेश भेज दिए गए थे। कुछ ही समय में वह एक चिंताजनक समाचार लेकर लौटा। "अपने विशाल पोतों की आड़ में वे दूसरी ओर जमा हो रहे हैं। छोटी नौकाएं खामोशी से नदी में उतारी जा रही हैं, और हमारी बातचीत के दौरान सैनिक उन पर सवार हो रहे हैं। ऐसा लगता है कि वे नावों से नदी के निचली ओर जाने की तैयारी कर रहे हैं।"

"वह कपटी अधम पशु!" भगीरथ ने कहा। "वह अपने पोतों की आड़ में नदी पर नीचे की ओर जाने और दक्षिण की ओर से हम पर आक्रमण करने की योजना बना रहा है।"

"अब हम क्या करें, माननीय कार्तिक?" दिवोदास ने कहा।

"अपने टोहियों से पूछो कि क्या मगध अपने दसवें पोत से भी उतर रहे हैं। उसी पर सुर्पदमन है," भगीरथ की ओर मुड़कर कार्तिक ने आगे कहा। "राजकुमार भगीरथ, मुझे संदेह है कि वह दोतरफा आक्रमण करेगा। पहला बल-अतिबल कुंड पर होगा, सुर्पदमन हमें यहां व्यस्त रखना चाहेगा। इस बीच, मगधों की एक और टुकड़ी नावों से दक्षिण की ओर जाएगी, हमारे दक्षिणी पक्ष पर आक्रमण करेगी और पीछे से हमारे शिविर में घुसने का प्रयास करेगी। हम उसकी सेना के दोनों खंडों के बीच पिस जाएंगे।"

"इसका अर्थ है कि हमें बंटना होगा," भगीरथ ने कहा। "हममें से एक यहां बल-अतिबल कुंड पर रहे और दूसरा दक्षिणी बल में सम्मिलित होने पहुंचे।"

"बिल्कुल," कार्तिक ने कहा।

इस बीच, दिवोदास लौट आया। "माननीय कार्तिक, वे सुर्पदमन के पोत से भी उतर रहे हैं।"

"राजकुमार भगीरथ," कार्तिक ने कहा। "आप यहां हमारी मुख्य सेना का नेतृत्व करेंगे। हमें यह सुनिश्चित करना होगा कि मगध बल-अतिबल से आगे न जा पाएं। मैं इसे उनके लिए मृत्यु जाल बनाना चाहता हूं।"

"ऐसा ही होगा, कार्तिक, मैं आपको आश्वस्त करता हूं। किंतु मेरे साथ हमारे बहुत अधिक सैनिक न छोड़ें। दक्षिण में सुर्पदमन से लड़ने के लिए आपको बड़ी संख्या में सैनिक चाहिए होंगे।"

"नहीं, मुझे नहीं चाहिएं," कार्तिक ने कहा। "वह नाव से नदी में नीचे की ओर जा रहा है। उसके पास घोड़े नहीं होंगे, मेरे पास हैं।"

भगीरथ तुरंत समझ गया। एक घुड़सवार योद्धा दस पैदल सैनिकों के बराबर होता था। उसके पास घोड़े के भयंकर प्रहारों के साथ-साथ ऊंचाई का लाभ भी था। "ठीक है।"

कार्तिक ने उठते हुए दिवोदास पर आदेशों की झड़ी लगा दी। "आप दक्षिण की ओर जाएं। हमारी सेना को शीघ्र ही मगध आक्रमण की अपेक्षा करने की सूचना दें। आप उनका नेतृत्व करेंगे। मैं दो सहस्त्र घुड़सवार सैनिकों के साथ पश्चिम से एक विशाल चाप बनाता पहुंच रहा हूं। मैं सुर्पदमन की सेना पर पीछे से आक्रमण करने की योजना बना रहा हूं। मेरी घुड़सवार और आपकी पैदल सेनाओं के बीच हम उन्हें कुचल डालेंगे।"

दिवोदास मुस्कुराया। "हम यही करेंगे!"

"निश्चय ही!" कार्तिक ने कहा। "हर हर महादेव!"

"हर हर महादेव!" दिवोदास ने कहा।

दिवोदास अपने घोड़े की ओर दौड़ा, उछलकर काठी पर सवार हुआ और चला गया।

कार्तिक अपने मस्तिष्क में निर्देशों पर विचार करता प्रतीत हो रहा था, वह नहीं चाहता था कि कोई भी बारीकी छूट जाए।

"मैं बहुत युद्ध लड़ चुका हूं, कार्तिक," भगीरथ ने आनंद लेते हुए कहा। "आप जाकर अपना युद्ध लड़ें। मुझे अपना संभालने दें।"

कार्तिक मुस्कुराया। "हम मेरे पिता को एक सुविख्यात विजय भेंट करेंगे।"

"निस्संदेह," भगीरथ ने कहा।

कार्तिक अपने घोड़े की ओर बढ़ा, रकाब में अपना बायां पैर डालने के लिए थोड़ा उचका, क्योंकि वह अभी भी बहुत छोटा था, फिर उसने अपनी दाहिनी टांग दूसरी ओर उछाली और अपने घोड़े पर सवार हो गया। भगीरथ ने, जो कार्तिक के पीछे-पीछे आया था, उस बालक की आंखों में वही कठोर भाव देखा जो वह पशुओं के शिकार के दौरान पहले भी अनेक बार देख चुका था। भगीरथ के ह्रदय में भय और सम्मोहन का जाना-पहचाना भाव घर कर गया। वह व्याकुल भाव से मुस्कुराया और धीरे से कह उठा, "ईश्वर सुर्पदमन पर दया करे..."

कार्तिक ने यह टिप्पणी सुन ली थी और वह हल्के से हंस दिया। "उसे ही करनी होगी, क्योंकि मैं तो नहीं करूंगा।"

नीलकंठ के पुत्र ने अपना घोड़ा मोड़ा और अंधकार में विलीन हो गया।

— ⁂ —

पतला सा चांद अब बादलों से ढक गया था, उसका मद्धम प्रकाश धुंध में छिप गया था। भगीरथ वन में अपने साथ खड़े सैनिकों की रेखाओं को भी कठिनाई से ही समझ पा रहा था। वह अब उन्हें अंधकार में झनझनाती उनकी सांसों की आवाज से ही महसूस कर रहा था। हवा में पसीने की धातुई गंध घुली हुई थी। भगीरथ अपने ऊपरी होंठ पर पसीने की बूंदों को उभरते महसूस कर सकता था, जो उसके मुंह के कोने में जा रही थीं। सुर्पदमन की सेना का सामना करने के लिए स्वयं को तैयार करते सैनिकों की, पंक्ति में ऊपर से नीचे तक जाती, फुसफुसाहटें उसके कानों तक पहुंच रही थीं--"हर हर महादेव... हर हर महादेव..."--जैसे यह कोई प्रार्थना हो।

अचानक चांद बादलों से निकल आया और भगीरथ मशालें लिए सैनिकों को शत्रु पोतों में ऊपर से नीचे भागते देख सकता था। वे धुनर्धरों के लिए बाण जला रहे थे।

"ढालें ऊपर!" भगीरथ चिल्लाया।

भगीरथ के सैनिक, मुख्यतः ब्रंगा, तुरंत उस बाण-वर्षा के लिए तैयार हो गए, जो शीघ्र ही उन पर होने वाली थी। धनुर्धरों द्वारा छोड़े गए अग्नि बाणों से आकाश जगमगा उठा। वे एक विशाल चाप बनाते हुए उड़े और वन में जाकर गिरे। भगीरथ ने अपने सैनिकों को दृढ़ता से वन्य सीमा के भीतर ही रखा था, इसलिए वृक्षों ने उनके लिए सुरक्षा की पहली पंक्ति का कार्य किया। कुछेक जो वृक्षों के पार आए, उन्हें उठी हुई ढालों ने रोक दिया।

मगधों को आशा थी कि उनके अग्निबाण वन में आग लगा देंगे, जिससे ब्रंगा सेना में अस्त-व्यस्तता और भगदड़ मच जाएगी। किंतु रात की धुंध और शीत के कारण पत्तों पर ओस जम गई थी। वृक्ष आग पकड़ ही नहीं सके।

जैसे ही बाण रुके, भगीरथ ने उच्च स्वर में नारा लगाया। "हर-हर महादेव!"

मगधों ने शीघ्रता से बाणों की एक पंक्ति और जलाई और छोड़ दी। एक बार फिर, वृक्षों और ब्रंगा ढालों ने सुनिश्चित किया कि भगीरथ के सैनिकों को कोई क्षति न हो।

ब्रंगाओं ने अपनी ढालें एक ओर कीं और अपने शत्रु को चिढ़ाते हुए युद्ध-उद्घोष किया। "हर-हर महादेव!"

भगीरथ ने पोतों से नौकाएं उतारे जाते हुए देखा। आक्रमण आरंभ होने वाला था। अग्निबाण तो महज एक आड़ थे। उसके देखते-देखते बाण एक बार फिर चढ़ाए जाने लगे थे, वह अपने सैनिकों की ओर मुड़ा। "ढालें!"

ब्रंगाओं ने अनायास ही अग्निबाणों की एक और बौछार से स्वयं को बचा लिया था।

"दूसरे किनारे पर उपस्थित हमारे सैनिकों को संदेश भेजो कि अपनी अग्नि हरिगोल नावें छोड़ दें! तुरंत!"

जब उसका सहायक तेजी से जा रहा था, तभी भगीरथ ने देखा कि उसके शत्रु नावों से कुंड की ओर बढ़ रहे हैं। फिर बाणों की एक बौछार और की गई।

"हिलना मत," अपने सैनिक को रोकते हुए भगीरथ चीखा। "पहले उन्हें किनारे पहुंचने दो।"

अधिकतम क्षति पहुंचाने के लिए भगीरथ शत्रु सैनिकों के एक बड़े दल को पहले किनारे पर आने देता, उसके बाद साथ वाले वन से तीन-तरफा

आक्रमण बोलता। कंधे से कंधा मिलाकर खड़ा, ढालें सामने लिए उसकी पैदल सेना का अभेद्य व्यूह आगे बढ़ता और भीषण बल के साथ मगध सैनिकों की अग्रिम पंक्ति को धकेल देता। पीछे से आ रहे शत्रु सैनिकों को अंततः पानी में खदेड़ दिया जाता। अपने अस्त्रों और कवच के भार से ही वे डूब जाते। तत्पश्चात, निराशाजनक रूप से अधिसंख्य, अग्रिम पंक्ति नष्ट हो जाती।

"ढालें!" भगीरथ ने जब बाणों को जलाए जाते देखा, तो एक बार फिर आदेश दिया।

उसका सहजबोध था कि यह अंतिम बौछार होगी। शत्रु सैनिक अपनी नावों से बल-अतिबल की रेत पर कूद रहे थे। हिंसापूर्ण आमने-सामने की लड़ाई बस कुछ ही पल दूर थी। भगीरथ अपनी धमनियों में उत्तेजना महसूस कर रहा था। वो तो उस रक्त की गंध तक सूंघ सकता था जो बहाया जाने वाला था।

"आक्रमण!" भगीरथ चिल्लाया।

कार्तिक अपने दो सहस्त्र बलिष्ठ घुड़सवारों को लिए भयंकर तेजी से चला जा रहा था। गहन वनस्पति के बावजूद, वह मगध पोतों से छोड़े जाते अग्निबाणों को देख सकता था। उन्होंने युद्ध छेड़ दिया था, जिसका अर्थ था कि मगध सेना की दक्षिणी सेना ने मोर्चा संभाल लिया था।

"और तेज!" कार्तिक अपने घुड़सवारों पर दहाड़ा।

उन्हें दिख रहा था कि बेड़े के केंद्र में स्थित पोतों में आग लग चुकी थी। गुप्त नौकाओं ने आक्रमण कर दिया था। स्पष्ट रूप से भगीरथ मगध की नौसेना को क्षति पहुंचा रहा था। मगर, आश्चर्य की बात यह थी कि दक्षिणी छोर भी जल रहा था। वैशाली की सेना भी आ पहुंची होगी और उसने पीछे से मगध की सेना पर आक्रमण कर दिया होगा।

आगे हो रहे शोर ने कार्तिक का ध्यान खींचा! यह मगध सेना की दक्षिणी टुकड़ी और दिवोदास की ब्रंगा टुकड़ी के बीच घमासान युद्ध होने की आवाजें थीं।

"और तेज चलो!"

सुर्पदमन के सैनिकों ने संभवतः इधर भी अग्निबाण छोड़े थे, क्योंकि शिविर कहीं-कहीं से जल रहा था। किंतु इसने कार्तिक के घुड़सवारों के लिए

मार्गदर्शक का ही काम किया। उन्होंने अपने घोड़ों को जोर से एड़ लगाकर गति बढ़ा दी। दक्षिणी सिरे पर ब्रंगा लगभग बीस सहस्त्र सैनिकों को रोके रखने के लिए कड़ा संघर्ष कर रहे थे। मगध, जिन्होंने असावधान शत्रु का विनाश कर डालने की अपेक्षा की थी, इस घोर प्रतिरोध का सामना करके स्तंभित थे। मगर परिस्थितियां और भी बिगड़ने वाली थीं क्योंकि मगधों ने पीछे से भी संकट खड़ा होने की अपेक्षा नहीं की थी।

"हर हर महादेव!" कार्तिक ने अपनी लंबी तलवार खींचते हुए हुंकारा भरा।

"हर हर महादेव!" आक्रमण करते हुए ब्रंगा घुड़सवार दहाड़े।

मगध पैदल सैनिकों की अंतिम पंक्तियों को, जो पीछे से होने वाले घुड़सवार सैनिकों के आक्रमण की ओर से पूरी तरह से असावधान थीं, कुछ ही पलों में निर्ममता से काट डाला गया। कार्तिक और उसके घुड़सवारों ने मगध सेनाओं में व्यापक सेंध लगा दी थी, उसके घुड़सवार असहाय सैनिकों को रौंद रहे थे, और जो कोई उनके रास्ते में आता, उनकी तलवारें उसे काटे डाल रही थीं।

शुरू में तो, प्रतिद्वंद्वी सेना के विशाल आकार और भीषण युद्ध के हिंसापूर्ण कोलाहल के कारण ब्रंगा घुड़सवार सैनिकों द्वारा पीछे से किए गए आक्रमण पर मगधों का ध्यान नहीं गया। शीघ्र ही अपने आश्चर्य पर नियंत्रण पाकर अनेक मगध सैनिक घुड़सवारों पर टूट पड़े, पशुओं को तलवारें घोंपते, यहां तक कि इस आशा में निडरता से उनकी रकाबों में लटके जा रहे थे कि उन्हें गिरा लेंगे। यह आभास पाकर कि कार्तिक घुड़सवार सेना का नेतृत्व कर रहा है, कुछ पैदल सैनिकों ने कार्तिक के घोड़े को लुढ़का दिया जिससे दोनों नीचे गिर गए। किंतु शीघ्र ही वे यह कामना करने वाले थे कि काश उन्होंने ऐसा न किया होता।

बिल्ली जैसी स्फूर्ति से कार्तिक उछलकर खड़ा हो गया, साथ ही नृशंसता से उसने अपनी दूसरी तलवार भी खींच ली, और अपनी ओर आने वाले सैनिकों में से पहले वाले को काट दिया। मगध सैनिक बीच में ही बिना बोले धराशायी हो गया, उसके गले की नस कट गई थी, उसके कटे हुए गले से रक्त की बौछार फूटी और आसपास के लोगों पर रक्त के छींटे जा गिरे। एक अन्य सैनिक ने आक्रमण किया और इससे पहले कि वह दो कदम चल पाता, कार्तिक की तलवार के एक वार ने उसके धड़ को लगभग रीढ़ तक काट डाला।

शेष सैनिक थम गए, अब वे इस बालक से सतर्क हो गए थे, जो इतनी सहजता से मार सकता था। तलवारें हाथ में लिए वे उसके चारों ओर एक घेरे में फैल गए। कार्तिक जानता था कि वे सब दिशाओं से एक साथ आक्रमण करेंगे, इसलिए उसने उनकी पहल की प्रतीक्षा की।

आक्रमण हुआ, दो सामने से, एक पीछे से और एक चौथा बाईं ओर से आगे बढ़े। कार्तिक झुक गया और लगभग अमानवीय गति से बाईं ओर कदम बढ़ाते हुए वह भयंकर रूप से घूम गया। घूमते हुए वार करके तलवार की भयावह गति पैदा करते हुए उसने अपने चारों ओर निर्ममता से अंग, मांसपेशियां, सिर और धड़ काट डाले। हर ओर रक्त और आंतें बिखर गईं।

वह हांफता हुआ रुका, उसके हाथों में पकड़ी तलवारों से रक्त टपक रहा था। उसने अपने आसपास देखा, एक प्रतिपक्षी को चुना और फिर से उस पर आक्रमण कर दिया। जैसा भगवद्गीता में कहा गया है, कार्तिक साक्षात मृत्यु बन गया था।

भीषण युद्ध आधा घंटा चलता रहा और उसका रुख लगातार मगधों के विरुद्ध मुड़ता रहा। किंतु वे लड़ते रहे क्योंकि कार्तिक या उसकी सेना द्वारा उन्हें कोई स्थान नहीं दिया जा रहा था।

धीरे-धीरे मरणासन्नों की चीखें कम होती गईं, और फिर सुर्पदमन की सेना के समाप्त होने के साथ वे मौन हो गईं। सैनिकों ने अपना नरसंहार बंद कर दिया था और चुपचाप रणक्षेत्र में अपनी तलवारों के सहारे थके-हारे, हांफते हुए खड़े थे। किंतु कार्तिक शिथिल नहीं पड़ा था, और लगातार उन लोगों पर आक्रमण किए जा रहा था जो खड़े रह गए थे।

कार्तिक की ओर बढ़ते हुए दिवोदास ने भागने का प्रयास किया किंतु उसकी टांगें कमजोरी से कांप रही थीं, और वह बस गिरते-पड़ते ही पहुंच पाया। अनेकों छोटे-बड़े घावों के कारण वह रक्तरंजित हो रहा था और एक गहरे घाव ने उसके दाहिनी बांह को शिथिलता से एक ओर झूलता छोड़ दिया था। "माननीय," उसने फूली हुई सांसों और भारी आवाज में पुकारा, "माननीय!"

कार्तिक क्रूरता से घूम गया, उसके इस पैंतरे की गति ने उसकी तलवार में विकट शक्ति भर दी थी। दिवोदास ने अपनी ढाल पर वार लिया, किंतु इस घातक वार को रोकने के झटके ने उसके हाथ को झनझना दिया था, और उसकी बाईं बांह कंधे तक सुन्न पड़ गई थी।

"माननीय!" उसने हताश होकर याचना की। "यह मैं हूं, दिवोदास!"

कार्तिक अचानक रुक गया, अपनी लंबी तलवार उसने अपने दाहिने हाथ में ऊंची पकड़ी हुई थी, अपनी घुमावदार तलवार उसने बाएं हाथ में नीचे को थामी हुई थी, उसका श्वास तीव्र और भारी था और आंखें रक्तपिपासा से उबली पड़ रही थीं।

"माननीय!" दिवोदास चीख पड़ा, उसका भय प्रत्यक्ष था। "आपने उन सबको मार डाला है! कृपया रुक जाइए!"

जब कार्तिक की सांसें धीमी हुईं, तो उसने अपनी दृष्टि को अपने चारों तरफ फैली विनाशलीला का जायजा लेने दिया। कटे-फटे शव युद्धक्षेत्र में बिखरे पड़े थे। कभी अहंकारी रही मगध सेना पूरी तरह से नष्ट हो चुकी थी। दिवोदास के सामने के आक्रमण ने घुड़सवार सेना के पीछे के आक्रमण के साथ मिलकर कार्तिक की योजना को सफल बनाया था।

कार्तिक को अभी भी अपनी धमनियों में दौड़ती तीव्र उत्तेजना का आभास हो रहा था।

कार्तिक से अभी तक भय खाते हुए दिवोदास ने धीरे से कहा, "आप जीत गए, माननीय।"

कार्तिक ने अपनी लंबी तलवार हवा में उठाई और हुंकार भरी, "हर हर महादेव!"

उसके पीछे-पीछे ब्रंगा सैनिक भी दहाड़े, "हर हर महादेव!"

कार्तिक नीचे झुका और एक मगध सैनिक के कटे सिर को अपनी तलवार से पलटा, फिर वह दिवोदास की ओर मुड़ा। "सुर्पदमन को ढूंढ़ें। अगर वह जीवित हो तो मैं चाहूंगा कि उसे जीवित मेरे पास लाया जाए।"

"जी, माननीय," दिवोदास ने कहा और तेजी से आज्ञापालन के लिए चला गया।

कार्तिक ने एक मृत मगध सैनिक के वस्त्र से अपनी दोनों तलवारें पोंछीं और बड़ी सावधानी से उन्हें अपनी पीठ पर बंधी म्यानों में रख लिया। ब्रंगा सैनिकों ने अभी-अभी देखी उसकी नृशंस हिंसा से भयभीत होकर उससे एक सम्मानजनक दूरी बनाए रखी। वह धीरे-धीरे नदी की ओर बढ़ा और नीचे झुककर, अंजुलि में पानी भरकर अपने चेहरे पर मार लिया। अभी-अभी हुए भीषण रक्तपात के कारण नदी लाल हो गई थी। वह रक्त से सन गया। किंतु

उसकी आंखें साफ थीं। शांत। रक्तपिपासा उनसे दूर हो गई थी।

बाद में दिन में, जब मृतकों की गिनती की गई, मगध सेना के पचहत्तर हजार सैनिकों में से सत्तर हजार का संहार कर दिया गया था, या उन्हें जला या डुबो दिया गया था। दूसरी ओर, कार्तिक ने अपने एक लाख सैनिकों में से मात्र पांच हजार को ही खोया था। यह युद्ध नहीं था। यह नरसंहार था।

कार्तिक ने आकाश की ओर देखा। एक नए दिन की उद्घोषणा करती सूर्य की पहली किरणें क्षितिज पर फूटने लगी थीं। और इस दिन एक नई किवदंती का जन्म हुआ था। युद्ध के देवता कार्तिक की किवदंती!

अध्याय 24

हिंसा का युग

दाहिनी ओर के मुख्य भूभाग से उदय होते सूरज का सुनहरा गोला झांका, और तेजी से लोथल बंदरगाह की ओर बढ़ते हुए उनके मस्तूलों में प्रचंड दक्षिणी हवा भर गई। पार्श्व में खड़ी सती के साथ शिव पोत के अग्रिम भाग में खड़ा था, उसकी आंखें उत्तर की ओर थी और वह चाह रहा था कि पोत और अधिक तेज चल सकें।

"पता नहीं स्वद्वीप में युद्ध कैसा चल रहा होगा," सती ने कहा।

शिव मुस्कुराते हुए सती की ओर मुड़ा। "हमें तो यह भी नहीं पता कि वहां कोई युद्ध हो रहा है या नहीं, सती। संभव है गणेश की युक्तियां सफल रही हों।"

"आशा तो यही है।"

शिव ने सती का हाथ थामा। "हमारे पुत्र योद्धा हैं। वे वही कर रहे हैं जो उन्हें करना चाहिए। तुम्हें उनके विषय में चिंतित होने की आवश्यकता नहीं है।"

"मुझे गणेश की चिंता नहीं है। मैं जानती हूं कि अगर वह रक्तपात से बच सकता होगा, तो अवश्य बचेगा। ऐसा नहीं कि वह भीरू है, अपितु वह युद्ध की निरर्थकता को समझता है। किंतु कार्तिक... उसे तो युद्धकला से प्रेम है। मुझे डर है कि संकट को आमंत्रण देने के लिए वह कुछ भी कर बैठेगा।"

"संभवतः तुम ठीक कहती हो," शिव ने कहा। "किंतु तुम उसका मूल स्वभाव नहीं बदल सकतीं। और वैसे, योद्धा होने का क्या यही अर्थ नहीं है?"

"किंतु अन्य सभी योद्धा अनमने ढंग से युद्ध में जाते हैं। वे इसलिए लड़ते हैं क्योंकि उन्हें लड़ना पड़ता है। कार्तिक ऐसा नहीं है। वह युद्ध से

उत्साहित होता है। ऐसा प्रतीत होता है मानो उसका स्वधर्म युद्ध हो। यह मुझे चिंतित करता है," सती ने अपनी चिंता जताई।

शिव ने सती को अपनी बांहों में खींचा और दिलासा देने के भाव से उसके होंठों को चूम लिया। "सब कुछ ठीक हो जाएगा।"

सती मुस्कुराई और उसने अपना सिर शिव के वक्ष पर रख दिया। "मुझे स्वीकार करना होगा इससे थोड़ी सी सहायता मिली..."

शिव हल्के से हंसा। "तो मुझे थोड़ी और सहायता करने दो।"

शिव ने सती का चेहरा उठाया और उसे फिर से चूम लिया।

"अंह!"

शिव और सती मुड़े तो पाया कि वीरभद्र और कृत्तिका उनकी ओर आ रहे हैं।

"यह खुला क्षेत्र है," मुस्कुराते हुए वीरभद्र ने अपने मित्र को चिढ़ाते हुए कहा। "कोई कक्ष ढूंढ़ लें!"

लज्जित कृत्तिका ने वीरभद्र के पेट पर हल्के से चपत मारी। "चुप रहो!"

शिव मुस्कुराया। "कैसी हो, कृत्तिका?"

"अच्छी हूं, प्रभु।"

"कृत्तिका," शिव ने कहा। "मुझे तुमसे कितनी बार कहना होगा? तुम मेरे मित्र की पत्नी हो। मुझे शिव कहा करो।"

कृत्तिका मुस्कुराई। "क्षमा चाहती हूं।"

शिव ने अपना हाथ वीरभद्र के कंधे पर रखा। "नौकाध्यक्ष का क्या कहना है, भद्र? हम कितनी दूर हैं?"

"जिस गति से हम चल रहे हैं, बस कुछ दिन और। हवाएं उदार रही हैं।"

"हम्म... क्या तुम कभी लोथल या मयका गई हो, कृत्तिका?"

कृत्तिका ने सिर हिलाया। "मेरे लिए गर्भधारण करना कठिन है, शिव। और यही एकमात्र रास्ता है जिससे कोई बाहरी व्यक्ति मयका में जा सकता है।"

शिव सकपका गया। उसने दुखती रग को छू दिया था। वीरभद्र को तो परवाह नहीं थी कि कृत्तिका गर्भधारण नहीं कर सकती, किंतु उसे यह बात अभी भी चुभती थी।

"मुझे क्षमा करना," शिव ने कहा।

"नहीं, नहीं," कृत्तिका मुस्कुराई। "वीरभद्र ने मुझे आश्वस्त किया है कि हम एक-दूसरे के लिए पर्याप्त हैं। हमें स्वयं को पूर्ण करने के लिए किसी बालक की आवश्यकता नहीं है।"

शिव ने वीरभद्र की पीठ थपथपाई। "कभी-कभी हम असभ्य लोग अपने अच्छे विचारों से स्वयं को भी चकित कर देते हैं।"

कृत्तिका हल्के से हंसी। "किंतु मैं एक बार पुराने लोथल गई हूं।"

"पुराने लोथल?"

"क्या मैंने आपको बताया नहीं था?" सती ने पूछा। "लोथल का समुद्री बंदरगाह वास्तव में नया नगर है। पुराना लोथल सरस्वती पर बना नदी बंदरगाह था। लेकिन जब सरस्वती ने समुद्र तक पहुंचना बंद कर दिया, तो पुराने नगर के आसपास पानी ही नहीं रहा और उसकी गतिशीलता समाप्त हो गई। स्थानीय लोगों ने समुद्र के पास अपने गृहनगर के पुनर्निर्माण का निर्णय लिया। नया लोथल एकदम पुराने नगर जैसा है, अलावा इसके कि यह समुद्री बंदरगाह है।"

"दिलचस्प है," शिव ने कहा। "तो पुराने लोथल का क्या हुआ?"

"यह व्यावहारिक रूप से परित्यक्त है, किंतु कुछ लोग अभी भी वहां रहते हैं।"

"तो उन्होंने नए नगर को भिन्न नाम क्यों नहीं दिया? उसे लोथल ही क्यों कहते हैं?"

"पुराने नागरिक अपने नगर से बहुत जुड़े हुए थे। यह साम्राज्य के महानतम नगरों में से था। वे नहीं चाहते थे कि उसका नाम समय की रेत में लुप्त हो जाए। वे यह भी मानते थे कि अधिकांश लोग पुराने लोथल को भूल जाएंगे।"

शिव ने समुद्र की ओर देखा। "नए लोथल, हम आ रहे हैं!"

— ⁂ —

बल-अतिबल कुंड पर सूरज चढ़ आया था। यह दूसरे प्रहर का तीसरा घंटा था। मृत मगधों और ब्रंगाओं के शवों को हटाकर वन के एक साफ क्षेत्र में ले जाया जा रहा था जहां आनुष्ठानिक मंत्रोच्चार के बीच उनके नश्वर शरीरों का अंतिम संस्कार किया जा रहा था। मृत मगधों की विशाल संख्या को देखते हुए यह कमर तोड़ देने वाला काम था। किंतु कार्तिक का आग्रह था। वीरता का सम्मान

होना चाहिए, जीवन में भी और मृत्यु के बाद भी।

"क्या सुर्पदमन अभी तक नहीं मिला?" कुंड की रेत पर आंखें दौड़ाते हुए भगीरथ ने पूछा। कल तक यह रेत शुभ्र श्वेत थी। आज भारी मात्रा में बहे रक्त से बदरंग होकर मटमैले गुलाबी रंग की हो गई थी।

"अभी तक तो नहीं," कार्तिक ने कहा। "पहले तो मुझे लगा था कि वह दक्षिणी मोर्चे पर लड़ रहा है। हम उसे वहां ढूंढ़ने में असफल रहे तो मैंने अनुमान लगाया कि वह यहां होगा।"

वैशाली के राजा मातलि ने मगध बेड़े को पीछे से नष्ट करके अपनी नौसैन्य कुशाग्रता सिद्ध कर दी थी। कार्तिक की बहादुरी और नृशंसता के बारे में सुनकर अब वे उसे नए सम्मान के साथ देखने लगे थे। नीलकंठ के पुत्र के प्रति अनुग्रह के अंतिम अंश भी लुप्त हो गए थे।

"मेरे भाई का बेड़ा कितनी दूर है, महाराज मातलि?" कार्तिक ने पूछा।

"मैंने अपनी कुछ नावें नदी में ऊपर की ओर भेज दी हैं। नदी मगध पोतों के अवशेषों से अटी पड़ी है। हमारी नावें इसे साफ करने का प्रयास कर रही हैं, किंतु इसमें समय लगेगा। और माननीय गणेश बहुत सतर्कता से चल रहे हैं ताकि पोतों को कोई हानि न हो। इसलिए उनके यहां पहुंचने में कुछ समय लगेगा।"

कार्तिक ने हामी भरी।

"किंतु उन्हें आपकी महान विजय के बारे में सूचना दे दी गई है, माननीय कार्तिक," मातलि ने कहा। "उन्हें आप पर गर्व है।"

कार्तिक की भृकुटियां चढ़ीं। "यह मेरी विजय नहीं है, महाराज। यह हमारी विजय है। और यह मेरे बड़े भाई के बिना संभव नहीं होती, जिन्होंने मगध नौसेना के उत्तरी छोर को नष्ट किया।"

"यह तो सच है," मातलि ने कहा।

"माननीय!" गहन वन पार करके बल-अतिबल कुंड की रेतीली भूमि की ओर आते हुए दिवोदास ने पुकारा। अपनी चोटों के कारण अभी भी क्षीण और कंधे के आरपार पट्टियों से बंधा हुआ दिवोदास पांच सैनिकों की सहायता से किसी चीज को रस्सियों से खींचकर ला रहा था।

कार्तिक को यह समझने में एक पल लगा कि वे किसे खींच रहे हैं। "दिवोदास! उसके साथ सम्मानपूर्ण व्यवहार करो!"

दिवोदास तुरंत रुक गया। कार्तिक उनकी ओर भागा, उसके पीछे भगीरथ एवं मातलि थे। जिस शव को वे खींचकर ला रहे थे, वह एक लंबे, सुगठित, सांवले पुरुष का था। उसके कपड़े और कवच रक्त से भीगकर लाल हो गए थे और उसका शरीर घावों से भरा हुआ था, कुछ सूखे और काले थे, और अन्य अभी भी ताजे, लाल और गीले थे। उसकी खोपड़ी कनपटी के पास से फट गई थी, जो दर्शा रहा था कि उसकी मृत्यु कैसे हुई थी। उसकी चोटें इतनी अधिक थीं कि गिनी नहीं जा सकती थीं, जो युद्ध में उसकी वीरता की ओर स्पष्ट संकेत कर रही थीं। सारे घाव सामने थे, एक भी पीठ पर नहीं था। यह एक सम्मानजनक मृत्यु थी।

"सुर्पदमन..." भगीरथ ने धीरे से कहा।

"यह दक्षिणी मोर्चे पर था, माननीय," दिवोदास ने कहा।

कार्तिक ने अपना चाकू निकाला, नीचे झुककर सुर्पदमन के कंधों पर बंधी रस्सियों को काट डाला और फिर धीरे से मृत राजकुमार के शव को धरती पर रखा। उसने सुर्पदमन के दाहिने हाथ को देखा जो अभी भी अपनी तलवार को कसकर पकड़े हुए था। उसने तलवार को छुआ, उसके फल पर सूखा रक्त जमा हुआ था। दिवोदास ने सुर्पदमन की उंगलियों को खोलने का प्रयास किया।

"रुक जाओ," कार्तिक ने आदेश दिया। "सुर्पदमन अपनी तलवार के साथ ही परलोक जाएगा।"

दिवोदास ने तुरंत अपना हाथ खींच लिया और पीछे हट गया।

सुर्पदमन का मुंह आधा खुला था। मृत्यु के विषय में रची गई प्राचीन वैदिक ऋचाओं का कहना था कि अंतिम श्वास के साथ आत्मा शरीर से निकल जाती है। इसलिए, मृत्यु के समय मुंह खुल जाता है। किंतु यह भी अंधविश्वास है कि मृत्यु के शीघ्र बाद मुंह को बंद कर देना चाहिए, ताकि आत्माहीन शरीर में बुरी आत्मा प्रवेश न कर जाए।

कार्तिक ने धीमे से सुर्पदमन का मुंह बंद कर दिया।

"प्रमुख ब्राह्मण को ढूंढ़ें," कार्तिक ने कहा। "सुर्पदमन के शव को तैयार करें। इनका अंतिम संस्कार एक राजकुमार की भांति होगा जोकि वे थे।"

दिवोदास ने हामी भरी।

कार्तिक भगीरथ की ओर मुड़ा। "हम मेरे भाई की वापसी तक प्रतीक्षा करेंगे। तत्पश्चात सुर्पदमन का पूरे राजसी सम्मान के साथ अंतिम संस्कार

किया जाएगा।"

— ⅄◎Ʊ↑⊛ —

गणेश मगध के महल की प्राचीर पर खड़ा था और महान सरयू को शक्तिशाली गंगा में मिलते देख रहा था। अस्त होते सूर्य ने पानी को चमकीला नारंगी रंग दे दिया था। अपनी सेना के सर्वनाश और अपने राजकुमार सुर्पदमन की मृत्यु से स्तंभित राजा महेंद्र और मगध के नागरिकों ने गणेश की सेना के नगर में आने पर चुपचाप आत्मसमर्पण कर दिया था। उसे किसी प्रकार के विद्रोह की अपेक्षा भी नहीं थी, क्योंकि एक प्रकार से मगध में कोई सैनिक नहीं बचा था। गणेश की योजना थी कि दुर्ग की निगरानी और अयोध्या के किसी भी पोत को रोकने के लिए वह दस सहस्त्र सैनिकों की छोटी सी सेना को वहां छोड़ जाएगा। मेलूहा में अपने पिता की सेना से मिलने के लिए वह अन्य सैनिकों के साथ निकल पड़ेगा। वे अगले दिन कूच करने वाले थे।

स्वद्वीप का युद्ध गणेश के लिए पूर्ण रूप से कारगर रहा था। अब वह उससे कहीं कम सैनिकों के साथ अयोध्या की सेना की गतिविधियों को रोक सकता था जितने उसे तब चाहिए होते जब वह स्वयं अयोध्या पर घेराव डाले होता।

"क्या सोच रहे हैं, दादा?" कार्तिक ने पूछा।

संगम की ओर संकेत करते हुए गणेश अपने भाई को देखकर मुस्कुराया। "संगम को देखो जहां सरयू गंगा से मिलती है।"

दृष्टि घुमाने से पहले ही कार्तिक संगम की घरघराती आवाजें सुन सकता था। उसने देखा अपने किनारों पर स्थान के लिए संघर्षरत युवा, चंचल सरयू धीर-गंभीर गंगा से टकरा रही है। यद्यपि गंगा कभी-कभी कोमल पड़ जाती थी, लेकिन प्रायः आश्चर्यजनक सहजता से वह सरयू के जल को अलग धकेल देती थी, जिससे उसके मार्ग में भंवर और लहरें उत्पन्न हो रही थीं। यह संघर्ष चलता रहा जब तक कि अनंत मां गंगा ने अंततः अपनी चंचल सहनदी को अपने वक्ष में नहीं खींच लिया, और जब तक कि शांत प्रवाह में वे एकाकार नहीं हो गईं।

"अंत में हमेशा एकता होती है," गणेश ने कहा, "और यह एक नई शांति लाती है। किंतु दोनों संसारों का मिलन अस्थायी रूप से भारी अव्यवस्था उत्पन्न

करता है।"

कार्तिक आनंद से मुस्कुराया।

"इससे बचा नहीं जा सकता था," गणेश ने कहा। "किंतु राजा महेंद्र का आहत चेहरा हृदय को चीर देने वाला था। मगध के प्रत्येक घर ने अपने पुत्र या पुत्री को बल-अतिबल के युद्ध में गंवाया है।"

"किंतु राजा महेंद्र ने ही तो राजकुमार सुर्पदमन को आक्रमण करने के लिए विवश किया था। वे केवल स्वयं को दोष दे सकते हैं," कार्तिक ने कहा। "मुझे ऐसी सूचनाएं मिली हैं कि राजकुमार सुर्पदमन वास्तव में तटस्थ रहना चाहता था।"

"यह सच हो सकता है, कार्तिक। मगर फिर भी इससे यह सच झुठलाया नहीं जा सकता कि हमने मगध की आधी वयस्क जनसंख्या को मार डाला है।"

"हमारे सामने और कोई विकल्प नहीं था, दादा," कार्तिक ने कहा।

"मैं यह जानता हूं," गणेश ने कहा और फिर से गंगा और सरयू का संगम देखने लगा। "नदियां एक-दूसरे से केवल उस एक मुद्रा के साथ लड़ती हैं जिसे वे जानती हैं: जल। हम इंसान उस एक मुद्रा के साथ लड़ते हैं जिसे हम इस युग में जानते हैं: हिंसा।"

"किंतु कोई अपना दृष्टिकोण और किस प्रकार से स्थापित कर सकता है, दादा?" कार्तिक ने पूछा। "ऐसा समय भी आता है जब तर्क काम नहीं करता और शांतिपूर्ण प्रयास पर्याप्त साबित नहीं होते। हिंसा ही अंतिम उपाय होता है। हमेशा से ऐसा ही रहा है। संभवतः संसार कभी इससे भिन्न नहीं होगा।"

गणेश ने अपना सिर हिलाया। "भिन्न होगा, एक दिन। हम क्षत्रिय युग में रहते हैं। इसीलिए हम सोचते हैं कि बदलाव लाने की एकमात्र मुद्रा हिंसा है।"

"क्षत्रिय युग? मैंने तो यह कभी नहीं सुना।"

"तुमने चार युगों के बारे में तो सुना होगा, जिनमें समय अंतहीन चक्र में घूमता रहता है: सतयुग, त्रेतायुग, द्वापरयुग और कलियुग।"

"हां।"

"इन प्रत्येक युगों के भीतर छोटे-छोटे चक्र होते हैं जो विभिन्न जाति-व्यवसायों द्वारा नियंत्रित होते हैं। ब्राह्मणों का, क्षत्रियों का, वैश्यों का और शूद्रों का युग होता है।"

"ब्राह्मणों का युग, दादा? मैंने तो इसके विषय में भी नहीं सुना।"

"निश्चय ही सुना होगा। हम सबने प्रजापति की, चमत्कारिक युग की कहानियां सुनी हैं।"

कार्तिक मुस्कुराया। "निस्संदेह! अज्ञानियों को ज्ञान चमत्कारिक ही जान पड़ता है।"

"हां। ब्राह्मण युग की मुख्य मुद्रा ज्ञान था। और हमारे युग में हिंसा है। कुछ दार्शनिकों का विश्वास है कि हमारे युग के बाद वैश्यों का युग होगा।"

"और उस युग में लोग अपने विवाद हल करने के लिए हिंसा का प्रयोग नहीं करेंगे?"

"हिंसा कभी समाप्त नहीं होगी, कार्तिक। न ही ज्ञान समाप्त होगा। किंतु वे निर्णायक तथ्य नहीं होंगे, क्योंकि यह युग वैश्य-मार्ग से संचालित होगा, जोकि लाभ है। वे धन का प्रयोग करेंगे।"

"मैं ऐसे संसार की कल्पना भी नहीं कर सकता, दादा।"

"यह आएगा। मैं प्रार्थना करता हूं कि इसमें बहुत विलंब न हो। ऐसा नहीं है कि मैं हिंसा से भय करता हूं, किंतु यह अपनी राह में अनेक दुखी हृदयों को छोड़ जाती है।"

"दादा, अगर मैं यह विश्वास कर भी लूं कि ऐसा कोई समय आएगा, तो आप कह रहे हैं कि हिंसा की अपेक्षा धन कम विनाश लाएगा? क्या तब भी जीतने और हारने वाले नहीं होंगे? क्या दुख विलुप्त हो जाएगा?"

गणेश ने आश्चर्य से अपनी भौंहें उठाईं। वह मुस्कुराया और उसने अपने भाई की पीठ थपथपाई। "सही कहते हो। जीतने-हारने वाले हमेशा रहेंगे। क्योंकि संसार की यही रीत है।"

कार्तिक ने अपनी बांह अपने भाई की कमर में डाल ली, और गणेश ने कार्तिक के कंधों पर। "किंतु इससे फिर भी इस ज्ञान का दुख कम नहीं होता कि हमने दूसरों को पीड़ा दी है।"

— ⁂ —

"तुम्हें यह विचित्र जान पड़ेगा," शिव ने लोथल के प्रांताध्यक्ष के निवास की सुविधाओं में विश्राम करते हुए कहा। "किंतु मुझे ऐसा आभास होता है जैसे मैं घर आ गया हूं। मेलूहा से ही मेरी यात्रा आरंभ हुई थी।"

जैसी कि काली को अपेक्षा थी, लोथल के प्रांतपाल चेनारध्वज ने मेलूहा के संभ्रांत वर्ग से संबंधविच्छेद कर लिए थे और नीलकंठ के प्रति निष्ठा की शपथ लेते हुए शिव की सेना के लिए नगर के द्वार खोल दिए थे।

"और यहीं यह समाप्त होगी," सती ने कहा। "फिर हम सब कैलाश पर जाकर रह सकेंगे।"

शिव मुस्कुराया। "कैलाश पर जीवन इतना सुखद नहीं है जितनी तुम कल्पना कर रही हो। यह बहुत कठिन, अनुर्वर प्रदेश है।"

"किंतु आप तो वहां होंगे। मेरे लिए वही स्वर्ग होगा।"

शिव ने हंसकर, आगे झुकते हुए प्रेमपूर्वक अपनी पत्नी को निकट खींचा और चूम लिया।

"किंतु पहले, हमें उनसे निबटना होगा जो दुष्ट सोमरस का बचाव कर रहे हैं," सती ने कहा।

"मगधों की पराजय के साथ यह आरंभ हो चुका है।"

"हम्म... यह सच है, अब जबकि मगध सुदृढ़ रूप से हमारे नियंत्रण में है, हम अयोध्या की नौसेना को सुगमता से रोक सकते हैं। गणेश और कार्तिक मेलूहा के लिए कब निकल रहे हैं?"

"वे निकल चुके हैं।"

"और हम मृत्तिकावटी के लिए कब कूच करेंगे?"

"कुछ दिन में।"

सती उस दृढ़ भाव को पहचानने लगी थी जो अब शिव के चेहरे पर रहता था और वह अपनी मातृभूमि के लिए चिंता की लहर महसूस किए बिना नहीं रह पाती थी। "उनके अपने लिए मैं आशा करती हूं कि वे समर्पण कर दें।"

"मैं भी यही आशा करता हूं।"

अध्याय 25

देवता या मातृभूमि?

"भगवान ब्रह्मा की सौगंध!" भृगु गरजे।

भृगु अंततः देवगिरि पहुंच गए थे। स्वद्वीप में धर्मखेत और मेलूहा की हाल ही में बनी सड़क पर बांध तोड़कर बह रही यमुना की बाढ़ का पानी भर जाने से उन्हें विलंब हो गया था, बाढ़ ने मार्ग को डुबो दिया था। जब वे चंद्रवंशी और सूर्यवंशी साम्राज्यों के बीच निर्जन क्षेत्र में फंसे हुए थे, तो भृगु ने सड़क किनारे मेलूहा द्वारा बनवाए गए यात्री आवासगृह की सुविधाओं का लाभ उठाया था। मगर ऐसा नहीं था कि वहां के आरामों ने उन्हें शांत कर दिया हो, क्योंकि उन्हें देवगिरि पहुंचना था। आनंदमयी के साथ पर्वतेश्वर के वहां आगमन ने उनके तनाव को दूर किया। इसके बाद उन्होंने एक साथ यात्रा की, और भृगु ने इस अवसर का प्रयोग पर्वतेश्वर के साथ युद्ध रणनीति पर चर्चा करने में किया। यमुना की बाढ़ ने कुछ सप्ताह की तीव्र यात्रा को कई माह में बदल दिया था।

भृगु, दक्ष, पर्वतेश्वर और कनखला देवगिरि के निजी राजसी कार्यालय में थे और नीलकंठ की उद्घोषणा के परिणामों पर विचार कर रहे थे।

"क्या मैं वह उद्घोषणा देख सकता हूं, मुनिवर?" पर्वतेश्वर ने पूछा।

भृगु ने शिलाखंड उन्हें थमा दिया और फिर दक्ष और कनखला की ओर मुड़ गए। "इन्हें कब लगाया गया था?"

"कुछ माह पहले, मुनिवर," दक्ष ने उत्तर दिया।

"साम्राज्य के भीतर लगभग प्रत्येक नगर के सभी प्रमुख मंदिरों पर," कनखला ने जोड़ा।

"और क्या यह एक ही दिन पर नियोजित की गई समकालिक घटना

थी?" पर्वतेश्वर ने पूछा, प्रत्यक्ष रूप से वह व्यवस्था-प्रणाली से प्रभावित था।

"हां," कनखला ने कहा। "केवल नीलकंठ ही ऐसा कर सकते थे। किंतु वे ऐसा क्यों करेंगे? वे मेलूहा से स्नेह करते हैं और हम उनकी पूजा करते हैं। इसलिए हमने अनुमान लगाया कि यह किसी ऐसे व्यक्ति ने किया होगा जो हमारे प्रभु की प्रतिष्ठा को कलंकित करना चाहता है। दुख की बात है, हमें अभी तक अपनी छानबीन में कोई सफलता नहीं मिली है और हम नहीं जानते कि वास्तविक दोषी कौन हैं।"

"क्या आपके प्रशासन में देशद्रोही हैं, राजन?" भृगु ने पूछा।

दक्ष सुलग उठे, किंतु उन्होंने अपने क्रोध को जाहिर नहीं होने दिया। "निश्चय ही नहीं, मुनिवर। आप मेलूहा के लोगों पर उसी तरह विश्वास कर सकते हैं जिस तरह मुझ पर।"

भृगु की व्यंग्यात्मक मुस्कुराहट स्वयं में मुखर थी। "आप इससे क्या निष्कर्ष निकालते हैं, माननीय पर्वतेश्वर?"

"मैं नीलकंठ से इससे कम की अपेक्षा नहीं करूंगा," पर्वतेश्वर ने कहा।

इस रहस्योद्घाटन से कनखला स्तंभित रह गई, किंतु विवेकपूर्वक उसने मौन रहना उचित समझा।

"किंतु मैं आपको बता दूं कि हमने समुचित प्रतिक्रिया की, मुनिवर," दक्ष ने भृगु से कहा। "कुछ ही दिनों के भीतर इन्हें हटा दिया गया और इनके स्थान पर अधिकृत सूचना लगा दी गई जिसमें लिखा था कि पूर्व घोषणा को किसी कपटी ने लगाया था और उस पर विश्वास न किया जाए।"

कनखला सदमे से कुंठित सी हो गई थी। उससे अनजाने में ही पाप हो गया था, जब उसने दक्ष के कहने पर वह सूचना लगवाई थी तो वह भी इस झूठ में भागीदार हो गई थी। उसने अपने पद को त्यागने के विषय में सोचा। मगर यह स्पष्ट था कि युद्ध निकट था। और युद्ध-काल के उसके कर्तव्य थेः राजा और देश के प्रति पूर्ण और संदेहहीन निष्ठा। उसने कभी ऐसी स्थिति का सामना नहीं किया था जहां उसका कर्तव्य उसके धर्म के साथ संघर्ष में खड़ा हो। यह दुविधा स्तब्धकारी थी।

"तो आप देख सकते हैं, मुनिवर, इस समस्या विशेष से तो निबट लिया गया है," दक्ष ने कहा। "अब हमें इस बात पर ध्यान केंद्रित करना होगा कि शिव की सेनाओं को किस तरह खदेड़ा जाए।"

भृगु ने दक्ष की ओर संकेत किया। "अभी नहीं, राजन। पहले मुझे सेनापति पर्वतेश्वर के साथ एकांत में विमर्श करना है।"

कनखला अपनी अंतरात्मा की दुविधा में इतना खोई हुई थी कि उसका इस वार्तालाप पर ध्यान ही नहीं गया।

— ⁂ —

"नीलकंठ द्वारा उद्घोषणा की गई थी। हम उनके आदेश के विरुद्ध कैसे जा सकते हैं? यह अनुचित है। अगर प्रभु कहते हैं कि सोमरस का प्रयोग नहीं किया जाए, तो मुझे समझ नहीं आता कि हम इस आदेश के विरुद्ध कैसे जा सकते हैं।"

विचार-विमर्श के बाद पर्वतेश्वर कनखला के साथ उसके कार्यालय में था। उसे पता था कि सुबह की घटनाओं से वह विचलित थी।

"मैं सोमरस का प्रयोग बंद कर चुका हूं, कनखला।"

"मैं भी कर दूंगी, इसी पल से। किंतु मैं इस बात से विचलित नहीं हूं। नीलकंठ चाहते हैं कि सारा मेलूहा सोमरस का प्रयोग बंद कर दे। और उनके निर्णय की उपेक्षा करने के परिणाम उनके संदेश से एकदम स्पष्ट हैं: अगर हमने ऐसा नहीं किया तो हम उनके शत्रु बन जाएंगे।"

"मुझे यह ज्ञात है। सभी व्यावहारिक उद्देश्यों से युद्ध घोषित हो चुका है। हमारे बात करने के दौरान भी उनकी सेना आगे बढ़ रही है।"

"मेलूहा को सोमरस का प्रयोग बंद कर देना चाहिए।"

"क्या विधान तुम्हें अथवा मुझे सोमरस पर प्रतिबंध लगाने का आदेश पारित करने की अनुमति देता है?

"नहीं, केवल सम्राट ऐसा कर सकते हैं।"

"और उन्होंने यह नहीं किया, है न? साथ ही, युद्धकाल में सम्राट के आदेशों पर प्रश्न नहीं उठाया जा सकता।"

"क्या हम किसी भी प्रकार से युद्ध को टाल नहीं सकते? आप महर्षि भृगु से बात क्यों नहीं करते? वे आपका सम्मान करते हैं।"

"महर्षि भृगु यह नहीं मानते कि सोमरस बुराई में बदल गया है।"

"तो हमें सीधे जनसामान्य से बात करनी चाहिए।"

"कनखला, तुम इसे बहुत अच्छी तरह जानती हो। इसका अर्थ होगा कि

तुम प्रधानमंत्री पद की अपनी शपथ तोड़ना चाहती हो, क्योंकि तुम सीधे-सीधे अपने सम्राट के आदेश के विरुद्ध जाओगी।"

"किंतु मैं उनके आदेश का पालन क्यों करूं? उन्होंने मुझे भी भ्रम में रखा है!"

"मैं तुम्हें आश्वस्त करता हूं कि जब तक मैं जीवित हूं और मेलूहा में हूं, दोबारा ऐसा कुछ नहीं होगा।"

अपने क्रोध पर नियंत्रण पाने का संघर्ष करते हुए कनखला दूसरी तरफ देखने लगी।

"कनखला, मान लेते हैं कि हम सीधे मेलूहावासियों के पास जाते हैं," पर्वतेश्वर ने कहा। "हम अपने देशवासियों को आश्वस्त करेंगे कि वे स्वेच्छा से अपने जीवन को उससे कहीं पहले समाप्त करने को तैयार हो जाएं, जब वह सामान्यतया समाप्त होता है। और बदले में उन्हें देने के लिए हमारे पास कुछ नहीं होगा। लोगों को ऐसा करने के लिए आश्वस्त करना सरल कार्य नहीं होगा, मेलूहावासियों के सदृश कर्तव्यनिष्ठ और मर्यादापूर्ण लोगों को भी नहीं। इसमें समय लगेगा। मगर जब सोमरस की बात आती है तो नीलकंठ धैर्यवान नहीं हैं। वे चाहते हैं कि इसका प्रयोग तुरंत समाप्त हो जाए। उनके ऐसा करने का एक ही तरीका है और वह है इसके केंद्र पर आक्रमण करना।"

"जोकि मेलूहा है..."

"हां। अभी तो हमारा कार्य अपने देश की रक्षा करना है। तुम तो जानती हो कि भगवान राम के नियम बहुत स्पष्ट रूप से कहते हैं कि हमारा प्राथमिक कर्तव्य अपने देश के प्रति है। उन्होंने तो कहा था कि अगर भगवान राम और मेलूहा के बीच भी किसी को चुनने की बात आए तो हमें मेलूहा को चुनना चाहिए।"

"किसने कल्पना की होगी कि बात वास्तव में ऐसा चुनाव करने तक पहुंच जाएगी, पर्वतेश्वर? कि हमें अपने देवता और अपने देश में से एक को चुनना होगा?"

पर्वतेश्वर उदास भाव से मुस्कुराया। "अपने देश के प्रति मेरा कर्तव्य सबसे ऊपर है, कनखला।"

कनखला ने अपने केशरहित सिर पर हाथ फेरा और शक्ति पाने के प्रयास में सिर के पीछे जूड़ी में बंधी चोटी को छुआ। "नियति हमारे सामने कैसी

चुनौती खड़ी कर रही है?"

"यह मूर्खतापूर्ण विचार है, राजन," भृगु ने कहा। "आपकी समस्या यह है कि आप अपनी रणनीतियों के स्वप्न बुनते समय आगामी तीन माह से परे नहीं देख पाते।"

दक्ष बड़ी आशा लगाए हुए, उत्सुकता से उत्तर की प्रतीक्षा करते हुए महर्षि के चरणों में बैठे थे। क्योंकि अभी-अभी उन्होंने भृगु के समक्ष अपनी 'उत्कृष्ट' योजना रखी थी, जिससे युद्ध से बचा जा सकता था।

अविचलित भृगु तत्पश्चात अपनी पाषाण शैया से दक्ष की ओर झुके। "हम नीलकंठ से नहीं, अपितु उस समर्पण से लड़ रहे हैं जो वह आपकी प्रजा में जगाता है। उसे शहीद बनाना आपकी प्रजा को आपके और अनिवार्यतः, सोमरस के विरुद्ध कर देगा।"

दक्ष ने स्वीकृति जताई। "आप सही कहते हैं, मुनिवर। अगर हम पंचवटी में ही उसे मारने में सफल हो जाते, तो लोग नागाओं को दोष देते। वह असफलता सर्वाधिक दुखद थी।"

"साथ ही, राजन, यद्यपि किसी असावधान सेना पर आक्रमण करना अनैतिक नहीं है, किंतु कुछ ऐसे नियम होते हैं जिन्हें तोड़ा नहीं जा सकता है, युद्धकाल में भी नहीं, जैसे किसी शांति दूत या संदेशवाहक की भी हत्या करना।"

"निस्संदेह, मुनिवर," अन्यमनस्क से दक्ष ने कहा। वास्तव में, उनका दिमाग अपनी योजना को संशोधित करने में लग गया था।

"आप सुन रहे हैं न, राजन?" झुंझलाकर भृगु ने पूछा।

डांट खाए हुए दक्ष ने तुरंत ऊपर देखा। "बिल्कुल सुन रहा हूं, मुनिवर।"

भृगु ने गहरी सांस ली और हाथ हिलाकर उन्हें अपने कक्ष से जाने को कह दिया।

पर्वतेश्वर तेजी से अपने घर में घुसा और सेविका की ओर सिर हिलाकर दौड़ते हुए केंद्रीय अहाते की सीढ़ियों पर चढ़ गया। पहले तल पर पहुंचने पर मानो

उसे कुछ याद आया और वह केंद्रीय अहाते की ओर खुलने वाली सीढ़ी पर वापस आया।

"रति!"

"जी, स्वामी?" सेविका ने उत्तर दिया।

"क्या आज सप्ताह का वह दिन नहीं है जब देवी आनंदमयी दूध और गुलाब की पत्तियों से स्नान करती हैं?" पर्वतेश्वर ने पूछा।

"जी, स्वामी। रविवार के सिवा सप्ताह के सभी दिन गर्म पानी से, और रविवार को दूध और गुलाब की पत्तियों से।"

पर्वतेश्वर मुस्कुराए। "तो क्या यह तैयार है?"

रति स्नेहभाव से मुस्कुराई। उसने अपना पूरा जीवन पर्वतेश्वर की सेवा में लगा दिया था, किंतु अपने स्वामी को इतना अधिक मुस्कुराते कभी नहीं देखा था जितना वह पिछले कुछ दिनों से मुस्कुरा रहा था, जबसे वे अपनी नई पत्नी के साथ लौटा था। "बस किसी भी पल तैयार होने वाला है, स्वामी।"

"जैसे ही यह तैयार हो जाए, देवी को सूचित करना मत भूलना।"

"जी, स्वामी।"

पर्वतेश्वर मुड़े और दौड़ते हुए शेष दो जीने चढ़कर सबसे ऊपर स्थित अपने निजी कक्ष में पहुंच गए। उसने आनंदमयी को दीर्घा में सुविधाजनक आसन पर आराम करते और नीचे स्थित मार्ग पर चल रही गतिविधियों को देखते पाया। कपड़े का चंदवा शाम की धूप से बचाव कर रहा था। पर्वतेश्वर को तेजी से अंदर आते सुनकर वह मुड़ी।

"इतनी शीघ्रता क्या है?" मुस्कुराती हुई आनंदमयी ने पूछा।

खुलकर मुस्कुराता हुआ पर्वतेश्वर रुक गया। "मैं बस जानना चाहता था कि तुम्हारा क्या हाल है।"

आनंदमयी मुस्कुराई और उसने पर्वतेश्वर को बुलाया। मेलूहा का सेनापति उसके पास गया और उसके आसन के हत्थे पर बैठ गया। आनंदमयी ने अपना सिर उसकी बांह पर टिका दिया और नीचे सड़क को देखती रही। बाजार अभी भी खुले थे किंतु कोलाहलपूर्ण और बकवादी चंद्रवंशियों के विपरीत देवगिरि के नागरिक भयंकर रूप से विनम्र थे। मार्ग, घर, लोग, सब कुछ सूर्यवंशियों के संयम, मर्यादा और एकरूपता के बहुमूल्य मूल्यों को दर्शाते थे।

"हमारी राजधानी के बारे में तुम्हारा क्या विचार है?" पर्वतेश्वर ने पूछा। "क्या यह आश्चर्यजनक रूप से सुनियोजित और अनुशासित नहीं है?"

आनंदमयी ने होंठों पर खेलती स्नेहसिक्त मुस्कुराहट के साथ पर्वतेश्वर को देखा। "यह भीषण रूप से नीरस और रंगहीन है।"

पर्वतेश्वर हंसा। "इस नगर में रंग भरने के लिए तुम पर्याप्त हो!"

आनंदमयी ने पर्वतेश्वर के हाथ पर अपना हाथ रखा और कहा, "तो, यही वह भूमि है जहां मैं मृत्यु को प्राप्त होऊंगी..."

उत्तर में पर्वतेश्वर ने अपना हाथ घुमाकर उसका हाथ पकड़ लिया।

"कोई समाचार?" आनंदमयी ने पूछा। "क्या प्रभु मेलूहा के क्षेत्र में प्रवेश कर चुके हैं?"

"अभी तक तो कोई सूचना नहीं है," पर्वतेश्वर ने कहा। "किंतु असल चिंता की बात तो यह है कि अयोध्या से पक्षी-दूत नहीं आ रहे हैं।"

चिंतित होकर सीधे बैठती हुई आनंदमयी के चेहरे का भाव बदल गया। "क्या अयोध्या को जीत लिया गया है?"

"मैं नहीं जानता, प्रिये। किंतु मुझे नहीं लगता प्रभु के पास अयोध्या को जीतने के लिए पर्याप्त बल है। उस नगर में सात संकेंद्रीय दीवारें हैं, यद्यपि बुरे ढंग से निर्मित हैं। अगर सैनिक सुप्रशिक्षित हों तो भी यह सुरक्षा अजेय है।"

आनंदमयी ने चिढ़कर अपनी आंखें सिकोड़ीं। "सैनिकों को अच्छा नेतृत्व प्राप्त नहीं है, पर्वतेश्वर, किंतु वे बहादुर हैं। मेरे देश के सेनापति मूर्ख हो सकते हैं, किंतु सामान्यजन अपनी जन्मभूमि के लिए कड़ा संघर्ष करेंगे।"

"यह मेरे इस तर्क को बल देता है कि प्रभु नीलकंठ ब्रंगा और वैशाली के मात्र डेढ़ लाख सैनिकों से अयोध्या को नहीं जीत सकते।"

"तो आपके विचार में क्या हुआ है?"

"स्पष्ट है, अयोध्या में मेलूहाई हितों की पूर्ति नहीं की जा रही है। एक संभावना यह है कि तुम्हारे पिता, राजा दिलीप, नीलकंठ से मिल गए हैं।"

"असंभव। मेरे पिता को स्वयं से अतिशय प्रेम है। उन्हें महर्षि भृगु से वे औषधियां प्राप्त हो रही हैं जो उन्हें जीवित रखे हुए हैं। वे किसी भी वस्तु के लिए उसे संकट में नहीं डालेंगे।"

"अयोध्या के लोगों ने अपने राजा से विद्रोह कर दिया हो और नीलकंठ के साथ अपनी नियति जोड़ ली हो।"

"हम्म... यह संभव है। निश्चय ही मेरे देशवासी मेरे पिता की अपेक्षा नीलकंठ के प्रति कहीं अधिक समर्पित हैं।"

"और अगर नीलकंठ ने अयोध्या को अपने अधीन कर लिया है, तो वे

शीघ्र ही अपना ध्यान अपने मुख्य लक्ष्य, मेलूहा, पर लगा देंगे।"

"उनका उद्देश्य सोमरस को नष्ट करना है, पर्व। वे अनियंत्रित विनाश में लिप्त नहीं होंगे। वे ऐसा क्यों करेंगे? यह लोगों को उनके विरुद्ध कर देगा। वे केवल सोमरस के पीछे जाएंगे।"

पर्वतेश्वर की आंखें एक चमक के साथ खुल गईं। "निस्संदेह! वे गुप्त सोमरस निर्माणशाला और उसके वैज्ञानिकों को लक्षित करेंगे। यह सोमरस की आपूर्ति को समाप्त कर देगा। लोगों के पास इसके बिना जीना सीखने के अतिरिक्त और कोई विकल्प नहीं होगा।"

"सही कहा आपने। यही उनका लक्ष्य है। यह गुप्त सोमरस निर्माणशाला है कहां?"

"मुझे ज्ञात नहीं है। किंतु मैं पता लगा लूंगा।"

"हां, आपको पता लगाना होगा।"

"जो भी हो," पर्वतेश्वर ने कहा। "मैंने कनखला से कह दिया है कि अयोध्या को अब और कोई संदेश न भेजे। संभव है हम केवल शत्रु के हाथ में जानकारी सौंप रहे हों।"

"अगर अयोध्या उनके अधीन हो चुकी है, और वे अब प्रस्थान करते हैं, तो बहुत शीघ्र ही वे मेलूहा में हो सकते हैं।"

"हां, यह छह माह के अंदर भी हो सकता है। साथ ही, अयोध्या को मिलाकर प्रभु के पास विशाल सेना हो जाएगी।"

"अपनी तैयारियों को दोगुना कर दें।"

"हम्म... विद्युन्माली को भी आदेश दे दूंगा कि बीस सहस्त्र सैनिकों के साथ लोथल के लिए प्रस्थान कर दे।"

"लोथल? केवल इसलिए कि उन्होंने आपको अपनी मासिक विवरणी नहीं भेजी? क्या यह आवश्यकता से अधिक प्रतिक्रिया नहीं है?"

"उनको लेकर मुझे कुछ अच्छा नहीं लग रहा है," पर्वतेश्वर ने धीरे से सिर हिलाते हुए कहा। "उन्होंने मेरे पक्षी-संदेश का भी उत्तर नहीं दिया।"

"मात्र आशंका के आधार पर आप बीस सहस्त्र सैनिकों को भेजना वहन कर सकते हैं?"

"लोथल बहुत दूर नहीं है। साथ ही, यह सीमांत नगर है। पंचवटी से यह सबसे निकटस्थ मेलूहाई नगर है। उसे सुदृढ़ करना बुरा विचार नहीं होगा।"

अध्याय 26

मृत्तिकावटी का युद्ध

थका-मांदा, अपनी व्यग्रता को छिपाने में असफल गुप्तचर लड़खड़ाते हुए सैन्य शिविर में घुसा। शिव ने झटके से उस मानचित्र से अपना सिर उठाया जिसे वह देख रहा था, सैनिक ने शीघ्रता से प्रणाम किया। "क्या बात है?"

शिव के बाण जैसे तीक्ष्ण स्वर पर काली, सती, गोपाल और चेनारध्वज भी ऊपर देखने लगे, चिंता की लकीरें उनके चेहरों पर छा गई थीं। शिव की सेना लोथल से कूच कर चुकी थी और मृत्तिकावटी से मात्र एक दिन दूर थी।

"प्रभु, बुरा समाचार लाया हूं।"

"तथ्य बताओ। निष्कर्ष मत निकालो।"

"पहले की अपेक्षा अब मृत्तिकावटी की सुरक्षा कहीं उत्तम है। सेनापति विद्युन्माली कुछ दिन पहले ही जलमार्ग से नगर में पहुंचे हैं। प्रत्यक्षतः वे सीमा पर मेलूहा की सुरक्षा सुदृढ़ करने लोथल जा रहे हैं। स्पष्ट है, सम्राट दक्ष को इस बात की जानकारी नहीं है कि लोथल आपके प्रति निष्ठा की शपथ ले चुका है, प्रभु।"

"विद्युन्माली के साथ कितने सैनिक हैं?" चेनारध्वज ने पूछा।

"लगभग बीस सहस्त्र, स्वामी। इनके साथ ही पांच सहस्त्र वे सैनिक भी हैं जो पहले से मृत्तिकावटी में तैनात थे।"

"संख्या की दृष्टि से हम अभी भी पर्याप्त लाभ की स्थिति में हैं, प्रभु," चेनारध्वज ने कहा। "किंतु मृत्तिकावटी की सुरक्षा व्यवस्था पच्चीस सहस्त्र सैनिकों को भी अत्यधिक बना सकती है।"

शिव ने सिर हिलाया। "मुझे नहीं लगता यह कोई समस्या होनी चाहिए। इससे अंतर नहीं पड़ता कि उनके पास कितने सैनिक हैं। हमें तो बस उनके

पोतों पर नियंत्रण पाना है, उनके नगर को नहीं जीतना। अगर विद्युन्माली बीस सहस्त्र सैनिकों के साथ जलमार्ग से आया है तो उसके परिवहन पोत भी मृत्तिकावटी बंदरगाह पर होंगे, सही है? तो हमारे अधिग्रहीत करने के लिए और अधिक पोत होंगे।"

काली मुस्कुराई। "यह सच है!"

"मृत्तिकावटी कूच करने की तैयारी करो," शिव ने कहा। "हम दो दिन में आक्रमण करेंगे।"

— ⅄ⓍⅡ⇑⊛ —

शिव देख रहा था कि जब मृत्तिकावटी की प्राचीर से बार-बार चेतावनी सूचक शंख बजाए गए तो घबराए हुए लोग शीघ्रता से नगर में वापस चले गए थे। शत्रु की विशाल सेना के अनपेक्षित आगमन ने मेलूहावासियों को स्तब्ध कर दिया था।

पहाड़ी के एक सुविधाजनक बिंदु से अपने घोड़े पर सवार शिव मृत्तिकावटी नगर और उसके बंदरगाह को स्पष्ट देख सकता था। अधिकांश मेलूहाई नगरों की भांति इसे भी बाढ़ से सुरक्षा की दृष्टि से सरस्वती से एक किलोमीटर दूर विशाल चबूतरे पर बनाया गया था। किंतु महान नदी के किनारे पर बने बंदरगाह ने शिव को लुभा लिया था।

वृत्ताकार पत्तन विशाल था, जिसमें एक संकरे मार्ग से सरस्वती का जल अंदर जा रहा था। एक जलाशय अर्धवृत्ताकार गोदी को बंदरगाह के बाहरी घेरे से अलग कर रहा था। गुंबद से ढकी भीतरी गोदी विभिन्न सुधारगृहों को सुरक्षित रखे हुए थी। भीतरी गोदी के बाहरी, और बाहरी तटबंध के भीतरी ओर पोतों ने लंगर डाला हुआ था। यह विवेकपूर्ण निर्माण उस अपेक्षाकृत छोटे से स्थान पर लगभग पचास पोतों को खड़ा कर सकता था। पोतों के दो समानांतर घेरों के बीच जल का विस्तार उन्हें मुक्त गतिविधि की अनुमति देता था। पत्तन के भीतर ही एक ही पंक्ति में पोत पर्याप्त शीघ्रता से घूम सकते थे। पत्तन का अपेक्षाकृत छोटा द्वार एक बार में केवल एक ही पोत का प्रवेश या निकास वहन कर सकता था। किंतु यह देखते हुए कि पोत बंदरगाह के अंदर ही एक वृत्ताकार प्रवाह में एक-दूसरे के पीछे चल सकते थे, वह संकरा द्वार उस गति को प्रभावित नहीं करता था जिससे पोत बंदरगाह में आ-जा सकते थे। मगर,

शत्रु पोतों से यह प्रभावी सुरक्षा प्रदान करता था। द्वार बंद था और पत्तन की दीवारों पर शिव ऐसे अनेक बिंदु देख सकते थे जहां से सुरक्षा प्रदान की जा सकती थी।

शिव मुस्कुराया। एकदम मेलूहाई प्रकार की ठोस योजना है।

काली शिव की ओर झुकी। "नगर और बंदरगाह के बीच दुर्गीकृत मार्ग एक दुर्बलता हो सकता है।"

"हां," सती ने कहा। "वहीं से आक्रमण करते हैं। अगर हम उन्हें असुरक्षित महसूस करवाने में सफल रहते हैं तो वे नगर के द्वार बंद करने पर विवश हो जाएंगे जो इस मार्ग की ओर है और अपने सैनिकों को अंदर कर लेंगे। नगर और बंदरगाह एक-दूसरे के निकट नहीं हैं, जिसका अर्थ है कि अगर मार्ग की दीवारों में सेंध लगा ली गई तो उन्हें एक न एक को त्यागना पड़ेगा। मेरा अनुमान है कि वे समझौता करके बंदरगाह को त्याग देंगे।"

शिव ने सती को देखा। "विद्युन्माली आक्रामक है। वह समझौते करना पसंद नहीं करता। जैसे ही वह यह समझेगा कि हम नगर के नहीं, उनके पोतों के पीछे हैं तो वह जुआ खेल सकता है। वह नगर से बाहर निकलने और हमारी आक्रमणरत सेना पर पीछे से आक्रमण करने का विकल्प चुन सकता है। उसे यह विवेकपूर्ण विकल्प प्रतीत हो सकता है। वह सोच सकता है कि वह हमें मार्ग पर पराजित कर सकता है, और इस प्रकार बंदरगाह और नगर दोनों को बचा सकता है। मैं आशा करूंगा कि वह यह गलती करे।"

— ✱ —

अपने अश्व पर सवार शिव ब्रंगाओं, वासुदेवों, नागाओं और लोथल के कुछ सूर्यवंशियों से युक्त अपनी संपूर्ण सेना की पंक्ति में एक छोर से दूसरे छोर तक गया। सती और काली अपने अश्वों पर सवार सेना के अपने अंगों का नेतृत्व कर रही थीं। सैनिक तैयार थे मगर वे जानते थे कि मेलूहाइयों ने सुदृढ़ दुर्गबंदी की है।

"सैनिको!" शिव गरजा। "महादेवो! मेरी बात सुनो!"

सैनिकों पर मौन छा गया।

"हमें बताया गया है कि एक सहस्त्र वर्ष पहले इस धरती पर एक महान मनुष्य आया था। भगवान राम, मर्यादा पुरुषोत्तम। मगर हम सच जानते हैं।

वे मात्र मनुष्य से अधिक थे! वे देवता थे!"

गहरी खामोशी के साथ सैनिक सुन रहे थे।

"ये लोग," शिव ने मृत्तिकावटी के दुर्ग की दीवारों पर मोर्चा संभाले खड़े मेलूहाइयों की ओर संकेत किया, "केवल उनके नाम का स्मरण करते हैं। ये उनकी बातों को स्मरण नहीं करते। मुझे स्मरण है उन्होंने कहा थाः *अगर आपको मेरे लोगों और धर्म के बीच किसी को चुनना हो तो धर्म को चुनना! अगर आपको मेरे परिवार और धर्म के बीच किसी को चुनना हो तो धर्म को चुनना! अगर आपको मेरे और धर्म के बीच भी किसी को चुनना पड़े तो सदैव धर्म को ही चुनना!*"

"धर्म!" सेना एक स्वर में गरजी।

"मेलूहाइयों ने बुराई को चुना है," शिव दहाड़े। "हम धर्म को चुनते हैं!"

"धर्म!"

"उन्होंने मृत्यु को चुना है! हम विजय को चुनते हैं!"

"विजय!"

"उन्होंने सोमरस को चुना है!" शिव गरजा। "हम भगवान राम को चुनते हैं!"

"जय श्री राम!" सती चिल्लाई।

"जय श्री राम!" काली भी युद्ध-घोष में सम्मिलित हो गई।

"जय श्री राम!" सारे सैनिक चिल्लाए।

"जय श्री राम!"

"जय श्री राम!"

नीलकंठ की सेना का चिर-परिचित उद्घोष मृत्तिकावटी की दीवारों के भीतर तक गूंज उठा! यह एक ऐसा उद्घोष था जो सामान्यतया मेलूहावासियों को जोश से भर देता था। किंतु इस बार इसने उन्हें भयभीत कर दिया।

अपने योद्धाओं की दहाड़ों से घिरा शिव काली की ओर मुड़ा और सिर हिलाकर उसे संकेत किया। काली के होंठों पर एक हल्की, निर्मम मुस्कुराहट तैर गई और उसने भी उत्तर में सिर हिलाया, उसकी आंखें चमक उठीं और उसने अपनी तलवार हवा में ऐसे लहराई कि वह धूप में चमक उठी। फिर उसने अपने पीछे खड़े सैनिकों की ओर हाथ उठाया और खामोशी की एक लहर सारी सेना पर छा गई, यहां तक कि उनके सिरों के ऊपर हवा से उड़ते ध्वजों की

फड़फड़ाहट भी सुनी जा सकती थी। फिर उसने तलवार उठाई, उसे आकाश की ओर ऊंचा किया और रक्त को जमा देने वाली चीख के साथ अपनी तलवार को सामने किया और सैनिकों का गरजता ज्वार दीवारों पर टूट पड़ा।

शिव बहुत ध्यान से दुर्गीकृत मार्ग के एक छोटे से खंड में चल रहे युद्ध को देख रहे थे। वासुदेवों के हाथियों और सामयिक पाषाण-प्रेषकों के साथ काली बार-बार आक्रमण कर रही थी, उसने अपने सारे संसाधन एक छोटे से खंड को भेदने में लगा दिए थे। असाधारण रूप से वीर नागा सैनिकों का एक छोटा सा दल चुनौतीपूर्ण विपरीतताओं से लड़ रहा था जबकि मेलूहाई मार्ग के साथ स्थित मोर्चों से बाण चला रहे थे और उबलता हुआ तेल उड़ेल रहे थे। अपने अतिमानवीय साहस के लिए विख्यात नागा संघर्षण की इस लड़ाई के लिए एकदम उपयुक्त थे। मार्ग की दीवारों में छोटी-छोटी दरारें खुलने लगी थीं! शिव के सैनिक शीघ्र ही अपने बंदरगाह तक नगर की पहुंच को अवरुद्ध कर देने वाले थे। इसने वही प्रतिक्रिया पैदा की जिसकी शिव को विद्युन्माली से अपेक्षा थी। मृत्तिकावटी के द्वार खोल दिए गए और मेलूहा सैनिक उसी तरह व्यूहबद्ध होकर बाहर आए जिसे उन्होंने स्वयं शिव से सीखा था।

मेलूहाई सैनिकों ने स्वयं को बीस गुणा बीस के वर्गों में व्यूहबद्ध किया था। प्रत्येक सैनिक ने अपनी ढाल से अपने शरीर के बाएं भाग को और अपनी बाईं ओर के सैनिक के दाएं भाग का ढक रखा था। पीछे वाले सैनिक ने अपनी ढाल से स्वयं को और आगे वाले सैनिक को ढक रखा था। प्रत्येक योद्धा ने अपनी और अपने साथ वाले सैनिक की ढालों के बीच के स्थान का प्रयोग अपने लंबे भालों को पकड़ने के लिए किया था। इस व्यूह ने उन्हें कछुए की सुरक्षा तो प्रदान की ही थी, साथ ही इसे शत्रु की ओर रुख किए लंबे भालों के साथ विनाशकारी रूप से आक्रामक आघात की तरह भी प्रयोग किया जा सकता था।

मगर कछुए में एक दोष था जो स्वयं इस व्यूह के निर्माता शिव को पता था। कवच में यह दोष उसके पीछे की ओर थाः अगर पीछे से आक्रमण किया जाता तो सैनिक कुछ नहीं कर सकते थे। उनके ऊपर भारी भालों का बोझ था, जो आगे की ओर लक्षित थे। तेजी से मुड़ना उनके लिए कठिन था। इसके अलावा व्यूह के पीछे ढालों की सुरक्षा भी नहीं थी। तो अगर शत्रु पीछे पहुंच

जाए तो वह सैनिकों पर आक्रमण कर सकता था और उन्हें पूरी तरह नष्ट कर सकता था।

शिव मुस्कुराते हुए सती की ओर मुड़ा। "विद्युन्माली आशा के अनुरूप ही निकला।"

सती ने हामी भरी। "व्यूह की ओर?"

"व्यूह की ओर," शिव सहमत थे।

सती ने तुरंत अपना घोड़ा मोड़ा और सेना की अपने अधीन टुकड़ी को मार्ग की दीवार की ओर ले जाते हुए तेजी से दाहिनी ओर चल दी। उसने व्यवस्थित रूप से स्वयं को नगर के द्वार से निकलते मेलूहाई कछुओं और काली के बहादुर नागाओं के बीच स्थापित कर लिया था जो उसके पीछे दुर्गीकृत मार्ग पर आक्रमण कर रहे थे। उसका काम पहले घोर युद्ध करना और फिर धीरे-धीरे पीछे हटने लगना था, जिससे मेलूहाइयों को आसन्न विजय का झूठा भान हो और वे आगे बढ़ते रहें। यह कठिन लड़ाई होने वाली थी जिसमें अनेक हताहत होते, क्योंकि वह अजेय कछुआ व्यूहों के ठीक सामने रहने वाली थी। जब मेलूहाई आगे बढ़ते, तो उनके पीछे स्थान रिक्त हो जाता और शिव को अपने घुड़सवारों के साथ उन पर पीछे से आक्रमण करने का अवसर मिल जाता।

इस बीच, शिव बाईं ओर हाथी और घुड़सवार सेना की ओर चल दिया।

"सावधान!" शिव ने हाथी सेना के प्रमुख वासुदेव को आदेश दिया।

शिव को शीघ्रता से आगे बढ़ना था। किंतु उन्हें ठीक समय पर भी बढ़ना था। अगर वे बहुत शीघ्र आक्रमण कर देते, तो विद्युन्माली को जाल का आभास हो जाता।

जब वीरभद्र ने मेलूहा के कछुए को सती की सेना पर आक्रमण करते देखा, तो वह चिंता से शिव की ओर मुड़ा। "सती के लिए कार्य अत्यधिक कठिन है। हमें..."

"ध्यान केंद्रित रखो, भद्र," शिव ने कहा। "वे जानती हैं कि वे क्या कर रही हैं।"

कछुआ व्यूह सती और उसके सैनिकों पर भीषण हमला कर रहे थे। सूर्यवंशी युद्धकला की सर्वोत्कृष्ट परंपराओं के अनुरूप सती आगे रहकर मोर्चे का नेतृत्व कर रही थी। वह व्यवस्थित रूप से धीमी, धकेलते हुए दौड़ती ढालों की एक दीवार को और हरेक दरार से झांकते भालों के वन को देख सकती थी।

उनके हरेक धड़धड़ाते कदम के साथ धूप उनके चमचमाते भालों पर चमक उठती थी। उसने धीमे से सांस छोड़ी और अपने घोड़े को धीमी चाल से, फिर सरपट आगे चलने को कहा और वह काठी पर धीर-गंभीर, अपने पल की प्रतीक्षा करते बैठी थी।

वह व्यूह के निकट और निकट आ रही थी, उसकी आंखें किसी दरार को खोज रही थीं। सैनिकों के दौड़ने के बीच एक पल के लिए एक ढाल संरचना से थोड़ा सा खिसकी और एक सैनिक की गर्दन उजागर हो गई। अपने स्थान से हिले बिना सती ने म्यान से एक छुरा निकाला और घातक सटीकता के साथ उसे उछाल दिया, वार लक्ष्य पर लगा और सैनिक बीच में ही गिर गया।

व्यूह लगभग उसके ऊपर आ गया था। उसने जोर से लगाम खींची, उसका घोड़ा पिछली टांगों पर खड़ा हो गया, जबकि सती ने पीछे मुड़ने का प्रयास किया था। उसने अपने कंधे में तीव्र पीड़ा महसूस की, अपने घोड़े को जोर से हिनहिनाते हुए सुना और फिर वह उसके नीचे ढह गया। भाले के वार के कारण पीड़ा से कराहते हुए उसने स्वयं को अपने मरणासन्न घोड़े से अलग करने का प्रयास किया। उसने आंख उठाकर देखा कि किस सैनिक ने उस पर वार किया है, किंतु वह समझ न सकी कि ढालों के ऊपर से झांकती आंखों के किस जोड़े ने वह भाला पकड़ा हुआ था जो उसके कंधे में गहरा धंस गया था। भाले को और गहरा धकेला गया, और वह चीख उठी, कुछ तो पीड़ा से और कुछ क्रोध से, उसकी आंखों में पानी आ गया था। उसने तेजी से अपनी तलवार घुमाई, भाले को काट डाला और घोड़े से उतरकर अपने पैरों पर खड़ी हो गई।

कुछ तीर सती के कंधों के पास से निकले और उसकी बनाई दरार से कछुए में घुसकर और अधिक सैनिकों को भेद गए। स्थानापन्न के सैनिक जब आगे आकर दरार को पाटने का प्रयास कर रहे थे तो एक पल के लिए मेलूहाई आक्रमण धीमा पड़ा और लड़खड़ाया, ढालों की पंक्ति हल्के से डगमगाई। मगर प्रशंसात्मक रूप से मेलूहाई शीघ्र ही व्यूह में वापस आ गए थे और उन्होंने अपना आक्रमण फिर से आरंभ कर दिया था। सती एक कदम पीछे हटी और उसी चाल में, लगभग ऐसे जैसे कि उनके कदम बंधे हों, उसकी सेना भी एक कदम पीछे हट गई, अव्यक्त रूप से, जबकि वे बहादुरी से लड़ रहे थे। वे धीमे-धीमे पीछे हटते रहे, मानो अजेय कछुआ सेना द्वारा खदेड़े जा रहे हों। सती के सैनिकों द्वारा सतत पीछे हटने के बस कुछ पल और, और मेलूहाई इतना आगे बढ़ जाते

कि शिव उनके पीछे घुस पाते और उनके व्यूहों को नष्ट कर डालते।

शिव दूर से भीषण युद्ध को देख रहे थे। उनकी आंखें मेलूहाई रथों पर पड़ीं, जो कछुआ व्यूहों के पार्श्व में थे और उनको सुरक्षा दे रहे थे। प्रत्येक रथ में रथ को चलाने के लिए सारथि और एक युद्धरत योद्धा था। दो जनों का दल उन्हें भयंकर गति और हिंसक बल दे रहा था। ये रथ शिव की घुड़सवार सेना के भावी आक्रमण को रोक सकते थे।

"मैं चाहता हूं आपके हाथी उन रथों को हटा दें। अभी," उसने वासुदेव सेनानायक को आदेश दिया।

वासुदेव सेनानायक अपने महावतों की ओर मुड़ा, शीघ्रता से उन्हें आदेश जारी किए।

हाथी भयानक गति से दौड़ पड़े, उनके धावा बोलने से धरती हिल उठी थी। रथों पर सवार मेलूहाई योद्धा आत्मविश्वास से हाथियों को आते देखते रहे। उन्होंने तुरंत अपने सारथियों को घोड़ों की लगाम से मुक्त किया जिन्होंने ऐसे ही अवसर के लिए रखे हुए नगाड़ों को निकाल लिया। मेलूहाइयों को अभी भी चंद्रवंशियों के साथ हुआ युद्ध याद था। नगाड़ों का तेज शोर सदैव विशालकाय पशुओं को विचलित कर देता था और वे अंधाधुंध भागने लगते थे और प्रायः अपनी ही सेना को कुचल डालते थे। किंतु इन पशुओं को वासुदेवों द्वारा अचानक होने वाली तीव्र ध्वनियों को सहन करने के लिए प्रशिक्षित किया गया था। मेलूहाई रथवानों को स्तब्ध करते हुए हाथियों ने अपना आक्रमण जारी रखा।

अपनी युक्ति को असफल होते देख, उन्होंने तुरंत नगाड़ों को छोड़ा और अपने घोड़ों की लगामें संभाल लीं। योद्धाओं ने अपने भाले संभाले और युद्ध के लिए तैयार हो गए। वासुदेव हाथी निकट आए तो मेलूहाई रथ तेजी से हट गए, घूमकर हाथियों के पार्श्व में जाकर उन्होंने आक्रमण किया, इस आशा के साथ अपने भाले विशाल पशुओं पर फेंके कि वे उन्हें चोट पहुंचा सकेंगे या कम से कम उन्हें धीमा ही कर देंगे। किंतु हाथी तैयार थे। उनकी सूंडों में लोहे के विशाल गोले बंधे हुए थे। पूरी निपुणता के साथ हाथियों ने अपनी सूंडें घुमाईं, घोड़ों और रथवानों के शरीर पर लोहे के गोले दे मारे। कुछ मेलूहाई सौभाग्यशाली थे कि तुरंत मृत्यु को प्राप्त हो गए, किंतु गोलों ने अन्यों की हड्डियां चकनाचूर कर दी थीं और उन्हें पीड़ा में तड़पता जीवित छोड़ दिया था। और मानो यही

पर्याप्त बुरा नहीं था, मेलूहाई रथवानों के लिए एक दूसरा आश्चर्य भी शेष था। अचानक, हाथियों के हौदों से आग उगल पड़ी!

वासुदेवों ने हाथियों में अपने अभियंताओं द्वारा बनाए उपकरण लगा रखे थे। दो वासुदेव सैनिक उत्तोलक दबाते रहे, जिससे लगभग लगातार आग की धारा छूट रही थी, जिसने अपने मार्ग में आने वाली प्रत्येक वस्तु को जला डाला था। कुछ अभागे मेलूहाई रथवान जो जले नहीं थे, हाथियों के भारी पैरों के नीचे आकर संसार से कूच कर गए थे। मेलूहा की रथ सेना वासुदेव हाथियों के समक्ष कहीं नहीं थी।

शिव ने अपनी तलवार खींची और हवा में ऊंची उठाई। वह अपनी घुड़सवार सेना की ओर मुड़ा और कोलाहल के बीच गरजा, "तीव्र गति से उन व्यूहों के पीछे चलो! उनमें घुस जाओ! उन्हें नष्ट कर दो!"

शिव की घुड़सवार सेना के गर्जन के साथ भी सती अपनी भूमिका अच्छी तरह निभाती रही। उसके सैनिक निरंतर पीछे हटते हुए, मेलूहाई सैनिकों को खुले में आगे और आगे खींच रहे थे जिससे उनके कछुआ व्यूहों के पीछे और दुर्ग की दीवारों के बीच एक बड़ी सी दरार खुल गई थी। अपनी युक्ति की विश्वसनीयता बनाए रखने और मेलूहाइयों को युद्ध में लगाए रखने के लिए सती के सैनिक हड़बड़ी में नहीं भाग रहे थे, बल्कि लड़ते रहे और इस प्रक्रिया में अनेक मारे भी गए। सती स्वयं भी गंभीर रूप से घायल हो गई थी, उसके दोनों कंधों और जंघा पर वार किए गए थे। मगर वह युद्ध करती रही। वह जानती थी कि असफल रहना वह वहन नहीं कर सकती। अपने काम में उसकी सेना की सफलता उनकी संपूर्ण विजय के लिए महत्वपूर्ण थी।

शिव की घुड़सवार सेना मुख्य रणक्षेत्र के चारों ओर एक बड़ा चाप बनाते हुए तेजी से आगे बढ़ी। वह दाहिनी ओर वासुदेवों के हाथियों और मेलूहा के रथों के बीच टकराव को देख सकता था। लगभग नष्ट हो चुके रथ घुड़सवार सेना की नई चुनौती का सामना करने के लिए खड़े नहीं हो सकते थे। शिव तेजी से निर्विरोध आगे बढ़ता रहा जब तक कि मेलूहाई कछुआ व्यूह के अरक्षित पिछले भाग तक नहीं पहुंच गया।

"जय श्री राम!" शिव गरजा।

"हर हर महादेव!" उसकी घुड़सवार सेना ने अपने घोड़ों को एड़ लगाते हुए हुंकारा भरा।

शिव के तीन सहस्त्र बलशाली घुड़सवारों ने मेलूहाइयों पर हमला बोल दिया। विपरीत दिशा में रुख किए अपने व्यूह में फंसे हुए वे सैनिक अपने अत्यंत भारी भालों के बोझ से पस्त थे, वे मुड़ने में असमर्थ थे। शिव के घुड़सवार सैनिकों ने अपनी लंबी तलवारों से वार करते हुए मेलूहा की कछुआ सेना में सेंध लगा ली थी। इस हिंसक आक्रमण के कुछ ही पलों के भीतर, मेलूहाई व्यूह टूटने लगे थे। कुछ सैनिकों ने समर्पण कर दिया जबकि अन्य भाग खड़े हुए। जब तक अपनी सेना के अग्रिम छोर पर लड़ रहे विद्युन्माली को पीछे से अपनी सेना के सर्वनाश का समाचार मिला, तब तक बहुत देर हो चुकी थी। मेलूहाइयों को चतुरता में मात देकर हरा दिया गया था।

अध्याय 27

नीलकंठ उवाच

जीवित बचे सैनिकों को शस्त्रहीन करके समूहों में एक साथ श्रृंखलाबद्ध कर दिया गया था। श्रृंखलाओं को धरती में गहरे दबे खूंटों में बांध दिया गया था। शिव की सेना की सर्वोत्कृष्ट चार टुकड़ियों ने उन्हें घेर रखा था। बचकर निकल पाना उनके लिए नामुमकिन ही था। आयुर्वती ने बाहरी बंदरगाह के क्षेत्र पर नियंत्रण कर लिया था और एक अस्थायी आरोग्यशाला स्थापित कर दी थी। मेलूहाई और शिव की सेना दोनों के घायलों का उपचार किया जा रहा था।

निचली शैया के पास, जहां अभी-अभी सती की शल्य चिकित्सा की गई थी, शिव उकड़ू बैठा था। उसके कंधे का घाव तो शीघ्र भर जाएगा किंतु जंघा की चोट को ठीक होने में समय लगेगा। काली और गोपाल कुछ दूरी पर खड़े थे।

"मैं बिल्कुल ठीक हूं," सती ने शिव को दूर धकेलते हुए कहा। "मृत्तिकावटी जाइए। आपको शीघ्रता से नगर पर अपना नियंत्रण करना होगा। उन्हें आपको देखना होगा। आपको उन्हें शांत करना होगा। हम नहीं चाहते कि मृत्तिकावटी के नागरिकों और हमारी सेना के बीच मुठभेड़ हों।"

"जानता हूं। जानता हूं। मैं जा रहा हूं," शिव ने कहा। "मुझे बस तुम्हें देखना था।"

सती मुस्कुराई और उसने फिर से उसे धकेला। "मैं ठीक हूं! मैं इतनी सरलता से नहीं मरूंगी। अब जाइए!"

"दीदी सही कहती हैं," काली ने कहा। "हमें नगर की परिसीमा में शोभायात्रा निकालनी होगी और लोगों का मान-मर्दन करना होगा।"

आश्चर्यचकित सा शिव मुड़ा। "हम नगर में अपनी सेना को नहीं ले जा

रहे हैं।"

काली ने क्षोभ में अपने हाथ झटके। "तो फिर हमने नगर को क्यों जीता था?"

"हमने नगर को नहीं जीता है। हमने केवल उनकी सेना को परास्त किया है। हमें मृत्तिकावटी के नागरिकों को अपनी ओर करना होगा।"

"अपनी ओर? क्यों?"

"क्योंकि तब हम अपनी पूरी सेना के साथ यहां से जाने के लिए स्वतंत्र होंगे। हमारे पास मेलूहा सेना के दस सहस्त्र बंदी हैं। क्या तुम चाहती हो कि हम अपने सैनिकों को युद्धबंदियों की निगरानी में लगा दें? अगर मृत्तिकावटी को हम अपने पक्ष में कर लेते हैं तो हम मेलूहाई सेना को नगर में ही बंदी बनाकर छोड़ सकते हैं।"

"वे ऐसा कभी नहीं करेंगे, शिव। वास्तव में, अगर वे हममें कोई दुर्बलता देखेंगे तो विद्रोह की संभावना को सूंघ लेंगे।"

"यह हमारी दुर्बलता नहीं है, काली, अपितु सहानुभूति है। प्रायः लोग इस भेद को पहचानते हैं।"

"आप अवश्य परिहास कर रहे हैं! ईश्वर की सौगंध, उनकी सेना का संहार करने के बाद आप किस तरह उनसे सहानुभूति दर्शाएंगे?"

"ऐसा मैं नगर में अपनी सेना के साथ न जाकर करूंगा। मैं वहां केवल भद्र, नंदी और परशुराम के साथ जाऊंगा। और मैं नागरिकों को संबोधित करूंगा।"

"इससे किस तरह सहायता मिलेगी?"

"मिलेगी।"

"आपने अभी-अभी उनकी सेना का विनाश किया है, शिव! मुझे नहीं लगता कि वे आपकी एक भी बात सुनेंगे।"

"सुनेंगे। मैं उनका नीलकंठ हूं।"

काली अपने रोष को छिपा नहीं पा रही थी। "कम से कम मुझे कुछ नागा सैनिकों को लेकर अपने साथ चलने दें। आपको सुरक्षा की आवश्यकता हो सकती है।"

"नहीं।

"शिव..."

"तुम्हें मुझ पर विश्वास है?"

"इसका क्या तात्पर्य..."

"काली, तुम्हें मुझ पर विश्वास है?"

"निस्संदेह है।"

"तो मुझे इसे संभालने दो," शिव ने बात समाप्त की, फिर सती की ओर मुड़ा। "मैं शीघ्र ही वापस आ जाऊंगा, प्रिये।"

सती मुस्कुराई और उसने शिव के हाथ को छुआ।

"भगवान राम के संरक्षण में जाइए, मेरे मित्र," शिव उठकर जाने के लिए मुड़ा तो गोपाल ने कहा।

शिव मुस्कुराया। "वे सदैव मेरे साथ हैं।"

— ⅄ⓄՄ↑⊛ —

एक सहस्त्र स्वरों का सामूहिक गुंजन नगर के केंद्रीय चौक पर गूंज रहा था, जबकि अपने नीलकंठ की एक झलक पाने के लिए मृत्तिकावटी के नागरिक झुंडों में चले आ रहे थे। नगर में उनकी उपस्थिति का समाचार दावानल की तरह फैल गया था।

क्या वे नीलकंठ ही थे जिसने हम पर आक्रमण किया था?

वे हम पर आक्रमण क्यों करेंगे?

हम तो उनके भक्त हैं! वे हमारे देवता हैं!

क्या सच में उन्होंने ही सोमरस पर प्रतिबंध लगाया था, कपटी नीलकंठ ने नहीं? क्या हमारे सम्राट ने हमसे असत्य कहा था? नहीं, ऐसा नहीं हो सकता...

पत्थर के चबूतरे पर शिव आत्मविश्वास के साथ खड़ा था और बहुत बड़ी और उत्तेजित भीड़ का निरीक्षण कर रहा था। उसने उन्हें अपने नीले कंठ का स्पष्ट दृश्य देखने दिया। आदेशानुसार शस्त्रहीन नंदी, वीरभद्र और परशुराम सशंक भाव से उनके पीछे खड़े थे।

"मृत्तिकावटी के नागरिको," शिव गरजा। "मैं आपका नीलकंठ हूं।"

पूरे चौक में फुसफुसाहटें गूंज उठीं।

"शांति!" नंदी ने हाथ उठाते हुए कहा, भीड़ तुरंत शांत हो गई।

"मैं गहन हिमालय के सुदूर देश से आया हूं। उस वस्तु ने मेरा जीवन

परिवर्तित कर दिया जिसे मैंने अमृत माना था। किंतु मैं गलत था। यह चिह्न जो मैं अपने कंठ पर लिए घूमता हूं, यह देवताओं का आशीर्वाद नहीं, एक अभिशाप है, हलाहल का चिह्न है। मैं इस चिह्न को धारण करता हूं," शिव ने अपने नीले कंठ की ओर संकेत करते हुए कहा। "किंतु मेरे साथी मेलूहावासियो, आप भी इस कष्ट को भोग रहे हैं! और आप यह जानते भी नहीं हैं!"

दर्शक सुनते रहे, मंत्रमुग्ध से।

"सोमरस आपको दीर्घायु देता है और आप इसके लिए कृतज्ञ हैं। किंतु वे अतिरिक्त वर्ष जो यह आपको भेंट करता है, बिना किसी मोल के नहीं हैं! यह आपसे कहीं अधिक छीन लेता है! और आपकी आत्मा के लिए इसकी क्षुधा की कोई सीमा नहीं है!"

एक अमंगलकारी झोंके ने चौक के किनारे लगे वृक्षों के पत्तों को सरसरा दिया।

"इन कुछ अतिरिक्त नश्वर वर्षों के लिए आप वह मूल्य चुकाते हैं जो शाश्वत है! यह कोई संयोग नहीं है कि मेलूहा में इतनी अधिक स्त्रियां गर्भधारण नहीं कर सकतीं। यह सोमरस का श्राप है!"

शिव के शब्दों ने मेलूहाई हृदयों में तुरंत प्रतिध्वनि पाई, जिनमें से अनेक मयका की दत्तक प्रणाली द्वारा बालक प्राप्त करने की लंबी एकाकी प्रतीक्षा से टूट चुके थे। वे शिशु के बिना वृद्ध होने की पीड़ा को समझते थे।

"यह भी कोई संयोग नहीं है कि आपके देश की माता, स्वयं भारतीय संस्कृति की माता, पूज्या सरस्वती भी धीरे-धीरे सूखती जा रही है। पिपासु सोमरस उसके जल को अवशोषित करता जा रहा है। उसका सर्वनाश भी अकल्याणकारी सोमरस के कारण ही होगा!"

अधिकांश भारतीयों के लिए सरस्वती नदी मात्र जल का स्रोत नहीं थी! वस्तुतः कोई भी नदी नहीं थी। और सरस्वती तो सबसे पवित्र नदियों में से थी। यह उनकी आध्यात्मिक मां थी।

"मयका में सहस्त्रों बालक पीड़ादायी कर्करोगों के साथ जन्म लेते हैं जो उनके शरीरों को खा जाता है। लाखों स्वद्वीपवासी सोमरस के अपशिष्ट द्वारा फैलाई जाने वाली महामारी से मर रहे हैं। ये लोग उन लोगों को श्राप देते हैं जो सोमरस का प्रयोग करते हैं। वे आपको श्राप दे रहे हैं। और आपकी आत्माएं अनेक जन्मों से इस बोझ को वहन कर रही हैं। यह सोमरस की बुराई है!"

वीरभद्र ने शिव की पीठ को देखा और फिर श्रोताओं को।

शिव ने अपने नीले कंठ को छुआ और उदास भाव से मुस्कुराया। "आपको ऐसा प्रतीत हो सकता है कि सोमरस ने मेरा कंठ पकड़ लिया है। मगर सच तो यह है कि इसने सारे मेलूहा के कंठ को पकड़ लिया है! और यह धीरे-धीरे आपके अंदर से जीवन को निचोड़ रहा है, इतनी धीरे कि आपको इसका आभास तक नहीं होता। और जब होगा, तब बहुत विलंब हो चुका होगा। संपूर्ण मेलूहा, संपूर्ण भारत नष्ट हो चुका होगा!"

मृत्तिकावटी के नागरिक उनके भाषण में डूबे रहे।

"मैंने शांतिपूर्वक इसे रोकने का प्रयास किया था। मैंने हमारे भारत की सुरम्य भूमि में सर्वत्र, प्रत्येक राज्य में, प्रत्येक शहर में उद्घोषणा भेजी थी। किंतु मेलूहा में, मेरे संदेश के स्थान पर आपके सम्राट ने दूसरा संदेश लगवा दिया, जिसमें कहा गया था कि मैंने नहीं, अपितु किसी कपटी नीलकंठ ने सोमरस को प्रतिबंधित किया है।"

नंदी ने प्रवाह को पलटते महसूस किया।

"आपके सम्राट ने आपसे असत्य कहा!"

गहन मौन पसर गया।

"सम्राट दक्ष उस स्थान पर आसीन हैं जो एक सहस्त्र वर्ष पहले भगवान राम का था। वे महान सातवें विष्णु की धरोहर का प्रतिनिधित्व करते हैं। उन्हें आपका संरक्षक होना चाहिए। और उन्होंने आपसे असत्य कहा।"

परशुराम ने श्रद्धाभाव से शिव को देखा। उसने मेलूहावासियों को दृढ़ता से अपने पक्ष में मोड़ लिया था।

"जैसे यही पर्याप्त नहीं था, उन्होंने आपके और मेरे बीच दरार डालने के लिए अपनी सेना भी भेज दी। किंतु मैं जानता हूं कि कोई भी वस्तु हमें अलग नहीं कर सकती! मैं जानता हूं कि आप मेरी बात सुनेंगे। क्योंकि मैं मेलूहा के लिए लड़ रहा हूं। मैं आपकी संतानों के भविष्य के लिए लड़ रहा हूं!"

भीड़ के बीच संज्ञान की एक सामूहिक लहर दौड़ गई! नीलकंठ उनके विरुद्ध नहीं, उनके लिए लड़ रहे थे।

"आपने वासुदेव समूह के बारे में कथाएं सुनी होंगी, जिन्हें हमारे महाप्रभु श्री राम अपने पीछे छोड़ गए थे। किवदंतियों वाला वह समूह, वे लोग जो भगवान राम की धरोहर को आगे ले जाते हैं, अस्तित्वमान हैं। और वे भी मेरे

साथ, मेरे अभियान में सहयोगी हैं। वे भी सोमरस से भारतवर्ष की रक्षा करना चाहते हैं।"

लगभग प्रत्येक मेलूहाई स्वयं भगवान राम के समूह वासुदेवों की कथाओं से परिचित था। अब इस जानकारी ने कि वे न केवल सशरीर विद्यमान हैं, अपितु नीलकंठ के साथ भी हैं, इस प्रसंग को उनके मस्तिष्कों में विवाद से परे कर दिया था।

"मैं मेलूहा की रक्षा करने जा रहा हूं! मैं सोमरस को रोकने जा रहा हूं!" शिव दहाड़ा। "कौन मेरे साथ है?"

"मैं हूं!" नंदी चिल्लाया।

"मैं हूं!" मृत्तिकावटी का प्रत्येक नागरिक चिल्लाया।

"मुझे सोमरस से अधिक मेलूहा से प्रेम है," शिव ने कहा, "इसीलिए मैंने सोमरस पर प्रतिबंध लगाने की घोषणा की थी, आपके सम्राट को मेलूहा की अपेक्षा सोमरस अधिक प्रिय है, इसलिए उन्होंने मेरा विरोध करने का निर्णय लिया। आप किसके पक्ष में हैं? मेलूहा के या सोमरस के?"

"मेलूहा के!"

"तो हम इस सेना का क्या करें जो आपके सम्राट के लिए लड़ती है! जो सोमरस के लिए लड़ती है?"

"उन्हें मार डालें!"

"उन्हें मार डालें?"

"हां!"

"नहीं!" शिव गरजा।

लोग मौन हो गए, मानो गूंगे हो गए हों।

"आपकी सेना बस आदेशों का पालन कर रही थी। उसने आत्मसमर्पण कर दिया है। युद्धबंदियों को मारना भगवान राम के आदर्शों के विरुद्ध होगा। तो एक बार फिर बताएं, हमें उनके साथ क्या करना चाहिए?"

श्रोता मौन रहे।

"मैं चाहता हूं कि सैनिकों को मृत्तिकावटी में बंदी रखा जाए," शिव ने कहा। "मैं चाहता हूं कि आप यह सुनिश्चित करें कि वे बचकर भागें नहीं। अगर वे भाग निकले तो आपके सम्राट के आदेशों का पालन करेंगे और फिर से मुझसे युद्ध करेंगे। क्या आप उन्हें अपने नगर में बंदी रख सकेंगे?"

"हां!"

"क्या आप यह सुनिश्चित करेंगे कि उनमें से कोई भी भाग न सके?"

"हां!"

शिव ने अपने होंठों पर मुस्कुराहट आने दी। "मैं अपने सामने देवताओं को खड़ा देख रहा हूं। उन देवताओं को जो बुराई से लड़ने के इच्छुक हैं! वे देवता जो बुराई के प्रति अपनी आसक्ति को त्यागने के इच्छुक हैं!"

मृत्तिकावटी के नागरिकों ने अपने नीलकंठ की प्रशंसा को आत्मसात किया।

शिव ने अपनी मुट्ठी हवा में लहराई। "हर हर महादेव!"

"हर हर महादेव!" लोग गरज उठे।

नंदी, वीरभद्र और परशुराम ने अपने हाथ उठाए और नीलकंठ के प्रति निष्ठावानों के उद्‌घोष को दोहराया। "हर हर महादेव!"

"हर हर महादेव!"

— ⅄ⓄU↑⊛ —

मृत्तिकावटी में प्रांतपाल के महल को मेलूहाई सेना के जीवित बचे सैनिकों के लिए कारावास के रूप में संशोधित कर दिया गया। शिव की सेना छोटे-छोटे समूहों में बंदियों को अस्थायी कारावास में ले गई। जब विद्युन्माली को अंदर लाया गया तो शिव, काली, सती, गोपाल और चेनारध्वज द्वार से कुछ ही दूरी पर खड़े थे। उसने स्वयं को मुक्त करने और शिव पर टूट पड़ने का प्रयास किया। एक सैनिक ने विद्युन्माली को जोरदार ठोकर मारी और उसे वापस पंक्ति में धकेलने का प्रयास किया।

"कोई बात नहीं," शिव ने कहा। "इसे आने दो।"

विद्युन्माली को बांस के अवरोधों से बाहर निकलने और शिव की ओर आने दिया गया।

"तुम अपना कर्तव्य कर रहे थे, विद्युन्माली," शिव ने कहा। "तुम बस आदेशों का निर्वाह कर रहे थे। मेरे मन में तुम्हारे लिए कोई वैर नहीं है। किंतु जब तक सोमरस को मिटा नहीं दिया जाता, तुम्हें बंदी रहना होगा। तत्पश्चात तुम जो भी करना चाहोगे, करने के लिए स्वतंत्र होगे।"

विद्युन्माली ने अपनी घृणा को छिपाए बिना शिव को देखा। "जब हमने

तुम्हें पाया था, तुम असभ्य थे और अभी भी असभ्य हो। हम मेलूहावासी किसी असभ्य से आदेश नहीं लेते हैं!"

चेनारध्वज ने अपनी तलवार खींच ली। "नीलकंठ के लिए सम्मानपूर्वक बात करो।"

विद्युन्माली ने लोथल-मयका के प्रांतपाल की ओर थूक दिया। "मैं द्रोहियों से बात नहीं करता!"

विद्युन्माली की ओर बढ़ते हुए काली ने अपना छुरा निकाल लिया। "संभवतः तुम्हें बोलना ही नहीं चाहिए..."

"काली..." विद्युन्माली की ओर मुड़ने से पहले शिव धीरे से बोला। "तुम्हारे देश से मेरी कोई शत्रुता नहीं है। मैंने तो शांतिपूर्ण ढंग से अपना उद्देश्य पूरा करना चाहा था। मैंने एक स्पष्ट उद्‌घोषणा भेजी थी जिसमें तुम सबसे सोमरस का प्रयोग बंद कर देने को कहा था, किंतु..."

"हम प्रभुतासंपन्न देश हैं! हम निर्णय करेंगे कि हम क्या प्रयोग कर सकते हैं और क्या नहीं।"

"बात बुराई की आए तो नहीं। जब बात सोमरस की आती है तो तुम वही करोगे जो लोगों और मेलूहा के भविष्य के हित में है।"

"तुम कौन होते हो हमें बताने वाले कि हमारे हित में क्या है?"

शिव की सहनशक्ति चुक गई थी। उसने निराशा से अपना हाथ हिलाया। "इसे ले जाओ।"

नंदी और वीरभद्र तुरंत लातें चलाते विद्युन्माली को अस्थायी कारावास की ओर खींच ले गए।

"तेरी हार होगी, धूर्त," विद्युन्माली चिल्लाया। "मेलूहा नहीं हारेगा!"

— ⁂ —

"शिव, मैं आपको किसी से मिलवाना चाहता हूं," बृहस्पति ने कहा।

बृहस्पति ने अभी-अभी एक ब्राह्मण के साथ मृत्तिकावटी के प्रशासनिक अतिथिगृह में शिव के निजी कक्ष में प्रवेश किया था। सती, गोपाल एवं काली नीलकंठ के साथ थे।

"आपको पाणिनी का स्मरण है?" बृहस्पति ने पूछा। "वे मंदार पर्वत पर मेरे सहायक थे।"

"निस्संदेह है," शिव ने पाणिनी की ओर मुड़ने से पहले कहा। "आप कैसे हैं, पाणिनी?"

"मैं ठीक हूं, महा-नीलकंठ।"

"शिव," बृहस्पति ने कहा, "मुझे पाणिनी मृत्तिकावटी में मिले, ये सरस्वती के स्रोत पर की जा रही एक वैज्ञानिक परियोजना का नेतृत्व कर रहे हैं। इन्होंने मुझसे पूछा है कि क्या ये सोमरस के विरुद्ध हमारे संघर्ष में सम्मिलित हो सकते हैं।"

शिव की भृकुटियां चढ़ीं, वह हैरान था कि बृहस्पति उसे इस समय इतने नगण्य से निवेदन को लेकर परेशान क्यों कर रहा है। "बृहस्पति, ये आपके सहायक थे। मुझे आपके निर्णय पर पूरा विश्वास है। आपको मुझसे पूछने की आवश्यकता नहीं है..."

"इनके पास कुछ और भी समाचार है जो उपयोगी हो सकते हैं," बृहस्पति ने बात काटी।

"क्या बात है, पाणिनी," शिव ने नम्रता से पूछा।

"प्रभु," पाणिनी ने कहा, "मुझे महर्षि भृगु ने मंदार पर्वत पर किसी गुप्त कार्य को करने के लिए रखा था।"

शिव की दिलचस्पी तुरंत जाग गई। "मेरा तो विश्वास था कि अभी तक मंदार पर्वत की सोमरस निर्माणशाला पुनर्निर्मित नहीं हुई है।"

"मेरा कार्य सोमरस से जुड़ा नहीं था, प्रभु। मुझसे मेलूहाई वैज्ञानिकों के एक छोटे से दल का नेतृत्व करने को कहा गया था जिन्हें महर्षि ने अपने द्वारा उपलब्ध करवाई सामग्री से दैवी अस्त्र बनाने के लिए स्वयं चुना था।"

"क्या? आपने ही उन दैवी अस्त्रों को बनाया था?"

"हां।"

"क्या वायुपुत्र भी आपकी सहायता करने आए थे?"

"हमें स्वयं महर्षि भृगु ने प्रशिक्षण दिया था कि उस गुप्त सामग्री से उन्हें कैसे बनाएं जो उन्होंने हमें उपलब्ध करवाई थी। दैवी अस्त्रों की तकनीक के बारे में मुझे थोड़ी जानकारी है, किंतु इतनी नहीं कि किसी प्रकार के उपयोगी अस्त्र बना सकूं। संभवतः मुझे इसलिए चुना गया था कि मेरा अल्प ज्ञान भी अधिकांश से अधिक था।"

"किंतु आपकी सहायता करने के लिए कोई वायुपत्र उपस्थित नहीं थे?"

शिव ने एक बार फिर पूछा। "आपने उन्हें महर्षि भृगु के साथ देखा हो सकता है, संभवतः?"

"मुझे नहीं लगता कि महर्षि ने हमें जो गुप्त सामग्री दी थी, वह उन्हें वायुपुत्रों से प्राप्त हुई थी।"

आश्चर्यचकित शिव ने गोपाल को देखा, फिर पाणिनी की ओर मुड़ा। "आप ऐसा कैसे कह सकते हैं?"

"दैवी अस्त्रों की तकनीक के बारे में मैं जो कुछ भी जानता हूं, वह वायुपुत्रों के ज्ञान पर आधारित है। महर्षि भृगु की प्रक्रियाएं और सामग्री पूरी तरह भिन्न थी।"

"क्या दैवी अस्त्र बनाने के लिए उनके पास उनकी अपनी गुप्त सामग्री थी?"

"ऐसा ही प्रतीत होता है।"

शिव एक बार फिर गोपाल की ओर मुड़ा! निहितार्थ स्पष्ट और अमंगलकारी थे। पहली बात तो, वायुपुत्र भृगु के पक्ष में नहीं थे। किंतु इससे भी अधिक महत्वपूर्ण यह था कि अगर भृगु के पास स्वयं दैवी अस्त्र बनाने की गुप्त सामग्री थी तो वे कहीं अधिक विकट प्रतिपक्षी थे।

"और मुझे यह भी प्रतीत होता है," पाणिनी ने कहा, "कि महर्षि भृगु ने जब हमसे अस्त्र बनाने को कहा था तो उन्होंने दैवी अस्त्रों की उस सारी सामग्री का प्रयोग कर लिया होगा जो उनके पास थी।"

"आपको ऐसा क्यों लगता है?"

"वे लगातार मुझसे कहते रहते थे कि सामग्री के साथ सतर्क रहूं और उसे अंश मात्र भी व्यर्थ न जाने दूं। मुझे स्मरण है एक बार दुर्घटनावश हमसे उसकी सूक्ष्म सी मात्रा गिर गई थी। वे क्रुद्ध हो गए थे और क्रोध में हमें डांटा था कि उनके पास दैवी अस्त्र निर्माण की कुल इतनी ही सामग्री है! कि हमें और अधिक सावधान रहना चाहिए।"

शिव ने गोपाल की ओर मुड़ने से पहले एक गहरी सांस ली। "उनके पास और दैवी अस्त्र नहीं हैं।"

"ऐसा ही प्रतीत होता है," गोपाल ने प्रत्युत्तर दिया।

"और वायुपुत्र उनके साथ नहीं हैं।"

"ऐसा अनुमान लगाना उचित ही होगा।"

"शिव," बृहस्पति ने कहा, "कुछ और भी बात है।"

शिव ने भौंह उठाई और पाणिनी की ओर मुड़ा।

"प्रभु," पाणिनी ने कहा, "मेरा यह भी विश्वास है कि सोमरस की गुप्त निर्माणशाला देवगिरि में है।"

"आप इतने विश्वास से कैसे कह सकते हैं?" शिव ने पूछा।

"मुझे विश्वास है कि आपको यह ज्ञात होगा कि सोमरस को भारी मात्रा में संजीवनी वृक्षों की आवश्यकता होती है। नगर में आने वाले संजीवनी के तनों की गुणवत्ता जांचने के लिए मुझे नियमित रूप से देवगिरि लाया जाता था, किंतु केवल रात में।"

"मैं समझा नहीं। सोमरस निर्माणशाला को भेजे जाने से पहले माल की गुणवत्ता को जांचना क्या आपके सामान्य कर्तव्य का अंग नहीं है?"

"यह सच है। किंतु तटकर विभाग में मेरा एक मित्र था जिससे मैंने पता किया था कि क्या संजीवनी के तने कभी नगर से बाहर गए। उसे ऐसी किसी गतिविधि की जानकारी नहीं थी। अगर इतनी विशाल मात्रा में संजीवनी की लकड़ी देवगिरि में लाई जा रही थी और बाहर नहीं जा रही थी, तो सर्वाधिक तर्कसम्मत अनुमान यह होगा कि यही वह नगर है जहां सोमरस बनाया जा रहा है।"

शिव के भावों से ब्राह्मण के प्रति उसकी कृतज्ञता झलक रही थी। "पाणिनी, धन्यवाद। आप नहीं जानते कि यह जानकारी कितनी उपयोगी है।"

— ⅄⦶Ʊ⇑⊛ —

"मगध हार गया?" पर्वतेश्वर ने पूछा।

पर्वतेश्वर मेलूहा की प्रधानमंत्री कनखला के कार्यालय में था। कई माह बाद अंततः उसे अयोध्या से पक्षी-दूत प्राप्त हुआ था।

"अभी और भी है," कनखला ने कहा। "मगध की संपूर्ण सेना को समाप्त कर दिया गया है। राजकुमार सुर्पदमन मारे गए। राजा महेंद्र गहन शोक में चले गए हैं। अब मगध पर ब्रंगाओं का शासन है।"

इसके निहितार्थ आत्मसात करते हुए पर्वतेश्वर अपनी नासिका के ऊपरी भाग को दबाते रहे। "अगर मगध पर उनका नियंत्रण हो गया है तो गंगा के संकरे बिंदु पर भी उनका नियंत्रण होगा। अयोध्या के किसी भी पोत ने निकलने

का प्रयास किया तो उस पर आक्रमण करने के लिए उन्हें मगध के दुर्ग के अंदर मात्र पांच सहस्त्र सैनिक रखने होंगे।"

"बिल्कुल! इसका मतलब है अयोध्या शीघ्र हमारी सहायता के लिए नहीं आ सकता। उन्हें अपने पश्चिम में वन्य मार्ग से कूच करना होगा और फिर हमारी ओर बढ़ना होगा।"

"अगर मगध को जीत लिया गया है, तो इसका अर्थ है कि प्रभु नीलकंठ उस नगर में छोटी सी सेना को छोड़कर शेष सेना के साथ गंगा में ऊपर यात्रा करके और फिर स्वद्वीप की ओर से मेलूहा में प्रवेश कर सकते हैं। हमें अयोध्या के अपने सहयोगियों से तुरंत मेलूहा के लिए कूच करने को कहना चाहिए। मैं महर्षि भृगु से बात करूंगा।"

"अभी और भी है," चिंतित कनखला ने कहा। "संदेश में यह भी कहा गया है कि अयोध्या पर घेराव करने और मगध पर आक्रमण करने वाली सेना का नेतृत्व गणेश, कार्तिक, भगीरथ और चंद्रकेतु कर रहे थे।"

"तो फिर प्रभु नीलकंठ कहां हैं?"

"यही तो!" कनखला ने कहा। "प्रभु नीलकंठ कहां हैं?"

ठीक तभी एक परिचारक भागता हुआ कनखला के कार्यालय में आया। "स्वामी, स्वामिनी, कृपया तुरंत महाराज के कार्यालय में आए। महर्षि भृगु ने कहा है कि आप दोनों तुरंत आए।"

जब कनखला और पर्वतेश्वर तीव्रता से कार्यालय से निकल रहे थे तो एक अन्य परिचारक मेलूहा के सेनापति के लिए एक संदेश लेकर उसके पास आया। मोहर से यह स्पष्ट था कि संदेश विद्युन्माली ने भेजा है। सम्राट के कार्यालय की ओर जाते हुए पत्र को पढ़ने का विचार करते हुए पर्वतेश्वर ने मोहर तोड़ी।

अध्याय 28

स्तब्ध मेलूहा

"क्या बात है, पर्वतेश्वर?" कनखला ने पूछा।

उसने देख लिया था कि विद्युन्माली का संदेश पढ़ते हुए मेलूहा के सेनापति का चेहरा सफेद पड़ गया है। पर्वतेश्वर कुछ उत्तर दे पाता, इससे पहले ही वे दक्ष के कार्यालय के द्वार पर थे।

जैसे ही पर्वतेश्वर और कनखला ने सम्राट के कक्ष में प्रवेश किया, दक्ष बरसने लगे। "पर्वतेश्वर! आपका सेना पर नियंत्रण है या नहीं? भगवान राम की सौगंध आप करते क्या रहे हैं?"

पर्वतेश्वर जानता था कि सम्राट किस विषय में बात कर रहे हैं। वह यह भी जानता था कि सम्राट से इस विषय पर बात करना समय नष्ट करना है। वह बुद्धिमत्तापूर्वक मौन रहा, अपने सिर को हल्का सा झुकाकर और हाथ जोड़कर उसने सम्राट को प्रणाम किया।

"बुरा समाचार है, सेनापति," भृगु ने कहा। "मृत्तिकावटी पर आक्रमण करके शिव द्वारा उसे जीत लिया गया है।"

"क्या?" स्तब्ध कनखला ने पूछा। "वे मृत्तिकावटी तक पहुंच कैसे गए? वे लोथल की सुरक्षा-व्यवस्था से पार कैसे निकल गए?"

लोथल एक असाधारण रूप से सुनिर्मित समुद्री दुर्ग था। इसकी सुरक्षा इतनी सुदृढ़ थी कि इसे जीतने के लिए किसी आक्रमणकारी को अत्यधिक विषमताओं से जूझना पड़ता। यह भी सर्वज्ञात था कि लोथल मेलूहा का दक्षिण-पूर्वी प्रवेशद्वार था और किसी आक्रमणकारी सेना को मृत्तिकावटी पहुंचने के लिए इस नगर को पार करना होगा।

भृगु ने पांच परचे उठाए। "यह मृत्तिकावटी के प्रांतपाल ने भेजा है। प्रतीत

होता है कि चेनारध्वज ने शिव के प्रति निष्ठा की सौगंध ली है। देशद्रोही!"

"सूअर का बच्चा!" दक्ष गुर्राए। "मैं जानता था कि मुझे उस पर कभी विश्वास नहीं करना चाहिए।"

"तो फिर आपने उसे लोथल का प्रांतपाल क्यों नियुक्त किया, राजन?" भृगु ने पूछा।

दक्ष अप्रसन्नता में डूब गए।

भृगु पर्वतेश्वर की ओर मुड़े। "लोथल के विषय में आपका संदेह सही था, माननीय पर्वतेश्वर। पहले आपकी बात न सुनने के लिए मैं क्षमाप्रार्थी हूं। संभवतः अगर हमने विद्युन्माली को शीघ्रता से एक शक्तिशाली सेना के साथ लोथल भेज दिया होता तो अभी भी उस नगर पर हमारा नियंत्रण होता।"

"जो हो चुका है हम उसको बदल नहीं सकते हैं, मुनिवर," पर्वतेश्वर ने कहा। "हम उस पर ध्यान केंद्रित करते हैं जो हमें अब करना है। मुझे विद्युन्माली का संदेश प्राप्त हुआ है।"

भृगु ने पर्वतेश्वर के हाथ के पत्र को देखा। "दलपति ने क्या कहा है?"

"यह मुझे गुप्तचर तंत्र की असफलता प्रतीत होती है," पर्वतेश्वर ने कहा। "उन्होंने कहा है कि एक लाख सैनिकों के साथ मृत्तिकावटी के द्वार पर पहुंचकर प्रभु शिव ने उन्हें हैरान कर दिया। मात्र पच्चीस सहस्त्र सैनिकों के साथ विद्युन्माली ने कड़ा मुकाबला किया, किंतु उन्हें परास्त कर दिया गया।"

कनखला मृत्तिकावटी के सामरिक महत्व को समझती थी। "मृत्तिकावटी में सरस्वती बेड़े का मुख्यालय है। और विद्युन्माली हमारे बचेखुचे युद्धपोतों को भी ले गए थे। अगर मृत्तिकावटी प्रभु के नियंत्रण में है तो सरस्वती नदी पर भी अब उनका नियंत्रण है।"

"शिव प्रभु नहीं है!" दक्ष चिल्लाए। "तुम्हारा साहस कैसे हुआ? तुम किसके प्रति निष्ठावान हो, कनखला?"

"राजन," भृगु ने कहा, उनका शांत स्वर अपने अंदर छिपी धमकी को झुठला रहा था।

दक्ष भय से सिमट गए।

"राजन, संभवतः उत्तम होगा कि आप अपने निजी कक्ष में विश्राम करें।"

"किंतु..."

"राजन," भृगु ने कहा। "यह निवेदन नहीं था।"

अपने प्रति दर्शाए गए इस घोर असम्मान पर दक्ष ने अपनी आंखें बंद कर लीं। वे उठे और भारत के सम्राट के प्रति उचित सम्मान दर्शाने के बारे में धीमे-धीमे बुदबुदाते हुए अपने कार्यालय से चले गए।

भृगु पर्वतेश्वर की ओर मुड़े, अविचलित, मानो कुछ हुआ ही न हो। "सेनापति, विद्युन्माली ने और क्या कहा है?"

"संपूर्ण सरस्वती बेड़ा अब प्रभु नीलकंठ के अधीन है। किंतु बात इससे भी बुरी है।"

"और बुरी?"

"मृत्तिकावटी के लोगों ने अब उनके प्रति निष्ठा की शपथ ले ली है। विद्युन्माली की सेना के जीवित बचे लोगों को मृत्तिकावटी में बंदी रखा गया है। हमारे सौभाग्य से, विद्युन्माली पांच सहस्त्र सैनिकों के साथ बच निकलने में सफल रहा और यह संदेश भेज पाया है।"

"तो अब नीलकंठ ने मृत्तिकावटी में स्वयं को स्थापित किया है?" भृगु ने पूछा, उन्होंने पर्वतेश्वर की उपस्थिति में 'कपटी नीलकंठ' न कहने की सावधानी बरती थी। "क्योंकि उन्हें हमारे सैनिकों की निगरानी के लिए अपने सैनिक लगाने होंगे, है न?"

"नहीं," पर्वतेश्वर ने सिर हिलाते हुए कहा। "हमारी सेना को मृत्तिकावटी के नागरिकों द्वारा बंदी बनाया गया है।"

"नागरिकों द्वारा?!"

"हां। इस प्रकार प्रभु नीलकंठ को इस कार्य के लिए अपना कोई सैनिक नियत नहीं करना पड़ा है। वे हमारे पच्चीस सहस्त्र सैनिकों को समीकरण से अलग करने में तो सफल रहे हैं किंतु उनकी पूरी सेना एक प्रकार से उनके साथ है। उन्होंने हमारे संपूर्ण सरस्वती बेड़े को अधिग्रहीत कर लिया है। मुझे विश्वास है कि हमारे वार्तालाप के दौरान भी वे जलमार्ग से उत्तर की ओर बढ़ रहे होंगे। विद्युन्माली ने प्रभु की सेना में असाधारण रूप से सुप्रशिक्षित हाथियों की भयंकर सेना के विषय में भी लिखा है, जिन्हें परास्त करना लगभग असंभव ही है।"

"भगवान राम कृपा करें!" स्तंभित कनखला ने कहा।

"यह तो हमारी कल्पना से भी बुरा है," भृगु ने कहा।

"किंतु एक बात मेरी समझ में नहीं आई," कनखला ने कहा। "ऐसा कैसे

है कि प्रभु के पास मेलूहा में एक लाख सैनिक हैं, जबकि कुछ सप्ताह पहले ही उनके डेढ़ लाख सैनिक अयोध्या में थे?"

"अयोध्या?" आश्चर्यचकित भृगु ने पूछा।

"हां," कनखला ने कहा और उस संदेश के विषय में बताने लगी जो उसे अभी अयोध्या के घेराव और मगध सेना के सर्वनाश के विषय में प्राप्त हुआ था।

"हे प्रभु ब्रह्मा!" भृगु ने कहा। "इसका अर्थ है कि अयोध्या की सेना जलमार्ग से मगध से होकर नहीं निकल सकती। उन्हें वन से कूच करना होगा, जिसका अर्थ है कि उन्हें हमारी सहायता के लिए पहुंचने में एक युग लग जाएगा।"

"किंतु अभी भी मैं यह नहीं समझ पाई कि प्रभु नीलकंठ के पास मेलूहा में इतने अधिक सैनिक कैसे हैं," कनखला अड़ी हुई थी। "ब्रंगा और नागा सेनाएं मिलकर तो इतनी हो नहीं सकतीं।"

सच अंततः भृगु की समझ में आया। "वासुदेव भी शिव की सेना में सम्मिलित हो गए हैं। सूर्यवंशियों और चंद्रवंशियों के अतिरिक्त एक वही हैं जो इतने अधिक सैनिकों को ला सकते हैं। इससे असाधारण रूप से सुप्रशिक्षित उन हाथियों की बात भी स्पष्ट होती है जिन्हें शिव ने मृत्तिकावटी के युद्ध में प्रयोग किया था। वासुदेव हाथियों के सैन्य बल की कहानियां मैंने सुनी हैं।"

मगर भृगु को यह ज्ञात नहीं था कि वासुदेवों का सर्वाधिक शक्तिशाली सामरिक लाभ उनकी हाथी सेना नहीं, अपितु उनके रहस्यमय वासुदेव पंडित थे जो संपूर्ण सप्तसिंधु के मंदिरों में छिपे हुए थे। ये पंडित नीलकंठ के आंख और कान थे, उन्हें युद्ध में सर्वाधिक निर्णायक लाभ प्रदान करते थेः सामयिक और सटीक सूचनाएं।

"प्रभु शिव बहुत शीघ्र एक बड़ी सेना के साथ यहां होंगे," पर्वतेश्वर ने कहा। "और अयोध्या के तीन लाख सैनिक समय से हमारे पास नहीं पहुंच पाएंगे। उन्होंने अपनी चाल बहुत अच्छी चली है।"

"मेरा सैन्य मस्तिष्क तो नहीं है, सेनापति," भृगु ने कहा। "किंतु मैं भी देख सकता हूं कि हम भारी विपत्ति में हैं। आपका क्या परामर्श है?"

पर्वतेश्वर ने अपने हाथ जोड़े और तर्जनियों से अपनी ठोड़ी मलने लगा। कुछ देर बाद उसने आंख उठाकर भृगु को देखा। "अगर गणेश उत्तर से मेलूहा

में प्रवेश करने का निर्णय करता है, तो हम समाप्त हो जाएंगे। दोतरफा आक्रमण से हम किसी भी प्रकार स्वयं की रक्षा नहीं कर सकते। हमारे अभियंता यमुना में आई बाढ़ से नष्ट हो चुकी सड़क को ठीक करने के लिए कड़ी मेहनत कर रहे हैं। मैं तुरंत उन्हें निर्देश भेज देता हूं कि सड़क को जस का तस छोड़ दें। अगर गणेश वहां से आने का निर्णय लेता है तो हम उसके लिए यात्रा को दुर्गम बना देंगे। डेढ़ लाख सैनिकों के सशक्त बल के साथ एक नष्ट हो चुके मार्ग पर चलना सुगम नहीं होगा।"

"अच्छा विचार है।"

"प्रभु नीलकंठ कुछ ही सप्ताह में देवगिरि पहुंच सकते हैं।"

"यह अच्छा हुआ कि आपने सेना को प्रशिक्षण व्यायामों और युद्ध अभ्यासों में लगा रखा है," भृगु ने कहा।

"प्रभु यहां नहीं जीत सकेंगे," पर्वतेशवर ने कहा। "मैं आपको वचन देता हूं, मुनिवर।"

"मुझे आप पर विश्वास है, सेनापति। किंतु वासुदेव हाथियों का क्या करें? जब तक हम उन हाथियों को नहीं रोकेंगे, शिव की सेना से जीत नहीं सकेंगे।"

— ⋆ —

"आपका क्या विचार है, शिव?" गोपाल ने पूछा।

गोपाल, सती और काली शिव के साथ मृत्तिकावटी के उनके कक्ष में विचार कर रहे थे। पाणिनी से प्राप्त समाचार के परिप्रेक्ष्य में वे अपनी रणनीति का पुनर्मूल्यांकन कर रहे थे।

काली बहुत स्पष्ट थी। "शिव, मेरा प्रस्ताव है कि आप मृत्तिकावटी से प्रस्थान करें और परिहा की यात्रा पर जाएं। अगर आप वायुपुत्रों से कोई घातक दैवी अस्त्र, जैसे ब्रह्मास्त्र, लेने के लिए उन्हें आश्वस्त कर सकें तो यह युद्ध समाप्त ही समझिए।"

"हम वास्तव में इन दैवी अस्त्रों का प्रयोग नहीं कर सकते, रानी," गोपाल ने कहा। "यह मानवता के नियमों के विरुद्ध होगा। हम ऐसे अस्त्रों का प्रयोग केवल निवारक के रूप में कर सकते हैं ताकि दूसरा पक्ष बात समझ सके।"

"हां, हां," काली ने टालते हुए कहा, "मानती हूं।"

"परिहा की यात्रा में कितना समय लगेगा, पंडितजी?" शिव ने पूछा।

"कम से कम छह माह," गोपाल ने कहा। "अगर हवा हमारे पक्ष में नहीं हुई तो नौ से बारह महीने भी लग सकते हैं।"

"तब तो निर्णय स्पष्ट है," शिव ने कहा। "मुझे नहीं लगता इस बिंदु पर यह समझदारी होगी।"

"क्यों?" काली ने पूछा।

"अभी आवेग और समय हमारे पक्ष में हैं, काली," शिव ने कहा। "अयोध्या की सेना कम से कम छह से आठ माह तक मेलूहा नहीं पहुंच सकती। गणेश और कार्तिक कुछ ही सप्ताह में मेलूहा की उत्तरी सीमा पर पहुंच सकते हैं। मेलूहा के पक्ष के मात्र पिचहत्तर सहस्त्र सैनिकों के विरुद्ध हमारे पक्ष में ढाई लाख सैनिक और छह माह का अंतराल होगा। मुझे ये संभावनाएं भा रही हैं। मेरा कहना है कि हम अभी और यहीं इस युद्ध को समाप्त कर दें। जितना समय मुझे परिहा जाने और वहां से लौटकर आने में लगेगा, उसमें तो यहां की परिस्थिति पूरी तरह से भिन्न हो सकती है। साथ ही, यह न भूलें, हमें बस यह पता है कि वायुपुत्र महर्षि भृगु के साथ नहीं हैं। इसका आवश्यक रूप से यह अर्थ नहीं निकलता कि वे हमारा साथ देने का चयन करेंगे। वे तटस्थ रहने का निर्णय ले सकते हैं।"

"बात विवेकसम्मत है," सती सहमत थी। "अगर हम देवगिरि को जीतकर सोमरस निर्माणशाला को नष्ट कर दें तो युद्ध समाप्त हो जाएगा, फिर वायुपुत्र चाहे जो विश्वास करना चाहें।"

"तो आपका क्या परामर्श है, शिव?" गोपाल ने पूछा।

"हमें अपनी नौसेना को दो भागों में बांट देना चाहिए," शिव ने कहा। "मैं पच्चीस पोतों के छोटे से नौसेना बल के साथ सरस्वती पर ऊपर और फिर उत्तर में यमुना तक जाऊंगा। जब गणेश और कार्तिक यमुना की सड़क से चलते हुए आएंगे तो मैं उनसे मिलूंगा और हम उनके सैनिकों को अपने पोतों पर चढ़ा लेंगे। उनके पैदल मेलूहा की राजधानी पहुंचने की प्रतीक्षा करने के स्थान पर हम जलमार्ग से शीघ्र ही देवगिरि पहुंच सकते हैं। इस बीच, सती नौसेना की हमारी दूसरी टुकड़ी का नेतृत्व करके, हमारी संपूर्ण सेना को मृत्तिकावटी से सरस्वती के मार्ग से देवगिरि ले जाएंगी। सती को मेरे जाने के तीन सप्ताह बाद प्रस्थान करना चाहिए जिससे कि हम लगभग एक ही समय

पर देवगिरि पहुंचें। ढाई लाख सैनिक देवगिरि पर घेराव डालेंगे तो शायद वे बात को समझ सकें।"

"सिद्धांत में तो अच्छा लगता है," काली ने कहा। "किंतु व्यवहार में तालमेल समस्या सिद्ध हो सकता है। विलंब हो सकते हैं। अगर हमारी कोई भी एक सेना कुछ सप्ताह पहले देवगिरि पहुंच गई तो मेलूहाइयों के सामने वह निर्बल पड़ सकती है।"

"किंतु शिव यह नहीं कह रहे हैं कि जैसे ही हममें से कोई वहां पहुंचे, वह देवगिरि पर आक्रमण करके उसे जीत ले," सती ने कहा। "हम बस स्वयं को दुर्गीकृत करके दूसरे के पहुंचने की प्रतीक्षा करेंगे। जब हमारे बल संयुक्त हो जाएंगे तभी हम आक्रमण करेंगे।"

"सत्य है, किंतु अगर मेलूहाइयों ने आक्रमण करने का निर्णय ले लिया तो?" काली ने पूछा। "याद रहे, लंगर डाले हुए पोत गुप्त नौकाओं के लिए खुला शिकार होते हैं।"

"मुझे नहीं लगता कि वे अपने दुर्ग की सुरक्षा से बाहर निकलेंगे," शिव ने कहा। "मैं जिस सेना का नेतृत्व करूंगा, उसमें डेढ़ लाख सैनिक होंगे जिन्होंने हाल ही में शक्तिशाली मगधों का सर्वनाश किया है! मात्र पिचहत्तर सहस्त्र सैनिकों के साथ मेलूहाई हम पर आक्रमण नहीं करेंगे। सती की सेना में एक लाख सैनिक होंगे और मत भूलो कि उनके पास वासुदेव हाथी भी होंगे। तो तुम देख सकती हो कि हमारी भिन्न सेनाएं भी मेलूहाइयों से खुले मैदान में निबटने में सक्षम हैं। सेनापति पर्वतेश्वर के बलशाली कंधों पर शांत मस्तिष्क है। वे समझ जाएंगे कि उनके लिए बाहर निकलकर हम पर आक्रमण करने की अपेक्षा अपने दुर्ग की सुरक्षा में रहना उत्तम होगा।"

"किंतु मैं तुम्हारा बिंदु समझ रही हूं, काली," सती ने कहा। "अगर मैं पहले पहुंच गई तो मैं देवगिरि के दक्षिण में दस किलोमीटर दूर शिविर डाल दूंगी। सरस्वती के तट पर एक बड़ी पहाड़ी है जो अत्युत्तम सुरक्षा का कार्य करेगी क्योंकि यह हमें ऊंचाई का लाभ प्रदान करेगी। सुरक्षा की पहली पंक्ति के रूप में मैं अपने वासुदेव हाथियों की चक्रव्यूह संरचना स्थापित कर दूंगी। उसे तोड़ पाना लगभग असंभव होगा।"

"मुझे वह पहाड़ी पता है," शिव ने सती से कहा। "अगर मैं तुमसे पहले पहुंच जाता हूं तो मैं भी वहीं शिविर लगाऊंगा।"

"ठीक है।"

— ⅄⊕Ⅴ↑⊗ —

"गति से कोई मुक्ति नहीं है, है न, प्रभु?"

शिव और परशुराम अग्रणी पोत के ऊपरी भाग पर खड़े थे और तीव्र गति से चलते पोत पर हवा के थपेड़ों में अपनी आंखें खुली रखने के लिए जूझ रहे थे।

बेड़ा सरस्वती पर ऊपर की ओर जा रहा था, मात्र दो सहस्त्र सैनिकों के बहुत कम दल-बल के साथ वह मेलूहाइयों को छोटे-छोटे आक्रमण करने का कोई अवसर प्रदान नहीं कर रहा था। यद्यपि सरस्वती के किनारे बसा कोई भी नगर नौसैनिक युद्ध के लिए तैयार नहीं था--क्योंकि मेलूहा ने इस प्रकार के आक्रमण की कभी कल्पना ही नहीं की थी--किंतु फिर भी शिव ने नियति को न ललकारने का निर्णय लिया। मान-सम्मान और साहस में मेलूहावासी कम नहीं थे। अतिरिक्त सावधानी के रूप में, उसने अनेक साहसी नागा सैनिकों को भी अपनी नौसेना में सम्मिलित कर लिया था। नागाओं की रानी काली काफिले के अंतिम पोत में यात्रा कर रही थी।

शिव मुस्कुराया। "नहीं, परशुराम, कोई मुक्ति नहीं होगी। गति ही महत्वपूर्ण है।"

शिव के आदेश के अनुसार चप्पू चलाने में कोई अंतराल नहीं था। छह घंटे के भीषण चक्र में चार दल स्थापित किए गए थे। चप्पू-चालकों के लिए ताल बनाने के लिए नगाड़े बजाते समय-संचालक युद्ध जैसी गति बनाए हुए थे। अपनी गति के निर्धारण में शिव अप्रत्याशित हवाओं पर भरोसा नहीं करना चाहते थे। न्यायसंगतता के हेतु शिव ने चप्पू चलानेवालों में अपना नाम भी शामिल करवा लिया था। दिन में छह घंटे चप्पू चलाने की उनकी बारी आने ही वाली थी।

"यह सुंदर नदी है, प्रभु," परशुराम ने कहा। "यह दुख की बात है कि हमें इसे नष्ट करना पड़ सकता है।"

"तुम्हारा क्या तात्पर्य है?"

"प्रभु, मैंने सोमरस पर शोध किया है। माननीय गोपाल ने अनेक बातें मुझे समझाई हैं। और मुझे एक विचार सूझा है..."

"क्या?"

"सोमरस इसके बिना नहीं बनाया जा सकता," परशुराम ने सरस्वती की ओर संकेत करते हुए कहा।

"बृहस्पति ने इसका प्रयास किया था, परशुराम... उन्होंने ऐसा मार्ग ढूंढ़ने का प्रयास किया था जिससे सरस्वती के जल को अनुपयोगी बनाया जा सके। किंतु वह कारगर नहीं रहा था, स्मरण है?"

"मेरा यह तात्पर्य नहीं था, प्रभु। अगर सरस्वती का अस्तित्व ही न रहे तो? सोमरस का भी नहीं रहेगा, है न?"

शिव ने अबोधगम्य आंखों से परशुराम को परखा।

"प्रभु, एक समय था जब सरस्वती का, जैसा कि आज हम जानते हैं, अस्तित्व नहीं रहा था। यमुना पूर्व में गंगा की ओर बहने लगी थी। यमुना और सतलज से मिले बिना सरस्वती अस्तित्व में नहीं रह सकती।"

"हम सरस्वती को नहीं मार सकते," शिव ने मानो अपने आप से कहा।

"प्रभु, जैसा कि आप जानते हैं, सौ वर्ष से अधिक समय पहले, जब एक भूकंप ने यमुना को अपना मार्ग बदलकर गंगा की ओर बहने पर विवश कर दिया था, तब संभवतः प्रकृति यही करना चाह रही थी। अगर वर्तमान सम्राट के पिता माननीय ब्रह्मनायक ने यमुना का मार्ग बदलकर उसका प्रवाह वापस सतलज की ओर न कर दिया होता तो इतिहास बहुत भिन्न होता। संभवतः प्रकृति सोमरस को रोकने का ही प्रयास कर रही थी।"

शिव चुपचाप सुनता रहा।

"हमें यह नहीं सोचना है कि सरस्वती मर जाएगी। इसकी आत्मा फिर भी यमुना और सतलज के रूप में बहती रहेगी। केवल इसका शरीर लुप्त हो जाएगा।"

शिव सरस्वती के जल को, उसकी गहराइयों को मापता, तकता रहा। परशुराम की बात में तर्क था किंतु शिव इसे स्वीकार नहीं करना चाहता था। स्वयं से भी नहीं। अभी नहीं।

अध्याय 29

प्रत्येक सेना में एक द्रोही होता है

"कोई समाचार, गणेश?" भगीरथ ने पूछा।

भगीरथ और चंद्रकेतु अभी-अभी अग्रिम पोत पर कार्तिक और गणेश के पास पहुंचे थे। विशाल सेना उत्तर से मेलूहा पहुंचने के लिए गंगा के ऊपरी ओर यात्रा कर रही थी। वे बस कुछ घंटों के लिए धीमे हुए थे ताकि एक नौका उनसे मिलने आ सके। नाविक एक वासुदेव पंडित का संदेश लाया था।

"मुझे अभी संदेश प्राप्त हुआ है कि मेरे पिता की सेना ने मृत्तिकावटी को जीत लिया है," गणेश ने कहा।

चंद्रकेतु उत्साहित हो गए। "यह तो सुसमाचार है!"

"निस्संदेह है," गणेश ने उत्तर दिया। "और यह और भी उत्तम हो जाता है! मृत्तिकावटी के नागरिकों को मेरे पिता के पक्ष में कर लिया गया है। मेलूहाई सेना के शेष बचे सैनिकों को उन्होंने नगर में बंदी बना लिया है।"

"और क्या उन्हें सोमरस निर्माणशाला का स्थान पता लगा?" भगीरथ ने पूछा।

"हां," कार्तिक ने कहा। "यह देवगिरि है।"

"देवगिरि? क्या कह रहे हैं? यह कितनी मूर्खतापूर्ण बात है। वह तो उनकी राजधानी है। कोई भी सोचेगा कि निर्माणशाला किसी सुरक्षित, गुप्त स्थान पर होगी।"

"किंतु वे इस निर्माणशाला को बड़ी जनसंख्याओं वाले नगरों के भीतर ही बना सकते थे, ठीक न? और अगर ऐसा है, तो देवगिरि से उत्तम कौन सा नगर होगा? उन्होंने अनुमान लगाया होगा कि वे अपनी राजधानी को तो निश्चय ही सुरक्षित रख सकेंगे।"

"तो अब हमारे लिए क्या आदेश हैं?" चंद्रकेतु ने कहा।

"देवगिरि में मेलूहा के पास मात्र पिचहत्तर सहस्त्र सैनिक हैं," गणेश ने कहा। "इसलिए हम एक समन्वित आक्रमण करने वाले हैं।"

"विस्तारपूर्वक योजना क्या है?" चंद्रकेतु ने पूछा।

"हम गंगा के ऊपरी मार्ग पर जाएंगे और गंगा-यमुना मार्ग पर पहुंचेंगे। फिर हम मेलूहा तक पैदल जाएंगे। मेरे पिता एक बेड़ा लेकर ऊपरी यमुना पर पहुंच रहे हैं और जब हम पैदल जाएंगे तो वे हमें मिलेंगे। फिर एक साथ, हम जलमार्ग से देवगिरि तक जाएंगे। इस बीच, मेरी मां अपने अधीन एक लाख सैनिकों को लेकर वहां पहुंच जाएंगी।"

"तो अपने स्थान पर फंसे पिचहत्तर सहस्त्र मेलूहा सैनिकों के विरुद्ध हमारे पास ढाई लाख सैनिक होंगे, सब निकटकालीन विजयों के उत्साह में चूर," भगीरथ ने कहा। "ये संभावनाएं मुझे भा रही हैं।"

"बिल्कुल यही बाबा ने कहा होगा!" कार्तिक मुस्कुराया।

— ✦ —

"तुम मुझे वे उत्तर दोगे जो मैं चाहता हूं," विद्युन्माली ने दांत पीसे, "चाहे तुम्हें अच्छा लगे या नहीं।"

शिव की सेना से पकड़े गए एक वासुदेव सेनानायक को चमड़े की मोटी रस्सियों से चलायमान लकड़ी के शिकंजे पर बांध रखा था। अंधेरी कोठरी में बंद हवा दुर्गंधयुक्त थी। पकड़ा गया वासुदेव अपने पसीने में नहाया हुआ, किंतु निर्भीक था।

मेलूहाई सैनिक कुछ दूर खड़े चिंतित भाव से विद्युन्माली को देख रहे थे। उनका दलपति उनसे जो करने को कह रहा था, वह भगवान राम के नियमों के विरुद्ध था। किंतु वे सुप्रशिक्षित थे। मेलूहा का सैन्य प्रशिक्षण अपने वरिष्ठ सैन्य अधिकारी के प्रति शंकाहीन आज्ञाकारिता की मांग करता था। इस प्रशिक्षण ने अब तक सैनिकों को अपने संदेहों का दमन करने और विद्युन्माली के आदेशों का पालन करने के लिए विवश किया हुआ था। लेकिन उनकी नैतिक आचारसंहिता को और भी जोरदारी से ललकारा जाने वाला था।

विद्युन्माली ने सुना वासुदेव बार-बार कुछ बुदबुदा रहा है। वह पास झुका। "तुम्हें कुछ कहना है?"

वासुदेव सैनिक धीरे-धीरे, अपने शब्दों से बल पाते हुए बुदबुदाता रहा। "जय गुरु विश्वामित्र। जय गुरु वशिष्ठ। जय गुरु विश्वामित्र। जय गुरु वशिष्ठ..."

विद्युन्माली ने मुंह सिकोड़ा। "वे तुम्हारी सहायता करने के लिए यहां नहीं हैं, मेरे मित्र।"

वह मुड़ा और उसने एक स्तब्ध मेलूहाई सैनिक को बुलाया। सेनानायक ने लोहे के एक हथौड़े और एक बड़ी सी कील की ओर संकेत किया।

"स्वामी?" विचलित सैनिक ने धीरे से कहा, वह भलीभांति जानता था कि एक शस्त्रहीन और बंधे हुए आदमी पर आक्रमण करना भगवान राम के नियमों के विरुद्ध है। "मैं निश्चित नहीं हूं कि हमें..."

"निश्चित होना तुम्हारा कार्य नहीं है," विद्युन्माली ने दांत पीसे। "यह मेरा कार्य है। तुम्हारा कार्य वह करना है जिसका मैंने तुम्हें आदेश दिया है।"

"हां, स्वामी," मेलूहाई सैनिक ने हल्के से सिर झुकाते हुए कहा। उसने हथौड़ा और कील उठा ली। वह धीरे-धीरे वासुदेव की ओर गया और उसने बंदी की कलाई से कुछ ऊपर बांह पर कील रखी। उसने हथौड़े को पीछे खींचा और वार करने की स्थिति में कंधों को तिरछा किया।

विद्युन्माली वासुदेव की ओर घूमा। "अच्छा होगा तुम मुंह खोल दो..."

"जय गुरु विश्वामित्र। जय गुरु वशिष्ठ..."

विद्युन्माली ने सैनिक की ओर हामी भरी।

"जय गुरु विश्वामित्र। जय गुरु...आआआहहहहहह!"

वासुदेव की कानों को चीर देने वाली चीख कोठरी की दीवारों में गूंज उठी। किंतु यह गहरी, परित्यक्त भूमिगत कोठरी जो मृत्तिकावटी और देवगिरि के बीच कहीं थी, सदियों से प्रयोग में नहीं आई थी। कोठरी में पीछे खड़े मेलूहा के सैनिकों के सिवा आसपास उसकी चीखें सुनने वाला कोई न था, जो भगवान राम से उसके लिए क्षमा मांगते हुए लगातार प्रार्थना कर रहे थे।

सैनिक वासुदेव की दाहिनी बांह में कील को गहरे धंसाते हुए यंत्रचालित सा हथौड़ा मारता रहा। वासुदेव उस सीमा तक चिल्लाता रहा जब तक कि उसके मस्तिष्क में पीड़ा की अनुभूति समाप्त नहीं हो गई। अब उसे अपनी बांह की अनुभूति नहीं हो रही थी। उसका हृदय बुरी तरह धड़क रहा था, और खुले

घाव से रक्त उबल-उबलकर बह रहा था।

विद्युन्माली अपना कान समीप लेकर आया, वासुदेव गहरी-गहरी सांसें ले रहा था और अपने समूह, अपने देवताओं, अपनी शपथों, अपनी दाहिनी बांह के सिवा सब पर अपना ध्यान केंद्रित करने का प्रयास कर रहा था।

"तुम्हें कुछ और प्रोत्साहन चाहिए?" विद्युन्माली ने पूछा।

अपने मंत्रोच्चार पर ध्यान केंद्रित करते हुए वासुदेव ने मुंह फेर लिया।

विद्युन्माली ने कील बाहर खींच ली, एक गीला कपड़ा लिया और वासुदेव की बांह को पोंछा। फिर उसने एक छोटी सी शीशी उठाई और उसकी सामग्री को घाव पर उलट दिया। इससे तीखी जलन हुई, किंतु वासुदेव का रक्तप्रवाह लगभग तुरंत रुक गया।

"मैं नहीं चाहता कि तुम मर जाओ," विद्युन्माली ने धीरे से कहा। "कम से कम अभी नहीं..."

विद्युन्माली अपने सैनिक की ओर मुड़ा और सिर हिलाया।

"स्वामी," आंखों में आंसू लिए सैनिक हौले से बोला। वह अपने उन पापों की गिनती भी भूल गया था जो वह अपनी आत्मा पर चढ़ा रहा था। "कृपया..."

विद्युन्माली ने आंखें तरेरीं।

सैनिक तुरंत मुड़ा और उसने एक और शीशी उठा ली। वह वासुदेव की ओर बढ़ा और वह चिपचिपा पदार्थ उस घाव पर उड़ेल दिया जो उसी ने दिया था।

विद्युन्माली पीछे हटा और एक लंबा सा चकमक पत्थर लेकर आया, उसका छोर धीमे-धीमे सुलग रहा था। "उम्मीद करूंगा इसके बाद तुम प्रकाश देख सको।"

वासुदेव ने सहमकर आंखें खोल दीं। किंतु वह बोलने को तैयार न था! वह जानता था कि वह रहस्य को उजागर नहीं कर सकता। यह उसकी जनजाति के लिए विनाशकारी होगा।

"जय... गु... रु... विश्वा..."

"अग्नि तुम्हें शुद्ध कर देगी," विद्युन्माली कोमल स्वर में फुसफुसाया। "और तुम बोलने लगोगे।"

"...मित्र... जय... गु... रु... वशि..."

कोठरी एक बार फिर वासुदेव की हताश चीखों से गूंज उठी, जबकि कोठरी में मांस के जलने की गंध भर गई।

— ⅄ⓄƱ♆⊛ —

"तुम्हें विश्वास है?" पर्वतेश्वर ने पूछा।

"पूरी तरह से," मुस्कुराते हुए विद्युन्माली ने कहा।

पर्वतेश्वर ने गहरी सांस ली।

वह जानता था कि शिव ही पोतों के उस विशाल बेड़े का नेतृत्व कर रहा था जो दो सप्ताह पूर्व तीव्र गति से देवगिरि से होकर निकला था। पर्वतेश्वर को संदेह था कि शिव उत्तर की ओर गणेश की सेना को लेने और उन्हें देवगिरि लेकर आने के लिए जा रहा है। उसे गणेश की सेना द्वारा नष्ट हो चुके गंगा-यमुना मार्ग पर झेले जा रहे विलंब के समाचार भी प्राप्त हुए थे। गणेश की सेना के डेढ़ लाख सैनिकों को लेकर शिव को देवगिरि लौटने में संभवतः एक माह लग जाएगा।

वह यह भी जानता था कि नीलकंठ की सेना का दूसरा भाग सती के नेतृत्व में अभी-अभी मृत्तिकावटी से निकला है। वे एक या दो सप्ताह में देवगिरि पहुंच जाएंगे। यह भली-भांति जानते हुए कि गणेश को विलंब होगा, पर्वतेश्वर को सती की सेना के देवगिरि पहले पहुंचने की अपेक्षा थी। वह यह भी जानता था कि यह उसके अपने पिचहत्तर सहस्त्र सैनिकों के विरुद्ध एक लाख सैनिकों का बल होगा। एक बार शिव और गणेश की सेना आ गई तो शत्रु का बल ढाई लाख हो जाएगा। पर्वतेश्वर जानता था कि शिव और गणेश के पहुंचने से पहले सती की सेना पर आक्रमण करना ही उसके लिए उत्तम अवसर होगा।

एकमात्र समस्या यह थी कि सती के अधीन वासुदेवों की अजेय हाथी सेना का उसके पास कोई प्रत्युत्तर नहीं था। अब तक तो नहीं था।

"मिर्च और गोबर?" पर्वतेश्वर ने पूछा। "यह तो बहुत साधारण प्रतीत होता है।"

"प्रत्यक्षतः, हाथी मिर्च की गंध को पसंद नहीं करते स्वामी। इससे वे अंधाधुंध दौड़ने लगते हैं। हमें मिर्च मिलाकर कंडे तैयार रखने चाहिए, उन्हें जलाएं और प्रक्षेपकों से हाथियों की ओर फिकवा दें। तीखा धुआं उन्हें पगला

देगा! और, आशा है वे अपनी ही सेना में घुस जाएंगे।"

"इसका परीक्षण करने के लिए कोई हाथी तो नहीं हैं, विद्युन्माली। इसका परीक्षण करने का एकमात्र माध्यम युद्ध ही होगा। अगर यह कारगर नहीं रहा तो?"

"क्षमा चाहूंगा, सेनापति जी, किंतु क्या हमारे पास और कोई विकल्प है?"

"नहीं।"

"तो इसे आजमाने में हानि ही क्या है?"

पर्वतेश्वर ने हामी भरी और दूर अभ्यास करते अपने सैनिकों को देखने के लिए मुड़ गया। "तुम्हें यह जानकारी कैसे प्राप्त हुई?"

विद्युन्माली मौन रहा।

पर्वतेश्वर ने पलटकर विद्युन्माली को देखा, उसकी दृष्टि उसमें धंसी जा रही थी। "सेनानायक, मैंने तुमसे कुछ पूछा है।"

"प्रत्येक सेना में द्रोही होते हैं, स्वामी।"

पर्वतेश्वर स्तब्ध था। सुविख्यात वासुदेव अनुशासन विलक्षण था। "तुम्हें कोई वासुदेव द्रोही मिल गया?!"

"जैसा मैंने कहा, प्रत्येक सेना में द्रोही होते हैं। आपके विचार में मैं कैसे बचकर आया था?"

पर्वतेश्वर मुड़कर एक बार फिर अपने सैनिकों को देखने लगा। इस युक्ति को आजमाने में कोई हानि नहीं है। हो सकता है यह काम कर जाए।

— ⊛ —

देवताओं का आवास, देवगिरि बुरी तरह से चकितों की नगरी बन गई थी। इसके दो लाख नागरिकों को अपनी स्मृति में एक भी ऐसा दिन स्मरण नहीं था जब किसी शत्रु सेना ने उनके नगर तक चले आने का साहस जुटाया हो। और फिर भी, वे अकल्पनीय घटनाओं के साक्षी थे।

बस कुछ ही सप्ताह पूर्व, उन्होंने युद्धपोतों के एक बड़े बेड़े को सरस्वती में तीव्र गति से अपने नगर के सामने से जाते देखा था। यह स्पष्ट था कि ये पोत मृत्तिकावटी स्थित मेलूहाई बेड़े का अंग थे और ये अब शत्रु के नियंत्रण में थे। शत्रु के वे पोत देवगिरि पर आक्रमण किए बिना क्यों चले गए, यह एक रहस्य था।

समाचार यह भी मिल रहा था कि सरस्वती के निकट, नगर से लगभग दस किलोमीटर दूर एक विशाल सेना पड़ाव डाल रही है। सामान्यतया सुरक्षित देवगिरि के नागरिक अब स्वयं को नगर की चारदीवारी के भीतर सीमित रख रहे थे और तब तक बाहर नहीं निकल रहे थे जब तक कि अत्यंत आवश्यक न हो। व्यापारियों ने अपने सभी व्यापारिक कार्य रोक दिए थे और उनके व्यापारिक पोत बंदरगाह पर ही लंगर डाले खड़े थे।

अफवाहें नगर में फैल रही थीं। कुछ फुसफुसाते कि देवगिरि के दक्षिण में डेरा डाले स्थित सेना का नेतृत्व स्वयं नीलकंठ कर रहे हैं। अन्य सौगंध खाते कि उन्होंने नीलकंठ को उन युद्धपोतों पर देखा है जो वहां से निकले थे। मगर, वे कोई अनुमान नहीं लगा सकते थे कि प्रभु शिव इतनी शीघ्रता में कहां जा रहे थे। अन्य नगरों से भी बातें आ रहीं थीं: कि मृत्तिकावटी के अलावा इस विशाल सेना ने सरस्वती पर यात्रा करते समय मेलूहा के अन्य किसी नगर पर आक्रमण नहीं किया है। उन्होंने किसी नगर या गांव में लूटपाट नहीं की थी, न ही और कोई विनाशकारी उत्पात मचाया था, अपितु लगभग संतों जैसे संयम के साथ मेलूहा से निकले थे।

कुछ तो यह भी विश्वास करने लगे थे कि जो तथाकथित गल्प उन्होंने सुनी है, वह संभवतः सच है! कि नीलकंठ वस्तुतः मेलूहा के नहीं, केवल सोमरस के विरुद्ध थे। कि अनेक माह पहले उन्होंने जो उद्घोषणा पढ़ी थी, वह वास्तव में उनके प्रभु की ओर से ही थी और असत्य नहीं थी जैसा कि उनके सम्राट ने कहा था। कि संभव है नीलकंठ की सेना आक्रमण किए बिना सरस्वती के तट पर प्रतीक्षा कर रही थी, क्योंकि स्वयं प्रभु सम्राट के साथ समर्पण की संभावित शर्तों पर विमर्श कर रहे होंगे।

किंतु अन्य लोग भी थे, जो अभी भी मेलूहा के प्रति निष्ठावान थे, और यह मानने के लिए तैयार नहीं थे कि उनका प्रशासन असत्य बोल सकता है। उनके पास यह विश्वास करने के पर्याप्त कारण थे कि शिव की सेना में चंद्रवंशी और नागा सम्मिलित हैं। कि स्वयं नागा रानी नीलकंठ की सेना में वरिष्ठ सेनापति हैं और नीलकंठ को चंद्रवंशियों और नागाओं के दुष्ट संयोग ने भ्रमित कर दिया है। वे मेलूहा के लिए जान देने को भी तैयार थे। जो बात उन्हें समझ नहीं आ रही थी, वह यह कि उनकी सेना अभी तक युद्ध में लिप्त क्यों नहीं हो रही है।

"आपको विश्वास है, सेनापति?" भृगु ने पूछा।

पर्वतेश्वर देवगिरि के राजमहल में भृगु के कक्ष में था।

"हां। यह एक जुआ है, किंतु हमें यह दावं खेलना होगा। अगर हमने बहुत देर प्रतीक्षा की तो प्रभु गणेश की सेना को यमुना मार्ग से देवगिरि ले आएंगे। सती की सेना के साथ संयुक्त होकर उन्हें विशाल संख्यात्मक लाभ प्राप्त हो जाएगा और हमारे लिए जीतना असंभव हो जाएगा। अभी, हमारे प्रतिपक्षियों में केवल सती के सैनिक हैं, जिन्होंने नदी के निकट पड़ाव डाला है। स्पष्ट रूप से वे युद्ध नहीं करना चाह रहे हैं। मैं उन्हें बाहर खींचने और फिर उनके हाथियों में अस्तव्यस्तता फैलाने का प्रयास करने की योजना बना रहा हूं। अगर यह काम करता है, तो उनके हाथी उनकी अपनी ही सेना पर आक्रमण कर सकते हैं। पीछे नदी होने के कारण उनके पास पीछे हटने का कोई स्थान नहीं होगा। अगर सब कुछ योजना के अनुसार हुआ, तो हम हावी हो सकेंगे।"

"क्या सती आपकी धर्मपुत्री नहीं है?" भृगु ने पर्वतेश्वर की आंखों में गहरे झांकते हुए पूछा।

पर्वतेश्वर ने अपनी सांस रोक ली। "इस समय तो, वह मेरे लिए केवल मेलूहा की शत्रु है।"

भृगु उसकी आंखों में गहरे देखते रहे, और जो कुछ वे पढ़ रहे थे उससे संतुष्ट थे। "अगर आप आश्वस्त हैं, सेनापति, तो मैं भी हूं। भगवान राम का नाम लेकर आक्रमण करें।"

— ⁂ —

सती अपने लंगर पड़े पोतों में बंद नहीं रह सकती थी। तीव्र गति से चलते हुए तो पोतों को भूमि की ओर से कोई संकट नहीं था, किंतु लंगर डालकर खाली बैठे रहने पर वे बमबारी और गुप्त नौकाओं के आक्रमण के लिए सुगम थे। इसलिए उसने भूमि पर पड़ाव डालने का निर्णय लिया, जो मेलूहावासियों को नदी के तट के बहुत समीप आने से रोककर उसके पोतों को भी सुरक्षा प्रदान करता।

उसने अपनी सेना के पड़ाव के लिए अच्छा स्थान चुना था। यह सरस्वती के पास ही एक बड़ी, और अच्छी ढलान वाली पहाड़ी थी। पहाड़ी और देवगिरि

नगर के बीच के वृक्षों को काट दिया गया था। इसलिए, पहाड़ी के लाभदायक बिंदु से, सती को दस किलोमीटर दूर स्थित देवगिरि नगर के द्वार पर शत्रु की गतिविधियों का स्पष्ट दृश्य दिख रहा था। पहाड़ी की ऊंचाई एक लाभ और भी प्रदान करती थीः पहाड़ी से नीचे आक्रमण करना पहाड़ी पर ऊपर चढ़ने की अपेक्षा कहीं अधिक सरल था, जोकि उसके शत्रुओं को करना पड़ता। ऊंचाई ने उसके धुनर्धरों की मारक क्षमता को अत्यधिक बढ़ा दिया था।

ऊंचे स्थान पर स्थापित होने के बाद, सती ने रक्षात्मक सैन्य व्यूहों की सर्वाधिक प्रभावकारी स्थिति, चक्रव्यूह, को अपनाने का निर्णय लिया। चक्रव्यूह के केंद्र में कछुआ स्थिति में पैदल सिपाहियों के दस्ते थे। कछुए स्वयं अपने पिछले भाग की ओर नदी और नदी के बीच में लंगर डाले खड़े सरस्वती के बेड़े से रक्षित थे। वे मेलूहा के ऐसे किसी भी बल से सुरक्षा प्रदान करते थे जो नदी की ओर से आक्रमण करता। यदि आवश्यक हुआ तो भागने की आकस्मिकता के लिए, नौकाओं को तट पर लाकर उथले पानी में बांध दिया गया था। तीन परत गहरी घुड़सवार सेना की पंक्तियां सामने की ओर से केंद्र को सुदृढ़ता प्रदान कर रही थीं। सैन्य हाथियों की दो पंक्तियां भीतर स्थित व्यूहों को सुरक्षा देते हुए एक अभेद्य अर्धगोलाकार बाहरी आवरण बना रही थीं। पचास सहस्त्र सैनिकों से निर्मित विशाल चक्रव्यूह ने आंतरिक गतिशीलता और दरार पड़ने की स्थिति में घुड़सवारों द्वारा बाहरी आवरण के दुर्गीकरण के लिए पंक्तियों के बीच में पर्याप्त स्थान छोड़ दिया था।

सभी पशु धातु के पतले कवच पहने हुए थे और सैनिकों के पास लंबी मारक क्षमता वाले बाणों से सुरक्षा के लिए पीतल की बड़ी-बड़ी ढालें थीं।

यह युद्ध से बचने और आवश्यकता पड़ने पर शीघ्रता से पीछे हटने के लिए बनाया गया एक लगभग संपूर्ण रक्षात्मक व्यूह था।

शिव की ओर से कोई समाचार मिलने तक सती का विचार इसी व्यूह में रहने का था।

अध्याय 30

देवगिरि का संघर्ष

घुड़सवार सैनिकों की पंक्ति के पीछे सती अपने लिए बनाए गए लकड़ी के एक लंबे मचान पर बैठी हुई थी। यह उसे सारे मैदान और दूर स्थित देवगिरि नगर का भव्य दृश्य प्रदान कर रहा था। वह उस नगर को देख रही थी जहां उसने अपना अधिकांश जीवन व्यतीत किया था, जिसे कभी वह घर कहती थी। बीती बातों की याद से उसके हृदय के कोने में वहां की शांत, गंभीर दक्षता और न्यूनोक्त संस्कृति में लौट पाने की इच्छा उठी। भगवान अग्नि के मंदिर में पूजा करने की, जिस अनुष्ठान से वह विकर्म के रूप में पूरी तरह से जुड़ी हुई थी। इतने समीप होने के बावजूद, अब वह अपनी मां से मिलने भी वहां नहीं जा सकती थी। उसने अपना सिर झटका। यह भावुकता का समय नहीं था। उसे ध्यान केंद्रित रखना था।

उसने मचान के नीचे बंधे अपने घोड़े को देखा। नंदी और वीरभद्र अपने घोड़ों पर सवार मचान के पास ही प्रतीक्षा कर रहे थे। उन्हें उसके निजी अंगरक्षकों की तरह नियुक्त किया गया था।

सती जानती थी कि गणेश की सेना के साथ शिव के लौटने तक का समय बहुत कठिन होगा। उसे अपने सैनिकों को युद्ध के लिए तत्पर रखना होगा, और फिर भी युद्ध से बचना होगा। जैसा कि प्रत्येक सेनापति जानता है, इससे कभी-कभी सेना में बेचैनी भरी चिड़चिड़ाहट उत्पन्न हो सकती है।

उसने दूर कहीं कुछ हलचल देखी तो उसका ध्यान उस ओर गया। जो उसने देखा, उसे उस पर विश्वास नहीं हुआ। देवगिरि के ताम्र चबूतरे का मुख्य द्वार खोला जा रहा था।

वे कर क्या रहे हैं? मेलूहावासी बाहर खुले में क्यों आएंगे? वे तो

अल्पसंख्या में हैं!

"सावधान!" सती ने आदेश दिया। "सब लोग अपनी स्थिति पर रहें! हम आक्रमण आरंभ करने के उकसावे में नहीं आएंगे!"

नीचे उपस्थित संदेशवाहकों ने तुरंत सभी दलपतियों तक आदेश पहुंचा दिए। सती के सैनिकों के लिए पंक्तिबद्ध रहना महत्वपूर्ण था। जब तक वे ऐसा करते, उन्हें मात देना लगभग असंभव था। यह विशेषरूप से अहम था कि सती के व्यूह के बाहरी घेरे की हाथी पंक्ति अपने मोर्चे पर बनी रहे। वे उसके बचाव का बांध थे।

सती मेलूहाई सैनिकों को छोटे-छोटे दलों में देवगिरि से बाहर आते देखती रही, जो संभवतः एक टुकड़ी से अधिक न थे। जैसे ही वे बाहर निकले, नगर के द्वार बंद हो गए।

क्या यह आत्मघाती दल है? किस उद्देश्य के लिए...

मेलूहाई सैनिक धीरे-धीरे सती के डेरे की ओर बढ़ते रहे। वह उनको बढ़ते देखती रही, हतबुद्धि सी। ऊंचाई पर बैठे होने के कारण उसने शीघ्र ही देख लिया कि सैनिकों के पीछे गाड़ियां थीं जिन्हें बैल बड़ी मेहनत से खींच रहे थे।

ये एक सहस्त्र पैदल सैनिक क्या प्राप्त करना चाहते हैं? और उन गाड़ियों में क्या है?

जब मेलूहावासी पहाड़ी के पास तक आ गए, तो सती ने देखा कि बहुत से सैनिक अपने बाएं हाथों में लंबे अस्त्र लिए हुए हैं।

धनुर्धर।

उसने उन्हें रुकते देखा तो वह तुरंत समझ गई कि क्या होने वाला है। उनकी सहायता के लिए तीव्र हवा भी चल रही थी। मेलूहाइयों ने स्पष्ट रूप से यह योजना तब के लिए बनाई थी जब हवा भी उनके पक्ष में हो। उसे इन भागों के तत्व भलीभांति पता थे और वह तुरंत जान गई कि जितना उसके धुनर्धर पाएंगे, उतना दे नहीं सकेंगे।

"ढालें!" सती चिल्लाई। "बाण आ रहे हैं!"

किंतु धनुर्धर बहुत दूर थे। स्पष्ट रूप से उन्होंने हवा पर कुछ अधिक ही भरोसा कर लिया था। बाण सती की सेना तक भी ठीक से नहीं पहुंचे। तेज हवा यद्यपि मेलूहाइयों के लिए लाभकारी थी, मगर सती के लाभ के लिए काम नहीं कर रही थी। अपने धनुर्धरों द्वारा वह मेलूहाई तीरों की बौछार का उसी

प्रकार उत्तर नहीं दे सकी। उसने मेलूहाइयों को धीरे-धीरे आगे बढ़ते, धुनर्धरों के पीछे बैलगाड़ियों को घिसटते देखा। अपने जीवन में, उसने युद्ध में बैलगाड़ियों का प्रयोग होते कभी नहीं देखा था।

सती व्यग्र हो गई। *भला हाथियों के सामने बैल क्या कर सकते हैं? पितृतुल्य कर क्या रहे हैं?*

सती निश्चित थी कि वह आज तो सेनापति पर्वतेश्वर की रणनीति का परीक्षण नहीं करना चाहती है। यद्यपि यह बहुत आकर्षक था क्योंकि अगर वह अपने हाथियों को भेज देती तो इस छोटी सी टुकड़ी को कुछ ही पल में मिटाया जा सकता था। मगर, उसे जाल की गंध आ रही थी इसलिए वह अपने ऊंचे स्थान से हटना नहीं चाहती थी। वह जानती थी कि उसे क्या करना हैः शिव के लौटने तक मोर्चे पर डटे रहना। वह लड़ना नहीं चाहती थी। आज नहीं।

और भी पास आकर, मेलूहाई धनुर्धरों ने फिर से अपने बाण चढ़ाए।

"ढालें!" सती ने आदेश दिया।

इस बार बाण सती के व्यूह के दाहिने सिरे से टकराए। मारक क्षमता को जांचने के बाद मेलूहाई धनुर्धर एक बार फिर आगे बढ़े।

संभवतः मेलूहाइयों के पास कोई गुप्त अस्त्र है जिसके बारे में वे पूरी तरह से निश्चित नहीं हैं। उसमें बैलगाड़ियों की भी कोई भूमिका हो सकती है। वे मेरे सैनिकों को उन पर धावा बोलने के लिए उकसाना चाहते हैं जिससे कि वे अपने अस्त्र का परीक्षण कर सकें।

परिणाम प्रत्यक्ष था। अगर उसकी सेना उकसावे में नहीं आती है तो कोई लड़ाई नहीं होगी। उसकी सेना के सभी पशु अच्छी तरह कवच धारण किए हुए थे। सैनिकों के पास विशाल ढालें थीं, वे बाण-वर्षा से बचाव के लिए तैयार थे जो मेलूहाई इस समय कर रहे थे। बाणों की दो बौछारों के बावजूद उसकी सेना में कोई हताहत नहीं हुआ था। व्यूह को तोड़ने से कुछ प्राप्त नहीं होता। और, व्यूह में बने रहने से कोई हानि नहीं थी।

सती ने यह भी अनुमान लगाया कि चूंकि शत्रु पहले ही बहुत निकट आ चुका है इसलिए अपने धनुर्धरों को बाण चलाने का आदेश देना प्रतिकूल सिद्ध हो सकता है। जो भी कपटपूर्ण वस्तु वे अपनी बैलगाड़ियों में लिए हुए हैं, उसके साथ ही बाणों की बरसात पशुओं को बौखला सकती है। उसके पास एक अच्छा विचार था। उसने अपने संदेशवाहकों से कहा कि घुड़सवार दस्ते

से उस पहाड़ी के पीछे जाने को कहें जिस पर वे थे, इस प्रकार अपनी गतिविधि को छिपाते हुए वे पश्चिम की ओर साथ वाली पहाड़ी पर चले जाएं। वह चाहती थी कि उस पहाड़ी के शिखर के पीछे से वे किनारे की ओर से आक्रमण करें, मेलूहाई धनुर्धरों को चकित करके मार डालें और बैलों को भगा दें। उसे बस मेलूहाइयों के उसके स्थान के थोड़ा और पास आने की प्रतीक्षा करनी थी। फिर, अपनी घुड़सवार सेना के आक्रमण से वह उन्हें स्तब्ध कर सकती थी।

सती ने एक बार फिर अपने सैनिकों को आदेश दिया। "शांत रहो! अपनी पंक्तियों में रहो! अगर हम व्यूह में रहेंगे तो वे हमें हानि नहीं पहुंचा सकेंगे।"

मेलूहाई धनुर्धरों ने थोड़ा और पास आकर अपनी प्रत्यंचाएं चढ़ाईं और फिर बाण छोड़ दिए।

"ढालें!"

सती की सेना तैयार थी। यद्यपि बाण उसकी सेना के केंद्र तक पहुंच गए थे, किंतु कोई सैनिक घायल नहीं हुआ। मेलूहाइयों ने अपने धनुष पार्श्व में रखे और एक बार फिर पास खिसकने की तैयारी करने लगे, इस बार थोड़ा सा हिचकिचाते हुए।

अब वे विचलित हैं। वे जानते हैं कि उनकी योजना काम नहीं कर रही है।

"क्या है ये!" हाथी पर सवार एक क्रुद्ध वासुदेव अपने साथी की ओर मुड़ते हुए भभका। "हमारी पूरी सेना के विरुद्ध यह बैलों को लिए एक नन्ही सी टुकड़ी है। सेनापति सती हमें आक्रमण करने की अनुमति क्यों नहीं दे रहीं?"

"क्योंकि वे वासुदेव नहीं हैं," उसके साथी ने विष उगला। "उन्हें पता ही नहीं है कि कैसे लड़ा जाता है।"

"स्वामी," महावत ने सवारों से कहा, "हमें आदेश हैं कि सेनापति के आदेशों का पालन करना है।"

वासुदेव चिढ़कर महावत की ओर मुड़ा। "क्या मैंने तुम्हारा परामर्श मांगा था? तुम्हारे आदेश केवल मेरे आदेशों का पालन करना हैं!"

महावत तुरंत चुप हो गया, दूर से सेनानायक की पुकार सुनाई दी। "ढालें!"

बाणों की एक और बौछार। फिर से, कोई हताहत नहीं।

"बहुत हो गई यह मूर्खता!" एक हाथी-सवार गुर्राया। "हम क्षत्रिय हैं! हम भीरू ब्राह्मणों की तरह भय नहीं कर सकते! हमें युद्ध करना चाहिए!"

सती ने अपने व्यूह के सुदूर दाहिने भाग में कुछ हाथियों को देखा, वे जो मेलूहाई टुकड़ी के सबसे निकट थे, आगे बढ़ने लगे थे।

"पंक्ति में बने रहो!" सती चिल्लाई। "कोई भी व्यूह को न तोड़े!"

संदेशवाहकों ने तुरंत यह आदेश मैदान के दूसरी ओर पहुंचा दिया। महावतों ने हाथियों को व्यूह में वापस खींच लिया।

"नंदी," सती ने नीचे देखते हुए कहा। "अपने अश्व को उस छोर पर ले जाएं और उन मूर्खों से कहें कि व्यूह में ही बने रहें!"

"जी, देवी," नंदी ने प्रणाम करते हुए कहा।

"ठहरें!" सती ने कहा, उसने मेलूहाई धनुर्धरों को फिर से बाण चढ़ाते हुए देख लिया था। "इस बौछार को निकल जाने दें, फिर जाएं।"

"ढालें" के आदेश को फिर से आगे पहुंचा दिया गया और बाण बिना किसी हानि के उठे हुए अवरोधों पर टकराए। सती का कोई भी सैनिक आहत नहीं हुआ।

जब सती ने अपनी ढाल नीचे की और ऊपर की ओर देखा, तो वह सन्न रह गई। दाहिनी ओर के बीस हाथियों ने बेतहाशा धावा बोल दिया था।

"मूर्ख!" सती चिल्लाई और मचान से नीचे कूदकर अपने अश्व पर बैठ गई।

अंधाधुंध दौड़ते हाथियों द्वारा खोल दी गई दरार को पाटने के लिए वह सरपट आगे भाग रही थी, उसके बिल्कुल पीछे वीरभद्र और नंदी थे। घुड़सवार सेना की पंक्ति के पास से निकलते हुए उसने अरक्षित सेना को अपने पीछे आने का आदेश दिया। कुछ ही पल में, सती ने स्वयं को उस स्थान पर स्थापित कर लिया था जिसे व्यूह तोड़कर धावा बोलने भागते वासुदेव हाथियों ने खुला छोड़ दिया था।

"यहीं रहो!" उसने हाथ उठाकर अपने पीछे वाले सैनिकों को आदेश दिया।

वह दूर अपने हाथियों को चिंघाड़ते हुए आगे को भागते देख रही थी, उनके महावत उन्हें कोंच रहे थे। मेलूहाई धर्नुधर बहादुरी से अपने स्थान पर

खड़े थे और उन्होंने बाणों की एक और बौछार कर दी।

आदेश सती की सेना में गूंज उठा। "ढालें!"

वासुदेव हाथी-सवार धनुर्धरों से टकराते हुए जोरों से चिल्लाए। "जय श्री राम!"

हाथियों ने अपनी शक्तिशाली सूंडें झुलाईं, जिनसे लोहे के मजबूत गोले बंधे हुए थे। शक्तिशाली दोलनों से मेलूहाई सैनिक दूर-दूर छितर गए। कुछेक जो रह गए, वे विशाल पांवों तले कुचल गए। इस संहार के कुछ ही पल बाद धनुर्धर पीछे हटने लगे।

यद्यपि ऐसा लग रहा था मानो बीस वासुदेव हाथी मेलूहाई धनुर्धरों का चूरमा बनाए दे रहे हों, किंतु सती आशंका से सिहर उठी, उसे अपनी रीढ़ में सनसनी सी दौड़ती महसूस हुई। वह जोर से चिल्लाई, यद्यपि उसे पता था कि हाथी-सवार उसे नहीं सुन सकेंगे।

"वापस आ जाओ, मूर्खों!"

मगर वासुदेव हाथी-सवार तो उन्मत्त थे। आसान विजय से उत्साहित होकर वे अपने महावतों को हाथियों को आगे ले चलने के लिए कोंच रहे थे।

"आक्रमण!"

अग्नि-प्रक्षेपकों के उत्तोलकों को खींचते हुए हाथी-सवारों ने अपने मुख्य अस्त्रों को छोड़ दिया। हौदों से लंबी, भाले जैसी लपटें फूट निकलीं। सवारों ने अधिकतम प्रभाव का लक्ष्य लेकर अस्त्र का मोर्चा जमाया, और मेलूहाई सैनिकों की अगली पंक्ति में घुस गए।

दूर आगे बैलगाड़ियों को देखकर हाथियों ने दौड़ना जारी रखा। और फिर स्थिति पलट गई। पीछे हटते हुए मेलूहाई धनुर्धर जलते हुए बाण लिए पलटे और उन्होंने सीधे अपनी बैलगाड़ियों का निशाना ले लिया। गाड़ियों में रखे सूखे और ज्वलनशील कंडों में मिर्च मिली हुई थी और उन्होंने तुरंत आग पकड़ ली। विस्मित बैल अपने पीछे कहीं आग का अनुभव करके घबराकर आगे बढ़ते हाथियों की ओर दौड़ पड़े।

महावतों को सबसे पहले अंदेशा हुआ कि कुछ गड़बड़ है। पशुओं के साथ गहराई से जुड़े होने के कारण वे उनके भीतरी तनाव का अनुभव कर सकते थे। मगर अपने पीछे आग उगलते हाथी-सवारों द्वारा कोंचे जाने से वे अपने हाथियों पर आगे बढ़ने का दबाव डालते रहे। शीघ्र ही बैलगाड़ियों की सामग्री धू-धू

जलने लगी और गाढ़ा, तीखा धुआं निकलने लगा। किंतु हाथी-सवार आक्रमण के लिए प्रतिबद्ध थे। वे सीधे अंधा कर देने वाले धुएं में घुसे चले गए।

जैसे ही हाथी धुएं की चपेट में आए, वे बेतहाशा चिल्लाने लगे। महावत गंध को पहचान गए थे।

मिर्च!

"पीछे हटो!" एक महावत चिल्लाया।

"नहीं!" एक युद्धरत हाथी-सवार पलटकर चिल्लाया। "ये हमारे हाथ में हैं। इन बैलों को कुचल डालो। आगे बढ़ो!"

किंतु हाथी पहले ही बौखला चुके थे। वे अपनी असुविधा के स्रोत से पलट गए और दौड़ने लगे। अपनी गाड़ियों में लगी आग से घबराए हुए बैलों ने मानो आग से बचने के लिए अपनी पागलपन भरी दौड़ जारी रखी।

सती दूर से इस स्थिति को विकसित होते देख रही थी। बैल जो कुछ भी ले जा रहे थे, वह वस्तु हाथियों को उन्मत्त बना रही थी। कुछ ही पलों के भीतर बैल बाहरी पंक्ति के उसके शेष हाथियों के पास पहुंच जाएंगे और उसके बल में घोर अव्यवस्था फैला देंगे। उसने देखा देवगिरि के दोबारा खुलते द्वार से एक अग्नि बाण छोड़ा गया है। मेलूहाइयों ने देख लिया था कि उनकी रणनीति कारगर रही थी और अब वे पूर्ण आक्रमण के लिए तैयार हो रहे थे। उसका अंदेशा तब पुष्ट हो गया जब उसने मेलूहा की घुड़सवार सेना को धड़धड़ाते हुए देवगिरि के द्वार से बाहर आते देखा। नगर दस किलोमीटर दूर था और वह जानती थी कि उन लोगों के उस स्थान तक पहुंचने से पहले उसके पास कुछ समय अवश्य है। उसकी तुरंत चिंता आगे बढ़ते बैल थे जो सारे वासुदेव हाथियों को उसके अपने ही दल पर आक्रमण करने के लिए उन्मत्त कर सकते थे।

पीछे मुड़कर, उसने चिल्लाकर अपने उद्घोषक से कहा, "पीछे की पंक्तियों से कहो नावों की ओर वापस जाएं। तुरंत!"

उसने हाथियों की शेष बची पंक्तियों को भी तुरंत बिखरने और दक्षिण की ओर भागने को कहा। अगर बैलगाड़ियां विशालकाय पशुओं की पंक्तियों तक पहुंच जातीं और उसके अधीनस्थ सैकड़ों हाथियों में घबराहट फैला देने में सफल रहतीं तो उसकी सेना अपने ही हाथियों द्वारा पूरी तरह नष्ट कर दी जाती।

फिर उसने अपनी घुड़सवार सेना को आगे बढ़ने का आदेश दिया।

"हमारी ओर बढ़ते इन पशुओं पर धावा बोलो! हमें इन्हें किसी दूसरे मार्ग पर मोड़ना होगा! हमें अपने सैनिकों के वापस लौटने के लिए समय चाहिए!"

उसकी घुड़सवार सेना ने अपनी तलवारें निकालीं और दहाड़ उठेः "हर हर महादेव!"

"हर हर महादेव!" सती ने हुंकारा और अपनी तलवार निकालकर आगे दौड़ पड़ी।

सती की मंजी हुई घुड़सवार सेना ने हाथियों और बैलों की ओर बढ़ते हुए बाणों की सतत वर्षा जारी रखी। यद्यपि इसने अनेक बैलों को सती की सेना के मार्ग से हटा दिया था, किंतु हाथियों ने अपना अनियंत्रित आक्रमण जारी रखा। लगातार आग फेंकते हुए हाथियों के बहुत से हौदे नर्क में बदल चुके थे। बदहवास पशुओं के ऊपर बैठे स्तंभित हाथी-सवार अपने कुछ अग्नि प्रक्षेपकों पर गिर पड़े थे जिससे उनके उत्तोलक टूट गए थे।

कुछ पल बाद, सती की घुड़सवार सेना अनियंत्रित झूलती सूंडों और लोहे के गोलों से निपुणता से बचते हुए निर्भीकता से पीछे लौटते अपने हाथियों की ओर बढ़ती रही। उन्हें अपने ही हाथियों को मार गिराना था। इसके लिए उन्हें उनके एकदम पीछे चलना था और पशुओं की रानें काट देनी थीं, जिससे उनकी पिछली टांगें गिर जातीं। किंतु यह कहना आसान था, करना कठिन, क्योंकि खराब हो गए अग्नि प्रक्षेपक लगातार आग उगल रहे थे। सती इस कार्य में बहादुरी से घुड़सवार सेना के अपने खंड का नेतृत्व कर रही थी। चूंकि वो बस बीस हाथी थे, इसलिए उन्हें शीघ्र ही मार डाला गया। किंतु इससे पहले घुड़सवार सेना के अनेक सैनिक अपनी जान गंवा चुके थे, कुछ कुचल गए थे, तो बहुत से अग्नि प्रक्षेपकों से जल गए थे। स्वयं सती का मुख भी एक ओर से झुलस गया था।

इस बीच, सती की सेना के शेष घुड़सवार सैनिकों ने अपनी ओर चढ़े आते बैलों का भालों और बाणों के कुशल प्रयोग से दिशा-परिवर्तन कर दिया था। अपने पीछे बंधी जलती हुई गाड़ियों से घबराए हुए बैल अभी भी दौड़ रहे थे, किंतु पश्चिम की ओर और सती की शेष हाथी सेना से सुरक्षित रूप से दूर। सती ने पीछे मुड़कर पूर्व में देखा, जहां उसके बहुत से पैदल सैनिक पोतों की सुरक्षा में जा रहे थे। उसकी सतर्क योजना ने ऐसी किसी परिस्थिति के लिए

ही सुनिश्चित किया था कि बड़ी संख्या में छोटी नौकाएं तैयार रहें।

किंतु पूर्ण विनाश से पहले, यह तो छोटी सी विजय सिद्ध होती। मेलूहा की घुड़सवार सेना तीव्र गति से युद्धक्षेत्र की ओर बढ़ रही थी। और जैसे ही बैलों को दूर धकेला गया, मेलूहाई घुड़सवार सेना ने सती की घुड़सवार सेना पर हमला बोल दिया।

तलवारें टकराईं।

सती की घुड़सवार सेना में तीन सहस्त्र सैनिक थे और ये मेलूहाइयों के बराबर ही थे। किंतु उसके सैनिक अभी-अभी घबराए हुए हाथियों और बैलों के साथ घातक मुठभेड़ से निकले थे। उनकी संख्या कम रह गई थी और उनकी शक्ति भी कम हो चुकी थी। मगर, सती जानती थी कि पीछे हटने का विकल्प नहीं है। उसे कुछ देर और संघर्ष करते रहना होगा ताकि उसके सारे पैदल सैनिक पोतों की सुरक्षा में पहुंच सकें।

तभी सती ने एक बार फिर हाथियों की आवाजें सुनीं।

उसने अपने सामने उपस्थित मेलूहाई को मारा और पीछे मुड़कर देखा।

"भगवान राम कृपा करें!"

जिस हाथी सेना को उसने दक्षिण की ओर जाने का आदेश दिया था, उसमें से कुछ हाथी गरजते हुए वापस आ रहे थे। हाथी उग्र रूप से चिंघाड़ रहे थे, सब दिशाओं में आग बरसा रहे थे। महावत पहले ही गिर चुके थे जिससे पशु पूरी तरह से अनियंत्रित हो गए थे। हाथियों के पीछे, अपने पीछे बंधी जलती हुई गाड़ियां लिए बैल दौड़ रहे थे।

पर्वतेश्वर द्वारा निर्दिष्ट उत्कृष्ट रणनीति से मेलूहाइयों ने मिर्च मिले कंडों से भरी बैलगाड़ियों की एक टुकड़ी सती के मोर्चे के दक्षिण में खड़ी की हुई थी। ये गाड़ियां विगत शाम कृषि उत्पादों के परिवहन के रूप में देवगिरि से निकली थीं। चूंकि सती ने नगर का घेराव नहीं किया था, बस उसके निकट शिविर डाला था, इसलिए वे केवल आयुध वाहनों पर ही आक्रमण करते थे और अनाक्रामक सामग्री देवगिरि से मुक्त रूप से आ-जा सकती थी। इसका कारण अत्यंत स्पष्ट थाः पूरे घेराव में बहुत अधिक सैनिकों को लगाना पड़ता और यह युद्ध को भी भड़का सकता था। सती इससे बचना चाहती थी। उसके चंद्रवंशी गुप्तचर यह नहीं समझ सके कि गोबर और कृषि उत्पाद भी उनके लिए घातक हो सकते हैं।

जब हाथी इन गाड़ियों की ओर दौड़े तो इनमें भी आग लगा दी गई। और जैसी कि अपेक्षा थी, वापस लौटते हुए ये हाथी घबराकर पलट गए और युद्धक्षेत्र की ओर भाग चले।

सती दुविधा में थी। सामने मेलूहाई सेना थी और उसके पीछे भागकर आते, घबराए और आग उगलते हाथियों का विशाल झुंड था।

"पीछे हटो!" सती चिल्लाई।

उसकी घुड़सवार सेना युद्ध से अलग हुई और सरपट नदी की ओर भागी। उनका सौभाग्य था कि मेलूहा की घुड़सवार सेना ने उनका पीछा नहीं किया। तीव्र गति से अपनी ओर आते भयभीत हाथियों के दृश्य से घबराकर वे मुड़े और अपनी चारदीवारी की सुरक्षा में चले गए।

सती के घुड़सवारों में अनेक को उत्पात मचाते हाथियों ने रौंद दिया या जला दिया। कुछ घुड़सवार नदी तक पहुंच गए थे और एक पल भी झिझके बिना पानी में उतर गए थे। अपने सवारों को लिए घोड़े हताशा से सुरक्षा पाने के लिए पोतों की ओर तैरने लगे। मगर अनेक अपने हल्के कवचों के बोझ से सरस्वती में डूब गए। सती, वीरभद्र और नंदी उन कुछ सौभाग्यशाली लोगों में से थे जो पोतों तक पहुंच गए थे।

यद्यपि अधिकांश पैदल सैनिकों को बचा लिया गया था, किंतु हाथी और अश्व सेना समाप्त हो गई थी। जब हाथियों के द्वारा किया गया भीषण विनाश समझ में आया तो मृत्तिकावटी के युद्ध में उनके मारक वारों की स्मृति शीघ्र ही भुला दी गई।

जैसे ही जीवित बचा अंतिम सैनिक पोत पर आया, पोतों का नियंत्रण संभाल रहे चेनारध्वज ने शीघ्रता से आदेश दिया कि वे पीछे हट रहे हैं। थल सेना की सुरक्षा के बिना उनकी स्थिर नौसेना भावी आक्रमणों के लिए खुला आमंत्रण होती।

अध्याय 31

गतिरोध

"पूर्ण सर्वनाश," विद्युन्माली ने डींग हांकी। "अब हमें उन मूर्खों का पीछा करना चाहिए और उस धूर्त की बचीखुची सेना को भी समाप्त कर देना चाहिए। उसे समझ में आना चाहिए कि हमारी पवित्र मातृभूमि पर कोई आक्रमण नहीं कर सकता।"

दक्ष, भृगु, पर्वतेश्वर और कनखला के साथ विद्युन्माली भी सम्राट के निजी कक्ष में सम्मिलित था। यद्यपि दलपति सामान्यतया रणनीतिक सभाओं में भाग नहीं लेते थे, किंतु दक्ष ने आग्रह किया था कि हाथियों के विषय में जानकारी उपलब्ध करवाने की उसकी महत्वपूर्ण भूमिका को ध्यान में रखते हुए उसे भी अनुमति दी जाए।

पर्वतेश्वर ने विद्युन्माली को चुप करने के लिए हाथ उठाया। "हमें अति-उत्साही नहीं होना चाहिए, विद्युन्माली। स्मरण रहे, दबाव में भी सती का कौशल असाधारण था। उसने अपनी अधिकांश सेना को बचा लिया था। तो ऐसा नहीं है कि अगर हम उनका पीछा करेंगे तो हमें भारी संख्यात्मक लाभ प्राप्त होगा।"

अपनी आंखें भूमि पर लगाए विद्युन्माली चुपचाप उबलता रहा। *शत्रु सेनापति की प्रशंसा? माननीय पर्वतेश्वर को हुआ क्या है? वह कभी मेलूहा की राजकुमारी रही होगी, किंतु अब तो वह हमारी मातृभूमि की घोर शत्रु है।*

"और हमें यह भी नहीं भूलना चाहिए," कनखला ने कहा, "कि नीलकंठ एक बड़ी सेना लेकर जलमार्ग से उत्तर की ओर से आ रहे हैं। इस समय हमारी सेना के लिए सबसे सुरक्षित स्थान दुर्ग की इन दीवारों के भीतर है।"

नीलकंठ? साम्राज्य के अपने वरिष्ठों के साथ तर्क करने का अनिच्छुक

विद्युन्माली मन ही मन उबला। *वह नीलकंठ नहीं है। वह हमारा शत्रु है। और हमारी सेनाओं को युद्ध करना चाहिए, न कि ऊंची दीवारों के पीछे स्वयं को सुरक्षित रखना!*

"कनखला सही कहती हैं," दक्ष ने कहा। "हमें अपनी सेना यहीं रखनी चाहिए और जिस पल उस कपटी नीलकंठ के पोत बंदरगाह पर लगें, हमें उस पर आक्रमण कर देना चाहिए। वह भीरू मेरी बेटी को लड़ने के लिए अकेला छोड़ गया, जबकि स्वयं यमुना पर मटरगश्ती करता रहा! उसे उसकी कायरता का फल भुगतना होगा!"

विद्युन्माली ने जो सुना, उस पर उसे विश्वास नहीं हो रहा था। क्या यहां कोई मेलूहा के हितों को अन्य सभी से ऊपर रखता है?

"हम राजकुमारी सती और उनके पति के उनके प्रति कर्तव्यों की अपेक्षा मेलूहा की चिंता करें," भृगु ने कहा। "माननीय पर्वतेश्वर सही कहते हैं। हमने एक बड़ी विजय प्राप्त की है। किंतु अपने अगले कदम हमें सावधानी से नाप-तोलकर उठाने होंगे। आपका क्या विचार है, सेनापति?"

"मुनिवर, हमने उनकी हाथी और घुड़सवार सेना को नष्ट कर दिया है," पर्वतेश्वर ने कहा। "सती की सेना पीछे हट रही है। इसलिए, मुझे नहीं लगता कि नीलकंठ यहां रुककर हम पर आक्रमण करेंगे?"

"निस्संदेह नहीं करेगा," दक्ष बोल पड़े। "वह भीरू है।"

"राजन," भृगु ने अपनी अप्रसन्नता को कठिनाई से ही छिपाते हुए कहा। महर्षि पर्वतेश्वर की ओर मुड़े, "वे यहां क्यों नहीं रुकेंगे, सेनापति?"

"मेरे गुप्तचरों ने गणेश की सेना के हमारे पूर्व आकलनों की पुष्टि भेजी है," पर्वतेश्वर ने कहा। "उनके पास डेढ़ लाख सैनिक हैं। वह अत्यंत विशाल सेना है, किंतु अगर हम अपने दुर्ग की दीवारों के अंदर रहते हैं, तो यह देखते हुए कि उन्हें बढ़ाने के लिए सती की सेना भी अब उपलब्ध नहीं है, यह हमारी सेना को परास्त करने के लिए पर्याप्त नहीं है। और अपनी रक्षात्मक स्थितियों से हम उनकी सेना को धीरे-धीरे थका सकते हैं। इसलिए, नीलकंठ यहां पर लंबा घेराव नहीं डालना चाहेंगे। उन्हें प्राप्त कुछ नहीं होगा और वे अनावश्यक रूप से अपने सैनिकों को गंवा देंगे।"

"तो आपके विचार से वे क्या करेंगे?"

"वे देवगिरि से होकर निकल जाएंगे और सती की सेना के साथ मिल

जाएंगे, संभवतः मृत्तिकावटी में या लोथल में।"

"तो हमें उनके पोतों पर आक्रमण कर देना चाहिए," दक्ष बीच में बोले।

"यह कठिन होगा, महाराज," पर्वतेश्वर ने कहा। "उनके पोत नदी के प्रवाह के साथ चल रहे हैं। हमें सड़क से जाना होगा क्योंकि सरस्वती पर अब हमारे नियंत्रण में कोई युद्धपोत नहीं है। उन्हें गति का लाभ मिलेगा। हम उन्हें नहीं पकड़ पाएंगे।"

"तो हमें उन पर कहां आक्रमण करना चाहिए?" भृगु ने पूछा।

"अगर हमें उन पर आक्रमण करना ही है, तो मैं यह मृत्तिकावटी में ही करना पसंद करता।"

"क्यों?"

"लोथल अच्छा विचार नहीं है। लोथल की सुरक्षा व्यवस्था की बनावट मैंने स्वयं बुनी थी और झूठी विनम्रता को तजते हुए मैं कहूंगा कि वे सुरक्षाएं ठोस हैं। लोथल को जीतने के लिए हमें दस पर एक सैनिक का लाभ चाहिए होगा। वह हमारे पास नहीं है। हम सती-गणेश की ढाई लाख से अधिक की संयुक्त सेना के विरुद्ध अपने मात्र अस्सी सहस्त्र सैनिक खड़े करेंगे। लोथल पर आक्रमण करना हमारे लिए विनाशकारी रहेगा! हम बहुत अधिक सैनिकों को गंवा देंगे। दूसरी ओर, मृत्तिकावटी की सुरक्षा-व्यवस्था को इस प्रकार का संख्यात्मक लाभ नहीं चाहिए। साथ ही, मृत्तिकावटी में हमारे अपने बीस सहस्त्र सैनिक भी हैं। मैं सहमत हूं कि वे बंदी हो सकते हैं, किंतु अगर उन्हें पता लगेगा कि उनके मेलूहाई सैनिक बंधुओं ने नगर को घेर लिया है, तो वे भीतर ही प्रभु के लिए भारी परेशानी खड़ी कर सकते हैं। यह कहने के बाद, इसी कारण से मैं अपेक्षा करूंगा कि प्रभु मृत्तिकावटी नहीं, लोथल जाएंगे।"

भृगु को आभास हो रहा था कि पर्वतेश्वर एक बिल्कुल ही भिन्न रणनीति को पसंद करेगा। "मुझे ऐसा आभास हो रहा है कि आप कोई आक्रमण न करना पसंद करेंगे।"

"कोई आक्रमण न करना?" विस्मित दक्ष ने पूछा। "क्यों? हमारी सेना विजय का स्वाद चख चुकी है। पर्वतेश्वर, आपको..."

"राजन," भृगु ने बात काटी। "हमें क्या करना चाहिए, यह बताने का काम हमें संभवतः माननीय पर्वतेश्वर जैसे किसी विशेषज्ञ पर छोड़ देना चाहिए। कहिए, सेनापति।"

"अभी आक्रमण को टालने के मेरे परामर्श का कारण यह है कि प्रभु नीलकंठ अपेक्षा करेंगे कि हम आक्रमण करें," पर्वतेश्वर ने कहा। "संख्यागत लाभ के बिना कोई अच्छी तरह रक्षित दुर्ग पर आक्रमण नहीं कर सकता। हमारे पास वह नहीं है। अतः उन पर आक्रमण करके हम कुछ प्राप्त नहीं करेंगे अपितु बहुत अधिक सैनिकों को गंवा देंगे। इसलिए मेरा कहना है कि हम देवगिरि की सुरक्षित दीवारों के अंदर ही रहें। अगर हम छह माह और प्रतीक्षा करते हैं तो अयोध्या की सेना भी यहां पहुंच जाएगी। उनके तीन लाख सैनिकों के साथ मिलकर हमें प्रभु की सेना पर भारी संख्यागत लाभ मिल जाएगा।"

"अर्थात आप परामर्श दे रहे हैं कि हम बस कायरों की तरह बैठे रहें?" दक्ष ने कहा।

"जब स्थिति हमारे पक्ष में न हो तो आक्रमण से बचना कायरता नहीं होगी," भृगु ने पर्वतेश्वर की ओर मुड़ने से पहले कहा। "आप कहिए, सेनापति।"

"जब अयोध्या की सेना आ जाएगी तो हम करचप की ओर कूच कर देंगे," पर्वतेश्वर ने कहा। "अपनी नौसेना की सिंधु टुकड़ी पर अभी भी हमारा नियंत्रण है। अयोध्या के सैनिकों के साथ हमारे पास चार लाख सैनिकों का शक्तिशाली बल होगा। उसके साथ अत्यंत उच्च कोटि का वह नौसैनिक बेड़ा भी जुड़ जाएगा जो हमारे पास सिंधु नदी में है तो हम लोथल पर बहुत सशक्त आक्रमण कर सकते हैं।"

"आप जो कह रहे हैं, वह तर्कपूर्ण प्रतीत होता है," भृगु ने कहा, फिर दक्ष की ओर मुड़े। "मेरा परामर्श है कि हम माननीय पर्वतेश्वर की रणनीति पर चलें। राजन?"

दक्ष ने तुरंत सहमति में सिर हिला दिया।

किंतु विद्युन्माली ने अनुमान लगा लिया था कि इस निर्णय में सम्राट का हृदय नहीं था। वह सोच रहा था कि क्या यह उसके लिए सम्राट को अधिक आक्रामक रणनीति अपनाने के लिए आश्वस्त करने का अवसर है।

— ⁂ —

सरस्वती पर आगे बढ़ते हुए, गणेश की स्तंभित सेना देवगिरि के दक्षिण में पहाड़ी युद्धक्षेत्र की विनाशलीला से जड़ हो गई थी। हाथियों और घोड़ों की फूली हुई लाशें पहाड़ी पर बिखरी पड़ी थीं, उन पर मक्खियां भिनक रही थीं। कौए

और गिद्ध पशुओं के अवशेषों पर बुरी तरह लड़ रहे थे, यद्यपि वहां उन सबके लिए पर्याप्त लाशें पड़ी थीं। दावत उड़ाते पक्षियों की चीख-पुकार दृश्य की भयावहता को और बढ़ा रही थी।

मगर सैनिकों की विशेष रुचि की बात यह तथ्य था कि युद्धक्षेत्र में मनुष्यों के शव नहीं थे। अपनी सम्मानजनक परंपराओं के अनुरूप मेलूहाइयों ने संभवतया अपने सभी शत्रु योद्धाओं का अंतिम संस्कार कर दिया था। साथ ही, उन्होंने यह भी ध्यान दिया कि सरस्वती पर भी कोई भग्नावशेष नहीं थे। इसका अर्थ था कि सती के पोत विनाश से बच गए थे, और संभवतया उसकी अधिकांश सेना सुरक्षित थी।

शिव अग्रिम पोत के खुले भाग में अपने पुत्रों और काली के साथ खड़े हुए युद्धक्षेत्र का निरीक्षण कर रहा था। वह जानता था कि अब वे देवगिरि में रुककर युद्ध में लिप्त नहीं हो सकते। अब उनके पास संख्यात्मक बल नहीं था। उसे दूर दक्षिण में लौटना और पता करना होगा कि सती की कितनी सेना बची है। उसके गुप्तचर बता चुके थे कि विनाश जितना दिखता है, वास्तव में उतना भयानक नहीं रहा होगा। सती की सेना के अधिकांश पैदल सैनिक बच गए थे और उसके पोत सुरक्षित रूप से दक्षिण की ओर बढ़ रहे थे। शिव जानता था कि सती की अधिकांश सेना के सुरक्षित होने से युद्ध में उसके लिए संभावनाएं अभी भी शेष थीं, किंतु उसे अपनी रणनीति को पुनः बनाना होगा।

मगर ये सब बाद की बातें थीं। उस पल उसका मन केवल एक विचार पर केंद्रित थाः उसकी सती तो ठीक थी? क्या वह आहत हुई थी? क्या वह जीवित थी?

"नीलकंठ," गोपाल ने तेजी से शिव की ओर आते हुए कहा। उसे अभी-अभी एक वासुदेव पंडित के दूत से समाचार प्राप्त हुआ था जो सरस्वती के पूर्वी तट पर छिपा हुआ शिव के पोतों के आने की प्रतीक्षा कर रहा था। "देवी सती को जब वापस लौटते हुए पोतों में से एक ने ऊपर चढ़ाया, तब तक वे जीवित थीं।"

"तब तक जीवित थीं? क्या तात्पर्य है आपका?"

"वे बुरी तरह आहत हुई थीं, शिव। विनाश मचाते हाथियों और मेलूहा की घुड़सवार सेना के विरुद्ध उन्होंने स्वयं घुड़सवार सेना का नेतृत्व किया था। नंदी और वीरभद्र उन्हें सुरक्षित निकाल ले गए थे। जिस समय वे पोत पर पहुंची

थीं, मूर्च्छित थीं। दुर्भाग्य से, जिस व्यक्ति से मैंने बात की, उसके पास और अधिक जानकारी नहीं थी।"

शिव ने तुरंत निर्णय ले लिया। वे जानता था कि उसके नौसैनिक बेड़े का व्यूह उतनी ही तीव्र गति से चल सकता है जिस गति से सबसे धीमा पोत चलेगा। वह उतनी देर प्रतीक्षा नहीं कर सकता था।

"गणेश, मैं तीव्रतम पोत लेकर दक्षिण की ओर बढ़ रहा हूं। मुझे तुम्हारी मां के पोत को ढूंढ़ना होगा। काली, कार्तिक और तुम बेड़े के साथ ही रहोगे। सभी युद्धों से बचना और जितना शीघ्र संभव हो, पोतों को चलाकर मुझसे मृत्तिकावटी में मिलना।"

अपनी मां के लिए चिंतातुर गणेश और कार्तिक मूक खड़े थे।

"वे जीवित हैं," शिव ने अपने पुत्रों के कंधों को पकड़ा। "मैं जानता हूं कि वे जीवित हैं। वे मेरे बिना नहीं मर सकतीं।"

— ⁂ —

शिव का पोत सरस्वती पर तीव्र गति से चला और उसने सती के पीछे हटते बेड़े को पकड़ लिया। वह अपनी पत्नी के पोत पर चढ़ा और पाया कि सती अब संकट से बाहर है, किंतु अभी भी शैया से नहीं उठ सकती। मगर, इस राहत के साथ ही एक वासुदेव पंडित से दुखद समाचार भी प्राप्त हुआ। देवगिरि में सती की सेना के विनाश के समाचारों ने मृत्तिकावटी में बंदी मेलूहाई सैनिकों को भी साहस प्रदान किया कि वे अपने बंधककर्ता नागरिकों को ललकारें। वे अपने बंदीगृह को तोड़कर बाहर आ गए और उन्होंने नगर पर नियंत्रण कर लिया। इस प्रक्रिया में नीलकंठ के प्रति निष्ठावान तीन सहस्त्र नागरिक मारे गए। शिव के पास अभी मृत्तिकावटी से बचने के सिवा कोई विकल्प न था, क्योंकि अब वह उनकी सेना के लिए सुरक्षित न रहा था। उसने सरस्वती की एक अन्य सहायक नदी से होकर लोथल जाने का निर्णय किया। एक वासुदेव पंडित के माध्यम से गणेश की सेना तक भी संदेश पहुंचा दिया गया।

मगर अभी तो शिव सरस्वती पर चलते सती के पोत पर ही रहा। पोताध्यक्ष के साथ नौसैनिक गतिविधियों को देखने के बाद, शिव सती के कक्ष में गया।

आयुर्वती सती की शैया के पास बैठी हुई उसके जले हुए चेहरे पर

शांतिदायक जड़ीबूटियां लगा रही थी। शीघ्रता और सुघड़ता से उसने नीम की पत्तियों की पट्टी बांध दी। "यह सुनिश्चित करेगी कि आपका घाव संक्रमित न हो।"

सती ने विनम्रता से हामी भरी। "धन्यवाद, आयुर्वती जी।"

"साथ ही," आयुर्वती ने यह सोचते हुए आगे कहा कि सती संभवतः उस विद्रूप चिह्न को लेकर चिंतित होगी जो लगभग उसके चौथाई चेहरे को ढके हुए था, "घाव की चिंता भी मत करना। जब भी आप तैयार होंगी, मैं आपकी त्वचा को सुचिक्कण करने के लिए सौंदर्य शल्यचिकित्सा कर दूंगी।"

सती ने हामी भरी, उसके होंठ कसकर भिंचे हुए थे।

आयुर्वती ने शिव को देखा और फिर वापस सती को। "अपना ध्यान रखना, पुत्री।"

"एक बार पुनः धन्यवाद, आयुर्वतीजी," सती ने कहा, अपने चेहरे के घाव के कारण वह मुस्कुराने में असमर्थ थी।

आयुर्वती शीघ्रता से कक्ष से बाहर चली गई। शिव घुटनों के बल बैठा और उसने सती का हाथ पकड़ लिया।

"मुझे दुख है, शिव। मैंने आपको निराश किया।"

"कृपया बार-बार ऐसा मत कहो," शिव ने कहा। "मुझे बताया गया है कि जलती हुई मिर्चों पर हाथियों ने किस प्रकार प्रतिक्रिया की थी! यह चमत्कार ही है कि तुम हमारे इतने सारे सैनिकों को बचाने में सफल रहीं, जितनों को तुमने बचाया है।"

"आप इसलिए उदार हो रहे हैं कि मैं आपकी पत्नी हूं। हमारी संपूर्ण हाथी सेना और अधिकांश घुड़सवार सेना नष्ट हो गई। यह विनाशकारी है।"

"तुम अपने प्रति इतनी कठोर क्यों हो रही हो? देवगिरि में जो हुआ, वह तुम्हारा दोष नहीं था। अपनी हाथी सेना को तो हमने उसी पल खो दिया था जब मेलूहाइयों को यह पता लगा कि जलती हुई मिर्चों का धुआं उन्हें व्याकुल कर देता है।"

"किंतु मुझे पहले ही पीछे हट जाना चाहिए था।"

"तुमने जैसे ही हाथियों पर इसके प्रभाव को देखा, तुम पीछे हट गई थीं। तुम्हारे पास अपनी घुड़सवार सेना को लेकर युद्ध में जाने के सिवा कोई विकल्प नहीं था, अन्यथा हमारे सैनिकों का संहार कर दिया जाता। व्यावहारिक रूप से

हमारी संपूर्ण सेना सुरक्षित है। तुमने यह सुनिश्चित करके उत्तम कार्य किया कि हमें बहुत अधिक हानि नहीं उठानी पड़ी।"

सती अप्रसन्नता से दूसरी ओर देखने लगी, वह अभी भी बुरी तरह से स्वयं को दोषी महसूस कर रही थी।

शिव ने सौम्यता से उसके माथे को छुआ। "प्रिये, मेरी बात सुनो..."

"मुझे कुछ देर अकेला छोड़ दें, शिव।"

"सती..."

"शिव, कृपया... कृपया मुझे अकेला छोड़ दें।"

शिव ने कोमलता से सती को चूमा। "यह तुम्हारा दोष नहीं था। जीवन में सामान्य रूप से ऐसी त्रासदियां होती रहती हैं जिनके लिए हम वस्तुतः उत्तरदायी होते हैं। निस्संदेह उनके लिए अपराधी अनुभव करो। किंतु इस बात में कोई तर्क नहीं है कि तुम उन घटनाओं के लिए अपने हृदय पर अपराध का बोझ लिए रहो जिनमें तुम्हारा दोष नहीं है।"

सती पीड़ा से भरे भाव के साथ शिव की ओर मुड़ी। "और आप, शिव? क्या आप सच में सोचते हैं कि कैलाश पर एक छह साल का बालक उस स्त्री को बचाने के लिए कुछ कर सकता था?"

अब मौन रहने की बारी शिव की थी।

"सत्यतापूर्ण उत्तर तो है, नहीं," सती ने कहा। "किंतु फिर भी आप उस अपराध को वहन करते हैं, है न? क्यों? क्योंकि आप स्वयं से अधिक की अपेक्षा करते थे।"

शिव की आंखें बचपन की उस स्मृति की पीड़ा से गहरा गईं। उसके जीवन का कोई दिन ऐसा नहीं था जब उसने उस स्त्री से मौन क्षमायाचना न की हो जिसे वह बचा नहीं पाया था! वह स्त्री जिसे बचाने का उसने प्रयास तक नहीं किया था।

"मुझे भी स्वयं से अधिक अपेक्षा थी," सती ने कहा, उसकी आंखें नम थीं।

मौन आलिंगन में वे एक-दूसरे की पीड़ा को अनुभव करते रहे।

— ⋆ —

शिव और सती के पोतों का काफिला सरस्वती की इस शाखा के अंतिम नौगम्य

बिंदु तक पहुंच गया था। यहां से नदी पोतों के लिए अत्यधिक उथली थी। कुछ और आगे, समुद्र तक स्वयं को धकेल पाने में असमर्थ सरस्वती धरती पर ही सूख जाती थी।

शिव ने उस शाखा को छोड़ दिया था जो मृत्तिकावटी जाती थी। वह सरस्वती के अंतर्क्षेत्रीय मुहाने के धुर दक्षिणी भाग में था। यहां से उसकी सेना को लोथल के सीमावर्ती दुर्ग तक पैदल जाना था। खाली पोतों को पीछे छोड़ना संकटपूर्ण था। कुछ ही समय में मेलूहाइयों को इसकी जानकारी मिल जाती। शिव, प्रभावी रूप से पच्चीस सुगठित सैन्य पोतों को मेलूहाइयों को वापस सौंप देता जिससे वे तीव्र गति से अपनी सेना को सरस्वती पर ऊपर-नीचे ले जा सकते थे। निर्णय स्पष्ट था। पोतों को नष्ट करना होगा।

जैसे ही उसकी सारी सेना तट पर उतरी और लोथल की ओर कूच करने वाला काफिला तैयार हुआ, शिव ने पोतों को जला देने का आदेश दे दिया। सौभाग्य से वर्षा रुकी हुई थी जोकि इस वर्ष थोड़ा पहले आ गई थी, जिससे अग्नि ने शीघ्र ही पोतों को नष्ट कर दिया।

शिव खड़े हुए ऊंची-ऊंची लपटों को देख रहा था। उसने सुना नहीं कि गोपाल और चेनारध्वज कब उसके पास आ गए।

"अग्निदेव वस्तुओं को शीघ्र ही लील जाते हैं," गोपाल ने कहा।

शिव ने गोपाल को देखा और फिर जलते हुए पोतों को देखने लगा। "हमारे पास और कोई विकल्प नहीं है, पंडितजी।"

"वह तो नहीं है।"

"आपके विचार में हमें क्या करना चाहिए, पंडितजी?" शिव ने पूछा।

"यहां वर्षाऋतु है," गोपाल ने कहा। "निकट भविष्य में देवगिरि पर आक्रमण करने का अभियान कठिन होगा। अगर हम कर भी दें, तो अपनी घुड़सवार सेना के लाभ के बिना यह असंभव ही है कि हम देवगिरि जैसे सुनिर्मित दुर्ग को जीत सकेंगे।"

"किंतु उनके लिए भी लोथल में हमारे ऊपर आक्रमण करना कठिन होगा," शिव ने कहा। "वस्तुतः, सुरक्षा की दृष्टि से देवगिरि की अपेक्षा लोथल अधिक सुनिर्मित है।"

"सच है," गोपाल ने कहा। "तो यह गतिरोध है। जोकि मेलूहाइयों के लिए बहुत उत्तम है क्योंकि उन्हें बस अयोध्या की सेना के मेलूहा पहुंचने की

प्रतीक्षा करनी होगी। वे छह माह जैसी अल्पावधि में यहां पहुंच सकते हैं।"

मूक शिव जलते हुए पोतों को देखता रहा और इस दुखद घटनाक्रम पर विचार करता रहा।

चेनारध्वज ने कहा। "मेरा एक परामर्श है, प्रभु।"

शिव भौंहें चढ़ाकर चेनारध्वज की ओर मुड़ा।

"हम नागाओं और मेरी सेना में से एक मारक दल बनाएं," चेनारध्वज ने कहा। "ये आक्रांता चोरी से सोमरस निर्माणशाला पर आक्रमण करेंगे। यह आत्मघाती अभियान होगा, किंतु हम उसे समाप्त कर देंगे।"

"नहीं," शिव ने कहा।

"क्यों, प्रभु?"

"क्योंकि पर्वतेश्वर निश्चय ही इसके लिए तैयार होंगे। वे जड़बुद्धि नहीं हैं। यह आत्मघाती अभियान तो होगा, किंतु सफल नहीं होगा।"

"एक मार्ग और है," गोपाल धीरे से बोला।

"वायुपुत्र?" शिव ने पूछा।

"हां।"

शिव फिर से जलते हुए पोतों को देखने लगा, उसके भाव अबोध्य थे। अब वायुपुत्र ही एकमात्र आश्रय प्रतीत होते थे।

अध्याय 32

अंतिम आश्रय

शिव ने एक हल्का वस्त्र अपने सिर पर खींचकर चेहरे पर लपेट रखा था, जिससे केवल उसकी आंखें खुली थीं। अंगवस्त्र उसके बलिष्ठ शरीर पर लिपटा था, जो बूंदाबांदी से सुरक्षा प्रदान कर रहा था। सती आराम से चलती एक बंद बैलगाड़ी में लेटी हुई थी। उसमें इतनी शक्ति आ गई थी कि पैदल चल सके, किंतु लोथल की ओर कूच के दौरान आयुर्वती ने पूरी सावधानी बरतने का आग्रह किया। शिव ने बैलगाड़ी के आवरण को हटाकर अपनी सोती हुई पत्नी को देखा। वह मुस्कुराया और फिर से आवरण ढक दिया।

उसने एड़ लगाकर घोड़े की गति बढ़ाई।

"पंडितजी," गोपाल के पास पहुंचकर अपने घोड़े की गति धीमी करते हुए शिव ने कहा। "वायुपुत्रों के विषय में..."

"हां?"

"उनके पास वह भयानक अस्त्र क्या है जिसके बारे में काली ने कहा था?"

"ब्रह्मास्त्र?" गोपाल ने पूछा।

"हां। वह दैवी अस्त्रों से भिन्न कैसे है?" शिव ने पूछा, क्योंकि वह नहीं समझ पाया था कि अन्य दिव्य अस्त्रों की अपेक्षा ब्रह्मास्त्र इतना अधिक भयानक कैसे है।

"अधिकांश दैवी अस्त्र मात्र मनुष्यों की जान लेते हैं। किंतु ब्रह्मास्त्र जैसे अस्त्र अगर राज्यों को नहीं तो संपूर्ण नगरों को तो नष्ट कर ही सकते हैं।"

"पवित्र झील की सौगंध! एक अस्त्र ऐसा कैसे कर सकता है?"

"ब्रह्मास्त्र पूर्ण विनाश का अस्त्र है, मित्र! नगरों का विनाशक और

मनुष्यों का संहारक। जब इसे किसी क्षेत्र पर छोड़ा जाता है तो एक विशाल बादल उठता है, इतना ऊंचा कि आकाश को छू ले। लक्षित स्थान का प्रत्येक व्यक्ति और वस्तु पलक झपकते वाष्प बन जाती है। विनाश के इस भीतरी घेरे के पार वे अभागे होंगे जो बच जाएंगे, क्योंकि वे पीढ़ियों तक कष्ट भोगेंगे। दशकों के लिए उस भूमि का जल विषाक्त हो जाएगा। भूमि सदियों के लिए अप्रयोज्य हो जाएगी! उस पर कोई पैदावार नहीं होगी। यह अस्त्र केवल एक बार नहीं मारता है! यह बार-बार मारता है, इसका प्रयोग किए जाने के सदियों बाद तक।"

"और लोग वास्तव में इस प्रकार के अस्त्र का प्रयोग करने का विचार करते हैं?" स्तंभित शिव ने पूछा। "पंडितजी, इस प्रकार के भयंकर अस्त्र का प्रयोग तो मानवता के नियमों के विरुद्ध है।"

"बिल्कुल सही, महा-नीलकंठ। इस प्रकार के अस्त्र को वस्तुतः कभी प्रयोग नहीं किया जा सकता। यह ज्ञानमात्र कि शत्रु के पास इस प्रकार का अस्त्र है, लोगों के दिल में भय उत्पन्न कर सकता है। संभावना चाहे जो भी हों, वे समर्पण कर ही देंगे! ब्रह्मास्त्र से कोई नहीं जीत सकता।"

"आपको लगता है कि वायुपुत्र मुझे यह अस्त्र देंगे? अथवा, मैं कुछ अधिक ही वाचाल हो रहा हूं? अंततः मैं उनमें से तो हूं नहीं। वे सोचते हैं मैं कोई कपटी हूं, है न?"

"मैं दो कारण सोच सकता हूं कि वे हमारी सहायता कर सकते हैं। पहला तो, उन्होंने आपकी हत्या करवाने का प्रयास नहीं किया, हालांकि अगर उनमें से अधिसंख्यों को यह विश्वास होता कि आप कपटी हैं तो वे करवा देते। संभवतः उनके बीच एक सुदृढ़ दल अभी भी आपके काका श्रद्धेय मनोभू का सम्मान करता है।"

"और दूसरा?"

"माननीय भृगु ने पंचवटी के अपने आक्रमण में दैवी अस्त्रों का प्रयोग किया था। वह ब्रह्मास्त्र नहीं था, किंतु फिर भी वह दैवी अस्त्र था। भले ही यह माननीय भृगु की अपनी सामग्री से बनाया गया हो, किंतु उन्होंने वास्तविकता में इसका प्रयोग करके भगवान रुद्र के नियम को भंग किया था। इसने, मुझे संदेह है कि वायुपुत्रों को द्वेषपूर्वक उनके विरुद्ध कर दिया होगा। और शत्रु का शत्रु..."

"...मित्र होता है," शिव ने गोपाल के कथन को पूरा करते हुए कहा। "किंतु मुझे विश्वास नहीं है कि ये कारण पर्याप्त हैं।"

"हमारे पास और कोई विकल्प नहीं है, मित्र।"

"संभवतः... हम वायुपुत्रों के देश कैसे जाएंगे?"

"परिहा हमारे पश्चिम की ओर अत्यंत दूरी पर है। हम भूमिमार्ग से, विशाल पर्वतों से होते हुए पैदल वहां जा सकते हैं। किंतु यह संकटपूर्ण है और अत्यधिक समय लेगा। दूसरा विकल्प समुद्रीमार्ग से जाना है। किंतु इसके लिए हमें उत्तरपूर्वी हवाओं की प्रतीक्षा करनी होगी।"

"उत्तरपूर्वी? किंतु वे तो वर्षाऋतु के समाप्त होने के बाद ही आरंभ होती हैं। हमें एक या दो महीने प्रतीक्षा करनी होगी।"

"हां, वह तो करनी होगी।"

"मेरा एक विचार है। मुझे विश्वास है कि मेलूहाइयों ने यह जानते ही कि हम लोथल वापस आ गए हैं, नगर में और उसके आसपास अपने गुप्तचर और टोही लगा दिए होंगे। इसलिए अगर हम परिहा के लिए परंपरागत मार्ग लेते हैं तो वे जान लेंगे कि मैं पश्चिम की ओर गया हूं। माननीय भृगु अनुमान लगा लेंगे कि मैं वायुपुत्रों से सहायता लेने गया हूं, जो उन्हें मेरे पीछे हत्यारों को भेजने के लिए प्रोत्साहित करेगा। क्यों न हम सैन्य पोतों के छोटे काफिले में दक्षिण की ओर जाएं?"

गोपाल तुरंत समझ गया। "हम उन्हें यह सोचने पर विवश करेंगे कि हम नर्मदा की ओर, संभवतः उज्जैन या पंचवटी की ओर, जा रहे हैं।"

"बिल्कुल," शिव ने कहा। "हम किसी गुप्त स्थान पर सैन्य पोतों से उतर जाएंगे और फिर किसी अनुल्लेखनीय से व्यापारिक पोत से परिहा की ओर चल देंगे।"

"अत्युत्तम। मेलूहाई आपको नर्मदा पर ढूंढ़ते रहेंगे जबकि हम परिहा को जा रहे होंगे।"

"सही।"

"और अगर हम किसी पूरे बेड़े के स्थान पर बस एक व्यापारिक पोत का ही प्रयोग करें, तो हम अपनी यात्रा को गुप्त और तीव्र रख सकेंगे।"

"फिर से सही।"

— ⚹ —

लोथल दुर्ग के दक्षिणी पक्ष में सती एक निगरानी-स्थल की खिड़की में खड़ी हुई उसकी दीवारों के पार फैले समुद्र के विशाल विस्तार को देख रही थी। वर्षाऋतु अपने पूरे चरम के साथ आ चुकी थी और मूसलाधार वर्षा नगर को त्रस्त कर रही थी।

शिव और उसकी सेना नगर की दीवारों के भीतर भलीभांति सुरक्षित थी। अपनी सेना के साथ गणेश के एक या दो सप्ताह के भीतर लोथल पहुंचने की अपेक्षा थी।

एक तीव्र धमक के साथ अपने बेंत और कपड़े के छाते को द्वार के पास रखते हुए आयुर्वती तेज गति से वहां आई। "भगवान इंद्र और भगवान वरुण की महिमा अपरम्पार है! इस वर्ष की वर्षा का पूरा अंश उन्होंने एक ही दिन में प्रदान करने का निर्णय लिया है!"

क्लांत भाव से सती आयुर्वती की ओर मुड़ी।

आयुर्वती उसके समीप बैठ गई और उसने अपने तर अंगवस्त्र के छोर को निचोड़ा। "वर्षा मुझे पसंद है। यह हमारे दुखों को बहा ले जाकर नई आशा के साथ एक नया जीवन लाती प्रतीत होती है, है न?"

सती ने नम्रता से हामी भरी, किंतु उसे रुचि नहीं थी। "हां, आप सही कहती हैं, आयुर्वतीजी।"

हार न मानने वाली, सती की मनोस्थिति को हल्का बनाने के लिए दृढ़संकल्प आयुर्वती जुटी रही। "मेरे पास अभी अधिक काम नहीं है। बहुत अधिक आहत नहीं हैं और वर्षाऋतु के रोग इस वर्ष आश्चर्यजनक रूप से बहुत कम हैं।"

"यह तो अच्छा समाचार है, आयुर्वतीजी," सती ने कहा।

"हां, सो तो है। तो, मैं सोच रही थी कि आपकी शल्यचिकित्सा करने के लिए यह अच्छा समय रहेगा।"

सती के बाएं कपोल पर एक विद्रूप धब्बा था, जिस पर, देवगिरि की लड़ाई के दौरान जलने के घाव पर भद्दे से ऊतक उभर आए थे।

"मुझे कुछ नहीं हुआ है," सती ने विनम्रता से कहा।

"निस्संदेह कुछ नहीं हुआ है। मैं तो बस आपके चेहरे के निशान की बात कर रही थी। सौंदर्य चिकित्सा से इसे बहुत सरलता से हटाया जा सकता है।"

"नहीं। मुझे शल्यचिकित्सा नहीं चाहिए।"

आयुर्वती ने अनुमान लगाया कि सती को ठीक होने में लगने वाले लंबे समय और अगले युद्ध में भाग लेने की अपनी क्षमता पर पड़ने वाले संभावित असर की चिंता हो रही है। "किंतु यह अत्यंत साधारण प्रक्रिया है, सती। आप दो सप्ताह में ठीक हो जाएंगी। इस वर्ष अच्छी वर्षा हो रही है। इसका अर्थ है कि कुछ माह तक युद्ध नहीं होगा। आप कोई युद्ध नहीं चूकेंगी।"

"अगले युद्ध से मुझे कोई वस्तु दूर नहीं रख सकेगी।"

"तो आप यह शल्यचिकित्सा क्यों नहीं करवाना चाहतीं, पुत्री? मुझे विश्वास है कि इससे प्रभु नीलकंठ को भी प्रसन्नता होगी।"

सती के गंभीर व्यवहार पर हल्की सी मुस्कुराहट उभरी। "शिव तो मुझसे कहते रहते हैं कि घाव हो या न हो, मैं सदैव की भांति ही सुंदर हूं। मैं जानती हूं कि मैं भयानक दिखती हूं। वे मुझसे प्रेम करते हैं इसलिए झूठ बोल रहे हैं। किंतु मैं विश्वास कर लेती हूं।"

"आप ऐसा क्यों कर रही हैं?" दुखी आयुर्वती ने पूछा। "इसमें आपको तनिक भी पीड़ा नहीं होगी! ऐसा भी नहीं कि आप पीड़ा से भय करती हैं..."

"नहीं, आयुर्वतीजी।"

"किंतु क्यों? आपको मुझे कोई कारण बताना होगा।"

"क्योंकि मुझे इस घाव की आवश्यकता है," सती ने गंभीरता से कहा।

आयुर्वती एक पल के लिए ठहरी। "क्यों?"

"यह मुझे निरंतर मेरी असफलता का स्मरण करवाता है। मैं तब तक विश्राम नहीं करूंगी जब तक इसे सही नहीं कर दूंगी और वह भूमि फिर से प्राप्त नहीं कर लूंगी जिसे मैंने अपनी सेना के लिए गंवा दिया है।"

"सती! यह आपका दोष नहीं था कि..."

"आयुर्वतीजी," सती ने मेलूहा की भूतपूर्व मुख्य शल्यचिकित्सक की बात काटी। "आप तो कम से कम मुझसे कोरा झूठ न कहिए। मैं सेनापति थी और मेरी सेना की पराजय हुई। यह मेरा दोष था।"

"सती..."

"यह चिह्न मेरे साथ ही रहेगा। हर बार जब भी मैं अपना प्रतिबिंब देखूंगी,

यह मुझे स्मरण कराएगा कि मुझे कुछ कार्य करना है। मुझे अपनी सेना के लिए कोई लड़ाई जीतने दें, और फिर हम यह शल्यचिकित्सा कर सकते हैं।"

— ⅄ⓄⅤ↑⊗ —

"दादा," कार्तिक ने कोमलता से अपने क्रुद्ध भाई की बांह पर हाथ रखते हुए धीमे से कहा।

गणेश की सेना अभी-अभी लोथल पहुंची थी। वासुदेव पंडित के परामर्श के अनुसार उन्होंने भी मृत्तिकावटी को छोड़ दिया था। शिव की ही तरह गणेश ने भी यह सुनिश्चित किया कि लोथल के लिए दक्षिण की ओर कूच करने से पहले सरस्वती पर उनके सारे पोतों को नष्ट कर दिया जाए।

लोथल के द्वार पर प्रांतपाल चेनारध्वज ने उनका स्वागत किया था। गणेश और कार्तिक तुरंत अपने माता-पिता से मिलना चाहते थे, किंतु चेनारध्वज ने उन्हें बताया कि पहले शिव उनसे मिलना चाहता था। देवगिरि की लड़ाई में अपनी मां की पराजय के बाद उनसे पहली भेंट के लिए शिव उन्हें तैयार कर देना चाहता था।

इस बीच, नीलकंठ के सहयोगियों--अयोध्या के राजकुमार भगीरथ, ब्रंगा के राजा चंद्रकेतु और वैशाली के राजा मातलि--को नयाचार अधिकारियों द्वारा लोथल के प्रांतपाल के निवास में उनके कक्षों में पहुंचा दिया गया था। अपने देश में तड़क-भड़क के अभ्यस्त चंद्रवंशी राजा मेलूहाई आवास के सीधे-सरल प्रबंध को देखकर बुझ गए थे। यह विश्वास करना कठिन था कि दुनिया के समृद्धतम साम्राज्य के समृद्धतम प्रांतों में से एक का प्रांतपाल इतनी सादगी से रहता था। मगर, उन्होंने यह जानते हुए कि यह शिव की इच्छा है, अत्यंत गरिमा के साथ अपने आवास को स्वीकार किया।

सेना को अतिथिगृहों और नगर के भीतर बनाए गए अस्थायी आवासों में ठहराया गया था। यह मेलूहा की सुदृढ़ नगरीय योजना की विशेषता थी कि इतनी बड़ी संख्या में नवागंतुकों को पर्याप्त सुविधा के साथ इतनी शीघ्र आवासित कर दिया गया था। कुल मिलाकर, लगभग ढाई लाख सैनिकों की एक विशाल सेना ने लोथल में अपना आवास बना लिया था।

शिव के द्वारा जानकारी पाने के बाद गणेश और कार्तिक अपनी मां से मिलने भागे। उन्हें उनकी चोटों की प्रकृति के बारे में बता दिया गया था। शिव

नहीं चाहता था कि दोनों भाई कहीं अनजाने ही सती को और आहत कर दें। यद्यपि कार्तिक, शिव के निर्देशानुसार, अपने क्रोध और सदमे को नियंत्रित करने में सफल रहा था, किंतु अपनी मां के प्रति गणेश के आसक्तिपूर्ण स्नेह ने उसे यह क्षमता प्रदान नहीं की।

अपनी मां के विरूपित मुख को देखते हुए गणेश ने अपनी मुट्ठियां भींच लीं। उसने अपने दांत पीसे, उसकी सांसें तीव्र हो गईं और सामान्यतया शांत रहने वाली आंखें जलने लगीं। क्रोध से कांपती उसकी लंबी नाक तन गई। उसके बड़े-बड़े कान कठोर हो गए।

गणेश गुर्राया, "मैं मार डालूंगा एक-एक..."

"गणेश," सती ने शांति से अपने पुत्र की बात काटते हुए कहा। "मेलूहाई सैनिक तो बस अपना कर्तव्य कर रहे थे, जैसे मैं कर रही थी। उन्होंने कुछ असंगत नहीं किया है।"

गणेश का मौन उसके क्रोध को छिपाने में असफल था।

"गणेश, युद्ध में इस तरह की बातें तो होती ही हैं। तुम यह जानते हो।"

"दादा, मां सही कहती हैं," कार्तिक ने कहा।

सती निकट आई और उसने अपने बड़े पुत्र को आलिंगनबद्ध कर लिया। उसने गणेश का चेहरा नीचे खींचा और स्नेह से मुस्कुराते हुए उसके मस्तक को चूम लिया। "शांत हो जाओ, गणेश।"

कार्तिक ने अपनी मां और भाई को बांहों में लिया। "दादा, युद्ध के घाव तो एक योद्धा के लिए गर्व-चिह्न होते हैं।"

गणेश ने अपनी मां को कसकर पकड़ लिया, आंसू उसके चेहरे पर बह रहे थे। "आप दोबारा युद्धक्षेत्र में नहीं जाएंगी, मां। तब तक नहीं जब तक कि मैं आपके साथ न खड़ा होऊं।"

सती के मुख पर क्षीण सी मुस्कुराहट आई और उसने गणेश की पीठ थपथपा दी।

— ⁂ —

शिव ने लोथल के प्रांतपाल के आवास में अपने कक्ष में प्रवेश किया। सती ने कुछ वस्तुओं को हटाकर एक प्रशिक्षण वृत्त बना लिया था और तलवार के पैंतरों का अभ्यास कर रही थी। शिव एक दीवार से टिककर खड़ा हो गया और

चुपचाप अपनी पत्नी को देखता रहा, ताकि उसे व्यवधान न हो। वह पूर्ण योद्धा के प्रत्येक पैंतरे की, अपना भार बदलने के दौरान उसके अपने कूल्हों को घुमाने की; उसकी तलवार के तीव्र वारों और लहराव की; और ढाल की तीव्र हरकत की प्रशंसा कर रहा था, जिसे वह लगभग एक स्वतंत्र अस्त्र की तरह प्रयोग करती थी। एक बार फिर यह याद करके कि वे उसे इतना अधिक प्रेम क्यों करता है, शिव ने गहरी सांस ली।

सती अपनी ढाल को ऊंचा उठाकर घूमी, तो उसकी दृष्टि शिव पर पड़ी।

"आप कब से देख रहे हैं?" उसने आश्चर्य से पूछा।

"इतनी देर से कि यह जान गया हूं कि तुम्हें द्वंद्व के लिए कभी न ललकारूं!"

सती हल्के से मुस्कुराई, कुछ बोली नहीं। उसने शीघ्रता से तलवार म्यान में रखी और ढाल नीचे रख दी। शिव आगे बढ़ा और उसने म्यान खोलने में उसकी सहायता की

"धन्यवाद," सती ने धीरे से कहा और अपनी म्यान शिव से ले ली, अपने लघु अस्त्रागार तक गई और अपनी ढाल और म्यान में रखी तलवार वहां सहेज दीं।

"हम परिहा साथ नहीं जा सकेंगे," शिव ने कहा।

"जानती हूं," सती ने कहा। "गोपालजी ने मुझे बताया था कि परिहावासी केवल वायुपुत्रों और वासुदेवों को ही अपने क्षेत्र में प्रवेश करने देते हैं। मैं दोनों ही नहीं हूं।"

"तकनीकी रूप से तो मैं भी नहीं हूं।"

सती ने अपना अंगवस्त्र सिर के ऊपर खींचा ताकि अपना बायां कपोल ढक सके। चेहरे के धब्बे को ढकते हुए वस्त्र का छोर उसने अपने दांतों में दबा लिया था। "किंतु आप तो नीलकंठ हैं। आपके लिए नियम तोड़े जा सकते हैं।"

शिव आगे आया और उसने एक हाथ से सती को निकट खींचा। दूसरे हाथ से, उसने उसके चेहरे को ढकने वाले अंगवस्त्र को पकड़ा और खींचने का प्रयास किया। यद्यपि सती जानती थी कि शिव को इससे कोई अंतर नहीं पड़ता, फिर भी वह अपने धब्बे को उससे छिपाना चाहती थी। अन्य लोगों के देखने से उसे अंतर नहीं पड़ता था, किंतु शिव न देखे।

"शिव..." सती ने अपने अंगवस्त्र को कसकर पकड़ते हुए कहा।

शिव ने जोर से खींचा और अंगवस्त्र को उसके दांतों से मुक्त कर दिया। व्यग्र सती ने उसे वापस खींचने का प्रयास किया, किंतु उसे कसकर पकड़े हुए शिव उस पर हावी हो गया।

“काश तुम मेरी आंखों से देखतीं,” शिव ने धीरे से कहा, “तो तुम अपने शाश्वत सौंदर्य को देख पातीं।”

सती ने आंखें तरेरीं और मुंह फेर लिया, वह अभी भी शिव की पकड़ में कसमसा रही थी। “मैं कुरूप हूं! मैं यह जानती हूं! अपने प्रेम से मेरा अपमान मत कीजिए।”

“प्रेम?” शिव ने बनावटी आश्चर्य से अपनी भौंहों को हिलाते हुए कहा। “प्रेम के बारे में कौन कुछ कहता है? यह तो वासना है! शुद्ध और सरल!”

सती ने शिव को घूरा, उसकी आंखें फैल गई थीं। फिर वह हंस पड़ी।

मुस्कुराते हुए शिव ने उसे फिर से निकट खींच लिया। “यह हंसने की बात नहीं है, मेरी राजकुमारी। मैं तुम्हारा पति हूं। मेरे भी अधिकार हैं, तुम जानती हो।”

शिव के वक्ष पर चंचलता से प्रहार करते हुए सती हंसती रही।

शिव ने कोमलता से उसे चूमा। “मैं तुमसे प्रेम करता हूं।”

“आप उन्मादी हैं!”

“सो तो हूं। किंतु फिर भी तुमसे प्रेम करता हूं।”

अध्याय 33

षड्यंत्र गहराता है

"अत्युत्तम विचार है, महाराज," विद्युन्माली ने कहा।

दक्ष अपने नए विश्वासपात्र विद्युन्माली के साथ निजी कार्यालय में बैठे थे। पर्वतेश्वर की सतर्क नीति के कारण मेलूहाई दलपति की बढ़ती हताशा ने एक नया गठबंधन बना दिया था। विद्युन्माली के अनुसार सेनापति पर्वतेश्वर की *प्रतीक्षा करो-और-देखो* की रणनीति शिव की सेना को देवगिरि की पराजय से उबरने का समय दे रही थी। उसने सम्राट के साथ अधिकाधिक समय बिताना आरंभ कर दिया था। दक्ष ने उसे एक सहस्त्र सैनिकों की उस टुकड़ी का सेनानायक बना दिया था जो सम्राट, उसके परिवार और महल की सुरक्षा करती थी। इसने उसे एक सरल सा लाभ प्रदान कर दिया था: टुकड़ी सम्राट द्वारा आदेश दिए गए निजी अभियानों को पूरा कर सकती थी।

अपने संबंधों में बढ़ती सहजता को अनुभव करके दक्ष ने अंततः उसके साथ युद्ध समाप्त करने के अपने विचार को बांटा। दक्ष को अतीव प्रसन्नता हुई, क्योंकि विद्युन्माली की प्रतिक्रिया भृगु की प्रतिक्रिया से बहुत भिन्न थी।

"यही तो!" प्रसन्न दक्ष ने कहा। "समझ नहीं आता अन्य लोग यह क्यों नहीं समझते हैं।"

"महाराज, आप सम्राट हैं," विद्युन्माली ने कहा। "इससे अंतर नहीं पड़ता कि अन्य लोग सहमत हैं या नहीं। अगर आपने आगे बढ़ने का निर्णय ले लिया है, तो मेलूहा की भी यही इच्छा है।"

"तुम्हें सच में लगता है कि हमें आगे बढ़ना चाहिए..."

"इससे अंतर नहीं पड़ता कि मुझे क्या लगता है, महाराज। आपको क्या लगता है?"

"मुझे तो लगता है यह अति उत्तम है!"

"तो मेलूहा को भी ऐसा ही लगता है, स्वामी।"

"मेरे विचार से हमें इसे क्रियान्वित करना चाहिए।"

"मेरे लिए आपका क्या आदेश है, स्वामी?"

"मैंने बारीकियों पर काम नहीं किया है, सेनानायक," दक्ष ने कहा। "तुम्हें इस पर विचार करना होगा। मेरा काम बड़े परिदृश्य को देखना है।"

"निस्संदेह," विद्युन्माली ने कहा। "क्षमा चाहूंगा, महाराज। किंतु मुझे लगता है कि जब तक महर्षि और सेनापति देवगिरि से प्रस्थान नहीं करते, हम अपनी योजना को साकार नहीं कर सकते। अगर उन्हें हमारे विचारों की तनिक भी भनक लगी तो वे हमें रोकने का प्रयास कर सकते हैं।"

"वे करचप के लिए प्रस्थान करने की योजना बना रहे थे! या कम से कम पर्वतेश्वर की नवीनतम योजना यही थी। मैं पहले तो इस विचार के पक्ष में नहीं था, किंतु अब इसे प्रोत्साहन दूंगा और उनके प्रस्थान में शीघ्रता करूंगा।"

"उत्साहवर्धक चाल है, महाराज। किंतु हमें सही हत्यारों को प्राप्त करने पर भी ध्यान देना होगा।"

"मैं सहमत हूं। किंतु हम उन्हें कहां पाएंगे?"

"उन्हें विदेशी होना चाहिए, महाराज। हम नहीं चाहते कि वे पहचाने जाएं। निस्संदेह वे लबादे और मुखौटे पहने होंगे। आप चाहते हैं कि वे नागाओं जैसे दिखें, ठीक?"

"हां, बिल्कुल।"

"मैं कुछ लोगों को जानता हूं। वे इस काम में उत्कृष्ट हैं।"

"वे कहां के हैं?"

"मिस्र के।"

"भगवान वरुण कृपा करें, वह तो बहुत दूर है! उन्हें यहां लाने में तो बहुत समय लगेगा।"

"मैं तुरंत प्रस्थान कर दूंगा, महाराज। हां, अगर आपकी अनुमति हो तो।"

"अरे, बिल्कुल है। इस कार्य को सिद्ध कर दो, विद्युन्माली, तो मेलूहा सदियों तुम्हारे गुण गाता रहेगा।"

— ⚲◎⊽⚴⊛ —

"माननीय गोपाल और मैं एक सप्ताह के भीतर प्रस्थान कर देंगे," शिव ने कहा।

शिव और गोपाल प्रांतपाल के कार्यालय में सती, काली, गणेश, भगीरथ, चेनारध्वज, चंद्रकेतु और मातलि से घिरे बैठे थे। वर्षाऋतु समाप्ति की ओर थी, यदा-कदा वर्षा की हल्की बौछारें पड़ जाती थीं, मानो विदा ले रही हों। शिव और गोपाल ने योजनानुसार युद्ध पोतों के छोटे से काफिले में दक्षिण की यात्रा करने का निर्णय लिया था। उनकी योजना थी कि नर्मदा के मुहाने के उत्तर में किसी गुप्त स्थान पर एक व्यापारिक पोत से मिलेंगे। उस समय तक दक्षिणपश्चिमी हवाएं हल्की पड़ जाएंगी और वर्षा भी समाप्त हो जाएगी। तब वे व्यापारिक पोत पर सवार होंगे और परिहा की दिशा में पश्चिम की ओर यात्रा करने के लिए उत्तरपूर्वी हवाओं का प्रयोग करेंगे। भाग्य ने साथ दिया तो यह धोखा कारगर रहेगा और मेलूहावासी शिव के वास्तविक गंतव्य से अनभिज्ञ रहेंगे।

"मैं चाहता हूं कि हमारा गंतव्य गुप्त रखा जाए," शिव ने आगे कहा। "अगर हमारा अभियान सफल रहा तो विजय सुनिश्चित है।"

"आप क्या करने की योजना बना रहे हैं, प्रभु?" भगीरथ ने पूछा।

"यह मुझ पर छोड़ दो, मित्र," शिव ने रहस्यपूर्ण भाव से कहा। "मेरी अनुपस्थिति में, सती अधिनायक होंगी।"

सबने तुरंत सहमति में हामी भर दी। मगर वे इस बात से अनभिज्ञ थे कि सती इस निर्णय पर बहुत लड़ी थी। देवगिरि के बाद, उसे नहीं लगता था कि वह अधिनायक बनने की अधिकारी है। किंतु शिव का आग्रह था। उस पर उसे सर्वाधिक विश्वास था।

"भगवान राम और भगवान रुद्र से प्रार्थना करें कि हमारा अभियान सफल हो," गोपाल ने कहा।

— ⁂ —

शिव मानसरोवर झील के किनारे खड़ा था और शाम के सूर्य को धीरे-धीरे अस्त होते देख रहा था। तनिक भी हवा नहीं चल रही थी और सहमी हुई निश्चलता पसरी हुई थी। अचानक एक सर्द अनुभूति ने उसे घेर लिया, उसने नीचे देखा, देखकर उसे आश्चर्य हुआ कि वह घुटनों तक पानी में खड़ा है। वह मुड़ा और झील से बाहर निकलने लगा। गहरे कोहरे ने मानसरोवर के किनारों को ढक दिया था। उसे अपना गांव बिल्कुल दिखाई नहीं दे रहा था। जब वह झील से

बाहर आया तो रहस्यमय रूप से धुंध छंट गई।

"सती?" आश्चर्यचकित शिव ने पूछा।

सती शांत भाव से लकड़ियों के ऊंचे ढेर पर बैठी थी। उसका धातुई कवच उसके धड़ पर सुरक्षित था, उत्कीर्णित बाहुबंध शाम के प्रकाश में चमक रहा था, उसकी तलवार उसके पास ही रखी थी और ढाल पीठ पर बंधी थी। वह युद्ध के लिए तैयार थी। किंतु वह अंतिम यात्रा का सूचक भगवा अंगवस्त्र क्यों पहने हुए थी?

"सती," शिव ने उसकी ओर बढ़ते हुए कहा।

सती ने आंखें खोलीं और शांतचित्त से मुस्कुराई। ऐसा मालूम होता था जैसे वह बोल रही हो। किंतु शिव को शब्द सुनाई नहीं दे रहे थे। स्वर उनके कानों में कुछ पल विलंब से पहुंचा। "मैं आपकी प्रतीक्षा करूंगी..."

"क्या? तुम कहां जा रही हो?"

अचानक, जलती हुई मशाल लिए एक धुंधली सी आकृति उभरी। एक पल भी हिचकिचाए बिना उसने मशाल को उस लकड़ी के ढेर में खोंप दिया जिस पर सती बैठी हुई थी। उसने तुरंत आग पकड़ ली।

"सती!" स्तंभित शिव चिल्लाया और उसकी ओर दौड़ पड़ा।

सती जलती हुई लकड़ियों पर बैठी रही, शांतमना। उसकी पावन मुस्कुराहट उसके आसपास ठाठें मारती लपटों के बीच एक विचित्र सा विरोधाभास उत्पन्न कर रही थी।

"सती!" शिव चिल्लाया। "कूद जाओ!"

किंतु सती अविचलित थी। शिव बस उससे कुछ हाथ की दूरी पर था कि सैनिकों की एक पलटन उसके सामने कूद पड़ी। सैनिकों को एक ओर धकेलते हुए शिव ने पलक झपकते अपनी तलवार खींच ली। किंतु वे निष्ठुरता से उससे लड़ते रहे। सैनिक विशालकाय और अस्वाभाविक रूप से बालों भरे थे, उनके स्वप्नों वाले दानव की तरह। शिव अथक रूप से उनसे लड़ा किंतु उनके पार न निकल सका। इस बीच, लपटों ने उनकी पत्नी को लगभग ढक लिया था, इस प्रकार कि वह उसे स्पष्ट देख भी नहीं पा रहा था। और फिर भी, भागने का प्रयास किए बिना वह अग्नि में बैठी रही।

"सती!"

शिव पसीने से तर उठा, उसका हाथ हताशापूर्वक फैला हुआ था। अंधेरे

में अपनी आंखों को अभ्यस्त करने में उसे एक पल लगा। वह सहजबोध से अपने बाईं ओर मुड़ा। सती सो रही थी, उसका जला हुआ कपोल रात के प्रकाश में स्पष्ट दिख रहा था।

शिव तुरंत ही झुका और उसने अपनी पत्नी को बांहों में ले लिया।

"शिव..." उनींदी सती ने धीरे से कहा।

शिव ने कुछ नहीं कहा। वह कसकर उसे पकड़े रहा, आंसू उसके चेहरे को भिगो रहे थे।

"शिव?" सती ने कहा, अब वह पूरी तरह जग चुकी थी। "क्या बात है, प्रिय?"

किंतु शिव एक शब्द भी नहीं कह पाया, भावातिरेक से उसका गला रुंध गया था।

मद्धम प्रकाश में ठीक से देखने के लिए सती ने अपना चेहरा पीछे किया। उसने हाथ बढ़ाया और उसके कपोलों को छुआ। वे नम थे।

"शिव? प्रिय? क्या हुआ? क्या आपने कोई दुस्स्वप्न देखा है?"

"सती, मुझे वचन दो कि मेरे वापस आने तक तुम युद्ध में नहीं जाओगी।"

"शिव, आपने मुझे अधिनायक बनाया है। अगर सेना को युद्ध में जाना पड़ा तो मुझे उसका नेतृत्व करना होगा। आप यह जानते हैं।"

शिव मौन रहा।

"आपने क्या देखा था?"

उन्होंने बस सिर हिला दिया।

"यह मात्र बुरा स्वप्न था, शिव। इसका कुछ अर्थ नहीं है। आपको अपनी यात्रा पर अपना ध्यान केंद्रित करना होगा। आप कल जा रहे हैं। वायुपुत्रों के साथ अपने अभियान में आपको सफल होना होगा। वही इस युद्ध को समाप्त करेगा। मेरे बारे में चिंताओं से अपना ध्यान न भटकने दें।"

शिव निर्विकार रहा, वह इसे भुला देने के लिए तैयार नहीं था।

"शिव, आप अपने कंधों पर भविष्य को वहन कर रहे हैं। मैं एक बार फिर यह कह रही हूं। मेरे प्रति अपने प्रेम को आपको भटकाने न दें। यह मात्र एक स्वप्न था। बस।"

"मैं तुम्हारे बिना नहीं जी सकता।"

"आपको नहीं जीना होगा। जब आप वापस आएंगे, मैं आपकी प्रतीक्षा

कर रही होऊंगी। वचन देती हूं।"

शिव थोड़ा सा पीछे हटा, सती की आंखों में झांका। "आग से दूर रहना।"

"शिव, सच बताएं, क्या..."

"सती, मुझे वचन दो! तुम आग से दूर रहोगी।"

"हा, शिव। मैं वचन देती हूं।"

अध्याय 34

उंबरगांव की सहायता

शिव जाने के लिए तैयार था। उसका सामान पोत में भेज दिया गया था। उसने अपने सभी सहायकों को अपने कक्ष से बाहर जाने का आदेश दिया। वह कुछ पल सती के साथ अकेले रहना चाहता था।

"विदा," शिव ने हौले से कहा।

वह मुस्कुराई और उसने शिव को आलिंगन में ले लिया। "मुझे कुछ नहीं होगा, मेरे प्राणप्रिय! आप मुझसे इतनी सरलता से छुटकारा नहीं पा सकेंगे।"

शिव धीरे से हंसा, क्योंकि सती ने उसकी ही पंक्ति दोहराई थी। "जानता हूं। यह बस एक मूर्खतापूर्ण दुस्स्वप्न की अतिप्रतिक्रिया थी।"

शिव ने सती के चेहरे को ऊपर उठाया और स्नेह से उसका चुंबन लिया। "मैं तुमसे प्रेम करता हूं।"

"मैं भी आपसे प्रेम करती हूं।"

— ⅄ⅢⅡ⅄⊛ —

दो सप्ताह बाद शिव और गोपाल एक गुप्त द्वीप के तट पर खड़े थे, जोकि नर्मदा के मुहाने के उत्तर में कुछ दूरी पर था। विगत रात्रि सैन्य पोतों का छोटा सा काफिला चोरी-छिपे इस द्वीप पर घुसा था। नाममात्र के दल के साथ शिव और गोपाल छोटी नौकाओं में उतरे और चुपचाप तट पर पहुंच गए। अगली सुबह तड़के ही, वह व्यापारिक पोत द्वीप पर पहुंच गया जिसे उन्हें परिहा लेकर जाना था।

"हम्म... अच्छी शिल्पकारी है," शिव ने प्रशंसा की।

यह निस्संदेह एक बड़ा पोत था, प्रकटतया बड़ी वस्तुओं को ले जाने के

लिए निर्मित। मगर, इसके दोहरे मस्तूलों, ऊंचे पिछले भाग और निचले अग्रिम भाग को देखकर कोई भी नाविक बता सकता था कि यह वाहन गति के लिए भी बनाया गया है। इसके अतिरिक्त, पोत में चप्पुओं की दो पंक्तियां भी थीं, ताकि आवश्यकता पड़ने पर 'मानव संचालन' भी किया जा सके।

"हमें वास्तव में नाविकों की आवश्यकता नहीं होगी," गोपाल ने कहा। "हमारे जलयान के मस्तूलों में उत्तरपूर्वी हवाएं होंगी।"

"यह अदभुत वस्तु कहां से आई है?" शिव ने पूछा।

"एक छोटे से पत्तन गांव से जिसका नाम है उंबरगांव।"

"उंबरगांव? यह कहां है?"

"यह नर्मदा नदी के मुहाने के दक्षिण में है।"

"यह तो किसी साम्राज्य, स्वद्वीप या मेलूहा, का अंग नहीं है।"

"आपने सही अनुमान लगाया, मित्र। इसी कारण से यह ऐसे पोत बनवाने के लिए उत्तम स्थान है जिनकी आप टोह न छोड़ना चाहते हों। स्थानीय शासक जादव राणा व्यवहारकुशल व्यक्ति है। नागाओं ने अनेक बार उसकी सहायता की है। वह उनकी मित्रता का बहुत मान करता है। और सबसे अधिक महत्वपूर्ण यह कि उसकी प्रजा पोत निर्माण में विशेषज्ञ है। यह पोत हमें इतनी तीव्रता से परिहा ले जाएगा जितना मानवीय रूप से संभव है।"

"अदभुत। उनकी अमूल्य सहायता के लिए हमें कृतज्ञ होना चाहिए।"

"नहीं," गोपाल ने मुस्कुराते हुए कहा। "उंबरगांव का कृतज्ञ तो परिहा को होना चाहिए, क्योंकि उंबरगांव ने यह सुनिश्चित किया है कि नीलकंठ की भेंट परिहा पहुंचे।"

"मैं कोई भेंट नहीं हूं," असहज शिव ने कहा।

"हां, हैं। क्योंकि आप वायुपुत्रों की उनका उद्देश्य प्राप्त करने में सहायता करेंगे। भगवान रुद्र से की गई उनकी प्रतिज्ञा--बुराई की विजय न होने देना--को पूरा करने में आप उनकी सहायता करेंगे।"

शिव मौन रहा, सदैव की भांति, लज्जित।

"और मुझे विश्वास है," भविष्यदृष्टा गोपाल ने आगे कहा, "कि एक दिन, परिहा भी बदले में उंबरगांव के लिए कोई भेंट भेजेगा।"

"अब कैसा अनुभव हो रहा है, मित्र?" शिव के कक्ष में प्रवेश करते ही गोपाल ने पूछा।

दोनों व्यक्तियों को लेकर जा रहे पोत को खुले समुद्र में चलते हुए एक सप्ताह से कुछ ही अधिक हुआ था। वे तटीय रेखा से बहुत दूर थे और किसी मेलूहाई युद्ध पोत से उनके टकराने की संभावना भी नगण्य थी। मगर पिछले कुछ दिन में वे बहुत उद्वेलित समुद्र पर चले थे। समुद्र के व्यवहार के अभ्यस्त नाविकों को तो इससे कोई समस्या नहीं हो रही थी। न ही गोपाल को, जो कई बार इस विशाल समुद्र की यात्रा कर चुके थे। किंतु शिव ने एक ही बार समुद्री यात्रा की थी, वह भी नर्मदा के मुहाने से लोथल तक की जहां पोत तटीय क्षेत्र के निकट रहा था। इसलिए, यह आश्चर्य की बात नहीं थी कि बीहड़ समुद्र ने नीलकंठ को गंभीर समुद्री मिचलाहट दे दी थी।

शिव ने अपनी शैया से मुंह उठाकर देखा और कोसा, उसकी आंखें आधी बंद थीं। "मुझे तो उदर की अनुभूति ही नहीं हो रही है! सब जैसे मथकर निकल गया है! इस दुष्ट समुद्र का नाश हो!"

गोपाल ने कोमलता से कहा, "आपकी औषधियों का समय हो गया है, नीलकंठ।"

"क्या लाभ है, पंडितजी? पेट में कुछ नहीं टिकता!"

"जो थोड़ी-बहुत भी औषधि रह जाएगी, वही अपना उद्देश्य पूरा कर देगी। ले लीजिए।"

गोपाल ने लकड़ी के चम्मच में जड़ी-बूटी का आसव उड़ेला। संभालकर पकड़ते हुए वासुदेव प्रमुख ने उसे शिव को दिया, जिसने शीघ्रता से उसे गले से नीचे उतारा और वापस शैया पर गिर गया।

"पवित्र पावन झील, मेरी सहायता कर," शिव बुदबुदाया, "इस औषधि को कम से कम कुछ घड़ी तो मेरे भीतर रहने दे।"

किंतु यह प्रार्थना संभवतः समय रहते मानसरोवर झील तक नहीं पहुंच पाई थी। शिव अपने पार्श्व में झुका और उसने भूमि पर रखे एक बड़े से पात्र में उल्टी कर दी। शैया के पास खड़ा एक नाविक तीव्रता से आगे बढ़ा और उसने एक गीली तौलिया शिव को थमा दी, जो धीमे-धीमे अपना चेहरा पोंछ रहा था।

शिव ने अपना सिर हिलाया और उसने घृणा से अपने कक्ष की छत को

देखा। "छी!"

— ⋏⦶⋓⍏⊛ —

भृगु और पर्वतेश्वर अपने घोड़ों पर सवार होकर उस विशाल सेना के अग्रिम सिरे पर पहुंचे जिसने देवगिरि से कूच किया था। वे व्यास नदी की ओर बढ़ रहे थे जहां से पोत उन्हें करचप ले जाएंगे।

"मैं सोच रहा था कि अपने युद्ध का केंद्र बदलने के हमारे निर्णय का एकमात्र लाभ करचप में उपस्थित शक्तिशाली बेड़ा ही नहीं है," भृगु ने कहा।

पर्वतेश्वर की भृकुटियां चढ़ीं। "इससे और क्या लाभ हो सकता है, मुनिवर?"

"यह तथ्य भी है कि अब आपको अपने सम्राट के मूर्खतापूर्ण आदेश नहीं झेलने पड़ेंगे। आप युद्ध को उस तरह से नियंत्रित करने के लिए मुक्त होंगे जिसे आप उचित समझेंगे।"

यह स्पष्ट था कि भृगु दक्ष को हेय दृष्टि से देखते थे और उनकी मूढ़मति योजनाओं पर विशेष ध्यान नहीं देते थे। किंतु पर्वतेश्वर इतने अनुशासित मेलूहाई थे कि वे खुलकर अपने सम्राट के विरुद्ध कुछ नहीं बोले। वे अपने मौन में अडिग रहे।

भृगु मुस्कुराए। "आप वास्तव में एक दुर्लभ व्यक्ति हैं, सेनापति, पुरानी आचारसंहिता के व्यक्ति। भगवान राम को आप पर गर्व होता।"

— ⋏⦶⋓⍏⊛ —

उत्तरपश्चिमी हवाओं द्वारा पालों पर भरपूर बल लगने की सहायता से, व्यापारिक पोत तेज गति से पानी को चीरता आगे बढ़ रहा था। कई दिन की उथल-पुथल के बाद, शिव अंततः समुद्र के आदी हो गए थे। इसलिए अब नीलकंठ अग्रभाग की प्रमुख छत पर गोपाल के साथ सवेरे की हवा का आनंद ले रहा था।

"अब हम एक अत्यंत संकरे जलडमरूमध्य के रास्ते पश्चिमी समुद्र से निकल रहे हैं," गोपाल ने कहा। "यह बस पचास किलोमीटर चौड़ा है।"

"वह दूसरी ओर क्या है?" शिव ने पूछा।

"जम ज्ञयंघ।"

"भयावह सा लगता है। हे राम, इसका अर्थ क्या हुआ?"

गोपाल हंसने लगा। "एकदम सौम्य सी चीज। स्थानीय भाषा में ज्रयंघ का अर्थ समुद्र होता है।"

"और जम का क्या अर्थ होता है?"

"जम का अर्थ है 'को आना'।"

"को आना?"

"हां।"

"तो यह वह 'समुद्र है जिस पर आपको आना है'?"

"हां, सरल सा नाम है। यह वह समुद्र है जिस पर, अगर ईलम या मेसोपोटामिया या सुदूर पश्चिम में किसी भी क्षेत्र में आपको जाना है तो आपको आना ही है। लेकिन सबसे महत्वपूर्ण यह कि यह वह समुद्र है जिस पर यदि आपको परिहा जाना है तो आपको आना ही होगा।"

"मैंने मेसोपोटामिया के बारे में सुना है। इसके मेलूहा के साथ मजबूत व्यापारिक संबंध हैं ना?"

"हां। यह इस क्षेत्र की दो महान नदियों दजला और फिरात के बीच बसा एक अत्यंत शक्तिशाली और समृद्ध साम्राज्य है।"

"क्या यह साम्राज्य मेलूहा और स्वद्वीप से बड़ा है?"

"नहीं," केवल मेलूहा से भी बड़ा नहीं है। लेकिन ऐसा माना जाता है कि मानव सभ्यता का आरंभ वहां हुआ था।"

"वाकई? मेरा विचार था कि हम भारतीय मानते हैं कि मानव सभ्यता यहां आरंभ हुई थी।"

"हां।"

"तो सही कौन है?"

गोपाल ने कंधे उचका दिए। "मैं नहीं जानता। यह हजारों वर्ष पुरानी बात है। लेकिन सच पूछें तो, जबकि हम सभी सभ्य हो चुके हैं, तो क्या इससे कोई फर्क पड़ता है कि पहले सभ्य कौन हुआ?"

शिव मुस्कुराने लगा। "ठीक कहा। और ईलम कहां है?"

"ईलम मेसोपोटामिया के दक्षिण-पश्चिम में कहीं एक छोटा राज्य है।"

"दक्षिण-पश्चिम में?" शिव ने पूछा। "तो, ईलम परिहा के निकट है?"

"हां। और ईलम परिहा और मेसोपोटामिया के मध्य स्थित तटस्थ राज्य है और इसीलिए परिहा वालों ने अक्सर अनधिकृत रूप से ईलम वालों की

सहायता की है।"

"पर मुझे तो लगता था कि परिहा स्थानीय राजनीति में नहीं पड़ता है।"

"वे इससे बचने का प्रयास करते हैं। और क्षेत्र के अधिकतर लोगों ने वायुपुत्रों के बारे में सुना तक नहीं है। लेकिन वे चिंतित थे कि विस्तारशील मेसोपोटामिया उनकी जमीन पर अतिक्रमण कर लेगा।"

"विस्तारशील मेसोपोटामिया?"

"कभी एक प्रतिभासंपन्न माली ने पूरे मेसोपोटामिया को जीत लिया था।"

"एक माली ने? एक माली योद्धा कैसे बन गया? क्या उसने गुप्त रूप से प्रशिक्षण लिया था?"

गोपाल मुस्कुराया। "मैंने जिस तरह यह कहानी सुनी है, उसके अनुसार वह प्रशिक्षित नहीं था।"

शिव की आंखें आश्चर्य से फैल गईं। "वह बहुत प्रतिभासंपन्न होगा।"

"हां, वह बहुत प्रतिभाशाली था। लेकिन बागबानी में नहीं।"

शिव हंसने लगा। "उसका नाम क्या था?"

"मूल नाम तो कोई नहीं जानता। किंतु वह स्वयं को सारगौन कहता था।"

"और उसने सारे मेसोपोटामिया को जीत लिया था?"

"हां और आश्चर्यजनक रूप से कम समय में। लेकिन इससे उसकी महत्वाकांक्षा तृप्त नहीं हुई। उसने ईलम सहित पड़ोसी राज्यों पर भी विजय प्राप्त की।"

"तब तो वह परिहा की सीमाओं तक पहुंच गया होगा।"

"एकदम तो नहीं, मेरे मित्र, लेकिन असहज रूप से निकट पहुंच गया था।"

"वह पूर्व में और आगे क्यों नहीं बढ़ा?"

"पता नहीं। लेकिन न तो वह बढ़ा और न ही उसके उत्तराधिकारी। लेकिन वायुपुत्र इतना घबरा गए थे कि वे ईलम को गुमनाम सहायता देने लगे। इस सहायता के कारण ईलम वाले विद्रोह करने योग्य बन गए, और मेसोपोटामिया की विजय बहुत समय तक कायम नहीं रह सकी।"

"राजा सारगौन तो काफी दिलचस्प आदमी लगता है।"

"निस्संदेह। उसने सारी दुनिया को ही नहीं बल्कि स्वयं भाग्य को भी

चुनौती दी। वह इतना जुझारू था कि उसने अपने साम्राज्य का नाम उस भिश्ती के नाम पर रख दिया जो उसका मुंहबोला पिता था।"

"उसका पिता भिश्ती था?"

"हां, अक्की नाम का। इसीलिए वे स्वयं को अकेडियाई कहते थे।"

"और वह साम्राज्य अभी भी मौजूद है?"

"नहीं।"

"यह तो दुख की बात है। मुझे इन उल्लेखनीय अकेडियाइयों से मिलना अच्छा लगता।"

"ईलम के लोगों का कुछ और ही मानना होगा, प्रभु नीलकंठ।"

"सैनिक ऊब रहे हैं और बेचैन हो रहे हैं," गणेश ने कहा। "उन्हें एकत्रित तो किया गया है, लेकिन न तो कोई काम है न युद्ध है।"

कार्तिक और गणेश अभी सती के कक्ष में प्रविष्ट हुए थे और अपनी मां के साथ काली को देखकर प्रसन्न हुए थे।

"मैं दीदी से इसी बारे में बात कर रही थी," काली ने कहा। "सैनिक स्वयं को व्यस्त रखने के लिए जुआ खेलने और शराब पीने में समय बिता रहे हैं। प्रशिक्षण प्रभावित हो रहा है क्योंकि जब निकट भविष्य में युद्ध की कोई संभावना नहीं है, तो वे इसका कोई लाभ नहीं देख रहे हैं।"

"यही वह समय है जिसमें ऐसी मूर्खतापूर्ण घटनाएं हो जाती हैं जो गंभीर समस्याओं में बदल जाती हैं," सती ने कहा।

"हमें उन्हें व्यस्त रखना चाहिए," कार्तिक ने सुझाव दिया। "हमें शहर के आसपास वनों में पशुओं के शिकार का आयोजन करना चाहिए। हम जानते हैं कि मेलूहाई सेना अभी तक करचप से बाहर नहीं निकली है, इसलिए अपने सैनिकों को बड़े-बड़े दलों में बाहर जाने देने में कोई खतरा नहीं है। शिकार से उन्हें कुछ करने का आभास होगा।"

"अच्छा विचार है," काली ने सहमति प्रकट की। "हम अतिरिक्त मांस का प्रयोग लोथल के नागरिकों के लिए भोजों का आयोजन करने के लिए भी कर सकते हैं। यह इतनी बड़ी सेना का आतिथ्य करने की उनकी चिढ़ को कम करने में मदद करेगा।"

"उत्साह और उत्तेजना हमारे सैनिकों में नीरसता आने से भी रोकेगी," गणेश ने कहा।

"मैं सहमत हूं," सती ने कहा। "मैं तुरंत आदेश जारी करती हूं।"

— ⅄ⓄⓊ⍋⊛ —

नर्मदा के मुहाने के पास गुप्त खाड़ी से चले उन्हें लगभग डेढ़ महीना हो गया था। शिव के पोत ने जम सागर के पास एक निर्जन से तट पर लंगर डाला। ऐसा लगता नहीं था कि वहां किसी प्रकार की बस्ती होगी! वास्तव में ऐसा प्रतीत होता था कि इस क्षेत्र को कभी मानव ने छेड़ा ही नहीं था। शिव को आश्चर्य नहीं हुआ। वासुदेवों की ही तरह, वायुपुत्र भी अपने अस्तित्व को लेकर बहुत रहस्यपूर्ण थे। उसे किसी स्वागत करते बंदरगाह की आशा नहीं थी। लेकिन उसे किसी गुप्त चिह्न की आशा थी, जैसे उज्जैन के समीप चंबल के तट पर प्रतीकात्मक वासुदेव ज्वाला।

फिर उसे लगा जैसे उसने कुछ देख लिया है। तट पर लगभग तीन या चार हाथ लंबी झाड़ियों की एक घनी पंक्ति थी। लंगर डाले हुए पोत की दूरी से ऐसा लगता था जैसे इन झाड़ियों में ढेर सारे लाल-नारंगी रंग के फल लटक रहे हैं। सारी झाड़ियां छोटे-छोटे गहरे हरे पत्तों से ढकी हुई थीं, लेकिन ऊपर की ओर इनका रंग चमकदार लाल था। लाल-नारंगी फलों के साथ ये चमकदार लाल पत्ते ऐसा भाव देते थे जैसे झाड़ियों में आग लगी हो।

जलती हुई झाड़ियां...

शिव तुरंत पलटा और प्रमुख मस्तूल पर चढ़ते हुए ऊपर मचान तक चढ़ गया। वहां पहुंचने पर, प्रतीक स्पष्ट हो गया। सफेद रेत और भूरे पत्थरों के साथ मिलकर झाड़ियां एक प्रतीक बनाती थीं जिसे शिव अच्छी तरह पहचानते थाः फ्रवाशी, पवित्र ज्वाला, नारीत्व भाव।

शिव उतरा तो उसने गोपाल को नीचे खड़ा देखा।

"आपको कुछ मिला, मेरे मित्र?" गोपाल ने पूछा।

"मैंने पवित्र ज्वाला, शुद्ध अस्तित्व को देखा। मैंने फ्रवाशी को देखा।"

गोपाल पहले तो चकित रह गया, लेकिन अधिक देर तक नहीं। "निस्संदेह! श्रद्धेय मनोभू... वे आपको फ्रवाशी के बारे में बताते थे।"

"हां।"

"यह भगवान रुद्र के लोगों के विश्वास की प्रतीक है। फ्रवाशी शुद्ध आत्माओं और दूतों का प्रतिनिधित्व करती है। वे बड़ी संख्या में मौजूद हैं, उनके ग्रंथों के अनुसार दसियों हजार। वे मानव आत्माओं को इस संसार में भेजते हैं और अच्छाई और बुराई के अनंत युद्ध में उनका साथ देते हैं। ऐसा भी माना जाता है कि ब्रह्मांड की रचना में उन्होंने ईश्वर की सहायता की थी।"

शिव ने सिर हिलाया। "मुझे लगता है कि वासुदेव भी फ्रवाशी में विश्वास करते हैं।"

"हम फ्रवाशी का सम्मान करते हैं। किंतु यह एक परिहाई प्रतीक है।"

"तो फिर आपकी भूमि के प्रवेश पर एक फ्रवाशी क्यों है?"

गोपाल की भृकुटियां तन गईं। "फ्रवाशी प्रतीक? कहां?"

"चंबल में खुले मैदान पर, जहां से हमने करतल संकेत द्वारा आपसे संवाद किया था।"

"ओह!" गोपाल बात को समझते हुए मुस्कुराया। "मेरे मित्र, हमारे यहां भी एक प्रतीकात्मक आग होती है। लेकिन हम उसे फ्रवाशी नहीं कहते हैं। हम उसे अग्नि कहते हैं, आग के देवता।"

"लेकिन उसका चिह्न लगभग फ्रवाशी जैसा ही होता है।"

"हां, सही। मैं जानता हूं कि परिहाई लोग अग्नि के अनुष्ठानों को अत्यंत महत्व देते हैं। ऐसा ही हम भारतीय भी करते हैं। ऋग्वेद के प्रथम अध्याय का प्रथम स्त्रोत अग्निदेव को ही समर्पित है। मेरे विचार से अग्नि के तत्व का संसार के सारे धर्मों में ही समान महत्व है।"

"अग्नि मानव सभ्यता का आरंभ है।"

"यह जीवन का आरंभ है, मेरे मित्र। यह सारी ऊर्जा का स्रोत है। क्योंकि नक्षत्रों को भी देखने का एक तरीका उन्हें आग के बड़े गोलों के रूप में देखना है।"

शिव मुस्कुराने लगा।

एक नाविक चलता हुआ उन दोनों के पास आया। "माननीयों, नाव को नीचे कर दिया गया है। हम तैयार हैं।"

— ⁂ —

नाव तट से सौ मीटर दूर थी कि झाड़ियों के पीछे से एक लंबा सा आदमी प्रकट

हुआ। वह एक लंबा, भूरा-काला लबादा पहने था और उसके हाथ में कोई चीज थी जो डंडे जैसी लगती थी। शिव को विश्वास नहीं था। उसका हाथ अपनी तलवार की ओर बढ़ गया।

गोपाल ने अपना हाथ शिव के हाथ की ओर बढ़ाया। "चिंता मत कीजिए, मेरे मित्र।"

शिव अजनबी की ओर से दृष्टि हटाए बिना बोला। "आपको विश्वास है?"

"हां, वह परिहाई है। वह हमारा मार्गदर्शन करने आया है।"

शिव ने तलवार पर पकड़ ढीली कर ली, लेकिन अपना हाथ मूठ के निकट रखा।

उसने अजनबी को झाड़ियों की ओर हाथ बढ़ाते और रस्सियों जैसी किसी चीज को खींचते देखा। शिव ने तुरंत सावधान होते हुए एक बार फिर अपना हाथ तलवार की ओर बढ़ाया।

लेकिन उसे देखकर आश्चर्य हुआ कि घनी झाड़ियों के पीछे से चार घोड़े निकल आए। उनमें से तीन पर कुछ भी नहीं था और वे निश्चित रूप से अपनी नई सवारियों की प्रतीक्षा में थे। चौथे पर एक बड़ा सा बोरा लदा हुआ था। उसमें शायद भोजन का सामान था। शिव ने अपना हाथ तलवार से पूरी तरह हटा लिया।

वह अजनबी मित्र था।

अध्याय 35

परिहा की यात्रा

"मुझे प्रसन्नता है कि वायुपुत्रों ने हमारे स्वागत के लिए किसी को भेजा है," गोपाल ने कहा।

उनके नाविक नाव से माल उतार रहे थे। उसमें से कुछ सामान उन तीन घोड़ों पर बांधा जाना था जिन पर शिव, गोपाल और परिहाई सवार होने वाला था जबकि शेष सामान पहले से बुरी तरह बोझ तले दबे चौथे घोड़े पर लादा जाना था।

"वायुपुत्र वासुदेव प्रमुख की कैसे उपेक्षा कर सकते हैं, स्वामी?" परिहाई ने गोपाल की ओर झुकते हुए पूछा। "हमें आपका संदेश लोथल के वासुदेव पंडित से समय से मिल गया था। आप हमारे सम्मानित अतिथि हैं। मेरा नाम कुरुश है। हमारे नगर परिहा में मैं आपका मार्गदर्शक रहूंगा।"

शिव ने ध्यानपूर्वक कुरुश को देखा। उसका लंबा भूरा-काला लबादा इस तथ्य को नहीं छिपा सका कि उसके पास एक तलवार थी। शिव सोचने लगा कि अगर तलवार परिहाई के लबादे की तहों में उलझी हुई है तो अचानक आवश्यकता पड़ने पर वह उसे निकालेगा किस प्रकार।

यह व्यक्ति असाधारण रूप से गोरा था और यह रंग भारत के गर्म मैदानों में सामान्यतः देखने को नहीं मिलता था। इसके कारण परिहाई के पीला और अनाकर्षक दिखने की आशा की जा सकती थी, किंतु ऐसा था नहीं। भरी हुई दाढ़ी के साथ तीखी लंबी नाक उसकी सुंदरता को और भी बढ़ा रही थी लेकिन फिर भी वह देखने से ही योद्धा लगता था। परिहाई के बाल लंबे थे और यह बात भारतीयों के समान थी। उसके सिर पर एक सूती चौकोर सफेद टोप था। शिव के लिए, सबसे रुचिकर पक्ष उसकी दाढ़ी थी। यह काशी के श्रद्धेय

विश्वनाथ मंदिर में भगवान रुद्र की प्रतिमा जैसी थी! पिछले महादेव की विशिष्ट दाढ़ी में बालों की कई लड़ियां गूथकर पृथक गुच्छों में बंधी हुई थीं।

"धन्यवाद, कुरुश," गोपाल ने कहा। "कृपया मुझे आज्ञा दें कि मैं लंबे समय से प्रतीक्षित नीलकंठ, श्रद्धेय शिव, का परिचय करा सकूं।"

कुरुश ने शिव की ओर घूमकर रूखेपन से सिर हिलाया। स्पष्ट था कि वह उन वायुपुत्रों में से था जो शिव को कपटी समझते थे! एक ऐसा नीलकंठ समझते थे जिसे उसकी जनजाति ने अधिकृत नहीं किया था। शिव कुछ नहीं बोला। वह जानता था कि एकमात्र महत्वपूर्ण विचार उसके प्रमुख मित्रा का था।

— ⚹ —

शिव अपने घोड़े पर चढ़ा और फिर उसने पलटकर उन नाविकों की ओर हाथ हिलाया जो अपनी नाव खेते हुए वापस पोत की ओर जा रहे थे। उनका इरादा कुछ और आगे तक नौकायन करके एक गुप्त खाड़ी में लंगर डालने का था। दो माह की अवधि के पश्चात, मुख्य नाविक हर दूसरे दिन पर उस स्थान पर जहां गोपाल और शिव कुरुश से मिले थे, यह जानने के लिए एक नाव भेजा करेगा कि क्या वे वापस लौट आए हैं अथवा नहीं।

जब गोपाल और शिव ने अपने घोड़ों को एड़ दी तब तक कुरुश उनके आगे अपने घोड़े पर चलना आरंभ कर चुका था और साथ ही वह सामान वाले घोड़े की लगाम को भी थामे हुए था। अब जबकि परिहाई सुनाई देने की दूरी से बाहर था तो शिव गोपाल की ओर मुड़ा। "कुरुश नाम परिचित सा क्यों लग रहा है?"

"कुरुश कभी-कभी कुरु के रूप में भी जाना जाता है," गोपाल ने कहा। "और मुझे विश्वास है कि आप जानते होंगे कि कुरु प्राचीन समय में एक महान भारतीय सम्राट थे।"

"तो पहले कौन सा नाम आया? कुरु या कुरुश?"

"आपका तात्पर्य है कि किसने किसे प्रभावित किया?" गोपाल ने पूछा। "क्या भारत ने परिहा को प्रभावित किया या इसके विपरीत?"

"हां, मैं यही जानना चाहता हूं।"

"मुझे नहीं पता। संभवतः थोड़ा-थोड़ा दोनों। हमने उनकी समृद्ध संस्कृति से सीखा और उन्होंने हमारी से। निस्संदेह हम तर्क कर सकते हैं कि किसने

किससे और कितना सीखा, किंतु यह हमारे अहंकार के अतिरिक्त कुछ नहीं है, जो यह सिद्ध करने के हमारे उतावलेपन को प्रदर्शित करता है कि हमारी संस्कृति उनकी संस्कृति से श्रेष्ठ है। यह एक मूर्खतापूर्ण खोज है। सबसे अच्छी बात है हर किसी से सीखना, उस ज्ञान के सांस्कृतिक स्रोत के बारे में सोचे बिना।"

परिहाई एकल भव्यता के साथ आगे-आगे चल रहा था। उन्हें चलते-चलते एक सप्ताह हो चुका था और कुरुश दृढ़तापूर्वक मौन रहा था, और शिव के मित्रतापूर्ण प्रश्नों के एकाक्षरीय उत्तर देता रहा था। अंततः नीलकंठ ने उससे बोलना बंद ही कर दिया।

"क्या भगवान यहां बड़े हुए थे?" शिव ने गोपाल से पूछा।

"हां, भगवान रुद्र का जन्म इसी क्षेत्र के आसपास हुआ था। वे भारत तब आए थे जब हमें उनकी आवश्यकता पड़ी थी।"

"वे परीलोक से थे। तब तो वे हमारी संरक्षक शक्ति भी हुए।"

"वास्तव में, मुझे लगता है कि वे परिहा में नहीं बल्कि इस क्षेत्र के निकट कहीं जन्मे थे।"

"कहां?"

"अनशन।"

"भारत में अनशन का अर्थ भूख होता है ना?"

गोपाल मुस्कुराया। "यहां भी इसका यही अर्थ है।"

"इन्होंने अपने देश का नाम 'भूख' रखा है? क्या इसका इतना बुरा हाल था?"

"अपने आसपास देखिए। यहां एक कठोर, पहाड़ी मरुस्थल है। यहां जीवन चिरस्थायी रूप से कठिन है। जब तक कि..."

"जब तक कि क्या?"

"जब तक कि कभी-कभार महान लोग इस क्षेत्र को वशीभूत न करते रहें।"

"और भगवान रुद्र की जनजाति ऐसे ही लोग सिद्ध हुई?"

"हां, उन्होंने ईलम साम्राज्य की स्थापना की।"

"ईलम? आपका तात्पर्य वही जिस पर अकेडियाइयों ने विजय प्राप्त की?"

"हां।"

"इससे वायुपुत्रों का समर्थन सिद्ध होता है, है न? ईलमवासी भगवान रुद्र के लोग थे।"

"नहीं, यह कारण नहीं है। वायुपुत्र ईलमवासियों का इसलिए समर्थन करते थे क्योंकि उन्हें सच में अपने और मेसोपोटामियावासियों के बीच एक मध्यवर्ती राज्य की आवश्यकता महसूस हुई थी। वास्तव में, भगवान रुद्र ने अपने साथी ईलमवासियों के सामने यह बात स्पष्ट कर दी थीः वे या तो अन्य किसी भी पहचान से सारे सूत्र तोड़कर वायुपुत्र समूह में सम्मिलित हो जाएं, या ईलमवासियों के साथ ही बने रहना चुन सकते हैं। जिन्होंने भगवान रुद्र का अनुकरण करने का निर्णय लिया, वे आज वायुपुत्र हैं।"

"तो परिहा वहां नहीं हैं जहां अनशन हुआ करता था।"

"नहीं। अनशन ईलम राज्य की राजधानी था। परिहा पूर्व में आगे स्थित है।"

"मुझे ऐसा लगता है कि वायुपुत्रों ने केवल ईलमवासियों को ही नहीं, अन्य बाहरी व्यक्तियों को भी स्वीकार कर लिया था। मेरे काका तो तिब्बती थे।"

"हां, माननीय मनोभू तिब्बती थे। वायुपुत्रों ने केवल योग्यता के आधार पर सदस्यों को स्वीकार किया था, जन्म के आधार पर नहीं। बहुत से ईलमवासी हैं जो वायुपुत्र बनने का प्रयास करते हैं किंतु सफल नहीं हो पाते। केवल हमारे देश की एक ही जनजाति ऐसी थी जिसे बड़ी संख्या में स्वीकार किया गया था क्योंकि वे शरणार्थी थे।

"भारत की?"

"हां, भगवान रुद्र ने उनके साथ जो किया था, उसके लिए वे व्यक्तिगत रूप से स्वयं को अपराधी महसूस करते थे। अतः उन्होंने उन्हें अपने संरक्षण में ले लिया और अपनी भूमि पर, वायुपुत्रों के बीच उन्हें आश्रय प्रदान किया।"

"ये लोग कौन थे?"

"असुर।"

इस रहस्योद्‌घाटन पर शिव कोई प्रतिक्रिया कर पाता, इससे पहले ही

कुरुश मुड़ा और उसने गोपाल को संबोधित किया। "स्वामी, भोजन करने के लिए यह उत्तम स्थान है। आगे स्थित मार्ग एक संकरे पहाड़ी दर्रे से होकर जाता है। क्या हम यहां अवकाश ले लें?"

— ⅄ⵀUᗑ⊛ —

भोजन एकदम बेस्वाद और ठंडा था, तीव्र पहाड़ी हवाएं असुविधा को और बढ़ा रही थीं। किंतु कुरुश अपने साथ जो सूखे मेवे लाया था, उन्होंने ऊर्जा प्रदान की, जोकि आगे आने वाली कमरतोड़ यात्रा के लिए बहुत आवश्यक थी।

कुरुश ने शीघ्रता से शेष भोजन बांधा, अपने घोड़े पर सवार हुआ और यह सुनिश्चित करके कि चौथे घोड़े की लगाम उसने अच्छी तरह से पकड़ी हुई है, अपने घोड़े को एड़ लगा दी। गोपाल और शिव उसके पीछे सधी चाल में चलने लगे।

"असुरों ने यहां शरण ली थी?" शिव ने पूछा, वे अभी भी विस्मित था।

"हां," गोपाल ने उत्तर दिया। "भगवान रुद्र स्वयं कुछ जीवित बचे असुर अधिनायकों को परिहा लाए थे। अन्यों को, जो छिपे हुए थे, वायुपुत्रों द्वारा भारत से निकालकर लाया गया। कुछ असुर पश्चिम में और आगे चले गए थे, ईलम से भी आगे। मुझे ठीक से पता नहीं है कि उनका क्या हुआ। किंतु उनमें से अनेक परिहा में ही रुक गए थे।"

"और भगवान रुद्र ने इन असुरों को वायुपुत्र समूह में समो लिया, है न?"

"सबको नहीं। उन्होंने पाया कि कुछ असुर इतने तटस्थ नहीं हुए थे कि वायुपुत्र बन सकें। उन्हें शरणार्थियों की तरह परिहा में रहने दिया गया। किंतु शेष का एक अधिसंख्य भाग वायुपुत्र बन गया था।"

"उनमें से अनेक असुर राजवंश के रहे होंगे। क्या उन्होंने भारत पर आक्रमण करना और देवों से बदला लेना नहीं चाहा होगा जिन्होंने उन्हें परास्त किया था?"

"नहीं। एक बार वे वायुपुत्र बंधुत्व में चले गए तो वे असुर नहीं रहे थे। उन्होंने अपनी पुरानी पहचानें त्याग दी थीं और वायुपुत्रों के लिए भगवान रुद्र द्वारा स्थापित प्राथमिक कार्य को अपना लिया थाः भारत की पवित्र भूमि की बुराई से रक्षा करना।"

शिव ने इस समाचार को आत्मसात करते हुए गहरी सांस खींची। असुर

अपने पुराने शत्रुओं के प्रति अपनी घृणा से उबर चुके थे और भगवान रुद्र द्वारा निर्दिष्ट अभियान के लिए कार्य कर रहे थे।

"नियति की विचित्र लीला है, जो असुर देवों के लिए राक्षस थे, वही वस्तुतः पर्दे के पीछे रहकर बुराई के प्रभावों से उनकी रक्षा करने की दिशा में सक्रियता से कार्य कर रहे थे," गोपाल ने अपने घोड़े को दाहिनी ओर मोड़ते हुए कहा और एक संकरे दर्रे में प्रवेश कर गया।

शिव ने अचानक कुछ सोचा और गोपाल के पास पहुंच गया।

"लेकिन, पंडितजी, मुझे विश्वास है कि असुरों ने अपनी पुरानी संस्कृति को तो नहीं भुलाया होगा। उसने निश्चय ही परिहाई जीवनशैली को प्रभावित किया होगा। पीढ़ियों पहले विदेशी भूमि पर जा बसने के बाद भी अपनी सांस्कृतिक स्मृतियों को त्याग पाना असंभव होता है। जब तक कि, निस्संदेह, कोई ऋषि-मुनियों की तरह विरक्त न हो जाए।"

"सही कहते हैं," गोपाल ने कहा। "असुर संस्कृति ने परिहाओं पर प्रभाव डाला था। उदाहरण के लिए, क्या आपको देवताओं के लिए परिहाई शब्द पता है?"

शिव ने कंधे उचका दिए।

गोपाल ने रहस्यपूर्ण भाव से शिव को देखा। "उत्तर देने से पहले, यह जान लें कि प्राचीन परिहाई भाषा में, 'स' की ध्वनि के उच्चारण और संवेदन के लिए कोई स्थान नहीं था। यह या तो 'श' हो गया या 'ह'। तो, आपको क्या लगता है वे अपने देवताओं को क्या पुकारते थे?"

शिव के मस्तक पर बल पड़े, उसने हवा में तीर छोड़ते हुए कहा। "अहुर?"

"हां, अहुर।"

"हे प्रभु! फिर उनके राक्षसों को क्या कहा जाता था?"

"देव।"

"हे ब्रह्मा!"

"भारतीय देवकुल का यह एकदम विपरीत है। हम अपने देवताओं को देव और राक्षसों को असुर कहते हैं।"

शिव हल्का सा मुस्कुराया। "वे भिन्न हैं, किंतु दुष्ट नहीं हैं।"

अध्याय 36

परियों का देश

शिव, गोपाल और कुरुश को चलते हुए एक माह से कुछ ऊपर हो गया था। विलंब से आई शीतऋतु ने कठोर पहाड़ी क्षेत्र में यात्रा को इच्छाशक्ति का परीक्षण बना दिया था। शिव, जिसने अपना अधिकांश जीवन तिब्बत के पहाड़ी क्षेत्र में बिताया था, इस यात्रा को सरलता से कर पा रहा था। किंतु गोपाल, जो मैदानों की नम ग्रीष्म का अभ्यस्त था, शीत और विरलित वातावरण के कारण संघर्ष कर रहा था।

"हम पहुंच गए हैं," एक दिन कुरुश ने अचानक हाथ उठाते हुए कहा।

शिव ने अपनी लगाम खींची। वे एक संकरे मार्ग पर थे जो चार-पांच हाथ से अधिक चौड़ा नहीं था। शिव अपने घोड़े से उतरा, एक चट्टान से अपने घोड़े को बांधा और गोपाल की सहायता करने के लिए उसके पास गए। उसने गोपाल के घोड़े को बांधा, पहाड़ से पीठ टिकाकर बैठने में उसकी सहायता की और अपना जल वासुदेव प्रमुख को दिया। गोपाल ने धीरे-धीरे प्राणदायी तरल के घूंट भरे।

अपने मित्र की सहायता करने के बाद शिव ने आसपास देखा। बाईं ओर पहाड़ का खड़ा, चट्टानी पक्ष था, लगभग किसी चोटी के समान खड़ा, जो सैकड़ों हाथ ऊंचाई तक जा रहा था। दाहिनी ओर बहुत नीचे एक सूखी वादी में जा रही सीधी ढलान थी। जहां तक दृष्टि जाती थी, कहीं जीवन का कोई चिह्न नहीं दिखता था। न मानव बस्ती, न पशु, न ही वे थोड़े-बहुत साहसी पौधे और वृक्ष थे जिन्हें उसने निचली ऊंचाइयों पर देखा था।

शिव ने भौंह उठाकर गोपाल को देखा और धीरे से बोला। "हम पहुंच गए?"

गोपाल ने कुरुश की ओर संकेत किया। परिहाई सावधानीपूर्वक पहाड़ी दीवार पर अपने हाथ फेर रहा था, उसकी आंखें बंद थीं और वह कुछ तलाशने का प्रयास कर रहा था। अचानक वह रुक गया। जो वह ढूंढ़ रहा था, उसे मिल गया था। इस बीच शिव ऊपर की ओर बढ़ गया था और उसने पहाड़ के पार्श्व में एक चिह्न का हल्का सा उभार देखा। एक प्रतीकात्मक ज्वाला जिसे वह पहचानने लगा थाः फ्रवाशी।

कुरुश ने अपनी तर्जनी में पहनी अंगूठी को प्रतीक के केंद्र में दबाया। मानव खोपड़ी के आकार का एक पत्थर दाहिनी ओर से उभरा। कुरुश ने अपने दोनों हाथ पत्थर पर रख दिए, थोड़ा बल प्राप्त करने के लिए पीछे हटा और फिर जोर से धकेला।

शिव आश्चर्य से देखते रह गया, पर्वत जैसे जीवंत हो उठा था। लगभग चार हाथ लंबा और तीन हाथ चौड़ा एक बड़ा सा खंड भीतर को धंसा और फिर एक ओर हट गया, सामने एक पगडंडी उजागर हो गई थी जो पर्वत के गर्भ की गहराई में जा रही थी।

कुरुश शिव की ओर मुड़ा और उसने संकेत किया कि वे चलने के लिए तैयार हैं। शिव ने घोड़े पर सवार होने में गोपाल की सहायता की और अपने मित्र को लगाम थमा दी। जब वह अपने घोड़े की ओर बढ़ा, तो उसका ध्यान गया कि जिस चट्टान से उसने अपने घोड़े को बांधा था, वह प्राकृतिक दिखती थी, किंतु वास्तव में मानवनिर्मित थी। शिव अपने घोड़े पर सवार हुआ और पर्वत के हृदय में चलते हुए शीघ्र ही गोपाल और कुरुश के पास पहुंच गया।

— ⁂ —

उसके भीतर पहुंचते ही गुप्त चट्टानी द्वार उतने ही आराम से बंद हो गया। एक जलती हुई मशाल के अलावा अंदर घोर अंधेरा था, जिसे परिहाइयों ने एक दीवार पर लगा रखा था, जो कुछ हाथ आगे तक अपना प्रकाश पहुंचा रही थी। उसके आगे, गुफा वाले मार्ग के सर्वव्यापी अंधकार के विरुद्ध प्रकाश संघर्ष नहीं कर सका। कुरुश ने दीवार की कोटरिका से तीन बिना जली मशालें निकाल लीं, उन्हें जलाया और एक-एक गोपाल और शिव को पकड़ा दीं। तत्पश्चात वह अपनी मशाल को ऊंचा थामे तेजी से आगे बढ़ गया। शिव और गोपाल ने भी अपने घोड़ों को एड़ लगाई और शीघ्रता से उसके पीछे हो लिए।

शीघ्र ही मार्ग दो भागों में बंट गया, किंतु कुरुश बिना झिझके एक मार्ग को छोड़कर उन्हें दूसरे मार्ग पर ले गया। दंडक वन में नागाओं की भांति ही, वायुपुत्रों ने यह सुनिश्चित किया था कि वायुपुत्र मार्गदर्शक के बिना, किसी अनधिकृत व्यक्ति के उस गुप्त मार्ग में पहुंच जाने की असंभाव्य स्थिति में वह अनिवार्यतः पर्वत के भीतर ही भटकता रहे।

शिव को आगे ऐसे अनेक भ्रामक रास्तों के मिलने की अपेक्षा थी। वह निराश नहीं हुआ।

— ⅄ⓄŪ↑⊛ —

आधे घंटे की एक लंबी पर्वतीय यात्रा के बाद यात्री पर्वत के दूसरी ओर निकले और अचानक चकाचौंध भरी धूप के आक्रमण से लगभग चौंधिया गए। आंखें अभ्यस्त हुईं तो सामने उपस्थित दृश्य को देखकर शिव का मुंह खुला रह गया।

पर्वत के दूसरी ओर का दृश्य नाटकीय रूप से उससे भिन्न था जो उसने अब तक देखा था। पर्वतों के किनारे एक चौड़ी, घुमावदार सड़क बना दी गई थी। स्थानीय परिहाइयों द्वारा रुद्र मार्ग कही जाने वाली इस सड़क के किनारे सुंदर नक्काशीदार जंगला लगा था, जो घोड़ों और गाड़ियों को फिसलकर नीचे गहरी घाटी में गिरकर होने वाली निश्चित मृत्यु से सुरक्षा प्रदान कर रहा था। स्वयं घाटी, जो किसी अस्थि के समान प्राकृतिक रूप से सूखी थी, चारों ओर से सपाट पर्वतों से घिरी हुई थी। प्रकृति का वैभव तो था ही, किंतु शिव वह देखकर अचंभित था जो परिहाइयों ने इसके साथ किया था। खोजी आंखों से दूर, इस एकाकी स्थान पर उन्होंने सच में परियों का लोक, परिहा बनाया था।

रुद्र मार्ग एक चबूतरे के आधार पर समाप्त होता था। यद्यपि मेलूहावासियों द्वारा बनाए गए चूबतरों के विपरीत यह चबूतरा बाढ़ से सुरक्षा प्रदान करने के लिए नहीं बनाया गया था। परिहा में पानी की समस्या उसकी अतिशयता की नहीं, बल्कि अभाव की थी। चबूतरा तो कठोर, ऊबड़-खाबड़ पर्वतीय वादी को एकसार आधार देने के लिए निर्मित किया गया था। इसी पर परिहा नगर बसाया गया था।

कुरुश, गोपाल और शिव वादी के सबसे निचले बिंदु से चबूतरे की ओर बढ़े। यहां चबूतरा सबसे अधिक ऊंचा था, लगभग बीस हाथ ऊंचा। जो स्थान शहर में प्रवेश का प्रकटतया एकमात्र स्थान था, वहां एक भव्य औपचारिक द्वार

बनाया गया था। सड़क के दोनों ओर ऊंची दीवारें थीं और भलीभांति सुरक्षित द्वार की ओर जाते हुए ये संकरी हो गई थीं। प्रशंसात्मक दृष्टि से सब ओर देखते हुए शिव के अंदर का योद्धा समझ गया था कि नगर के द्वार का रास्ता किसी आक्रमणकारी सेना को बलात् एक संकरे मुंह में भेज देता जिससे परिहाइयों के लिए रक्षा करना सरल हो जाता।

भव्य अलंकृत द्वार को स्थानीय भूरे पत्थर से काटकर बनाया गया था, जिसे शिव रास्ते में निरंतर देखते आया था। स्वयं द्वार पर दोनों ओर बड़े-बड़े स्तंभ लगे थे जिन पर दो विशालकाय प्राणी बैठे हुए थे मानो अपने नगर की सुरक्षा में झपटने को तैयार हों। इस अपरिचित प्राणी का सिर मनुष्य का था और धड़ सिंह का और दोनों ओर गरुड़ के दो विशाल पंख थे। मुख-विन्यास में परिहाई अहं स्पष्ट रूप से परिलक्षित थाः तीखा, ऊंचा मस्तक, मुड़ी हुई नाक, सुघड़ता से मोतियों से बिंधी दाढ़ी, नीचे झुकी मूंछें और चौकोर टोपी से निकलते लंबे बाल। आक्रामक, योद्धाओं जैसे मुख को शांत, लगभग मित्रवत नेत्रों ने सुदृढ़ बना दिया था।

शिव ने देखा कि द्वारपाल के साथ कुरुश का वार्तालाप पूरा हो गया था। वह वापस आया और उसने आदरपूर्वक गोपाल से कहा। "स्वामी, औपचारिकताएं पूरी हो गई हैं। कृपया मुझे क्षमा करें कि हमें यहां पहुंचने में इतना समय लगा। क्या हम चलें?"

"क्षमा मांगने की कोई आवश्यकता नहीं है, कुरुश," गोपाल ने नम्रता से कहा। "चलें।"

शिव मौन भाव से कुरुश और गोपाल के पीछे चल दिया, उसे द्वारपाल की उपहास उड़ाती, संभवतः निर्णयात्मक दृष्टि का बोध था।

चबूतरे के शिखर की ओर जा रहे एक पत्थर जड़ित मार्ग पर अपने घोड़ों को ले जाते हुए उन्होंने ईंटों से बने एक विशाल अहाते को पार किया। चढ़ाई सौम्य थी, जिसने रास्ते में आए एकमात्र तीव्र मोड़ पर मुड़ने को सरल बना दिया था। कुछ पदयात्री साथ में बनी सीढ़ियों पर चढ़ रहे थे, जिन्हें चढ़ना सुगम बनाने के लिए चौड़ा बनाया गया था। पूरे मार्ग में, चबूतरे के चट्टानी पक्ष को उत्कीर्ण किया और रंग दिया गया था। चमकदार ईंटों की नक्काशी में अपने विशिष्ट

नैन-नक्श, लंबे चोगे और चौकोर टोपियों के साथ उकेरे गए परिहाई राहगीरों को तक रहे थे। पता नहीं कहां से, अपने पीछे एक उल्लसित संगीत छोड़ते हुए खड़ी चट्टान के बीचोबीच से पानी गिर रहा था। शिव ने मन ही मन निर्णय लिया कि गोपाल से कठोर रेगिस्तान में इस पानी के स्रोत के रहस्य के बारे में पूछेगा।

किंतु जब वे शिखर पर पहुंचे और शिव ने अपने सामने बिखरे सौंदर्य की भूरि-भूरि प्रशंसा की, तो उसके सारे प्रश्न बिसर गए थे।

"हे पवित्र झील!"

उसने अभी-अभी परिहा के अति सुंदर, सममित उद्यानों को पहली बार देखा था। ये कृत्रिम दिव्य रचनाएं इतनी असाधारण थीं कि परिहावासियों ने इनका नाम पैराडेजा, संतुलन का उपवन, रखा था।

पैराडेजा आयताकार नगर की केंद्रीय धुरी के साथ विस्तृत था, उसके चारों ओर भवन बने हुए थे। उपवन और नगर घाटी के ऊपरी छोर के विशाल पर्वत के किनारे तक विस्तृत था, जिसे असुरों ने क्षमा का पर्वत नाम दिया था। पर्वत के बीचोबीच से एक जलधारा निकल रही थी जो त्रुटिहीन सीधी रेखा में उपवन से बह रही थी और यदा-कदा बड़े-बड़े वृत्ताकार सरोवरों को भर रही थी। स्वयं सरोवरों के बीच में भव्य फव्वारे बने हुए थे जो पानी को हवा में ऊंचा उछाल रहे थे। जलधारा द्वारा विभाजित उपवन के बाएं और दाएं भाग एक-दूसरे का पूर्ण प्रतिबिंब थे। सारे विस्तार पर मोटी और यत्नपूर्वक तराशी हुई घास बिछी हुई थी, जो पूर्ण संतुलन में लगाई गई फूलों की क्यारियों और वृक्षों को आधार प्रदान कर रही थी। स्पष्ट रूप से फूल-पौधे दुनिया भर से आयातित थे! गुलाब, नरगिस, लाला, नीलक, चमेली, संतरे और नीबू के वृक्ष उपवन को काव्यात्मक प्रचुरता प्रदान कर रहे थे।

शिव उपवन के सौंदर्य में इतने खो गया था कि उसने अपने मित्र का स्वर भी नहीं सुना।

"प्रभु नीलकंठ?" गोपाल ने दोहराया।

शिव वासुदेव प्रमुख की ओर घूमा।

"यहां तो हम बाद में भी आ सकते हैं, मित्र। किंतु अभी, हमें अपने अतिथि-आवास में चलना चाहिए।"

— ⅄ⵀⵡⵠⴲ —

शिव और गोपाल को राजकीय अतिथिगृह में ठहराया गया था जो परिहा के उत्कृष्ट वर्ग के अतिथियों के लिए आरक्षित था। यहां भी दोनों ने सौंदर्य और लालित्य के प्रति परिहावासियों की अभिरुचि को देखा।

अपने घोड़ों से उतरकर शिव और गोपाल भवन में गए। प्रवेशद्वार एक चौड़े, सुविधापूर्ण बरामदे में ले जाता था जहां सुनिर्मित गोल स्तंभों की पंक्तियां पत्थर की छत को सहारा प्रदान कर रही थीं। स्तंभों को ऊपर तक जीवंत गुलाबी रंग में रंगा गया था, जहां, छत के पास, इस पर पशु आकृतियां उकेरी हुई थीं। शिव ने अच्छी तरह से देखने के लिए आंखें सिकोड़ीं।

"बैल," शिव ने कहा।

बैल और गाय भारतीयों में पवित्र माने जाते थे और जीवन के आध्यात्मिक अनुभव का केंद्र थे।

"हां," गोपाल ने पुष्टि की। "परिहावासी भी बैलों का आदर करते हैं। वे शक्ति और पौरुष का प्रतीक हैं।"

जब वे बरामदे के दूसरे छोर पर पहुंचे तो उनकी भेंट लालित्यपूर्ण वेशभूषा वाली तीन परिहावासियों से हुई। सबसे आगे वाली के हाथ में गर्म, भीगी और सुगंधित तौलियों से भरा एक थाल था। गोपाल ने तुरंत एक तौलिया उठाई और अपने चेहरे और हाथों पर जमी धूल और गंदगी को पोंछने लगा। शिव ने भी उसका अनुपालन किया।

एक परिहाई स्त्री गोपाल के पास आई, सिर झुकाया और नम्रता से बोली। "स्वागत है, सम्मानीय वासुदेव प्रमुख गोपाल। हमें विश्वास ही नहीं हो रहा है कि हमें महान भगवान राम के प्रतिनिधि का आतिथ्य करने का सौभाग्य प्राप्त हो रहा है।"

"शुक्रिया, देवी," गोपाल ने कहा। "किंतु आपने मुझे कठिन स्थिति में डाल दिया है। आप मेरा नाम जानती हैं किंतु मैं आपका नाम नहीं जानता।"

"मेरा नाम बहमनदोख्त है।"

"बहमन की बेटी?" गोपाल ने कहा, वह उनकी प्राचीन भाषा अवेस्ता से परिचित था।

बहमनदोख्त मुस्कुराई। "यह भी एक अर्थ है, हां। किंतु मुझे दूसरा अर्थ पसंद है।"

"और वह क्या है?"

"एक अच्छे मस्तिष्क वाली लड़की।"

"मुझे विश्वास है आप इस नाम को सार्थक करती होंगी, देवी।"

"मैं अपना पूरा प्रयास करती हूं, माननीय गोपाल।"

गोपाल मुस्कुराया और उसने नमस्ते में हाथ जोड़ दिए।

अधिकांश परिहाइयों के विपरीत जिन्होंने अब तक सायास शिव की उपेक्षा की थी, बहमनदोख्त ने विनम्रता से सिर झुकाकर नीलकंठ को संबोधित किया। "स्वागत है, माननीय शिव। आशा करती हूं हमने आपको शिकायत का कोई कारण नहीं दिया होगा।"

"बिल्कुल नहीं," शिव ने विनम्रता से कहा।

"मैं जानती हूं आप एक अभियान पर यहां आए हैं," बहमनदोख्त ने कहा। "मैं इतना दुस्साहस नहीं करूंगी कि अपनी सारी जनजाति की ओर से कहूं, किंतु निजी तौर पर मैं उम्मीद करती हूं कि आप सफल हों। भारत और परिहा प्राचीन संबंधों से एक-दूसरे से अनुबंधित हैं। अगर कुछ ऐसा किया जाना है जो आपके देश के हित में है, तो मुझे विश्वास है कि सहायता करना हमारा कर्तव्य है। यह वह आज्ञा है जो भगवान रुद्र ने हमारे लिए निर्धारित की है।"

शिव ने इस सौजन्यता को स्वीकार किया और हाथ जोड़कर नमस्ते की। "मेरा देश इस भावना को पूरे परिमाण में प्रत्यर्पित करता है, देवी बहमनदोख्त।"

बहमनदोख्त ने गलियारे के अंत में खड़ी एक स्त्री पर दृष्टि डाली। शिव की आंखों ने उसका पीछा किया और पारंपरिक परिहाई परिधान में सुवेशित एक लंबी स्त्री पर टिक गईं। वस्त्रों के बावजूद, यह स्पष्ट था कि वह परिहा की मूल निवासी नहीं है। तांबई रंगत और गहरे काले बालों वाली उस स्त्री की बड़ी-बड़ी, आकर्षक, हिरनी जैसी आंखें और स्थानीय छरहरी युवतियों के विपरीत कमनीय काया थी। वह निस्संदेह आकर्षक युवती थी।

"माननीय शिव," बहमदोख्त ने नीलकंठ का ध्यान वापस खींचते हुए कहा। "मेरी सहायिका आपको आपके कक्ष में ले जाएगी।"

"धन्यवाद," शिव ने कहा।

जब गोपाल और शिव को ले जाया जा रहा था तो नीलकंठ ने मुड़कर देखा। रहस्यमय स्त्री वहां नहीं थी।

शिव और गोपाल को दो पृथक शयनकक्षों वाले एक विलासितापूर्ण कक्ष-खंड में ले जाया गया। कक्ष-खंड में विलासिता की वह हर वस्तु थी जिसकी कल्पना की जा सकती थी। सुदूर छोर पर द्वार के आकार की खिड़कियां बड़ी सी दीर्घा में खुलती थीं, जहां बड़े-बड़े आरामदेह आसन और कपड़े से मढ़े दो मूढ़े रखे थे, जो चौकी का काम भी कर सकते थे। बैठक में एक ओर छोटा सा फव्वारा था, इसका झरता हुआ पानी एक शांतिदायक कलकल उत्पन्न कर रहा था। दीवार से दीवार तक के बारीकी से बुने गए नर्म कालीनों ने भूमि पर एक सूत जगह भी नहीं छोड़ी थी। कालीन पर अनेक आकारों के गावतकिए और गद्दियां विभिन्न कोनों में सजे हुए थे जो नीचे बैठने के आरामदायक स्थान इंगित कर रहे थे। एक कोने में शाहबलूत की लकड़ी की अलंकृत मेज रखी हुई थी, जिसके पास गद्दीदार कुर्सियां थीं। एक अन्य कोने में आतिथ्य में मनोरंजन का ध्यान रखते हुए परिहाई संगीत वाद्ययंत्र रखे थे। वैभवपूर्ण सोने-चांदी की परत चढ़ी सजावटी वस्तुओं से आतिशदान और दीवारों के आले सुसज्जित थे। यह स्वद्वीपी राजवंश के मापदंड से भी अधिक आडंबरपूर्ण था।

दोनों शयनकक्षों में रेशमी चादरों के साथ आरामदायक नर्म बिस्तर थे। शैयाओं के पास निचली चौकियों पर विचारपूर्वक फलों से भरे पात्र रखे हुए थे। यहां तक कि अलमारियों में दोनों अतिथियों के लिए पारंपरिक परिहाई लबादों के साथ ही अन्य वस्त्र भी विशिष्ट रूप से बनवाकर रखे गए थे।

शिव ने आंखों में शरारत लिए गोपाल को देखा और धीरे से हंसा, “मेरे विचार से ये तुच्छ कक्ष पर्याप्त रहेगा!”

गोपाल ने भी हंसी में साथ दिया।

अध्याय 37

अनपेक्षित सहायता

वैभवशाली भोजन के बाद, गोपाल और शिव विश्राम और निष्क्रियता के अवसर का स्वागत करते हुए अपने कक्षों में वापस आ गए। कमरे के फव्वारे ने शिव का ध्यान खींचा, शिव ने कहा, "पंडितजी, इन्हें पानी कहां से प्राप्त होता है?"

"इस फव्वारे के लिए?" गोपाल ने पूछा।

"उन सभी फव्वारों, सरोवरों और जलधाराओं के लिए जिन्हें हमने देखा है। स्पष्ट कहूं तो, इस नगर और इन उपवनों के निर्माण में भी अत्यधिक मात्रा में पानी की आवश्यकता पड़ी होगी। यह रेगिस्तानी भूमि है जहां प्रायः कोई प्राकृतिक नदी नहीं है। मुझे बताया गया था कि यहां नियमित वर्षा भी नहीं होती। तो यह पानी कहां से आता है?"

"यह इनके अभियंताओं की प्रतिभा की देन है।"

"ऐसा कैसे?"

"परिहा के उत्तर में बड़े-बड़े प्राकृतिक चश्मे और झरने हैं।"

"यह तो चट्टानों और भूमि में स्थित जल होता है न?"

"हां।"

"किंतु चश्मे तो इतने प्रचुर नहीं हो सकते हैं।"

"सच है, किंतु अभाव प्रतिभा को उत्पन्न करता है। जब आपके पास पर्याप्त पानी नहीं होता, तो आप इसको सही प्रकार से प्रयोग करना सीखते हैं। नगर में आपने जो भी फव्वारे और जलधाराएं देखीं, उनमें पुनर्चक्रीकृत अपशिष्ट जल का प्रयोग होता है।"

शिव, जो अपना हाथ फव्वारे के पानी में डाल चुका था, तुरंत निकाल लिया।

गोपाल धीमे से हंसा। "चिंता न करें, मित्र। इस पानी को संशोधित किया जा चुका है और यह पूरी तरह स्वच्छ है। यह तो पीने के लिए भी उपयुक्त है।"

"मैं आपकी बात पर विश्वास करूंगा।"

शिव ने विवेकपूर्वक अपने हाथों को एक शुद्ध किए गए रुमाल से पोंछा तो गोपाल मुस्कुराने लगा।

"ये चश्मे और आबख्वान कितनी दूर हैं?"

"इस नगर की आपूर्ति करने वाले चश्मे पचास से सौ किलोमीटर दूर हैं," गोपाल ने कहा।

शिव ने हल्के से सीटी बजाई। "यह तो अत्यधिक दूरी है। ये इतनी भारी मात्रा में यहां तक पानी कैसे लाते हैं? मैंने तो कोई नहर भी नहीं देखी।"

"अरे, इनके पास नहरें हैं। किंतु आप उन्हें देख नहीं सकते क्योंकि वे भूमिगत हैं।"

"इन्होंने भूमिगत नहरें बनाई हैं?" स्तंभित शिव ने पूछा।

"वे इतनी चौड़ी नहीं हैं जितनी हमारे देश में होती हैं। किंतु वे उद्देश्य पूरा करती है। इन्होंने ऐसी नहरें बनाई हैं जो भूमिगत नालों के आकार की हैं, जो आबख्वान और चश्मों से शुरू होती हैं।"

"किंतु पानी के परिवहन के लिए सौ किलोमीटर बहुत लंबी दूरी है। ये ऐसा कैसे करते हैं? क्या इन्होंने पशुओं द्वारा चालित भूमिगत जलयंत्र लगा रखे हैं?"

"नहीं। इस कार्य के लिए ये प्रकृति के सर्वाधिक शक्तिशाली बलों में से एक का प्रयोग करते हैं।"

"कौन सा?"

"गुरुत्वाकर्षण। उन्होंने मंद ढाल वाली भूमिगत नहरें बनाई थीं जो सौ किलोमीटर से अधिक लंबी हैं। गुरुत्वाकर्षण बल के कारण पानी प्राकृतिक रूप से नीचे बहता है।"

"अदभुत। किंतु ऐसी कोई वस्तु बनाने के लिए उच्च स्तर के शुद्ध अभियंता कौशल की आवश्यकता होगी।"

"सही कहते हैं। बहुत लंबी दूरियों तक ढाल के कोण को पूरी तरह सटीक होना होगा। अगर ढाल आवश्यकता से थोड़ा सा भी ऊंचा हुआ तो पानी

नहर की सतह में जमा होने लगेगा और समय के साथ इसे नष्ट कर देगा।"

"और अगर ढाल थोड़ा सा भी अधिक मंद हुआ तो पानी बहना बंद कर देगा।"

"बिल्कुल," गोपाल ने कहा। "आप कल्पना कर सकते हैं कि इस प्रकार की परियोजना को क्रियान्वित करने के लिए कितनी दोषरहित रचना और क्रियान्वयन की आवश्यकता होती है।"

"किंतु इन्होंने कब..."

द्वार पर हल्की सी दस्तक ने शिव को रोक दिया। उसने तुरंत अपना स्वर धीमा करके तात्कालिकता के साथ कहा। "पंडितजी, आप किसी के आने की अपेक्षा कर रहे थे?"

गोपाल ने अपना सिर हिलाया। "नहीं। और, हमारा रक्षक कहां है? क्या उसे आगंतुक के आने की सूचना नहीं देनी चाहिए?"

शिव ने अपनी तलवार खींच ली और दबे पांव द्वार की ओर बढ़ते हुए गोपाल को अपने पीछे आने का संकेत किया। उसके लिए सबसे सुरक्षित स्थान शिव के पीछे था। वासुदेव प्रमुख ब्राह्मण था, योद्धा नहीं। शिव ने द्वार के निकट प्रतीक्षा की। मंद दस्तक फिर सुनाई दी।

शिव मुड़ा और फुसफुसाकर गोपाल से बोला। "जैसे ही मैं घुसपैठिए को अंदर खींचूं, द्वार बंद कर लीजिएगा।"

शिव ने तलवार हाथ में पकड़ी, द्वार खोला और एक झटके में घुसपैठिए को अंदर खींचकर धरती पर गिरा दिया। गोपाल ने भी उतनी ही तत्परता से द्वार बंद करके कुंडा लगा दिया।

"मैं एक मित्र हूं!" एक स्त्री स्वर ने कहा, उसके हाथ समर्पण में उठे थे।

शिव और गोपाल धरती पर पड़ी स्त्री को देखते रहे, उसका मुख आवरण से ढका था।

वह धीरे-धीरे उठी, उसकी आंखें शिव की तलवार पर टिकी थीं। "आपको इसकी आवश्यकता नहीं है। परिहावासी अपने अतिथियों की हत्या नहीं करते। यह भगवान रुद्र का विधान है।"

शिव अपनी तलवार नीचे करने को तैयार नहीं हुआ। "अपना चेहरा दिखाओ," उसने आदेश दिया।

स्त्री ने अपना मुखावरण हटाया। "आप मुझे पहले देख चुके हैं,

महा-नीलकंठ।"

शिव ने तुरंत घुसपैठिए को पहचान लिया। यह वही काले बालों वाली रहस्यमय स्त्री थी जिसे उन्होंने बहमनदोख्त से बातें करते समय गलियारे में देखा था।

शिव मुस्कुराया। "मैं सोच ही रहा था कि अगली बार तुम्हें कब देखूंगा।"

"मैं सहायता करने आई हूं," स्त्री ने कहा, वह अभी भी तलवार से अपनी आंखें नहीं हटा पा रही थी। "इसलिए मैं फिर से कहूंगी कि आपको वास्तव में इसकी आवश्यकता नहीं है। हम परिहावासी भगवान रुद्र के विधान को कभी नहीं तोड़ते हैं।"

शिव ने अपनी तलवार म्यान में रख ली। "तुम्हें ऐसा क्यों लगता है कि हमें तुम्हारी सहायता की आवश्यकता है?"

"उसी कारण से जिससे आपको यहां अपनी तलवार की आवश्यकता नहीं हैः हम वायुपुत्र कभी भी भगवान रुद्र के विधान को नहीं तोड़ते हैं। मैं यहां वह पाने में आपकी सहायता करने आई हूं जिसके लिए आप आए हैं..."

स्त्री को नर्म गद्दियों पर आराम से बिठाकर शिव और गोपाल भी वहीं बैठ गए।

"तुम्हारा नाम क्या है?" शिव ने पूछा। "तुम हमारी सहायता क्यों करना चाहती हो?"

"मेरा नाम शहरजाद है।"

शहरजाद एक ऐसा नाम था जिसका मूल प्राचीन परिहा भाषा में था! वह व्यक्ति जो शहरों को मुक्ति प्रदान करता है।

शिव की आंखें सिकुड़ गईं। "यह असत्य है। तुम इस देश की नहीं हो। तुम्हारा असली नाम क्या है?"

"मैं परिहाई हूं। यही मेरा नाम है।"

"अगर तुम हमें अपना असली नाम भी नहीं बताओगी तो हम तुम पर कैसे विश्वास कर सकते हैं?"

"आपके अभियान से मेरे नाम का कोई संबंध नहीं है। वायुपुत्रों की सभा, अमर्त्य ष्पंड आपके अभियान के विषय में क्या सोचती है, यही वास्तव में अर्थपूर्ण है।"

"और तुम हमें बता सकती हो कि वे क्या सोचते हैं?" गोपाल ने पूछा।

"इसीलिए तो मैं यहां आई हूं। मैं आपको बता सकती हूं कि आपको अपने अभियान को पूरा करने के लिए क्या करना होगा।"

— ⅄ⓄⅤ↑⊛ —

वासुदेव समूह के प्रमुख की औपचारिक पदवी मित्रा थी। अपने शाब्दिक अर्थ के अनुसार वह वायुपुत्र ईश्वर अहुर माज़्दा का गहनतम मित्र होता था।

बहुत कुछ परमात्मा की हिंदु धारणा के अनुरूप, अहुर माज़्दा एक निराकार ईश्वर है। और मित्रा पृथ्वी पर उसका प्रतिनिधि होता था। भगवान रुद्र ने यह निर्धारित किया था कि वायुपुत्र प्रमुख के लिए मित्रा की प्राचीन पदवी का प्रयोग किया जाएगा। जब कोई व्यक्ति मित्रा बनता था, तो उसके पुराने नाम सहित उसकी पहले की सभी पहचानें मिट जाती थीं। वह स्वयं को अपने पूर्व परिवार से भी पूरी तरह से अलग कर लेता था। उसके बाद सभी लोग उसे मित्रा नाम से ही जानते थे।

जब मित्रा ने बरामदे से आता मद्धम शोर सुना, तब वे अपने कार्यालय के अंतःकक्ष में थे। नवचंद्र का धुंधला सा प्रकाश था, जिसमें कुछ दिखाई नहीं देता था, किंतु जब मित्रा वहां गए तो उन्हें पता था कि वहां कौन है।

उन्होंने एक कोमल स्त्री स्वर को फुसफुसाते हुए सुना, "महा मित्रा, मैंने उसे उनके पास भेज दिया है।"

"धन्यवाद, बहमनदोख्त। वायुपुत्र सदैव तुम्हारे ऋणी रहेंगे, क्योंकि तुमने हमारे अभियान और भगवान रुद्र के प्रति हमारी शपथ को पूरा करने में हमारी सहायता की है।"

बहमनदोख्त ने नमन किया। एक समय था जब वह इस व्यक्ति से प्रेम करती थी जो मित्रा बन गया था। किंतु जब इसने प्रमुख के रूप में अपना कार्यभार संभाला तो बहमनदोख्त ने इसके प्रति अपने मन में एकमात्र भावनाएं समर्पण और सम्मान की शेष रहने दी थीं।

वह खामोशी से चली गई।

मित्रा बहमनदोख्त की पीछे हटती आकृति को देखते रहे और फिर अपने अंतःकक्ष में लौट गए। वे अपनी साधारण सी पीठिका पर बैठे, पीछे टेक लगाई और आंखें बंद कर लीं। पुरानी यादें अभी भी उनके मस्तिष्क में ताजा थीं, मानो कल की ही बात हो--अपने करीबी मित्र और बहनोई के भाई मनोभू से हुआ

वार्तालाप।

"क्या आपको विश्वास है, मनोभू?" उस परिहावासी ने पूछा जो मित्रा बनने वाला था।

अपने मित्र और साथी वायुपुत्र को देखते हुए तिब्बती ने क्रोध का दिखावा किया।

"मैं असम्मान नहीं दिखा रहा, मनोभू। किंतु मुझे आशा है कि आप समझते होंगे कि जो हम कर रहे हैं, वह अवैध है।"

मनोभू ने अपनी खुरखुरी दाढ़ी को खुजाते हुए अपने होंठों पर हल्की सी मुस्कुराहट आने दी। उनके जटाजूट से केश मोतियों की एक लड़ी से सिर के ऊपर एक जूड़ी में बंधे हुए थे, जो उनकी अपनी जनजाति साहसी गुण वालों की शैली थी। उनका शरीर जीवनपर्यंत लड़े गए युद्धों के गहरे जख्मों से भरा पड़ा था। उनका लंबा, बलिष्ठ शरीर हमेशा सतर्क स्थिति में, सदैव युद्ध के लिए तैयार रहता था। उनका आचरण, उनके वस्त्र, उनके केश--सब एक साहसी योद्धा का प्रभाव उत्पन्न करते थे। किंतु उनके नेत्र भिन्न थे। वे उनके शांत मन का गवाक्ष थे, ऐसा मन जिसने अपना उद्देश्य पा लिया थ और अब शांत था। मनोभू के नेत्र हमेशा उस परिहाई को बांध लेते थे और उसे अपना अनुयायी बनने के लिए विवश कर देते थे।

"अगर आपको अनिश्चय है, मेरे मित्र," मनोभू ने कहा, "तो आपको ऐसा करने की आवश्यकता नहीं है।"

परिहाई दूसरी ओर देखने लगा।

"ऐसा करने के लिए केवल इसलिए दबाव महसूस न करना कि आप मेरे संबंधी हैं," मनोभू ने आगे कहा, जिनके भाई ने परिहाई की बहन से विवाह किया था।"

परिहाई ने वापस उन्हें देखा। "कारण क्योंकर महत्वपूर्ण है? महत्वपूर्ण तो परिणाम है। महत्वपूर्ण तो यह है कि भगवान रुद्र के आदेश का पालन किया जा रहा है या नहीं।"

मनोभू परिहाई की दृष्टि को बांधे रहे, उनके नेत्र विनोदपूर्ण थे। "भगवान रुद्र के आदेश तो आपको मुझसे अधिक अच्छी तरह पता होने चाहिएं। आखिर वे भी तो परिहाई थे। आपकी तरह।"

परिहाई ने व्यग्रता से एक छिपी दृष्टि कक्ष के पिछले भाग में डाली, जहां

एक पात्र में विचित्र मिश्रण उबल रहा था, नीचे जल रही आग सधी हुई और एक सी थी।

मनोभू आगे बढ़े और उन्होंने अपना हाथ परिहाई के कंधे पर रखा। "मेरा विश्वास करें, सोमरस बुराई में बदल रहा है। भगवान रुद्र भी हमसे यही करवाना चाहते। अगर सभा सहमत नहीं है, तो हमारी बला से। हम यह सुनिश्चित करेंगे कि भगवान रुद्र के आदेशों का अनुपालन हो।"

परिहाई ने मनोभू को देखा और गहरी सांस ली। "आपको विश्वास है कि आपके भतीजे में इस अभियान को पूरा करने की काबिलियत है? कि एक दिन वह भगवान रुद्र का उत्तराधिकारी बन सकता है?"

मनोभू मुस्कुराए। "वह आपका भी भानजा है। उसकी मां आपकी बहन है।"

"जानता हूं। किंतु बालक मेरे साथ नहीं रहता है। वह आपके साथ रहता है, तिब्बत में। मैं तो उससे कभी मिला भी नहीं हूं। मैं नहीं जानता कि कभी मिलूंगा भी या नहीं। और आप तो मुझे उसका नाम तक बताने को तैयार नहीं हैं। इसलिए मैं फिर से पूछता हूं: क्या आपको विश्वास है वह वही है?"

"हां," मनोभू को अपने विश्वास में पूरा आत्मविश्वास था। "यह वही है। यह बड़ा होकर नीलकंठ बनेगा। यही होगा जो भगवान रुद्र के आदेशों को पूरा करेगा। यह बुराई को संतुलन से बाहर निकाल देगा।"

"किंतु उसे शिक्षित करना होगा। उसे तैयार करना होगा।"

"मैं उसे तैयार करूंगा।"

"किंतु इसका अर्थ ही क्या है? नीलकंठ के आगमन को वायुपुत्र सभा नियंत्रित करती है। हमारा भानजा कैसे पहचाना जाएगा?"

"सही समय आने पर मैं इसका प्रबंध कर दूंगा," मनोभू ने कहा।

परिहाई के मस्तक पर बल पड़े। "किंतु आप कैसे..."

"यह मुझ पर छोड़ दें," मनोभू ने बात काट दी। "अगर इसे नहीं पहचाना गया तो इसका अर्थ होगा कि बुराई का समय अभी नहीं आया है। दूसरी ओर, अगर मैं यह सुनिश्चित कर दूं कि इसे पहचान लिया जाए..."

"तो हम जान जाएंगे कि बुराई ने सिर उठा लिया है," परिहाई ने मनोभू का वाक्य पूरा किया।

अंशतः अपने भाई के साले की बात से असहमत होते हुए मनोभू ने सिर

हिलाया। "सही शब्दों में कहा जाए तो हम जान जाएंगे कि अच्छाई बुराई में बदल गई है।"

कमरे के सुदूर कोने से उठती हल्की सरसराहट की ध्वनि ने बातचीत में बाधा डाली। औषधि तैयार थी। दोनों मित्र आग के पास गए और उन्होंने पात्र में झांका। एक गाढ़ा लाल-भूरा लेप बन गया था! छोटे-छोटे बुलबुले सतह पर फूट रहे थे।

"अब बस इसे ठंडा होना है। काम हो गया है," परिहाई ने कहा।

मनोभू ने अपने भाई के साले को देखा। "नहीं, मेरे मित्र। काम तो बस आरंभ हुआ है।"

मित्रा ने वर्तमान में वापस आते हुए गहरी सांस ली। वे धीमे से बोले, "मैंने कभी नहीं सोचा था कि हमारा विद्रोह सफल हो जाएगा, मनोभू।"

वे अपने आसन से उठे, बरामदे तक गए और ऊपर आकाश को देखा। पुराने समय में, उनकी जनजाति के लोग मानते थे कि महान लोग जब अपने नश्वर शरीर को त्याग देते हैं, तो ऊपर सितारों के साथ रहने चले जाते हैं और वहां से उन्हें देखते रहते हैं। मित्रा ने अपने नेत्र एक विशिष्ट तारे पर केंद्रित किए और मुस्कुराए। "मनोभू, हमारे भानजे का नाम शिव रखना अच्छा विचार था। यह अनुमान लगाने में मेरी सहायता करने का अच्छा संकेत है कि यह वही है।"

— ✻ —

"सबसे पहले तो, मुझे यह बताने दें कि अधिकांश वायुपुत्र आपके विरुद्ध हैं," शहरजाद ने कहा।

"यह कोई बहुत बड़ा रहस्य नहीं है," शिव ने शुष्क भाव से कहा।

"देखिए, आप वास्तव में वायुपुत्रों को दोष नहीं दे सकते। हमारा विधान बहुत स्पष्ट रूप से कहता है कि केवल हममें से ही, उनमें से जिन्हें वायुपुत्र समूह ने अधिकृत किया है, कोई नीलकंठ हो सकता है। आप पता नहीं कहां से निकल आए हैं। विधान हमें अनुमति नहीं देता है कि हम आप जैसे किसी व्यक्ति को मान्यता दें या उसकी सहायता करें।"

"और फिर भी, तुम यहां हो," शिव ने कहा। "मुझे नहीं लगता तुम अकेले कार्य कर रही हो। जब मैंने तुम्हें गलियारे में देखा था, तो तुम वहां पीछे खड़ी

थीं, लगभग छिपी हुई। मेरा दावा है कि तुम पूरी तरह से स्वीकृत वायुपुत्र नहीं हो। मैं यह नहीं मान सकता कि तुम जैसी किसी व्यक्ति में इतना साहस हो सकता है कि यह सब अकेले कर सके। कुछ शक्तिशाली परिहाई तुमसे यह करवा रहे हैं। जिससे मुझे यह विश्वास होता है कि कुछ वायुपुत्र मानते हैं कि जो मैं कह रहा हूं, वह सच है कि बुराई ने सिर उठा लिया है।"

शहरजाद मृदुता से मुस्कुराई। "हां। कुछ अत्यंत शक्तिशाली वायुपुत्र ऐसे हैं जो आपके पक्ष में हैं। किंतु वे खुलकर आपकी सहायता नहीं कर सकते। अधिकांश पूर्ववर्ती नीलकंठ के दावेदारों के विपरीत, आपका नीला कंठ वास्तविक है। इससे एक और अपरिहार्य निष्कर्ष निकलता है! किसी वायुपुत्र ने कई दशक पहले आपकी सहायता की है। क्या आप उस अव्यवस्था की कल्पना कर सकते हैं जो इस बात ने फैलाई है? आपके सामने आने के बाद अकल्पनीय दोषारोपण हुए हैं! परिहा के भीतर ही लोग एक-दूसरे पर भगवान रुद्र के विधान को तोड़ने और गुप्त रूप से तब आपकी सहायता करने का आरोप लगा रहे हैं जब आप छोटे थे। स्वामी मित्रा ने जब तक इसको समाप्त नहीं किया, तब तक यह वायुपुत्रों को बिखेरे डाल रहा था। उन्होंने घोषणा की कि हमारे समुदाय ने आपको नीलकंठ के रूप में अधिकृत नहीं किया है और संभवतः यह आपके अपने देश में ही किसी का कृत्य है।"

"तो अगर कोई वायुपुत्र मेरी सहायता करता है, तो उसे द्रोही के रूप में देखा जाएगा जिसने अनेक वर्ष पहले इस सबको आरंभ किया था।"

"बिल्कुल," शहरजाद ने उत्तर दिया।

"तो क्या मार्ग है?" गोपाल ने पूछा।

"आप, स्वामी वासुदेव प्रमुख, इस अभियान का नेतृत्व करें," शहरजाद ने कहा। "माननीय शिव पृष्ठभूमि में रहें। नीलकंठ को नहीं, बल्कि न्याय की मांग करते वासुदेव समूह के सदस्य के रूप में सहायता प्रदान करने की मांग करें। प्रभु राम के प्रतिनिधि की न्यायसंगत मांग को वे नकार नहीं सकते।"

"क्या मतलब? मैं समझा नहीं।"

"नीलकंठ को किस वस्तु की आवश्यकता है, माननीय गोपाल?" शहरजाद ने कहा। "मेलूहा को धमकाने के लिए ब्रह्मास्त्र की..."

"तुम्हें यह कैसे..."

"ससम्मान कहूंगी, व्यर्थ प्रश्न न करें, माननीय गोपाल। माननीय शिव

और आप क्या चाहते हैं, यह स्पष्ट है। हमें वह सर्वश्रेष्ठ मार्ग निकालना होगा कि आप उसे प्राप्त कर सकें। अगर आप ब्रह्मास्त्र मांगेंगे ताकि आप बुराई से लड़ सकें, तो आप स्वयं को बुराई क्या है, यह निर्णय लेने में माननीय शिव की वैधता को लेकर उठे प्रश्नों के सामने खड़ा पाएंगे, क्योंकि हम सभी जानते हैं कि इन्हें वायुपुत्रों द्वारा अधिकृत या प्रशिक्षित नहीं किया गया है। इसके बजाय, आप ऐसे व्यक्ति द्वारा भारतभूमि पर किए गए अपराध के प्रति न्याय मांगें जिसकी अतीत में वायुपुत्रों ने सहायता की है। और वह अपराध क्या था? दैवी अस्त्रों का अनधिकृत प्रयोग।"

"मुनिवर भृगु..." गोपाल ने पंचवटी में महर्षि द्वारा दैवी अस्त्रों के प्रयोग का स्मरण करते हुए कहा।

"बिल्कुल। भगवान रुद्र का विधान यह स्पष्ट कहता है कि दैवी अस्त्रों के पहले अनधिकृत प्रयोग के लिए दंड चौदह वर्ष का वनवास है। दूसरे अनधिकृत प्रयोग पर मृत्युदंड है। सभा में बहुत से लोग सहमत हैं कि महर्षि भृगु को दैवी अस्त्रों का प्रयोग करने के बावजूद बहुत सरलता से छोड़ दिया गया है।"

"अर्थात वासुदेव स्वयं को भगवान रुद्र के न्याय के पालनकर्ता के रूप में प्रस्तुत करें?"

"बिल्कुल। इस मुद्दे पर न कहना किसी भी वायुपुत्र के लिए असंभव है। आपको कहना होगा कि दैवी अस्त्रों पर प्रतिबंध के विधान को तोड़ा गया है और ऐसा करने वाले लोगों--महर्षि भृगु, मेलूहा के सम्राट और अयोध्या के राजा--को दंड मिलना चाहिए। और वासुदेवों ने न्याय करने का निर्णय लिया है।"

"और हम वायुपुत्रों को बता सकते हैं," शिव ने शहरजाद के विचार को पूरा करते हुए कहा, "कि उनके पास दैवी अस्त्रों का और भंडार भी हो सकता है। इसलिए उन्हें उचित कार्य करने को प्रोत्साहित करने के लिए हमें ब्रह्मास्त्र चाहिए।"

शहरजाद मुस्कुराई। "अपने लक्ष्य को प्राप्त करने के लिए विधान का प्रयोग करें। जब आप ब्रह्मास्त्र पा लें, तो उसे मेलूहाइयों को धमकाने के लिए प्रयोग करें। बुराई को रोकना होगा। किंतु मुझसे आपको बताने के लिए कहा गया है कि आप..."

"हम कभी ब्रह्मास्त्र का प्रयोग नहीं करेंगे," गोपाल ने शहरजाद की बात काटते हुए कहा।

"यह केवल भगवान रुद्र के विधान की बात नहीं है," शिव ने जोड़ा। "इतनी भयंकर शक्तियों वाले अस्त्र का प्रयोग करना मानवता के विधान के विरुद्ध है।"

शहरजाद ने हामी भरी। "जब आप सभा से मिलें तो आग्रह करें कि आपको माननीय मित्रा से अकेले में बात करनी है। उनसे कहें कि यह दैवी अस्त्रों के विधान को तोड़ने का मामला है। कहें कि वासुदेव उन लोगों को दंड दिए बिना नहीं छोड़ सकते जिन्होंने भगवान रुद्र के विधान को तोड़ा है। यह पर्याप्त होगा। इसके बाद फिर माननीय मित्रा और आप दोनों के बीच व्यक्तिगत बातचीत होगी। आप जो चाहेंगे, वह आपको मिल जाएगा।"

शिव मुस्कुराया, वह समझ गया था कि वायुपुत्रों में कौन उसकी सहायता कर रहा है। किंतु वह अभी भी शहरजाद को लेकर, या जो भी उसका असली नाम था, उलझा हुआ था।

"तुम हमारी सहायता क्यों कर रही हो?" शिव ने पूछा।

"क्योंकि मुझसे ऐसा करने के लिए कहा गया है।"

"मुझे इस पर विश्वास नहीं है। कोई और बात तुम्हें प्रेरित कर रही है। तुम हमारी सहायता क्यों कर रही हो?"

शहरजाद उदास भाव से मुस्कुराई और कालीन को देखने लगी। फिर वह दीर्घा की ओर मुड़ गई, उसके पार फैली अंधेरी रात में तकती हुई। उसने अपनी आंख के कोने से एक आंसू पोंछा और शिव की ओर वापस मुड़ी। "क्योंकि एक व्यक्ति था जिससे कभी मैं प्रेम करती थी, जिसने मुझे बताया था कि सोमरस बुराई में बदल रहा है। और उस समय मैंने उस पर विश्वास नहीं किया था।"

"यह व्यक्ति कौन है?" गोपाल ने पूछा।

"अब इससे अंतर नहीं पड़ता," शहरजाद ने कहा। "वह मृत्यु को प्राप्त हो चुका है। वह मारा गया है, संभवतः उन्हीं लोगों के हाथों जो उसे रोकना चाहते थे। सोमरस के शासन को समाप्त करना मेरा क्षमा मांगने का तरीका है..."

शिव उसकी ओर झुका, सीधे शहरजाद की आंखों में देखते हुए धीरे से बोला, "तारा?"

स्तंभित शहरजाद पीछे हट गई। वर्षों से किसी ने उसे इस नाम से नहीं

पुकारा था। शिव उसकी आंखों को देखता रहा।

"हे पवित्र झील," वह बुदबुदाया। "तुम ही हो।"

शहरजाद ने कुछ नहीं कहा। बृहस्पति के साथ उसका संबंध एक रहस्य रखा गया था। परिहावासियों में अनेक लोगों का विश्वास था कि सोमरस अभी भी अच्छाई का एक बल है और कि मेलूहा के भूतपूर्व प्रमुख वैज्ञानिक इस विषय में बहुत बुरी तरह से पूर्वाग्रह से ग्रस्त और भ्रमित थे। तारा तो यही पसंद करती कि उसे परिहा में शहरजाद के रूप में न रहना पड़ता। किंतु यहां उसकी उपस्थिति उसके गुरु महर्षि भृगु के उद्देश्य को पूरा करती थी। यह जानकर कि बृहस्पति की मृत्यु हो गई है, उसे अपनी मातृभूमि वापस लौटने का कोई कारण नहीं दिखा था।

"किंतु तुम तो महर्षि भृगु की शिष्या हो," शिव ने कहा। "तुम उनके विरुद्ध क्यों जा रही हो?"

"मैं तारा नहीं हूं।"

"मैं जानता हूं तुम तारा हो," शिव ने कहा। "तुम अपने गुरु के विरुद्ध क्यों जा रही हो? क्या तुम मानती हो कि महर्षि भृगु ने ही मंदार पर्वत पर बृहस्पति को मरवाया था?"

शहरजाद खड़ी हो गई और जाने के लिए मुड़ गई। शिव तीव्रता से खड़े हो गया, उसने हाथ बढ़ाकर उसका हाथ थाम लिया। "बृहस्पति मरे नहीं हैं।"

अवाक् शहरजाद के पांव जड़ हो गए थे।

"बृहस्पति जीवित हैं," शिव ने कहा। "वे मेरे साथ हैं।"

शहरजाद की आंखों में आंसू उमड़ आए। वह जो सुन रही थी, उसे उस पर विश्वास ही नहीं हो रहा था।

शिव आगे झुका और उसने कोमलता से अपनी बात दोहराई। "वे मेरे साथ हैं। तुम्हारे बृहस्पति जीवित हैं।"

शहरजाद रोती रही, व्याकुल प्रसन्नता के आंसू उसके कपोलों पर बह रहे थे।

शिव ने कोमलता से उसका हाथ अपने हाथ में थामा। "तारा, जब हमारा यहां का काम हो जाएगा तब तुम हमारे साथ वापस चलोगी। मैं तुम्हें वापस ले जाऊंगा। मैं तुम्हें तुम्हारे बृहस्पति के पास वापस ले जाऊंगा।"

शहरजाद शिव की बांहों में ढह गई, उसके आंसू रुकते ही नहीं थे। वह फिर से तारा बन जाएगी।

अध्याय 38

ईश्वर का मित्र

तारा की सुझाई रणनीति ने जादू का सा काम किया। जब गोपाल ने अमर्त्य ष्पंड की सभाकक्ष में शिव के बिना प्रवेश किया, तो अमर्त्य ष्पंड के सदस्य अचंभित रह गए। जब गोपाल ने महर्षि भृगु द्वारा दैवी अस्त्रों के दुरुपयोग का मुद्दा उठाया तो सदस्य जानते थे कि उन्हें घेर लिया गया है। उनके पास गोपाल को मित्रा से मिलने की अनुमति देने के सिवा और कोई विकल्प नहीं था। यही विधान था।

अगले दिन, शिव और गोपाल को मित्रा के प्रशासनिक सभाकक्ष और निवासस्थान पर ले जाया गया। यह नगर के एक कोने में बनाया गया, क्षमा पर्वत के साथ लगा अंतिम भवन था। शेष परिहा के विपरीत, यह निर्माण अविश्वसनीय रूप से साधारण था। उसका एक सादा सा, पत्थर का बना आधार था, जो उस जलधारा को ढके हुए था जो पर्वत से निकल रही थी। उसके ऊपर साधारण से स्तंभ बने थे, जो चार हाथ ऊंची लकड़ी की छत को सहारा दे रहे थे। प्रवेश करते ही एक सादा सा सभाकक्ष था जो साधारण से आसनों और सादा से कालीनों से सुसज्जित था। मित्रा का निजी आवास और आगे अंदर को था, जिसे पत्थर की दीवारों और एक लकड़ी के द्वार से पृथक किया गया था। शिव अनुमान लगा सकता था कि यह एक बड़े से औपचारिक शिविर की पत्थर की प्रतिकृति है, शिविर के लकड़ी के खंभों को पत्थर के स्तंभों से और कपड़े के मंडप को लकड़ी की छत से बदल दिया गया था। एक प्रकार से, यह भगवान रुद्र के अनुयायियों के यायावर अतीत की एक कड़ी था, जब लोग सादा, सरलतापूर्वक बनाए गए तंबुओं में रहते थे जिन्हें अल्पसूचना में खोला और हटाया जा सकता था। पुरानी आचारसंहिता के किसी जनजातीय अधिनायक

की भांति मित्रा कृपणतापूर्ण सादगी में रहते थे जबकि उनकी प्रजा विलासिता में रहती थी। एकमात्र विलासिता जो मित्रा ने अपने लिए रखी थी, वह एक सुंदर उपवन था, जो उनके आवास को घेरे था। इसकी संरचना प्रचुरतापूर्ण, समरूपता त्रुटिहीन थी और इसके रंगबिरंगे फूल-पौधे असाधारण थे।

सभाकक्ष में शिव और गोपाल को अकेले छोड़ दिया गया और द्वार बंद कर दिए गए। कुछ ही पल में मित्रा ने प्रवेश किया।

शिव और गोपाल तुरंत खड़े हो गए। उन्होंने प्राचीन परिहाई विधि से मित्रा का अभिवादन कियाः प्रशंसास्वरूप बाएं हाथ को हृदय पर रखा। दाहिनी बांह शरीर के पार्श्व में थी, कोहनी से ऊपर की ओर मुड़ी हुई। दाहिने हाथ की खुली हथेली अभिवादनस्वरूप बाहर की ओर थी। मित्रा ने विनम्रता से मुस्कुराकर पारंपरिक भारतीय अभिवादन में नमस्ते की।

शिव मुस्कुराया, मगर मित्रा के बोलने की प्रतीक्षा करते हुए मौन रहा।

मित्रा एक लंबे, गोरी रंगत के व्यक्ति थे, उन्होंने एक सादा सा भूरे रंग का लबादा पहना हुआ था। उनके लंबे भूरे बालों को एक चौकोर टोप ने ढका हुआ था और सभी परिहाइयों की भांति उनकी दाढ़ी के बालों के अलग-अलग गुच्छों में मोती गुथे हुए थे। यद्यपि बोरे जैसे लबादे से जानना कठिन था, किंतु उनका शरीर शक्तिशाली और बलिष्ठ प्रतीत होता था। किंतु शिव को आकर्षित किया लंबी, पतली उंगलियों वाले उनके कोमल हाथों ने! जोकि योद्धा की अपेक्षा शल्यचिकित्सक जैसे अधिक थे। किंतु मित्रा की तीखी और लंबी नासिका ने शिव को सबसे अधिक लुभाया था। इसने उन्हें अपनी प्रिय मां का स्मरण करवा दिया था।

मित्रा शिव के पास आए और उन्होंने नीलकंठ के कंधे थाम लिए। "अंततः आपसे मिल पाना कितना सुखद है।"

शिव ने देखा कि मित्रा ने उनके नीले कंठ को सरसरी दृष्टि तक से नहीं देखा था, जिसे देखने से अधिकांश लोग स्वयं को रोक नहीं पाते थे। मित्रा का ध्यान तो शिव की आंखों पर केंद्रित था।

और फिर मित्रा ने ऐसा कुछ कहा जो और भी अधिक सम्मोहनकारी था। "आपकी आंखें अपने पिता जैसी हैं। और नाक मां जैसी।"

ये मेरे पिता को जानते थे? और मेरी मां को भी?

शिव कोई प्रतिक्रिया कर पाता, इससे पहले मित्रा ने कोमलता से शिव

की पीठ को छुआ और गोपाल को देखकर मुस्कुराए। "आइए, बैठते हैं।"

जैसे ही वे बैठे, मित्रा नीलकंठ की ओर मुड़े, "मैं देख सकता हूं कि आपके मस्तिष्क में प्रश्न घूम रहे हैं। मैं आपके माता-पिता को कैसे जानता हूं? मैं कौन हूं? मित्रा बनने से पहले मेरा नाम क्या था?"

शिव मुस्कुराया। "यह आंखें पढ़ने का कार्य बहुत संकटपूर्ण है। यह किसी को कोई रहस्य ही नहीं रखने देता।"

"कभी-कभी यह महत्वपूर्ण होता है कि कोई रहस्य न रहे," मित्रा ने कहा, "विशेषकर जब ऐसे बड़े निर्णय लिए जा रहे हों। अन्यथा हम कैसे सुनिश्चित हो सकते हैं कि हमने सही कदम उठाया है?"

"अगर आप न चाहें तो उत्तर न दें। मेरे मस्तिष्क में दौड़ रहे प्रश्न हमारे अभियान के लिए महत्वपूर्ण नहीं हैं।"

"सही कहा आपने। आपको सुप्रशिक्षित किया गया है। भले ही ये प्रश्न आपके मस्तिष्क को परेशान करें, किंतु ये महत्वपूर्ण नहीं हैं। किंतु फिर, क्या परेशान मस्तिष्कों के साथ हम सच में अपने अभियानों को पूरा कर सकते हैं।"

"परेशान मस्तिष्क व्यक्ति से उसका अभियान भुलवा सकता है," शिव ने स्वीकार किया।

"और संसार आपके द्वारा अपने अभियान को भुला दिया जाना वहन नहीं कर सकता, महा-नीलकंठ। आप हमारे लिए अत्यधिक महत्वपूर्ण हैं। अतः पहले मुझे आपके व्यक्तिगत प्रश्नों का उत्तर देने दें।"

शिव ने ध्यान दिया कि मित्रा ने उन्हें नीलकंठ कहा है, यह ऐसा संबोधन था जो अब तक किसी परिहाई ने प्रयोग नहीं किया था।

"मेरा नाम महत्वपूर्ण नहीं है," मित्रा ने कहा। "अब मेरा कोई नाम नहीं है। मेरी एकमात्र पहचान मेरी पदवी हैः मित्रा।"

शिव ने विनम्रता से हामी भरी।

"अब, मैं आपकी मां को कैसे जानता हूं? सादा सी बात है। मैं उनके साथ बड़ा हुआ था। वे मेरी बहन थीं।"

शिव के नेत्र विस्मय से फैल गए। "आप मेरे मामा हैं?"

मित्रा ने हामी भरी। "मित्रा बनने से पहले मैं आपका मामा था।"

"मैं आपसे पहले क्यों नहीं मिला?"

"यह जटिल है। किंतु यह कहना पर्याप्त होगा कि आपके पिता के भाई

माननीय मनोभू और मैं अच्छे मित्र थे। मैं उनका बहुत सम्मान करता था। हमने दोनों परिवारों के बीच विवाह-संबंध स्थापित करके अपनी मित्रता को सुदृढ़ करने का निर्णय लिया। विवाह के बाद, मेरी बहन माननीय मनोभू के भाई के साथ रहने के लिए तिब्बत चली गईं। और उस संबंध से आपका जन्म हुआ।"

"किंतु मेरे काका के विद्रोही विचार..." शिव ने यह अनुमान लगाने का प्रयास करते हुए कहा कि मित्रा उनके परिवार से दूरी बरतने के लिए क्यों विवश रहे होंगे।

मित्रा ने सिर हिलाया। "मनोभू के विद्रोही विचार नहीं थे। उनके प्रेरित विचार थे। किंतु अपना समय आने से पूर्व प्रेरणा विद्रोह के समान लगती है।"

"अर्थात मेरे परिवार से दूर रहने के लिए वायुपुत्रों ने आपको विवश नहीं किया था?"

"ओह, मैं विवश किया गया था। किंतु वायुपुत्रों द्वारा नहीं।"

शिव मुस्कुराया। "मनोभू काका कभी-कभी बहुत हठी हो जाते थे।"

मित्रा मुस्कुराए।

"आपने यह कब जाना कि मैं आपका बिछुड़ा हुआ संबंधी हूं?" शिव ने पूछा। "क्या आपने मेरे पीछे गुप्तचर लगाए हुए थे?"

"जिस पल मैंने आपका नाम सुना, आपको पहचान लिया था।"

"आपको मेरा नाम नहीं पता था?"

"नहीं। मनोभू ने बताने से इंकार कर दिया था। अब मैं इसका कारण समझ सकता हूं। यह एक संकेत था जो वे मेरे लिए छोड़ गए थे। अगर आपका कभी आविर्भाव होता तो मैं आपको आपके नाम से जान जाता।"

"वह कैसे?" शिव ने पूछा, वे उलझ गए थे।

"यह लगभग कोई नहीं जानता, हम वायुपुत्रों में भी नहीं कि भगवान रुद्र की माता ने उनका एक विशिष्ट और व्यक्तिगत नाम रखा थाः शिव।"

"क्या?!"

"हां। भगवान रुद्र के नाम का अर्थ है 'दहाड़ने वाला।' उनका यह नाम इसलिए रखा गया था क्योंकि जब उनका जन्म हुआ तो वे इतने उच्च स्वर में रोए थे कि उन्होंने दाई को भी भगा दिया था!"

"वह कथा तो मैंने सुनी है," शिव ने कहा। "किंतु भगवान रुद्र की माता द्वारा उन्हें शिव पुकारे जाने की कथा मैंने नहीं सुनी..."

"यह एक रहस्य है जिससे केवल कुछ वायुपुत्र ही परिचित हैं। कथा कुछ ऐसी है कि भगवान रुद्र वस्तुतः मृत जन्मे थे।"

"क्या?" गोपाल वास्तव में विस्मित था।

"हां," मित्रा ने कहा। "दाई और भगवान रुद्र की माता ने उन्हें जिलाने का बहुत प्रयास किया। अंततः दाई ने कुछ बहुत ही अपारंपरिक कृत्य किया। उसने मृत जन्मे भगवान रुद्र को स्तनपान कराने का प्रयास किया। उनकी माता को आश्चर्यचकित करते हुए बालक सच में सांस लेने लगा और जैसा कि इतिहास में वर्णित है, उच्च स्वर में दहाड़ा।"

"हे पवित्र झील," शिव ने धीमे से कहा। "कितनी अद्भुत कहानी है।"

"निस्संदेह। इसके तुरंत बाद दाई चली गई और फिर कभी उसका कोई अता-पता नहीं मिला। भगवान रुद्र की माता, जो आप्रवासी थीं और मातृशक्ति में आस्था रखती थीं, को विश्वास था कि देवी ने उनके पुत्र की रक्षा के लिए ही दाई को भेजा था। उनका विश्वास था कि उनका पुत्र प्राणरहित शरीर, शव, के रूप में जन्मा था, जिसमें देवी शक्ति ने प्राण भरे! अतएव, उन्हें लगा कि देवी ने एक शव को शिव में बदल दिया है। इसलिए उन्होंने देवी माता की कृतज्ञता में और उस स्थिति की स्वीकृति में जिसमें उनके पुत्र ने जन्म लिया था, अपने पुत्र को शिव कहना आरंभ कर दिया।"

रोमांचित शिव बहुत ध्यान से मित्रा की बात सुनता रहा।

"इसलिए," मित्रा ने कहा, "जिस पल मैंने आपका नाम सुना था, मैं जान गया था कि मनोभू ने मेरे लिए यह संकेत छोड़ा है कि आप ही वही हैं जिसे उन्होंने प्रशिक्षित किया था।"

"अर्थात आप जानते थे कि माननीय मनोभू इसकी योजना बना रहे हैं?"

मित्रा मुस्कुराए। "आपके काका और मैंने मिलकर ही वह औषधि बनाई थी।"

"आपका मतलब है वह औषधि जो मेरे कंठ को नीला करने के लिए उत्तरदायी है?"

"हां।"

"किंतु क्या उसे मेरे जीवन के एक निश्चित समय पर मुझे नहीं दिया जाना था?"

"मैं मान रहा हूं कि मनोभू ने यही किया होगा, क्योंकि आप यहां हैं।"

"किंतु माननीय मित्रा, प्रणाली को इस तरह, असंभाव्य संयोगों की प्रकट होती श्रृंखला के रूप में तो कार्य नहीं करना होता है। बहुत सी बातों में चूक हो सकती थी। सबसे पहली बात तो, हो सकता है मेरा प्रशिक्षण ही सही न हो पाता। अथवा मुझे सही समय पर औषधि न दी जाती। मुझे कभी मेलूहा बुलाया ही न जाता। और सबसे बुरा तो यह होता कि मैं सोमरस को वास्तविक बुराई न मानता।"

"आप सही कहते हैं। किंतु यह वह शैली नहीं है जिसमें हमारी वायुपुत्र प्रणाली को कार्य करने के लिए रचा गया था। किंतु मनोभू और मुझे विश्वास था कि यह वह शैली है जिसमें विश्व की प्रणाली को कार्य करना चाहिए। और इसने किया, है न?"

"किंतु इतने महत्वपूर्ण परिणामों को विश्व के पासे के लुढ़कने पर छोड़ देना उचित है क्या?"

"आप इसे इस प्रकार दर्शा रहे हैं मानो यह सब कुछ भाग्य के भरोसे छोड़ दिया गया हो। हमने इसे मात्र संयोग पर नहीं छोड़ा था, शिव। वायुपुत्र आश्वस्त थे कि सोमरस बुराई नहीं बना है। मनोभू और मुझे इसके विपरीत लगता था। अगर मनोभू जीवित होते, तो इस अवधि में आपका मार्गदर्शन करते, किंतु उनकी असमय मृत्यु के बावजूद, अच्छाई प्रबल रही। मनोभू सदैव कहते थे कि हमें विश्व को अपना निर्णय लेने देना चाहिए और इसने लिया। हमने घटनाओं की कड़ियों को गतिशील करने का निर्णय लिया, जोकि तभी कार्य करता जब ब्रह्मांड की ऐसी इच्छा होती। सच कहूं तो, मुझे विश्वास नहीं था। किंतु मैंने उन्हें रोका भी नहीं। मैंने यह सोचा ही नहीं था कि उनकी योजना सफल हो जाएगी। मगर औषधि बनाने में मैंने उनकी सहायता की थी। और जब मैंने देखा कि योजना फलीभूत होने जा रही है, तो मैं जान गया था कि मैं जिस तरह से भी सहायता कर सकता हूं, वह करना मेरा कर्तव्य है।"

"किंतु अगर मैं असफल रहता? अगर मैं सोमरस को बुराई के रूप में न पहचान पाता? तो बुराई जीत जाती, सही न?"

"कभी-कभी ब्रह्मांड निर्णय लेता है कि बुराई को जीतना है। संभवतः कोई नस्ल या प्रजाति इतनी हानिकारक हो जाती है कि बुराई को जीतने और उस प्रजाति को नष्ट करने की अनुमति देना ही उत्तम होता है। ऐसा पहले भी हुआ है। किंतु यह समय उन समयों जैसा नहीं है।"

शिव स्पष्ट रूप से ऐसी अनेक बातों को लेकर उद्वेलित थे जो गलत हो सकती थीं।

"आप अभी भी किसी बात को लेकर विचलित हैं..." मित्रा ने कहा।

"मैंने इस विषय पर पंडितजी से भी बात की है," शिव ने गोपाल की ओर संकेत करते हुए कहा। "अब तक अपने अभियान में मैंने जो कुछ भी उपलब्धि प्राप्त की है, उसका श्रेय विशुद्ध नियति! ब्रह्मांड की मात्र आकस्मिक क्रिया को दिया जा सकता है।"

मित्रा शिव की ओर आगे को झुके और धीरे से बोले, "मनुष्य अपनी नियति स्वयं बनाता है, किंतु आपको ब्रह्मांड को अपनी सहायता करने का अवसर देना होगा।"

शिव निर्विकार रहा, मित्रा की बातों से वे अभी भी आश्वस्त नहीं था।

"पहली बार मेलूहा पहुंचने पर वापस चले जाने के आपके पास पर्याप्त कारण थे। आप एक अजनबी देश में थे। विचित्र लोग, जो प्रत्यक्षतः आपकी अपेक्षा कहीं अधिक उन्नत थे, जो आपको एक देवता के रूप में देखने पर अड़े हुए थे। आपको एक अभियान सौंपा जाता है जिसकी विशालता व्यावहारिक रूप से संसार में किसी को भी भयभीत कर देती। मुझे विश्वास है कि उस समय आपने यह सोचा भी नहीं होगा कि आप सफल हो सकते हैं। किंतु फिर भी, आप भागे नहीं। आप खड़े रहे और उस दायित्व को स्वीकार किया जो आपके ऊपर डाला गया था। वह निर्णय बुराई की खोज में आपका निर्णायक पल था, जिसका भाग्य के पेंचों और कृपाओं से कुछ लेना-देना नहीं था।"

शिव ने गोपाल को देखा, जिसका आचरण बता रहा था कि वे मित्रा से पूरी तरह से सहमत हैं।

"आप मुझे बहुत अधिक श्रेय दे रहे हैं, माननीय मित्रा," शिव ने कहा।

"ऐसा नहीं है," मित्रा ने कहा। "आप मेरे अभियान को पूरा करने के मार्ग पर बढ़ रहे हैं, मुझसे कोई सहायता लिए बिना। किंतु मैं आपको ऐसा करने की अनुमति नहीं दूंगा। आपको मुझे कुछ सहायता प्रदान करने का विशेषाधिकार देना होगा। अन्यथा जब मैं अहुर माज़्दा और भगवान रुद्र से मिलूंगा तो उन्हें क्या मुंह दिखाऊंगा?"

शिव मुस्कुराया।

मित्रा ने सीधे शिव के नेत्रों में देखा। "किंतु कुछ बातें है जिनके लिए

मुझे आश्वस्त होना होगा। दैवी अस्त्र से आपकी क्या करने की योजना है?"

"मेरी योजना इसका प्रयोग धमकाने के लिए करने की है..." शिव कहते-कहते रुक गए, क्योंकि मित्रा ने अपना हाथ उठा दिया था।

"मैंने यथेष्ट देख लिया है," मित्रा ने कहा।

शिव के मस्तक पर बल पड़े।

"विचार शब्दों से कहीं अधिक तीव्रगामी होते हैं, महा-नीलकंठ। मैं जानता हूं कि आप इन भयंकर अस्त्रों का प्रयोग विनाश के लिए नहीं करेंगे। मैं यह भी देख सकता हूं कि आप ऐसा नहीं करेंगे, इसका कारण वायुपुत्रों का प्रतिबंध मात्र नहीं है, अपितु आपका यह विश्वास है कि ये अस्त्र इतने भयंकर हैं कि इनका प्रयोग कभी नहीं किया जाना चाहिए।"

"मैं ऐसा मानता हूं।"

"किंतु मैं आपको ब्रह्मास्त्र नहीं दे सकता।"

यह अनपेक्षित था। शिव ने तो सोचा था कि निर्णय उसके पक्ष में हो रहा है।

"मैं आपको ब्रह्मास्त्र नहीं दे सकता क्योंकि इसे नियंत्रित करना असंभव है। यह किसी भी एवं प्रत्येक वस्तु को नष्ट कर देता है। सबसे अधिक महत्वपूर्ण यह है कि इसका प्रभाव वृत्तों में फैलता है। सबसे अधिक विनाश केंद्र में होता है जहां प्रत्येक सजीव वस्तु क्षणांश में जलकर वायुमंडल में मिल जाती है। यद्यपि बाहरी वृत्तों में कम विनाश होता है, किंतु फिर भी आसपास के क्षेत्रों में हानि महत्वपूर्ण रूप से व्यापक होती है। इसलिए प्राथमिक प्रभाव क्षेत्र से बाहर स्थित लोग भले ही तुरंत न मारे जाएं, किंतु वे अस्त्र द्वारा छोड़े गए व्यापक विकिरण से पीड़ित होते हैं। दूसरी ओर महर्षि भृगु हैं, जो निश्चय ही जान लेंगे कि आप इस अस्त्र का प्रयोग मात्र एक धमकी के रूप में कर रहे हैं क्योंकि आप अपनी सेना को हानि नहीं पहुंचाना चाहेंगे, जो लगभग निश्चित रूप से विकिरण संपर्क क्षेत्र में होगी।"

"तो क्या मार्ग है?"

"पशुपतिअस्त्र। यह अस्त्र भगवान रुद्र ने रचा था। इसमें ब्रह्मास्त्र की सारी शक्तियां हैं, किंतु नियंत्रण कहीं उत्तम हैं। इसका विनाश भीतरी केंद्र में ही सीमित रहता है। इस क्षेत्र के बाहर के जीवन पर इसका कोई प्रभाव नहीं पड़ता। वस्तुतः पशुपतिअस्त्र से आप प्रभाव को केवल एक दिशा में भी केंद्रित

कर सकते हैं। अगर आप इस अस्त्र के प्रयोग की धमकी देंगे तो महर्षि भृगु जान जाएंगे कि अपनी सेना या निकटवर्ती क्षेत्र को जोखिम में डाले बिना आप देवगिरि को नष्ट कर सकते हैं। तब आपकी धमकी विश्वसनीय होगी।"

इसमें तर्क था। शिव सहमत था।

"किंतु आप वास्तविकता में इसका प्रयोग नहीं कर सकते, नीलकंठ," मित्रा ने फिर से बल दिया। "यह सदियों के लिए क्षेत्र को विषाक्त कर देगा। विनाश अकल्पनीय होगा।"

"मैं वचन देता हूं, माननीय मित्रा," शिव ने कहा। "मैं इन अस्त्रों का कभी प्रयोग नहीं करूंगा।"

मित्रा मुस्कुराए। "तब तो आपको पशुपतिअस्त्र प्रदान करने में मुझे कोई समस्या नहीं है। मैं तुरंत आदेश जारी कर दूंगा।"

शिव ने अपनी ठोड़ी उठाई, उसके होंठों पर हल्की सी मुस्कुराहट तैर रही थी। "मुझे लगता है आप इस विषय में पहले ही निर्णय ले चुके थे, मुझसे मिलने से पहले ही, मामाजी।"

मित्रा हल्के से हंसे। "मैं मात्र मित्रा हूं। किंतु आपने इसके इतना सुगम होने की अपेक्षा नहीं की थी, है न?"

"हां, मुझे ऐसी अपेक्षा नहीं थी।"

"मैं आपके बारे में कहानियां सुन चुका हूं, विशेषकर जिस तरह से आपने अपनी लड़ाइयां लड़ी हैं। अब तक आपने अनुकरणीय आचरण किया है। जब आप कुछ अनुचित करके लाभान्वित हो सकते थे, तब भी आपने ऐसा नहीं किया। आप इस तर्क का शिकार नहीं बने कि गुरुतर कल्याण के लिए थोड़ा सा अनुचित कार्य किया जा सकता है! कि अंत साधनों को न्यायसंगत ठहरा देता है। इसके लिए नैतिक साहस आवश्यक होता है। अतएव, हां, मैं अपना मन बना चुका था। किंतु फिर भी मैं आपसे मिलना चाहता था। आपको हमारे युग के महानतम व्यक्ति के रूप में स्मरण किया जाएगा! भावी पीढ़ियां आपको अपने ईश्वर के रूप में देखेंगी। तो मैं आपसे क्योंकर न मिलना चाहता?"

"मैं कोई ईश्वर नहीं हूं, माननीय मित्रा," लज्जित शिव ने कहा।

"क्या वह आप ही नहीं थे जिसने कहा था 'हर हर महादेव'? कि हम सब देवता हैं?"

शिव हंस पड़ा। "आपने तो मुझे पकड़ लिया।"

"हम इसलिए देवता नहीं बनते क्योंकि हम यह सोचते हैं कि हम देवता हैं," मित्रा ने कहा। "वह तो अहं का चिह्न होगा। हम तब देवता बनते हैं जब हमें यह भान होता है कि अनंत दिव्यता का एक अंश हमारे भीतर भी स्थित है! जब हम इस विशाल संसार में अपनी भूमिका को समझते हैं और जब हम उस भूमिका को पूरा करने के लिए प्रयास करते हैं। आपसे अधिक प्रयास कोई नहीं कर रहा है, प्रभु नीलकंठ। यह आपको देवता बनाता है। और स्मरण रहे, देवता असफल नहीं होते हैं। आप असफल नहीं हो सकते हैं। स्मरण रखें कि आपका कर्तव्य क्या है। आपको बुराई को संतुलन से बाहर निकालना है। आपको सोमरस के सभी अंश नष्ट नहीं करने हैं, क्योंकि आने वाले समय में अगर इसकी पुनः आवश्यकता पड़ी तो यह एक बार फिर अच्छाई बन सकता है। आपको सोमरस के ज्ञान को जीवित रखना होगा। आपको ऐसे समूह का निर्माण भी करना होगा जो सोमरस की पुनः आवश्यकता पड़ने तक इसका प्रबंध करेगा। जब यह सब हो जाएगा, तब आपका अभियान समाप्त हो जाएगा।"

"मैं असफल नहीं रहूंगा, माननीय मित्रा," शिव ने कहा। "मैं वचन देता हूं।"

"मैं जानता हूं कि आप सफल होंगे," मित्रा मुस्कुराए, फिर गोपाल की ओर मुड़े। "महान वासुदेव प्रमुख, जब नीलकंठ अपना स्वयं का समूह बना लेंगे तो वायुपुत्र बुराई से लड़ने के नियंत्रक नहीं रहेंगे। यह नीलकंठ के समूह का कार्य होगा। तत्पश्चात वासुदेवों से हमारा संबंध एक सामान्य उद्देश्य के प्रति संयुक्त कर्तव्य से बंधे समूह जैसा नहीं, अपितु दूर के संबंधियों जैसा हो जाएगा।"

"वासुदेवों और मेरे देश से आपका संबंध सदैव विद्यमान रहेगा, माननीय मित्रा," गोपाल ने कहा। "संकट की घड़ी में आपने हमारी सहायता की है। मुझे विश्वास है कि बदले में, जब भी परिहा को हमारी आवश्यकता होगी, हम उसकी सहायता करेंगे।"

"धन्यवाद," मित्रा ने कहा।

अध्याय 39

वे हममें से ही एक हैं

अगली सुबह मित्रा ने सारे नगर को नगर केंद्र में बुलाया था। जब उन्होंने जनसमूह को संबोधित किया तो शिव और गोपाल उनके साथ खड़े हुए थे।

"मेरे साथी वायुपुत्रो, मुझे विश्वास है कि आपके मन में अनेक प्रश्न और संदेह कुलबुला रहे होंगे। किंतु अभी उनके लिए समय नहीं है! अभी समय है कार्रवाई करने का। हमने एक व्यक्ति पर भरोसा किया था जिसने हमारे साथ मिलकर काम किया था! हमने उस पर इतना भरोसा किया कि अपना ज्ञान तक उसे दे दिया। किंतु उसने हमसे विश्वासघात किया। महर्षि भृगु ने भगवान रुद्र के विधान को तोड़ दिया। वासुदेवों के प्रमुख और भगवान राम के प्रतिनिधि माननीय गोपाल न्याय की मांग करने यहां आए हैं। किंतु, इस पल, बात केवल महर्षि भृगु के कृत्य का बदला लेने की नहीं है। यह भारत के साथ न्याय करने, भगवान रुद्र के सिद्धांतों के साथ न्याय करने की भी है। एक उद्देश्य जो हम सब परिहावासियों को पूरा करना है! यह विधानों से परे है! यह वह है जिसे स्वयं भगवान रुद्र ने निर्धारित किया है।"

शिव की ओर संकेत करते हुए मित्रा ने आगे कहा। "इन पुरुष को देखें। भले ही ये वायुपुत्र न हों। किंतु इन्होंने नीला कंठ धारण किया है। ये भले ही परिहाई न हों, किंतु ये परिहावासी की भांति ही गरिमा और निष्ठा से युद्ध करते हैं। हमने भले ही इन्हें मान्यता प्रदान न की हो, किंतु वासुदेवों ने इन्हें नीलकंठ माना है। ये भले ही हमारे बीच न रहे हों, किंतु ये भगवान रुद्र का उतना ही सम्मान और उपासना करते हैं जितनी हम करते हैं। सर्वोपरि, ये भगवान रुद्र के उद्देश्य के लिए संघर्ष कर रहे हैं।"

वायुपुत्र तन्मयता से सुन रहे थे।

"हां, ये वायुपुत्र नहीं हैं, किंतु फिर भी हममें से ही एक हैं। मैं बुराई के विरुद्ध इनके संघर्ष में इनका साथ दे रहा हूं। और आप भी दें।"

वायुपुत्रों में से अनेक मित्रा की बातों से प्रभावित हुए थे। जो नहीं हुए थे, वे भी यह जानते थे कि यह मित्रा के वैध अधिकारों में है कि भारत में वे किसका समर्थन करें। इसलिए, यद्यपि वायुपुत्रों के कारण भिन्न रहे हो सकते हैं, किंतु वे सभी मित्रा के निर्णय से सहमत थे।

अगली शाम शिव और गोपाल को एक बड़ी सी पेटी मिली। इस अविश्वसनीय रूप से भारी पेटी को सुरक्षित समुद्र तक पहुंचाने के लिए एक पूरी परिहाई घुड़सवार टुकड़ी का प्रबंध किया गया। पशुपतिअस्त्र की सामग्री को कभी न देखने के कारण शिव ने पेटी के आकार को देखकर अनुमान लगाया कि वे उसकी बड़ी भारी मात्रा ले जा रहे हैं! जो संभवतः एक पूरे नगर को धमकाने के लिए पर्याप्त होगी। अतएव गोपाल के स्पष्टीकरण से उन्हें बहुत अचंभा हुआ कि वे तो पशुपतिअस्त्र की मुट्ठी भर सामग्री ही ले जा रहे हैं।

"क्या आप सच कह रहे हैं?"

"हां, प्रभु नीलकंठ," गोपाल ने कहा। "मुट्ठी भर ही पूरे नगरों को नष्ट करने के लिए पर्याप्त है। पेटी में सीसे और गीली मिट्टी, साथ ही आयातित बिल्व पत्रों से निर्मित विशाल तापावरोधन हैं। एक साथ मिलकर, ये पशुपतिअस्त्र के विकिरण की चपेट में आने से हमारी रक्षा करेंगे।"

"पवित्र झील की सौगंध," शिव ने कहा। "दैवी अस्त्रों के विषय में मैं जितना अधिक जान रहा हूं, उतना ही मुझे विश्वास होता जा रहा है कि ये राक्षसी अस्त्र हैं।"

"निस्संदेह, मित्र। इसीलिए तो भगवान रुद्र ने इन्हें निंद्य कहा था और इनके प्रयोग को प्रतिबंधित कर दिया था। इसी कारण से हम भी पशुपतिअस्त्र का प्रयोग नहीं करेंगे। हम बस इसका प्रयोग करने की धमकी देंगे। किंतु मेलूहावासियों के लिए इसे विश्वसनीय धमकी बनाने के लिए हमें वास्तव में इस अस्त्र को देवगिरि के बाहर स्थापित करना होगा।"

"आप जानते हैं यह किस तरह करना होगा?"

"नहीं, मैं नहीं जानता। अधिकांश वायुपुत्र भी इस ज्ञान से अनजान हैं! केवल कुछ चयनित लोग ही यह जानने के लिए अधिकृत हैं। इस अस्त्र को स्थापित करने के लिए हमें अभियांत्रिकी निर्माण, मंत्रों और अन्य तैयारियों के

संयोग का अनुपालन करना होगा। हमें यह उचित प्रकार से करना होगा ताकि महर्षि भृगु तक विश्वसनीय धमकी पहुंचा सकें, क्योंकि उन्हें पता है कि पशुपतिअस्त्र को प्रयोग के लिए किस प्रकार तैयार करते हैं। माननीय मित्रा और उनके लोग कल सुबह से हमारा प्रशिक्षण प्रारंभ करेंगे।"

— ⅄ⓄU↑⊛ —

पर्वतेश्वर ने उन लोगों से अपना ध्यान हटाया जो उसके साथ बैठे हुए थे और करचप प्रांतपाल के निवास की खिड़की से बाहर निगाह डाली। वे नगर के द्वितीय तल पर थे और इस ऊंचाई से पर्वतेश्वर को सुदूर क्षितिज तक फैले पश्चिमी समुद्र का स्पष्ट दृश्य दिख रहा था।

"हमारे सामने समुद्र ही एक मार्ग है," पर्वतेश्वर ने कहा।

भृगु और दिलीप पर्वतेश्वर की ओर मुड़े। दिलीप की अयोध्या की सेना देवगिरि के युद्ध के कई माह बाद अंततः मेलूहा पहुंच गई थी। पर्वतेश्वर के सूर्यवंशी बल के साथ सम्मिलित होने के लिए वे करचप पहुंच गए थे।

"किंतु सेनापति, क्या करचप आने के पीछे यही विचार नहीं था?" दिलीप ने पूछा। "समुद्री ओर से लोथल पर आक्रमण करने का? इस विचार में नया क्या है?"

"मैं नगर पर आक्रमण करने के बारे में नहीं सोच रहा हूं, महाराज।"

यद्यपि करचप में पर्वतेश्वर के अधीन अब चार लाख सैनिक थे, किंतु वे जानते थे कि लोथल के सुनिर्मित दुर्ग में भलीभांति सुरक्षित ढाई लाख सैनिकों के बल को परास्त करने के लिए यह बल वस्तुतः यथेष्ट नहीं है। और उकसावे के सारे प्रयासों के बावजूद सती दृढ़तापूर्वक लोथल से बाहर निकलने को तैयार नहीं हुई थी, इस प्रकार उसने पर्वतेश्वर को अपनी संख्यात्मक श्रेष्ठता को खुले रणक्षेत्र में लाने का कोई अवसर प्रदान नहीं किया था। सभी व्यावहारिक उद्देश्यों से, युद्ध में गतिरोध पड़ा हुआ था।

"कृपया समझाएं, सेनापति," भृगु ने यह आशा करते हुए कहा कि मेलूहा के सेनाप्रमुख संभवतः इस गतिरोध को समाप्त करने के लिए कोई उत्कृष्ट विचार सामने रखेंगे। "आपकी योजना क्या है?"

"मेरा विचार है कि हमें नर्मदा नदी की ओर एक बेड़ा भेज देना चाहिए, यह सुनिश्चित करते हुए कि ये पोत दिखाई दें।"

दिलीप के माथे पर बल पड़े। "क्या आपके गुप्तचरों को वह मार्ग मिल गया है जिससे माननीय शिव गए थे?"

मेलूहाइयों को यह तो ज्ञात था कि शिव और गोपाल नर्मदा तक गए हैं, किंतु उसके बाद वे उनका चिह्न नहीं पा सके थे। उन्होंने अनुमान लगाया था कि वे दोनों नर्मदा के मार्ग से चुपचाप पंचवटी या उज्जैन चले गए हैं। उनका उद्देश्य अभी भी मेलूहाइयों के लिए एक रहस्य था।

"नहीं," पर्वतेश्वर ने उत्तर दिया।

"फिर अपने पोतों को उस दिशा में भेजने में क्या तर्क है? नीलकंठ के टोही और गुप्तचर निश्चय ही जान जाएंगे कि हमारे पोत नर्मदा की ओर जा रहे हैं। हम आश्चर्य का तत्व खो देंगे।"

"बिल्कुल यही तो मैं चाहता हूं," पर्वतेश्वर ने कहा। "हम छिपना नहीं चाहते।"

"हे ब्रह्मा!" प्रभावित भृगु कह उठे। "सेनापति पर्वतेश्वर, क्या आपने नर्मदा से होकर पंचवटी जाने का मार्ग ढूंढ़ लिया है?"

"नहीं, मुनिवर।"

"तो मैं समझ नहीं पा रहा... अरे सही है..." भृगु बीच वाक्य में ही रुक गए, वे अंततः समझ गए थे कि पर्वतेश्वर के मन में क्या है।

"मुझे पंचवटी जाने का नर्मदा मार्ग ज्ञात नहीं है," पर्वतेश्वर ने कहा। "किंतु प्रभु नीलकंठ की सेना यह नहीं जानती कि मुझे यह पता नहीं है। वे अनुमान लगाएंगे कि हमने यह बहुमूल्य मार्ग ढूंढ़ लिया है और कि प्रभु का जीवन संकट में है। इसके अतिरिक्त, उस सेना में योद्धाओं का एक महत्वपूर्ण भाग नागाओं का है। अपनी देवी भूमिदेवी द्वारा स्थापित नगर, अपनी राजधानी पंचवटी पर मंडराते संकट को देखकर क्या वे शांत बैठे रहेंगे?"

"वे लोथल से निकलने को विवश हो जाएंगे," दिलीप ने कहा।

"बिल्कुल," पर्वतेश्वर ने कहा। "चूंकि हमारा दल लगभग पचास पोतों का होगा, तो उन्हें हमारी संख्या से संतुलन भी रखना होगा। हम नर्मदा के मुहाने के आगे एक द्वीप पर अपने पोतों को घात लगाकर प्रतीक्षा करने को कहेंगे।"

"और जब वे नर्मदा पर आगे बढ़ने लगेंगे तो हम पीछे से आएंगे और उन पर आक्रमण कर देंगे," दिलीप ने कहा।

"नहीं," पर्वतेश्वर ने कहा।

"नहीं?" विस्मित दिलीप ने पूछा।

"नहीं, महाराज। मैं नर्मदा पर पहले से ही घातक बल की भेदक टुकड़ी भेजने की योजना बना रहा हूं। वे नदी में ऊपर की ओर बढ़ते हुए नागा पोतों की प्रतीक्षा करेंगे, जब तक कि वे समुद्र से पर्याप्त दूर न निकल जाएं। नदी में नौसैन्य गतिविधियां सीमित होती हैं, चाहे नदी कितनी भी बड़ी क्यों न हो। उनका बेड़ा एक-दूसरे से सटकर चलेगा। हमारे घातक बल के पास हमारे दुश्मनों के लिए ईंधन की लकड़ी और चकमक पत्थरों से युक्त गुप्त नावें तैयार होंगी। हमारा कार्य पहले और अंतिम पोत पर एक साथ धावा बोलना होगा।"

"अत्युत्तम। वे अपना बेड़ा खो देंगे, उनके सैनिक भटकते रहेंगे। फिर हमारा अपना बेड़ा छिपे हुए द्वीप से धावा बोलेगा और उनके सैनिकों को काट डालेगा।"

"नहीं, महाराज," पर्वतेश्वर ने कहा, वे सोच रहा था कि शिव के समान रणनीतिक कौशल वाले व्यक्ति को यह सब समझाने की आवश्यकता नहीं पड़ती। "हमारा बेड़ा लड़ाई में बिल्कुल लिप्त नहीं होगा। यह एक प्रलोभन मात्र है। हमारा मुख्य आक्रमण घातक बल करेगा। अगर शत्रु के पहले और अंतिम पोतों में आग लग जाएगी, तो बहुत संभावना है कि बीच के सारे पोत भी अंततः आग पकड़ लेंगे।"

"किंतु क्या इसमें बहुत समय नहीं लगेगा?" भृगु ने पूछा। "उनके अनेक सैनिक पोतों को त्यागकर भूमि पर पहुंच जाने में समर्थ रहेंगे।"

"सच है," पर्वतेश्वर ने कहा। "किंतु बिना पोतों के वे अपने गढ़ से बहुत दूर भटकते रहेंगे। पंचवटी में मुझे पता लगा था कि मयका-लोथल और पंचवटी के बीच कोई मार्ग नहीं है। घने अभेद्य वनों से होकर लोथल वापस पहुंचने में उन्हें कम से कम छह माह लग जाएंगे। मैं आशा कर रहा हूं कि हमारे प्रलोभन बेड़े के आकार को देखते हुए सती कम से कम एक लाख सैनिकों को हमारे ऊपर आक्रमण करने भेज देगी। और नर्मदा के वनों में भटकते शत्रु के उन एक लाख सैनिकों के साथ हमारी सेना संख्यात्मक दृष्टि से अत्यंत श्रेष्ठ स्थिति में आ जाएगी! यह लगभग चार पर एक का अनुपात होगा। तब हम लोथल पर आक्रमण कर सकते हैं और संभवतः उसे जीत भी सकते हैं।"

दिलीप अभी भी सारी योजना नहीं समझ पाए थे। "किंतु प्रलोभन बेड़े

में हमारे भी तो अनेक सैनिक होंगे? तो हमें उनके करचप लौटने की प्रतीक्षा करनी होगी और तभी...”

“मैं अपने प्रलोभन बेड़े को युद्ध में संलिप्त करने की योजना नहीं बना रहा हूं,” पर्वतेश्वर ने कहा। “इसलिए हम उन्हें सैनिकों से नहीं भरेंगे। हम उन पर पोतों को खेने योग्य बस थोड़ा सा बल रखेंगे। हम पांच सहस्त्र से अधिक सैनिकों को नहीं रखेंगे। कल्पना करें कि हम क्या पा सकते हैं। हमारे केवल पांच सहस्त्र आदमी, घातक बल सहित, करचप से चलेंगे, किंतु हम शत्रु के लगभग एक लाख सैनिकों को हटा देंगे, उन्हें लोथल से कम से कम छह माह दूर, नर्मदा के आसपास के वनों में भटकता छोड़ देंगे। और एक भी बाण नहीं छोड़ा जाएगा। फिर हम आगे बढ़ेंगे और सुगमता से जाकर लोथल पर आधिपत्य कर लेंगे।”

“अद्भुत!” भृगु ने कहा। “जैसे ही हमारे पोत नर्मदा के लिए प्रस्थान करेंगे, हम लोथल की ओर चल देंगे।”

“नहीं, मुनिवर,” पर्वतेश्वर ने कहा। “मुझे विश्वास है सती के टोही करचप में बिखरे हुए होंगे। अगर उन्होंने हमारे चार लाख सैनिकों को नगर से निकलते देख लिया, तो वे जान जाएंगे कि हमारे पोतों पर अधिक सैनिक नहीं हैं और इस तरह वे हमारी चाल को समझ जाएंगे। उन्हें यह विश्वास दिलाने के लिए कि पंचवटी पर हमारा आक्रमण वास्तविक है, हमारी सेना को करचप की दीवारों के भीतर ही रहना होगा।”

— ⋆ —

करचप के तटकर अधिकारी ने व्यापारिक पोत की सूची को देखकर भृकुटियां चढ़ाईं। “मिस्र से सूत? कोई मेलूहावासी मिस्र से सूत क्यों मंगवाना चाहेगा? हमारे अपने सूत के आगे उसका कोई जोड़ ही नहीं है।”

मेलूहा में तटकर प्रक्रिया विश्वास पर आधारित थी। पोत की सूचियों को यथारूप स्वीकार कर लिया जाता और तदनुरूप कर लगा दिया जाता। यह भी स्वीकार्य था कि यदा-कदा, कोई तटकर अधिकारी अगर चाहे तो पोत के माल का प्रति-परीक्षण कर सकता था।

अधिकारी अपने सहायक की ओर मुड़ा। “पोत के पेंदे में जाओ और जांच करो।”

पोताध्यक्ष ने व्यग्रता से अपने दाहिनी ओर, पोत की छत के कक्ष के बंद द्वार को देखा और तटकर अधिकारी की ओर वापस मुड़ा। "इसकी क्या आवश्यकता है, महोदय? क्या आपको लगता है कि मैं इस विषय में असत्य कहूंगा? आप जानते हैं कि मैंने सूत की जितनी मात्रा की घोषणा की है वह इस पोत की अधिकतम वहन क्षमता से मेल खाती है। आप किसी भी तरह मुझसे उच्च तटकर शुल्क नहीं ले सकते हैं। आपकी खोज कोई उद्देश्य पूरा नहीं करेगी।"

मेलूहाई तटकर अधिकारी ने उस कक्ष की ओर देखा जिस पर पोताध्यक्ष ने इतने संदिग्ध भाव से दृष्टि डाली थी। द्वार अचानक खुल गया और एक लंबा, बलिष्ठ व्यक्ति बाहर निकला और उसने अलसाए भाव से जम्हाई लेते हुए अपनी बांहें फैलाईं। "कैसा विलंब है, पोताध्यक्ष?"

उस व्यक्ति को पहचानते ही तटकर अधिकारी की सांस रुक सी गई। उसने तुरंत ही चुस्ती से मेलूहाई सैनिक प्रणाम किया। "सेनानायक विद्युन्माली, मुझे ज्ञात नहीं था कि इस पोत पर आप हैं।"

"अब तो ज्ञात है," विद्युन्माली ने फिर से जम्हाई लेते हुए कहा।

"क्षमा चाहूंगा, स्वामी," कहते हुए तटकर अधिकारी ने तुरंत सूची पोताध्यक्ष को पकड़ा दी और अपने सहायक को कर भुगतान की पावती देने को कहा।

कागजी कार्रवाई झटपट पूरी हो गई थी।

तटकर अधिकारी जाने को उद्यत हुआ, किंतु फिर पलटा और उसने हिचकिचाते हुए विद्युन्माली से पूछा, "स्वामी, आप हमारे महान योद्धाओं में से हैं। हमारी सेना आपको रणभूमि में नियुक्त क्यों नहीं कर रही है?"

विद्युन्माली ने शुष्क मुस्कुराहट के साथ सिर हिलाया। "अब मैं योद्धा नहीं हूं, अधिकारी। मैं अंगरक्षक हूं। और साथ ही, जैसा कि अब प्रतीत होता है, राजपरिवार के परिधानों का संवाहक हूं।"

तटकर अधिकारी विनम्रता से मुस्कुराया और फिर शीघ्रता से पोत से उतर गया।

— ⋆ —

"देर क्यों हुई?" मिस्र वासी ने पूछा।

विद्युन्माली अभी-अभी सबसे निचले तल के नीचे स्थित पोत के पेंदे में

पहुंचा था। एक कोने में ऊंचाई पर स्थित एकमात्र छेद को कसकर बंद किया हुआ था और अंदर अस्वाभाविक रूप से अंधकार था। आंखें अभ्यस्त होने पर वह बिल्लियों की सी खामोशी से झुंड बनाए तीन सौ हत्यारों के चेहरे देख पाने में समर्थ हुआ।

"कुछ महत्वपूर्ण नहीं था, माननीय स्वथ," विद्युन्माली ने कहा। "एक मूर्ख तटकर अधिकारी की खोपड़ी में पोत के पेंदे की जांच करने का विचार घुस गया था। इससे निबट लिया गया है। अब हम करचप से निकल रहे हैं। शीघ्र ही हम मेलूहा के केंद्र में होंगे। अब कोई वापसी नहीं है।"

स्वथ ने खामोशी से सिर हिलाया।

"स्वामी," एक बंद मशाल लेकर शीघ्रता से आते हुए पोताध्यक्ष ने कहा।

विद्युन्माली ने पोताध्यक्ष से मशाल ले ली, उसके पीछे बड़े-बड़े बोरे लिए दो आदमी आए थे। उन्होंने विद्युन्माली के पास बोरे रख दिए।

"बाहर प्रतीक्षा करो," विद्युन्माली ने कहा।

पोताध्यक्ष और उसके आदमियों ने आज्ञापालन किया। विद्युन्माली मिस्र वासी की ओर मुड़ा।

स्वथ मिस्र वासी हत्यारों के उस रहस्यमय समूह का मुखिया था जिसे विद्युन्माली देवगिरि लेकर आ रहा था। बंद पोत की पसीने भरी गर्मी ने स्वथ और उसके हत्यारों को लंगोट में ला दिया था। मशाल के धुंधले प्रकाश में विद्युन्माली स्वथ के शरीर पर भरे पड़े युद्ध के घावों के निशान देख रहा था। किंतु उसके शरीर पर बने अनेक गोदनों ने उसका ध्यान खींचा। मेलूहा का सेनानायक उनमें से एक से परिचित थाः उसकी नाक की अस्थि पर बना एक काला आग का गोला जिसकी किरणें सभी दिशाओं में बिखर रही थीं। सामान्यतया यह अंतिम वस्तु होती थी जो उसके असहाय शिकार बुरी तरह मार डाले जाने से पहले देखते थे। आग का गोला उस ईश्वर का प्रतिनिधित्व करता था जिसमें स्वथ और उसके हत्यारे विश्वास करते थेः अतेन, सूर्य देव।

"मेरा विचार था कि रा मिस्रि वासियों के सूर्य देव हैं," विद्युन्माली ने कहा।

स्वथ ने अपना सिर हिलाया। "अधिकांश लोग उन्हें रा कहते हैं। किंतु वे गलत हैं। अतेन सही नाम है। और यह प्रतीक," स्वथ ने अपनी नाक के आग के गोले की ओर संकेत करते हुए कहा, "उनका चिह्न है।"

"और आपकी बांह पर यह सियार का गोदना?" विद्युन्माली ने पूछा।

"यह सियार नहीं है। यह एक ऐसा पशु है जो सियार जैसा दिखता है। हम इसे शा कहते हैं। यह उस ईश्वर का चिह्न है जिनके नाम पर मेरा नाम रखा गया है।"

विद्युन्माली अन्य गोदनों की बात करने वाला था, किंतु स्वथ ने अपना हाथ उठा दिया।

"मेरे शरीर पर अत्यधिक गोदने हैं और व्यर्थ बातों में मेरी उतनी ही कम रुचि है," स्वथ ने कहा। "आप मुझे अच्छा पैसा दे रहे हैं, सेनानायक। इसलिए मैं आपका काम करूंगा। मुझे प्रेरित करने के लिए आपको मेरे साथ संबंध बनाने की आवश्यकता नहीं है। आप वास्तव में जो चाहते हैं, हम उस बारे में बात करें।"

विद्युन्माली मुस्कुराया। पेशेवरों के साथ काम करना सदैव अच्छा लगता था। वे अपना सारा ध्यान सामने स्थित काम पर लगाते हैं। वह अभियान जो सम्राट दक्ष ने उसे सौंपा था, कठिन था। हत्या तो कोई भी दुस्साहसी कर सकता है, किंतु इतनी सारी शर्तों के साथ हत्या करने के लिए पेशेवर की ही आवश्यकता थी। इसके लिए ऐसे कलाकार चाहिए थे जो अपनी काली कला के प्रति समर्पित हों।

"क्षमा चाहूंगा," विद्युन्माली ने कहा। "मैं तुरंत विषय पर आता हूं।"

"यही उत्तम होगा," स्वथ ने व्यंग्य से कहा।

"हम नहीं चाहते कि कोई भी आपको पहचाने।"

स्वथ ने अपनी आंखें सिकोड़ीं, मानो उसे अपमानित किया गया हो। "हमें हत्या करते हुए कभी कोई नहीं देखता है, सेनानायक विद्युन्माली। मारे जाते समय प्रायः हमारे शिकार तक हमें नहीं देख पाते हैं।"

विद्युन्माली ने सिर हिलाया। "किंतु मैं चाहता हूं कि आप देखे जाएं, बस पहचाने न जाएं।"

स्वथ के मस्तक पर बल पड़े।

विद्युन्माली एक बोरे की ओर बढ़ा, उसे खोला और उसमें से एक बड़ा सा काला लबादा और एक मुखौटा निकाला। "मैं चाहूंगा कि आप सब इसे पहनें। और मैं चाहता हूं कि जब आप हत्या करें तो आपको देखा जाए।"

स्वथ ने लबादा उठाया और तुरंत उसे पहचान गया। यह वह परिधान था

जो विदेशों में यात्रा करते समय नागा पहनते थे। उसने मुखौटे को घूरा। वह जानता था कि इन मुखौटों को होली के उत्सव के दौरान पहना जाता है।

स्वथ ने विद्युन्माली को देखा, उसकी आंखें दो बारीक दरारें बन गई थीं। "आप चाहते हैं कि लोग सोचें कि हत्याएं नागाओं ने की हैं?"

विद्युन्माली ने हामी भरी।

"ये लबादे हमारे पैंतरों में बाधा डालेंगे," स्वथ ने कहा। "और मुखौटे हमारी दृष्टि को बाधित करेंगे। हम इन वस्तुओं के साथ प्रशिक्षित नहीं हैं।"

"आप मुझसे कह रहे हैं कि अतेन के योद्धा यह नहीं कर सकते?"

स्वथ ने गहरी सांस ली। "कृपया चले जाएं।"

विद्युन्माली ने स्वथ को घूरा, वह उसकी गुस्ताखी पर अचंभित था।

"जाइए," स्वथ ने स्पष्ट किया, "ताकि हम ये लबादे पहनकर अभ्यास कर सकें।"

विद्युन्माली मुस्कुराया और उठ गया।

"सेनानायक," स्वथ ने कहा। "कृपया मशाल यहीं छोड़ जाएं।"

"अवश्य," विद्युन्माली ने कहा और पोत के पेंदे से बाहर निकलने से पहले उसने मशाल को उसके शिकंजे में फंसा दिया।

अध्याय 40

नर्मदा पर घात

"वे यहां नहीं आ रहे हैं?" आश्चर्यचकित सती ने कहा।

काली, गणेश और कार्तिक के साथ वह मीठे केसरिया दूध पीते हुए पारिवारिक क्षण का आनंद ले रही थी। शीघ्र ही भगीरथ, चंद्रकेतु, मातलि, बृहस्पति और चेनारध्वज कुछ नए समाचार लेकर उनके पास आ पहुंचे। वासुदेवों से पूर्व में प्राप्त सूचना ने आभास दिया था कि लगभग पचास पोतों का एक बेड़ा कुछ सप्ताह पहले करचप से निकला है। उन्हें आशा थी कि वे लोथल आ रहे होंगे। किंतु नवीनतम समाचार यह था कि पोत दक्षिण की ओर मुड़ गए हैं।

"ऐसा प्रतीत होता है कि वे नर्मदा की ओर बढ़ रहे हैं," उस वासुदेव पंडित ने कहा जो अभी-अभी सूचना लेकर आया था।

"ऐसा नहीं हो सकता!" घबराई हुई काली ने गणेश को देखा।

काली शिव की इस युक्ति से सहमत नहीं थी कि नर्मदा की ओर जाने का नाटक करके मेलूहाइयों को गुमराह करें और वहां से परिहा की ओर निकल जाएं। उसे डर था कि इससे मेलूहाइयों को पंचवटी के संभावित मार्ग का संकेत मिल सकता है। शिव ने उसकी चिंताओं को यह कहकर दरकिनार कर दिया था कि भृगु को पता था कि पंचवटी के निकट स्थित नदी पश्चिम से पूर्व की ओर बहती है, जबकि नर्मदा पूर्व से पश्चिम की ओर बहती है! स्पष्ट है कि पंचवटी नर्मदा के तट पर नहीं है। मेलूहाई जानते होंगे कि अगर वे नर्मदा तक गए भी, तो पंचवटी तक पहुंच पाने के लिए उन्हें गहन दंडक वन से गुजरना होगा। और किसी नागा मार्गदर्शक के बिना ऐसा करना संकटों से भरा था।

इसलिए, मेलूहा नौसेना के नर्मदा की ओर जाने के समाचार ने काली के

सामने केवल एक तर्कपूर्ण निष्कर्ष छोड़ा थाः उन्होने पंचवटी का मार्ग खोज लिया था।

"पंचवटी के लिए नर्मदा का मार्ग उन्होंने कैसे जाना होगा?" भौचक्के गणेश ने पूछा।

काली सती की ओर मुड़ी। "आपके पति ने मेरी बात नहीं सुनी और मूर्खतापूर्वक नर्मदा की ओर जाने पर अड़े रहे।"

"काली, मेलूहाइयों को नर्मदा पर हमारे आने-जाने की जानकारी है," सती ने शांति से कहा। "यह कोई रहस्य नहीं है। किंतु उन्हें यह जानकारी नहीं होगी कि नर्मदा से पंचवटी की यात्रा कैसे होती है। शिव ने कोई जानकारी नहीं दी है।"

"बकवास!" काली चिल्लाई। "और यह केवल शिव की ही गलती नहीं है, आपकी भी है। मैंने कहा था कि उस द्रोही को मार देते हैं, दीदी। आप और आपका अनुचित मर्यादा का भाव मेरी प्रजा का विनाश करवाएगा!"

"मौसी," गणेश ने तुरंत अपनी मां के बचाव में उतरते हुए कहा। "मुझे नहीं लगता इसके लिए हमें मां को दोष देना चाहिए। यह पूरी तरह संभव है कि सेनापति पर्वतेश्वर ने नहीं अपितु महर्षि भृगु ने नर्मदा का मार्ग खोजा हो। अंततः गोदावरी का मार्ग तो उन्हें पता ही था न?"

"अवश्य, गणेश," काली ने व्यंग्य से कहा। "वे सेनापति पर्वतेश्वर नहीं होंगे। और स्पष्ट है कि ये तुम्हारी प्रिय मां का दोष भी नहीं हो सकता। मानवजाति के इतिहास का सर्वाधिक समर्पित पुत्र क्यों सोचेगा कि उसकी मां कोई गलती भी कर सकती हैं?"

"काली..." सती ने धीरे से कहा।

काली अपनी भड़ास निकालती रही। "क्या तुम भूल गए हो कि तुम एक नागा हो? कि तुम लोकाधीश हो, जिसने अपने रक्त की अंतिम बूंद तक अपनी जनजाति की रक्षा करने की शपथ ली है?"

इससे पहले कि स्थिति हाथ से निकलती, भगीरथ ने बीच में पड़ने का निर्णय लिया। "रानी काली, इस विवाद में पड़ने का कोई लाभ नहीं है कि मेलूहाइयों को नर्मदा मार्ग का कैसे पता लगा। हमें तो यह विचार करना चाहिए कि अब हमें क्या करना है? हम पंचवटी की रक्षा कैसे करें?"

काली भगीरथ की ओर मुड़ी और फुफकारी, "क्या किया जाना चाहिए,

यह जानने के लिए हमें महर्षि होने की आवश्यकता नहीं है। कल सारे नागा योद्धाओं को लेकर पचास पोत यहां से चल देंगे। मेलूहाई उस दिन को कोसेंगे जब उन्होंने मेरी प्रजा पर आक्रमण करने का निर्णय लिया था!"

— ⁂ —

काली, गणेश और कार्तिक लोथल के वृत्ताकार बंदरगाह पर एक लाख सैनिकों के साथ जमा थे, जिनमें सभी नागा और अनेक ब्रंगा योद्धा शामिल थे, जो शीघ्रता से अपने पोतों पर सवार हो रहे थे। वे जानते थे कि समय बहुत कम है।

सती अपने परिवार को विदा करने बंदरगाह पर आई थी। वह लोथल में ही रहने वाली थी। उसे संदेह था कि उनकी विभक्त सेना का लाभ उठाने के लिए मेलूहाई उसी अवधि में अपने नगर पर घेराव डाल सकते हैं।

"काली..." सती ने मृदु स्वर में कहा।

काली ने फीकी निगाह से उसे देखा और फिर अपनी बहन की ओर पीठ कर ली और चिल्लाकर अपने सैनिकों को निर्देश देने लगी। "शीघ्र सवार हो! शीघ्रता करो!"

गणेश और कार्तिक आगे बढ़े, उसके चरणस्पर्श करने झुके और उन्होंने अपनी मां का आशीर्वाद लिया।

"हम शीघ्र ही वापस आ जाएंगे, मां," गणेश ने अनाड़ीपन से मुस्कुराते हुए कहा।

सती ने हामी भरी। "मैं प्रतीक्षा करूंगी।"

"क्या हमारे लिए कोई निर्देश हैं, मां?" कार्तिक ने पूछा।

सती ने अपनी बहन को देखा, जो अभी भी कठोरतापूर्वक उसकी ओर पीठ किए खड़ी थी। "अपनी मौसी का ध्यान रखना।"

सती की बात काली ने सुन ली थी, किंतु प्रत्युत्तर देने को तैयार नहीं हुई।

सती ने आगे बढ़कर काली के कंधे को छुआ। "सेनापति पर्वतेश्वर के विषय में मुझे दुख है। मैंने केवल वही किया जो मुझे उचित लगा था।"

काली के कंधे सख्त हो गए। "दीदी, दूसरों के जीवन के मूल्य पर भी नैतिक अहं से चिपके रहने वाले व्यक्ति जरूरी नहीं कि सर्वाधिक नैतिक व्यक्ति हों।"

सती चुप रही, और दुखी भाव से काली की पीठ को देखती रही। वह देख सकती थी कि कंधों के उपर स्थित काली की दोनों अतिरिक्त बांहें कांप रही हैं, स्पष्ट था कि नागा रानी अत्यधिक उद्वेलित है।

काली मुड़ी और उसने अपनी बहन को देखा। "नैतिक यश के आपके व्यसन के लिए मेरी प्रजा कष्ट नहीं भोगेगी, दीदी।"

यह कहकर, अपने सैनिकों पर शीघ्रता से पोतों पर सवार होने के लिए मौखिक कोड़े बरसाती काली तीव्र गति से चली गई।

— ⚹ —

कनखला ने जो सुना, उसे उस पर विश्वास नहीं हुआ। शांति का वास्तविक प्रयास!

"एक लंबे समय बाद मैंने इतना अच्छा समाचार सुना है, महाराज," कनखला ने कहा।

दक्ष खुलकर मुस्कुराए। "मुझे आशा है कि तुम समझती होगी कि इसे गुप्त रखना होगा। अनेक लोग ऐसे हैं जो शांति नहीं चाहते। वे सोचते हैं कि इसे समाप्त करने का एकमात्र मार्ग खुला युद्ध है।"

कनखला ने दक्ष के पास खड़े विद्युन्माली को देखा। उसका सदैव यह अनुमान रहा था कि वह युद्धपिपासु है। सम्राट के साथ उसे सहमत होते देखकर कनखला को आश्चर्य हुआ।

कनखला ने सोचा, संभवतः सम्राट महर्षि भृगु का उस व्यक्ति के रूप में संदर्भ दे रहे हैं जो नीलकंठ के साथ शांति नहीं चाहता।

"देवगिरि के बाहर हुई छोटी सी लड़ाई में हुई जीवन की हानि और तबाही को हम देख ही चुके हैं," दक्ष ने कहा। "यह केवल सती की ही बुद्धिमानी थी जिसने इसे नरसंहार में बदलने से रोक दिया जो मेलूहा और प्रभु नीलकंठ दोनों ही को आहत करता।"

हो सकता है सती के प्रति सम्राट का प्रेम ही उन्हें विवश कर रहा हो। वे अपनी पुत्री को कभी कोई हानि नहीं होने देंगे। कारण जो भी हो, शांति की इनकी पहल में मैं इनका साथ दूंगी।

"क्या सोच रही हो, कनखला?"

"कुछ विशेष नहीं, स्वामी। मुझे प्रसन्नता है कि आप शांति की बात करने

के लिए इच्छुक हैं।"

"तुम्हारे लिए कार्य नियत है," दक्ष ने कहा। "बहुत कम अवधि में एक संपूर्ण शांति वार्ता का आयोजन किया जाना है। परंपरानुसार, हम इसका नाम अपनी प्रधानमंत्री के नाम पर रखेंगेः कनखला का यज्ञ।"

झेंपते हुए कनखला मुस्कुराई। "आप बहुत उदार हैं, स्वामी। किंतु नाम महत्वपूर्ण नहीं है। महत्वपूर्ण तो शांति है।"

"हां, शांति सर्वोपरि है। इसीलिए गोपनीयता के मेरे निर्देश को तुम्हें गंभीरता से लेना होगा। किसी भी परिस्थिति में शांति वार्ता का समाचार करचप न पहुंचे।"

करचप वह स्थान था जहां महर्षि भृगु ने अयोध्या के राजा दिलीप और सेनापति पर्वतेश्वर के साथ डेरा डाला हुआ था।

"जी, स्वामी," कनखला ने कहा।

आनंदित कनखला तुरंत इस कार्य में लगने के लिए झटपट अपने निजी कार्यालय की ओर चल दी।

दक्ष ने अपने निजी कार्यालय का द्वार बंद होने की प्रतीक्षा की, फिर विद्युन्माली की ओर घूमे। "मुझे आशा है स्वथ और उसके आदमी मुझे निराश नहीं करेंगे।"

"बिल्कुल नहीं करेंगे, स्वामी," विद्युन्माली ने कहा। "मुझमें भरोसा रखें। यह तिब्बत के उस असभ्य का अंत होगा। सब नागाओं को दोष देंगे। वैसे भी उन्हें रक्तपिपासु, विवेकहीन हत्यारों के रूप में देखा जाता है। यहां का कोई भी समझदार नागरिक यह नहीं मान पा रहा है कि वह कपटी नीलकंठ नागाओं को बढ़ावा दे रहा है! ठीक वैसे ही जैसे उन्होंने विकर्मों को मुक्त किए जाने को स्वीकार नहीं किया था, भले ही द्रपकु कितना ही महान रहा हो। लोग शीघ्र ही विश्वास कर लेंगे कि नागाओं ने उसे मारा होगा।"

"और मेरी पुत्री मेरे पास वापस लौट आएगी," दक्ष ने कहा। "उसके सामने कोई विकल्प नहीं रहेगा। हम फिर से एक परिवार हो जाएंगे।"

भ्रम सर्वाधिक लुभावने विश्वासों को उत्पन्न करते हैं।

— ⅄ⓞƱ⇑⊛ —

शिव, गोपाल और तारा अपने व्यापारिक पोत पर खड़े थे। परिहाइयों ने पोत

पर उनके बहुमूल्य सामान को चढ़ाने में सहायता की थी। सबके द्वारा विदा कहे जाने के बाद, नीलकंठ ने अभी-अभी पोत को जम समुद्र में ले जाने का आदेश दिया था।

"शहरजाद," गोपाल ने कहा, "कितना..."

"कृपया तारा कहें," उसने वासुदेव प्रमुख की बात काटी।

"क्षमा चाहूंगा?"

"अब मेरा नाम तारा है, महा-वासुदेव," तारा ने कहा। "शहरजाद परिहा में ही छूट गई।"

गोपाल मुस्कुराया। "अवश्य। क्षमा करना। तारा ही सही।"

"आपका प्रश्न क्या था?"

"मैं सोच रहा था कि तुम कितने समय से परिहा में हो।"

"बहुत," तारा ने कहा। "आरंभ में, मैं एक परियोजना के लिए आई थी जो महर्षि भृगु ने मुझे सौंपी थी। मैंने सोचा था कि यह कुछ समय का वास होगा। उन्होंने मुझे वायुपुत्रों के साथ दैवी अस्त्रों पर काम करने के लिए भेजा था और कहा था कि जब वे अनुमति दें तभी मैं लौटूं। किंतु जब मैंने बृहस्पति की मृत्यु के बारे में सुना तो मुझे लौटने का कोई कारण नहीं दिखा।"

"वैसे, अब बृहस्पति बहुत दूर नहीं हैं," गोपाल ने उदारता से कहा। "जम समुद्र में बस दो सप्ताह और फिर हम लोथल और बृहस्पति के लिए पश्चिमी समुद्र पर पूर्व की ओर यात्रा कर रहे होंगे।"

तारा प्रसन्नता से मुस्कुराई।

"हां," शिव ने चंचलता से जम के अर्थ पर उपहास करते हुए कहा। "किंतु यह सब अत्यंत भ्रामक है। वह समुद्र जिसकी ओर 'आप जाते हैं,' अब वह समुद्र हो जाएगा जिससे 'हम जाते हैं!' और फिर हमें पश्चिमी समुद्र पर पूर्व की ओर यात्रा करनी है! पवित्र झील ही जानती है कि हम अंत में कहां पहुंचेंगे!"

तारा ने अपनी भौंहें उठाईं।

"जानता हूं," शिव ने कहा। "यह बुरा उपहास था। मेरा अनुमान है औसत का नियम सब पर लागू होता है।"

तारा हंस पड़ी। "मुझे आपके उपहास ने चकित नहीं किया था। यद्यपि मैं मानती हूं कि यह बहुत बुरा था।"

"धन्यवाद!" शिव धीरे से हंसा। "किंतु तुम वस्तुतः किस बात पर चकित हुई थीं?"

"मैं मान रही हूं कि आप सोचते हैं कि 'जम' का अर्थ है 'आना'।"

शिव भौंह उठाकर गोपाल की ओर मुड़ा, क्योंकि वासुदेव प्रमुख ने ही उसे यह अर्थ बताया था।

"क्या 'जम' का अर्थ 'आना' नहीं होता?" गोपाल ने पूछा।

"सब लोग यही सोचते हैं," तारा ने कहा। "परिहाइयों के सिवा।"

"वे क्या मानते हैं?" शिव ने पूछा।

"जम धर्म के देवता हैं। अतः यह समुद्र वास्तव में धर्मदेव का समुद्र है।"

शिव मुस्कुराया। "किंतु भारत में तो, धर्मदेव..."

"...यम हैं," तारा ने शिव के कथन को पूरा करते हुए कहा। "साथ ही मृत्यु के देवता भी हैं।"

"निस्संदेह।"

"क्या दोनों नामों के बीच कोई संबंध हैः यम और जम? क्या परिहा में जम नाम का कोई महान अधिनायक या देवता हुआ था?"

"नामों के बीच किसी संबंध के बारे में तो मैं नहीं जानती। किंतु प्राचीन समय में जम नाम का एक गड़रिया था, जो अहुर माज़्दा के आशीर्वाद से, एक महान राजा, इस क्षेत्र के सबसे प्रारंभिक राजाओं में से एक बना। उसने पूरे देश में समृद्धि और प्रसन्नता फैलाई। जब एक बड़ी आपदा आई, जो सारे संसार को समाप्त कर देने वाली थी, तो माना जाता है कि उसने एक भूमिगत नगर बनवाया था जिसने उसकी प्रजा में बहुतों की जीवनरक्षा की थी। बाद में उसके राज्य के नागरिक उसे जमशेद कहने लगे थे।

"'शेद' क्यों?"

"'शेद' का अर्थ है दीप्ति। तो जमशेद का अर्थ है धर्मदेव।"

अध्याय 41

शांति के लिए निमंत्रण

सती, भगीरथ, चंद्रकेतु, मातलि और बृहस्पति लोथल के प्रांतपाल चेनारध्वज के निजी कार्यालय में एकत्र हुए थे। उन्होंने अभी-अभी देवगिरि से कनखला का संदेश लेकर आए एक दूत से भेंट की थी। उस संदेश ने उन्हें स्तंभित कर दिया था।

"शांति वार्ता?" भगीरथ ने पूछा। "वे किस धोखे की योजना बना रहे हैं?"

"राजकुमार भगीरथ," लोथल के प्रांतपाल चेनारध्वज ने झिड़का। "यह मेलूहा है। यहां नियम नहीं तोड़े जाते हैं। और शांति वार्ता के नियम बहुत स्पष्ट हैं! उन्हें स्वयं भगवान राम ने बनाया था। इसमें किसी धोखे का प्रश्न ही नहीं है।"

"किंतु पंचवटी पर आक्रमण?" वैशाली के राजा मातलि ने पूछा। "स्पष्ट है कि उन्होंने नागा राजधानी का नर्मदा मार्ग खोज लिया है और हमें हैरान करने का प्रयास करते हुए अपने पोतों को आक्रमण करने भेज दिया है।"

"यह छल कैसे है, राजा मातलि?" चेनारध्वज ने पूछा। "वे हमारे साथ युद्धरत हैं। उन्होंने एक कमजोर बिंदु पाया और आक्रमण करने का निर्णय ले लिया। युद्ध इसी तरह तो लड़े जाते हैं।"

"मुझे इससे कोई समस्या नहीं है कि मेलूहा आक्रमण करने का निर्णय लेता है, प्रांतपाल चेनारध्वज," ब्रंगा के राजा चंद्रकेतु ने कहा। "चिंताजनक बात यह है कि उन्होंने एक ही समय में पंचवटी पर आक्रमण करने और शांति वार्ता बुलाने का निर्णय लिया है। मुझे यह संदेहजनक लगता है।"

"मैं सहमत हूं," भगीरथ ने कहा। "संभव है शांति वार्ता के साथ यह हमें नगर से बाहर बुलाने और फिर हम पर आक्रमण करने की चाल हो। लोथल

के दुर्ग की रक्षात्मक सुरक्षा के बिना, हम मेलूहाइयों से परास्त हो ही जाएंगे।"

"राजकुमार भगीरथ," बृहस्पति ने कहा, "हमें यह समाचार मिल चुका है कि मेलूहाई सेना ने अभी तक भी करचप से कूच नहीं किया है। अगर उनकी योजना हमें चालाकी से लोथल से निकालने की होती, तो इसी के साथ उन्होंने अपनी सेना को रवाना क्यों नहीं किया?"

चंद्रकेतु ने हामी भरी। "यह पेचीदा है।"

"संभवतः मेलूहा के भीतर मतभेद हो गए हों," बृहस्पति ने राय दी। "संभवतः कुछ लोग शांति चाहते हों जबकि अन्य युद्ध?"

"इस पहल पर हम आंख मूंदकर भरोसा नहीं कर सकते," सती ने कहा। "किंतु हम इसकी उपेक्षा भी नहीं कर सकते। अगर ऐसी संभावना है कि सोमरस को बिना और जानें गंवाए रोका जा सकता है, तो इसे अपना लेना चाहिए, है न?"

"किंतु संदेश तो प्रभु शिव के लिए है," भगीरथ ने कहा। "हमें उनके लौटने की प्रतीक्षा नहीं करनी चाहिए?"

सती ने सिर हिलाया। "इसमें महीनों लग सकते हैं। हम तो यह भी नहीं जानते कि वे वायुपुत्रों को आश्वस्त करने में सफल हुए हैं या नहीं। अगर वे नहीं हुए हों तो? तो सोमरस पर प्रतिबंध लगाने की मांग को लेकर हम बहुत ही निर्बल स्थिति में आ जाएंगे। अभी तो गतिरोध है। मेलूहाइयों को भी यह पता है। कौन जाने वार्ता में हम कुछ अच्छी शर्तें भी मनवा सकें।"

"हो सकता है," चंद्रकेतु ने कहा। "या हम सीधे किसी जाल में फंस सकते हैं और अपनी सारी सेना नष्ट करवा सकते हैं।"

सती जानती थी कि यह बहुत ही कठिन निर्णय है। इसे जल्दी में नहीं लिया जा सकता।

"मुझे इस बारे में अभी और सोचना होगा," उसने चर्चा पर विराम लगाते हुए कहा।

— ⁂ —

सती ने भारी सुरक्षायुक्त कक्ष में प्रवेश किया। देवगिरि से आए आगंतुक को, जो कनखला का संदेश लाया था, लोथल के प्रांतपाल के कार्यालय के एक सुविधापूर्ण खंड में ठहराया गया था। यद्यपि संदेशवाहक के साथ अच्छा व्यवहार

किया जा रहा था, फिर भी कक्ष की खिड़कियों को लकड़ी के तख्तों से बंद कर दिया गया था और द्वारों को पूरे समय बंद रखा जाता था। नगर में उसके प्रवेश करते समय उसकी आंखों पर पट्टी बांध दी गई थी और उसे सीधे इस कक्ष में लाया गया था। उसके साथियों को नगर के बाहर ही प्रतीक्षारत छोड़ दिया गया था। सती नहीं चाहती थी शांति दल नगर के भीतर के सुरक्षा प्रबंधों का जायजा ले।

"माननीया," मेलूहाई ने उठते और सती को प्रणाम करते हुए कहा। वह अभी भी उसके लिए मेलूहा की राजकुमारी थी।

"सेनानायक मायाश्रेणिक," सती ने औपचारिक नमस्ते के साथ कहा। अरिष्टनेमी सेनानायक को उसने सदैव भला माना था।

मायाश्रेणिक ने मस्तक पर बल डालकर द्वार की ओर देखा। "क्या नीलकंठ हमारे बीच नहीं आ रहे हैं?"

भृगु ने देवगिरि में दक्ष को गोपनीय जानकारी न देने का निर्णय किया था। इससे केवल युद्ध रणनीतियों को जारी रखने में दक्ष का अनचाहा व्यवधान ही पड़ता रहता, जिन्हें निरंतर नकारना एक अनुशासित मेलूहाई होने के कारण पर्वतेश्वर के लिए कठिन होता। इसलिए देवगिरि में उपस्थित मेलूहाइयों की भांति मायाश्रेणिक को भी नहीं पता था कि करचप में पर्वतेश्वर को संदेह है: कि शिव संभवतः जलमार्ग से नर्मदा तक गए हैं और वहां से पंचवटी जाएंगे।

प्रत्यक्षतः सती भी मायाश्रेणिक पर प्रकट नहीं करना चाहती थी कि शिव लोथल में नहीं हैं। किंतु वह झूठ भी नहीं बोलना चाहती थी। "नहीं।

"किंतु..."

"अगर आप मुझसे बात कर रहे हैं," सती ने उसकी बात काटकर कहा, "तो यह उनसे बात करने के समान ही है।"

मायाश्रेणिक के मस्तक पर बल पड़े। "क्या प्रभु नीलकंठ मुझसे नहीं मिलना चाहते हैं? क्या वे शांति नहीं चाहते हैं? क्या वे सोचते हैं कि मेलूहा को नष्ट करना ही एकमात्र मार्ग है?"

"शिव ऐसा नहीं सोचते हैं कि मेलूहा बुरा है। केवल सोमरस बुरा है। और निस्संदेह, वे शांति के लिए आगे बढ़ने को अत्यंत इच्छुक हैं, अगर मेलूहा केवल एक साधारण मांग को पूरा कर दे: सोमरस का परित्याग।"

"तब तो उन्हें शांति वार्ता के लिए आना चाहिए।"

"यहीं तो समस्या है। हम कैसे विश्वास कर सकते हैं कि कनखला का आमंत्रण खोटहीन है?"

"माननीया," स्तंभित मायाश्रेणिक ने कहा। "निश्चय ही आप यह नहीं सोच रही हैं कि मेलूहा शांति वार्ता के विषय में असत्य बोलेगा। हम ऐसा कैसे कर सकते हैं? भगवान राम के विधान इसकी मनाही करते हैं।"

"मेलूहाइयों ने सदैव विधान का पालन किया हो सकता है, सेनानायक। मेरे पिता नहीं करते हैं।"

"माननीया, सम्राट के प्रयास वास्तविक हैं।"

"और मैं कैसे इसका विश्वास कर लूं?"

"मुझे विश्वास है कि आपके गुप्तचरों ने आपको बता दिया होगा कि महर्षि भृगु करचप में हैं।"

"तो?"

"महर्षि भृगु ही हैं जो समझौता नहीं चाहते, माननीया। आपके पिता शांति चाहते हैं। महर्षि दूर हैं तो उन्हें इसका अवसर प्राप्त हुआ है। आप जानती हैं कि एक बार आपके पिता ने शांति संधि पर हस्ताक्षर कर दिए तो महर्षि भृगु के लिए इसे अस्वीकार करना कठिन हो जाएगा। मेलूहा केवल सम्राट के आदेशों को मान्यता देता है। अभी भी, महर्षि भृगु भले ही आदेश देते हों, किंतु वे सम्राट के नाम से ही जारी होते हैं।"

"आप चाहते हैं कि मैं विश्वास कर लूं कि मेरे पिता के अंदर अचानक इतना साहस जाग उठा है कि वे उस बात के लिए खड़े होंगे जिसे वे उचित समझते हैं?"

"आप अन्याय कर रही हैं..."

"सच में? आप नहीं जानते कि उन्होंने मेरे पहले पति को मरवाया था? उनके मन में विधान के प्रति कोई सम्मान नहीं है।"

"किंतु वे आपसे प्रेम करते हैं।"

सती ने घृणा में अपनी आंखें घुमाईं। "बस करें, मायाश्रेणिक। क्या आप सच में मुझसे यह विश्वास करने की अपेक्षा करते हैं कि वे इसलिए शांति का प्रयास कर रहे हैं कि मुझसे प्रेम करते हैं?"

"उन्होंने आपकी जीवनरक्षा की थी, माननीया।"

"क्या मूर्खतापूर्ण बात है! क्या आपने इस हास्यास्पद कारण पर विश्वास

कर लिया है? क्या आप विश्वास करते हैं कि मेरे पिता ने मेरे नागा शिशु को फेंक दिया और यह बात मुझसे लगभग नब्बे वर्ष छिपाए रखी ताकि वे 'मेरी जीवनरक्षा' कर सकें? नहीं, उन्होंने ऐसा नहीं किया। उन्होंने ऐसा इसलिए किया क्योंकि वे अपने नाम की रक्षा करना चाहते थे! वे नहीं चाहते थे कि लोग यह जानें कि सम्राट दक्ष का एक नागा नाती है। यही कारण है कि उन्होंने विधान का उल्लंघन किया था।"

"मैं उसकी बात नहीं कर रहा हूं जो नब्बे वर्ष पहले हुआ था, माननीया। मैं उसकी बात कर रहा हूं जो कुछ वर्ष पहले ही हुआ है।"

"क्या?"

"आपके विचार में पंचवटी में चेतावनी कैसे गूंज उठी थी?"

सती मौन रही, वह इस रहस्योद्घाटन से स्तंभित थी।

"समय रहते उस चेतावनी के गूंजने ने आपकी जीवनरक्षा की थी।"

"आपको इस बारे में कैसे पता?"

"महर्षि भृगु ने पंचवटी को नष्ट करने के लिए पोत भेजे थे। किंतु आपके पिता ने इस अभियान को तहस-नहस करने के लिए मुझे भेजा था। मैंने वह चेतावनी बजाई थी जिसने आप सबकी रक्षा की। मैंने ऐसा आपके पिता के आदेश पर किया था। आपकी रक्षा करने के लिए उन्होंने अपने साम्राज्य और हितों को हानि पहुंचाई थी।"

सती भौचक्की सी मायाश्रेणिक को देखती रही। "मुझे आप पर विश्वास नहीं है।"

"यह सत्य है, माननीया," मायाश्रेणिक ने कहा। "आप जानती हैं मैं झूठ नहीं बोलता।"

सती ने गहरी सांस ली और दूसरी ओर देखने लगी।

"अगर महाराज मेलूहा के प्रति अपने कर्तव्य के कारण नहीं, केवल आपके प्रति अपने प्रेम के कारण भी शांति के विषय में सोच रहे हैं, तो भी क्या इससे हमारे देश को लाभ नहीं होगा? क्या हम सच में चाहते हैं कि यह युद्ध तब तक चलता रहे जब तक कि मेलूहा का नाश नहीं हो जाता?"

मायाश्रेणिक की ओर मुड़ते हुए सती चुप रही।

"कृपया नीलकंठ से बात करें, देवी। वे आपकी बात सुनते हैं। शांति का प्रस्ताव निष्कपट है।"

सती ने कुछ नहीं कहा।

"क्या मैं नीलकंठ से मिल सकता हूं, माननीया?" मायाश्रेणिक ने पूछा, वह अभी भी अनिश्चित था कि सती ने शांति के विषय में मन बनाया है या नहीं।

"नहीं, आप नहीं मिल सकते," सती ने कहा। "मेरा एक रक्षक आपको नगरद्वार तक ले जाएगा। देवगिरि वापस जाएं। आपने जो कहा है, मैं उस पर गंभीरता से विचार करूंगी।"

"हमें शांति वार्ता में जाने पर विचार करना चाहिए," सती ने कहा।

वह प्रांतपाल के निवास पर भगीरथ, बृहस्पति, चेनारध्वज, चंद्रकेतु और मातलि के साथ सभा कर रही थी।

"यह बुद्धिमतापूर्ण विचार नहीं है, देवी," भगीरथ ने कहा। "केवल भगवान राम जानते हैं कि उन्होंने हमारे लिए क्या जाल बिछा रखे होंगे।"

"इसके विपरीत, मुझे लगता है ये बुद्धिमानी हो सकती है। क्या ऐसी संभावना हो सकती है कि करचप में सेना को पता ही न हो कि मेरे पिता देवगिरि में क्या कर रहे हैं?"

"यह संभव है," बृहस्पति ने कहा। "किंतु क्या आप सच में सोचती हैं कि आपके पिता शांति वार्ता को चालित कर रहे होंगे? क्या उनमें इतनी शक्ति है कि इसे आगे ले जा सकें?"

"संभवतः वे अकेले नहीं हैं। निश्चय ही प्रधानमंत्री कनखला भी सम्मिलित हैं," सती ने कहा। "आमंत्रण उन्हीं के नाम से है।"

"कनखला का सम्राट पर प्रभाव है, इसमें संदेह नहीं है," चेनारध्वज ने कहा। "और निश्चय ही वे युद्धपिपासु नहीं हैं। उनकी सहजवृत्ति सामान्यतया शांति की ओर रहती है। साथ ही, वे नीलकंठ की समर्पित अनुयायी हैं।"

"क्या उनमें शांति समझौते को लागू करने की क्षमता है?" भगीरथ ने पूछा।

"हां, उनमें क्षमता है," सती ने कहा। "मेलूहाई प्रणाली लिखित आदेशों के सिद्धांत पर काम करती है। सर्वोच्च लिखित आदेश वह है जो सम्राट की ओर से आता है। महर्षि भृगु स्वयं आदेश पारित नहीं करते हैं। वे जो उचित

समझते हैं, उसकी मेरे पिता से पुष्टि करने को कहते हैं। अगर महर्षि भृगु की जानकारी में आने से पहले मेरे पिता शांति का आदेश पारित कर देते हैं तो सारे मेलूहावासियों को उसका सम्मान करना होगा। तो अगर प्रधानमंत्री कनखला मेरे पिता से आदेश पारित करवा सकती हैं तो वे शांति समझौते को लागू भी करवा सकती हैं।"

"अगर और रक्तपात के बिना हम सोमरस को मिटाने के उद्देश्य को प्राप्त कर सकें तो यह ऐसा कार्य होगा जिस पर भगवान रुद्र गर्व करेंगे," मातलि ने कहा।

"किंतु हमें सतर्कता से प्रत्युत्तर देना होगा," सतर्क भगीरथ ने आग्रह किया। "अगर यह सच है कि शांति संधि को केवल सम्राट दक्ष और प्रधानमंत्री कनखला द्वारा आगे बढ़ाया जा रहा है, तो अगर हमने कूच किया तो हम अपनी सेना को जोखिम में डाल देंगे। करचप बहुत दूर नहीं है।"

"सही है," सती ने कहा, उसके मन में सेनापति पर्वतेश्वर की सामरिक उत्कृष्टता के प्रति स्वस्थ सम्मान था। "अगर करचप में पितृतुल्य सुनेंगे कि हमारी सेना बाहर निकल रही है, तो वे अनुमान लगाएंगे कि हम देवगिरि पर आक्रमण कर रहे हैं। वे सरस्वती नदी पर हमें रोकने के लिए तीव्रता से करचप से आ जाएंगे।"

"हम प्रत्युत्तर देते हैं तो मारे जाएंगे और नहीं देंगे तो भी मारे जाएंगे," चंद्रकेतु ने कहा।

"तो हमें क्या करना चाहिए?" चेनारध्वज ने कहा।

"मैं जाऊंगी," सती ने कहा। "शेष आप सब, सेना सहित, लोथल की चारदीवारी के भीतर रहेंगे।"

"देवी," मातलि ने कहा। "यह बहुत ही नादानी होगी। देवगिरि में आपको कोई भी संभावित हानि न होने देने के लिए आपके पास सेना का संरक्षण होना आवश्यक होगा।"

"देवगिरि के बाहर मेलूहाई मेरी सेना से लड़ सकते हैं," सती ने कहा। "किंतु वे मुझ अकेली से नहीं लड़ेंगे। यह मेरे पिता का आवास है।"

भगीरथ ने सिर हिलाया। "क्षमा करें, देवी, किंतु आपके पिता ने अब तक तो स्वयं को सदाचार का आदर्श सिद्ध नहीं किया है। बिना सुरक्षा के आपका देवगिरि जाना मुझे चिंतित करेगा। हम इस सुदूर संभावना को नकार नहीं

सकते कि यह शांति वार्ता हमारे अधिनायकों को देवगिरि बुलाने और फिर उनकी हत्या कर देने का एक जाल हो सकती है।"

अब चेनारध्वज सच में आहत हो गए थे। "राजकुमार भगीरथ, मैं यह अंतिम बार कहता हूं, इस प्रकार की बातें मेलूहा में नहीं होतीं। किसी भी परिस्थिति में शांति वार्ता में अस्त्रों का प्रयोग नहीं हो सकता। ये भगवान राम के नियम हैं। कोई भी मेलूहा सातवें विष्णु के नियमों को नहीं तोड़ सकता।"

सती ने शांति बनाए रखने के संकेतस्वरूप अपना हाथ उठाया और फिर भगीरथ की ओर मुड़ी। "राजकुमार, मेरा विश्वास करें। मेरे पिता मुझे कभी हानि नहीं पहुंचाएंगे। वे मुझसे प्रेम करते हैं। अपने विकृत ढंग से, वे मेरी परवाह करते हैं। मैं देवगिरि जा रही हूं। शांति की ओर यह हमारा सबसे अच्छा प्रयास है। इसे हाथ से न निकलने देना मेरा कर्तव्य है।"

भगीरथ अमंगल की अपनी आशंका को दूर नहीं कर पा रहा था। "देवी, मैं आग्रह करता हूं कि आप मुझे और अयोध्या की एक टुकड़ी को अपने साथ चलने दें।"

"आपके सैनिक यहां अधिक उपयोगी होंगे, राजकुमार भगीरथ," सती ने कहा। "साथ ही, आप और आपके सैनिक चंद्रवंशी हैं। कृपया मुझे गलत न समझें, किंतु मैं अपने साथ किसी सूर्यवंशी को ले जाना चाहूंगी। अंततः मैं सूर्यवंशी राजधानी में जा रही हूं। मैं नंदी और अपने निजी अंगरक्षकों के साथ जाऊंगी।"

"किंतु, पुत्री," बृहस्पति ने कहा, "यह तो मात्र सौ सैनिक हैं। आपको विश्वास है?"

"यह शांति वार्ता है, बृहस्पतिजी," सती ने कहा। "युद्ध नहीं।"

"किंतु आमंत्रण तो प्रभु नीलकंठ के लिए है," चंद्रकेतु ने कहा।

"प्रभु नीलकंठ ने मुझे अपना प्रतिनिधि नियुक्त किया है, महाराज," सती ने कहा। "मैं उनकी ओर से बात कर सकती हूं। मैंने निश्चय कर लिया है। मैं देवगिरि जा रही हूं।"

— ⁂ —

"मुझे इस विषय में अच्छी अनुभूति नहीं हो रही है, देवी," वीरभद्र ने याचना की। "कृपया मत जाइए।"

सती के निजी कक्ष में परशुराम और नंदी भी उपस्थित थे, उनके भाव भी समान रूप से वेदनापूर्ण थे।

"वीरभद्र, चिंता न करें," सती ने कहा। "मैं ऐसी शांति संधि लेकर वापस आऊंगी जो युद्ध को भी समाप्त कर देगी और सोमरस के शासन को भी।"

"किंतु आप मुझे और वीरभद्र को अपने साथ चलने की अनुमति क्यों नहीं दे रही हैं, देवी?" परशुराम ने कहा। "केवल नंदी को ही आपके साथ जाने का विशेषाधिकार क्यों दिया जा रहा है?"

सती मुस्कुराई। "आप दोनों का साथ चलना मुझे अच्छा लगता! किंतु बात यह है कि मैं केवल सूर्यवंशियों को ले जा रही हूं, बस। वे मेलूहाई परंपराओं और कार्यशैली से परिचित हैं। वैसे भी, यह एक संवेदनशील वार्ता रहेगी। इसके आरंभ होने से पहले ही मैं कोई असंगत संकेत नहीं देना चाहूंगी।"

"किंतु, देवी," परशुराम ने कहा, "हमने आपकी रक्षा करने की प्रतिज्ञा ली है। हम अपने बिना आपको कैसे जाने दे सकते हैं?"

"मैं इनके साथ रहूंगा, परशुराम," नंदी ने कहा। "चिंता न करें। मैं देवी सती को कुछ नहीं होने दूंगा।"

"ऐसा कोई कारण नहीं है कि कुछ दुर्भाग्यपूर्ण घटे, नंदी। यह एक शांति वार्ता है। अगर हम किसी शांति समझौते पर नहीं पहुंचते हैं तो मेलूहाइयों को हमें सुरक्षित लौटने देना होगा। यह भगवान राम का नियम है।"

वीरभद्र चुपचाप चिंता में डूबा रहा, स्पष्ट रूप से वह आश्वस्त नहीं था।

सती ने हाथ बढ़ाकर वीरभद्र के कंधे को थपथपाया। "हमें शांति की दिशा में प्रयास करना चाहिए, आप यह जानते हैं। हम अनेक जीवन बचा सकते हैं। मेरे सामने और कोई विकल्प नहीं है। मुझे जाना होगा।"

"आपके पास एक विकल्प है," वीरभद्र ने तर्क दिया। "आप स्वयं न जाएं। मुझे विश्वास है कि आप किसी अन्य को अपनी ओर से वार्ता में सम्मिलित होने के लिए नामांकित कर सकती हैं।"

सती ने सिर हिलाया। "नहीं मुझे जाना होगा। मुझे ही... क्योंकि यह मेरा दोष था।"

"क्या?"

"यह मेरा दोष था कि देवगिरि में हमारे इतने सैनिक मारे गए और हमारी हाथी सेना नष्ट हो गई। अपनी लगभग सारी घुड़सवार सेना की हानि के लिए

मैं ही दोषी हूं। मेरे ही कारण हमारे पास पर्याप्त बल नहीं बचा है कि अब हम उन्हें खुले युद्ध में हरा सकें। चूंकि यह मेरा ही दोष था, इसलिए इसे सही करना अब मेरा ही दायित्व है।"

"देवगिरि की हानि आपका दोष नहीं था, देवी," परशुराम ने कहा। "परिस्थितियां हमारे विरुद्ध एक हो गई थीं। वास्तव में, आपने तो एक भयंकर स्थिति से बहुत कुछ को बचा लिया था।"

सती ने अपनी आंखें सिकोड़ीं। "अगर कोई सेना हारती है, तो यह सदैव सेनापति की दोषपूर्ण रणनीति के कारण होता है। परिस्थितियां तो अपनी असफलताओं को विवेकसम्मत बनाने का निर्बलों का बहाना है। मगर, अपनी त्रुटि सुधारने का मुझे एक और अवसर दिया गया है। मैं इसकी उपेक्षा नहीं कर सकती। मैं नहीं करूंगी।"

"देवी," वीरभद्र ने कहा। "कृपया मेरी बात सुनें..."

"भद्र," सती ने उस नाम का प्रयोग करते हुए कहा जिसे उसके पति अपने सबसे अच्छे मित्र के लिए करते थे। "मैं जा रही हूं। मैं अक्षत लौटूंगी। और शांति संधि के साथ।"

अध्याय 42

कनखला का चुनाव

शांति वार्ता का आमंत्रण स्वीकार कर लिया गया था।

जैसे ही लोथल से कनखला को एक पक्षी दूत प्राप्त हुआ, वह दक्ष के निजी कार्यालय की ओर दौड़ पड़ी। द्वारपाल ने यह कहकर उसे रोकने का प्रयास किया कि सम्राट ने किसी को अंदर न आने देने के लिए कहा है।

कनखला ने उसे एक ओर किया। "उस आदेश में मैं सम्मिलित नहीं हूं। उन्होंने मुझसे कहा था कि जैसे ही मुझे यह मिले, मैं तुरंत उनसे मिलूं," कनखला ने एक मुड़े हुए पत्र की ओर संकेत करते हुए कहा।

द्वारपाल एक ओर हट गया और कनखला ने जैसे ही द्वार खोला, उसने धीमे स्वर में की जाती बातें सुनीं। विद्युन्माली और दक्ष बहुत धीमे-धीमे एक-दूसरे से बात कर रहे थे। उसने हौले से अपने पीछे द्वार बंद कर दिया।

"तुम्हें विश्वास है कि वे तैयार हैं?" दक्ष ने पूछा।

"हां, स्वामी। स्वथ के आदमी नागा परिधान में अभ्यास करते रहे हैं। वह कपटी नीलकंठ जान भी नहीं पाएगा कि उसे क्या लगा," विद्युन्माली ने कहा। "सारा संसार अपने प्रिय नीलकंठ की हत्या के लिए आतंकवादी नागाओं को दोष देगा।"

द्वार पर जड़ खड़ी स्तंभित कनखला पर दृष्टि पड़ते ही दक्ष अचानक चुप हो गए। विद्युन्माली ने अपनी तलवार खींच ली।

दक्ष ने अपना हाथ उठाया। "विद्युन्माली! शांत रहो। प्रधानमंत्री कनखला जानती हैं कि उनकी निष्ठा कहां हैं।"

"महाराज..." कनखला ने धीरे से कहा, उसकी आंखें भय से फैल गई थीं।

"कनखला," दक्ष ने भयंकर शांति से, उसके निकट जाते और उसके कंधों

पर हाथ रखते हुए कहा। "कभी-कभी एक सम्राट को वह करना पड़ता है जो किया जाना चाहिए।"

"किंतु हम भगवान राम के नियम तो नहीं तोड़ सकते हैं," कनखला ने कहा, घबराहट में उसकी सांसें तेज चलने लगी थीं।

"शांति वार्ता में भगवान राम के नियम एक राजा पर लागू होते हैं, उसके प्रधानमंत्री पर नहीं," दक्ष ने कहा।

"किंतु..."

"कोई किंतु नहीं," दक्ष ने कहा। "अपनी शपथ स्मरण करो। यह युद्धकाल है। तुम्हें वही करना होगा जो तुम्हारे सम्राट करने को कहेंगे। अगर उनकी अनुमति के बिना तुम उनके रहस्य खोलोगी तो इसका दंड मौत होगी।"

"किंतु, महाराज... यह अनुचित है।"

"अनुचित तो, कनखला, तुम्हारे लिए अपनी शपथ तोड़ना होगा।"

"महाराज," विद्युन्माली ने कहा। "यह बहुत जोखिम भरा है। मेरा विचार है प्रधानमंत्री को..."

दक्ष ने विद्युन्माली को रोक दिया। "हम ऐसा कुछ नहीं कर रहे हैं, विद्युन्माली। अगर वार्ता का आयोजन करने के लिए ये यहां नहीं होंगी, तो शिव के लोग यहां पहुंचते ही संदेह से भर जाएंगे। अंततः यह 'कनखला वार्ता' है।"

कनखला भय से अवाक् हो गई थी।

"तुम दशकों से मेरे प्रति निष्ठावान रही हो, कनखला," दक्ष ने कहा। "अपनी शपथों को स्मरण करो तो तुम जीवित रहोगी। तुम प्रधानमंत्री बनी रह सकती हो। किंतु अगर तुमने उन्हें तोड़ा, तो न केवल तुम्हें मृत्युदंड दिया जाएगा, परमात्मा भी तुम्हें दंडित करेगा।"

कनखला एक शब्द भी नहीं बोल पाई। वह जानती थी कि प्रधानमंत्री पद की शपथ यह भी कहती है कि अगर उसने अपनी निष्ठा से विश्वासघात किया तो उसका अंतिम संस्कार नहीं किया जाएगा। प्राचीन अंधविश्वास के अनुसार, यह मृत्यु से भी बुरी नियति थी। अंतिम संस्कार के अनुष्ठानों के बिना उसकी आत्मा वैतरणी नदी पार करके पितृलोक नहीं जा सकेगी। मोक्ष या किसी दूसरे शरीर में इस पृथ्वी पर वापसी की उसकी आत्मा की भावी यात्रा में व्यवधान पड़ जाएगा। वह पिशाच रूप में इसी लोक में रह जाएगी।

"अपनी शपथों और अपने कर्तव्यों का स्मरण करो," दक्ष ने कहा। "वार्ता

पर ध्यान केंद्रित करो।"

— ⅄ⓞ⊍↑⊛ —

कनखला चुपचाप अपने आवास-कार्यालय के बाहर छत पर खड़ी थी। कक्ष के केंद्र में स्थित छोटे से फव्वारे से बहते पानी की ध्वनि उसे पसंद थी। यह ध्वनि हौले से उसकी ओर, खुली दीर्घा तक चली आ रही थी। यह उसके मस्तिष्क को केंद्रित और शांत रखती थी। उसने ऊपर देखा, सूरज अस्त होने जा रहा था।

उसने गहरी सांस ली और सड़क की ओर देखा। सैनिक छिपने का प्रयास भी नहीं कर रहे थे। उन लोगों के प्रति कनखला ने तनिक भी क्रोध महसूस नहीं किया जो उसके आवास के बाहर निगरानी कर रहे थे। वे तो मात्र अपने सेनानायक द्वारा दिए गए आदेशों का पालन कर रहे थे।

कनखला जानती थी कि लोथल संदेश भेजकर नीलकंठ को चेतावनी देने का प्रयास करना अर्थहीन है। उसे विश्वास था कि पक्षी दूतों के आने-जाने के सारे मार्ग पर विद्युन्माली ने अपने माहिर धनुर्धर तैनात कर रखे होंगे। इसके अतिरिक्त, यह भी बहुत संभव था कि नीलकंठ का काफिला लोथल से चल चुका हो। उसका एकमात्र आसरा पर्वतेश्वर था। अगर महर्षि भृगु और वह समय रहते देवगिरि पहुंच सके, तो यह अनर्थ रोका जा सकता है जिसकी उसके सम्राट और सेनानायक विद्युन्माली योजना बना रहे हैं। किंतु करचप संदेश पहुंचाना सरल न था।

कनखला ने अपने हाथ में पकड़े छोटे से संदेश को देखा। यह उसने स्वयं नीलकंठ को संबोधित करके लिखा था। उसने संदेश को कसकर मोड़ा और उसे एक कबूतर की टांग में बंधी छोटी सी डिब्बी में रख दिया। उसने डिब्बी को बंद किया, अपनी आंखें बंद कीं और धीरे से बोली, "मुझे क्षमा करना, भले पक्षी। तुम्हारा बलिदान एक महान कार्य में सहायता करेगा। ओम ब्रह्माय नमः।"

फिर उसने पक्षी को हवा में उड़ा दिया।

उसने तुरंत ही नीचे उपस्थित सैनिकों को व्यस्त होते महसूस कर लिया था। उसने कुछ दूर स्थित एक भवन की छत पर एक धनुर्धर को उठते देखा। उसने शीघ्रता से अपने धनुष पर बाण चढ़ाया और कबूतर पर निशाना लिया और बिना चूके उसे मार गिराया। आहत कबूतर पत्थर की तरह नीचे गिर गया,

बाण उसके शरीर के पार निकल गया था। सैनिक तुरंत ही कबूतर को खोजने के लिए बिखर गए। संदेश को तुरंत ही विद्युन्माली के पास ले जाया जाएगा। यह यथार्थपूर्ण लगेगा क्योंकि यह कनखला के हस्तलेख में था और नीलकंठ को संबोधित किया गया था।

कनखला ने फिर से सड़क पर निगाह डाली। अपनी आंख के कोने से उसने गिरे हुए कबूतर के कारण सैनिकों के अस्थायी भटकाव का लाभ उठाकर अपने सेवक को पार्श्व के द्वार से चुपचाप निकलते देख लिया था। सेवक नगर की दीवारों के बाहर जाकर करचप के लिए एक कबूतर को छोड़ेगा। कनखला को आशा थी कि भृगु और पर्वतेश्वर इस उन्माद को, भगवान राम के नियमों के इस उल्लंघन को रोकने के लिए समय रहते देवगिरि पहुंच सकेंगे। तत्पश्चात, सेवक को तीव्र गति से दक्षिण में, लोथल की ओर जाने और नीलकंठ और उनके शांति वार्ताकारों को जाल में फंसने आने से रोकने का प्रयास करने के आदेश थे। कनखला जितना कर सकती थी, उतना उसने किया था।

प्रधानमंत्री ने गहरी सांस ली। उसने सम्राट के प्रति निष्ठा की शपथ को तोड़ दिया था, किंतु उसने एक प्राचीन धर्मोक्ति से दिलासा पाई थीः धर्म मतिः उद्गृहीतः, धर्म वही है जिसका मस्तिष्क निर्णय लेता है! धर्म के विषय में गहराई से सोचें तो आपका मस्तिष्क आपको बता देगा कि क्या उचित है।

इस स्थिति में, कनखला को ऐसा प्रतीत हुआ कि अपनी शपथ तोड़ना ही उचित कार्य होगा। क्योंकि एक कहीं अधिक गुरुतर अपराध को होने से रोकने का यही एकमात्र रास्ता था। किंतु वह मूर्ख नहीं थी। वह अपना दंड जानती थी। मगर वह दक्ष को यह प्रसन्नता पाने नहीं देगी।

कनखला उदास भाव से मुस्कुराई और वापस अपने कार्यालय में चली गई। वह अपनी लेखन की चौकी पर रुकी और उसने एक कटोरा उठाया जिसमें एक स्वच्छ, हरी सी औषधि थी जिसे हाल ही में बनाया गया था। उसने शीघ्रता से उसे पी लिया। यह उसकी पीड़ा को सुन्न कर देगी और उसे उनींदा बना देगी! ठीक वही जिसकी उसे आवश्यकता थी। वह धीरे-धीरे फव्वारे के पास गई। फव्वारे के आधार में बना छोटा सा कुंड एकदम पर्याप्त था! इतना गहरा कि उसका हाथ डूबा रहे। अगर घाव लगातार बहते पानी से धुलता रहेगा तो रक्त का थक्का नहीं बनेगा।

उसने तेज आनुष्ठानिक चाकू उठाया जिसे वह हमेशा साथ रखती थी।

क्षणांश के लिए उसके मन में आया कि अगर उसका अंतिम संस्कार यथाविधि नहीं किया गया तो क्या वह पृथ्वी पर चिरकाल तक प्रेत बनकर घूमती रहेगी। फिर उसने अपना सिर हिलाया और अपने भयों को दूर कर दिया।

धर्मो रक्षति रक्षितः, धर्म उनकी रक्षा करता है जो उसकी रक्षा करते हैं।

उसने अपनी आंखें बंद कर लीं, अपने बाएं हाथ की मुट्ठी बांधी और उसे पानी में डुबो दिया। फिर उसने एक गहरी सांस ली और धीरे से बोली, "जय श्री राम।"

एक तेज वार में उसने अपनी कलाई की धमनियों और शिराओं को गहरा काट दिया था। तीव्र बहाव में रक्त फूट निकला। उसने अपना सिर फव्वारे की कगार पर टिका दिया और मृत्यु द्वारा ले जाए जाने की प्रतीक्षा करने लगी।

"इससे योजना में तनिक भी परिवर्तन नहीं हुआ है, महाराज," विद्युन्माली ने कहा।

स्तंभित दक्ष अपने निजी कार्यालय में बैठे हुए थे, उन्हें अभी-अभी कनखला की आत्महत्या का समाचार मिला था।

"महाराज," विद्युन्माली को कोई प्रतिक्रिया नहीं मिली तो उसने कहा।

"हां..." दक्ष ने कहा, वे अभी सदमे में थे और विक्षिप्त से दिख रहे थे।

"मेरी बात सुनिए," विद्युन्माली ने कहा। "हम पहले की भांति ही अपनी योजना को पूरा करेंगे। स्वथ के साथी तैयार हैं।"

"हां..."

"महाराज!" विद्युन्माली ने जोर से कहा।

विद्युन्माली को तकते हुए अचानक दक्ष के चेहरे पर थोड़ी सी एकाग्रता दिखी।

"आपने मेरी बात सुनी, महाराज?" विद्युन्माली ने पूछा।

"हां।"

"सबसे कहा जाएगा कि एक दुर्घटना में कनखला की मृत्यु हो गई। शांति वार्ता उनकी स्मृति में जारी रहेगी।"

"हां।"

"और हां, मुझे जाना होगा।"

"क्या?" दक्ष विचलित प्रतीत हुए।

"मैंने आपको बताया था न, महाराज," विद्युन्माली ने धैर्य से कहा, मानो किसी बालक से बात कर रहा हो। "कनखला का एक सेवक लापता है। मुझे डर है कि वो कपटी नीलकंठ को चेतावनी देने निकल गया हो सकता है। उसे रोकना होगा। मैं स्वयं एक टुकड़ी लेकर दक्षिण की ओर जा रहा हूं।"

"किंतु मैं ये सब कैसे संभालूंगा?"

"आपको कुछ नहीं करना है। सब कुछ नियंत्रण में है। मेरे सैनिक राजकुमारी सती को महल में लाने का कोई मार्ग तलाश लेंगे। उनके दल के किसी अन्य व्यक्ति को उनके साथ आने की अनुमति नहीं दी जाएगी। जैसे ही वे यहां आ जाएं, मेरे आदमी को संकेत कर दीजिएगा जो आपकी खिड़की पर प्रतीक्षा कर रहा होगा। वह हवा में एक अग्नि बाण छोड़ देगा, जो स्वथ के हत्यारों को यह संकेत देगा कि रास्ता साफ है। तत्पश्चात वे शीघ्रता से जाएंगे और कपटी नीलकंठ को मार देंगे। वे शिव के कुछ लोगों को जीवित भी छोड़ देंगे ताकि वे यह साक्ष्य दे सकें कि नागाओं ने उन पर आक्रमण किया था।"

दक्ष अभी भी व्यग्र दिख रहे थे।

विद्युन्माली आगे बढ़ा और उसने विनम्रता से कहा। "आपको चिंता करने की आवश्यकता नहीं है। मैंने विस्तार में सारी योजना बना ली है। कोई गलती नहीं होगी। जब राजकुमारी सती आपके कक्ष में प्रवेश करें तो आपको मेरे आदमी को संकेत करना है। बस।"

"बस?"

"हां, बस। अब मुझे जाना होगा, महाराज। अगर कनखला का सेवक कपटी नीलकंठ तक पहुंच गया तो यह हमारी योजनाओं का अंत होगा।"

"अवश्य। जाओ।"

— ⅄ⓄƱ⍏⊛ —

"कुत्ते के पिल्ले कहीं के!" काली गुराई।

उंबरगांव का शासक जादव राणा एक तीव्रगामी नौका को खेते हुए नागा बेड़े के पास पहुंचा था। उसका छोटा सा राज्य नर्मदा के दक्षिण में था। नागाओं ने अनेक अवसरों पर उसकी सहायता की थी। और, जादव राणा कृतघ्न नहीं था।

जब उसके राज्य के मछुआरों ने उसे सूचना दी कि निकट के एक गुप्त द्वीप पर एक बड़े मेलूहाई बेड़े ने पड़ाव डाला हुआ है, तो वह स्वयं जांच करने गया। स्वयं को छिपाए रखते हुए जादव ने उस बड़े बेड़े को देखा और तुरंत अनुमान लगा लिया कि इसका कुछ न कुछ संबंध उत्तर में नीलकंठ की सेना और मेलूहाइयों के बीच चल रहे युद्ध से होगा। उसे यह भी समाचार मिला था कि स्वयं नागा भी तीव्रगति से पश्चिमी तटों से होते हुए नर्मदा के मुहाने की ओर बढ़ रहे हैं। वह तुरंत अपनी तीव्रगामी नौका में बैठा और नागाओं के उस नदी में प्रवेश करने से पहले उन्हें रोकने चल दिया, जो सप्तसिंधु की दक्षिणी सीमा को चिह्नित करती है। उसे विश्वास था कि मेलूहाई नागाओं को हैरान करते हुए पीछे से उन पर आक्रमण करेंगे।

"रानी," जादव राणा ने कहा। "मैंने अनुमान लगाया कि मेलूहाई आपके पीछे नर्मदा में प्रवेश करेंगे और पीछे से आप पर आक्रमण करेंगे। जब तक आप यह समझ पाएंगी कि क्या हुआ, वे आपके सारे बेड़े को नष्ट कर देंगे।"

"अगर उन्होंने हमारे लिए आगे भी घात लगा रखी होगी तो मुझे हैरानी नहीं होगी," कार्तिक ने कहा।

"हम उनके गुप्त द्वीप पर उन पर आक्रमण करेंगे," काली ने कहा। "हम उनके पोत जला देंगे और उनके सड़े हुए शव तटवर्ती पेड़ों पर लटका देंगे।"

गणेश अब तक चुप रहा था। कहीं कुछ खटक रहा था। "माननीय, वहां कितने मेलूहाई हैं?"

"पचास पोत हैं, माननीय गणेश," जादव राणा ने कहा। "यह अच्छा-खासा बड़ा बल है। किंतु उन पर आक्रमण करने के लिए आपके पास पोत हैं।"

"मैंने आपसे पोतों के बारे में नहीं पूछा, महाराज," गणेश ने कहा। "मैंने पूछा था कितने सैनिक..."

जादव राणा के मस्तक पर बल पड़े। "मुझे नहीं पता, माननीय गणेश।" फिर वह अपने आदमियों की ओर मुड़ा। "तुम लोगों को कोई अनुमान है?"

"निश्चित कहना तो कठिन है, स्वामी, क्योंकि वे अधिकतर पोत पर ही रहते हैं," जादव राणा के सैन्य अधिकारियों में से एक ने कहा। "किंतु जिस मात्रा में वे भोजन एकत्र करते हैं, उसके आधार पर मुझे नहीं लगता वहां पांच सहस्त्र से अधिक सैनिक होंगे। आपके पास कहीं अधिक सैनिक हैं, माननीय गणेश। आप बहुत सरलता से जीत सकते हैं।"

गणेश ने अपना सिर पकड़ लिया। “भूमिदेवी, कृपा करना।”

स्तंभित काली ने जादव राणा के सैन्य अधिकारी को घूरा। “तुम्हें विश्वास है? मात्र पांच सहस्त्र?”

जादव राणा चकित था। उसे समझ नहीं आया कि नागा इतने उद्विग्न क्यों दिख रहे हैं। तर्क की दृष्टि से तो उन्हें प्रसन्न होना चाहिए। वे नाटकीय रूप से मेलूहाइयों से कहीं अधिक थे।

“मेरे आदमी इन तटीय क्षेत्रों से अत्यंत परिचित हैं, रानी,” जादव राणा ने कहा। “अगर ये कह रहे हैं कि मेलूहाइयों की संख्या मात्र पांच सहस्त्र है, तो मैं इस संख्या पर विश्वास करूंगा।”

“हमारे साथ छल किया गया है,” गणेश ने कहा। “पंचवटी पर किसी आक्रमण की योजना नहीं है। वे हमारी सेनाओं को बांटने का प्रयास कर रहे थे। और वे सफल हुए हैं।”

चिंतित कार्तिक ने अपने बड़े भाई को देखा। “अभी जब हम बात कर रहे हैं तो संभवतः वे लोथल पर आक्रमण कर रहे होंगे।”

“और हम मां से एक लाख सैनिकों को ले आए हैं,” व्याकुल गणेश ने कहा।

काली मुड़ी और उसने उच्च स्वर में अपने प्रधानमंत्री कर्कोटक को आदेश दिया, “तुरंत वापस मुड़ो! हम लोथल वापस जा रहे हैं! वहां पहुंचने तक चप्पुओं पर नाविकों को दोगुना कर दो! चलो!”

अध्याय 43

नागरिक विद्रोह

एक अग्रिम नौका द्वारा सूचित किए जाने पर कि शिव का पोत शीघ्र ही पहुंचने वाला है, भगीरथ और बृहस्पति लोथल बंदरगाह पहुंच गए थे। बंदरगाह की दीवारों के उच्च स्थान से अब वे पूर्व से आते शिव के व्यापारिक पोत को देख सकते थे। दक्षिण की ओर से उन्हें वह नौसैन्य बल भी तीव्रगति से आता दिखाई दे रहा था जो काली के नेतृत्व में गया था। सभी पोत संभवतः एक ही समय में लोथल के घाट पर पहुंचने वाले थे।

बृहस्पति ने जब शिव के पोत की गलही पर खड़ी स्त्री को देखा तो उसके मुंह से सीत्कार सी निकल गई।

बृहस्पति में आए नाटकीय रूपांतर की ओर भगीरथ का ध्यान गए बिना न रहा। वह शिव के पोत की ओर मुड़ा। वे अभी भी बहुत दूर थे, किंतु वह शिव और गोपाल के चेहरों को पहचान सकता था। उनके पास ही एक स्त्री खड़ी थी, भारतीय सी दिखने वाली स्त्री। किंतु अयोध्या के राजकुमार को उसकी पहचान के बारे में तनिक भी ज्ञान नहीं था।

"वे कौन हैं, बृहस्पतिजी?" भगीरथ ने पूछा।

बृहस्पति रो रहा था। "हे ब्रह्मा! हे ब्रह्मा!"

"वे कौन हैं?"

अब तो बृहस्पति मानो उन्मत्त था। उन्मत्त मगर प्रसन्न! वह मुड़ा, सीढ़ियों से दौड़ते हुए घाट की ओर भागा। वह विशुद्ध आनंद में झूम रहा था। "उन्होंने उसे जाने दिया! शिव ने उसे मुक्त करा लिया! भगवान राम की महिमा अपरम्पार है, उन्होंने उसे मुक्त करा दिया!"

— ⅄⦶Ʊ♆⊛ —

"क्या वह शिव का पोत नहीं है?" काली ने आगे संकेत करते हुए कहा।

काली, गणेश और कार्तिक तीव्र गति से लोथल वापस आ रहे थे और यह देखकर आश्चर्यचकित थे कि नगर पर कोई घेराव नहीं डाला गया था। उन्होंने अपने आगे वृत्ताकार बंदरगाह पर लगते व्यापारिक पोत को देखा। पंद्रह मिनट बाद, काली का पोत भी घाट पर लग चुका था। शिव के पोत ने ठीक उनके आगे लंगर डाला था। जैसे ही वे काष्ठफलक से उतरे, वे तेजी से शिव की ओर बढ़े। वे देख सकते थे कि भगीरथ और बृहस्पति नीलकंठ और गोपाल का स्वागत करने आए हैं। स्तंभित बृहस्पति ने उसी समय एक स्त्री को आलिंगन में लिया था। वे दोनों ही बुरी तरह रो रहे थे।

"शिव!" काली ने उनकी ओर दौड़ते हुए दूर से पुकारा।

शिव मुड़ा और काली को देखकर मुस्कुराया। "मैंने अपने पीछे नागा पोतों को देखा था। तुम कहां गई थीं?"

"हमें व्यर्थ ही दौड़ा दिया गया था," काली ने कहा। "हमें विश्वास दिलाया गया था कि पंचवटी पर आक्रमण हो रहा है।"

"मेलूहाई पोत एक छलावा थे?" भगीरथ ने पूछा।

"हां, राजकुमार भगीरथ," कार्तिक ने कहा। "उन पोतों पर मात्र पांच सहस्त्र सैनिक थे। पंचवटी पर आक्रमण करने की उनकी योजना ही नहीं थी।"

"यह तो सुसमाचार है," भगीरथ ने कहा।

"सती कहां हैं?" शिव ने चारों ओर देखते हुए पूछा।

"उनकी ओर से भी सुसमाचार है," भगीरथ ने कहा।

"सुसमाचार?" गणेश ने पूछा।

"हां, हो सकता है हमें युद्ध समाप्त करने का हल मिल जाए," भगीरथ ने कहा।

"हम भी एक हल लेकर वापस आए हैं," गोपाल ने उस बड़ी सी पेटी की ओर संकेत करते हुए कहा जिसे बहुत सतर्कता से उनके पोत से घाट पर उतारा जा रहा था।

शिव ने फिर से प्रत्यक्ष रूप से प्रसन्न बृहस्पति को देखा जो तारा को छोड़ने को तैयार ही नहीं थे। तारा बहुत बुरी तरह से रो रही थी, उसका हाथ कोमलता से बृहस्पति के वक्ष पर रखा हुआ था। वे प्रेम की पहली मदहोशी में डूबे किशोरों की तरह लग रहे थे।

"लगता है हर ओर सुसमाचार ही हैं," शिव ने मुस्कुराते हुए कहा।

— ⅄ⓄⅤ⅄⊛ —

"पवित्र झील की सौगंध, यह सुसमाचार कैसे हो सकता है?"

शिव के क्रोध से भयभीत भगीरथ ने व्यग्रता भरा मौन बनाए रखा।

"किंतु, प्रभु," चंद्रकेतु ने कहा, "देवी सती को विश्वास था कि यह शांति की दिशा में हमारा सर्वश्रेष्ठ अवसर हो सकता है। और ऐसा प्रतीत होता है कि सम्राट दक्ष स्वयं यह चाहते थे। अगर वे शांति संधि पर हस्ताक्षर कर देते हैं तो युद्ध समाप्त हो जाएगा। और हम मेलूहा को नष्ट नहीं करना चाहते हैं, है न? हम तो बस सोमरस का अंत चाहते हैं।"

"मुझे उस निकृष्ट मानव पर विश्वास नहीं है," काली ने कहा। "अगर उसने मेरी बहन को हानि पहुंचाई, तो मैं उस समेत उसके सारे नगर को जलाकर राख कर दूंगी।"

"वह सती को कोई हानि नहीं पहुंचाएंगे, काली," शिव ने अपना सिर हिलाते हुए कहा। "किंतु मुझे भय है कि वे उन्हें बंदी बना लेंगे और हम पर दबाव डालने के लिए उनका प्रयोग करेंगे।"

"किंतु, प्रभु," चेनारध्वज ने कहा, "यह असंभव है। शांति वार्ता के संचालन के नियम बहुत स्पष्ट हैं। अगर कोई हल या समझौता न हो सके, तो दोनों पक्ष हानिरहित लौटने के लिए स्वतंत्र होते हैं।"

"नियमों का अनुपालन न करने से मेरे नाना को कौन रोक सकता है?" गणेश ने पूछा। "यह पहली बार तो है नहीं जब उन्होंने कोई नियम तोड़ा हो।"

"स्वामी," एक वासुदेव पंडित ने कक्ष में प्रवेश करते और गोपाल को संबोधित करते हुए कहा। "मेरे पास अत्यंत महत्वपूर्ण समाचार है।"

"मेरे विचार से हम उस पर बाद में बात कर सकते हैं, पंडितजी," गोपाल ने कहा।

"नहीं, स्वामी," लोथल मंदिर के पंडित ने आग्रह किया। "हमें अभी बात करनी चाहिए।"

गोपाल चकित हुआ, किंतु वह जानता था कि वासुदेव पंडित अनावश्यक रूप से विचलित नहीं होते हैं। अवश्य ही कोई महत्वपूर्ण बात होगी। वह उठा और पंडित के पास गया।

"माननीय गणेश," चेनारध्वज ने गणेश से बातचीत को पुनः आरंभ करते हुए कहा। "शांति वार्ता के नियम स्वयं भगवान राम ने बनाए थे। वे हमारे बुनियादी नियमों में से हैं जिनमें कभी संशोधन नहीं किया जा सकता। मृत्यु से भी बुरी पीड़ा के दंड पर उनका कड़ाई से पालन किया जाना होता है। सम्राट दक्ष जैसा व्यक्ति भी इन नियमों को कभी नहीं तोड़ेगा।"

"मैं परमात्मा से प्रार्थना करूंगी कि आप सही हों, चेनारध्वज," काली फुफकारी।

"मुझे तनिक भी संदेह नहीं है, रानी," चेनारध्वज ने कहा। "बुरे से बुरा यह हो सकता है कि कोई समझौता नहीं होगा। तब देवी सती हमारे पास लौट आएंगी।"

"भगवान राम कृपा करें," गोपाल उच्च स्वर में बोल उठा।

सब लोग तेजी से वासुदेव प्रमुख को देखने मुड़ गए। गोपाल अभी भी लोथल के वासुदेव पंडित के साथ द्वार के पास खड़ा हुआ था।

"क्या हुआ, पंडितजी?" शिव ने पूछा।

राख जैसा विवर्ण चेहरा लिए गोपाल शिव की ओर मुड़ा। "महा-नीलकंठ, समाचार विचलित करने वाला है।"

"क्या बात है?"

"पर्वतेश्वर की सेना अंततः तीन दिन पहले करचप से बाहर निकली थी।"

कक्ष में उच्च स्वरों में बातें होने लगीं। उन्हें युद्ध की तैयारियां करनी होंगी...

"शांति," शिव गरजा, फिर गोपाल की ओर मुड़ा। "और?"

"आश्चर्यजनक रूप से, कुछ ही घंटों में वे वापस मुड़ गए," गोपाल ने कहा।

"वापस मुड़ गए? क्यों?"

"पता नहीं," गोपाल ने कहा। "मेरे वासुदेव पंडित मुझे बता रहे हैं कि सेना को वापस शिविर में भेज दिया गया। किंतु माननीय पर्वतेश्वर और महर्षि भृगु ने यात्रा जारी रखी है। वे मात्र निजी अंगरक्षकों के साथ एक तीव्रगामी पोत पर सिंधु की ओर गए हैं।"

"वे कहां जा रहे हैं?" सतर्क होकर शिव ने पूछा।

"मुझे बताया गया है कि वे तीव्र गति से देवगिरि की ओर जा रहे हैं।"

शिव को अपनी रीढ़ में ठंडी लहर दौड़ती अनुभव हुई।

"और करचप से पक्षियों का झुंड उड़ रहा है," गोपाल ने कहा। "सभी देवगिरि की ओर जा रहे हैं। करचप के मेरे पंडित को उन संदेशों की सामग्री तो ज्ञात नहीं है। किंतु वे कहते हैं कि उन्होंने करचप और देवगिरि के बीच इतना अधिक संवाद कभी नहीं देखा।"

कक्ष में मौत की सी खामोशी छा गई। वहां उपस्थित सभी लोग मर्यादापूर्ण आचरण के लिए पर्वतेश्वर की निष्कलंक छवि से परिचित थे। अगर वे एक बड़ी सेना लिए बिना, जो उनकी गति को धीमा कर देती, तीव्रता से देवगिरि जा रहे थे, तो इसका केवल यही अर्थ था कि मेलूहाई राजधानी में कुछ भयंकर हो रहा था। और वे उसे रोकने के लिए तीव्र गति से जा रहे थे।

सबसे पहले उबरने वाले शिव थे। "सेना को तुरंत तैयार करें। हम कूच कर रहे हैं।"

"हां, प्रभु," भगीरथ ने शीघ्रता से उठते हुए कहा।

"और, भगीरथ, मैं कुछ दिनों में नहीं, कुछ घंटों के भीतर निकलना चाहता हूं," शिव ने कहा।

"हां, प्रभु," भगीरथ ने तेजी से बाहर जाते हुए कहा।

चंद्रकेतु, चेनारध्वज, मातलि, गणेश और कार्तिक भी तेजी से अयोध्या के राजकुमार के पीछे चले गए।

— ⚹ —

"मां बिल्कुल ठीक होंगी, बाबा," कार्तिक ने आत्मविश्वास पर आशा को हावी होने देते हुए कहा।

लोथल से कुछ ही घंटे की दूरी पर शिव और उनका दल शीघ्रता से भोजन करने के लिए रुके थे। नीलकंठ तुरंत ही कार्तिक, गणेश, काली, गोपाल, वीरभद्र, परशुराम, आयुर्वती और एक पूरी टुकड़ी को लेकर चल पड़े थे। भगीरथ के नेतृत्व में उनकी मुख्य सेना अगले दिन निकलने वाली थी। शिव का पूरा अस्तित्व चिंता से अकड़ा जा रहा था। सारी सेना के कूच करने तक वे प्रतीक्षा नहीं कर सकते थे। उन्होंने सुरक्षा के तौर पर पशुपतिअस्त्र को साथ ले लिया था।

"कार्तिक सही कहते हैं, महा-नीलकंठ," गोपाल ने कहा। "यह संभव है

कि सम्राट दक्ष शांति वार्ता के नियम तोड़ दें किंतु वे राजकुमारी सती को कभी हानि नहीं पहुंचाएंगे। अपनी विनिमय स्थिति को सुदृढ़ करने के लिए वे उन्हें बंदी बनाने का प्रयास कर सकते हैं। किंतु हमारे पास पशुपतिअस्त्र है। यह सब कुछ बदल देता है।"

शिव ने मौन रहकर सिर हिलाया।

काली ध्यान से गोपाल की बात सुन रही थी। किंतु इन शब्दों ने उसे कोई राहत नहीं दी थी। उसे अपने पिता पर विश्वास नहीं था। अपनी बहन की सुरक्षा को लेकर वह अंदर तक विचलित थी। अपने उस धृष्ट आचरण पर भी वह अपराधबोध से भरी थी जिसके साथ वह सती से अलग हुई थी। उसके कंधों की दोनों अतिरिक्त बांहें लगातार कांप रही थीं।

शिव ने काली के हाथ को पकड़ा और फीकेपन से मुस्कुराया। "शांत हो जाओ, काली। उन्हें कुछ नहीं होगा। परमात्मा ऐसा अन्याय नहीं होने देंगे।"

काली की पीड़ा इतनी गहन थी कि वह कुछ न कह सकी।

"भोजन समाप्त करो," शिव ने कहा। "कुछ पलों में हमें चलना है।"

काली अपने भोजन को गले से उतारने लगी तो शिव गणेश की ओर मुड़ा। नीलकंठ का ज्येष्ठ पुत्र वन में तक रहा था, उसकी आंखें नम थीं। गणेश ने अपने सामने रखे भोजन को हाथ भी नहीं लगाया था। शिव देख रहा था कि वह धीरे-धीरे कोई प्रार्थना कर रहा है, उसके हाथ कसकर बंधे हुए हैं और वह तेजी से कोई मंत्र दोहरा रहा था।

"गणेश," शिव ने कहा। "भोजन करो।"

गणेश जैसे समाधि से बाहर आया था। "मुझे भूख नहीं है, बाबा।"

"गणेश!" शिव ने दृढ़ता से कहा। "देवगिरि पहुंचते ही हमें युद्ध में लगना पड़ सकता है। मुझे तुम सबके शक्तिशाली रहने की आवश्यकता है। और इसके लिए तुम्हें खाना होगा। इसलिए अगर तुम अपनी मां से प्रेम करते हो और उनकी रक्षा करना चाहते हो, तो स्वयं को शक्तिशाली रखो। खाओ।"

गणेश ने हामी भरी और केले के पत्ते की अपनी पत्तल को देखा। उसे खाना पड़ा।

शिव वीरभद्र की ओर मुड़ा जो अपना भोजन समाप्त कर चुका था और उस वस्त्र से अपने हाथ पोंछ रहा था जिसे कृत्तिका ने उसकी ओर बढ़ाया था।

"भद्र, उद्घोषकों से घोषणा करने को कह दो," शिव ने कहा। "हम दस

मिनट में निकलेंगे।"

"हां, शिव," वीरभद्र ने कहा और तुरंत उठ खड़ा हो गया।

शिव ने अपनी केले के पत्ते की पत्तल को हटाया और वहां से चला गया। वह लकड़ी के एक पीपे पर पहुंचा जिसमें पानी रखा गया था, अपने हाथों से उसने थोड़ा सा पानी लिया और कुल्ला किया।

शिव की रीढ़ में फिर से ठंडक दौड़ गई। उसने उत्तर की ओर आकाश में देखा, वे पवित्र झील से प्रार्थना करने वाला था। फिर अपना सिर हिलाया। इसकी आवश्यकता नहीं थी।

"वे सती को हानि नहीं पहुंचाएंगे। वे उसे हानि नहीं पहुंचा सकते। अगर इस संसार में कोई एक व्यक्ति ऐसा है जिससे वह मूर्ख प्रेम करता है, तो वह मेरी सती है। वे उसे हानि नहीं पहुंचाएंगे।"

— ⅄◎Ʊ⇡⊛ —

"तुम लोग देशद्रोहियों की भांति आचरण कर रहे हो!" व्रक चीखा।

पर्वतेश्वर द्वारा सेनानायक व्रक को आदेश दिया गया था कि शीघ्रता से सेना को तैयार करे और देवगिरि की ओर प्रस्थान कर दे। पर्वतेश्वर ने उसे यह नहीं बताया था कि मेलूहा की राजधानी में उसकी आवश्यकता क्यों थी, और सेनापति स्वयं महर्षि भृगु के साथ पहले ही शीघ्रता में चला गया था। अपने सैनिकों को पोतों पर सवार करवाने और सिंधु तक की यात्रा आरंभ करने में व्रक को दो दिन लग गए थे। मगर, मोहनजोदड़ो पर एक अहिंसक विरोध प्रदर्शन ने उन्हें भटका दिया था।

नगर का प्रांतपाल तो सम्राट के प्रति निष्ठावान रहा था, किंतु उसके नागरिक नीलकंठ को पूजते थे। जब उन्होंने सुना कि उनकी सेना नीलकंठ से युद्ध करने सिंधु नदी पर जा रही है, तो उन्होंने विद्रोह करने का निर्णय लिया। मोहनजोदड़ो की लगभग सारी आबादी नगर से बाहर निकल आई, अपनी नावों में सवार हुई और उन्होंने नदी के आर-पार लंगर डाल दिए। नावों की पंक्तियां सिंधु के विशाल पाट को पाटे हुए थी और लंबाई में लगभग एक किलोमीटर तक जा रही थीं। इतने प्रभावी अवरोध से अपने पोतों को निकाल ले जाना व्रक के लिए असंभव ही था।

"हम सम्राट दक्ष के लिए द्रोही होंगे," विद्रोहियों के अगुआ ने कहा,

"किंतु नीलकंठ के प्रति द्रोही नहीं होंगे!"

व्रक ने अपनी तलवार खींच ली। "अगर तुम लोग नहीं हटे तो मैं तुम सबको मार डालूंगा," उसने चेतावनी दी।

"मार डालें। हम सबको मार डालें। हम अपना हाथ नहीं उठाएंगे। हम अपनी ही सेना से नहीं लड़ेंगे। किंतु मैं महाप्रभु राम की सौगंध खाता हूं, हम यहां से नहीं हटेंगे!"

व्रक क्रोध में फुफकारता रहा। उसके साथ लड़ाई न करके नागरिक उसे उन पर आक्रमण करने का वैध कारण नहीं दे रहे थे। वह निरुपाय हो गया था।

धीरे-धीरे होश में आने पर विद्युन्माली ने देखा कि वह एक बैलगाड़ी में लेटा हुआ है जो धीरे-धीरे नदी किनारे की सड़क पर चल रही है। उसने अपना सिर उठाया। पेट पर ताजे-ताजे लगे टांकों में शूल उठा।

"लेटे रहिए, स्वामी," सैनिक ने कहा। "आपको विश्राम की आवश्यकता है।"

"क्या वो द्रोही मारा गया?" विद्युन्माली ने पूछा।

"हां," सैनिक ने कहा।

विद्युन्माली और उसकी टुकड़ी तीव्र गति से देवगिरि से लोथल जाने वाली नदी किनारे की सड़क पर चले जा रहे थे। कनखला के सेवक को भरमाने में वे सफल रहे थे, जो शिव को देवगिरि में रचे जा रहे विश्वासघात के बारे में चेतावनी देने के लिए तेजी से लोथल की ओर जा रहा था। सेवक को मार डाला गया था, किंतु उससे पहले वह विद्युन्माली के पेट में तलवार का घातक वार करने में सफल रहा था।

"हम देवगिरि से कितनी दूर हैं?" विद्युन्माली ने पूछा।

"जिस गति से हम चल रहे हैं, उससे पांच दिन और, स्वामी।"

"यह तो बहुत अधिक..."

"आप घोड़े पर नहीं चल सकते, स्वामी। टांके खुल सकते हैं। आपको बैलगाड़ी पर ही यात्रा करनी होगी।"

विद्युन्माली ने मन ही मन गाली दी।

अध्याय 44

एक राजकुमारी की वापसी

सती और उसके परिचर दल ने देवगिरि में लंगर डाले पोत से दृश्य का निरीक्षण किया। वे एक तीव्रगामी व्यापारिक पोत लेकर तेजी से सरस्वती पर बढ़ते हुए शांति वार्ता के लिए समय से पहुंच गए थे।

सती के पास खड़े नंदी ने आकाश की ओर इशारा किया।

"देखिए," उसने ऊपर पंख मारते एक छोटे से पक्षी की ओर इशारा करते हुए कहा। "एक और गुप्तचर कबूतर।"

यह पहला कबूतर नहीं था जिसे उन्होंने देखा था। सती के योद्धाओं ने देवगिरि की दिशा में जाते कई कबूतर देखे थे।

"प्रभु गणेश का मानना है कि चुपके से बातें सुनना हमें शत्रु की योजना के बारे में अच्छी जानकारी दे सकता है," नंदी ने कहा। "क्या हम इनमें से किसी को मार गिराएं और देखें क्या बातें चल रही हैं?"

सती ने अस्वीकृति में सिर हिलाया। "हम उन नियमों का पालन करेंगे जो भगवान राम ने हमारे लिए स्थापित किए हैं और आपसी विश्वास में बात करेंगे। भगवान राम का कहना है कि छोटी त्रुटि जैसी कोई चीज नहीं होती। शांति वार्ता से पहले, छल द्वारा अपने विरोधी की रणनीति को समझने से आपको बस थोड़ी ही बढ़त मिलेगी। किंतु मर्यादाहीन व्यवहार भगवान राम के आचरण के विरुद्ध है।"

नंदी ने सती की दिशा में सिर झुकाया। "मैं भगवान राम का सेवक हूं, राजकुमारी।"

सती पलटी और नंदी ने एक अंतिम बार देवगिरि में ओझल होते पक्षी के छोटे से धब्बे को देखा।

बंदरगाह की गोदियां पूरी तरह साफ कर दी गई थीं और अब व्यापार या किसी दूसरी गतिविधि के कोई चिह्न दिखाई नहीं देते थे। अपने पोत की छत के सुविधाजनक मोर्चे से, सती दूर देवगिरि की दीवारों को देख सकती थी। उसे याद आया कि कुछ लोग स्वर्ण, रजत और ताम्र के तीन चबूतरों के सम्मान में इस नगर को प्यार से त्रिपुरा कहते थे। लेकिन यह नाम कभी लोकप्रिय नहीं हुआ। देवगिरि के नागरिक उस नाम से छेड़छाड़ करने की कल्पना भी नहीं कर सकते थे जो स्वयं भगवान राम ने इसे दिया था।

एक जोरदार आवाज के साथ, काष्ठफलक को गोदी पर गिरा दिया गया।

सती ने नंदी की ओर इशारा किया और धीमे से कहा, "चलिए।"

वह अपने परिचारकों को साथ लेकर बढ़ी, तो एक मेलूहाई संधिदूत चेहरे पर चौड़ी सी मुस्कान सजाए उसकी ओर बढ़ा। मेलूहाई ने सती के विरूपित बाएं कपोल को देखा, किंतु उसने बुद्धिमानी से काम लेते हुए इस पर कुछ कहने से स्वयं को रोक लिया। "माननीया, आपसे पुनः मिलना मेरे लिए सौभाग्य की बात है।"

"मुझे अपने नगर में वापस आकर प्रसन्नता हो रही है, दलपति। और इस बार उत्तम परिस्थितियों में।"

मेलूहाई ने धीरे से सिर हिलाकर स्वीकृति दी।

"मुझे आशा है कि आप स्थायी शांति के लिए हल निकालने में सफल होंगी, माननीया," मेलूहाई ने कहा। "आप कल्पना नहीं कर सकतीं कि हम मेलूहाई इस बात से कितने दुखी हैं कि हम अपने सप्राण देवता से युद्ध कर रहे हैं।"

"भगवान राम की कृपा से, युद्ध का अंत होगा। और हमें स्थायी शांति की प्राप्ति होगी।"

मेलूहाई ने दोनों हाथ जोड़े और आकाश की ओर देखा। "भगवान राम की कृपा से।"

बंदरगाह क्षेत्र से निकलकर सती ने एक भवन देखा जिसे शांति वार्ता के लिए शीघ्रता में बनाया गया था। शांति वार्ता के लिए एक नियम यह था कि यह आतिथेय नगर के अंदर नहीं होगी। वर्तमान स्थल नगर की दीवारों से बहुत दूरी पर लगभग बंदरगाह से जुड़ा हुआ था। शांति सम्मेलन का भवन मानक मेलूहाई ईंट से बने एक बड़े से आयताकार आधार पर निर्मित था जो लगभग

एक हाथ ऊंचा था। लकड़ी के लंबे-लंबे खंभे इस आधार के ऊपर छेदों में ठोंककर गाड़े गए थे। ये खंभे इमारत के ढांचे का काम कर रहे थे। छोटे-छोटे बांसों को आपस में बांधकर इन खंभों के आर-पार लगाया गया था, जिससे लकड़ी का एक बंद गोल भवन बन गया था जो निर्माण में गारे का प्रयोग न होने के बावजूद आश्चर्यजनक रूप से अत्यंत सुदृढ़ दिखाई देता था।

सती ने ढांचे में प्रवेश करते ही ऊंची छत को देखा और वो श्रवणगम्यता की जांच करने के लिए जोर से बोली। "अच्छा निर्माण है।"

कोई प्रतिध्वनि नहीं हुई। सती मुस्कुराई। मेलूहाई अभियंताओं ने अपनी प्रतिभा खोई नहीं थी।

भगवान राम और सीता माता की बड़ी-बड़ी प्रतिमाएं इस गुफा समान कक्ष के प्रवेशद्वार के निकट रखी गई थीं। मूर्तियों के आसपास बिखरे फूलों और अन्य चढ़ावों को देखकर सती जान गई कि देवगिरि के पुरोहित ने प्राण प्रतिष्ठा अनुष्ठान कर लिया था। इससे एक सच्चे हिंदू को विश्वास हो जाता था कि भगवान राम और सीता माता स्वयं उन प्रतिमाओं में वास कर रहे हैं और संपूर्ण कार्रवाई का निरीक्षण कर रहे हैं। एक छोर पर दीवार द्वारा एक अन्य ढांचे को पृथक कर दिया गया था! बीच में बड़ा सा लकड़ी का द्वार था। कक्ष पूरी तरह ध्वनिरोधक कर दिया गया था ताकि कर्कश से कर्कश आवाजें भी इसकी दीवारों से परे न जा पाएं। इस कक्ष को सम्मेलन के दौरान किसी भी पक्ष की निजी आपसी बातचीत के लिए पृथक किया गया था।

सती ने सिर हिलाया। "सारे प्रबंध प्राचीन विधियों के अनुसार हैं।"

"धन्यवाद, माननीया," मेलूहाई ने कहा।

"अब शस्त्रागार," सती ने कहा।

"अवश्य, माननीया," मेलूहाई ने कहा। "हम तुरंत चल सकते हैं।"

सभामंडप से बाहर निकलते हुए उसने देखा कि उसका घोड़ा बाहर बंधा हुआ है। उसे पोत से उतार लाया गया था और अब काठी के साथ वह पूर्ण रूप से तैयार था। उसके साथियों के घोड़े भी इसी तरह जीन और काठी से कसे हुए थे।

"माननीया," मेलूहाई ने कहा। "आप जानती हैं कि विधि अनुसार पशुओं को भी शस्त्रागार के निकट बांध दिया जाएगा। आपके सारे घोड़ों को ले जाया जाएगा।"

"मेरे अतिरिक्त सबके घोड़ों को," सती ने कहा। भगवान राम के नियमों को उससे अधिक जानने वाले लोग कम ही थे। आगंतुकों के अधिनायक को अपना घोड़ा रखने की अनुमति थी। "मेरा घोड़ा मेरे साथ ही रहेगा।"

"अवश्य, माननीया।"

"और मेरे आदमियों के घोड़े वार्ता समाप्त होते ही वापस कर दिए जाएंगे।"

"यही विधान है, माननीया।"

"और देवगिरि के अंदर भी पशु बंद कर दिए जाएंगे।"

"बेशक, माननीया," मेलूहाई ने कहा। "यह पहले ही किया जा चुका है।"

"ठीक है," सती ने कहा। "चलें।"

— ⚹ —

अस्थायी शस्त्रागार भी सटीक नापतौल के अनुसार, स्वर्ण और ताम्र चबूतरों को जोड़ने वाले पुल के नीचे नगर की दीवारों के बाहर बना हुआ था। प्रवेश पर दोहरे ताले के साथ एक विशाल द्वार था जिसके कारण इसमें सेंध लगा पाना लगभग असंभव था। एक कुंजी सती को दी गई, जिसने निजी रूप से जांच की कि द्वार पर ताला लगा है। मेलूहाई संधिदूत ने अपनी कुंजी से द्वार पर दोहरे ताले को पूरा किया, सती से उसकी दोबारा जांच करवाई और फिर उसने ताले पर एक मोहर लगा दी। और इस प्रकार देवगिरि में सारे शस्त्र प्रभावी रूप से पहुंच से बाहर कर दिए गए।

सती ने कुंजी नंदी को दे दी। "इसे संभालकर रखिए।"

झुकते और जाने के लिए पलटते हुए, संधिदूत हिचकिचाया, जैसे उसे कुछ याद आ गया हो। "माननीया, आपके अस्त्र? क्या इन्हें भी यहां ताले में बंद नहीं होना है?"

"नहीं," सती ने कहा।

"हम्म, माननीया, किंतु नियम कहते हैं कि..."

"नियम यह कहते हैं, दलपति," सती ने हस्तक्षेप किया, "कि सेनाओं को निशस्त्र होना चाहिए। परंतु निजी अंगरक्षक और अधिनायक शांति वार्ता में अपने शस्त्र रख सकते हैं। मुझे विश्वास है कि मेरे पिता के अंगरक्षकों को शस्त्रहीन नहीं किया गया होगा।"

"नहीं, माननीया," मेलूहाई संधिदूत ने उत्तर दिया, "उनके शस्त्र उनके पास ही हैं।"

"और इसी प्रकार मेरे अंगरक्षकों के साथ होगा," सती ने नंदी और अपने दूसरे सैनिकों की ओर इशारा करते हुए कहा।

"किंतु, माननीया..."

"आप प्रधानमंत्री कनखला से क्यों नहीं पूछ लेते? मुझे विश्वास है कि वे नियमों को जानती होंगी..."

मेलूहाई संधिदूत ने इसके बाद कुछ नहीं कहा। वह जानता था कि वैधानिक रूप से सती सही है। वह यह भी जानता था कि प्रधानमंत्री कनखला से किसी स्पष्टीकरण के लिए बात नहीं की जा सकती थी। इस बीच, सती कुछ सौ मीटर दूर बने पशुओं के विशाल बाड़े की ओर देखने लगी थी। उसके आदमियों के घोड़ों को अस्थायी पृथकीकरण के लिए वहां ले जाया जा रहा था।

"साथ ही, माननीया," संधिदूत ने कहा, "सम्राट दक्ष ने दोपहर के भोजन पर अपने महल में आपकी उपस्थिति का निवेदन किया है।"

सती नंदी की ओर घूमी। "मैं आगे चलूंगी। आप पशु बाड़े पर ताले की जांच कर लें और फिर मेरे पास आ जाएं..."

"माननीया," संधिदूत ने सती को टोकते हुए कहा। "निर्देश बहुत स्पष्ट थे। वे चाहते थे कि आप अकेली आएं।"

सती की भृकुटियां तन गईं। यह अपरंपरागत था। वह इस सुझाव को रद्द करने ही वाली थी कि संधिदूत फिर से बोला। "माननीया, मुझे नहीं लगता कि इसका वार्ता से कोई संबंध है। आप महाराज की पुत्री हैं। एक पिता को यह आशा करने का अधिकार है कि वह अपनी बेटी के साथ भोजन करे।"

सती ने एक गहरी सांस ली। उसकी अपने पिता के साथ भोजन करने की कोई इच्छा नहीं थी। किंतु अपनी माता से मिलने की उसकी तीव्र इच्छा थी। जो भी हो, वार्ता अगले दिन ही थी। आज करने के लिए कुछ नहीं था। "नंदी, बाड़े की जांच कर लेने के बाद आप वार्ता भवन में वापस चले जाएं और मेरी प्रतीक्षा करें। मैं शीघ्र ही वापस आऊंगी।"

"जैसा आपका आदेश, माननीया," नंदी ने कहा। "किंतु आपके जाने से पूर्व क्या मैं आपसे कुछ बात कर सकता हूं?"

"अवश्य," सती ने कहा।

"अकेले में, माननीया," नंदी ने कहा।

सती के तेवर बदले, लेकिन उसने अपने घोड़े की लगाम पास ही समझदारी से खड़े एक सैनिक के हाथों में दी और एक ओर को चल दी।

जब वे सुनने की सीमा से बाहर हो गए, तो नंदी फुसफुसाया, "यदि मैं ऐसा सुझाव देने का साहस कर सकता हूं, माननीया, तो कृपया यह मत सोचिए कि आप अपने पिताजी से मिलने जा रही हैं। बल्कि यह सोचिए कि आप उस सम्राट से मिलने जा रही हैं जिससे आपको वार्ता करनी है। कृपया इस भोज को कल की शांति वार्ता के लिए उपयुक्त वातावरण बनाने का अवसर समझें।"

सती मुस्कुराई। "आप ठीक कहते हैं, नंदी।"

— ⁂ —

सती ने सेवक की प्रस्तावित सहायता को नकारते हुए अपने घोड़े को महल की सीढ़ियों के निकट अश्वशाला में बांधा। शांति वार्ता के कारण, देवगिरि में कोई पशु नहीं थे, इसलिए वहां केवल सती का ही घोड़ा मौजूद था। जब वह अपने पिता के महल की सीढ़ियों की ओर बढ़ी, तो वहां उपस्थित पहरेदारों ने उत्कृष्ट सैन्य प्रणाम किया। सती ने विनम्रता से प्रत्युत्तर दिया और आगे बढ़ती रही।

वह इस महल में पली-बढ़ी थी, इससे जुड़े उपवनों में टहली थी, इसकी सीढ़ियों पर अनगिनत बार दौड़ी फिरी थी और इसके मैदानों में उसने तलवारबाजी की कला का अभ्यास किया था। फिर भी, यह भवन अभी उसे अजनबी सा लग रहा था। शायद इसका कारण यह था कि वह बहुत वर्षों तक इससे दूर रही थी। या फिर संभवतः इसका यह कारण था कि अब वह अपने पिता के प्रति किसी प्रकार का स्नेह अनुभव नहीं करती थी।

वह महल के रास्ते पहचानती थी और उसे उन सैनिकों की कोई आवश्यकता नहीं थी जो जगह-जगह उसके सामने आकर उसे रास्ता बताने लगते थे। किंतु वह इस बात से चकित थी कि वह उनमें से किसी को भी पहचान नहीं पा रही थी। शायद विद्युन्माली ने उसके पिता की सुरक्षा का कार्यभार संभालने के बाद सैनिकों को बदल दिया था। वह बार-बार सैनिकों को इशारे से हटाती हुई बिना किसी त्रुटि के अपने पिता के कक्ष की ओर बढ़ती रही।

"माननीया, राजकुमारी सती!" प्रमुख द्वारपाल ने उद्घोष किया और उसी के साथ उसके एक सहयोगी ने राजकीय कक्ष का द्वार खोला।

सती ने अंदर प्रवेश किया तो दक्ष, वीरिनी और एक अजनबी व्यक्ति को देखा जो कक्ष के दूर वाले छोर पर खड़ा था। उसके बाजूबंध से ऐसा लगता था कि वह मेलूहाई सेना का एक सेनानायक था।

वह अपने माता-पिता की ओर मुड़ी, तो मेलूहाई सेनाध्यक्ष ने खिड़की के बाहर देखा और बाहर खड़े किसी व्यक्ति की ओर अगोचर रूप से सिर हिलाया।

"हे भगवान, तुम्हारे चेहरे को क्या हुआ?" दक्ष चिल्ला पड़े।

सती ने दोनों हाथ जोड़कर नमस्ते किया और नीचे झुकते हुए वह सम्मान दिखाया जो उसे अपने पिता को दिखाना चाहिए था। "कुछ नहीं पिताजी। बस युद्ध का चिह्न है।"

"एक योद्धा अपने घावों को गर्व से लेकर चलता है," मेलूहाई सेनाध्यक्ष ने सौम्य भाव से कहा। उसके हाथ सम्मानजनक नमस्ते में जुड़े हुए थे।

सती ने मेलूहाई के नमस्ते का जवाब देते हुए उसे प्रश्नसूचक भाव से देखा। "मुझे लगता है मैं आपको नहीं जानती, सेनानायक।"

"मैंने नया पदभार संभाला है, माननीया," मेलूहाई सेनानायक ने कहा। "मैं दलपति विद्युन्माली के नीचे दूसरे स्थान पर कार्यरत रह चुका हूं। मेरा नाम कमलाक्ष है।"

सती को विद्युन्माली कभी बहुत पसंद नहीं रहा था। किंतु कमलाक्ष को पसंद न करने का यह कोई कारण नहीं था। उसने विनम्रता से मेलूहाई सेनाध्यक्ष की ओर सिर हिलाया और फिर एक हार्दिक मुस्कान के साथ अपनी माता की ओर घूम गई। "आप कैसी हैं, मां?"

सती ने कभी भी वीरिनी को स्नेहपूर्ण 'मां' से संबोधित नहीं किया था। वह हमेशा औपचारिक 'माताजी' का प्रयोग करती रही थी। किंतु वीरिनी को यह बदलाव अच्छा लगा। उसने आगे बढ़कर अपनी बेटी को गले लगा लिया। "मेरी बच्ची..."

सती ने अपनी मां को कसकर आलिंगनबद्ध कर लिया। शिव के साथ बीते वर्षों ने उसके संकोच को तोड़ दिया था। अब वह स्वतंत्रता के साथ अपनी दबी हुई भावनाओं को अभिव्यक्त कर सकती थी।

"तुम्हारी बहुत याद आती है, मेरी बच्ची," वीरिनी फुसफुसाई।

"मुझे भी आपकी याद आती है, मां," सती ने भीगी आंखों के साथ कहा।

वीरिनी ने सती के घाव को छुआ और अपने होंठ को काट लिया।

“यह ठीक है,” सती ने हल्की सी मुस्कान के साथ कहा। “इसमें पीड़ा नहीं होती है।”

“तुम इसे आयुर्वती से ठीक क्यों नहीं करवा लेतीं?” वीरिनी ने पूछा।

“करवाऊंगी, मां,” सती ने कहा। “किंतु मेरे चेहरे का सौंदर्य महत्वपूर्ण नहीं है। महत्वपूर्ण है शांति का मार्ग निकालना।”

“मैं आशा करती हूं कि भगवान राम ऐसा करने में तुम्हारे पिता और नीलकंठ की मदद करेंगे,” वीरिनी ने कहा।

दक्ष खुलकर मुस्कुराए। “मैं पहले ही एक मार्ग खोज चुका हूं, सती। और हम सब एक बार फिर से साथ होंगे! पहले की तरह एक सुखी परिवार के रूप में। वैसे मैं उम्मीद करता हूं कि नीलकंठ बाहर शिविर में प्रतीक्षा करने से क्षुब्ध नहीं होंगे। वास्तव में, शांति वार्ता से पूर्व हमारा मिलना अच्छा शगुन नहीं होता।”

सती अपने पिता की इस विचित्र सी बात से चौंक गईं कि सब एक बार फिर से ‘एक परिवार के रूप में’ रहेंगे। वह स्पष्ट करने ही वाली थी कि शिव उसके साथ देवगिरि नहीं आए हैं, किंतु दक्ष कमलाक्ष की ओर मुड़ गए।

“सेवकों से कहिए भोजन ले आएं। मुझे भूख लगी है। और निश्चित रूप से मेरे परिवार की स्त्रियों को भी,” दक्ष ने कहा।

“अवश्य, महाराज।”

वीरिनी अभी तक सती का हाथ पकड़े हुए थीं। “दुख की बात है कि आयुर्वती पिछले सप्ताह यहां नहीं थीं।”

“क्यों?” सती ने पूछा।

“यदि वे यहां होतीं, तो वे अवश्य कनखला को बचा लेतीं। उनके जैसा औषधीय कौशल किसी के पास नहीं है।”

सती कनखियों से दक्ष के शरीर को अकड़ते देख सकती थी। “वीरिनी, तुम बहुत बातें करती हो। हमें खाना चाहिए और...”

“एक पल, पिताजी,” सती ने अपनी मां की ओर मुड़ते हुए कहा। “कनखला को क्या हुआ?”

“तुम्हें नहीं पता?” आश्चर्यचकित सी वीरिनी ने पूछा। “वो अचानक मर गईं। मुझे लगता है कि उनके घर में किसी प्रकार की दुर्घटना हुई थी।”

“दुर्घटना?” संदेह से भरकर सती ने पूछा और पलटकर दक्ष के सामने

आ गई। "उन्हें क्या हुआ था, पिताजी?"

"यह एक दुर्घटना थी, सती," दक्ष ने कहा। "तुम्हें हर तिल का ताड़ नहीं बनाना चाहिए..."

सती के प्रश्न पर दक्ष की टाल-मटोल वाली प्रतिक्रिया को देखकर वीरिनी को भी संदेह होने लगा। "क्या चल रहा है, दक्ष?"

"तुम दोनों कृपया इस बात को बंद करोगी? हम लोग बहुत लंबे समय बाद साथ में भोजन के लिए इकट्ठे हुए हैं। इसलिए हमें इस क्षण का आनंद उठाना चाहिए।"

"शीघ्र ही सब कुछ ठीक हो जाएगा, राजकुमारी," कमलाक्ष ने कोमल स्वर में कहा।

सती ने कमलाक्ष की ओर ध्यान नहीं दिया। लेकिन उसके स्वर में कुछ भयानक सा था। सती चौकन्नी हो गई।

"पिताजी, आप क्या छिपा रहे हैं?"

"भगवान राम कृपा करें!" दक्ष ने कहा। "यदि तुम अपने पति के लिए इतनी ही चिंतित हो, तो मैं उनके लिए भी कुछ विशेष भोजन भिजवा दूंगा!"

"मैंने तो शिव का नाम भी नहीं लिया," सती ने कहा। "आप मेरे प्रश्न से बच रहे हैं। कनखला को क्या हुआ?"

दक्ष ने हताशा में कोसते हुए अपनी मुट्ठी एक चौकी पर मारी। "क्या तुम एक बार अपने पिता पर भरोसा कर सकती हो? तुम्हारी रगों में मेरा रक्त दौड़ता है। क्या मैं कभी कुछ ऐसा कर सकता हूं जो तुम्हारे हित में न हो? यदि मैं कहता हूं कि कनखला एक दुर्घटना में मरी, तो ऐसा ही हुआ है।"

सती ने अपने पिता की आंखों में आंखें डाल दीं। "आप झूठ बोल रहे हैं।"

"कनखला को वह मिला जिसके वह योग्य थी, राजकुमारी," कमलाक्ष ने सती के ठीक पीछे से कहा। "जैसा कि हर उस व्यक्ति के साथ होगा जो मेलूहा के वास्तविक स्वामी का विरोध करने का दुस्साहस करेगा। किंतु आपको चिंता करने की आवश्यकता नहीं है। आप सुरक्षित हैं क्योंकि आपके पिता आपको बहुत प्रेम करते हैं।"

सन्न रह गई सती ने एक दृष्टि पीछे कमलाक्ष पर डाली और फिर अपने पिता की ओर घूम गई।

दक्ष एक शुष्क सी मुस्कान के साथ बोले तो उनकी आंखें गीली थीं। "काश तुम समझ सकतीं कि मैं तुमसे कितना प्रेम करता हूं, मेरी बच्ची। बस मेरा भरोसा करो। मैं फिर से सब कुछ ठीक कर दूंगा।"

सती ने लगभग अगोचर रूप से अपनी मांसपेशियों के ढांचे को कसा और अपनी दाहिनी कोहनी पीछे खड़े कमलाक्ष की नाभि में मारी। चकित सेनानायक पीड़ा से दोहरा होकर पीछे को लड़खड़ाया, जिससे उसका सिर सती के सामने आ गया। बिना समय गंवाए, सती ने अपने बाएं पैर पर उछलते हुए एक घातक चोट मारने के लिए दाएं पैर को जोर से झुलाया! यह उसने नागाओं से सीखा था। उसकी दाहिनी एड़ी भीषण शक्ति के साथ कमलाक्ष के सिर पर पड़ी, उसके कान और कनपटी के ठीक बीच में। इससे उसके कान का परदा फट गया और वह मूर्च्छित हो गया। सेनानायक का विशाल शरीर लड़खड़ाता हुआ भूमि पर आ रहा। सती उसी प्रक्रिया में बड़े सरल ढंग से घूमी और दक्ष के सामने आ खड़ी हुई। बिजली की सी फुर्ती से, उसने अपनी तलवार निकाली और उसे अपने पिता की ओर उठा दिया।

यह सब इतनी तीव्रता से हुआ कि दक्ष को प्रतिक्रिया करने का समय ही नहीं मिला।

"आपने क्या कर डाला, पिताजी?" सती चिल्लाई। उसका क्रोध अपने चरम पर था।

"ये तुम्हारे ही भले के लिए है!" दक्ष चीखे। "तुम्हारा पति अब हमें और तंग नहीं करेगा।"

अंततः सती समझ गई। "हे राम, कृपा करें... नंदी और मेरे सैनिक..."

"हे भगवान!" वीरिनी दक्ष की ओर बढ़ते हुए चिल्लाई। "आपने क्या कर डाला, दक्ष?"

"चुप रहो, वीरिनी!" दक्ष चिल्लाए और उसे एक ओर धक्का देते हुए तेजी से सती की ओर बढ़े।

वीरिनी भौचक्की थीं। "आप एक शांति वार्ता के नियम कैसे तोड़ सकते हैं? आपने अपनी आत्मा को हमेशा के लिए कलंकित कर लिया!"

"तुम बाहर नहीं जा सकतीं!" सती को पकड़ने का प्रयास करते हुए दक्ष चिल्लाए।

सती ने दक्ष को इतने बलपूर्वक धक्का दिया कि सम्राट भूमि पर गिर पड़े। वह लड़ने के लिए तैयार तलवार को मजबूती से हाथ में पकड़े हुए द्वार की ओर भागी।

“रोको इसे!” दक्ष चिल्लाए। “रक्षको! इसे रोको!”

राजकुमारी को अपनी ओर दौड़ता देखकर हक्के-बक्के द्वारपाल ने द्वार को खोल दिया। द्वार पर उपस्थित रक्षक आश्चर्य से जड़ हो गए।

“इसे रोको!” दक्ष दहाड़े।

इससे पहले कि रक्षक कुछ प्रतिक्रिया कर पाते, सती उनमें आ घुसी, और उन्हें एक ओर धक्का देकर द्वार से बाहर निकल गई। वह प्रमुख गलियारे में दौड़ती चली गई। वह अभी भी उसे रोकने के लिए रक्षकों के लिए अपने पिता की बार-बार पुकार को सुन रही थी। उसे अपने घोड़े तक पहुंचना था। इस समय देवगिरि में किसी के पास घोड़ा नहीं था। अगर वह ऐसा कर पाती, तो आसानी से सारे रक्षकों के पार निकलकर नगर से निकल सकती थी।

“राजकुमारी को रोको!” एक रक्षक पीछे से चिल्लाया।

सती ने आगे रक्षकों की एक पलटन को मोर्चा संभालते देखा। उन्होंने अपने भाले आगे करके रास्ते को अवरुद्ध किया हुआ था। उसने अपनी गति कम किए बिना पलटकर पीछे देखा। दूसरे छोर से रक्षकों की एक और पलटन उसकी ओर दौड़ रही थी। वो फंस चुकी थी।

हे राम, मुझे शक्ति दीजिए!

सती ने दूर से दक्ष का स्वर सुना। “उसे घायल मत करना!”

आगे बाईं ओर एक खिड़की खुली हुई थी। वह तीसरे तल पर थी। कूदना मूर्खता होती। किंतु वह इस महल को अच्छी तरह पहचानती थी! यह कभी उसका घर रहा था। वह जानती थी कि खिड़की के ऊपर एक पतला सा छज्जा है। वहां से एक छोटी सी छलांग उसे महल की छत पर पहुंचा देगी। उसके बाद, इससे पहले कि कोई उस तक पहुंच पाता, वह छोर पर बने द्वार से महल के प्रवेशद्वार की ओर भाग सकती थी।

सती ने अपनी तलवार को म्यान में डाला और अपने हाथ इस प्रकार उठा दिए जैसे वह समर्पण कर रही हो। सैनिकों ने सोचा कि उन्होंने उसे फंसा लिया है और राजकुमारी की घबराहट दूर करने के लिए वे अब उसकी ओर धीरे-धीरे बढ़ने लगे। सती अचानक अपने एक ओर उछली, और निमिष भर में खिड़की

से बाहर थी। सैनिकों के मुंह से आह निकल पड़ी क्योंकि उन्हें विश्वास था कि नीचे चौक में गिरने से राजकुमारी की निश्चित रूप से मृत्यु हो गई होगी। किंतु सती ने साथ ही साथ अपने हाथ आगे फैला लिए थे और इसी वेग में वह उछली, उसने आगे को निकले छज्जे के किनारे को पकड़ा, ऊपर को झूली और फिर आधी पलटी मारकर सुरक्षित छज्जे के ऊपर पहुंच गई थी। उसने स्वयं को संतुलित करने में एक क्षण लगाया। फिर उसने तेजी से दो कदम बढ़ाए और उछलकर छत पर जा पहुंची।

"वे छत पर हैं!" एक सैनिक चिल्लाया।

सती जानती थी सैनिक कौन सा रास्ता लेंगे। वह तेजी से दूसरी ओर, छत के दूसरे छोर की ओर दौड़ी, और एक और छज्जे पर कूद गई। छज्जे पर रेंगती हुई वह एक और छत पर पहुंची, और छत पर कूदने के बाद वह दूर वाले छोर पर बनी सीढ़ियों की ओर दौड़ गई। वह तीन-तीन सीढ़ियां करके तेजी से सीढ़ियों से उतरती हुई पहले तल तक पहुंची जहां से एक छोर पर एक और द्वार था। यद्यपि इस द्वार पर सामान्यतः रक्षक नहीं होते थे, पर वह जोखिम नहीं उठाना चाहती थी। वह झरोखे से एक ओर छोटे से उपवन में कूद गई। दीवार से मिला हुआ एक पेड़ था। वह पेड़ पर चढ़ती हुई उसकी सबसे ऊंची शाखा पर पहुंची और इस ऊंचाई का लाभ उठाकर चारदीवारी के दूसरी ओर कूद गई। वह ठीक घोड़े के समीप उतरी। एक ही छलांग में, वह अपने घोड़े पर सवार हुई, उसने उसकी लगामें खोलीं और घोड़े को एड़ लगा दी।

"वे रहीं," एक रक्षक चिल्लाया।

बीस रक्षक सती की ओर दौड़े, लेकिन वह धीमी हुए बिना उनके बीच से निकलती चली गई। उसका घोड़ा तीव्रता से दौड़ता हुआ महल से निकला और कुछ ही पलों में वह बाहर नगर में थी। उसे दूर से रक्षकों के चिल्लाने और बुरा-भला कहने के स्वर सुनाई दे रहे थे।

"रोको उन्हें!"

"रोको राजकुमारी को!"

आश्चर्यचकित मेलूहाई सती के घोड़े के तेजी से दौड़ते खुरों से बचने के लिए घबराकर इधर-उधर होने लगे। वह आगे खड़े नागरिकों की एक बड़ी भीड़ से बचने के लिए पतली सी गली में मुड़ गई और एक भिन्न सड़क पर निकल आई जो सीधे नगर के प्रमुख द्वार की ओर जाती थी। वह तेजी से अपने घोड़े

को पूरी गति से दौड़ाती रही और कुछ ही क्षणों में लोहे के द्वार से पार निकल गई। जैसे ही वह दूसरी ओर पहुंची, उसका घोड़ा कुछ ही दूरी पर चल रही भयंकर लड़ाई के शोर से विह्वल होकर अपनी पिछली टांगों पर भयानक ढंग से खड़ा हो गया।

देवगिरि नगर के चबूतरे से लगभग चार किलोमीटर दूर ठीक सरस्वती के निकट सती को शांति वार्ता स्थल स्पष्ट दिखाई दे रहा था। उसके लोगों पर आक्रमण हो गया था। लबादे और टोप पहने बड़ी संख्या में लोग नंदी और उसके कहीं कम संख्या में सैनिकों से लड़ रहे थे, जिनमें से कई पहले ही धरती पर पड़े हुए थे।

"हईईईईई!" सती ने अपने घोड़े को जोरदार एड़ लगाकर तेजी से दौड़ाया।

वह देवगिरि के स्वर्ण चबूतरे की मध्य सीढ़ियों से नीलकंठ के निष्ठावान लोगों का युद्धघोष करते हुए तेजी से युद्धरत आदमियों की ओर आगे बढ़ी।

"हर हर महादेव!"

अध्याय 45

अंतिम शिकार

युद्धक्षेत्र की ओर दौड़ते हुए, सती आंक सकती थी कि वहां लगभग तीन सौ लबादाधारी हत्यारे हैं। वे नागाओं जैसे मुखौटे पहने हुए थे। लेकिन उनकी युद्धशैली जरा भी पंचवटी के योद्धाओं जैसी नहीं थी। वे स्पष्ट रूप से योद्धाओं का कोई और गुट थे जिन्हें नागाओं जैसा दर्शाया जा रहा था। सती के सौ अंगरक्षकों में से लगभग आधे पहले ही धरती पर पड़े थे, और या तो बुरी तरह घायल थे या मृत थे।

चूंकि हत्यारे और उसके सैनिक पूरी तरह एक-दूसरे में घुसे युद्धरत थे, इसलिए शत्रु की ऐसी कोई स्पष्ट रेखा नहीं थी जिसमें वह अपने घोड़े को घुसाकर उन्हें ढेर कर सकती। वह जानती थी कि उसे घोड़े से उतरकर लड़ना होगा। युद्धक्षेत्र के समीप पहुंचकर, वह उस क्षेत्र की ओर बढ़ी जहां नंदी एक साथ तीन हत्यारों से लड़ रहा था।

उसने नंदी का तीव्र आक्रंदन सुना जब उसने भयानक ढंग से अपने शत्रु के हृदय में तलवार घोंपी। वह अपने बाईं ओर घूमा, बड़ी आसानी से अपनी तलवार से बेधे जा चुके शत्रु को उठाया और उस अभागी आत्मा के शरीर को आगे बढ़ रहे आक्रमणकारी पर दे मारा। एक और हत्यारा नंदी के निकट आ चुका था और उसे पीछे से काटने को तैयार था।

सती ने अपने पैर रकाब से निकाले, उछली और अपनी काठी के ऊपर झुककर उसने स्वयं को संभाला और इसी के साथ-साथ उसने अपनी तलवार भी निकाल ली। उस हत्यारे के निकट पहुंचकर जो नंदी को पीछे से काटने वाला था, उसने घोड़े से कूदते हुए अपनी तलवार भी भयानक ढंग से घुमाई और एक ही वार में उस हत्यारे की गर्दन काट डाली। सती अपनी भुजा पर गिरी और

साथ ही साथ घूमती हुई वह नंदी के पीछे जा खड़ी हुई जबकि सिर कटे हत्यारे का शरीर धरती पर गिरा। उसका रक्त तेजी से बह रहा था, उसका तीव्र गति से धड़कता हृदय जीवनदायी द्रव को तीव्रता से उसकी कटी गर्दन से बहा रहा था।

"देवी!" नंदी अपने सामने एक और हत्यारे को काटते हुए शोर से ऊंची आवाज में चिल्लाया। "भागिए!"

सती नंदी की पीठ से पीठ मिलाए सारे कोणों को संभाले रक्षात्मक ढंग से स्थिर खड़ी रही। "आप सबके बिना नहीं!"

एक हत्यारा एक ओर से सती की ओर लपका और उसने अपनी ढाल सामने कर दी। उसने अपने लबादे की तहों में हाथ डालकर उस पर कोई चीज फेंकी। सती ने सहज भाव से अपनी ढाल ऊंची कर दी। एक काला अंडा छपाके से उसकी ढाल पर पड़ा और उसकी सामग्री--धातु के टुकड़े--उसकी आंखों से सुरक्षित दूरी पर बिखर गई। कुछ टुकड़े उसकी बांईं बांह में घुस गए।

सती ने लड़ाई के इस पैंतरे के बारे में सुना था! यह मिस्र की शैली थी। अंडों की सामग्री को एक छोटे से छेद के माध्यम से निकालकर उनमें तीखी धातु के टुकड़े भर दिए जाते थे। इन्हें शत्रु की आंख पर फेंककर उसे अंधा कर दिया जाता था। सामान्यतः अगला पैंतरा तलवार का एक नीचा बार होता था। यद्यपि ढाल के कारण वह सामने नहीं देख पा रही थी, लेकिन वह सहजभाव से तेजी से एक ओर हो गई ताकि निचले वार से बच सके। फिर उसने अपनी ढाल पर एक बटन दबाया जिससे ढाल में एक छोटा सा फलक आगे को निकला जिसे उसने अपने विरोधी के गले में धंसाकर उसकी श्वासनली को काट डाला। जैसे ही हत्यारे का दम उसी के रक्त से घुटना आरंभ हुआ, सती ने अपनी तलवार को उसके हृदय में उतार दिया।

इस बीच नंदी बड़ी सरलता से उन सभी को मार रहा था जो उसके सामने थे। वह एक विशालकाय आदमी था और कमजोर से मिस्र के हत्यारों के सामने किसी देव के समान था। कोई भी हत्यारा उसके निकट नहीं आ पा रहा था और यदि कोई उसे चुनौती देने का प्रयास करता तो वह उसे काट डालता था। वे उसकी ओर चाकू और रूपांतरित अंडे फेंक रहे थे। लेकिन कुछ भी उसके शरीर के किसी महत्वपूर्ण भाग तक नहीं पहुंच रहा था। नंदी के कंधे में एक चाकू गड़ा हुआ था और अनेक धातुई टुकड़े उसके शरीर में जगह-जगह धंसे

हुए थे, लेकिन रक्तरंजित नंदी निरंतर अपने शत्रुओं से लड़ रहा था। लेकिन नंदी और सती दोनों देख सकते थे कि बाजी बुरी तरह उनके विरुद्ध है। उनके अधिकतर सैनिक अचानक किए गए आक्रमण और इतनी बड़ी संख्या के आगे गिरते जा रहे थे। भागने का भी विकल्प नहीं था क्योंकि वे हर ओर से घिरे हुए थे। उनकी एकमात्र आशा अब यही थी कि देवगिरि के अन्य सूर्यवंशी, जो दक्ष के षड्यंत्र का भाग नहीं थे, उनकी सहायता को आएंगे।

एक हत्यारा दाहिनी ओर एक ऊंचे कोण से सती की ओर उछला। सती ने भीषण शक्ति से पीछे उछलते हुए उसके वार को रोका। हत्यारा सती को पिछले पैर पर धकेलने की आशा में इस बार बाईं ओर से पलटकर लहराया। सती ने उसके आक्रमण का समान भयंकरता से मुकाबला किया। अब हत्यारे ने नीचे झुककर सती के पेट में तलवार घोंपने का प्रयास किया, लेकिन वह उसकी विशेष तकनीक के बारे में नहीं जानता था।

अधिकतर योद्धा अपनी तलवार को स्वाभाविक दिशा में, अपने शरीर से दूर की ओर ही चला पाते हैं। शक्ति और कौशल की कमी के कारण, बहुत कम ही योद्धा तलवार को अपने ही शरीर की दिशा में चला सकते हैं। इसीलिए अधिकतर तलवारों के विपरीत जिन पर केवल बाहरी ओर धार होती है, सती की तलवार पर बाहरी और आंतरिक दोनों ओर धार होती थी। सती पीछे को उछली और लगभग असंभव वार करते हुए, उसने बड़ी प्रवीणता से अपनी तलवार को भीषण बल के साथ अपनी ओर खींचा। इससे पहले कि हत्यारा कोई प्रतिक्रिया कर पाता, उसका गला बड़ी सफाई से कट चुका था। घाव इतना गहरा था कि उसका सिर धड़ से लगभग अलग हो गया था। मिस्र वाले का सिर मांस-तंतु के एक चीथड़े से किसी तरह पीछे को लटक गया, और उसकी आंखें चकराने लगीं। उसके गिरते-गिरते सती ने लात माकर उसके शरीर को धक्का दे दिया।

उसने बाईं ओर कुछ गतिविधि देखी और उसे अपनी गलती का अहसास बहुत देर से हुआ। उसने दूसरे हत्यारे की तलवार के वार को अवरुद्ध करने का प्रयास किया लेकिन उसकी तलवार सती की तलवार पर पड़कर उछली और उसके घायल गाल में होकर उसकी आंख को काटती हुई उसकी खोपड़ी से छू गई। उसकी बाईं आंख अपने गड्ढे में ढह गई, और घाव से रक्त बह निकला, जिससे उसकी दूसरी आंख की दृष्टि अवरुद्ध हो गई। कुछ न दिखने के बावजूद

उसने किसी भी वार को रोकने की आशा में एक अंधाधुंध रक्षात्मक पैंतरा आजमाया और साथ ही अपने चेहरे से रक्त भी पोंछने का प्रयास करती रही। उसने किसी स्त्री को हांफते, लगभग सुबकते सुना और महसूस किया कि यह वह स्वयं थी। जैसे ही हत्यारा अपने दूसरे आक्रमण के लिए आगे बढ़ा, सती तैयार हो गई।

उसे अपने दाहिनी ओर गतिविधि महसूस हुई और उसने अपनी गुलाबी धुंधलाई दृष्टि से देखा कि नंदी ने अपनी विशाल ऊंचाई से एक ही वार में हत्यारे का सिर काट डाला।

“देवी!” एक और हत्यारे के वार से उसे बचाने के लिए अपनी ढाल को सामने करते हुए नंदी चिल्लाया। “भागिए!”

उसके आसपास संसार धीमा पड़ गया था और उसे अपनी ही आवाज बहुत दूर से आती महसूस हो रही थी। नरसंहार को देखते हुए, उसे अपने ही हृदय की धड़कन सुनाई दे रही थी! अपनी सांस के हांफने की आवाज सुनाई दे रही थी। उसके रक्षकों के रक्तरंजित और क्षत-विक्षत शरीर उसके पैरों में पड़े थे। उनमें से कुछ अभी भी जीवित थे और उतावलेपन से आक्रमणकारियों की टांगों को पकड़ने का प्रयास कर रहे थे, लेकिन उन्हें चिढ़कर लात मार दी जाती और झुंझलाकर किए गए तलवार के आधे-अधूरे वारों से उनकी जीवनलीला समाप्त कर दी जाती।

मेरा दंभ, उसके सिर में एक आवाज फुसफुसाई। मैंने उन्हें फिर से निराश कर दिया। फिर से।

उसके मस्तिष्क ने उसकी कटी-फटी आंख में स्पंदन को अवरुद्ध कर दिया था। उसने अपने चेहरे से बहकर मुंह में आते रक्त को थूका। अपनी दाहिनी आंख का प्रयोग करते हुए, वह वापस युद्ध में आ गई। एक और हत्यारे के एक भीषण वार से बचने के लिए पीछे हटते हुए, उसने दाहिनी ओर से अपनी तलवार चलाकर उसके हाथ को काट दिया। जैसे ही मिस्र वाला पीड़ा से चिल्लाया, सती ने अपनी ढाल उसके सिर पर दे मारी और उसकी खोपड़ी को खोल डाला। उसने लड़खड़ाते हत्यारे की आंख में तलवार धंसाई, तेजी से तलवार को वापस खींचा और एक अन्य हत्यारे का सामना करने के लिए घूम गई।

हत्यारे ने दूर से एक चाकू फेंका। चाकू सती की बाईं भुजा में धंस गया,

जिससे उसके रक्षात्मक अंग की गतिविधि अवरुद्ध हो गई। सती क्रोधित होकर लहराई और उसने अपनी तलवार हत्यारे के शरीर के आर-पार चला दी और उसके लबादे के साथ-साथ उसकी छाती को गहराई तक काट दिया। जैसे ही वह लड़खड़ाकर पीछे हटा, सती ने जानलेवा वार करते हुए अपनी तलवार उसके हृदय में धंसा दी। लेकिन हत्यारों का रेला अनम्य था। एक और आदमी सती से लड़ने को दौड़ा। अपने थकते शरीर पर विजय पाने के लिए दृढ़ इच्छा का प्रयोग करते हुए, सती ने फिर से अपनी रक्त में डूबी तलवार उठा ली।

स्वथ कुछ दूर से यह लड़ाई देख रहा था। उसे आदेश नीलकंठ नाम के व्यक्ति की मृत्यु को सुनिश्चित करने के थे। निश्चित रूप से यह वही लंबा, शक्तिशाली योद्धा होगा, जो इतनी सरलता से अपने विरोधियों को काट रहा था। स्वथ भी लड़ाई में कूद पड़ा और युद्धरत नंदी की ओर बढ़ने लगा।

नंदी ने देखा और अपने नए विरोधी का सामना करने के लिए उसकी ओर पलट गया। उसने अपनी तलवार को पूरे वेग से स्वथ की तलवार पर मारा। मिस्र वाले का हाथ नंदी के वार से झनझना गया और वह पीछे को हटा। स्वथ ने अपनी तलवार फेंककर दो घुमावदार तलवारें निकाल लीं, जिन्हें वह विशेष अवसरों के लिए रखता था। नंदी ने ऐसी तलवारें कभी नहीं देखी थीं। वे छोटी थीं, उसकी अपनी तलवार के दो-तिहाई से कुछ कम। वे अपने किनारों पर तीखे ढंग से मुड़ी हुई थीं, लगभग हंसियों की तरह। तलवारों की मूठें भी अनोखी थीं, क्योंकि वे चमड़े या लकड़ी के आवरण में होने के बजाय अनावृत धातु की थीं। एक तलवारबाज के लिए आवश्यक था कि ऐसी तलवारों को पकड़कर स्वयं को कटने से बचाने के लिए वह अत्यंत कुशल हो, क्योंकि हत्थे भी अनावृत तीखी धातु के थे।

स्वथ अनाड़ी नहीं था। वह दोनों तलवारों को भयानक गति के साथ बड़े कौशल से गोल-गोल घुमा रहा था। ऐसी तलवारें और ऐसी युद्धशैली कभी न देखने के कारण, नंदी स्वाभाविक रूप से सावधान था और उसने अपनी ढाल को ऊंचा उठाया हुआ था। वह एक सुरक्षित दूरी बनाए हुए उसके आगे बढ़ने की प्रतीक्षा करते रहा। नंदी के स्वथ पर ध्यान और उसके निकट ही सती के एक अन्य हत्यारे से लड़ने का लाभ उठाते हुए, एक मिस्र वाले ने अचानक आगे बढ़कर अपनी तलवार से नंदी की पीठ में एक गहरा चीरा मार दिया। तेज पीड़ाजनक घाव के कारण नंदी क्रोध से दहाड़ा और उसका शरीर आगे को झूल

गया।

स्वथ ने इस क्षण का प्रयोग करके अचानक अपनी बाईं तलवार अपनी दाईं तलवार पर मारी जिससे उसकी पहुंच दोगुणी बढ़ गई और फिर उसने एक निचले कोण से नंदी की रक्षात्मक ढाल से कुछ नीचे का निशाना लिया। धातुई मूठ के तीखे किनारे ने नंदी की बाईं बांह को चीरा और उसकी कलाई से कुछ ऊपर उसे बड़ी सफाई से अलग कर दिया। सूर्यवंशी नंदी पीड़ा से चिंघाड़ा, रक्त उसके कटे हुए अंग से फूट पड़ा और शक्तिशाली वार के झटके के कारण उसका हृदय बुरी तरह धड़कने लगा। स्वथ ने आगे बढ़कर स्तब्ध नंदी की दाहिनी बांह पर वार किया और उसके तलवार पकड़ने वाले अंग को कोहनी के थोड़ा नीचे काट डाला। शक्तिशाली सूर्यवंशी के दोनों कटे हुए अंगों से रक्त फूट पड़ा और वह ढहकर धरती पर गिरा। स्वथ ने थूकते हुए नंदी के दोनों हाथों को लात मारकर दूर कर दिया।

"छी!" स्वथ के मुंह से निकला और वह उस थूक को पोंछने लगा जो उसके उस नागा मुखौटे में लगा रह गया था जिसे वो पहनने का आदी नहीं था। लेकिन उसने ध्यान रखा कि वो संस्कृत में ही बोले। उसने अपने लोगों को अपनी मिस्त्र की मातृभाषा बोलने से सख्ती से मना किया था। उनके नागा होने का छल पूरी तरह बनाए रखना आवश्यक था।

"नंदी!" सती चिल्लाई और उसने घूमकर अपनी तलवार स्वथ पर चला दी।

स्वथ ने बड़ी सरलता से एक ओर होकर स्वयं को उसके आक्रमण से बचा लिया। एक और हत्यारे ने सती के पीछे तलवार चलाकर उसकी पीठ और बाएं कंधे पर घाव कर दिया।

"ठहरो!" स्वथ ने कहा, जबकि उसके दो आदमी अपनी तलवारें उसके हृदय में उतारने ही वाले थे।

हत्यारों ने तुरंत सती की दोनों बांहें पकड़ लीं और स्वथ के निर्देश की प्रतीक्षा करने लगे। उनका अगुआ एक स्त्री--वह लिंग जिसे वह पुरुषों से कहीं नीचे मानता था, पशुओं से बस कुछ ही बेहतर--से बात करके अपनी जिह्वा को मलिन नहीं करना चाहता था।

"इससे पूछो कि नीले कंठ वाला देवता कौन है।"

उसके एक सहायक ने सती को देखा और स्वथ के प्रश्न को दोहराया।

स्तब्ध सती ने उनकी बात नहीं सुनी। वह धरती पर चित पड़े नंदी को ही देखती रही जिसके कटे हुए अंगों से रक्त भयानक गति से बहता जा रहा था। किंतु मूर्च्छित सूर्यवंशी की सांस अभी भी चल रही थी। वह जानती थी कि चूंकि घाव केवल अंगों पर थे, इसलिए रक्त का बहाव इतना भयानक नहीं होगा कि उससे तुरंत मृत्यु हो जाए। यदि वह उसे कुछ और समय तक जीवित रख पाती है, तो विशेषज्ञ चिकित्सकीय सहायता उसे अब भी बचा सकती थी।

"क्या यही नीले गले वाला देवता है?" स्वथ ने नंदी की ओर संकेत करते हुए पूछा।

स्वथ के सहायक ने प्रश्न सती से दोहराया। लेकिन सती कनखियों से देवगिरि के द्वारों को देख रही थी। वह चबूतरे पर चढ़े लोगों को अपनी ओर दौड़ते देख रही थी। वे शायद दस-पंद्रह मिनट में वहां पहुंच जाते। उसे नंदी को इतनी देर तक जीवित रखना था।

सती से उत्तर न मिलने पर स्वथ ने झुंझलाकर अपना सिर हिलाया। "इन बेवकूफ बच्चा पैदा करने वाली मशीनों को अतेन का अभिशाप लगे!"

सती ने स्वथ को घूरा, और अपने देवता के नाम पर सौगंध लेने की उसकी त्रुटि को पकड़कर वह उसकी पहचान के बारे में विश्वस्त हो गई। वह मिस्र का था! अतेन पंथ का हत्यारा। उसने अपनी युवावस्था में उनकी संस्कृति के बारे में जाना था। उसे तुरंत समझ आ गया कि क्या करना है।

स्वथ ने नंदी की ओर इशारा किया और अपने आदमियों की ओर घूमा। "इस मोटे देव का सिर काट दो। यही नीले गले वाला देवता होगा। अन्य घायलों को जीवित छोड़ दो। वे प्रत्यक्षदर्शी होंगे कि उन पर नागाओं ने आक्रमण किया था। और हमारे मृतकों को एकत्रित कर लो। हम तुरंत यहां से निकलेंगे।"

"ये नीले गले वाले देवता नहीं हैं," सती ने थूका। "तुम इनका गला नहीं देख सकते, मिस्र के मूर्ख?"

सती को पकड़े मिस्र वाले ने उसके मुंह पर थप्पड़ मारा।

स्वथ ने खी-खी की।

"देव को जीवित छोड़ दो," स्वथ ने कहा, और अपने एक लड़ाके की ओर घूम गया। "क्वा, इस चुड़ैल को मारने से पहले यातनाएं देना।"

"बड़ी प्रसन्नता से, स्वामी," क्वा मुस्कुराया, जो श्रेष्ठ लड़ाका तो नहीं था, परंतु यातना देने की कला में निपुण था।

स्वथ अपने अन्य आदमियों की ओर पलटा। "ऊंट के गोबर के सड़े हुए अवशेषों, मुझे कितनी बार बोलना पड़ेगा। हमारे मृतकों को इकट्ठा करना आरंभ करो। हम बस कुछ क्षणों में निकल रहे हैं।"

स्वथ के हत्यारे उसके आदेश का पालन करने में लगे, और क्वा अपनी रक्तरंजित तलवार म्यान में वापस डालता हुआ सती की ओर बढ़ा। फिर उसने एक चाकू निकाला। छोटा फलक यातना के लिए हमेशा आसान होता था।

सती अचानक सीधी हुई और जोर से चिल्लाई, "अतेन का द्वंद्व!"

क्वा बुरी तरह चौंककर जहां था, वहीं थम गया। हतप्रभ स्वथ ने सती को घूरकर देखा। अतेन का द्वंद्व मिस्र के हत्यारों का एक प्राचीन संकेत था, जिसके अनुसार कोई भी उन्हें द्वंद्व के लिए ललकार सकता था। द्वंद्व करने लिए वे नैतिक रूप से बाध्य होते थे। यह केवल द्वंद्व ही हो सकता था! कई हत्यारे आक्रमण नहीं कर सकते थे अन्यथा उन्हें अपने क्रुद्ध देवता सूर्य के कोप का सामना करना पड़ेगा--और यह अतेन का चिरस्थायी अभिशाप था।

क्वा अनिश्चित भाव से स्वथ की ओर मुड़ा।

स्वथ ने क्वा को घूरा। "तुम विधि जानते हो।"

क्वा ने सिर हिलाया और अपना चाकू फेंक दिया। उसने अपनी तलवार निकाली, अपनी ढाल को आगे किया और प्रतीक्षा करने लगा।

सती ने स्वयं को उन हत्यारों से छुड़ाया जो उसे पकड़े हुए थे। उसने झुककर एक हारे हुए हत्यारे के लबादे से थोड़ा सा कपड़ा फाड़ा, उसे अपने चेहरे पर बांधा और अपने चेहरे पर रक्त के फैलने को रोकने के प्रयास में अपनी कटी हुई आंख को ढक लिया। उसे आशा थी कि इस तरह उसकी स्वस्थ आंख बिना रोक-टोक के ठीक से देख सकेगी। फिर उसने अपने बाएं बाजू में धंसे चाकू को धीरे-धीरे निकाला और अपने घाव पर एक और पट्टी बांधी, जिसे उसने अपने दांतों का प्रयोग करते हुए कसा।

फिर उसने अपनी तलवार निकाली और अपनी ढाल को ऊंचा कर लिया। तैयार। प्रतीक्षारत।

क्वा ने अचानक अपनी ढाल को फेंक दिया। आसपास खड़े सारे हत्यारे ठहाके लगाने और तालियां बजाने लगे। स्पष्ट था कि क्वा यह दिखाकर सती का उपहास करना चाहता था कि एक मूर्ख महिला से लड़ने के लिए उसे ढाल की आवश्यकता नहीं है। लेकिन वह यह देखकर चकित रह गया कि सती ने

भी अपनी ढाल फेंक दी।

क्वा जोर से दहाड़ा और अपनी तलवार को एक ऊंचे कोण पर लहराते हुए उसने आक्रमण कर दिया। सती आक्रमण से बचते हुए सहजता से पीछे को झुककर बाईं ओर लहरा गई। क्वा ने तेजी से पलटकर फिर से अपनी तलवार को ऊंचा लहराया और सती को चकित कर दिया। उसकी तलवार सती के हाथ पर पड़कर उसकी चार उंगलियों को काटती चली गई। लेकिन वह दंग रह गया कि सती ने घाव से विह्वल होने के बजाय अपनी तलवार को क्वा पर ऊंचाई से चलाया। क्वा ने लहराकर सती के प्रहार का एक ऊंचे वार से उत्तर दिया।

इस बीच सती समझ चुकी थी कि झूलता प्रहार क्वा का विशेष आक्रमण है। वह इसका लाभ उठाते हुए क्वा पर ऊंचे कोण से वार करती रही और मिस्र वासी जवाबी प्रहार करता रहा। दोनों एक दूसरे को चकित करने के लिए बार-बार दिशा बदलते रहे, लेकिन वार लगभग एक जैसे थे और इसलिए कोई गंभीर घाव नहीं हो रहा था। अचानक सती एक घुटने पर झुकी और उसने जोरदार प्रहार किया। यह प्रहार सटीक रहा। उसके फलक ने क्वा के पेट को गहराई तक बुरी तरह काट दिया। वह ढहा और उसकी अंतड़ियां बिखरकर धरती पर आ रहीं।

सती झुके हुए क्वा के पास खड़ी हो गई जो तीव्र पीड़ा से जड़ हो गया था। उसने अपनी तलवार को लंबवत पकड़ा और उसे क्वा की गर्दन में धंसाकर सीधे उसके हृदय तक पहुंचा दिया, जिससे वह तुरंत मर गया।

भौचक्के स्वथ ने सती को देखा। उसे केवल उसके तलवारबाजी के कौशल ने नहीं चौंकाया था! बल्कि उसके चरित्र ने भी। उसने क्वा का गला नहीं काटा जबकि वह आसानी से ऐसा कर सकती थी। उसने उसे अपना सिर रखने दिया। उसने उसे सम्मानजनक मौत दी थी, एक सैनिक की मौत। उसने अतेन के द्वंद्व के नियमों का पालन किया था, यद्यपि वे नियम उसके नहीं थे।

सती ने एक ओर होकर अपनी रक्तरंजित तलवार को धरती की मिट्टी में धंसा दिया। फिर उसने आगे झुककर अब तक मर चुके क्वा के लबादे से एक और कपड़ा फाड़ा और उसे अपनी बाईं हथेली पर इस तरह बांध लिया कि उससे वह क्षेत्र ढक जाए जहां उसकी चार उंगलियां कटी थीं।

वह तनकर खड़ी हुई, और उसने इस बात का पूरा ध्यान रखते हुए तलवार

को धरती से निकालकर ऊंचा उठाया कि वो नंदी को नहीं देखे। बस कुछ क्षण और।

"अगला कौन है?"

एक और हत्यारा आगे बढ़ा, उसने अपनी तलवार की ओर हाथ बढ़ाया और फिर हिचकिचाने लगा। उसने सती को लंबे फलक के साथ उत्कृष्ट ढंग से लड़ते देखा था। इसलिए उसने अपने कंधे की पेटी से एक चाकू निकाला।

"मेरे पास चाकू नहीं है," सती ने कहा और न्यायसंगत रूप से लड़ने के लिए उसने अपनी तलवार को म्यान में डाल लिया।

स्वथ ने अपना चाकू निकाला और उसे सती की दिशा में ऊंचा उछाल दिया। उसने हाथ बढ़ाकर सुंदर ढंग से संतुलित अस्त्र को आसानी से पकड़ लिया। इस बीच हत्यारे ने अपना लबादा उतार लिया था और मुखौटा पीछे खींच लिया था। वह एक कुशल योद्धा के विरुद्ध बाधित दृष्टि की कमी के साथ नहीं लड़ना चाहता था।

अपने बाएं हाथ की चार उंगलियां खोने के बाद, सती इस हत्यारे से उस तरह नहीं लड़ सकती थी, जिस तरह वह कई वर्ष पूर्व करचप में तारक से लड़ी थी, जहां उसने आक्रमण की दिशा के बारे में अपने विरोधी को उलझाने के लिए अपना चाकू अपनी पीठ पर छिपाया हुआ था। इसलिए वह अपना चाकू अपने सामने पकड़े रही, अपने दाएं हाथ में। लेकिन उसने मूठ को आगे करते हुए फलक को पीछे, अपनी ओर, किया हुआ था जिससे वहां एकत्रित सारे हत्यारे चकित थे।

मिस्र वासी पारंपरिक युद्ध मुद्रा में आ गया था और उसने चाकू की दिशा सती की ओर की हुई थी। उसने आगे बढ़कर जोरदार वार किया। सती वार से बचने के लिए पीछे को उछली, लेकिन फलक ने उसके कंधे पर काटा जिससे रक्त निकलने लगा। इससे हत्यारे को आगे बढ़ने का साहस पैदा हुआ और वह आगे बढ़ता हुआ चाकू को दाएं-बाएं घुमाने लगा। सती पीछे हटकर हत्यारे को अपने जाल में आगे बढ़ने देती रही। हत्यारे ने अचानक पैंतरा बदला और उसने सामने की ओर सीधा प्रहार किया। सती ने वार से बचकर दाईं ओर लहराते हुए अपना दायां हाथ उठाया। अब वह चाकू को अपने बाएं कंधे के ऊपर ऊंचा उठाए हुए थी। लेकिन वह काफी पीछे तक नहीं हटी थी। हत्यारे के चाकू ने उसके पेट के बाएं पक्ष को काटा और वहां मूठ तक धंस गया।

भयानक पीड़ा पर कुलबुलाए बिना, सती ने ऊंचाई से अपने चाकू को लाकर सीधे मिस्र वासी की गर्दन में धंसा दिया। प्रहार इतना शक्तिशाली था चाकू आर-पार काटता चला गया और इसका सिरा अभागे मिस्र वासी के गले के दूसरी ओर निकल आया। हत्यारे के मुंह और गर्दन से रक्त फूट पड़ा। सती पीछे हटी और मिस्र वासी अपने ही रक्त में डूबने लगा।

स्वथ इस विचित्र स्त्री को घूर रहा था, और उसके चेहरे से तिरस्कार मिट चुका था। उसने उसके दो हत्यारों को बराबर की लड़ाई में द्वंद्व में मारा था। उसका रक्त बुरी तरह बह रहा था, लेकिन वह फिर भी तनी हुई और गर्व के साथ खड़ी थी।

इधर सती अपने तेजी से धड़कते दिल को शांत करने के प्रयास में धीमे-धीमे सांस ले रही थी। वह अनेक स्थानों पर आहत हो चुकी थी। धड़कता हृदय उसे हानि पहुंचाएगा, क्योंकि उससे उसके शरीर से अधिक रक्त बहेगा। उसे आने वाले द्वंद्वों के लिए भी अपनी ऊर्जा को बचाकर रखना था। उसने अपने पेट में धंसे चाकू को देखा। इसने किसी महत्वपूर्ण अंग को नहीं काटा था। एकमात्र भय निरंतर रक्तप्रवाह से था। उसने अपने पांव फैलाए, एक गहरी सांस ली, चाकू के दस्ते को पकड़ा और उसे खींच लिया। और ऐसा करते हुए वह न तो कुलबुलाई और न ही उसने किसी प्रकार की पीड़ा दर्शाई।

"यह स्त्री कौन है?" स्वथ के निकट खड़े एक हतप्रभ हत्यारे ने पूछा।

सती ने झुककर उस हत्यारे के लबादे से एक कपड़ा फाड़ा जिसे उसने अभी मारा था और उससे उसने अपने पेट के चारों ओर पट्टी बांध ली। इससे रक्तप्रवाह थम गया। ऐसा करते हुए, उसने कनखियों से देख लिया था कि उसकी ओर दौड़ रहे मेलूहाई लगभग एक-तिहाई रास्ता पार कर चुके थे। वह जानती थी कि वह अब द्वंद्वों को नहीं रोक सकती है। उसने हत्यारों को देख लिया था। वे उसे जीवित नहीं छोड़ सकते थे। उसकी एकमात्र आशा अब यह थी कि वह द्वंद्व जारी रखे और आशा करे कि जब मेलूहाई उस तक पहुंचेंगे, तब वह सांस ले रही होगी।

सती ने अपनी तलवार निकाली। "अगला कौन है?"

एक और हत्यारा आगे बढ़ा।

"नहीं!" स्वथ ने कहा।

हत्यारा पीछे हट गया।

"यह मेरी है," स्वथ ने अपनी एक घुमावदार तलवार निकालते हुए कहा।

स्वथ सती के सामने अपनी दोनों घुमावदार तलवारें लेकर नहीं आया। यह अतेन के नियमों के अनुसार अनुचित होता, क्योंकि सती के पास तलवार के लिए एक ही हाथ था। स्वथ ने तलवार को अपने दाएं हाथ में आगे रखा। सती के निकट पहुंचते हुए, उसने तलवार को इधर-उधर लहराना शुरू कर दिया और वह अपने आगे मौत का एक विस्मयकारी घेरा बनाने लगा और सती की ओर निरंतर बढ़ता रहा। जैसे-जैसे स्वथ की तलवार निकट आती और भिनभिनाती गई, सती धीरे-धीरे पीछे हटती गई। उसने अचानक अपनी तलवार को स्वथ के फलक के घेरे में अंदर तक धंसाया और मिस्र वासी के कंधे पर एक गंभीर घाव कर दिया। फिर इससे पहले कि स्वथ का घूमता फलक वापस आकर उसकी तलवार से टकराता, उसने उतनी ही तेजी से अपनी तलवार को वापस खींच लिया।

घाव से पीड़ा हुई होगी, लेकिन स्वथ विचलित नहीं हुआ। वह मुस्कुराया। वह पहले कभी किसी से नहीं मिला था जिसमें उसकी तलवार के मौत के घेरे को बेधने की क्षमता हो।

यह स्त्री प्रतिभाशाली है।

स्वथ ने अपनी तलवार को घुमाना बंद करके उसे एक परंपरागत तलवारबाज की मुद्रा में पकड़ लिया। वह भयानक ढंग से दाएं से आक्रमण करता हुआ आगे बढ़ा। प्रहार से बचने के लिए सती नीचे को झुकी और उसने अपने फलक को आगे की ओर धंसाकर स्वथ के बाजू में हल्का सा घाव कर दिया। लेकिन स्वथ ने अचानक अपने फलक की दिशा को उलटा और सती के कंधे के आर-पार एक तगड़ा वार किया।

सती ने समय रहते पीछे को लहराकर उस भयानक प्रहार के खतरे को कम किया। स्वथ का फलक उसके दाएं बाजू और कंधे को छू गया। सती क्रोध से गुर्राई और उसने इतने तीव्र बल से तलवार आगे को चलाई कि चकित स्वथ को उछलकर पीछे हटना पड़ गया।

स्वथ और भी पीछे हट गया। यह स्त्री तो बहुत कुशल योद्धा है। उसकी सामान्य युक्तियां नहीं चलेंगी। उसने यह सोचकर कि सती के विरुद्ध यह अच्छी चाल रहेगी, तलवार को आगे रखते हुए दूरी बनाए रखने का निर्णय लिया। वह अपने अनेक घावों से रक्त रिसाव के बढ़ने के भय से बहुत अधिक

हिल नहीं सकती थी। वैसे भी, वह समय लेना चाहती थी। कुछ क्षणों के विराम का वह स्वागत ही करती।

स्वथ को अचानक एक विचार आया। सती मूल रूप से अपने बाएं पक्ष पर घायल थी। इसलिए उस पक्ष से उसे लड़ने में समस्या होगी। स्वथ ने तीव्रता से एक बड़ा कदम बढ़ाया और अपने दाएं हाथ से एक भीषण प्रहार किया। सती अपनी बाईं ओर मुड़ी और उसने स्वथ के वार को रोकने के लिए अपने फलक को लहराया। मिस्र वासी ने देखा कि इससे उसके घायल पेट से रक्त बहने लगा था। सती ने फिर से स्वथ पर वार किया, तो वह अपना कोण सुधारने के लिए थोड़ा बाएं घूम गई थी। लेकिन स्वथ ने उसकी चाल का पूर्वानुमान किया हुआ था। वह थोड़ा और दाएं हो गया और बार-बार उस टेढ़े कोण से आक्रमण करता रहा।

बार-बार बाएं मुड़ने की तीव्र पीड़ा ने सती को एक जोखिम उठाने को मजबूर कर दिया। वह अचानक अपने पंजों के बल घूमी और अपनी तलवार को इस आशा में अपनी दाईं ओर से एक विशाल अर्धवृत्त में घुमाया कि वह उसका सिर काट देगी। लेकिन स्वथ ने ठीक इसी की आशा की थी। वह नीचे झुका और तेजी से आगे बढ़ा और इस प्रकार उसने सती को वार को आसानी से असफल कर दिया। साथ ही, उसने अपनी तलवार को एक नीचे, भयंकर वार के साथ आगे बढ़ाया। दांतेदार किनारों वाली उसकी घुमावदार तलवार सती के पेट में धंसती चली गई, और उसने उसके लगभग प्रत्येक महत्वपूर्ण अंग को काट दिया! उसकी अंतड़ियां, पेट, गुर्दा और यकृत बुरी तरह कट गए। स्तंभित सती का चेहरा पीड़ा से बेहाल हो गया और वह स्वथ की घुमावदार तलवार के बल पर गिरी। उसकी अपनी तलवार उसके हाथ से गिर गई। मिस्र वासी पीछे झुका, उसने इस छूट का लाभ उठाया और अपनी तलवार तब तक उसके पेट में धंसाता गया जब तक कि यह उसकी जीर्ण-शीर्ण पीठ के दूसरी ओर नहीं निकल आई।

"बुरा नहीं है," स्वथ ने अपनी तलवार को घुमाते हुए सती के अंगों के टुकड़े करते हुए तलवार निकालकर कहा। "एक स्त्री के लिए बुरा नहीं है।"

सती धरती पर ढह गई, उसका शरीर कांपने लगा और गाढ़ा-गाढ़ा रक्त उसके चारों ओर एकत्रित होने लगा। वह जानती थी कि वह मरने वाली है। बस कुछ ही देर में। अब रक्त के बहाव को नहीं रोका जा सकता था। उसके

महत्वपूर्ण आंतरिक अंग और उनकी विशाल संख्या में रक्तवाहिकाएं घातक रूप से क्षतिग्रस्त हो चुकी थीं। लेकिन वह कुछ और भी स्पष्ट रूप से जानती थी। वह धरती पर पड़े-पड़े धीरे-धीरे रक्त के रिसते नहीं मरेगी।

वह एक मेलूहाई की तरह मरेगी। वह गर्व से सिर ऊंचा उठाए मरेगी।

उसने अपने कपकपाते दाएं हाथ को उठाकर अपनी तलवार की ओर बढ़ाया। स्वथ विस्मयपूर्वक सती को तलवार उठाने के लिए संघर्ष करते एकटक देखता रहा। वह जानता था कि वह जानती होगी कि वह जल्दी ही मरने वाली है। लेकिन फिर भी, उसका साहस नहीं टूटा था।

क्या वह अंतिम शिकार होगी?

अतेन के पंथ का एक विश्वास था कि प्रत्येक हत्यारे को एक दिन एक ऐसा शिकार मिलेगा जो इतना भव्य, इतना योग्य होगा कि फिर हत्यारे के लिए दोबारा कभी किसी को मारना असंभव होगा। ऐसे में उसका कर्तव्य होगा कि वह अपने पीड़ित को सम्मानजनक मौत दे और फिर अपना कर्म छोड़कर शेष जीवन उस अंतिम शिकार की पूजा करने में बिता दे?

सती ने एक बार फिर एक व्यर्थ प्रयास में अपनी तलवार तक पहुंचने के लिए अपना हाथ चलाया, तो स्वथ ने अपना सिर हिलाया। *यह एक स्त्री नहीं हो सकती। यह वह क्षण नहीं हो सकता। अंतिम शिकार एक स्त्री नहीं हो सकती!*

स्वथ ने पलटकर अपने लोगों को आवाज लगाई। "निकलो, गंदे तिलचट्टो! हमें जाना है!"

स्वथ के निकट खड़े आदमी ने उसके आदेश का पालन नहीं किया। विस्मयकारी दृश्य से हतप्रभ, वह लगातार स्वथ के पीछे देखता रहा।

स्वथ ने अचंभित होकर पलटकर देखा। सती एक घुटने पर थी। वह जोर-जोर से सांस लेकर अपने निर्बल पड़ चुके शरीर में कुछ शक्ति फूंकने का प्रयास कर रही थी। उसने अपनी तलवार को जमीन में गाड़ दिया था और उसका दायां हाथ उसकी मूठ पर था और वह उसके सहारे उठने का प्रयास कर रही थी। वो असफल हुई, उसने फिर से तेजी से सांसें लीं, अपने शरीर में और ऊर्जा फूंकी और एक बार फिर से प्रयास किया। वह फिर से नाकाम हो गई। फिर वह अचानक रुक गई। उसे अपने अंदर किसी की आंखें धंसती महसूस हुईं। उसने सिर उठाकर देखा और स्वथ की नजरों में नजरें गड़ा दीं।

हतप्रभ स्वथ सती को घूर रहा था। वह अपने रक्त में पूरी तरह भीगी हुई थी, उसके पूरे शरीर पर गहरे घाव थे, और जिस भयंकर पीड़ा में वह थी उसके कारण उसके हाथ कांप रहे थे। उसकी आत्मा जानती होगी कि उसकी मौत बस कुछ ही मिनट दूर थी। पर फिर भी, उसकी आंखों में लेशमात्र भी भय नहीं था। वह केवल एक भाव के साथ स्वथ की आंखों में सीधे घूर रही थी। विशुद्ध, खरा, निष्कपट विरोध।

स्वथ का हृदय बुरी तरह भारी हो गया और उसकी आंखों से आंसू निकल पड़े। उसके मस्तिष्क ने उसके हृदय के संदेश को तुरंत समझ लिया। यह निश्चित रूप से उसका अंतिम शिकार था। वह दोबारा कभी किसी को नहीं मारेगा।

स्वथ जानता था उसे क्या करना है। उसने अपनी दोनों घुमावदार तलवारें निकालीं, उन्हें उनकी मूठ से ऊंचा करके पकड़ा और नीचे को धंसा दिया। पलक झपकते, तलवारें धरती में धंस गईं। उसने अंतिम बार, उन आधी धंसी, रक्तरंजित तलवारों को देखा जो उसके बहुत काम आई थीं। वह दोबारा कभी उनका प्रयोग नहीं करेगा। वह एक घुटने पर झुका, अपने प्रहार के लिए जगह बनाने को उसने अपने कंधे पीछे किए और फिर उसने दोनों मूठों को अपनी हथेलियों से बाहरी ओर घुमाते हुए दोनों फलकों के दो टुकड़े कर दिए।

फिर वह उठा, उसने अपना कनटोप पीछे किया और अपना नकाब उतार दिया। सती उसकी नाक की हड्डी पर एक काले आग के गोले का गोदना देख सकती थी जिसकी किरणें बाहर की ओर बिखरी हुई थीं। स्वथ ने हाथ पीछे करके अपनी पीठ के आरपार बंधी म्यान से तलवार खींची। उसके अन्य शस्त्रों के विपरीत, यह तलवार चिह्नित थी। इस पर उनके देवता अतेन का नाम अंकित था। उसके नीचे भक्त का नाम, स्वथ, अंकित था। यह फलक पहले कभी प्रयोग नहीं किया गया था। इसका मात्र एक उद्देश्य था: अंतिम शिकार के रक्त को चखना। उसके बाद, इस तलवार का कभी प्रयोग नहीं किया जाएगा। स्वथ और उसके वंशजों द्वारा इसकी पूजा की जाएगी।

स्वथ सती के सामने झुका, उसने अपनी नाक की हड्डी पर काले गोदने की ओर इशारा किया और एक प्राचीन सौगंध दोहराई।

"अतेन की अग्नि तुझे भस्म कर देगी। और तेरी अग्नि को बुझाने का सम्मान मुझे शुद्ध कर देगा।"

सती हिली नहीं। वह कुलबुलाई तक नहीं। वह खामोशी से स्वथ को घूरती रही।

स्वथ एक घुटने पर झुका। उसे सती को एक सम्मानजनक मौत देनी थी! उसका सिर काटने का प्रश्न ही नहीं उठता था। उसने उसके हृदय का निशाना लिया, और अपनी तलवार की मूठ को इस प्रकार पकड़ा कि उसका अंगूठा ऊपर की ओर था। उसने सहारे के लिए अपने दूसरे हाथ को मूठ के पीछे की ओर लगा लिया।

हर प्रकार से तैयार होकर, स्वथ ने सती को घूरा, उस चेहरे को जिसके बारे में वह जानता था कि वह शेष जीवन उसकी स्मृति में आता रहेगा। “आपको मारना मेरे जीवन का सम्मान होगा, देवी।”

“नहीं...!”

दूर कहीं से हवा पर लहराती एक चीख सुनाई दी।

एक तीर सरसराता हुआ आया और स्वथ के हाथ में घुस गया। जैसे ही उसकी तलवार धरती पर गिरी, वह यह देखकर चकित रह गया कि एक और तीर उड़ता हुआ आकर सीधे उसके कंधे में लगा।

“भागो!” हत्यारे चिल्लाए।

उनमें से एक ने स्वथ को उठाया और उसे घसीटकर ले जाने लगा।

“नहीं...!” स्वथ अपने लोगों के विरुद्ध संघर्ष करता हुआ चिल्लाया, जो उसे उठाकर वापस ले जा रहे थे। अंतिम शिकार को नहीं मारना अतेन के अनुयायियों के लिए सबसे बड़े पापों में से था। लेकिन उसके लोग उसे छोड़कर नहीं जा सकते थे।

लगभग एक हजार मेलूहाई सती के निकट पहुंच चुके थे, जिनमें व्याकुल दक्ष और वीरिनी सबसे आगे थे।

“स-ती...,” दक्ष चिल्लाए, जिनका चेहरा पीड़ा से क्षुब्ध था।

“मुझे मत छूना!” धरती पर ढहते-ढहते सती दहाड़ी।

दक्ष बुरी तरह रोते हुए दोहरे हो गए थे और अपने नाखून अपने चेहरे में गड़ा रहे थे।

“सती!” वीरिनी ने चिल्लाते हुए अपनी बेटी को अपनी बांहों में ले लिया।

“मां...” सती फुसफुसाई।

"बोलो मत। आराम करो," वीरिनी चिल्लाई, और फिर उसने उतावलेपन से पलटकर देखा। "वैद्यों को बुलाओ! तुरंत!"

"मां..."

"चुप रहो, मेरी बच्ची।"

"मां, मेरा समय आ गया है..."

"नहीं! नहीं! हम तुम्हें बचा लेंगे! हम तुम्हें बचा लेंगे!"

"मां, मेरी बात सुनिए!" सती ने कहा।

"मेरी बच्ची..."

"मेरा शरीर शिव को सौंपा जाएगा।"

"तुम्हें कुछ नहीं होगा," वीरिनी सुबक उठी। मेलूहा की रानी एक बार फिर से पलटी। "कोई वैद्यों को बुलाएगा? तुरंत!"

सती ने अपनी मां का चेहरा आश्चर्यजनक शक्ति से पकड़ लिया। "मुझे वचन दीजिए! केवल शिव को!"

"सती..."

"वचन दीजिए!"

"हां, मेरी बच्ची, मैं वचन देती हूं।"

"और, गणेश और कार्तिक दोनों ही मेरी चिता जलाएंगे।"

"तुम नहीं मरोगी!"

"गणेश और कार्तिक दोनों! वचन दीजिए मुझे!"

"हां, हां। मै वचन देती हूं।"

सती ने अपने सांस लेने को धीमा कर दिया। वह जो सुनना चाहती थी, सुन चुकी थी। उसने उस सारे विलाप को मस्तिष्क से बाहर कर दिया जिसे वह अपने आसपास सुन रही थी। उसने अपना सिर अपनी मां की गोद में टिकाया और शांति वार्ता भवन की ओर देखने लगी। दरवाजे खुले हुए थे। भगवान राम और सीता माता की प्रतिमाएं स्पष्ट दिखाई दे रही थीं। वह उनकी कृपालु और स्वागत करती आंखों को महसूस कर सकती थी। शीघ्र ही वह वापस उनके पास होगी।

अचानक हवा चलने लगी, और उसके आसपास जमीन पर पड़े धूल के कणों और पत्तों को घुमेड़े देने लगी। सती ने घुमेड़े को देखा। ऐसा लगता था जैसे धूल के कण एक आकृति बना रहे हैं। उसने ध्यान से देखा और शिव

की छवि स्पष्ट होने लगी। उसे वह वचन याद आ गया जो उसने शिव से किया था! कि उनके वापस आने पर वह उनसे मिलेगी।

मुझे क्षमा कर दें। मुझे क्षमा कर दें।

हवा उतनी ही अचानक थम गई। सती को अपनी दृष्टि धुंधलाती महसूस होने लगी। अंधकार बढ़ने सा लगा। ऐसा लगने लगा जैसे उसकी दृष्टि सिमटकर एक निरंतर छोटे हो रहे वृत्त तक रह गई हो, जिसके चारों ओर अंधकार था। हवा में एक बार फिर से प्राण आ गए। धूल के कण और पत्ते फिर से उठे और उन्होंने सती को वह दृश्य दिखाया जिसके साथ वह मरना चाहती थीः उसके जीवन का प्रेम, उसका शिव।

मैं आपकी प्रतीक्षा करूंगी, प्रिय।

अपने शिव के बारे में सोचते हुए, सती ने शांति से अपने शरीर से अपनी अंतिम श्वास निकलने दी।

अध्याय 46

नील-प्रभु का शोक

शीघ्रातिशीघ्र मेलूहाई राजधानी पहुंचने के लिए, शिव ने एक व्यापारिक पोत का संचालन किया था, जिसने एक सप्ताह से कुछ अधिक बाद देवगिरि पर लंगर डाला।

"वह सती द्वारा संचालित पोत होगा," लंगर डाले एक खाली पोत की ओर संकेत करते हुए शिव ने कहा।

"इसका अर्थ है कि वे अभी भी देवगिरि में हैं," गणेश ने कहा। "भूमिदेवी, तेरी कृपा।"

काली ने अपनी मुट्ठी भींच ली। "यदि उन्होंने उन्हें बंदी बना लिया है और बातचीत करने की आशा कर रहे हैं, तो मैं स्वयं इस नगर की हर चल वस्तु को नष्ट कर डालूंगी।"

"हमें इतना बुरा नहीं सोचना चाहिए, काली," शिव ने कहा। "हम सब जानते हैं कि सम्राट में कितनी भी बुराइयां सही, वे सती को हानि नहीं पहुंचाएंगे।"

"मैं सहमत हूं," कार्तिक ने कहा।

"और यह मत भूलिए, रानी काली," गोपाल ने कहा, "कि हमारे पास भयंकर पशुपतिअस्त्र है। इसका सामना कोई नहीं कर सकता। कोई नहीं। इस भयानक अस्त्र की धमकी मात्र हमारा उद्देश्य पूरा करने के लिए पर्याप्त होगी।"

काष्ठफलक के पोत से आकर टकराने की ध्वनि पर उनकी बातचीत बंद हुई।

"सब कहां हैं?" शिव ने काष्ठफलक पर पैर रखते हुए कहा।

"बंदरगाह को परित्यक्त कैसे छोड़ा जा सकता है?" चकित आयुर्वती ने

पूछा, जिसने मेलूहा में बिताए इतने वर्षों में कभी ऐसा नहीं देखा था।

"चलते हैं," शिव ने कहा, जिनकी रीढ़ तक में अब बेचैनी बढ़ रही थी।

सारा दल नीलकंठ के साथ कदम से कदम मिलाकर चलने लगा। शिव के लोग बंदरगाह के क्षेत्र से बाहर निकले, तो उनकी निगाह विशाल शांति वार्ता भवन पर पड़ी। अबोध्य रूप से, भवन के बाहर शिविरों की एक बस्ती बनी हुई थी।

"इस क्षेत्र को हाल ही में पूरी तरह साफ किया गया है," गोपाल ने कहा। "घास तक खोद डाली गई है।"

"निस्संदेह ऐसा ही हुआ होगा," अपने भय को शांत करते हुए शिव ने कहा। "उन्हें वार्ता के लिए एक शुद्ध क्षेत्र चाहिए होगा।"

ब्राह्मणों का एक समूह शांति वार्ता मंडप के बंद द्वार के निकट पूजा कर रहा था।

"ये किसके लिए प्रार्थना कर रहे हैं, पंडितजी?" शिव ने पूछा।

"ये शांति के लिए प्रार्थना कर रहे हैं," गोपाल बोला।

शिव को इसमें कुछ भी बेतुका नहीं लगा।

"किंतु... ये आत्माओं की शांति के लिए प्रार्थना कर रहे हैं," चकित गोपाल ने कहा। "मृतकों की शांति के लिए..."

शिव ने सहजभाव से अपने एक ओर हाथ डाला और अपनी तलवार निकाल ली। उनके पूरे दल ने ऐसा ही किया।

वे बस्ती के निकट पहुंचे, तो पर्वतेश्वर और आनंदमयी एक तंबू से बाहर आए। उनके पीछे सादी सी सफेद धोती और अंगवस्त्र पहने एक छोटे डीलडौल का व्यक्ति था जिसका सिर बीच में एक पारंपरिक बालों के गुच्छे के अतिरिक्त पूरी तरह मुंडा हुआ था जो उसके ब्राह्मण वंश का प्रतीक था। उसकी एक लंबी, सफेद दाढ़ी थी।

"मुनिवर भृगु," तुरंत अपने हाथ नमस्ते के लिए जोड़ते हुए गोपाल फुसफुसाया।

"नमस्ते, महान वासुदेव," भृगु ने गोपाल के निकट आते हुए विनम्रता से कहा।

शिव ने अपने वास्तविक विरोधी को देखा तो अपनी सांस रोक ली। वह व्यक्ति जिससे वह पहली बार मिल रहा था।

"महान नीलकंठ," भृगु ने कहा।

"महान महर्षि," शिव ने उत्तर दिया, जिसकी अपनी तलवार पर पकड़ मजबूत हो गई थी।

भृगु ने कुछ कहने के लिए मुंह खोला, हिचकिचाए, फिर उन्होंने पर्वतेश्वर की ओर देखा जो अब उनके पास आकर खड़े हो गए थे। पर्वतेश्वर और आनंदमयी अपने सप्राण देवता के आगे झुक गए। पर्वतेश्वर सीधे हुए, तो शिव ने अपने मित्र से शत्रु बने व्यक्ति के चेहरे को पहली बार पास से देखा। वह चकित रह गया। मेलूहाई सेनापति की आंखें लाल और सूजी हुई थीं, जैसे वे कई सप्ताह से सोए न हों।

"क्या सम्राट आपको नगर में प्रवेश करने की अनुमति नहीं दे रहे हैं?" शिव ने पूछा।

"हमने प्रवेश न करने का निर्णय लिया है, प्रभु," पर्वतेश्वर ने कहा।

"क्यों?"

"हम अब उन्हें अपना सम्राट नहीं मानते हैं।"

"क्या इसका कारण यह है कि वार्ता जो करने का प्रयास कर रही है, आप उससे सहमत नहीं हैं? क्या इसी कारण से आप यहां हमारी प्रतीक्षा कर रहे हैं, और आपके ब्राह्मण मृत्यु के श्लोकों का उच्चारण कर रहे हैं?"

पर्वतेश्वर कुछ नहीं बोल सका।

"यदि आप संघर्ष चाहते हैं, पर्वतेश्वर, तो ऐसा ही होगा," शिव ने घोषणा की।

"संघर्ष समाप्त हो चुका है, प्रभु।"

"पूरा युद्ध ही समाप्त हो चुका है, महान नीलकंठ," भृगु ने कहा।

आश्चर्यचकित शिव की भृकुटियां तन गईं। वह गोपाल की ओर मुड़ा।

"क्या राजकुमारी सती सम्राट को मनाने में सफल हो गईं?" गोपाल ने पूछा। "हम केवल सोमरस का अंत चाहते हैं। यदि मेलूहा इन शर्तों को स्वीकार कर ले, तो नीलकंठ को शांति की घोषणा करने में प्रसन्नता होगी।"

"मेरे प्रभु," आंखों में आंसू भरे पर्वतेश्वर ने शिव की कोहनी को स्पर्श किया। "मेरे साथ आइए।"

"कहां?"

पर्वतेश्वर ने एक पल को शिव को देखा और फिर दोबारा धरती को देखने

लगा। "कृपया आइए।"

शिव ने अपनी तलवार को म्यान में डाला और पर्वतेश्वर के पीछे चलने लगा जो शांति वार्ता भवन की ओर जा रहा था। उनके पीछे-पीछे अन्य लोग भी आने लगेः भृगु, काली, गणेश, कार्तिक, गोपाल, आयुर्वती, वीरभद्र, कृत्तिका, बृहस्पति और तारा। आनंदमयी अपने शिविर के बाहर ही रही। वह उसे देखना सहन नहीं कर सकती थी जो अभी होने वाला था।

पर्वतेश्वर भवन के प्रवेश द्वार तक पहुंचा तो ब्राह्मणों द्वारा संस्कृत श्लोकों का गुंजन जारी था। सेनापति ने एक गहरी सांस ली और विशाल द्वार को धक्का देकर खोल दिया। शिव ने प्रवेश किया तो उसने जो देखा उसे देखकर वह दंग रह गया।

विशाल कक्ष में बीस शैया बिछाई गई थीं। प्रत्येक शैया पर एक घायल सैनिक था, जिसकी देखभाल एक ब्राह्मण वैद्य कर रहा था। पहली शैया पर शिव के सबसे उत्कट भक्तों में से एक था, जिसे उसने तिब्बत में पाया था।

"नंदी!" बड़े-बड़े डग भरकर शैया की ओर जाते हुए शिव चिल्लाया।

शिव ने घुटनों के बल झुककर नंदी के चेहरे को छुआ। वह मूर्च्छित था। उसकी दोनों बांहें कटी हुई थीं! बाईं बांह उसकी कलाई के निकट और दाहिनी कोहनी के पास से। उसके पूरे शरीर पर अनेक छोटे-छोटे घाव थे, शायद छोटे-छोटे प्रक्षेप्यों के फलस्वरूप। उसका चेहरा घावों से भरा हुआ था। शैया विशेष रूप से इस तरह की बनाई गई थी कि नंदी की पीठ का एक भाग उससे स्पर्श न हो। शायद उसकी पीठ पर भी कोई गंभीर घाव आया था। शिव देख सकता था कि घाव भर रहे थे, लेकिन यह भी उतना ही स्पष्ट था कि घाव गंभीर थे और उसके शरीर को इनसे उबरने में लंबा समय लगने वाला था।

"घाव खुले छोड़ दिए गए हैं ताकि इन्हें हवा लगती रहे, महान नीलकंठ," ब्राह्मण वैद्य ने उससे दृष्टि बचाते हुए कहा। "हम जल्दी ही नई पट्टियां बांधेंगे। मेजर नंदी पूरी तरह ठीक हो जाएंगे। और यहां उपस्थित अन्य सभी सैनिक भी।"

शिव नंदी के चेहरे को कोमलता से स्पर्श करते हुए उसे लगातार देखता रहा और उसके अंदर क्रोध बढ़ता गया। वह अचानक उठा और पर्वतेश्वर पर अपनी तलवार तान दी।

"इसके लिए मुझे सम्राट का वध कर देना चाहिए!" शिव गुर्राया।

पर्वतेश्वर धरती को देखते हुए स्तब्ध सा खड़ा रहा।

"यदि सम्राट समझते हैं कि यह करके और सती को बंदी बनाकर वे मेरे हाथ को रोक सकेंगे, तो वे सपनों में जी रहे हैं।"

"एक बार दीदी को पता लग गया कि हम यहां पहुंच चुके हैं," काली पर्वतेश्वर पर फुफकारी, "तो वे भाग निकलेंगी। और मेरा विश्वास कीजिए, फिर हमारा क्रोध बड़ा भयानक होगा। अपने साम्राज्य पर शासन करने वाले उस बकरे से कह दीजिए कि मेरी बहन को छोड़ दे। तुरंत!"

किंतु पर्वतेश्वर स्थिर और शांत ही रहा। फिर वह अगोचर रूप से कांपने लगे।

"सेनापति?" गोपाल ने तर्कसंगत होने का प्रयास करते हुए कहा। "किसी प्रकार की हिंसा की आवश्यकता नहीं है। बस राजकुमारी को छोड़ दें।"

भृगु ने गोपाल से बात करने का प्रयास किया, लेकिन वे उस बात को कहने का साहस नहीं जुटा पाए जो उन्हें कहनी थी।

"मुनिवर भृगु," गोपाल ने अपना स्वर नीचा लेकिन दृढ़ रखते हुए कहा। "हमारे पास पशुपतिअस्त्र है। यदि हमारी मांगें नहीं मानी गईं तो हम उसका प्रयोग करने से हिचकिचाएंगे नहीं। राजकुमारी को तुरंत मुक्त कर दें। देवगिरि में सोमरस की कार्यशाला बंद कर दें। ऐसा तुरंत करें और हम चले जाएंगे।"

भृगु पशुपतिअस्त्र के समाचार से स्तब्ध थे। वे क्षण भर को पर्वतेश्वर की ओर घूमे। किंतु सेनापति दैवी अस्त्र के संकट को भी समझने में असफल रहा था। अब वह बुरी तरह रो रहा था और उसका शरीर दुख से कांप रहा था। वह उस स्त्री को खो देने पर रो रहा था जिसे उसने हमेशा अपनी अजन्मी बेटी के समान ही प्रेम किया था।

"पर्वतेश्वर," अपनी तलवार और निकट लाते हुए शिव गरजा। "मेरे धैर्य की परीक्षा मत लीजिए। सती कहां है?"

अंततः चेहरे पर बहते आंसुओं के साथ पर्वतेश्वर ने शिव की ओर देखा।

शिव ने उसे घूरा और अब शिव के हृदय में एक भयानक अहसास जागृत हो गया था। उसकी भौंहों के बीच की जगह भयानक ढंग से कपकपाने लगी थी।

"प्रभु," पर्वतेश्वर सुबका। "मुझे दुख है..."

शिव के मस्तिष्क में एक तीव्र पीड़ाजनक विचार आया और तलवार

उसकी क्षीण पड़ गई पकड़ से छूटकर गिर गई।

आतंकित आंखों के साथ शिव सेनापति की ओर बढ़ा। "पर्वतेश्वर, वह कहां है?"

"प्रभु... मैं समय से नहीं पहुंच सका..."

शिव ने पर्वतेश्वर को उसका अंगवस्त्र पकड़कर खींचा और उसके गले को जोर से जकड़ लिया। "पर्वतेश्वर! सती कहां है?"

किंतु पर्वतेश्वर बोल नहीं सका। वह असहाय ढंग से रोता ही रहा।

शिव ने देखा कि भृगु ने क्षण भर को उसके पीछे की दिशा में देखा। उसने पर्वतेश्वर को छोड़ा और तुरंत पलट गया। उसने कक्ष के दूर वाले छोर पर एक बड़ा सा लकड़ी का द्वार देखा।

"स-ती...," कमरे की ओर दौड़ते हुए शिव चिल्लाया।

ब्राह्मण वैद्य तुरंत क्रोधित शिव के रास्ते से हट गए।

"सती!"

शिव ने द्वार को धड़धड़ाया। द्वार पर ताला लगा था। वह पीछे हटा, और उसने जगह बनाकर अपना कंधा द्वार पर मारा। द्वार एक इंच हिला पर मजबूत ताले ने उसे फिर से उसके स्थान पर वापस ला दिया।

उस एक क्षण में, शिव ने दरार से बड़ी-बड़ी हिमशिलाओं का ढेर देखा। अब उसका माथा सुलग रहा था और वह ऐसी पीड़ा से गुजर रहा था जिसे सहन कर पाना अधिकांश मनुष्यों के लिए असंभव था।

एक मेलूहाई तेजी से कक्ष की कुंजियां लाने दौड़ा।

"सती!" शिव चिल्लाया और उसने फिर से द्वार में टक्कर मारी जिससे उसके कंधे में खपच्चियां लग गईं और उससे रक्त निकलने लगा।

द्वार अपने स्थान पर रहा।

शिव ने पीछे हटकर एक जोरदार लात मारी। अंततः द्वार खुलकर धड़ाम से गिरा।

नीलकंठ की सांस थमी की थमी रह गई।

कमरे के मध्य में, हिम के ढेर में, उस व्यक्ति का क्षत-विक्षत शरीर पड़ा हुआ था जो उसके लिए सर्वश्रेष्ठ थी। उसकी सती।

"सती...!"

नीलकंठ धड़धड़ाते हुए कमरे में घुसा चला आया। उसके माथे से लगता

था जैसे उसके भीतर कोई विस्फोट हुआ हो। उसकी आंखों के मध्य के स्थान को अग्नि प्रज्वलित कर रही थी।

उसने सती के शरीर पर रखी हिमशिलाओं को हटाने के लिए उतावलेपन से घूंसे मारने आरंभ कर दिए। उन अचल शिलाओं पर मारने से उसके हाथ घायल हो गए, उनसे रक्त बहने लगा। शिलाओं को हटाकर अपनी सती तक पहुंचने के प्रयास में निरंतर उन पर घूंसे मारते और उनके टुकड़े तोड़ते रहा। उसका रक्त जमे हुए जल में रिसना आरंभ हो गया।

"सती...!"

कुछ मेलूहाई कमरे के दूसरी ओर से दौड़ते हुए आए और सती को ढकने वाली हिमशिलाओं में अंकुड़े डालने लगे। उन्होंने जोर से खींचा। शिलाएं हिलीं और पीछे को फिसलने लगीं। शिव लगातार हिम को पीटते और उस पर धक्के लगाता रहा।

शिला मात्र आधी ही खिसकी होगी कि शिव ने ढेर पर छलांग लगा दी। हिम में एक समाधि जैसा छोटा सा गढ़ा बना दिया गया था। बर्फीले ताबूत में सती का शव रखा हुआ था, उसके हाथ छाती पर बंधे हुए थे।

शिव समाधि में कूद पड़ा और उसने उसके शरीर को अपनी बांहों में कसकर ऊपर उठा लिया। वह जमकर अकड़ चुकी थी और उसकी त्वचा नीली सी हो गई थी। उसके चेहरे पर गहरा घाव था और उसकी बाईं आंख बाहर निकल गई थी। उसका बायां हाथ आंशिक रूप से कटा हुआ था। उसके पेट में दो बड़े-बड़े छेद थे। उसके अनेक घावों में रिसा हुआ रक्त उसके पूरे क्षत-विक्षत शरीर पर जम गया था। आकाश की ओर देखते हुए हताशा से रोते, अनर्गल प्रलाप करते शिव ने सती को अपने वक्ष से सटा लिया था, उसका हृदय आप्लावित था, उसकी आत्मा बिखर गई थी।

"सती...!"

यह ऐसा विलाप था जो संसार को सहस्राब्दियों तक झकझोरने वाला था।

अध्याय 47

एक मां का संदेश

अस्त होते सूर्य ने आकाश में तरह-तरह के रंग भर दिए थे, और शांति वार्ता भवन पर एक धूमिल सी चमक बिखेर दी थी। पर्वतेश्वर का शिविर साफ कर दिया गया था। क्रोध से बल खाते कार्तिक ने वहां उपस्थित हर व्यक्ति को मार डालने की धमकी दी थी। नीलकंठ के पुत्र के उचित क्रोध को और न भड़काने के उद्देश्य से, भृगु ने पर्वतेश्वर, आनंदमयी और उसके लोगों को देवगिरि के अंदर चले जाने का आदेश दिया था, उस नगर में जिसमें जाने से अभी तक वे मना करते रहे थे।

गोपाल शांति वार्ता भवन के बाहर उस अस्थायी तंबू में था, जो शिव के दल के लिए लगाया गया था। वासुदेव प्रमुख दलपति से बात कर रहे था कि क्या भावी कार्रवाई सर्वश्रेष्ठ होगी। हर कोई प्रतिशोध चाहता था, किंतु मात्र एक दल के साथ देवगिरि पर आक्रमण करना मूर्खता होती। यद्यपि मेलूहा की प्रमुख सेना और उसके सहयोगियों को दूरस्थ मोहनजोदड़ो में वहां के नागरिकों द्वारा रोक लिया था, किंतु फिर भी देवगिरि के पास अपनी रक्षा करने के लिए पर्याप्त सैनिक थे। इसके अतिरिक्त, राजधानी की रक्षात्मक विशेषताओं पर इतने छोटे आक्रामक बल से पार नहीं पाया जा सकता था, जितना इस समय शिव के नेतृत्व में था। उनमें से कुछ पशुपतिअस्त्र का प्रयोग करने का सुझाव दे रहे थे। गोपाल ने इसे तुरंत नकार दिया। इस अस्त्र का प्रयोग करने का प्रश्न ही नहीं था। शिव और गोपाल दोनों ही वचन दे चुके थे।

आयुर्वती शांति वार्ता भवन के बाहरी कक्ष में व्यस्त हो गई थी और सती के घायल अंगरक्षकों के स्वास्थ्यलाभ का निरीक्षण कर रही थी। एक रोगी को दिए जा रहे औषधीय घोल का निरीक्षण करते हुए, उसकी दृष्टि आंतरिक कक्ष

के बंद द्वार पर पड़ी। सती का मृत शरीर वहीं रखा हुआ था और उसका परिवार बंद द्वार के पीछे मौन भाव से शोक मना रहा था। आयुर्वती ने एक आंसू पोंछा और वापस अपने काम में लग गई। दुख से लड़ने का एकमात्र तरीका यही था कि वह स्वयं को अपने काम में व्यस्त रखे।

आंतरिक कक्ष, जहां सती के शव को अस्थायी रूप से रखा गया था, मेलूहाइयों द्वारा राजकुमारी की इस अंतिम इच्छा को पूरा करने के लिए बनाया गया था कि शिव के आने तक उसे संभालकर रखा जाए। आंतरिक कक्ष की दीवारों में ऊंचाई पर नन्हे-नन्हे छेद किए गए थे और उनमें कई धौंकनियां लगा दी गई थीं ताकि हवा निरंतर अंदर आती रहे। शांति वार्ता भवन के बाहर लकड़ी का एक विशाल वृत्ताकार कोल्हू बनाया गया था जिसमें बीस बैल जोते गए थे। पशुओं की अविराम वृत्ताकार चाल कोल्हू को निरंतर चला रही थी। इससे, छोटे कोल्हुओं और चरखियों की एक व्यवस्था द्वारा, धौंकनियों का लगातार दबना और खुलना संचालित हो रहा था, जिससे उस आंतरिक कमरे में हवा लगातार जा रही थी जहां सती का शव रखा गया था। पटसन, कपास और ठंडा करने वाली एक और सामग्री की एक पर्दी धौंकनी के आगे लगाई गई थी। बंबों और केशिकाओं के एक प्रबंध द्वारा, पानी लगातार पर्दी पर गिर रहा था। धौंकनी से निकलने वाली हवा इस पर्दी से गुजरती थी और कमरे में फैलने से पहले शीघ्रता से ठंडी हो जाती थी। हिम के ढेर की समग्रता को इस उत्कृष्ट मेलूहाई तकनीक द्वारा बनाकर रखा गया था, लेकिन अब ढेर के मध्य में जो हिम था वह शिव के शरीर से निकल रहे ताप और उनकी तेज सांस से पिघलने लगा था। इससे सती का शव धीरे-धीरे पिघलने लगा था, जिससे उसका जमा हुआ रक्त अब पिघलने लगा था। एक फीका, रंगहीन सा द्रव रिसने लगा, जैसे यह उसके घावों से बहुत धीमे-धीमे विलाप कर रहा हो।

शिव वहां स्थिर बैठे ठंड और अपने दुख के कारण कांप रहा था, हतप्रभ होकर पूर्ण रूप से अवाक था और सती के निर्जीव शरीर को बांहों में संभाले शून्य में तक रहा था। हिम पर बैठे होने के बावजूद, शिव का माथा बुरी तरह फड़क रहा था, जैसे भीतर कोई विशाल अग्नि धधक रही हो। उसकी भौंहों के मध्य एक क्रोधपूर्ण काला-लाल धब्बा सा बन गया था। वह घंटों से इसी प्रकार बैठा थह। हिला तक नहीं था। न ही उसने कुछ खाया था। उसने रोना बंद कर दिया था। लगता था जैसे उसने अपने प्रेम की तरह निर्जीव रहने का निर्णय

कर लिया था।

काली आंतरिक कक्ष के द्वार के निकट बैठी जोर-जोर से सुबक रही थी और सती के साथ अपनी अंतिम मुलाकात में अपने व्यवहार के लिए स्वयं को कोस रही थी। यह एक ऐसा अपराधबोध था जो जीवन भर उसे सालने वाला था। धीमे लेकिन निरंतर रूप से एक अनियंत्रित आवेश उसके भीतर पनप रहा था। पर अभी यह दुख से ही ढका हुआ था।

कृत्तिका बर्फ के ढेर के पास बैठी बुरी तरह कांप रही थी। वह तब तक रोती रही थी जब तक उसके आंसू समाप्त नहीं हो गए थे। वह हर कुछ पल पर बर्फ को छू रही थी। वीरभद्र, जिसकी आंखें सूजी हुई थीं, उसके पास बैठा हुआ था। उसने एक हाथ कृत्तिका के कंधे पर रखा हुआ था जिससे वह सांत्वना प्राप्त भी कर रहा था और दे भी रहा था, लेकिन उसका दूसरा हाथ अकड़ा हुआ था और उसकी मुट्ठी कसी हुई थी। वह प्रतिशोध चाहता था। वह प्रत्येक ऐसे व्यक्ति को यातना देना और मिटा डालना चाहता था जिसने सती के साथ यह किया था! जिसने उसके मित्र शिव के साथ यह किया था।

बृहस्पति और तारा कक्ष के एक अन्य छोर पर बैठे थे। मेलूहा के भूतपूर्व प्रमुख वैज्ञानिक का चेहरा आंसुओं से तर था। वह मेलूहाई जीवनशैली के प्रतिरूप के रूप में सती का सम्मान करता था। वह यह भी जानता थे कि शिव अब कभी भी पहले जैसा नहीं रहेगा। कभी भी। तारा निरंतर शिव को देख रही थी और उसकी सारी सहानुभूति अभागे नीलकंठ के साथ थी। वह उस आत्मविश्वासी और मित्रतापूर्ण आदमी की छाया मात्र लग रहा था जिससे वह परिहा में मिली थी।

कार्तिक और गणेश दीवार से पीठ टिकाए हिमशीतल भूमि पर अनुभूतिशून्य से बैठे थे। उनकी आंखें हिम के ढेर पर टिकी थीं, अपने पिता की जड़ आकृति पर जहां वे उनकी माता के क्षत-विक्षत शरीर को बांहों में संभाले बैठे थे। आंसुओं ने उनकी आंखों को लगभग अंधा सा कर दिया था। दुख की बाढ़ ने उनके हृदयों को सुन्न सा कर दिया था। वे हाथ पकड़े खामोशी से बैठे किसी प्रकार यह समझने का प्रयास कर रहे थे कि यह सब क्या हो गया है।

गणेश को लगा कि उसने हिम के ढेर पर कुछ गतिविधि देखी है। उसने दृष्टि उठाई तो एक विस्मित कर देने वाला दृश्य देखा। उसे ऐसी अनुभूति हुई जैसे उसकी मां अपने शरीर से उठकर ऊपर हवा में तैरने लगी हों। गणेश ने

अपनी दृष्टि वापस अपने पिता पर डाली तो उसने वहां अपनी मां के एक और शरीर को देखा, जो उसके पिता की बांहों में स्थिर पड़ा हुआ था। गणेश ने वापस अपनी मां की आकृति को देखा, और उसका मुंह खुला रह गया।

सती एक विशाल वृत्त-चाप बनाते हुए उड़ी और धीमे से गणेश के सामने उतर गई। उसके पैरों ने धरती को स्पर्श नहीं किया और मिथकीय देवियों की तरह वे हवा में ही लटके रहे। मिथकीय देवियों की ही तरह वह पुष्पों की माला पहने हुए थी। लेकिन मिथकीय देवियों के रक्त नहीं बहता था। लेकिन सती का बहुत अधिक रक्त बह रहा था। गणेश अपने सामने खड़ी सती के क्षत-विक्षत शरीर, बाहर निकाल दी गई आंख और चेहरे के आर-पार गहरे घाव को देख सकता था, जिससे धीरे-धीरे रक्त रिस रहा था। उसके चेहरे पर जलने का दाग एकदम लाल था, जैसे अभी भी जल रहा हो। उसका बायां हाथ बड़ी नृशंसता से काट डाला गया था और इसके घाव से उसके हृदय की धड़कन के साथ रक्त झटकों में निकल रहा था। उसके पेट में दो बड़े-बड़े घाव थे जिनसे किसी युवा पहाड़ी नदी जैसी उच्छृंखलता के साथ रक्त फूट रहा था। उसके सारे शरीर पर अनेक छोटे-छोटे कटाव थे और उनसे और भी रक्त बह रहा था। सती की दाहिनी मुट्ठी कसकर बंधी हुई थी, उसका शरीर क्रोध से कांप रहा था। उसकी दाईं आंख में रक्त उतरा हुआ था, और वह ठीक गणेश पर केंद्रित थी। उसके रक्तरंजित बाल खुले हुए और लहरा रहे थे, जैसे उन पर तीव्र हवा आक्रमण कर रही हो।

यह एक भयानक दृश्य था।

मां...

मां...

“मेरा प्रतिशोध लो!” सती फुफकारी।

मां...

“मेरा प्रतिशोध लेना!”

गणेश ने अपना हाथ कार्तिक से छुड़ाया और उसे भींच लिया। उसने अपने दांत पीसे और अपने मस्तिष्क की सीमाओं के भीतर फुफकारा। *अवश्य, मां!*

“याद रखना मैं कैसे मरी थी!” सती गरजी।

अवश्य! अवश्य!

"मुझे वचन दो! तुम याद रखोगे मैं कैसे मरी थी!"

मैं वचन देता हूं, मां! मैं सदैव याद रखूंगा!

सती अचानक अदृश्य हो गई। गणेश ने बुरी तरह रोते हुए हाथ बढ़ाया। "मां!"

गणेश के ठीक साथ-साथ, कार्तिक ने भी अपनी मां की आकृति को देखा।

ऐसा लगा जैसे सती की आत्मा अपने शरीर से निकलकर कार्तिक के सामने उतरने से पहले कुछ समय तक मंडराती रही थी। उसके पांव भी धरती से ऊपर लटके रहे थे, उसके गले में भी ताजा फूलों की माला थी। लेकिन गणेश ने जो देखा था उसके विपरीत, कार्तिक के सामने आई छाया पूर्ण और सकल थी।

कोई घाव नहीं था। वह ठीक उसी तरह दिख रही थी जैसे कार्तिक को अंतिम बार उसे देखना याद था। लंबे डीलडौल और ताम्र त्वचा के साथ वह एक सुंदर मुस्कान सजाए हुए थी जिससे उसके दोनों गालों पर गड्ढे पड़ जाते थे। उसकी चमकदार नीली आंखें सौम्य आभा के साथ चमक रही थीं, उसके काले बाल एक शालीन जूड़े में बंधे हुए थे। उसकी खड़ी मुद्रा और शांत भाव से कार्तिक को याद आ गया कि वह किस बात का प्रतीक थी: एक अनम्य मेलूहाई जो हमेशा विधि और अन्यों की भलाई को अपने से आगे रखता है।

कार्तिक फूट-फूटकर रोने लगा।

मां...

"मेरे पुत्र," सती फुसफुसाई।

मां, मैं सबको यातनाएं दूंगा! मैं उनमें से एक-एक को मार डालूंगा! मैं उनका रक्त पी जाऊंगा! मैं इस पूरे नगर को जला डालूंगा! मैं आपका प्रतिशोध लूंगा!

"नहीं," सती ने कोमलता से कहा।

हतप्रभ कार्तिक खामोश पड़ गया।

"क्या तुम्हें कुछ याद नहीं है?"

मैं आपको सदैव याद रखूंगा, मां। और देवगिरि ने आपके साथ जो किया है, मैं उसके लिए उन सबको इसका दंड भोगने को मजबूर कर दूंगा।

सती का चेहरा कठोर हो गया।

"क्या तुम्हें कुछ याद नहीं है जो मैंने तुम्हें सिखाया है?"

कार्तिक खामोश हो गया।

"प्रतिशोध समय की बर्बादी है," सती ने कहा। "मैं महत्वपूर्ण नहीं हूं। एकमात्र बात जो महत्वपूर्ण है, वह धर्म है। क्या तुम मेरे प्रति अपना प्रेम सिद्ध करना चाहते हो? तो सही काम करके इसे सिद्ध करो। क्रोध के आगे मत झुको। केवल धर्म के आगे झुको।"

मां...

"भूल जाओ मैं कैसे मरी थी," सती ने कहा। "बस यह याद रखो कि मैं कैसे जी थी।"

मां...

"मुझे वचन दो! तुम याद रखोगे कि मैं कैसे जी थी।"

मैं वचन देता हूं, मां... मैं सदैव याद रखूंगा...

अध्याय 48

महान विचार-विमर्श

शिव के दल में प्रतिशोध की मांग करने वालों को अगले सवेरे एक बड़ा प्रोत्साहन मिला। आशा के विपरीत, भगीरथ ढाई लाख सैनिकों को लेकर आ पहुंचा था। अयोध्याई राजकुमार चिंतित था कि यदि देवगिरि में मेलूहाइयों ने कोई छल किया तो उसके प्रभु का क्या होगा। वह विशाल मेलूहाई राजपथों से होता हुआ सैनिकों को लोथल से सरस्वती तक लेकर आया था, और रास्ते में बस संक्षिप्त रूप से भोजन या छोटे-छोटे विश्राम-सत्रों के लिए रुका था। सरस्वती पर, उसने अधिक से अधिक व्यापारिक पोतों को अपनी कमान में लिया और महान नदी के रास्ते देवगिरि पहुंच गया था।

"हे भगवान राम!" हतप्रभ भगीरथ फुसफुसाया।

गोपाल ने अभी भगीरथ को बताया था कि देवगिरि में क्या हुआ था और किस क्रूर ढंग से सती को मार डाला गया था।

"राजकुमारी का शव कहां है?" अश्रुपूर्ण आंखों के साथ चेनारध्वज ने पूछा।

"शांति वार्ता भवन में," गोपाल ने कहा। "प्रभु नीलकंठ उनके साथ हैं। वे पिछले चौबीस घंटों से वहां से नहीं हिले हैं। उन्होंने न तो कुछ खाया है, न ही कुछ बोले हैं। वे बस राजकुमारी सती के शव को लिए वहीं बैठे हैं।"

चेनारध्वज ने आकाश की ओर देखा। वह पलटा और उसने अपना एक आंसू पोंछा। वे भावना के मोती एक क्षत्रिय में कमजोरी का चिह्न थे।

"हम एक-एक नराधम को मार डालेंगे!" भगीरथ गुर्राया। उसकी भिंची हुई मुट्ठियों का एक-एक जोड़ सफेद हो रहा था। "हम इस पूरे नगर को मिटा डालेंगे। इस स्थान का कोई चिह्न तक नहीं बचेगा। इन्होंने हमारे सप्राण देवता

को कष्ट पहुंचाया है।"

"राजकुमार भगीरथ," गोपाल ने कहा, जिसकी हथेलियां याचनापूर्वक खुली हुई थीं। "हम पूरे नगर को दंड नहीं दे सकते। हमें अपना मस्तिष्क खुला रखना चाहिए। हमें केवल उन लोगों को दंड देना चाहिए जो इस हत्या के लिए उत्तरदायी हैं। हमें सोमरस की कार्यशाला को नष्ट करना चाहिए। शेष को हमें अक्षत छोड़ देना चाहिए। ऐसा ही करना उचित है..."

"क्षमा करें, महान वासुदेव," चंद्रकेतु ने हस्तक्षेप किया, "परंतु कुछ अपराध इस प्रकार के होते हैं कि उसका दंड सारे समुदाय को भोगना चाहिए। उन्होंने देवी सती की हत्या की है, और वह भी ऐसे क्रूर ढंग से।"

"लेकिन उन्हें मारने के लिए सब नहीं आए थे। एक बड़ा बहुमत तो यह भी नहीं जानता था कि सम्राट का क्या करने का आशय है," गोपाल ने तर्क किया।

"एक बार यह आरंभ होने के बाद वे इसे रोकने के लिए तो आ सकते थे, नहीं क्या?" चंद्रकेतु ने पूछा। "एक पाप को खड़े होकर देखते रहना भी उतना ही बड़ा पाप है जितना कि स्वयं पाप करना। क्या वासुदेव ऐसा नहीं कहते हैं?"

"यह एक बिल्कुल ही भिन्न संदर्भ है, राजा चंद्रकेतु," गोपाल ने कहा।

"मैं असहमत हूं, पंडितजी," वैशाली के राजा मातलि ने कहा। "देवगिरि को दंड भोगना ही होगा।"

"मेरे विचार से माननीय गोपाल की बात सही है," लोथल के प्रांतपाल चेनारध्वज ने कहा। "कुछ लोगों के पाप के लिए हम देवगिरि में सभी को दंडित नहीं कर सकते।"

"मुझे यह सुनकर आश्चर्य क्यों नहीं हुआ?" मातलि ने पूछा।

"इसका क्या अर्थ हुआ?" चेनारध्वज ने चिढ़ते हुए कहा।

"आप मेलूहाई हैं," मातलि ने कहा। "आप तो अपने लोगों का पक्ष लेंगे ही। हम चंद्रवंशी हैं। हम ही सही अर्थों में प्रभु नीलकंठ के प्रति निष्ठावान हैं।"

चेनारध्वज क्रोधित होकर मातलि की ओर बढ़ा। "मैंने अपने ही लोगों के विरुद्ध विद्रोह किया, अपने देश के विधान के विरुद्ध, मेलूहा के प्रति अपनी निष्ठा की शपथ के विरुद्ध क्योंकि मैं नीलकंठ का अनुयायी हूं। मैं प्रभु शिव के प्रति निष्ठावान हूं। और, मुझे आपके लिए कुछ सिद्ध करने की आवश्यकता

नहीं है।"

"सब लोग शांत हो जाएं," ब्रंगा के राजा चंद्रकेतु ने कहा। "हमें यह नहीं भूलना चाहिए कि वास्तविक शत्रु कौन है।"

"वास्तविक शत्रु देवगिरि है," मातलि ने कहा। "उन्होंने देवी सती के साथ ऐसा किया है। उन्हें दंड मिलना चाहिए। स्पष्ट सी बात है।"

"मैं सहमत हूं," भगीरथ ने कहा। "हमें पशुपतिअस्त्र का प्रयोग करना चाहिए।"

गोपाल क्रोधित हो उठा। "पशुपतिअस्त्र कोई साधारण तीर नहीं है, जिसे बिना किसी सोच-विचार के चला दिया जाए, राजकुमार भगीरथ। इससे इस पूरे क्षेत्र में शताब्दियों तक के लिए मृत्यु और विनाश फैल जाएगा।"

"शायद यह स्थान इसी के योग्य है," चंद्रकेतु ने कहा।

"ये दैवी अस्त्र हैं," उत्तेजित गोपाल बोला। "मनुष्यों के मतभेदों के निपटारे के लिए इनका अंधाधुंध प्रयोग नहीं किया जा सकता।"

"प्रभु शिव कोई साधारण मनुष्य नहीं हैं," भगीरथ ने कहा। "वे दिव्य हैं। हमें अस्त्र का प्रयोग करना चाहिए ताकि..."

"हम पशुपतिअस्त्र का प्रयोग नहीं कर सकते। यह अंतिम निर्णय है," गोपाल ने कहा।

"मुझे ऐसा नहीं लगता, पंडितजी," चंद्रकेतु ने कहा। "देवी सती सर्वश्रेष्ठ नैतिक आचरण वाली एक महान अग्रेता और योद्धा थीं। प्रभु नीलकंठ देवी सती से इतना प्रेम करते थे जितना मैंने कभी किसी पुरुष को किसी स्त्री से करते नहीं देखा। मुझे विश्वास है कि प्रभु शिव प्रतिशोध चाहते होंगे। और स्पष्ट बात है कि हम भी यही चाहते हैं।"

"हमें प्रतिशोध नहीं चाहिए, राजा चंद्रकेतु," गोपाल ने कहा। "हमें न्याय चाहिए। जिन लोगों ने देवी सती के साथ यह किया है, उनके साथ न्याय होना चाहिए। किंतु केवल उन्हीं के साथ जो इस विश्वासघात के लिए उत्तरदायी थे। किसी और को दंड नहीं मिलना चाहिए। क्योंकि यह और भी बड़ा अन्याय होगा।"

"आपका स्वर औचित्यपूर्ण है, पंडितजी," मातलि ने कहा। "किंतु यह औचित्य का समय नहीं है। यह क्रोध का समय है।"

"मुझे नहीं लगता कि नीलकंठ क्रोध में कोई निर्णय लेंगे," गोपाल ने

कहा।

"तो क्यों न हम प्रभु शिव से ही पूछें?" भगीरथ ने कहा। "उन्हीं को निर्णय लेने दें।"

— ⅄ⵀⵡⵜⵙ —

"उन सबको मार डालो!" काली गुर्राई। "मैं चाहती हूं कि यह पूरा नगर अपने सारे नागरिकों के साथ जले।"

शिव के सारे सेनाध्यक्ष और परिवार के सदस्य शांति वार्ता के मुख्य भवन के बाहर चबूतरे पर पृथक क्षेत्र में बैठे थे। बृहस्पति और तारा भी उनके साथ आ गए थे, लेकिन अधिकतर मौन ही थे। इस क्षेत्र को सैनिकों द्वारा पृथक कर दिया गया था ताकि वहां चल रहे विचार-विमर्श को कोई सुन न सके। गोपाल ने प्रयास किया था कि शिव भी आ जाए, पर नीलकंठ ने उसकी किसी विनती का उत्तर नहीं दिया था। वह ठंड से जम रहे कक्ष में सती को संभाले अकेला ही बैठा रहा।

"रानी काली," गोपाल ने तर्क किया, "आपसे असहमत होने के लिए क्षमा चाहता हूं, पर हम ऐसा नहीं कर सकते। यह नैतिक रूप से अनुपयुक्त है।"

"क्या मेलूहाइयों ने वचन नहीं दिया था कि यह शांति वार्ता है? एक शांति वार्ता में किसी को अस्त्रों का प्रयोग नहीं करना चाहिए, सही? उन्होंने ऐसा काम किया जो नैतिक रूप से अत्यंत अनुपयुक्त है। आपने इस पर कैसे ध्यान नहीं दिया, पंडितजी?"

"दो अनुपयुक्त बातें एक उपयुक्त बात नहीं बनातीं।"

"मुझे चिंता नहीं," काली ने उनकी बात को नकारते हुए हाथ हिलाकर कहा। "देवगिरि नष्ट होगा। उन्होंने मेरी बहन के साथ जो किया है, उसका दंड उन्हें भोगना ही होगा।"

"रानी काली," चेनारध्वज ने सावधानीपूर्वक कहा। "मैं आपका अत्यंत सम्मान करता हूं। आप एक महान स्त्री हैं। आप हमेशा न्याय के लिए लड़ी हैं। लेकिन क्या कुछ लोगों के अपराधों के लिए एक पूरे नगर को दंड देना न्यायोचित होगा?"

काली ने उसे उपेक्षापूर्ण नजरों से देखा। "मैंने आपकी जान बचाई थी,

चेनारध्वज।"

"मैं जानता हूं, देवी। मैं उसे कैसे भूल सकता हूं? यही कारण है..."

"आप वही करेंगे जो मैं आपसे करने को कहूंगी," काली ने हस्तक्षेप किया। "मेरी बहन का प्रतिशोध लिया जाएगा।"

चेनारध्वज ने तर्क करने का प्रयास किया। "पर..."

"मेरी बहन का प्रतिशोध लिया जाएगा!"

चेनारध्वज चुप हो गया।

भगीरथ सावधानीपूर्वक इस बातचीत से बचने का प्रयास कर रहा था। शांति वार्ता भवन की ओर जाते हुए उसे पता चला था कि उसकी बहन आनंदमयी देवगिरि में है। नगर को नष्ट किया जाएगा, पर उसे पहले अपनी बहन की रक्षा करनी थी।

"मैं रानी काली से सहमत हूं," चंद्रकेतु ने कहा। "देवगिरि को नष्ट होना होगा। हमें पशुपतिअस्त्र का प्रयोग करना होगा।"

विनाशकारी दैवी अस्त्र का उल्लेख सुनकर, कार्तिक पहली बार बोला। "अस्त्र का प्रयोग नहीं किया जा सकता।"

गोपाल ने कार्तिक को देखा और कृतज्ञ महसूस किया कि नीलकंठ के परिवार का कम से कम एक सदस्य तो उसका पक्षधर है।

"न्याय होगा," कार्तिक ने कहा। "मां के रक्त का प्रतिशोध लिया जाएगा। परंतु पशुपतिअस्त्र से नही। यह उस भयानक अस्त्र से नहीं लिया जा सकता।"

"कदापि नहीं," गोपाल ने तुरंत सहमति दी। "नीलकंठ ने वायुपुत्रों को वचन दिया है कि वे पशुपतिअस्त्र का प्रयोग नहीं करेंगे।"

"यदि ऐसा है, तो हम इसका प्रयोग नहीं कर सकते," भगीरथ ने कहा।

गोपाल ने इस बात से प्रसन्न होकर चैन की सांस ली कि वह उनमें से कुछ को कगार से वापस लाने में सफल रहा था। "प्रश्न यह है कि हम राजकुमारी सती को न्याय किस प्रकार दिलाएं?"

"उन सबको मारकर!" काली दहाड़ी।

"पर क्या उन बच्चों को मारना न्यायोचित है जिनका इससे कोई संबंध नहीं था?" भगीरथ ने पूछा।

"आप कल्पना कर रहे हैं, राजकुमार भगीरथ," काली ने कहा, "कि मेलूहाई अपने बच्चों की चिंता करते हैं।"

"देवी," भगीरथ ने कहा। "कृपया इस बात को समझने का प्रयास करें कि उन बच्चों को दंडित नहीं करना चाहिए जिनका इस अपराध से कोई संबंध नहीं था।"

"ठीक है!" काली ने कहा। "हम बच्चों को बाहर जाने देंगे।"

"और अयोद्धाओं को भी," कार्तिक बोला।

"विशेषकर स्त्रियों को," भगीरथ ने कहा। "हमें उन्हें बाहर जाने देना चाहिए। लेकिन उनके बाहर जाते ही, हमें नगर को नष्ट कर देना होगा।"

"क्या और भी कोई ऐसा है जिसे आप बचाना चाहेंगे?" काली ने व्यंग्यपूर्ण भाव से पूछा। "देवगिरि के कुत्तों के बारे में क्या विचार है? क्या हम उन्हें भी बाहर जाने दें? और शायद तिलचट्टों को भी?"

भगीरथ ने कोई उत्तर नहीं दिया। वह जो कुछ भी कहता, काली उससे क्रुद्ध ही होती।

काली ने कोसा। "ठीक है! बच्चों और अयोद्धाओं को बाहर जाने दिया जाएगा। शेष सभी नगर में बंदी रहेंगे। और वे सब मार डाले जाएंगे।"

"स्वीकृत," भगीरथ ने कहा। "मैं बस इतना कह रहा हूं कि हमें न्यायोचित होना चाहिए।"

"बात बस इतनी नहीं है, राजकुमार भगीरथ," कार्तिक फूट पड़ा। "सोमरस को नष्ट नहीं करना है। मेरे पिता इस बारे में एकदम स्पष्ट थे। इसे बस समीकरण से बाहर निकालना है। हमें सोमरस कार्यशाला को नष्ट करना है। परंतु हमें यह भी सुनिश्चित करना है कि सोमरस का ज्ञान नहीं खोए। हमें वैज्ञानिकों को बचाना है और उन्हें किसी गुप्त स्थान पर ले जाना है। वे उस जनजाति का भाग होंगे जो मेरे पिता अपने पीछे छोड़कर जाएंगे। ये लोग सोमरस के ज्ञान को जीवित रखेंगे। आज यह बुराई है, पर भविष्य में एक ऐसा समय आ सकता है जब यह फिर से अच्छाई बन जाएगा।"

गोपाल ने स्वीकृति में सिर हिलाया। "कार्तिक ने बुद्धिमत्ता की बात की है।"

"इसका अर्थ है कि भले ही उनमें से कुछ वैज्ञानिकों का मेरी माता की मृत्यु से संबंध रहा हो," कार्तिक ने कहा, "तो भी हमें अपनी पीड़ा को भुलाकर

उनकी रक्षा करनी होगी। हमें भारत के भविष्य के लिए उनकी रक्षा करनी होगी।"

गणेश ने कार्तिक को चुभते नेत्रों से देखा।

'अपनी पीड़ा को भुलाकर?'

कार्तिक मौन हो गया।

गणेश गहरी सांसें ले रहा था और बड़ी कठिनाई से अपनी भावनाओं को नियंत्रित कर पा रहा था। "क्या तुम्हें मां की मृत्यु पर क्रोध नहीं आ रहा है? कोई रोष? कोई आवेश?"

"दादा, मैं यह कहने का प्रयास कर रहा था..."

"तुम जिस दिन से पैदा हुए, उसी दिन से तुम्हें मां का प्रेम थाल में सजा हुआ प्राप्त हुआ। इसीलिए तुम इसे महत्व नहीं देते हो!"

"दादा..."

"एक मां के प्रेम के महत्व के बारे में मुझसे पूछना... तब पूछना जब तुम्हें यह प्राप्त नहीं होगा और तुम्हें इसकी हुड़क होगी!"

"दादा, मैं भी उन्हें प्रेम करता था। आप जानते हैं मैं..."

"तुमने उनका शरीर देखा, कार्तिक?"

"दादा..."

"देखा? तुमने उनका शरीर देखा?"

"दादा, बिल्कुल, मैंने..."

"उन पर इक्यावन घाव हैं! मैंने गिने हैं, कार्तिक! इक्यावन!"

"मैं जानता हूं..."

गणेश के चेहरे पर क्रोध से भरे आंसू बह रहे थे। "वे दुष्ट मां के मरने के पश्चात भी उन पर प्रहार करते रहे होंगे!"

"दादा, सुनिए..."

अब गणेश का शरीर क्रोध से कांप रहा था। "क्या तुम्हें उस समय रोष की अनुभूति नहीं हुई जब तुमने अपनी मां का क्षत-विक्षत शरीर देखा?"

"बिल्कुल हुई, दादा, किंतु..."

"किंतु?! इसमें क्या किंतु हो सकता है? उन पर सोमरस को पूजने वाले उन कई राक्षसों ने एक साथ आक्रमण किया होगा। उनसे प्रतिशोध लेना हमारा कर्तव्य है! हमारा कर्तव्य! हम संसार की सर्वश्रेष्ठ मां के लिए इतना तो कर

ही सकते हैं!”

“दादा, वे सर्वश्रेष्ठ मां थीं... पर उन्होंने हमें सदैव संसार को अपने से आगे रखना सिखाया था।”

गणेश ने कुछ नहीं कहा। उसकी लंबी फड़फड़ाती नाक अकड़ने लगी थी, जैसी वह उन दुर्लभ अवसरों पर हो जाती थी जब वो क्रोधित होता था।

कार्तिक विनम्रता से बोला। “दादा, यदि हम कोई और परिवार होते, तो मैं भी अपने आवेश के आगे झुक जाता... पर हम कोई और परविार नहीं हैं।”

गणेश दूसरी ओर देखने लगा, वह जवाब देने के लिए बहुत क्रोधित था।

“हम नीलकंठ का परिवार हैं,” कार्तिक ने कहा। “संसार के प्रति हमारा एक उत्तरदायित्व है।”

“संसार के प्रति उत्तरदायित्व?! मेरे माता-पिता मेरा संसार हैं!”

कार्तिक खामोश हो गया।

गणेश ने क्रुद्ध भाव से अपनी उंगली कार्तिक की ओर उठाई। “सोमरस को पूजने वाले इन अधमों में से कोई भी यहां से जीवित नहीं निकलेगा।”

“दादा...”

“एक-एक को मार डाला जाएगा! चाहे उन्हें मुझे स्वयं ही मारना पड़े।”

कार्तिक खामोश हो गया।

काली, गणेश और कार्तिक को देखते हुए गोपाल ने एक आह भरी। वहां बहुत अधिक क्रोध था। उन्हें सोमरस वैज्ञानिकों को गणेश और काली के क्रोध से सुरक्षित रखने का कोई उपाय नहीं सूझ रहा था। किंतु वे बातचीत को कम से कम पशुपतिअस्त्र का प्रयोग करने की बहस से हटाने में सफल रहे थे। और संभव था कि वे अगले कुछ घंटों में नीलकंठ के परिवार को सोमरस वैज्ञानिकों को बचाने की आवश्यकता के बारे में भी समझा सकें।

— ✻ —

शिव हिम समाधि में सती के शव को लिए मौन बैठा था। उसकी आंखें धंसी हुई और भावहीन थीं, उनमें न तो कोई आशा की किरण थी और न ही जीवित रहने का कोई कारण। उसके माथे पर काला-लाल धब्बा स्पष्ट रूप से थरथरा रहा था! वह ठंड के कारण कपकपा रहा था। सती की ठीक आंख से, जो अब बंद थी, द्रव की एक बूंद निकलकर आंसू की तरह उसके चेहरे पर बह गई

थी। कक्ष में नियमित अंतरालों पर प्रवेश कर रही ठंडी हवा की कोमल फुफकार के अतिरिक्त वहां बस एक अपृथ्वीय मौन था। अचानक एक कर्कश आवाज ने शिव को चौंका दिया! यह शायद मेलूहाई शीतकरण प्रणाली से जुते बैलों की आवाज थी।

उसने ठंडी, भावहीन आंखों से आसपास देखा। कक्ष में कोई नहीं था। उसने नीचे अपनी मृत पत्नी की ओर देखा। उसने उसके शरीर को अपने से निकट किया और उसके माथे पर कोमल सा चुंबन दिया। फिर उसने उसे वापस हिम पर सावधानीपूर्वक रख दिया।

उसके चेहरे को कोमलता से सहलाते हुए शिव फुसफुसाया, "यहीं ठहरो, सती। मैं शीघ्र ही वापस आऊंगा।" शिव हिम के ढेर से कूदा और आंतरिक कक्ष के द्वार तक गया। जैसे ही उसने उसे खोला, आयुर्वती उठकर खड़ी हो गई। अपने चिकित्सक दल के साथ, वह पिछले चौबीस घंटे से नंदी और अन्य सैनिकों की देखभाल कर रही थी।

"प्रभु," आयुर्वती ने कहा, जिसकी आंखें दुख और नींद की कमी के कारण सूजी हुई थीं।

शिव उसकी ओर ध्यान दिए बिना आगे बढ़ता रहा। आयुर्वती ने भय और आतंक से शिव को देखा। उसने नीलकंठ की आंखों को कभी इतना कठोर और सुदूर नहीं देखा था। ऐसा लगता था जैसे वह क्रोध के परे जा चुका हो! निर्दयता के परे! उन्माद के परे।

शिव ने मुख्य द्वार को खोला। उसने अपने दाहिनी ओर आवाजें सुनीं। उसने घूमकर देखा तो उसके साथी गहन वार्तालाप में लगे हुए थे। उसकी ओर सबसे पहले तारा का ध्यान गया।

"प्रभु नीलकंठ," तारा ने तुरंत खड़े होते हुए कहा।

शिव ने उसे कुछ पल भावहीन नेत्रों से देखा और फिर एक गहरी सांस लेने के उपरांत स्थिर भाव से बोला। "तारा, पशुपतिअस्त्र मेरे पोत में मेरी पेटी में है। उसे यहां लेकर आओ।"

व्याकुल गोपाल तेजी से शिव की ओर बढ़ा। वह जानता था कि शिव ने चौबीस घंटों से कुछ नहीं खाया है। वह सोया भी नहीं था। वह एक अमानवीय हिम के ढेर पर बैठा रहा था। दुख ने उसे लगभग अव्यवस्थित कर दिया था। वह जानता था कि नीलकंठ अपने आपे में नहीं है। "मेरे मित्र... मेरी बात

सुनिए। शीघ्रता में इस प्रकार का निर्णय मत लीजिए।"

शिव ने जमे हुए चेहरे के साथ गोपाल को देखा।

"मैं जानता हूं आप आवेश में हैं, नीलकंठ। किंतु ऐसा न कीजिए। मैं आपके भले हृदय को जानता हूं। आप इस पर पश्चाताप करेंगे।"

शिव पलटकर वापस वार्ता भवन में जाने लगा। गोपाल ने आगे बढ़कर शिव की बांह पकड़कर उसे वापस लाने का प्रयास किया।

"शिव," गोपाल ने विनती की, "आपने वायुपुत्रों को वचन दिया है। आपने अपने मामा माननीय मित्रा को वचन दिया है।"

शिव ने गोपाल के हाथ को कसकर पकड़ा और अपनी बांह से हटा दिया।

"शिव, इस अस्त्र की शक्ति भयानक और अप्रत्याशित है," गोपाल ने इस त्रासदी को रोकने के लिए बात करने के प्रयास में विनती की। "यदि पशुपतिअस्त्र के विनाश को आंतरिक घेरे तक भी सीमित रखा जाए, तो भी देवगिरि के तीनों चबूतरों को नष्ट करने का किसी भी प्रकार का प्रयास इस घेरे को विस्तृत कर देगा। यह केवल देवगिरि को नष्ट नहीं करेगा, यह हम सबको भी नष्ट कर देगा। क्या आप वास्तव में अपनी पूरी सेना, अपने परिवार और अपने मित्रों को मार डालना चाहते हैं?"

"उनसे कहिए कि वे चले जाएं।"

शिव की आवाज कोमल और मुश्किल ही से श्रव्य थी। उसके नेत्र सुदूर और अस्थिर ही रहे और अधर में घूरते रहे। गोपाल शिव को आशा की एक किरण के साथ देखते हुए एक पल को ठहरा। "क्या मैं हमारे लोगों को जाने के लिए कह दूं? पशुपतिअस्त्र के साथ?"

शिव हिला नहीं। उसके चेहरे पर कोई प्रतिक्रिया नहीं आई। "नहीं। इस नगर के लोगों से जाने के लिए कह दीजिए। उन लोगों के अतिरिक्त सबसे, जिन्होंने सोमरस की रक्षा की है या उसे बनाया है, और उनके जो सती की मौत के लिए प्रत्यक्ष रूप से उत्तरदायी हैं। क्योंकि जब मेरा काम पूर्ण होगा, तो दक्ष नहीं रहेगा। कोई सोमरस नहीं रहेगा। कोई बुराई नहीं रहेगी। मानो इस स्थान, इस बुराई का अस्तित्व कभी था ही नहीं। यहां कुछ जीवित नहीं रहेगा, कुछ नहीं उगेगा और कोई दो पत्थर यह दिखाने के लिए एक के ऊपर एक नहीं रहेंगे कि देवगिरि का कभी कोई अस्तित्व था। अब इस सबका अंत होगा।"

गोपाल कृतज्ञ था कि कम से कम देवगिरि के निर्दोष लोग तो बच

जाएंगे। किंतु दैवी अस्त्र के प्रयोग पर भगवान रुद्र के प्रतिबंध का क्या होगा?

"शिव, पशुपतिअस्त्र..." गोपाल आशा के साथ फुसफुसाया।

शिव ने भावहीनता से गोपाल को घूरा और ऐसे स्वर में बोला जो भयानक रूप से स्थिर था। "मैं इस सारे संसार को जला डालूंगा।"

गोपाल ने आतंकित भाव से शिव को देखा। नीलकंठ पलटा और वापस भवन में, अपनी सती के पास चला गया।

तारा खड़ी हुई।

"तुम कहां जा रही हो?" बृहस्पति फुसफुसाया।

"पशुपतिअस्त्र लेने," तारा ने धीमे से उत्तर दिया।

"तुम उसे नहीं ला सकतीं! वह हम सबको नष्ट कर देगा!"

"नहीं। नहीं करेगा। यह अस्त्र इस प्रकार से त्रिकोणाकार है कि विनाश नगर के भीतर तक सीमित रहेगा। यदि हम पांच किलोमीटर से अधिक दूर रहें तो हम प्रभावित नहीं होंगे।"

तारा जाने लगी।

बृहस्पति ने उसे वापस खींचा और उतावलेपन से बोला, "तुम क्या कर रही हो? तुम जानती हो यह अनुचित है, मेरी सहानुभूति शिव के साथ है, पर पशुपतिअस्त्र..."

तारा ने अपनी आंखों में बिना किसी संदेह के बृहस्पति को देखा। "भगवान राम के पवित्र नियमों को निर्लज्जता से तोड़ा गया है। नीलकंठ अपने प्रतिशोध के अधिकारी हैं।"

"निस्संदेह हैं," बृहस्पति ने तारा के नेत्रों को विचलित हुए बिना देखते हुए कहा। "किंतु पशुपतिअस्त्र द्वारा नहीं।"

"क्या आप उनकी पीड़ा का अनुभव नहीं करते? कैसे मित्र हैं आप?"

"तारा, कभी मैंने कुछ अनुचित करने का सोचा था। मैं एक ऐसे व्यक्ति की हत्या करना चाहता था जो सती से द्वंद्व करने वाला था। शिव ने मुझे रोका था। उन्होंने मुझे अपनी आत्मा पर एक पाप लेने से रोका था। यदि मैं उनका सच्चा मित्र हूं, तो मुझे उन्हें अपनी आत्मा को कलंकित करने से रोकना होगा। मैं उन्हें पशुपतिअस्त्र का प्रयोग नहीं करने दे सकता।"

"उनकी आत्मा पहले ही मर चुकी है, बृहस्पति। उनकी आत्मा उस हिम के ढेर पर पड़ी हुई है," तारा ने कहा।

"मैं जानता हूं, पर..."

तारा ने बृहस्पति से अपना हाथ छुड़ा लिया। "आप उनसे आशा करते हैं कि वे विधि अनुसार लड़ें जबकि उनके शत्रुओं ने ऐसा नहीं किया है। उन्होंने उनसे उनका सब कुछ छीन लिया है, उनका जीवन, उनकी आत्मा, उनके अस्तित्व का संपूर्ण कारण। वे अपने प्रतिशोध के अधिकारी हैं।"

अध्याय 49

नीलकंठ का ऋण

शिव की सेना को भगीरथ, चंद्रकेतु और मातलि के नेतृत्व में तीन समूहों में विभाजित किया गया था। प्रत्येक समूह देवगिरि के तीन चबूतरों के द्वारों के बाहर मोर्चे पर था। मातलि का समूह स्वर्ण चबूतरे को अवरुद्ध किए हुए था, चंद्रकेतु का बल रजत चबूतरे के निकास पर पहरा दे रहा था और भगीरथ का बल ताम्र चबूतरे की सीढ़ियों पर था। शिव के निर्देशों का पालन किया गया था। काली के विरोध की उपेक्षा करते हुए, शिव के बलों ने नगर के भीतर लोगों को सूचित कर दिया था कि उन क्षत्रियों के अतिरिक्त जो सोमरस की रक्षा के लिए लड़े थे और उन ब्राह्मणों के अतिरिक्त जिन्होंने सोमरस के निर्गाण के लिए कार्य किया था, उन्हें जाने की अनुमति दी जाती है। दक्ष और विद्युन्माली सहित उनके निजी अंगरक्षक भी इस सर्वक्षमा से पृथक रखे गए थे। निकासी आरंभ हो चुकी थी। शिव के सैनिकों में चंद्रवंशियों को जिस बात ने चकित किया, वह यह थी कि बड़ी संख्या में नागरिकों ने रुकने और देवगिरि के साथ मरने का निर्णय लिया था।

अनेक लोग ऐसे थे जो एक अनुशासित पंक्ति में नगर के द्वारों तक आए, उन्होंने अपने परिवारों को गरिमापूर्ण विदाई दी और अपनी मृत्यु की प्रतीक्षा करने के लिए चुपचाप वापस अपने घरों को चले गए। न कोई कटुता थी और न ही नगर को बचाने के प्रयास में द्वारों पर किसी प्रकार की लड़ाई। न ही अत्यंत नाटकीय विदाइयां।

गोपाल और कार्तिक ने स्वयं को भगीरथ के सैनिकों के साथ ताम्र चबूतरे पर तैनात किया था। इस ओर के सैनिक मूल रूप से ब्रंगा थे। परिधि के नाकों का निरीक्षण करने के बाद थका हुआ भगीरथ उनके पास वापस आ गया।

अयोध्या के राजकुमार ने द्वार पर नागरिकों की विचित्र सी हलचल की ओर सिर हिलाया, जिनमें से आधे बाहर आ रहे थे और शेष आधे नगर में वापस जा रहे थे। "यहां क्या चल रहा है?"

कार्तिक ने नेत्र झुका लिए और कुछ नहीं कहा, जबकि गोपाल की आंखें भर आईं।

"यह मेलूहाइयों में एक आंदोलन सा बन रहा है," वासुदेवों के प्रमुख ने कहा। "सम्मान का कार्य। ऐसा उद्देश्य जो आपसे आपका जीवन मांगता है। रुको और अपने नगर के साथ मरो। नीलकंठ के हाथों मरकर अपनी आत्मा को शुद्ध कर लो..." भावुक होकर उसने स्वयं को रोक लिया।

भगीरथ ने भौंहें तानी। "क्या तात्पर्य है आपका?"

गोपाल ने भीड़ की ओर संकेत किया, जहां एक और स्त्री ने एक दंपती को विदा कहा था और फिर चुपचाप नगर की ओर लौट गई थी। "स्वयं देख लीजिए," उन्होंने कहा।

भगीरथ ने तनी हुई भृकुटियों के साथ एक क्षण गोपाल के चेहरे को ध्यान से देखा और फिर स्त्री की ओर देखने लगा।

"क्षमा कीजिएगा, महोदया," भगीरथ ने उसे आवाज दी और वह रुककर उसकी ओर देखने लगी। "आप नगर में वापस क्यों जा रही हैं? आप अन्यों के साथ नगर से जा क्यों नहीं रही हैं?"

उसके अंगवस्त्र की तहें उसके आसपास हवा में धीरे-धीरे लहरा रही थीं। काले, शांत नेत्रों वाला उसका चेहरा कृपालु सा था। वह ऐसे स्थिर भाव से बोली जैसे मौसम के बारे में बात कर रही हो। "मैं एक मेलूहाई हूं। एक मेलूहाई होने का अर्थ यह नहीं है कि आप किस देश में रहते हैं--इसका अर्थ है कि आप कैसे रहते हैं, किस चीज मे विश्वास करते हैं। यदि किसी महान वस्तु के लिए संघर्ष न हो तो एक लंबे जीवन का क्या प्रयोजन? भगवान राम के सबसे पवित्र नियम को तोड़ा गया है। हमारा पतन हो गया है। हम जो कुछ हैं, वह पहले ही नष्ट हो चुका है। यदि यही हमारा कर्म है, तो हम इस जीवन में और किस वस्तु के लिए संघर्ष करने की आशा कर सकते हैं?"

भगीरथ को अपने कानों पर विश्वास नहीं हुआ।

मेलूहाई स्त्री आगे बोलती रही। "मैं नीलकंठ में विश्वास करती हूं। मैंने इतने वर्षों तक उनकी प्रतीक्षा की है, उनकी पूजा की है। और मेलूहा ने उनके

साथ यह किया। हमारी राजकुमारी के साथ--जो सारे मेलूहाइयों में सबसे अनुकरणीय थीं, जिन्होंने अपने जीवन की एक-एक सांस पूर्णतया भगवान राम की विधि के अनुसार जी। मेलूहा ने हमारे उन विधानों के साथ यह किया जो हमें वह बनाते हैं जो हम हैं।" वह एक क्षण को खामोश हुई, और उसकी आंखें भगीरथ की आंखों में कुछ खोजती रहीं। "मैं दोषी हूं। मैंने सोमरस लिया। मैंने सम्राट की बात मानी और आत्मतुष्टि और खामोशी के द्वारा मैं हर उस वस्तु की भागीदार रही जिसके निष्कर्ष में यह सब हुआ। यदि यह मेलूहा की बुराई है, तो यह मेरी भी बुराई है। मेरा कर्म है। मैं आज नीलकंठ के प्रति अपना ऋण चुकाऊंगी और प्रार्थना करूंगी कि इसके कारण मैं अपनी आत्मा पर कुछ कम पाप के साथ पुनर्जन्म ले सकूं।"

भगीरथ हतप्रभ था। यह क्या तर्क हुआ? स्त्री ने धीरे से अपना सिर हिलाया और फिर से पूरे संतुलन के साथ नगर की ओर चल दी।

पीछे से गोपाल का स्वर आया। "मैं जानता हूं। वे सब यही कह रहे हैं। मैं मेलूहाई हूं। विधि को तोड़ा गया है। यह मेरा कर्म है।"

वे खामोशी से खड़े स्त्री को जाते देखते रहे।

"राजकुमार भगीरथ।" वे दोनों थोड़ा सा चौंके और अपने मौन सोच-विचार से बाहर आ गए।

"हां, कार्तिक?" भगीरथ ने मुंह घुमाते हुए कहा।

"मैं चाहता हूं आप सेनापति पर्वतेश्वर को बुलाएं।"

"मैंने पहले ही आनंदमयी को बुलाने के लिए एक संदेशवाहक को भेजा है," भगीरथ ने कहा। "लेकिन अभी तक न तो वे आई हैं और न ही उनके पति। वे पर्वतेश्वर के बिना नहीं जाएंगी। मैं अभी भी उन दोनों को समझाने का प्रयास कर रहा हूं।"

"उनसे कहिए," गोपाल ने कहा, "माननीय कार्तिक और मैंने उन्हें यहां बुलाया है। हमें एक ऐसे विषय पर बात करनी है जो भारत के भविष्य के लिए महत्वपूर्ण है।"

भगीरथ चौंका। वह जानता था कि गोपाल और कार्तिक जो सुझाव दे रहे हैं, वह उसकी बहन और उसके पति को देवगिरि से निकालने का एकमात्र तरीका था, भले ही यह एक क्षीण सा बहाना था।

"मैं स्वयं नगर में जाऊंगा," भगीरथ ने कहा।

"और राजकुमार भगीरथ..." गोपाल हिचकिचाया।

"मैं समझता हूं, पंडितजी। मैं इसका एक शब्द भी किसी से नहीं कहूंगा।"

वे चुपचाप उस नगर की ओर देखते खड़े रहे जिसका कल कोई अस्तित्व नहीं रहेगा।

"क्षमा कीजिएगा," एक स्वर सुनाई दिया। उन्होंने पलटकर देखा तो वहां मेलूहाइयों का एक दल था।

"हां?" कार्तिक ने कहा।

"हम आज सवेरे नगर छोड़ गए थे लेकिन हमने अपना इरादा बदल दिया है। हम रुकना चाहेंगे। क्या हम वापस अंदर जा सकते हैं?"

गोपाल उन्हें अविश्वास से देखते रह गया, और भगीरथ ने नेत्र झुका लिए और मन ही मन प्रार्थना करता रहा कि वह अपनी बहन को जाने के लिए मना सके।

तृतीय प्रहर काफी बीत चुका था और सूर्यास्त होने वाला था। यह देवगिरि के लिए अंतिम सूर्यास्त होने वाला था। देवगिरि राजमहल से निकलते हुए वीरिनी ने आकाश की ओर देखा।

"महारानी," एक रक्षक ने उसके पीछे आकर प्रणाम किया।

वीरिनी ने लापरवाही से हाथ हिला दिया और द्वार की ओर बढ़ने लगी।

"महारानी? क्या आप जा रही हैं?" हतप्रभ रक्षक ने पूछा।

वह बुरी तरह चकित था कि मेलूहाई रानी उन्हें छोड़कर नीलकंठ के सर्वक्षमा के प्रस्ताव को स्वीकार कर रही है।

वीरिनी उत्तर देने का कष्ट उठाए बिना स्वर्ण चबूतरे के द्वार की ओर बढ़ती चली गई।

"क्या यह नीलकंठ का आदेश है?" अपने पति की ओर देखने से पहले आनंदमयी ने पूछा।

पर्वतेश्वर और वह ताम्र चबूतरे के एक पृथक खंड में थे और गोपाल,

कार्तिक और भगीरथ से बात कर रहे थे।

"वे ऐसा ही चाहते," गोपाल ने कहा। "बस इस समय वे यह जानते नहीं हैं।"

पर्वतेश्वर गुर्राया। "यदि नीलकंठ ने ना कहा है, तो इसका अर्थ है ना।"

"सेनापति, मैं आपकी निष्ठा का सम्मान करता हूं," गोपाल ने कहा। "लेकिन एक सकल चित्र भी है। अब सोमरस बुराई है। किंतु इसे पूर्ण रूप से नष्ट नहीं होना है। मेरी तरह आप भी जानते हैं कि इसे बस समीकरण से बाहर करना है। हमें सोमरस के ज्ञान को जीवित रखना है, क्योंकि दोबारा भी इसकी आवश्यकता पड़ सकती है। हम बात कर रहे हैं भारत के भविष्य की।"

"क्या आपका तात्पर्य यह है कि प्रभु नीलकंठ को भारत के भविष्य की चिंता नहीं है?" पर्वतेश्वर ने पूछा।

"मैं ऐसा कुछ नहीं कह रहा हूं, सेनापति," गोपाल ने कहा। "पर..."

अचानक कार्तिक बीच में बोला। "मैं अपने पिता के प्रति आपकी निष्ठा का सम्मान करता हूं। और मुझे विश्वास है कि आप भी उनके प्रति मेरे प्रेम के बारे में जानते होंगे।"

पर्वतेश्वर ने बिना कुछ बोले स्वीकृति में सिर हिलाया।

"अभी मेरे पिता बुरी तरह व्याकुल हैं," कार्तिक ने कहा। "आप मेरी माता के प्रति उनके अनुराग को जानते थे। उनकी मृत्यु के दुख ने उनके मस्तिष्क को भ्रमित कर दिया है। वे क्रुद्ध हैं, और ऐसा होना उचित ही है। पर आप यह भी जानते हैं कि उनका हृदय शुद्ध है। वे ऐसा कुछ भी नहीं करना चाहेंगे जो धर्म के विरुद्ध हो। मैं बस इतना चाहता हूं कि सोमरस की तकनीक को तब तक जीवित रखा जाए जब तक कि मेरे पिता का क्रोध कम न हो जाए। यदि ठंडे मस्तिष्क से सोच-विचार के पश्चात भी वे यही निर्णय लेंगे कि सोमरस से संबद्ध प्रत्येक वस्तु को नष्ट कर दिया जाए, तो मैं निजी रूप से इसका प्रबंध करूंगा।"

पर्वतेश्वर विचारमग्न और काली आंखों के साथ अधर में देखने लगा।

"और ऐसा करने के लिए आपको ब्राह्मणों का और उनके साथ सोमरस के पुस्तकालयों का बचा रहना सुनिश्चित करना होगा," उसने आह भरी। "उनमें से बहुत से सोमरस पूजक बुद्धिजीवी जीवित रहने के इस अवसर को

हथिया लेंगे। पर कुछ ऐसे हैं जिन्होंने मर्यादा की पुकार के बारे में सुना है। कार्तिक, तुम किसी व्यक्ति को उसकी मर्यादा का परित्याग करने को विवश नहीं कर सकते। तुम उसे जीवित रहने को विवश नहीं कर सकते, विशेषकर यदि इसका अर्थ उस सोमरस को जारी रखना है जिसे उसके नीलकंठ ने बुराई घोषित किया है और जो उसकी मातृभूमि का विनाश कर रहा है।"

कार्तिक ने पर्वतेश्वर का हाथ पकड़ लिया। "सेनापति, मेरी मां मेरे सपने में आई थीं। उन्होंने मुझसे सही काम करने को कहा। उन्होंने कहा कि मैं याद रखूं कि वे कैसे जी थीं, और कैसे मरी थीं। आप भी जानते हैं कि वे भी वही करतीं जो मैं करने का प्रयास कर रहा हूं।"

पर्वतेश्वर ने आकाश की ओर देखा और तुरंत एक अश्रु पोंछ लिया। वह काफी देर तक मौन रहा। "ठीक है, कार्तिक," अंततः वह बोला। "मैं उन लोगों को बाहर लेकर आऊंगा। जहां संभव होगा मैं उन्हें बात करके बाहर निकालूंगा, और जहां संभव नहीं होगा वहां मैं उन्हें बलपूर्वक बाहर निकालूंगा। किंतु याद रखना, वे आपका उत्तरदायित्व होंगे। आपको बुराई का और प्रचार करने की अनुमति नहीं दी जा सकती। केवल प्रभु नीलकंठ ही सोमरस के भाग्य का निर्णय कर सकते हैं। न आप, न माननीय गोपाल, न और कोई।"

— ⁂ —

वीरिनी तीव्रता से स्वर्ण चबूतरे की सीढ़ियों से उतरने लगी जबकि वहां एकत्रित सभी लोग अपनी रानी के लिए रास्ता बनाने लगे थे। यहां का कार्यभार मातलि के सैनिकों के पास था जो नगर से जाने की इच्छा करने वाले प्रत्येक व्यक्ति के लिखित प्रमाणों और पूर्व ब्योरों की जांच कर रहे थे। सैनिकों ने वीरिनी को प्रणाम किया। उन्होंने अनमने भाव से उन्हें प्रत्युत्तर दिया किंतु वे निरंतर नगर से चार किलोमीटर दूर बन रहे लकड़ी के विशाल बुर्ज की ओर बढ़ती रहीं। यही वह स्थान था जहां से पशुपतिअस्त्र को छोड़ा जाना था।

बुर्ज के निकट पहुंचते हुए, वीरिनी ने शिव को निर्देश जारी करते हुए देखा। उसने उनके निकट खड़ी स्त्री को तुरंत पहचान लियाः बृहस्पति की प्रेमिका, तारा। गणेश तारा के साथ काम कर रहा था, जहां उसका मेधावी अभियांत्रिकी कौशल ठोस बुर्ज को बनाने में काम आ रहा था। काली कुछ दूरी पर एक चट्टान पर बैठी थी! वह विचारों में डूबी सी लगती थी।

उसे सबसे काली ने ही देखा। "मां!"

वीरिनी शिव की ओर बढ़ी और काली और गणेश उसकी ओर आने लगे।

शिव ने वीरिनी को स्थिर नेत्रों से देखा, जबकि उसके माथे में अब निरंतर थरथराती पीड़ा उसके लिए ध्यान केंद्रित करना कठिन बना रही थी। वीरिनी हमेशा शिव के नेत्रों से! उनमें बसी बुद्धिमत्ता, स्थिरता और प्रमोद से हतप्रभ रह जाती थी। उसका विश्वास था कि ये उसकी आंखें थीं न कि उसका नीला कंठ जो उसके करिश्मे का आधार था। लेकिन इस समय उनसे पीड़ा और दुख के अतिरिक्त कुछ भी प्रतिबिंबित नहीं हो रहा था, जो एक ऐसी आत्मा की झांकी प्रस्तुत कर रहा था जिसने अपने जीने का कारण खो दिया था।

शिव को एक क्षण को भी संदेह नहीं था कि वीरिनी सती की हत्या में किसी भी प्रकार से सम्मिलित थीं। उसने अपना सिर झुकाया और हाथ जोड़कर सम्मानपूर्वक नमस्ते किया।

वीरिनी ने शिव का हाथ पकड़ लिया, और उसके नेत्र शिव के माथे पर काले-लाल थरथराते धब्बे पर चले गए। "मेरे पुत्र, मैं उस पीड़ा की कल्पना भी नहीं कर सकती जिससे आप गुजर रहे हैं।"

शिव मौन रहा। वह खोया और टूटा हुआ सा दिख रहा था।

"मैंने सती को एक वचन दिया था, एक वचन जो उसने मुझे विवश करके मुझसे ले लिया था। मैं यहां उसी को पूरा करने आई हूं।"

शिव की आंखों को अचानक अपना केंद्र मिल गया। उसने वीरिनी की ओर देखा।

"उसकी इच्छा थी कि उसकी अंत्येष्टि उसके दोनों पुत्रों द्वारा की जाए।"

गणेश ने, जो वीरिनी के निकट खड़ा था, एक सिसकी भरी और उसकी आंखों से आंसू निकल पड़े। परंपरा यह थी कि पिता की अंत्येष्टि बड़ी संतान करती थी और मां की अंत्येष्टि सबसे छोटी संतान करती थी। साथ ही, किसी अंत्येष्टि में नागाओं के सम्मिलित होने को अशुभ माना जाता था। इसलिए गणेश ने अपनी मां की चिता को अग्नि देने का सम्मान पाने की आशा नहीं की थी।

काली ने पलटकर गणेश को संभाल लिया।

"परंतु परंपरा के अनुसार मां की अंत्येष्टि केवल सबसे छोटी संतान ही कर सकती है," वीरिनी ने शिव से कहा। "यदि इस परंपरा को कोई चुनौती

दे सकता है, तो वह केवल आप हैं।"

"मुझे इस परंपरा की तनिक भी चिंता नहीं," शिव ने कहा। "यदि सती ऐसा चाहती थी, तो ऐसा ही होगा।"

"मैं कार्तिक से भी कह दूंगी," वीरिनी ने कहा। "मुझे बताया गया है कि वह ताम्र चबूतरे पर है।"

शिव ने खामोशी से सिर हिलाया और फिर वह पलटकर उस भवन की ओर देखने लगा जहां सती का शरीर हिम समाधि में रखा हुआ था।

वीरिनी शिव का आलिंगन करने के लिए आगे बढ़ी। शिव ने अपनी सास को धीरे से पकड़ा।

"थोड़ी शांति प्राप्त करने का प्रयास कीजिए, शिव," वीरिनी ने कहा। "सती भी यही चाहती।"

"क्या आप शांति पाने में सफल रही हैं?"

वीरिनी ने फीकी सी मुस्कान दी।

"हमें अब तभी शांति प्राप्त होगी जब हम सती से फिर से मिलेंगे," शिव ने कहा।

"वह एक महान स्त्री थी। किसी भी मां को उस जैसी बेटी पाकर गर्व होता।"

शिव खामोश रहा और उसने अपनी आंख के कोने से एक आंसू पोंछा।

वीरिनी ने शिव का हाथ पकड़ लिया। "मुझे आपको यह बताना होगा। वह जीवित हो सकती थी। जब उसे षड्यंत्र के बारे में पता चला, तो वह देवगिरि में थी, हमारे महल में। वह इससे बाहर रहने का निर्णय कर सकती थी। लेकिन वह लड़ती हुई शहर से निकल गई और नंदी और अपने अन्य अंगरक्षकों को बचाने के लिए लड़ाई में कूद पड़ी। वह अंतिम सांस तक अपने विरोधियों से लड़ी और उन्हें ललकारते हुए एक वीर, सम्मानजनक योद्धा की मौत मरी। यह उस प्रकार की मौत थी जैसी वह हमेशा से अपने लिए चाहती थी! जैसी कोई भी योद्धा अपने लिए चाहता है।"

शिव की आंखें फिर से भर आईं। "सती ने अपने लिए बहुत ऊंचे मानक स्थापित किए हुए थे।"

वीरिनी उदासी से मुस्कुराई।

शिव ने एक गहरी सांस ली। उसे पशुपतिअस्त्र पर ध्यान देना था। उसने

एक विनम्र नमस्ते के लिए अपने हाथ जोड़े। "मुझे..."

शिव ने झुककर अपनी सास के चरण छुए। वीरिनी ने धीरे से उनके सिर को छुआ और उन्हें आशीर्वाद दिया। वह वापस पलटकर अस्त्र के काम का निरीक्षण करने चला गया। यही एक काम था जो उसकी आत्मा को फटने से रोके हुए था।

वीरिनी ने पलटकर अपनी पुत्री काली और नाती गणेश का आलिंगन किया।

"मैंने तुम दोनों के साथ अन्याय किया है," वीरिनी ने कहा।

"नहीं, ऐसा नहीं है, मां," काली ने कहा। "पाप तो पिताजी ने किए हैं। आपने नहीं।"

"किंतु मैं मां का कर्तव्य निभाने में असफल रही। जब उन्होंने तुम्हें स्वीकार करने से मना कर दिया था तो मुझे अपने पति को त्याग देना चाहिए था।"

काली ने सिर हिलाया। "आपको एक पत्नी का कर्तव्य भी निभाना था।"

"पत्नी का कर्तव्य पति के कुकृत्यों में उसका साथ देना नहीं है। वास्तव में, जब पति गलत हो तो एक अच्छी पत्नी अपने पति को सुधारती है, भले ही इसके लिए उसे उसके साथ कितनी ही कठोरता क्यों न बरतनी पड़े।"

"मुझे नहीं लगता वे सुनते, नानी," गणेश ने अपनी नानी से कहा, "चाहे आप कितना भी प्रयास करतीं। वह व्यक्ति..."

वीरिनी ने अपने नाती की ओर देखा और गणेश ने उनके सामने अपने नाना का अपमान करने से स्वयं को रोक लिया। वीरिनी ने उसकी आंखों को देखा। वे उस तरह शांत और अनासक्त नहीं थीं जैसी वे तब थीं जब वीरिनी ने अपनी पिछली भेंट में उन्हें देखा था। वे क्रोध से भरी हुई थीं! अपनी मां की मृत्यु पर दबे आक्रोश से भरी।

"नानी, मुझे क्षमा करना। मुझे बुर्ज पर काम करना है।"

"अवश्य, मेरे बच्चे।"

गणेश ने झुककर अपनी नानी के पैर छुए और वापस तारा के पास चला गया।

"मां, थोड़ी देर ठहरें तो गणेश आपको हमारे पोत पर ले चलेगा," काली ने कहा। "आप यह सब पूरा होने तक वहां ठहर और फिर हमारे साथ पंचवटी

वापस चल सकती हैं। मेरे घर में आपका होना बहुत अच्छा लगेगा, भले ही यह जब होना था उसके सौ साल बाद हो। हमारे साथ आपके होने से हमें अपने दुख और सती द्वारा छोड़े गए शून्य से जूझने में सहायता मिलेगी।"

वीरिनी ने मुस्कुराकर काली को गले से लगा लिया। "तुम्हारे घर में रहने के लिए मुझे अपने अगले जन्म की प्रतीक्षा करनी होगी, मेरी बच्ची।"

काली चकित रह गई। "मां! उस बूढ़े बकरे के पापों का दंड आपको नहीं भोगना चाहिए! आप देवगिरि वापस नहीं जाएंगी!"

"हास्यास्पद मत बनो, काली। मैं मेलूहा की रानी हूं। जब देवगिरि मरेगा, तो भी मरूंगी।"

"कदापि नहीं!" काली चिल्लाई। "इसका कोई कारण नहीं..."

"क्या पंचवटी के विनाश वाले दिन तुम पंचवटी को छोड़ दोगी?"

काली सुन्न पड़ गई। लेकिन नागा रानी आसानी से हार मानने वाली नहीं थी। "यह एक कल्पनात्मक प्रश्न है, मां। महत्वपूर्ण यह है कि..."

"महत्वपूर्ण है, मेरी बच्ची," वीरिनी ने हस्तक्षेप किया, "उस व्यक्ति की पहचान जिसने इस षड्यंत्र को पूरा करने में तुम्हारे पिता की सहायता की। बहुत से षड्यंत्रकारी और हत्यारे भाग चुके हैं। वे कल यहां नहीं मरेंगे। तुम्हें उन्हें ढूंढ़ना होगा। तुम्हें उन्हें दंडित करना होगा।"

अध्याय 50

एक धरोहर की रक्षा

पश्चिमी क्षितिज पर सूर्य कब का डूब चुका था। कार्तिक, गोपाल और भगीरथ ताम्र चबूतरे के दूर वाले छोर पर तैनात थे। इस क्षेत्र को स्पष्ट रूप से न तो अन्य दो चबूतरों से देखा जा सकता था और न ही शिव की सेना के छावनी क्षेत्र से। कार्तिक के लिए अपने कार्य को पूरा करने के लिए यह सर्वश्रेष्ठ स्थान था।

दिवोदास की कमान के बीस ब्रंगा सैनिक, जो बल-अतिबल की लड़ाई के बाद कार्तिक के प्रति उन्मादी रूप से निष्ठावान हो गए थे, उसके साथ थे। ये सैनिक मजबूती से एक रस्सी को पकड़े हुए थे, और उसे धीरे-धीरे छोड़ रहे थे। दिवोदास भी उनके साथ लगा हुआ था। रस्सी एक चरखी से जुड़ी हुई थी जिसे ताम्र चबूतरे की दीवार पर लगाया गया था। चरखी पर घूमती हुई रस्सी नीचे जाकर लकड़ी के एक पिंजरे से बंधी हुई थी, जो एक समय में दस ब्राह्मणों को ला सकता था। इस समय दस ब्राह्मण, अपनी पुस्तकों और आवश्यक सामग्री के साथ, कार्तिक की शरण की ओर उतर रहे थे। गोपनीयता अनिवार्य थी, क्योंकि नगर से सोमरस के किसी भी ज्ञान को हटाना प्रतिबंधित था और इसका दंड मृत्यु थी।

सावधानी के तौर पर, लकड़ी के पिंजरे से एक और रस्सी भी बांधी गई थी। यह रस्सी भी एक चरखी पर घूम रही थी जो दुर्ग की दीवार पर लगाई गई थी। लेकिन इस रस्सी का पकड़ने वाला छोर चबूतरे के शीर्ष पर सूर्यवंशी सैनिकों के हाथों में था। उनका निरीक्षण पर्वतेश्वर कर रहा था। दोनों सैनिक दल एक दूसरे के साथ मिलकर काम कर रहे थे और अपनी-अपनी रस्सियों को एक ही गति से छोड़ रहे थे ताकि पिंजरा आराम से नीचे उतर जाए। दीवार

के कोण ने पर्वतेश्वर के लिए यह असंभव बना दिया था कि वे नीचे देखकर लकड़ी के पिंजरे की गति और धरती से उसकी दूरी को आंक सकें। और यदि शीर्ष पर रस्सी पकड़े सूर्यवंशी अपनी गति को नीचे दिवोदास के दल के साथ नहीं रखते, तो इससे पिंजरा असंतुलित होने और निष्कर्षतः दुर्घटना होने की संभावना थी।

इससे बचने के लिए, भगीरथ को कुछ दूरी पर ऐसे स्थान पर खड़ा किया गया था जहां से वे दिवोदास के दल को भी देख सकें और ऊपर सूर्यवंशियों को भी। नवचंद्र भगीरथ की दृष्टि में सहायता कर रहा था। उनका काम चिड़ियों की तरह, लेकिन स्थिर लय में, तब तक सीटी बजाते रहना था जब तक कि लकड़ी का पिंजरा धरती से छू न जाए। वे समयधारक की भूमिका निभा रहे थे और सैनिकों की गतिविधियों की गति को निर्धारित कर रहे थे।

भगीरथ का सीटी बजाना रुका तो कार्तिक ने पलटकर देखा। दिवोदास और उसका दल नहीं रुके और उसी गति से रस्सी छोड़ते रहे। लेकिन दुर्ग की दीवार पर मौजूद सूर्यवंशी चूंकि आदेशों पर चलने के आदी थे, इसलिए भगीरथ के सीटी बजाना बंद करते ही उन्होंने रस्सी छोड़ना बंद कर दिया। तुरंत ही, लकड़ी का पिंजरा असंतुलित हो गया और एक ओर को बुरी तरह झूल गया।

"रुको!" कार्तिक फुफकारा।

दिवोदास और उसका दल रुक गए। सोमरस कार्यशाला के दस ब्राह्मणों के साथ पिंजरा खतरनाक ढंग से हवा में ही लटका रहा। गोपाल मन ही मन प्रशंसा किए बिना नहीं रह सका कि गिरकर मर जाने की संभावना के बावजूद पिंजरे में उपस्थित ब्राह्मण खामोश ही रहे। कोई भी शोर अन्यों को सतर्क कर सकता था।

कार्तिक भगीरथ की ओर भागा, जो अपनी ही दुनिया में खोया सा लगता था।

"राजकुमार भगीरथ?"

भगीरथ तुरंत अपनी जड़ता से बाहर निकला और सीटी बजाने लगा। सूर्यवंशियों ने रस्सी को संतुलित गति से छोड़ना आरंभ किया और लकड़ी का पिंजरा आराम से धरती पर उतर आया। पिंजरे में मौजूद ब्राह्मण अनुशासित ढंग से शीघ्रता से पिंजरे से बाहर निकल आए।

दोनों दलों ने पिंजरे को वापस खींचना आरंभ किया, तो सीटी बजाने की

आवश्यकता नहीं थी। ऊपर जाने में, आवश्यकता संतुलन के बजाय गति की थी।

"राजकुमार भगीरथ, कृपया ध्यान दीजिए। बहुत लोगों का जीवन जोखिम में है।"

कार्तिक भगीरथ की परेशानी के कारण से अवगत था। पर्वतेश्वर ने देवगिरि छोड़ने से मना कर दिया था। मेलूहाई सेनापति ने निर्णय लिया था कि वह भी अपने प्रिय नगर के साथ नष्ट हो जाएगा। और भगीरथ इस बात से बुरी तरह निराश था कि आनंदमयी ने अपने पति के साथ रहने का निर्णय लिया था।

भगीरथ आनंदमयी के इस निर्णय पर बहुत भावुक होकर लड़ा था। उसने उससे अपने निर्णय पर पुनर्विचार करने के लिए विनती की, मनुहार की। "क्या तुम्हें लगता है कि पर्वतेश्वर चाहते हैं तुम मर जाओ? और मैं? तुम मुझे क्यों दुखी कर रही हो? क्या तुम मुझसे इतनी घृणा करती हो? मैं तुम्हारा भाई हूं। मैंने ऐसा क्या किया है जो तुम मेरे साथ ऐसा कर रही हो?"

आनंदमयी बस मुस्कुराकर रह गई! उसकी आंखें प्रेम और आंसुओं से चमक रही थीं। "भगीरथ, तुम अपनी आत्मा के एक-एक कण से मुझे प्रेम करते हो और चाहते हो कि मैं जियूं। तो मुझे जीने दो। मुझे अपने जीवन का एक-एक पल जी लेने दो, उस ढंग से जैसे मेरा मानना है कि जीवन को जीना चाहिए। मुझे जाने दो।"

भगीरथ ने सिर को झटका दिया जैसे अपने मस्तिष्क को साफ कर रहा हो। "क्षमा करना, कार्तिक।"

कार्तिक ने आगे बढ़कर भगीरथ की बांह थाम ली। "राजकुमार, आपकी बहन आपके बारे में सही थीं। आप अपने पिता से कहीं बेहतर राजा बनेंगे।"

भगीरथ घुरघुराया। वह पहले ही जानता था कि उस चंद्रवंशी सेना ने जिसे मेलूहाई दलपति व्रक के नेतृत्व में देवगिरि जाने का आदेश दिया गया था, उसके पिता सम्राट दिलीप के विरुद्ध विद्रोह कर दिया था। सैनिकों का मानना था कि अयोध्या के सम्राट ने उन्हें अपने पूर्व शत्रु मेलूहाइयों की ओर से उनके नीलकंठ के विरुद्ध एक अनुचित लड़ाई पर भेजा है। भगीरथ जानता था कि सैनिकों का एक भाग उसे सिंहासन पर बैठने के लिए मनाने को देवगिरि के लिए चल चुका था। लेकिन उसे चिंता नहीं थी। वह तो अपनी प्रिय बहन को

खो देने के विचार से पीड़ित था।

"लेकिन क्या आप जानते हैं कि एक महान राजा की पहचान क्या है?" कार्तिक ने पूछा।

भगीरथ ने कार्तिक की ओर देखा।

"निजी त्रासदी के बावजूद संयमित रहना। आपके पास अपनी बहन और बहनोई का शोक करने का समय होगा, राजकुमार भगीरथ। पर अभी नहीं। आप यहां एकमात्र व्यक्ति हैं जो रात्रि पक्षी की तरह प्राकृतिक रूप से सीटी बजा सकते हैं। आप असफल नहीं हो सकते।"

"हां, माननीय कार्तिक," भगीरथ ने नवयुवक को पहली बार माननीय बोलते हुए कहा।

कार्तिक पलट गया। "यहां आइए।"

एक ब्रंगा सैनिक आगे बढ़ा।

"राजकुमार भगीरथ," कार्तिक ने कहा, "यह व्यक्ति आपके काम में सहायता करने के लिए यहां उपस्थित रहेगा।"

भगीरथ ने आपत्ति नहीं की। कार्तिक तेजी से गोपाल के पास वापस चला गया।

वासुदेव प्रमुख के गंभीर भाव को देखकर कार्तिक ने पूछा, "क्या हुआ, पंडितजी?"

गोपाल ने सूर्यवंशी सैनिक की ओर संकेत किया। "माननीय पर्वतेश्वर ने एक संदेश भेजा है। महर्षि भृगु ने नगर छोड़ने से इंकार कर दिया है।"

कार्तिक ने सिर को झटका दिया। "मेलूहाई मरने को इतने उतावले क्यों हो रहे हैं?"

"मैं क्या करूं, माननीय कार्तिक?" सूर्यवंशी ने पूछा।

"मुझे महर्षि भृगु के पास ले चलो।"

— ⁂ —

हवनकुंड की अग्नि रात्रि में जितना प्रकाश फैला सकती थी, फैला रही थी। निकट स्थित सरस्वती नदी पर पड़ रहा इसका प्रतिबिंबि इसके उद्देश्य में सहायता कर रहा था। गणेश पालथी मारे, अपने मांसल हाथ घुटनों पर रखे और लंबी उंगलियां कोमलता से आगे को निकाले खामोशी से एक पटले पर बैठा

था। वह एक सफेद धोती पहने था।

एक नाई गणेश के केश उतार रहा था, जबकि गणेश धीमे-धीमे एक मंत्र पढ़ता और अग्नि में थोड़ा-थोड़ा घी डालता जा रहा था।

गणेश के सारे केश उतारने के बाद, नाई ने अपने उपकरण नीचे रखे और उसके सिर को एक कपड़े से पोंछा। फिर उसने एक छोटी सी बोतल ली जो उसने आयुर्वती से ली थी, थोड़ा सा निस्संक्रामक द्रव अपने हाथ पर लिया और उसे गणेश के सिर पर फैला दिया।

"हो गया, स्वामी।"

गणेश ने कोई उत्तर नहीं दिया। उसने सीधे ज्वाला को देखा और धीमे से बोला। "वे सबसे शुद्ध थीं, अग्निदेव। उन्हें लीलते समय यह स्मरण रखें। उनका ध्यान रखें और उन्हें सीधे स्वर्ग ले जाएं, क्योंकि वहीं से वे आई थीं। वे देवी थीं, हैं और सदैव रहेंगी। वे देवी मां रहेंगी।"

— ⅄ⵁⵡ⇑⊗ —

देर रात हो चुकी थी जब थका-हारा शिव अपनी सती के पास वापस लौटा। पशुपतिअस्त्र तैयार था। बस कुछ परीक्षण करने और शेष थे। तारा इसमें लगी हुई थी। शांति वार्ता क्षेत्र पशुपतिअस्त्र की बाह्य विस्फोट सीमा के अंदर था, इसलिए सती के शव को उसकी हिम समाधि से अगले सवेरे हटा लिया जाना था।

जो बात कहने का साहस किसी ने नहीं किया था, वह यह थी कि मेलूहाई शीतकरण प्रणाली के बिना, सती का शव सड़ना आरंभ हो जाएगा और उसकी अंत्येष्टि करनी पड़ेगी। शिव इस बारे में सोचना ही नहीं चाहता था।

शिव ने भवन के आंतरिक कक्ष का द्वार खोला और अचानक ठंडी हवा से कांप गए। उसने अपने पुत्र गणेश को हिम के ढेर के पास अपनी मृत मां का हाथ पकड़े खड़े देखा। उसका सिर मुंड चुका था। नागाधीश पंजों के बल खड़ा था और उसका मुंह अपनी मां के कान के निकट था। प्राचीन परंपरा का पालन करते हुए, वह उनके कान में ऋग्वैदिक ऋचाएं पढ़ रहा था।

शिव ने गणेश के पास जाकर उसके कंधे को धीरे से स्पर्श किया। गणेश ने शीघ्रता से अपने सफेद अंगवस्त्र को ऊपर खींचा और अपने पिता की ओर पलटने से पहले अपनी आंखें पोंछ लीं।

शिव ने अपने पुत्र को वक्ष से लगा लिया।

"मुझे उनकी कमी त्रस्त कर रही है, बाबा।" गणेश ने शिव को कसकर गले से लगा लिया।

"मुझे भी उनकी कमी त्रस्त कर रही है..."

गणेश रोने लगा। "मैंने आवश्यकता की घड़ी में उन्हें छोड़ दिया था।"

"अकेले तुम ही नहीं थे, पुत्र। मैं भी उनके साथ नहीं था। लेकिन हम उनका प्रतिशोध लेंगे।"

गणेश असहाय भाव से सुबकता रहा।

"मैं उन सबको मार डालना चाहता हूं। मैं उन सारे नराधमों को मार डालना चाहता हूं!"

"हम उस बुराई का सर्वनाश कर देंगे जिसने उनके प्राण लिए।" शिव ने सुबकते हुए अपने पुत्र को गले से लगा लिया। उसने अपनी आंखें बंद कर लीं और गणेश को और कसकर पकड़ते हुए वे रुंधे हुए स्वर में फुसफुसाया, "चाहे इसका जो भी मूल्य चुकाना पड़े।"

— ⁂ —

वीरभद्र और कृत्तिका रजत चबूतरे पर आ गए थे। कृत्तिका लंबे समय तक देवगिरि में रही थी और अधिकांश लोगों को जानती थी, इसलिए वह उन लोगों से बात करने का प्रयास कर रही थी जिन्होंने अंदर रहने का निर्णय लिया था और उन्हें नगर से चले जाने को समझा रही थी।

"वीरभद्र, मुझे आपसे बात करनी है।"

वीरभद्र ने पलटकर देखा तो काली और परशुराम उसके पीछे खड़े थे।

"जी, रानी," वीरभद्र ने कहा।

"अकेले में," काली ने कहा।

"अवश्य," वीरभद्र ने जाने से पहले कृत्तिका को धीरे से छूते हुए कहा।

— ⁂ —

"विद्युन्माली?" वीरभद्र गुर्राया! उसका चेहरा आवेश से कठोर हो गया था।

"वही प्रमुख षड्यंत्रकारी है," काली ने कहा। "वह हाल की किसी झड़प में घायल होकर नगर में छिपा हुआ है।"

परशुराम ने वीरभद्र के कंधे को छुआ। "हमें एक छोटे समूह में नगर में घुसकर उसे ढूंढ़ना होगा।"

काली ने अपने दांतेदार फलक वाले चाकू को छुआ जो भयानक घाव करता था। "हमें उसे बात करने के लिए प्रोत्साहित करना होगा। हमें उन हत्यारों की पहचान करनी होगी जो भाग चुके हैं।"

"वह नीच धीमी, पीड़ादायी मौत का अधिकारी है," वीरभद्र गुर्राया।

"निस्संदेह," काली ने कहा। "लेकिन उससे सब कुछ उगलवा लेने से पूर्व नहीं।"

परशुराम ने हथेली नीचे करते हुए अपना हाथ आगे बढ़ाया। "प्रभु नीलकंठ के लिए।"

वीरभद्र ने अपना हाथ परशुराम के हाथ पर रखा। "शिव के लिए।"

काली ने अपना हाथ उनके ऊपर रखा। "सती के लिए।"

अध्याय 51

जीवित रहो, अपना कर्म करो

"आप देवगिरि में प्रवेश करना चाहते हैं?" कृत्तिका चिल्लाई। "क्या आप पागल हैं?"

"मैं शीघ्र वापस आ जाऊंगा," वीरभद्र ने तर्क किया। "नगर में कोई अव्यवस्था नहीं है। तुमने देखा है कि मेलूहाई किस प्रकार का व्यवहार कर रहे हैं।"

"हो सकता है। लेकिन विद्युन्माली के आदमी निश्चित रूप से गलियों में घूम रहे होंगे। आपको क्या लगता है वे क्या करेंगे? फूलों के साथ आपका स्वागत करेंगे?"

"वे मेरी ओर ध्यान नहीं देंगे, कृत्तिका।"

"बकवास! देवगिरि के अधिकांश लोग आपको प्रभु नीलकंठ के मित्र के रूप में पहचानते हैं।"

"वे मुझे तभी तो पहचानेंगे जब देखेंगे। देर रात का समय है। मैं नजरों से छिपा रहूंगा। कोई मेरी ओर ध्यान नहीं देगा।"

"आप किसी और को क्यों नहीं भेज सकते?"

"क्योंकि इतना तो मैं अपने मित्र के लिए कर ही सकता हूं। हमें जानना होगा कि राजकुमारी सती के वास्तविक हत्यारे कौन हैं। विद्युन्माली जानता है। उसी ने शांति के इस ढोंग का आयोजन और क्रियान्वयन किया था।"

"पर हम पूरे नगर को नष्ट कर रहे हैं। सारे ही षड्यंत्रकारियों मारे जाने हैं!"

"कृत्तिका, बहुत से हत्यारे भाग चुके हैं," वीरभद्र ने कहा। "विद्युन्माली के अतिरिक्त कोई नहीं जानता वे कौन हैं। यदि हम अभी उनकी पहचान नहीं

जान पाए, तो कभी नहीं जान पाएंगे।"

कृत्तिका दूसरी ओर देखने लगी! उसके पास कोई उत्तर नहीं बचा था लेकिन वह अभी भी बुरी तरह परेशान थी। "राजकुमारी सती की मौत पर मुझे भी उतना ही रोष है जितना कि आपको। लेकिन हत्याएं कभी तो रुकनी होंगी।"

"मुझे जाना है, कृत्तिका।"

वीरभद्र ने उसे चुंबन करके विदा लेनी चाही लेकिन उसने अपना मुंह फेर लिया। वह उसका क्रोध समझ सकता था। उसने उस स्त्री को खो दिया था जिसे उसने हमेशा अपना आदर्श समझा था। उसका गृहनगर देवगिरि नष्ट होने वाला था। इस सबके साथ वह अपने पति को नहीं खोना चाहती थी। लेकिन वीरभद्र को यह करना ही था। सती के हत्यारों को दंडित किया जाना आवश्यक था।

"पंडितजी," नमस्ते में हाथ जोड़े और सिर झुकाए कार्तिक ने कहा।

भृगु ने अपनी आंखें खोलीं। महर्षि सार्वजनिक स्नानगृह के निकट स्थित भव्य इंद्र मंदिर में ध्यानमग्न थे।

"माननीय कार्तिक," भृगु ने रात्रि के इस समय कार्तिक को देवगिरि में देखकर आश्चर्य से कहा।

"मैं इसके लिए बहुत छोटा हूं कि आप मुझे माननीय कहें, मुनिवर," कार्तिक ने कहा।

"मनुष्य को मात्र आयु नहीं, बल्कि महान काम माननीय बनाते हैं। मैंने यह सुनिश्चित करने के आपके प्रयासों के बारे में सुना है कि सोमरस पूर्णतया नष्ट न हो। इतिहास इसके लिए आपको धन्यवाद देगा। आपकी महिमा का युगों तक मंडन किया जाएगा।"

"मैं अपनी महिमा के लिए काम नहीं कर रहा हूं, पंडितजी। मेरा काम है अपने पिता के उद्देश्य के प्रति निष्ठावान रहना। मेरा काम वह करना है जो मेरी माता मुझसे चाहतीं।"

भृगु मुस्कुराए। "मुझे नहीं लगता आपकी माता चाहतीं कि आप यहां आएं। मुझे नहीं लगता वे चाहतीं कि आप मुझे बचाएं।"

"मैं असहमत हूं," कार्तिक ने कहा। "आप अच्छे आदमी हैं। बस आपने अनुचित पक्ष को चुन लिया था।"

"मैंने केवल अनुचित पक्ष को चुना ही नहीं, मैं इसको युद्ध तक भी ले गया। और धर्म के सिद्धांत कहते हैं कि मुझे इसके साथ नष्ट हो जाना चाहिए।"

"क्यों?"

"यदि उस पक्ष ने जिसका मैंने नेतृत्व किया ऐसे अपराध किए हैं, तो मुझे उनके लिए दंड मिलना चाहिए। यदि भाग्य ने निर्धारित किया है कि जिन्होंने सोमरस का समर्थन किया उन्होंने पाप किया है, तो सोमरस बुराई ही होगा। मैं गलत था। और, मेरा दंड मृत्यु है।"

"क्या यह सरल रास्ता चुन लेना नहीं है?"

भृगु ने अंतर्निहित अपमान पर क्रुद्ध होकर कार्तिक को घूरा।

"तो आपको लगता है कि आपने अनुचित कार्य किया है, पंडितजी," कार्तिक ने कहा। "इससे निकलने का क्या मार्ग है? मृत्यु के माध्यम से बच निकलना? या, अपने कर्म को संतुलित करके सब कुछ ठीक करना?"

"मैं क्या कर सकता हूं? मैंने स्वीकार कर लिया है कि सोमरस बुराई है। अब मेरे लिए करने को कुछ नहीं बचा है।"

"आपके भीतर ज्ञान का एक विशाल भंडार है, पंडितजी," कार्तिक ने कहा। "सोमरस एकमात्र विषय नहीं है जिसमें आप उत्कृष्ट हैं। क्या संसार को महर्षि भृगु की संहिता से वंचित रहना चाहिए?"

"मुझे नहीं लगता किसी को मेरे ज्ञान में रुचि है।"

"इसका निर्णय तो भावी पीढ़ियां करेंगी। आपको बस अपना कर्तव्य करना चाहिए।"

भृगु मौन हो गए।

"पंडितजी, आपका कर्म है अपने ज्ञान को संसार में फैलाना," कार्तिक ने कहा। "दूसरे उसे सुनना चाहें या नहीं, यह उनका कर्म है।"

भृगु ने सिर हिलाया और उनके चेहरे पर एक क्षीण मुस्कान आ गई। "आप अच्छा बोलते हैं, नीलकंठ पुत्र। किंतु मैंने एक ऐसी वस्तु का समर्थन करने का निर्णय लिया जो बुराई सिद्ध हुई। इस पाप के लिए, मुझे मरना होगा। मेरे लिए इस जीवन में कोई कर्म नहीं बचा है। मुझे पुनर्जन्म के लिए प्रतीक्षा

करनी होगी।"

"एक बुरे कर्म के लिए कोई कर्म के चक्र को रोक नहीं सकता। अपने पाप के दंडस्वरूप स्वयं को इस संसार से बहिष्कृत मत कीजिए। यहीं ठहरिए और कुछ अच्छा कीजिए, ताकि आप अपने कर्म को स्वच्छ बना सकें।"

भृगु खामोशी से कार्तिक को देखते रहे।

"जो कुछ हुआ, उसे कोई मिटा नहीं सकता। लेकिन समय की अनमनीय चाल पापमुक्ति के लिए बुद्धिमत्तापूर्ण अवसर प्रदान करती है। मैं आपसे विनती करता हूं, आप पलायन मत कीजिए। इसी संसार में रहिए और अपना कर्म कीजिए।"

भृगु मुस्कुराए। "आप इतने अल्पायु होते हुए भी बहुत बुद्धिमान हैं।"

"मैं शिव और सती का पुत्र हूं," कार्तिक मुस्कुराया। "मैं गणेश का छोटा भाई हूं। जब माली अच्छे हों, तो फूल खिलता ही है।"

भृगु गर्भगृह के अंदर भगवान इंद्र की प्रतिमा की ओर घूमे। आदिम राक्षस वृत्र का वध करने वाले महान देवता अपना प्रिय अस्त्र वज्र पकड़े पूरी भव्यता के साथ खड़े थे। भृगु ने प्रणाम करते हुए इंद्रदेव का आशीर्वाद पाने के लिए प्रार्थना की।

फिर कार्तिक की ओर पलटकर महर्षि धीमे से बोले, "संहिता..."

"भृगु संहिता," कार्तिक ने कहा। "संसार आपके विशाल ज्ञान से लाभ उठाएगा, पंडितजी। मेरे साथ आइए। यहां बैठकर मृत्यु की प्रतीक्षा मत कीजिए।"

— ⁂ —

उस दिन का सूर्य उदय हुआ जो देवगिरि का अंतिम दिन होना था। पशुपतिअस्त्र तैयार था। द्वारों पर अवरोध लगाने के बाद, शिव के सैनिकों को अस्त्र के प्रभावक्षेत्र से बाहर सुरक्षा रेखा के पीछे तक हट जाने का आदेश दिया गया था। देवगिरि में रह जाने वाले लोगों के संबंधी भी धैर्यपूर्वक प्रतीक्षा कर रहे थे! उन्हें चंद्रकेतु के ब्रंगाओं द्वारा पीछे हटा दिया गया था। वे अपने उन प्रियजनों की आत्माओं के लिए निरंतर प्रार्थनाएं कर रहे थे जो नगर में ही रह गए थे।

महर्षि भृगु और तीन सौ अन्य लोगों को, जो सोमरस का रहस्य जानते थे, पिछली रात को देवगिरि से सफलतापूर्वक निकाल लिया गया था। अभी उन्हें दिवोदास और उसके सैनिकों के चौकस निरीक्षण में देवगिरि से दस

किलोमीटर उत्तर में एक अस्थायी बाड़े में बंद रखा गया था। कार्तिक का इरादा था कि वह पहले अपने पिता के क्रोध के कम होने की प्रतीक्षा करेगा और तभी उनसे भृगु और अन्यों के बारे में बात करेगा।

शांति वार्ता भवन को त्याग दिया गया था। नंदी और अन्य जीवित अंगरक्षकों को सावधानीपूर्वक शिव के पोत पर भेज दिया गया था, जहां आयुर्वती के निरीक्षण में एक चिकित्सकीय दल उन पर निरंतर नजर बनाए हुए था।

आयुर्वती शिव के माथे पर काले-लाल चिह्न को लेकर चिंतित थी। यह पहले भी कई बार दिखाई दिया था, विशेषकर तब जब शिव क्रोधित होते थे। लेकिन यह शायद ही कभी इतने लंबे समय तक मौजूद रहा था। आयुर्वती की चिंता को शिव ने नकार दिया था।

शिव, काली, गणेश और कार्तिक सती के शव को बहुत संभालकर पोत पर एक विशेष रूप से बनाए गए कक्ष में लेकर आए। उसके शव को बहुत ही सावधानीपूर्वक एक और हिम समाधि में रख दिया गया थ।

शिव ने अपने हाथ कोमलता से सती के चेहरे पर फेरे और धीरे से कहा, "देवगिरि अपने अपराधों को दंड भोगेगा, प्रिये। तुम्हारा प्रतिशोध लिया जाएगा।"

शिव पीछे हटे, तो सैनिकों ने एक और हिमशिला ऊपर रख दी, और सती के शरीर को पूर्णतया ढक दिया।

शिव, काली, गणेश और कार्तिक ने सती पर एक अंतिम निगाह डाली और फिर पलटकर पोत से बाहर जाने लगे। गोपाल और शिव की सेना में मौजूद राजा बंदरगाह पर प्रतीक्षा कर रहे थे।

शिव ने पलटकर पोताध्यक्ष की ओर देखकर सिर हिलाया। सैनिक चलते हुए पोत के चप्पू चलाने वाले भाग में पहुंच गए ताकि पोत को सरस्वती नदी से काफी दूर ले जाया जा सके, पशुपतिअस्त्र के बाह्य विस्फोट क्षेत्र से बहुत दूर।

"अस्त्र तैयार है, प्रभु नीलकंठ," तारा ने कहा।

शिव ने अप्रसन्न गोपाल की ओर एक भावहीन दृष्टि डाली और फिर तारा की ओर मुड़ा। "चलो।"

— ⅄ⓄƱ↟⊛ —

यह दूसरे प्रहर का चौथा घंटा था, देवगिरि के नष्ट होने से मात्र दो घंटे पहले।

वीरिनी ने पर्वतेश्वर का द्वार खटखटाया। कोई उत्तर नहीं मिला। पर्वतेश्वर और आनंदमयी घर पर संभवतः अकेले थे।

वीरिनी ने धक्का देकर द्वार खोला और घर में प्रवेश कर गई। वह प्रतीक्षाकक्ष से होती हुई केंद्रीय प्रकोष्ठ तक पहुंच गईं।

"सेनापति!" वीरिनी ने पुकारा।

कोई उत्तर नहीं।

"सेनापति!" वीरिनी ने फिर से कहा, इस बार थोड़े ऊंचे स्वर में। "मैं हूं, मेलूहा की रानी।"

"महारानी!"

वीरिनी ने ऊपर देखा तो आश्चर्यचकित पर्वतेश्वर ऊपरी तल के छज्जे से नीचे देख रहे थे। उनके केश बिखरे हुए थे और एक अंगवस्त्र शीघ्रता से कंधों पर डाल लिया गया था।

"यदि मैं अनुचित समय पर आ गई हूं, तो क्षमा चाहती हूं, सेनापति।"

"बिल्कुल नहीं, महारानी," पर्वतेश्वर ने कहा।

"बात बस इतनी है कि हमारे पास बहुत समय नहीं बचा है," वीरिनी ने कहा। "मुझे आपसे कुछ कहना था।"

"कृपया मुझे एक क्षण दें, महारानी। मैं अभी नीचे आता हूं।"

"अवश्य," वीरिनी ने कहा।

वीरिनी प्रकोष्ठ के साथ वाले विशाल प्रतीक्षाकक्ष में चली गई और एक आरामदायक आसन पर बैठकर प्रतीक्षा करने लगी। कुछ पल बाद, एक स्वच्छ सफेद धोती, अंगवस्त्र पहने और बाल पूरी तरह ठीक किए पर्वतेश्वर कक्ष में आए। उनके पीछे उनकी पत्नी आनंदमयी थी और वह भी पवित्र पावन श्वेत वस्त्र पहने थी।

वीरिनी खड़ी हो गई। "कृपया आपको परेशान करने के लिए मुझे क्षमा करें।"

"बिल्कुल नहीं, महारानी," पर्वतेश्वर ने कहा। "कृपया विराजिए।"

वीरिनी फिर से बैठ गई और पर्वतेश्वर और आनंदमयी उनके निकट बैठ गए।

"आप किस विषय में बात करना चाहती हैं, महारानी?" पर्वतेश्वर ने पूछा।

वीरिनी हिचकिचा रही थी। फिर उसने एक मुस्कान के साथ आनंदमयी और पर्वतेश्वर की ओर देखा। "मैं आपको धन्यवाद कहना चाहती थी।"

"हमें धन्यवाद?" आश्चर्यचकित पर्वतेश्वर ने आनंदमयी पर नजर डालते और फिर वापस वीरिनी की ओर देखते हुए कहा। "हमें किसलिए धन्यवाद, महारानी?"

"देवगिरि की धरोहर को जीवित रखने के लिए," वीरिनी ने कहा।

पर्वतेश्वर और आनंदमयी मौन रहे! उनके चेहरों से उनका असमंजस झलक रहा था।

"देवगिरि मात्र एक भौतिक अभिव्यक्ति नहीं है," वीरिनी ने अपना हाथ लहराते हुए कहा। "देवगिरि अपने ज्ञान, अपने दर्शन और अपनी विचारधाराओं में बसता है। हमारे बुद्धिजीवियों को बचाकर आपने उसकी रक्षा की है।"

लज्जित पर्वतेश्वर की समझ में नहीं आया कि क्या प्रतिक्रिया दें। सोमरस कार्यशाला में काम करने वाले वैज्ञानिकों को बचाने के लिए विधान तोड़ना वे सार्वजनिक रूप से कैसे स्वीकार कर सकते थे? "महारानी, मैंने नहीं..."

वीरिनी ने अपना हाथ उठा दिया। "आपका आचरण जीवन भर अनुकरणीय रहा है, माननीय पर्वतेश्वर। अपने अंतिम दिन झूठ बोलकर इसे बिगाड़िए मत।"

पर्वतेश्वर मुस्कुराने लगा।

"जिन लोगों की आपने रक्षा की है, वे केवल सोमरस के ज्ञान के कोष नहीं, बल्कि हमारे महान देश के संचित न्यास के भंडार हैं। वे हमारे दर्शन, हमारी विचारधाराओं के संरक्षक हैं। वे हमारी धरोहर को जीवित रखेंगे। इसके लिए, देवगिरि और मेलूहा दोनों ही सदा आपके आभारी रहेंगे।"

"धन्यवाद, महारानी," अपने असहज हो रहे पति की ओर से कृतज्ञता को स्वीकार करते हुए आनंदमयी ने कहा।

"यह दुख का विषय है कि आप दोनों मेरे पति के पापों के लिए प्राण त्याग रहे हैं," वीरिनी ने कहा। "यदि महर्षि भृगु और हमारे बुद्धिजीवियों को भी इसके लिए दंड भोगना पड़ता तो यह वास्तव में बड़ा ही दुर्भाग्यपूर्ण होता।"

"मुझे लगता है कि सबसे अधिक अनुचित तो यह है कि आप अपने पति के पापों का दंड भोगें, महारानी," आनंदमयी ने कहा। "आपके पति भले

ही एक अच्छे सम्राट न रहे हों, पर आप एक उत्कृष्ट रानी रही हैं।"

"नहीं, यह सत्य नहीं है। यदि यह सत्य होता, तो अपने पति के साथ खड़ी होने के बजाय मैं उनके सामने खड़ी होती।"

वे एक क्षण मौन बैठे रहे और फिर वीरिनी ने अपने कंधे सीधे किए और जाने के लिए खड़ी हो गईं। "समय कम होता जा रहा है," वे बोलीं, "और हमें अभी भी अपनी अंतिम यात्रा की कुछ तैयारियां करनी हैं। आप दोनों का धन्यवाद, और हमें अपनी विदा कह लेनी चाहिए। अंतिम बार।"

अध्याय 52

वटवृक्ष

दक्ष अपने कक्ष में बैठे खिड़की से बाहर देख रहे थे और अपनी मृत्यु की प्रतीक्षा कर रहे थे। उन्होंने यह सोचते हुए द्वार की ओर देखा कि न जाने वीरिनी इतने सवेरे-सवेरे कहां चली गईं।

क्या उसने भी मुझे त्याग दिया?

अब मृत्यु निकट आने के समय, यदि वीरिनी उन्हें छोड़ गई हैं तो वे कम से कम अपने साथ ईमानदारी बरतते हुए उसे दोष नहीं रहे थे।

दक्ष ने गहरी श्वास ली, एक आंसू पोंछा और फिर से खिड़की के बाहर दूर एक वटवृक्ष की ओर देखने लगे। यह एक भव्य वृक्ष था, शताब्दियों पुराना, दक्ष से भी पुराना। उन्हें यह पेड़ हमेशा से याद था। उन्हें अपने यौवन के दिनों में इसका आकार याद आया और यह भी कि वे हमेशा सोचा करते थे कि यह वृक्ष तो कभी उगना बंद ही नहीं करता है। इसकी शाखाएं दूर-दूर तक फैल जाती थीं, और बहुत अधिक फैल जाने पर वे पतली-पतली ईख जैसी जड़ें धरती पर छोड़ देती थीं। गिरी हुई जड़ें फिर परिपक्व होतीं, स्वयं को गहराई तक दबातीं, पोषण प्राप्त करतीं और आकार में इतनी बढ़ जातीं कि एक और तने जैसी दिखने लगतीं, और इस प्रकार स्वयं को जन्म देने वाली शाख के विस्तार को सहारा देने लगतीं। कुछ वर्षों बाद, शाखाओं की संख्या इतनी बढ़ गई कि यह बता पाना ही असंभव हो गया था कि कौन सी शाखा पहली है। दक्ष के जन्म के समय यह बस एक वृक्ष था। अब भी था, किंतु अब यह इतना विशाल हो गया था कि एक वन जैसा लगने लगा था।

दक्ष जानते थे कि सभी भारतीय भव्य वटवृक्ष को अत्यंत सम्मान और भक्ति की दृष्टि से देखते हैं। भारत में इसे पवित्र माना जाता था! एक ऐसा

पेड़ जो अपना सब कुछ निस्वार्थ भाव से दूसरों को दे देता है, और एक ऐसी पर्यावरण प्रणाली बनाता है जो बहुत से पशु-पक्षियों को सहारा देती है। अनगिनत वनस्पति और झाड़ियां इसके रक्षात्मक आवरण में सहारा और छाया प्राप्त करती हैं। यह भयंकर से भयंकर तूफानों में भी दृढ़ और ठोस रहता है। भारतीयों का मानना था कि वटवृक्ष में पूर्वजों की आत्माओं का, यहां तक कि देवताओं का भी, वास होता है।

देवगिरि के अधिकांश नागरिकों के लिए यह विशाल वृक्ष जीवन के आदर्श का प्रतिनिधित्व करता था। वे इसकी पूजा करते थे।

किंतु दक्ष का दृष्टिकोण भिन्न था।

उन्होंने बहुत कम आयु से देखा था कि वट की कोई भी संतान अपने जनक के आसपास फलना-फूलना तो दूर, उग भी नहीं पाती है। वृक्ष की जड़ें अत्यंत शक्तिशाली थीं! वट के किसी अन्य पौधे द्वारा आसपास जड़ें उगाने के किसी भी प्रयास पर वे मुड़तीं और इस प्रयास को असफल कर देतीं। जीवित रहने के लिए, एक युवा पौधे को अपने जनक से बहुत दूर जाना पड़ता।

मुझे भाग जाना चाहिए था।

एक विशेष प्रजाति की ततैया वटवृक्ष से पराग लेती है। किंतु इसके लिए यह वृक्ष उससे बड़ा भयंकर मूल्य वसूलता है। यह उसे मार डालता है! क्रूरता से मार डालता है, उसे काटकर उसके चीथड़े कर डालता है। इस तथ्य पर दक्ष की विवेचना एकदम सरल सी थीः वट अपनी संतान से इतनी अधिक घृणा करता है कि यह उस कृपालु ततैया को भी मार डालता है जो इसकी संतति को जीवन देने का प्रयास करती है।

एक उपेक्षित बालक की कल्पना में, वटवृक्ष की उदारता दूसरों के लिए आरक्षित थी। यह अपनों की चिंता नहीं करता था। वास्तव में, यह अपनों को हानि पहुंचाने के भरपूर प्रयास करता था।

इसलिए जहां शेष लोग वटवृक्ष को सम्मानपूर्ण दृष्टि से देखते थे, वहीं दक्ष इसे भय और घृणा के साथ देखते थे।

वे भयभीत थे क्योंकि यह उनके जीवन का एकमात्र वटवृक्ष नहीं था। एक अन्य भी थाः उनके पिता।

वे अपने पिता से विषाक्त उत्कटता से घृणा करते थे! परंतु मन की गहराइयों में कहीं उनकी योग्यताओं से शायद प्रेम भी करते थे। वट की हताश

संतान की तरह, उन्होंने भी हमेशा यह सिद्ध करना चाहा था कि वे भी अपने पिता जैसे महान हो सकते हैं। वे जीवन भर इस बोझ को ढोते रहे। किंतु एक अवसर आया था जब उन्होंने स्वयं को अपने पिता की पकड़ से छुड़ा लिया था! जब वे कुछ जादुई क्षणों के लिए मुक्त थे। उन्हें वह दिन एकदम स्पष्ट रूप से याद था। यह बहुत पुरानी बात थी! सौ वर्ष से अधिक पहले की।

सती हाल ही में मयका गुरुकुल से लौटी थी! वह एक सोलह वर्षीय अक्खड़ और आदर्शवादी लड़की थी। अपने चरित्र के अनुरूप, उसने अचानक कूदकर एक आप्रवासी स्त्री को जंगली कुत्तों के एक भयानक झुंड से बचाया था। दक्ष को अच्छी तरह याद था कि पर्वतेश्वर और वे उसे बचाने के लिए गए थे। उन्हें यह भी याद था कि एक निपुण योद्धा न होने के बावजूद, पर्वतेश्वर की सहायता से वे उन कुत्तों से साहसपूर्वक लड़े थे जो उनकी बेटी को मारने वाले थे। उस भयानक लड़ाई में वे गंभीर रूप से घायल हो गए थे।

सौभाग्य से, चिकित्सक दल शीघ्रता से पहुंच गया था। पर्वतेश्वर और सती के घाव मामूली थे और उनकी जल्दी ही पट्टी कर दी गई थी। दक्ष जानते थे कि चूंकि वे गंभीर रूप से लड़े थे, इसलिए उनके घाव अधिक गंभीर थे। चिकित्सकीय अधिकारियों ने उन्हें आयुरालय ले जाने का निर्णय किया था ताकि वरिष्ठ वैद्य उनकी जांच कर सकें। किंतु बहुत अधिक रक्त बह जाने के कारण वे रास्ते ही में मूर्च्छित हो गए थे।

जब वे वापस होश में आए, तो उन्होंने स्वयं को आयुरालय में पाया था। उन्हें याद था कि उन्होंने एक साधारण आप्रवासी स्त्री के लिए स्वयं को जोखिम में डालने के लिए सती को डांटा था। बाद में, जब वे अपने कमरे में स्वास्थ्यलाभ कर रहे थे, तो उन्होंने वीरिनी से कहा था कि सती को उनके पास लेकर आएं ताकि वे उसके साथ शांति स्थापित कर सकें। लेकिन सती को लाए जाने से पहले, दक्ष के पिता ब्रह्मनायक उन वैद्य के साथ कक्ष में घुसे चले आए थे जिन्होंने दक्ष का उपचार किया था।

ब्रह्मनायक, जो मेलूहा के सबसे बड़े योद्धाओं में से थे, ने दक्ष का उपहास किया था कि मात्र कुत्तों से लड़ने में वे इस तरह कैसे घायल हो सकते थे। दक्ष को और मानसिक व्यथा से बचाने के लिए, वैद्य निजी बातचीत के बहाने ब्रह्मनायक को कक्ष से बाहर ले गए थे। ब्रह्मनायक के कक्ष से जाते ही, वीरिनी ने अपनी वही विनती दोहराई थी, जो वह पहले भी अनेक बार कर चुकी थी

कि उन्हें मेलूहा छोड़कर अपनी पुत्रियों काली और सती के साथ पंचवटी में जाकर बस जाना चाहिए।

"दक्ष, मेरा विश्वास कीजिए," वीरिनी ने कहा। "हम पंचवटी में प्रसन्न रहेंगे। यदि कोई और ऐसा स्थान होता जहां हम काली और सती दोनों के साथ रह सकते, तो मैं उसका सुझाव देती। पर ऐसा कोई स्थान नहीं है।"

शायद वीरिनी की बात सही है। मैं इस वृद्ध से बच सकता हूं। हम प्रसन्न हो सकते हैं। वैसे भी, मेरे वंश में केवल सती ही शुद्ध है। वीरिनी की भ्रष्ट आत्मा के कारण काली का जन्म हुआ है। इनकी सहायता करना कठिन है। किंतु मुझे सती को प्रतिदिन अपने पिता का अपमान होते देखने के दुर्भाग्य से बचाना होगा। केवल मेरी बड़ी पुत्री ही मेरा प्रेम पाने के योग्य है।

दक्ष ने एक गहरी सांस ली। "पर कैसे..."

"यह आप मुझ पर छोड़ दीजिए। मैं सारी व्यवस्था कर लूंगी। बस हां कह दीजिए। आपके पिता कल करचप जा रहे हैं। आप इतनी बुरी तरह घायल नहीं हैं कि यात्रा न कर सकें। उन्हें आपके जाने का पता चलने से पहले ही हम पंचवटी में होंगे।"

दक्ष ने वीरिनी को देखा। "किंतु..."

"मेरा भरोसा कीजिए। कृपया मेरा भरोसा कीजिए। यह हमारे ही भले के लिए होगा। मैं जानती हूं आप मुझसे प्रेम करते हैं। मैं जानती हूं आप अपनी पुत्रियों से प्रेम करते हैं। मैं मन की गहराइयों से जानती हूं कि आपको किसी और चीज की चिंता नहीं है। बस मेरा भरोसा कीजिए।"

हमें शायद यही चाहिए।

दक्ष ने स्वीकृति में सिर हिला दिया।

वीरिनी मुस्कुराई, आगे को झुकी और उसने अपने पति के माथे को चूम लिया। "मैं सारे प्रबंध कर लूंगी।"

वीरिनी मुड़ी और कक्ष से बाहर चली गई।

एकांत के इस क्षण में, दक्ष ने छत को देखा, और हल्का-फुलका और शांत महसूस किया! मुक्त महसूस किया।

हर काम किसी कारण से ही होता है, शायद कुत्तों के साथ यह लड़ाई भी। हम पंचवटी में प्रसन्न रह सकते हैं। हम मेरे पिता से दूर रहेंगे। हम उस दैत्य से मुक्त रहेंगे। भाड़ में गया मेलूहा। भाड़ में गया सिंहासन। मुझे नहीं

चाहिए यह सब। मैं बस प्रसन्न रहना चाहता हूं। मैं बस अपनी सती के साथ रहना और उसकी देखभाल करना चाहता हूं। मैं वीरिनी और काली की भी देखभाल करूंगा। उनका मेरे अतिरिक्त और है ही कौन?

उन्होंने आसन पर वीरिनी की प्रार्थना की माला देखी। माला के निकट वह चीते का पंजा था जो सती गले में लोलक के रूप में पहनती थी। यह शायद कुत्तों से लड़ाई के दौरान गिर गया होगा और अपनी युवा बेटी को इसे वापस करने के लिए वीरिनी इसे ले आई होगी। दक्ष ने चीते के पंजे पर रक्त के धब्बे देखे! उनकी पुत्री का रक्त। उनके नेत्र फिर से भीग गए।

मैं तनिक भी अपने पिता जैसा नहीं हो सकता। मैं सती की देखभाल करूंगा। मैं उससे उस प्रकार प्रेम करूंगा जैसे हर पिता को अपनी संतान से करना चाहिए। मैं सार्वजनिक रूप से उसका उपहास नहीं करूंगा। मैं उन गुणों के लिए उसे ताने नहीं दूंगा जो उसमें नहीं हैं। वह अपने सपने जीने के लिए स्वतंत्र होगी। मैं उस पर अपने सपने नहीं थोपूंगा। मैं उससे उसके अपने व्यक्तित्व के लिए प्रेम करूंगा! उसके लिए नहीं जो मैं उसे बनाना चाहता हूं।

दक्ष ने अपने घायल शरीर को देखा और सिर को झटका दिया।

यह सब एक आप्रवासी स्त्री को बचाने के लिए! कभी-कभी सती बहुत मूर्ख हो जाती है। किंतु वह बच्ची ही तो है। मुझे उस पर चिल्लाना नहीं चाहिए था। मुझे उसे शांतिपूर्वक समझाना चाहिए था। आखिर वह प्रेरणा के लिए मेरे अतिरिक्त किसकी ओर देखेगी?

उसी समय द्वार खुला और सती अंदर आई, वह थोड़ी उखड़ी-उखड़ी सी थी! बल्कि कुछ क्रुद्ध भी।

दक्ष मुस्कुराए।

बच्ची ही तो है।

"इधर आओ, मेरी बच्ची," दक्ष ने कहा।

सती हिचकिचाती हुई आगे आई।

"पास आओ, सती," दक्ष हंसे। "मैं तुम्हारा पिता हूं। तुम्हें खा नहीं जाऊंगा!"

सती और पास आ गई। लेकिन उसके चेहरे पर अभी भी नैतिकतापूर्ण क्रोध के भाव थे।

हे राम, कृपा करें! इस लड़की को अभी भी लगता है कि एक साधारण

सी आप्रवासी स्त्री को बचाने के लिए हम सबकी जानों को जोखिम में डालकर इसने सही काम किया है।

दक्ष ने हाथ आगे बढ़ाकर सती का हाथ पकड़ा और धैर्यपूर्वक बोलने लगे। "मेरी बच्ची, मेरी बात सुनो। मुझे तुम्हारी चिंता है। मैं बस तुम्हारे ही भले के लिए सोच रहा था। उस आप्रवासी के लिए अपनी जान को जोखिम में डालना तुम्हारी मूर्खता थी। पर मैं स्वीकार करता हूं मुझे तुम पर चिल्लाना नहीं..."

द्वार अचानक खुला और ब्रह्मनायक अंदर आए, तो दक्ष खामोश हो गए।

सती ने अचानक अपना हाथ छुड़ाया और अपने पिता की ओर पीठ करके ब्रह्मनायक की ओर देखने लगी।

"आह!" ब्रह्मनायक ने कहा और उनके चेहरे पर एक चौड़ी सी मुस्कान खिल उठी। उन्होंने सती के पास आकर उसे गले से लगा लिया। "कम से कम मेरी एक संतान की शिराओं में तो मेरा रक्त दौड़ रहा है!"

सती ने ब्रह्मनायक की ओर सम्मानपूर्वक देखा! उसकी आंखों में शुद्ध वीरपूजा के भाव थे। दक्ष ने अपने पिता को नपुंसक क्रोध के साथ देखा।

"तुमने जो किया, मैंने उसके बारे में सुना है," ब्रह्मनायक ने सती से कहा। "तुमने अपनी जान को एक ऐसी स्त्री के लिए जोखिम में डाल दिया जिसे तुम जानती तक नहीं थीं! एक ऐसी स्त्री के लिए जो मात्र एक आप्रवासी थी।"

सती झेंपती हुई मुस्कुराई। "यह कुछ नहीं था, महाराज।"

ब्रह्मनायक ने हंसते हुए सती के गाल को थपथपाया। "मैं तुम्हारे लिए 'महाराज' नहीं हूं, सती। मैं तुम्हारा दादा हूं।"

सती ने मुस्कुराते हुए सिर हिलाया।

"मुझे तुम पर गर्व है, मेरी बच्ची," ब्रह्मनायक ने कहा। "तुम्हें एक मेलूहाई कहना, तुम्हें अपनी पोती कहना मेरे लिए सम्मान की बात है।"

सती की मुस्कान और चौड़ी हो गई और उसके हृदय ने हल्कापन महसूस किया। उसने उचित काम किया था। उसने एक बार फिर से अपने दादा को गले से लगा लिया।

ब्रह्मनायक ने झुककर अपनी किशोर पोती के माथे को चूम लिया। फिर वे दक्ष की ओर मुड़े और उनके चेहरे से मुस्कान तुरंत लुप्त हो गई। लगभग स्पष्ट तिरस्कार के साथ उन्होंने अपने पुत्र से कहा, "मैं कल सुबह करचप जा

रहा हूं और कई सप्ताह तक वापस नहीं आऊंगा। शायद तुम्हें अपने तथाकथित घावों से उबरने में इतना समय लग जाएगा। मेरे वापस आने के पश्चात हम तुम्हारे भविष्य के बारे में बात करेंगे।"

खौलते हुए दक्ष ने ब्रह्मनायक को उत्तर दिए बिना मुंह फेर लिया।

ब्रह्मनायक ने अपने सिर को झटका दिया और आंखें घुमाईं। फिर उन्होंने सती का सिर थपथपाया। "वापस आकर तुमसे मिलूंगा, मेरी बच्ची।"

"जी, दादाजी।"

ब्रह्मनायक ने द्वार खोला और चले गए।

दक्ष ने बंद द्वार को घूरा।

शुक्र है मुझे तुमसे मुक्ति मिलेगी, पशु! मेरी प्रिय पुत्री के ही सामने मेरा अपमान? तुम्हारी हिम्मत कैसे हुई! चाहो तो मुझसे सिंहासन ले लो, सारा वैभव ले लो, सारा संसार ले लो। पर मेरी अच्छी पुत्री को मुझसे छीनने का साहस मत करना! वह मेरी है!

उन्होंने सती की पीठ को देखा। वह अभी भी द्वार की ओर देख रही थी और उसका शरीर कांप रहा था।

क्या यह रो रही है?

दक्ष को लगा कि शायद सती अपने पिता का अपमान करने के लिए ब्रह्मनायक से क्रुद्ध है। जो भी हो वह उनकी पुत्री थी।

दक्ष मुस्कुराए। "कोई बात नहीं, मेरी बच्ची। मैं क्रुद्ध नहीं हूं। तुम्हारे दादा का अब कोई महत्व नहीं है क्योंकि..."

"पिताजी," सती ने गालों पर बहते आंसुओं के साथ पलटकर टोका। "आप दादाजी जैसे क्यों नहीं हो सकते?"

दक्ष ने स्तब्ध होकर अपनी बेटी को देखा।

"आप दादाजी जैसे क्यों नहीं हो सकते?" सती फिर से फुसफुसाई।

दक्ष हतप्रभ थे।

सती अचानक पलटी और दौड़ती हुई कक्ष से निकल गई।

दक्ष सती के पीछे जोर से बंद हुए द्वार को घूरते रह गए। उनकी आंखों से आंसुओं का ज्वार फूट पड़ा।

दादा जैसा?

उस दानव जैसा?

मैं उससे उत्तम हूं!

देवता यह बात जानते हैं! वे जानते हैं कि मैं कहीं बेहतर राजा बनूंगा! मैं तुम्हें दिखा दूंगा!

तुम मुझसे प्रेम करोगी! मैं तुम्हारा जनक हूं!

तुम मुझसे प्रेम करोगी! उससे नहीं! उस दानव से नहीं!

द्वार के खुलने की ध्वनि ने विचारों की इस श्रृंखला को तोड़ दिया, और दक्ष को उस प्राचीन स्मृति से वर्तमान में वापस ले आई।

उन्होंने वीरिनी को शयनकक्ष में प्रवेश करते देखा। उसने एक क्षण को दक्ष को देखा, अपने सिर को झटका दिया, अपनी निजी चौकी पर गई और अपनी जपमाला को ढूंढ़ने लगी। माला को निकालकर श्रद्धापूर्वक उसने उससे अपने माथे को, फिर दोनों आंखों को और फिर होंठों को स्पर्श किया। उसने माला को कसकर पकड़ा और अपने पति पर एक अंतिम दृष्टि डालने के लिए मुड़ीं। जो घृणा वे अनुभव कर रही थीं, उसका शब्दों में वर्णन नहीं किया जा सकता था। उनका स्वर सुनकर अपने कानों को दूषित करने की उसकी कोई मंशा नहीं थी। उसने सती की मृत्यु के बाद से उनसे बात नहीं की थी।

दक्ष के नेत्र जाती हुई वीरिनी का पीछा करते रहे। वे कुछ बोलने का साहस नहीं जुटा पाए, भले ही वे अपने सारे कर्मों के लिए क्षमा मांगने को बोलना चाहते थे।

शयनकक्ष के पास अपने निजी प्रार्थना कक्ष में जाकर उसने द्वार बंद कर लिया। वह भगवान राम की मूर्ति के सामने झुकी, जो सदैव की तरह उनके प्रिय लोगों--उनकी पत्नी देवी सीता, उनके भाई लक्ष्मण और उनके निष्ठावान भक्त वायुपुत्र हनुमान--की मूर्तियों से घिरी थी।

वीरिनी पालथी मारकर बैठ गई। उन्होंने माला को ऊंचा करके अपनी आंखों के सामने पकड़ा और जाप करती हुई अपनी मृत्यु की प्रतीक्षा करने लगीं। "श्रीराम जय राम जय जय राम! श्रीराम जय राम जय जय राम..."

उनके जाप की धीमी सी प्रतिध्वनि दक्ष के कानों तक पहुंच रही थी। वे संलग्न कक्ष के बंद द्वार को घूर रहे थे, जिसमें उनकी क्रुद्ध पत्नी बंद थी।

मुझे उसकी बात सुननी चाहिए थी। उसकी बात हमेशा सही थी।

"श्रीराम जय राम जय जय राम! श्रीराम जय राम जय जय राम..."

वे प्रार्थना कक्ष में अपनी पत्नी के धीमे-धीमे जाप को सुनते रहे। इन

दैवीय रूप से शांत शब्दों से उन्हें शांति मिलनी चाहिए थी। किंतु इसकी कोई आशा नहीं थी। वे एक हताश और क्रुद्ध आदमी के रूप में ही मरेंगे।

दक्ष ने अपने जबड़े भींच लिए और खिड़की के बाहर देखने लगे। वे दूर उस वटवृक्ष को देख रहे थे, और उनके चेहरे पर आंसू बह रहे थे।

धिक्कार है तुझ पर!

वटवृक्ष धीरे से हिला और तेज हवा के साथ उसके पत्ते नाटकीय ढंग से सरसराए। ऐसा लगता था जैसे वह विशाल वृक्ष उन पर हंस रहा हो।

धिक्कार है तुझ पर!

अध्याय 53

बुराई का विनाशक

"हवा बहुत तीव्र है," चिंतित तारा पशुपतिअस्त्र प्रक्षेपास्त्र बुर्ज के निकट स्थापित किए गए पवनध्वज की ओर देखती हुई बड़बड़ाई।

तारा और शिव पशुपतिअस्त्र प्रक्षेपण बुर्ज से दूर घोड़ों पर सवार थे। दूसरा प्रहर लगभग समाप्त होने को था और कुछ ही क्षणों में सूर्य ठीक सिर के ऊपर आ जाना था। शिव की पूरी सेना और देवगिरि के शरणार्थियों को प्रक्षेपण बुर्ज से सात किलोमीटर दूर, पशुपतिअस्त्र के विस्फोट क्षेत्र से बाहर, रखा गया था।

शिव ने तारा को देखा और फिर ऊपर आकाश में देखकर धूल के कणों से हवा का अनुमान लगाना लगा। "कोई समस्या नहीं।"

इतना कहते हुए, शिव का ध्यान वापस अपने धनुष को कसने में लग गया। परशुराम महीनों से इस संग्रथित धनुष को बनाने में लगा था। इसका मूलभूत ढांच लकड़ी का बना हुआ था, जिसे अंदर से सींग और बाहर से पुट्ठे से सुदृढ़ किया गया था। इसका घुमाव भी सामान्य से अधिक था और इसके किनारे धनुर्धर से दूसरी ओर को घूमे हुए थे। विभिन्न तत्वों के मिश्रण और किनारों पर घुमाव के कारण, धनुष में अपने छोटे आकार के बावजूद खींचने की प्रबल शक्ति थी। यह एक धनुर्धर के लिए घोड़े या रथ पर सवार होते हुए तीर चलाने के लिए एकदम उपयुक्त था। परशुराम ने इसका नाम भगवान रुद्र के प्रसिद्ध प्राचीन लंबे महान धनुष के नाम पर पिनाक रखा था।

यद्यपि इसे बनाते समय परशुराम को यह नहीं पता था, किंतु शिव के उद्देश्य के लिए यह बिल्कुल आदर्श सिद्ध होने वाला था, क्योंकि पशुपतिअस्त्र को चलाना आसान नहीं था। पशुपतिअस्त्र पूर्ण रूप से परमाणु संलयन अस्त्र था! ब्रह्मास्त्र और वैष्णवास्त्र के विपरीत, जो परमाणु विघटन अस्त्र थे। एक पूर्ण

परमाणु संलयन अस्त्र में, दो परमानूस--भौतिक पदार्थ का सबसे छोटा स्थिर अंश--का संलयन करके भयानक विनाशकारी ऊर्जा उत्पन्न की जाती है। परमाणु विखंडन अस्त्र में, अनुस को तोड़कर परमानुस को छोड़ा जाता है और इसके साथ ही साथ भयानक राक्षसी ऊर्जा भी निकलती है।

परमाणु विखंडन अस्त्र अनियंत्रित विनाश करते हैं, और दूर-दूर तक विघटनाभिक कचरा फैल जाता है। दूसरी ओर, परमाणु संलयन अस्त्र अधिक नियंत्रित होता है और केवल लक्षित क्षेत्र को ही कम से कम विघटनाभिक फैलाव के साथ नष्ट करता है।

इसलिए पशुपतिअस्त्र उन लोगों के लिए उपयुक्त अस्त्र था जो केवल एक विशेष लक्ष्य को ही पूरी सटीकता के साथ नष्ट करना चाहते हों। लेकिन समस्या थी इसका प्रक्षेपण।

दैवी अस्त्रों को गंधक, कोयले, शोरे और अस्त्र को अपने लक्ष्य की ओर ठेलने के लिए विस्फोटक ऊर्जा उत्पन्न करने वाले कुछ अन्य पदार्थों के साथ सामान्यतः प्रक्षेपण बुर्जों पर लगाया जाता था। जब अस्त्र अपने लक्ष्य के निकट पहुंचता, तो कई और विस्फोट अस्त्र को चालू कर देते।

बुर्ज के अंदर प्रक्षेपण सामग्री को एक सुरक्षित दूरी से चालू करना आवश्यक था अन्यथा अस्त्र को चलाने वाले लोग प्रारंभिक प्रक्षेपण विस्फोट में झुलस सकते थे। इसे मस्तिष्क में रखते हुए, प्रक्षेपण विस्फोट आरंभ करने के लिए कुछ दूरी से जलते हुए तीर चलाने के लिए धनुर्धरों को बुलाया गया था। ये धनुर्धर सामान्यतः लंबे धनुषों का प्रयोग करते थे जिनकी मारक शक्ति आठ सौ मीटर से अधिक होती थी। इतनी दूरी से लक्ष्य को अचूक ढंग से बेधने के लिए उत्कृष्ट कौशल वाले धनुर्धरों की आवश्यकता होती थी।

ब्रह्मास्त्र और वैष्णवास्त्र का सटीक स्थान पर गिरना अनिवार्य नहीं था क्योंकि उनका विनाश दूर-दूर तक फैलता था। चूंकि सटीकता महत्वपूर्ण नहीं थी, इसलिए इन अस्त्रों को संभालने वाले प्रक्षेपण बुर्जों में बड़े-बड़े प्रक्षेपण लक्ष्य होते थे।

पशुपतिअस्त्र एक सटीक प्रक्षेपक था। इसे एकदम सही स्थान पर गिरना था। इस समय मुद्दा इसलिए और भी जटिल था कि प्रयास था तीन प्रक्षेपक एक साथ चलाने का। तीनों प्रक्षेपकों के प्रक्षेपवक्र को इस प्रकार सुनियोजित किया गया था कि वे एक ही समय में स्वर्ण, रजत और ताम्र चबूतरों पर फटें

और पूरे नगर के पूर्ण और तुरंत विनाश को सुनिश्चित करें। एक साथ तीन चबूतरे नष्ट करने में जोखिम यह था कि विनाश का आंतरिक दायरा विस्तृत हो जाता, क्योंकि अस्त्रों को अधिक ऊंचाई से चलाना पड़ता। तारा ने प्रत्येक प्रक्षेपक के अवरोह के कोण इस तरह सुनियोजित किए थे कि उनके एक ही समय में होने वाले विस्फोट देवगिरि का विनाश सुनिश्चित कर देते जबकि अतिरिक्त ऊर्जाएं एक-दूसरे में उलझ जातीं जिससे आंतरिक वृत्त के बाहर के विनाश से बचा जा सकता था।

सटीक अवरोह के लिए सटीक आरंभ की आवश्यकता थी। इसीलिए, पशुपतिअस्त्र के प्रक्षेपकों को बुर्ज के अंदर सटीक कोणों पर स्थापित किया गया था। बुर्ज पर वह लक्ष्य क्षेत्र जहां अग्नि तीर को मारा जाना था, छोटा था। शिव को, आठ सौ मीटर से भी दूर, लक्ष्य पर मारने के लिए एक तीर चलाना था। साथ ही, उन्हें ऐसा एक घोड़े पर सवार होकर करना था, ताकि वे तीर चलाने के बाद तुरंत बचकर भाग सकें।

"याद रखें, महान नीलकंठ," तारा ने कहा, "जैसे ही आपका तीर लक्ष्य पर लगेगा, आपको दूर भागना होगा। देवगिरि पर पशुपतिअस्त्र फटने से पहले आपके पास पांच मिनट से भी कम होंगे। आपको इतने समय के अंदर कम से कम तीन किलोमीटर की दूरी तय करनी होगी। तभी आप पशुपतिअस्त्र से सूक्ष्म संख्या में इतनी दूर तक आ जाने वाले न्यूट्रनों के क्षेत्र से बच सकेंगे।

शिव ने अभी भी अपने धनुष की खींचने की शक्ति का परीक्षण करते हुए लापरवाही से सिर हिला दिया।

"नीलकंठ? आपके लिए अनिवार्य है कि आप जितनी तीव्रता से संभव हो भाग निकलें। विस्फोट घातक हो सकता है।"

शिव ने उत्तर नहीं दिया। उन्होंने तूणीर से तीर निकाले। उन्होंने उन्हें सूंघा और फिर उनमें से एक तीर की नोक को तलवार की मूठ के खुरदुरे चमड़े पर रगड़ा, नोक में तुरंत आग लग गई। उत्तम। शिव ने जलते तीर को दूर फेंक दिया और शेष तीरों को वापस तूणीर में डाल लिया।

"आपने मेरी बात सुनी? आपको तुरंत वहां से हटना होगा।"

शिव ने अपने हाथ को अपनी धोती से पोंछा और फिर तारा की ओर मुड़ा। "अब अपने घोड़े को सुरक्षा रेखा के पार ले जाओ।"

"शिव! आपको तीर चलाकर चले जाना होगा।"

शिव ने स्थिर नेत्रों से तारा की ओर देखा। तारा ने उसके माथे पर उस काले-लाल धब्बे को बुरी तरह थरथराते हुए देखा।

"आप तुरंत भाग जाएंगे!" तारा ने जोर देकर कहा। "मुझे वचन दीजिए!"

शिव ने स्वीकृति में सिर हिलाया।

"मुझे वचन दीजिए!"

"मैं तुम्हें वचन दे चुका हूं। अब जाओ।"

तारा ने शिव को घूरा। "नीलकंठ..."

"जाओ, तारा। सूर्य सिर पर पहुंचने वाला है। मुझे प्रक्षेपक चलाने हैं।"

तारा ने अपने घोड़े की लगाम पकड़ी और पलट गई।

"और तारा..."

तारा ने घोड़े को रोका और पलटकर देखा।

"धन्यवाद," शिव ने कहा।

तारा स्थिर रहकर धुंधलाई आंखों से नीलकंठ को देखती रह गई। "शीघ्रता से सुरक्षा रेखा से पीछे आ जाइएगा। याद रखना, आपको प्रेम करने वाले इतने सारे लोग आपकी प्रतीक्षा कर रहे होंगे।"

शिव ने अपनी सांस रोक ली।

हां, मेरी प्रिया मेरी प्रतीक्षा कर रही है।

तारा ने अपने घोड़े को एड़ लगाई और तेजी से चल पड़ी।

शिव ने ठीक काले-लाल धब्बे के ऊपर अपने माथे को दबाया। दबाव से ऐसा लगा जैसे वह भयानक जलने जैसी सनसनी कम हो गई हो। सती का शव देखने के बाद, पिछले कई दिनों से, पीड़ा अत्यंत्र तीव्र और निरंतर थी।

शिव ने सिर को झटका और बुर्ज पर ध्यान केंद्रित कर दिया। वह दूर अपने लक्ष्य को देख सकता था। उसे चमकदार लाल रंग से चिह्नित किया गया था।

उसने एक गहरी सांस ली और धरती की ओर देखने लगे।

पवित्र झील, मुझे शक्ति दे।

शिव ने एक बार फिर से एक सांस ली और ऊपर देखने लगा।

भगवान राम, कृपा करें!

उनके सामने प्रतिरूपों की एक सेना थी, जो पशुपतिअस्त्र प्रक्षेपक बुर्ज के उनके दृश्य को अवरुद्ध कर रही थी! यह उस विशाल बालों भरे दानव के

प्रतिरूप थे जो बाल्यकाल से ही उन्हें सपनों में परेशान करता आ रहा था। शिव ने ध्यान दिया तो देखा कि किसी भी दानव का चेहरा नहीं था। उनके चेहरों के स्थान पर एक चिकनी, सफेद तख्ती थी। उन सबने अपनी तलवारें निकाली हुई थीं और हर तलवार से रक्त टपक रहा था। एक क्षण को शिव का लगा कि वे एक बार फिर से एक भयभीत बालक बन गए हैं।

शिव ने आकाश की ओर देखकर अपने सिर को झटका दिया, जैसे उसे साफ करना चाहता हो।

मेरी सहायता करें!

शिव ने अपने काका मनोभू का स्वर सुना। "उन्हें क्षमा कर दो! भूल जाओ उन्हें! तुम्हारा एकमात्र शत्रु बुराई है!"

शिव ने अपने नेत्र नीचे किए और अपनी निगाह को प्रक्षेपक बुर्ज पर टिका दिया। दानव विलुप्त हो चुके थे। उसने बुर्ज के ठीक बीच में, सीधे लाल धब्बे की ओर देखा।

शिव ने अपने घोड़े को शांत करने के लिए उसके कान में धीमे से कुछ गाते हुए उसकी लगाम को खींचा और उसे दाएं घुमाया। घोड़ा स्थिर रहा, ताकि शिव को निशाना साधने के लिए एक संतुलित आधार मिल जाए। उसने अपना सिर बाएं घुमाते हुए एक दाएं हाथ के धनुर्धर के लिए सीधा निशाना लेने के लिए प्राकृतिक कोण बनाया। उसने अपने धनुष को आगे खींचा और एक बार फिर से उसकी कमान का परीक्षण किया। कमान को तेजी से खींचने और छोड़ने पर होने वाली झंकार उसे अच्छी लगी। यह पूरी तरह कसा हुआ था। उसने आगे को झुककर तूणीर से एक तीर निकाला। उसे अपने एक ओर पकड़ते हुए, वे ऊपर देखकर हवा का अनुमान लगाने लगा।

इतनी दूर से तीर चलाने की कला में सब कुछ धैर्य और अनुमान पर निर्भर करता था। यह सारा खेल था सही हवा की प्रतीक्षा करने का, तीर की घुमावदार चाल को आंकने का, तीर छोड़ने के आदर्श कोण को निर्धारित करने का, छोड़ते समय तीर की गति को नियंत्रित करने का, यह निर्णय करने का कि कमान को किस सीमा तक खींचा जाए। अपनी आंखों के बीच जलती हुई सनसनी को भूलने का प्रयास करते हुए, शिव ने अपनी दृष्टि पवनध्वज पर टिकाए रखी और अपनी सांस को स्थिर रखा।

हवा दिशा बदल रही है।

कमान को धरती की ओर करते और एक तीर को अपनी तर्जनी और मध्यमा में दृढ़ता से पकड़ते हुए शिव ने उस पर खांचा बनाया।

हवा ठहर रही है।

उसने चमड़े की घुंडी पर रगड़कर नोक को जलाया। कसी हुई मांसपेशियों ने एक सरल से झकोले के साथ धनुष को उठाया और कमान को खींचा, जबकि उनके योद्धा मस्तिष्क ने उड़ान के सही कोण की सहजज्ञान के साथ गणना की। एक प्रवीण धनुर्धर की तरह उसने अपने तीव्र नेत्र को लक्ष्य पर ही टिकाए रखा। उसने तीर की नोक से उठ रही तीव्र गर्मी को भूलते हुए अपने बाएं हाथ को चट्टान की तरह स्थिर रखा।

हवा एकदम सही है।

उसने बिना हिचकिचाए तीर छोड़ दिया।

उसने तीर को एक घुमाव के साथ जाते देखा, जैसे वो धीमी गति से जा रहा हो। उसकी आंखें उसके पथ का तब तक पीछा करती रहीं जब तक वह अपने लक्ष्य से टकरा नहीं गया और उसका लक्ष्य चोट के कारण थोड़ा दब नहीं गया। आग तुरंत लक्ष्य के पीछे प्रतीक्षारत पेटी तक फैल गई। पशुपतिअस्त्र का प्रारंभिक आक्रमण चालू हो चुका था।

"भागिए!" तारा दूर से चिल्लाई।

"बाबा, अपने घोड़े को घुमाइए!" कार्तिक चीखा।

लेकिन शिव उनके स्वर नहीं सुन सके। वे बहुत दूर थे।

शिव लक्ष्य के पीछे आग को तेजी से फैलते देखता रहा और उसके माथे में पीड़ा फिर से एकदम बढ़ गई। उसे ऐसा लग रहा था जैसे प्रक्षेपक बुर्ज की ही तरह उसके माथे में भी एक अग्नि फैल रही थी। उसने अपने घोड़े की लगाम खींची और उसे मोड़ दिया।

वह दूर अपने सैनिकों को देख सकता था। उनके परे, वह सरस्वती पर लंगर डाले अपने पोत को देख रहा था। सती का शव वहीं था।

वह मेरी प्रतीक्षा कर रही है।

शिव ने अपने घोड़े को एड़ लगाई। घोड़े को बहुत कोंचने की आवश्यकता नहीं पड़ी और वह तेजी से दौड़ पड़ा।

प्रक्षेपक बुर्ज के भीतर की आग अंततः फैली और उसने प्रारंभिक विस्फोट किया। तीनों पशुपतिअस्त्र अपने कोषों से निकले, ताम्र और स्वर्ण चबूतरों की

दिशा में जाने वाले पशुपतिअस्त्र तीसरे अस्त्र से बस पलांश बाद। इसका कारण यह था कि तीसरे प्रक्षेपास्त्र का लक्ष्य, रजत चबूतरा, थोड़ा अधिक दूर था।

शिव अपने घोड़े को लगातार तेजी से दौड़ाता रहा। वह सुरक्षा रेखा से बस कुछ क्षणों की दूरी पर था। प्रक्षेपास्त्र एक विशाल घुमाव के साथ उड़े और अपने पीछे एक विशाल आग छोड़ते चले गए। कुछ ही पल बाद, उन्होंने नगर की ओर अपना समसामयिक आरोह आरंभ किया, पूर्ण विनाश के विशाल अग्रदूतों की तरह।

"शि-व...!"

शिव सौगंध खा सकते थे कि उसने वह स्वर सुना था जिसे वे हर सीमा से बढ़कर प्रेम करते थे। किंतु यह वास्तविक नहीं हो सकता था। वह आगे बढ़ता रहा।

पशुपतिअस्त्र तेजी से उतर रहे थे।

"शि-व...! शि-व...!"

शिव ने पलटकर देखा।

रक्तरंजित और क्षत-विक्षत सती उनके पीछे दौड़ रही थी। उसका बायां हाथ, उसके हृदय की हर धड़कन के साथ, झटकों में रक्त छोड़ रहा था। उसके पेट में दो विशाल घाव खुले हुए थे जिनसे झरनों की तरह रक्त बह रहा था। उसकी बाईं आंख निकली हुई थी। उसका जलने का निशान ऐसा लगता था जैसे उसमें फिर से आग लग गई हो। वह बहुत बुरी अवस्था में थी, लेकिन वह लगातार शिव की ओर दौड़ रही थी।

"शि-व...! मेरी सहायता कीजिए! मुझे छोड़कर मत जाइए!"

सैनिकों की एक पूरी टुकड़ी रक्तरंजित तलवारें उठाए सती का पीछा कर रही थी। हर योद्धा एकदम दक्ष जैसा था। शिव की भौंहों के बीच का भाग और भी बुरी तरह थरथराने लगा। अंदर की आग फट पड़ने को बेताब थी।

"सती!" घोड़े की लगाम खींचते हुए शिव चिल्लाया। वह सती को दूसरी बार नहीं खो सकता था।

घोड़ा शिव के उतावले आदेश पर बिदका पर धीमा नहीं हुआ।

"सती!"

शिव ने उतावलेपन से लगाम को झटका दिया। किंतु घोड़ा भी अपनी ही इच्छा से चल रहा था। वह न तो धीमा पड़ने को तैयार था न मुड़ने को।

वह अपने पीछे मौत की गंध को सूंघ रहा था।

शिव ने अपने दोनों पैर रकाबों से निकाले और भूमि पर कूद पड़ा। गिरने की गति के कारण वे भयंकर ढंग से एक ओर को लहरा गया। उसने जल्दी से कलाबाजी खाई और पलक झपकते खड़ा हो गया।

"सती!"

घोड़ा लगातार सुरक्षा रेखा की ओर दौड़ता रहा जबकि शिव ने पलटकर अपनी तलवार निकाली और अपनी पत्नी के भ्रम को बचाने के लिए दौड़ पड़ा।

"बाबा!" गणेश चिल्लाया। "वापस आ जाइए!"

शिव के माथे के मध्य में काला-लाल चिह्न फट गया और उसमें से रक्त फूट पड़ा। वह अपनी पत्नी का पीछा कर रहे दक्षों की सेना पर दहाड़ते हुए तेजी से अपनी सती की ओर दौड़ा।

"उसे छोड़ दे, नीच! मुझसे लड़!"

तीन पशुपतिअस्त्र प्रक्षेपास्त्र योजनानुसार तीनों चबूतरों से लगभग पचास मीटर ऊपर फटे। प्रकाश का एक आंखों को चौंधिया देने वाला विस्फोट हुआ। शिव की सेना और देवगिरि के शरणार्थियों ने अपनी आंखों को बचाया, लेकिन उन्होंने अपने शरीरों के अंदर जो देखा उससे वे हतप्रभ रह गए। उनके दैदीप्यमान और पारभासी शरीरों में रक्त, मांसपेशियां और हड्डियां तक दिखाई दे रही थीं। उन्होंने अपने शरीरों के अंदर एक राक्षसी चमक भी देखी, जोकि देवगिरि के ऊपर होने वाले भयानक विस्फोटों की प्रतिध्वनि थी। घोर आतंक ने उनके हृदयों में घर कर लिया।

इसके लगभग तुरंत बाद, शैतानी आग के तीन विस्फोट उन ऊंचाइयों से उतरे जहां तीनों पशुपतिअस्त्रों का विस्फोट हुआ था। वे पैशाचिक ढंग से देवगिरि पर फैलते चले गए और उन्होंने तुरंत तीनों चबूतरों में आग लगा दी। पल भर के अंश में शताब्दियों से सींची गई देवताओं की महान नगरी धूल में मिल गई।

"भगवान राम, कृपा करें," सती को ले जाने वाले पोत से इस विशाल विस्फोट को देखकर बुरी तरह भयभीत आयुर्वती के मुंह से फुसफुसाहट निकली।

जैसे ही आग देवगिरि में फैली, धुएं के विशाल स्तंभ विस्फोटों के स्थलों से उठने लगे। तारा की भविष्यवाणी के अनुसार, तीनों प्रक्षेपास्त्रों के ऊर्जा

विस्फोट एक दूसरे को आकर्षित करते प्रतीत हो रहे थे। धुएं के तीनों स्तंभ भयानक शक्ति के साथ एक दूसरे से टकराए, और गरज और चमक फैलती चली गई। अब धुएं का एकीकृत स्तंभ तेजी से ऊपर की ओर बढ़ा! इतना ऊंचा जितनी ऊंची वस्तु विस्फोट को देखने वाले किसी भी जीवित प्राणी ने पहले कभी नहीं देखी थी। धुएं का स्तंभ एक विशाल और एक ढलवां त्रिशंकु की तरह उठा और फिर फटकर हवा में लगभग एक किलोमीटर ऊपर एक विशाल बादल बन गया। और उतनी ही तीव्रता से, धुएं का त्रिशंकु अपने भीतर ढहा और स्थायी रूप से देवगिरि के अवशेषों में धंस गया।

अपने सामने हो रहे भयानक विनाश से अनजान शिव अपनी तलवार निकाले आगे को दौड़ता रहा और उसके माथे से भयानक गति से रक्त बहता रहा।

जैसे ही धुएं का त्रिशंकु ढहा, एक और मौन विस्फोट हुआ। न्यूट्रनों का यह विस्फोट फैला, प्रारंभिक विस्फोट की ध्वनि सुरक्षा रेखा के पीछे दुबकी शिव की सेना तक पहुंची।

"बाबा!" गणेश चिल्लाया और जिस चबूतरे पर वह मौजूद था, उससे कूदकर दौड़ता हुआ अपने घोड़े की ओर दौड़ा।

न्यूट्रन का विस्फोट अदृश्य था। शिव इसे नहीं देख सकता था। लेकिन वह अपनी ओर राक्षसी लहर आते देख सकता था। उसे अपनी पत्नी को बचाना था। वह बुरी तरह चिल्लाते हुए आगे की ओर दौड़ता रहा।

"सती!"

न्यूट्रन विस्फोट की लहर ने उसके शरीर को ऊपर उठा लिया। एक क्षण को उसे हल्कापन सा लगा और फिर लहर ने उसे बुरी तरह पीछे की ओर ढकेला। उसके माथे और कंठ में आग लगी हुई थी, जबकि मुख से रक्त फूट पड़ा। वह पीठ के बल जोर से भूमि पर गिरा, उसके सिर ने एक तगड़ा झटका खाया और उसके कपाल में एक तीखी सनसनी सी दौड़ गई।

लेकिन फिर भी उसे कोई पीड़ा नहीं महसूस हुई। वह बस चिल्लाता रहा।

"स...ती...!"

"स...ती...!"

अचानक उसने सती को अपने ऊपर झुकते देखा। उसके शरीर पर रक्त नहीं था। कोई घाव नहीं। कोई निशान नहीं। वह बिल्कुल वैसी ही दिख रही

थी जैसी बरसों पहले ब्रह्म मंदिर में उसने अपनी पहली भेंट में उसे देखा था। उसने आगे झुककर शिव के चेहरे को अपने हाथ से सहलाया, उसका मुस्कुराता चेहरा प्रेम और आनंद के भावों से ओतप्रोत था! यह ऐसी मुस्कान थी जो शिव की दुनिया में सब ठीक कर सकती थी।

उसने शिव के सिर को स्पर्श किया। तीखी सनसनी कम हुई और उसका स्थान एक ऐसी शांति ने ले लिया जिसका वर्णन करना कठिन था। उसे ऐसा अनुभव हुआ जैसे उसे मुक्त कर दिया गया हो। विचित्र रूप से, उसका नीला कंठ ठंडा नहीं रहा था। उतनी ही विचित्र यह अनुभूति थी कि उसके माथे ने भीतर से जलना बंद कर दिया था।

शिव ने अपना मुंह खोला, लेकिन कोई स्वर बाहर नहीं आया। इसलिए उसने वह सोचा जो वह कहना चाहता था।

मुझे अपने साथ ले चलो, सती। अब मेरे लिए कुछ करने को नहीं बचा है। मैं चुक गया हूं।

सती ने आगे झुककर शिव के होंठों का धीरे से चुंबन लिया। वह मुस्कुराई और धीमे से फुसफुसाई, "नहीं, आप अभी चुके नहीं हैं। अभी नहीं।"

शिव अपनी पत्नी को देखता रहा। *मैं तुम्हारे बिना नहीं जी सकता...*

"आपको जीना होगा," सती की चमकती हुई छवि ने कहा।

शिव अपनी आंखें खुली नहीं रख सका। सती का सुंदर और शांत चेहरा धुंधलाना आरंभ हो गया। वह एक शांत स्वप्न जैसी अवस्था में खो गया। लेकिन चेतना की गहराइयों में डूबते हुए भी, उसे लगा कि उसने एक स्वर सुना है, लगभग एक आदेश के रूप में।

"अब कोई रक्तपात नहीं। जीवन को फैलाओ। जीवन को फैलाओ।"

अध्याय 54

पवित्र झील के निकट

तीस वर्ष बाद, मानसरोवर झील (कैलाश पर्वत, तिब्बत की तलहटी में)

शिव उस चट्टान पर बैठा था जो मानसरोवर के ऊपर फैली हुई थी। उसके पीछे कैलाश पर्वत था, जिसके चारों छोर चार मौलिक दिशाओं की एकदम सीध में थे। यह उन महान महादेव के संतरी के रूप में खड़ा था, जिन्होंने भारत की बुराई से रक्षा की थी।

इतने वर्षों और तिब्बत के कठिन भूभाग ने उसके शरीर को प्रभावित किया था। उसके जटाजूट जैसे केश काफी सफेद हो चुके थे, यद्यपि अभी भी वे इतने लंबे और कड़े थे कि उन्हें मनकों के साथ एक पारंपरिक जूड़ी में बांधा जा सकता था। नियमित व्यायाम और योग के कारण सुडौल उसका शरीर अभी भी कसावदार और मांसल था, किंतु त्वचा झुर्रीदार हो गई थी और अपनी रंगत खो चुकी थी। उसके नीलकंठ ने इतने वर्षों में भी अपना रंग नहीं खोया था। लेकिन अब वह ठंडा नहीं महसूस होता था। उस दिन से नहीं जब वह देवगिरि को नष्ट करने वाले पशुपतिअस्त्र से निकले न्यूट्रनों के विस्फोट से टकराया था। उसकी भौंहों के बीच का क्षेत्र भी जलता या थरथराता नहीं था! संभवतः न्यूट्रनों के ही विस्फोट के कारण। लेकिन इसने एक गहरा, लगभग काला रंग ले लिया था जो उसकी गोरी त्वचा के एकदम उलट था। यह किसी आंख के गोदने जैसा दिखता था! एक ऐसी आंख जिसकी पलक बंद थी। काली ने इसे शिव के तीसरे नेत्र का नाम दिया था, जो उसके मस्तक पर, उसकी प्राकृतिक आंखों के बीच, अधोलंब खड़ा था।

शिव ने झील के पार अस्त होते सूर्य को देखा। दूर उसने चमकते जल पर तैरते हंसों के एक जोड़े को देखा। ऐसा लगता था जैसे दोनों पक्षी उस दृश्य

को मिलकर देख रहे हों! सूर्यास्त का आनंद तब तक नहीं लिया जा सकता जब तक आपके साथ वह न हो जिसे आप प्रेम करते हैं।

उसने गहरी सांस खींची और एक कंकरी उठा ली। बचपन में वह कंकरी को इस प्रकार फेंक सकता था कि वह झील की सतह से उछल जाती थी। उसका कीर्तिमान सत्रह उछालों का था। उसने कंकरी को फेंका, लेकिन असफल रहा! यह छपाके के साथ तुरंत झील में डूब गई।

मुझे तुम्हारी कमी खलती है।

उसके जीवन में एक दिन भी ऐसा नहीं बीता था जब उसने अपनी पत्नी को याद न किया हो। उसने अपनी आंख से आंसू पोंछा और फिर पलटकर अपने गांव के अहाते में अलाव को देखने लगा। अलाव के आसपास खाते, पीते और मस्ती करते लोगों का बड़ा सा जमावड़ा इकट्ठा हो गया था।

जब वह अनेक वर्ष पूर्व कैलाश पर्वत वापस लौटा था तो उसकी गुण जनजाति के अनेक सदस्य उसके साथ आ गए थे। साथ ही, भारत भर से लगभग दस सहस्त्र लोगों ने अपने घर-बार छोड़कर अपने महादेव की भूमि चले आने का निर्णय लिया था। इनमें प्रमुख थे नंदी, बृहस्पति, तारा, परशुराम और आयुर्वती। अयोध्या के अपदस्थ शासक दिलीप, जो आयुर्वती की औषधियों की बदौलत अभी तक जीवित थे! मयका-लोथल के भूतपूर्व प्रांतपाल चेनारध्वज और भूतपूर्व नागा प्रधानमंत्री कर्कोटक भी मानसरोवर के तट पर आ बसे थे। शिव के अनुयायियों ने शिव के गांव के निकट ही नए गांव बसा लिए थे। शिव के अधीन विशाल बल को देखते हुए गुण वालों के पुराने शत्रु, स्थानीय तिब्बती, पक्रति वालों, ने भी नीलकंठ के साथ शांति स्थापित कर ली थी।

आग ने शिव को अपने जीवन के सबसे बुरे दिन की याद दिला दी, जब उसने देवगिरि को नष्ट किया था। सती की उसी दिन शाम को अंत्येष्टि कर दी गई थी। लेकिन शिव के पास इस घटना की स्मृतियां नहीं थीं। पशुपतिअस्त्र के न्यूट्रन विस्फोट से चोटिल होने के कारण वह मूर्च्छित था। वह आयुर्वती के उपचार में अपने जीवन के लिए लड़ रहा था। सती की अंत्येष्टि के बारे में वह बस वही जानता था जो उसे काली, गणेश और कार्तिक ने बताया था।

उसे बताया गया था कि पूरे क्षेत्र में एक शांत हवा चलती रही थी, जिसने देवगिरि के अवशेषों से राख उठाकर उसे धीरे-धीरे बिखेर दिया था। ऐसा लगता था मानो राख सरस्वती के पानी तक पहुंचने का प्रयास कर रही हो, ताकि

दिवंगतों की आत्माओं को एक प्रकार का समापन सा दिया जा सके। धुंधले से धब्बों ने सरस्वती के आसपास के सारे दृश्य को एक फीके धूसर रंग से रंग दिया था।

चंदन की लकड़ी की चिता, जिसे गणेश और कार्तिक दोनों ने आग दी थी, ने जलने में कुछ समय लगाया था, लेकिन एक बार जल जाने के बाद, यह बड़े प्रचंड रूप से जली थी। ऐसा लगता था जैसे अग्निदेव को भी मेलूहा की भूतपूर्व राजकुमारी के शरीर को जलाने के लिए मनाने की आवश्यकता पड़ गई थी। लेकिन एक बार इस कार्य को आरंभ करने के बाद, यह अग्निदेव के लिए संभवतः इतना पीड़ाजनक रहा होगा कि वे इसे शीघ्रातिशीघ्र पूरा कर देना चाहते थे।

शिव को तीन दिन बाद होश आया तो उसने अपने आसपास व्याकुल काली, गणेश और कार्तिक को बैठे देखा था। जब उसने अपनी शक्ति वापस प्राप्त कर ली, तो अश्रुपूर्ण गणेश ने उसे सती की राख से भरा एक कलश दिया था।

शायद नीचे बहुत उत्साहपूर्वक तैर रही किसी मछली के कारण शिव पर पानी के कुछ छींटे पड़े। और वह उसे तीस साल पुरानी स्मृति से वर्तमान में ले आए।

शिव झील के पानी को घूरते हुए कुछ और विलंब करता रहा। सदैव की भांति, वह सौगंध खा सकता था कि उसने वहां सती की राख को लहराते देखा था। निस्संदेह, यह भ्रम था। शिव के होश में आने के एक दिन पश्चात सती की राख का सरस्वती में विसर्जन किया गया था।

उसे तीस साल पहले गणेश और कार्तिक की सहायता से निर्बलता के साथ नाव में जाना याद आ रहा था। नीलकंठ को नदी के मध्य में ले जाया गया था, जहां उसने और काली ने मिलकर सती की कुछ राख को पानी में बिखेरा था। शिव ने सारी राख का विसर्जन करने से मना कर दिया था, परंपरा चाहे जो भी हो। वह सती का कुछ भाग अपने लिए रखना चाहता था।

भारतीयों का मानना है कि शरीर धरती मां की एक अस्थायी भेंट है। वे आत्मा को शरीर उधार देती हैं ताकि आत्मा के पास अपने कर्म करने के लिए एक उपकरण हो। आत्मा का कर्म पूर्ण होने के पश्चात, शरीर को वापस लौटना होगा, शुद्ध रूप में, ताकि मां इसे किसी अन्य उद्देश्य के लिए प्रयोग में ला

सकें। राख ऐसे मानव शरीर का प्रतिनिधित्व करती है जिसे सबसे बड़े शुद्धिकर्ता--अग्निदेव--द्वारा शुद्ध किया गया है। राख को पवित्र जल में विसर्जित करके शरीर को सम्मानसहित धरती मां को वापस लौटाया जाता है।

उसे याद आया कि एक निकटवर्ती नाव में ब्राह्मण पूरी रस्म के दौरान संस्कृत के श्लोक पढ़ते रहे थे। ईशावास्योपनिषद के एक विशेष श्लोक पर शिव का ध्यान गया था और वह उसे याद हो गया था।

वायुरनिलममृतम; अथेदम् भस्मंतम् शरीरम

इस अस्थायी शरीर को भस्म होने दो। किंतु जीवन की श्वास का संबंध कहीं और से है। यह वापस अमर श्वास को प्राप्त हो।

"प्रभु!" नंदी जोर से चिल्लाया।

शिव ने पलटकर दूर खड़े नंदी को देखा, उसकी दोनों बांहों के स्थान पर हुक लगे हुए थे।

"प्रभु, सब लोग प्रतीक्षा कर रहे हैं," नंदी ने इतने ऊंचे स्वर में कहा कि वह सुन सके।

शिव ने हाथ उठाकर नंदी को प्रतीक्षा करने का संकेत किया। उसे अपनी स्मृतियों के साथ कुछ समय और चाहिए था। नंदी को शिव को बुलाने के लिए इसलिए भेजा गया था कि लोग जानते थे कि वह शिव का प्रिय है! वह तीस वर्ष पूर्व सती के साथ वीरतापूर्वक लड़ा था और उसने शिव की पत्नी को बचाने के असफल प्रयास में अपने दोनों हाथ खो दिए थे।

शिव ने नंदी के परे निगाह डाली और देखा कि महर्षि भृगु अन्यों से दूर बैठे गणेश और कार्तिक से बात कर रहे हैं। महर्षि भोजपत्रों की एक पुस्तक से कुछ समझा रहे थे। उसके दोनों पुत्र ध्यानपूर्वक सुन रहे थे। ब्रंगा के राजा चंद्रकेतु और वैशाली के राजा मातलि भी महर्षि भृगु की बात को ध्यान से सुन रहे थे।

उसने पलटकर झील को देखा और एक गहरी सांस ली।

कार्तिक ने मेरे सम्मान की रक्षा की।

कार्तिक ने बुद्धिमत्तापूर्वक सही क्षण का चुनाव करके शिव को यह बताया था कि उसने देवगिरि के उन वैज्ञानिकों को बचा लिया था जिनके पास सोमरस का ज्ञान था। नीलकंठ ने इस समाचार को शांतिपूर्वक सुना था। शिव इस बात से भी प्रसन्न थे कि भृगु को बचा लिया गया था क्योंकि महान ऋषि का सती

की मृत्यु में कोई हाथ नहीं था। इसके अतिरिक्त, भविष्य का भारत उनके अथाह ज्ञान की धरोहर का गर्वित वारिस होगा।

शिव ने घोषणा की थी कि सोमरस के वैज्ञानिकों को मध्य तिब्बत में भूमि दी जाए, भारतीय साम्राज्यों के क्षेत्र से बहुत दूर! वास्तव में, किसी भी साम्राज्य की पहुंच से बहुत दूर। सोमरस वैज्ञानिकों ने सूर्यवंशी और चंद्रवंशी सैनिकों की सहायता से अपने घर बसा लिए थे। इन बच गए लोगों ने अपने नए निवास स्थान का नाम अपने मूल नगर के नाम पर देवगिरि, देवताओं का निवास स्थान, रखा था। तिब्बत में स्थापित इस नगर का नाम इसी अर्थ में रखा गया, यद्यपि स्थानीय तिब्बती भाषा मेंः ल्हासा। सोमरस, अमृत, का ज्ञान ल्हासा के नागरिकों का तब तक एक पवित्र रहस्य रहना था जब तक कि भारत को इसके ज्ञान की दोबारा आवश्यकता न पड़े।

शिव ने यह भी आदेश दिया था कि उसके दोनों पुत्र उस जनजाति की स्थापना करेंगे जो ल्हासा की सुरक्षा करेगी। गणेश और कार्तिक ने जिस जनजाति की स्थापना की वह चंद्रवंशियों, सूर्यवंशियों और नागाओं का एक उदार मिश्रण थी। उसने शिव की जनजाति गुण के अधिकतर लोगों और कई अन्य स्थानीय तिब्बती जनजातियों को भी सम्मिलित कर लिया था। शिव के मित्र और निष्ठावान अनुयायी वीरभद्र को इस जनजाति का प्रमुख बनाया गया था। उसे लामा की उपाधि दी गई, जो गुरु के लिए तिब्बती शब्द है। ल्हासा के लोग और लामा के अनुयायी भारत के प्राचीन ज्ञान की रक्षा करेंगे। उनका परम कर्तव्य था भारत पर कभी भी बुराई का आक्रमण होने पर उठ खड़े होना और भारत की रक्षा करना।

सोमरस के अपशिष्ट स्थल, जो तिब्बत में त्सांग्पो नदी पर बनाया गया था, को खोदकर उसकी सामग्री निकाल ली गई। इस अपशिष्ट को और आगे उत्तर में तिब्बती पठार के एक दुर्गम, सुदूर और अधिकतर निर्जन भाग में ले जाया गया। उसे वहां गीली मिट्टी और बिल्व के पत्तों की गीली पेटियों में, जिन्हें मोटे सीसे की पेटियों में बंद किया गया था, भूमि में गहरा दबा दिया गया। इन पेटियों को मिट्टी, हिम और स्थायी तुषार के विशाल क्षेत्रों में गहराई में दबा दिया गया। ऐसी आशा की गई थी कि यह विष हमेशा अनछुआ रहेगा। सौभाग्य से, चूंकि देवगिरि के विनाश के बाद सोमरस का निर्माण बंद हो गया था, इसलिए अब किसी विषैले अपशिष्ट की देखभाल की आवश्यकता नहीं

पड़ेगी।

शिव ने यह भी महसूस किया था कि केवल सोमरस के ज्ञान को हटाना भर देवों के पेय को रोकने के लिए पर्याप्त नहीं होगा। यदि इसे भारत से मिटाना है, तो इसकी जड़ को ही उखाड़ फेंकना होगा। इस अभिप्राय में, परशुराम का विचार उचित थाः सरस्वती के बिना सोमरस का निर्माण नहीं किया जा सकता। इसके अतिरिक्त, नदी की वर्तमान धारा देवगिरि पर विघटनाभिक अपशिष्ट को उठा रही थी और आगे बढ़ते हुए भूखंडों को विषाक्त करती जा रही थी। सरस्वती सतलज और यमुना के संगम से निकलती थी। यदि इन दोनों उपनदियों को पृथक कर दिया जाए, तो सरस्वती का जल सोमरस बनाने या विघटनाभिक अपशिष्ट को लेने के लिए उपलब्ध नहीं रहेगा।

शिव ने निर्णय किया था कि भारत के हित में सतलज और यमुना हमेशा के लिए अलग हो जाएंगी। आदेश दिया गया कि यमुना के मार्ग को एक बार फिर से बदलकर उस अस्थायी मार्ग पर डाल दिया जाएगा जिस पर यह देवगिरि के विनाश से एक शताब्दी पहले बहती थी, जब यह गंगा में विलय हो गई थी। किंतु ऐसा कहना आसान था, करना कठिन। अगर यमुना जैसी शक्तिशाली नदी का मार्ग अचानक परिवर्तित किया जाता, तो निष्कर्षतः आने वाली बाढ़ विनाश कर देती। परिवर्तन को नियंत्रित किंया जाना आवश्यक था।

भगीरथ ने मेलूहा के अभियंताओं के साथ मिलकर एक उत्कृष्ट योजना बनाई। यमुना के किनारों को खोदा गया और उन पर बड़े-बड़े जलद्वार बनाए गए। ये द्वार तालों के रूप में काम करते और इन्हें धीरे-धीरे खोलकर यमुना को इसके नए मार्ग पर नियोजित और नियंत्रित तरीके से कई महीनों में छोड़ा जाता। भगीरथ ने इन जलद्वारों का नाम 'शिव के ताले' रखा था। इस प्रकार यमुना की दिशा को धीरे-धीरे मोड़कर इसे इसके नए मार्ग पर चलाया गया जिससे यह प्रयाग में जाकर गंगा से मिली। शिव के तालों के कारण गंगा को, बिना अनियंत्रित बाढ़ के, धीरे-धीरे अपना नया स्वरूप प्राप्त हुआ।

पहले से ही विशाल ब्रह्मपुत्र की योग्य उपस्थिति के साथ यमुना की वृद्धि ने शक्तिशाली गंगा को भारत की सबसे बड़ी नदी प्रणाली बना दिया। ऐसा भी माना गया कि यमुना अपने साथ गंगा में सरस्वती की आत्मा को भी लेकर आई और इस प्रकार गंगा भारत की सबसे पवित्र नदी बन गई। एक रूप में, पवित्र सरस्वती के साथ जुड़ी भक्ति गंगा में हस्तांतरित हो गई। साथ ही, यमुना

के निर्मल स्वच्छ जल के तीव्र प्रवाह ने ब्रंगा के विषैले जल को साफ कर दिया और उस प्रदेश की बड़ी नदियों को सोमरस के विष से मुक्त कर दिया। समय के साथ गंगासागर, वह स्थान जहां उफान मारती गंगा समुद्र से मिलती थी, पर रहने वाले ब्रंगावासियों में एक किवदंती ने स्थान बना लियाः कि उनके प्रदेश को गंगा ने शुद्ध कर दिया। यह एक ऐसा मिथक था जो सत्य से बहुत दूर नहीं था।

देवगिरि की एकीकृत करने वाली उपस्थिति के बिना मेलूहा विभिन्न प्रांतों में बिखर गया जो स्वतंत्र राज्य बन गए। दक्ष के अयोग्य शासन के बिना और स्वतंत्रता के नए झोंके के साथ, रचनात्मकता का प्रस्फोट हुआ और विविध लेकिन समान रूप से सुंदर संस्कृतियों को फलने-फूलने का अवसर प्राप्त हुआ।

शिव ने एक जोरदार ठहाका सुना, जोकि वह जानता था कि भगीरथ का ही हो सकता है। उसने पलटकर देखा तो वह एक अलाव के पास खड़े बड़े उत्साह से गोपाल और काली से बात कर रहा था। दिलीप को देवगिरि के विनाश से पहले उनकी सेना ने अपदस्थ कर दिया था। भगीरथ उनके उत्तराधिकारी बना था, जिसने बुद्धिमानी के साथ अयोध्या पर शासन करते हुए शांति और समृद्धि के एक नए युग का सूत्रपात किया था। भगीरथ के निकट खड़े दिलीप के चेहरे के भाव को देखकर लगता था कि भूतपूर्व सम्राट ने अपने भाग्य के साथ समझौता कर लिया था।

शिव ने अपना ध्यान भगीरथ और काली से बात कर रहे लंबे, छरहरे व्यक्तित्व पर केंद्रित कर दिया। महान वासुदेव शायद समझ गया कि उसे देखा जा रहा है। उसने पलटकर शिव को देखा, मुस्कुराया, हाथ जोड़कर नमस्ते किया और झुक गया। शिव ने गोपाल के अभिनंदन का उत्तर एक औपचारिक नमस्ते से दिया। गोपाल ने शिव के साथ शांति स्थापित कर ली थी।

देवगिरि का निष्कर्ष निश्चित रूप से वैसा नहीं था जैसा वासुदेव चाहता था। लेकिन उसे जिस बात ने शांति दी थी वह यह अनुभूति थी कि बुराई को मिटा दिया गया है और सोमरस के ज्ञान को बचा लिया गया है। बुराई के कुप्रभावों के नष्ट हो जाने ने भारत में एक नई जान फूंक दी थी। नीलकंठ अपने उद्देश्य में सफल रहे थे, और इसी में वासुदेवों की सफलता थी। गोपाल ने वीरभद्र, और महादेव की नई जनजाति अर्थात ल्हासा के नागरिकों, के साथ भी

औपचारिक संबंध स्थापित कर लिए थे। वासुदेव और ल्हासाई मिलकर भारत पर दृष्टि रखेंगे और सुनिश्चित करेंगे कि यह देवभूमि निरंतर समृद्धि प्राप्त करती रहे और संतुलन के साथ विकसित होती रहे।

अपने मित्र गोपाल को देखकर शिव को वायुपुत्रों का भी ध्यान हो आया। पशुपतिअस्त्र का प्रयोग करने के लिए वे कभी शिव को क्षमा नहीं कर सके थे। मित्रा के लिए यह विशेष रूप से लज्जा की बात थी क्योंकि उन्होंने घोर विरोध के बावजूद शिव के नीलकंठ होने की घोषणा का समर्थन किया था। एक दैवी अस्त्र के अनधिकृत प्रयोग का दंड चौदह वर्ष का निर्वासन था। उन्हें दिए अपने वचन को तोड़ने और अपनी सास वीरिनी, अपने मित्रों पर्वतेश्वर और आनंदमयी की मृत्यु का कारण बनने के पश्चातापस्वरूप, शिव ने स्वयं को भारत से निष्कासन का दंड दिया था! न केवल चौदह वर्ष के लिए, बल्कि अपने शेष सारे जीवन के लिए।

"बाबा..."

शिव का ध्यान नहीं गया था कि गणेश, कार्तिक और काली उसके निकट पहुंच चुके हैं।

"हां, गणेश?"

"बाबा, आज महादेव रात्रि का भोज है," गणेश ने कहा। "और महादेव को एक झील के किनारे बैठकर विचारमग्न होने के बजाय उत्सव का भाग बनना चाहिए।"

शिव ने धीरे से सिर हिलाया। उसकी गर्दन में थोड़ी पीड़ा आरंभ हो गई थी! बुढ़ापे के कारण।

"मुझे उठने में सहायता करो," उठने का प्रयास करते हुए शिव बोला।

कार्तिक और गणेश ने तुरंत आगे झुककर अपने पिता की खड़े होने में सहायता की।

"गणेश, मैं जब भी तुम्हें देखता हूं, तुम और मोटे दिखते हो।"

गणेश दिल खोलकर हंसा। उसने बहुत दुख झेला था और अपनी मां की मौत से उबरने में उसे बहुत समय लगा था, लेकिन अंततः उसने अपनी हानि से समझौता कर लिया था और अपनी मां के जीवन से सीख लेने का निर्णय कर लिया था। उसने भारत भर में शिव और सती का संदेश फैलाने का दायित्व स्वयं पर ले लिया था। जीवन में इस उद्देश्य के भाव ने उसे उसके शांत चित्त

में लौटने में सहायता की थी! वास्तव में, कभी-कभी तो वह विनोदप्रिय भी हो जाता था।

"आपकी बुद्धिमत्ता के कारण, सारे भारत में शांति फैल गई है, बाबा," गणेश ने कहा। "अब न कोई युद्ध है, न संघर्ष हैं। इसलिए मैं बहुत कम शारीरिक कार्य करता हूं और बहुत सारा खाता हूं। कुल मिलाकर, मेरा मानना है, मेरा मोटा होना आपका दोष है।"

काली और कार्तिक जोर से हंस दिए। शिव ने धीरे से सिर हिलाया! किंतु उसकी आंखों ने अपनी गंभीरता नहीं खोई।

"आपको कभी-कभी मुस्कुराना भी चाहिए, बाबा," कार्तिक बोला। "इससे हमें प्रसन्नता होगी।"

शिव ने कार्तिक की ओर देखा। सती की मृत्यु को लंबा समय बीत चुका था और अब युवा कार्तिक के बालों में सफेदी सी आने लगी थी। शिव जानता था कि कैलाश तक पहुंचने के लिए कार्तिक ने बहुत लंबी यात्रा की थी। शिव के अधिकांश काम पूरे हो जाने के बाद जब उसने कैलाश मानसरोवर वापस आने का निर्णय कर लिया था, तो कार्तिक नर्मदा के दक्षिण में, भारत के प्राचीन अंतर्क्षेत्र, भगवान मनु के प्रदेश में चला गया था।

इतिहास में दर्ज था कि भगवान मनु पांड्या वंश के राजकुमार थे। इस वंश ने प्रागैतिहासिक संगमतमिल राज्य पर शासन किया था। जब पिछले हिमयुग के अंत में समुद्र की लहरें उठीं तो यह राज्य और इसकी उत्कृष्ट संगम संस्कृति नष्ट हो गई थी। कार्तिक को पता चला था कि बहुत से लोग भगवान मनु के उस नियम को तोड़कर प्राचीन भारतीय पितृभूमि में रहते रहे थे जो लोगों का नर्मदा के दक्षिण में यात्रा करना प्रतिबंधित करता था। कार्तिक ने भारत की सबसे दक्षिणी बड़ी नदी, कावेरी, के तट पर एक नई संगम संस्कृति की स्थापना की थी।

"मैं तब मुस्कुराऊंगा जब तुम तीनों अपना रहस्य बताओगे," शिव ने कहा।

"कैसा रहस्य?" कार्तिक ने पूछा।

"तुम जानते हो मैं क्या कह रहा हूं।"

शिव को कुछ समय में पता चल गया था कि देवगिरि के विनाश से एक रात पहले काली, परशुराम और वीरभद्र ने विद्युन्माली का अपहरण कर लिया

था। भयानक यातना दिए जाने पर, विद्युन्माली ने सती के हत्यारों के नाम बता दिए थे। फिर उसे एक पीड़ादायी और क्रूर धीमी मौत दी गई थी।

देवगिरि के विनाश के कुछ वर्ष बाद काली, गणेश, कार्तिक, परशुराम और वीरभद्र भारत से निकल गए थे। कोई नहीं जानता था कि वे कहां गायब हो गए हैं। वे यह बात निरंतर रूप से शिव से छिपाते रहे, शायद इसलिए कि शिव ने सती की मौत पर और किसी प्रतिशोध पर रोक लगा दी थी। लेकिन शिव के संदेह अपनी जगह थे...

ये संदेह निराधार नहीं थे, क्योंकि लगभग उसी समय, मिस्र में अतेन नामक रहस्यमयी जनजाति के पूर्ण विनाश की अफवाहें उठी थीं। कहा जाता था कि जनजाति के प्रत्येक नेता की मौत लंबी, धीमी और पीड़ादायी रही थी, जिसके दौरान उनकी रक्त को जमा देने वाली चीखें उनके अनुयायियों के हृदयों में प्रतिध्वनि करती रही थीं। किंतु काली और अन्यों को यह ज्ञात नहीं था कि कुछ माह पूर्व स्वथ ने स्वयं को निर्वासित कर लिया था। वह दक्षिण में नील नदी के स्रोत पर चला गया था और उसने अपने शेष वर्ष इसी शोक में बिताए कि वह अपने अंतिम शिकार को मार नहीं सका। लेकिन सती की भव्यता ने उसकी आत्मा पर अपनी छाप छोड़ी थी। वह उसका नाम नहीं जानता था। इसलिए वह अपने अंतिम दिनों तक एक बेनाम देवी के रूप में उसकी पूजा करता रहा। उसके वंशजों ने इस परंपरा को जारी रखा। अतेन जनजाति के कुछ बचे हुए लोगों को कई शताब्दियों तक प्रतीक्षा करनी पड़ी जब एक क्रांतिकारी फैरो, मिस्र के शासक, ने इस जनजाति को सुधार कर इसका पुनर्जागरण किया। इस फैरो को अखनातेन, अतेन की सजीव आत्मा, के रूप में याद किया गया। लेकिन वह एक भिन्न कहानी है।

"बाबा, हम गए थे..."

काली ने अपना हाथ कार्तिक के होंठों पर रख दिया। "बताने को कुछ नहीं है, शिव। अलावा इसके कि भोजन बहुत स्वादिष्ट है। आपको खाना चाहिए। इसलिए मेरे साथ आइए।"

शिव ने अपने सिर को झटका दिया। "तुम्हारे राजकीय हावभाव अभी गए नहीं हैं।"

काली के पास अब कोई राज्य नहीं था। मिस्र से अपनी वापसी के कुछ ही वर्षों में उसने अपना सिंहासन त्याग दिया था और नागाओं की नई रानी के

रूप में सुपर्णा के चुनाव का समर्थन किया था। अपने राज्य को सक्षम हाथों में छोड़ने के बाद, काली ने शिव, गणेश और कार्तिक की संगत में भारत देश का दौरा किया था। नीलकंठ के परिवार ने देश भर में इक्यावन शक्ति पीठों की स्थापना की थी। काली ने शिव को सती की राख के उस भाग से अलग होने के लिए भी मना लिया जो उसने अपने लिए रख ली थी। उसने कहा था कि सती का संबंध पूरे भारत से है, केवल शिव से नहीं। इसलिए, सती की राख के थोड़े-थोड़े भाग इन इक्यावन पीठों को समर्पित कर दिए गए थे ताकि भारतीय अपनी देवी, सती माता, को सदैव याद रख सकें।

काली अंततः उत्तर-पूर्वी ब्रंगा में कामाख्या मंदिर के निकट बस गई थी और उसने अपना सारा जीवन प्रार्थना को समर्पित कर दिया। उसके आध्यात्मिक सान्निध्य ने कामाख्या मंदिर को भारत के सबसे महत्वपूर्ण शक्ति पीठों में से एक बना दिया था। नागा रानी से प्रभावित बहुत से सूर्यवंशी, चंद्रवंशी और नागा उसके पीछे उसके नए निवास तक चले आए थे। समय के साथ-साथ, उन्होंने अपने राज्य स्थापित कर लिए। सूर्यवंशियों ने अपने राज्य का नाम अपनी नष्ट राजधानी के तीन चबूतरों के नाम पर त्रिपुरा रखा। सातवें विष्णु भगवान राम के पूजक चंद्रवंशियों ने अपने राज्य का नाम मणिपुर रखा, क्योंकि सातवें विष्णु निस्संदेह भारत के मुकुट थे। काली के कई नागा अनुयायियों ने थोड़ा आगे पूर्व में अपने राज्य की स्थापना की। ये सारे भिन्न लोग काली के मार्ग पर चलते थे! भारत माता के गर्भ से गढ़े स्वाभिमानी योद्धा। इसलिए, सम्मान दिए जाने पर, ये लोग आपकी सबसे बड़ी शक्ति थे। यदि आप उनका असम्मान करें, तो पृथ्वी पर कोई शक्ति आपको नहीं बचा सकती थी।

"मेरे पास भले ही अब कोई राज्य न हो, शिव," काली ने प्रमोद से घूमती आंखों के साथ कहा, "किंतु मैं हमेशा एक रानी रहूंगी!"

गणेश और कार्तिक के चेहरों पर चौड़ी सी मुस्कान आ गई। शिव ने बस काली के चेहरे को देखा भर, जोकि सती के चेहरे के एकदम सदृश था! उसे याद आ गया कि उसका जीवन कितना प्रसन्नता भरा था।

"चलो, भोजन के लिए चलें," शिव ने कहा।

महादेव का परिवार वापस अलावों की ओर चल दिया और गणेश व कार्तिक शिव को उस उत्कृष्ट रचना के बारे में बताने लगे जो अभी उन्हें भृगु ने दिखाई थी! आने वाली सहस्राब्दियों में इसे, भृगु संहिता को, ज्योतिष की

प्राचीन विद्या की महानतम कृति माना गया।

आने वाले वर्षों में, शिव निरंतर वैरागी होता गया। वह कई-कई दिन, कभी-कभी कई-कई महीने भी, पहाड़ी गुफाओं की भयानक सीमाओं के भीतर सबसे पृथक रहकर कष्टमय तप में बिताने लगा। ऐसे समय में उससे मिलने की अनुमति केवल नंदी को होती थी। कहा जाने लगा कि शिव के कानों तक पहुंचने का एकमात्र रास्ता नंदी के माध्यम से है।

शिव घंटों तक योग के अध्ययन में भी लगे रहता था। इस प्रकार प्राप्त ज्ञान ने दिव्य के साथ एकात्मकता के माध्यम से शारीरिक, मानसिक और आध्यात्मिक शांति प्राप्त करने का एक शक्तिशाली माध्यम बनाने में सहायता की। शिव ने प्राचीन भारतीय ज्ञान और बुद्धिमत्ता के विशाल कोष में कई नए विचार और दर्शन भी जोड़े। उसके कई विचारों को वेदों, उपनिषदों और पुराणों में भी समाहित किया गया, जिससे सहस्राब्दियों तक मानवता ने लाभ उठाया।

शिव के मस्तिष्क की विलक्षण उत्पादकता के बावजूद, उसके हृदय को दोबारा कभी प्रसन्नता नहीं प्राप्त हो सकी। किवदंती है कि देवगिरि में उस भयानक दिन के पश्चात्, शिव के परिवार के निरंतर प्रयासों के बावजूद, किसी ने भी शिव को कभी मुस्कुराते नहीं देखा। किसी ने न तो दोबारा कभी उसके दिव्य नृत्य देखे और न ही उसके मर्मस्पर्शी गायन और संगीत को सुना। शिव ने हर उस चीज को त्याग दिया जिससे उसे प्रसन्नता प्राप्त होने की तनिक भी संभावना होती। लेकिन किवदंती यह भी है कि वह एक बार, केवल एक बार, मुस्कुराया था जब वह अपना नश्वर शरीर छोड़कर उस ईश्वर से जाकर मिलने वाला था जिससे वह प्रकट हुआ था। वह मुस्कुराया था, क्योंकि वह जानता था कि उसके जीवन का प्रेम, उसकी सती, उससे बस अंतिम श्वास भर दूर थी।

कार्तिक की बुद्धि और साहस ने सुनिश्चित किया कि दक्षिण भारत में संगम संस्कृति फलती-फूलती रही और इसकी शक्ति दूर-दूर तक फैल गई। यद्यपि कार्तिक उत्तरी भारत में, विशेषकर काशी में जहां वह जन्मा था, पूजा जाता रहा, लेकिन दक्षिण भारत में उसका प्रभाव अतुलनीय था। उसे आज भी योद्धा देवता के रूप में याद किया जाता है, जो किसी भी समस्या का समाधान कर सकता है और किसी भी शत्रु को हरा सकता है।

साथ ही, भारत में कार्तिक के बड़े भाई, बुद्धिमान और कृपालु गणेश के

प्रति स्नेहभाव असीम ऊंचाइयों को छू गया। लोग उसे सप्राण देवता के रूप में सम्मानित करते। सारे भारत में एक विश्वास फैल गया कि सारे अनुष्ठानों में शेष सभी देवताओं से पहले उसे पूजा जाएगा। ऐसा माना गया कि गणेश की पूजा करने से मार्ग के सारे अवरोध दूर हो जाएंगे। इस प्रकार, उसे शुभारंभ के देवता के रूप में माना गया। अपनी तीक्ष्ण बुद्धि के कारण वह धीरे-धीरे लेखकों का देवता भी बन गया! इस प्रकार उसका नाम लेखकों, कवियों और अन्य पीड़ित आत्माओं के लिए अत्यंत महत्वपूर्ण बन गया।

सोमरस का विशेष रूप से गणेश पर गहरा प्रभाव हुआ था, इसलिए वह अपने सभी समकालीनों से अधिक, शताब्दियों तक जीवित रहा। और गणेश को इस पर कोई आपत्ति नहीं थी। उसे भारत भर के लोगों से मिलना, उनकी सहायता करना, उनका मार्गदर्शन करना अच्छा लगता था। लेकिन एक समय ऐसा आया, जब बुढ़ापे के कारण निर्बल होने से गणेश को लगने लगा कि वह अपने नश्वर शरीर में शायद बहुत लंबे समय रह लिया है।

क्योंकि उसे प्राचीन वैदिक भारतीयों को एक प्रलयकारी गृहयुद्ध में एक दूसरे से लड़ने का दुख सहना पड़ा। एक निष्क्रिय राजकीय परिवार में एक छोटा सा विवाद बढ़कर एक भयंकर युद्ध में परिवर्तित हो गया जिसमें अपने समय की सभी बड़ी शक्तियां कूद पड़ीं। उस युद्ध के भयंकर रक्तपात ने न केवल शक्तिशाली साम्राज्यों को बल्कि प्राचीन वैदिक भारतीयों की जीवनशैली तक को नष्ट कर डाला। कुछ शेष बचा तो वह था पूर्ण विनाश। हमेशा की तरह, इन अवशेषों से, एक सभ्यता ने फिर से जन्म लिया। लेकिन इस नई संस्कृति ने बहुत कुछ खो दिया था। वे अपने पूर्वजों की महानता की मात्र झलकियां ही जानते थे। ये उत्तराधिकारी कई अर्थों में अयोग्य थे।

ये उत्तराधिकारी अतीत के महान इंसानों में देवताओं को देखने लगे, क्योंकि उन्हें लगता था कि ऐसे महान इंसान वास्तव में हो ही नहीं सकते थे। ये उत्तराधिकारी उत्कृष्ट विज्ञान को जादू समझते थे, क्योंकि उनकी सीमित बुद्धियां उस महान ज्ञान को समझने में ही अक्षम थीं। इन उत्तराधिकारियों ने गहन दर्शनों के मात्र अनुष्ठानों को ही बनाए रखा, क्योंकि प्रश्न पूछने के लिए साहस और आत्मविश्वास चाहिए था। जो वास्तव में इतिहास था उसे इन उत्तराधिकारियों ने मिथक समझ लिया, क्योंकि सच्ची यादें उस अराजकता में खो गईं जब महायुद्ध में प्रयुक्त विभिन्न प्रकार के दैवी अस्त्र देश को तहस-नहस

कर रहे थे। युद्ध ने लगभग सब कुछ नष्ट कर दिया। भारत को अपने पुराने सांस्कृतिक ओज और बुद्धिजीवी गहनता को पुनः प्राप्त करने में शताब्दियां लग गईं।

जब बची-खुची जानकारी के टुकड़ों की सहायता से महायुद्ध के इतिहास को पुनः लिखा गया, तो पुस्तक का नाम शुरू में *जय* रखा गया। लेकिन उत्तराधिकारियों के अपरिष्कृत मस्तिष्कों को भी महसूस हुआ कि यह नाम अनुचित है। उस भयानक युद्ध में विजय किसी को प्राप्त नहीं हुई थी। एक-एक व्यक्ति जिसने उस युद्ध को लड़ा था, युद्ध हार गया था। वास्तव में, समस्त भारत हारा था।

आज हम उस युद्ध की पूर्वजों से प्राप्त कहानी को दुनिया के सबसे महान महाकाव्यों में से एक के रूप में जानते हैं: *महाभारत*। यदि प्रभु नीलकंठ ने आज्ञा दी, तो हम एक दिन आपको उस भयंकर युद्ध की अमिश्रित कहानी सुनाएंगे।

ॐ नमः शिवाय।

सृष्टि प्रभु शिव को नमन करती है। मैं प्रभु शिव को नमन करता हूं।

अनुवादक परिचय

शुचिता मीतल कई वर्षों से अनुवाद कार्य से जुड़ी हुई हैं।

अमीश की अन्य किताबें

शिव रचना त्रयी

भारतीय प्रकाशन इतिहास में सबसे तेज़ी से बिकने वाली पुस्तक शृंखला

मेलूहा के मृत्युंजय
(शिव रचना त्रयी की किताब 1)

1900 ईसापूर्व। जिसे आधुनिक भारतीय ग़लती से सिंधु घाटी की सभ्यता कहते हैं, उसे उस समय के निवासी मेलूहा की भूमि—एक सम्पूर्ण साम्राज्य जिसकी स्थापना प्रभु श्रीराम ने कई शताब्दियों पूर्व की थी—के रूप में जानते थे। अब उनकी प्राथमिक नदी सरस्वती मृतप्राय होती जा रही है, और वे पूर्व दिशा में अपने शत्रुओं द्वारा किये जा रहे आतंकवादी हमलों का सामना कर रहे हैं। क्या उनके प्रसिद्ध महानायक नीलकंठ बुराई के नाश के लिए अवतरित होंगे?

नागाओं का रहस्य
(शिव रचना त्रयी की किताब 2)

कुटिल नागा योद्धा ने अपने मित्र बृहस्पति की हत्या कर दी है और अब उसकी पत्नी सती के पीछे पड़ा है। शिव, जो बुराई के प्रसिद्ध विनाशक हैं, अपने राक्षसी विरोधियों को ढूँढ़ लेने तक चैन से नहीं बैठेंगे। प्रतिशोध की प्यास उन्हें सर्प प्रजाति के लोगों नागाओं के द्वार तक ले जायेगी। शिव रचना त्रयी की दूसरी किताब में, भयंकर युद्ध लड़े जायेंगे और कुछ चौंकाने वाले रहस्यों से पर्दा उठेगा।

राम चंद्र शृंखला

भारतीय प्रकाशन इतिहास में दूसरी सबसे तेज़ी से बिकने वाली पुस्तक शृंखला

राम—इक्ष्वाकु के वंशज
(शृंखला की किताब 1)

वे अपने देश से प्रेम करते हैं और क़ानून के लिए अकेले डटकर खड़े रहते हैं। उनके भाई, उनकी पत्नी सीता, और अराजकता के अँधकार के विरुद्ध लड़ाई। वे हैं राजकुमार राम। क्या वे दूसरों द्वारा उन पर उछाली गयी कीचड़ से उबर पायेंगे? क्या सीता के प्रति उनका प्रेम उन्हें उनके संघर्षों से पार लगा सकेगा? क्या वे उस राक्षस राजा रावण को हरा पायेंगे जिसने उनका बचपन नष्ट कर दिया था? क्या वे विष्णु की नियति को पूरा कर पायेंगे? अमीश की नयी राम चंद्र शृंखला के साथ एक और ऐतिहासिक सफ़र की शुरुआत करें।

सीता—मिथिला की योद्धा
(शृंखला की किताब 2)

खेतों में एक परित्यक्त बच्ची मिलती है। उसे दूसरों द्वारा नज़रअन्दाज़, कमज़ोर राज्य मिथिला के शासक गोद ले लेते हैं। किसी को विश्वास नहीं है कि यह बच्ची कुछ विशेष कर पायेगी। लेकिन वे ग़लत हैं। क्योंकि वह कोई साधारण लड़की नहीं है। वे सीता हैं। एक अनोखी बहु-रेखीय कथा शैली के माध्यम से, अमीश आपको राम चंद्र शृंखला के ऐतिहासिक जगत की गहराइयों में और अन्दर तक ले जाते हैं।

रावण—आर्यवर्त का शत्रु

(शृंखला की किताब 3)

रावण मनुष्यों में विशालतम बनने, विजयी होने, लूटपाट करने, और उस महानता को हासिल करने के लिए दृढ़संकल्प है जिसे वह अपना अधिकार मानता है। वह विरोधाभासों, नृशंस हिंसा और अथाह ज्ञान से भरपूर व्यक्ति है। ऐसा व्यक्ति जो प्रतिदान की आशा के बिना प्रेम करता है और बिना पश्चाताप हत्या कर सकता है। *राम चंद्र शृंखला* की इस तीसरी किताब में, अमीश ने लंका के राजा रावण के व्यक्तित्व के विभिन्न पहलुओं को उभारा है। क्या वह इतिहास का सबसे बड़ा खलनायक है या परिस्थितियों का मारा?

लंका का युद्ध

(शृंखला की किताब 4)

सीता का अपहरण हो गया। उन्होंने बेख़ौफ़ रावण को चुनौती दी कि वो उनका वध कर दे—उन्हें राम के समर्पण की अपेक्षा अपनी मृत्यु मंज़ूर थी। राम स्वयं संताप और क्रोध में घिरे थे। उन्होंने युद्ध की तैयारी कर ली। क्रोध ही उनका ईंधन है। और शांतिपूर्ण ध्यान उनका मार्गदर्शक। रावण ने खुद को अपराजित मान लिया था। उसने सोचा था कि वो राम को समर्पण के लिए मजबूर कर देगा। लेकिन उसे नहीं पता था...

कथेतर

अमर भारत

भारत को खोजें देश के कहानीकार अमीश के साथ, जो आपको तीखे लेखों, स्पष्ट भाषणों और बुद्धिमत्तापूर्ण बहस के द्वारा देश को एक नये ढंग से समझने में मदद करते हैं। *अमर भारत* में, अमीश आकर्षक रूप से आधुनिक दृष्टिकोण के साथ एक प्राचीन संस्कृति का विस्तृत ख़ाका खींचते हैं।

धर्म

अमीश और भावना भारतीय दर्शन की कुछ मुख्य अवधारणाओं को खंगालने के लिए भारत के प्राचीन महाकाव्यों के अनमोल ख़ज़ाने के विशाल और जटिल संसार में गहरे उतरते हैं। हम सही और ग़लत में कैसे भेद कर सकते हैं? उत्तर निहित हैं हमारी इन मनपसंद कहानियों की सीधी-सरल और ज्ञानपूर्ण व्याख्याओं में, जो प्रस्तुत कर रहे हैं बहुत प्यारे ऐसे काल्पनिक पात्र जिन्हें जानने में आपको बहुत आनंद आएगा।

भारत गाथा

महाराजा सुहेलदेव

गज़नी के महमूद के लगातार हमले भारत के उत्तरी क्षेत्रों को कमज़ोर कर देते हैं और कई पुराने साम्राज्य खत्म हो जाते हैं। इसके बाद तुर्क देश के सबसे पवित्र मन्दिरों में से एक, सोमनाथ में भगवान शिव के भव्य मन्दिर पर हमला कर उसे नष्ट कर देते हैं। भारी निराशा से भरे इस काल में एक योद्धा राष्ट्र की रक्षा के लिए सामने आता है। *महाराजा सुहेलदेव*—एक प्रचंड विद्रोही, एक करिश्माई नेता, एक पक्का देशभक्त। साहस और वीरता की इस रोमांचक महागाथा को पढ़िये, जो शेर के सामान उस निडर योद्धा की कहानी और बहराइच के महासंग्राम की याद दिलाती है।